Dez. 2018

Feb. 2019 o.k.

Richard Dübell

BOTE DES FEUERS

Weitere Titel des Autors:

HISTORISCHE ROMANE
Das Spiel des Alchimisten
Der Sohn des Tuchhändlers
Die Teufelsbibel
Die Wächter der Teufelsbibel
Die Erbin der Teufelsbibel
Die Pforten der Ewigkeit
Der letzte Paladin
Zorn des Himmels
Krone des Schicksals

JUGENDBÜCHER
Last Secrets – Das Rätsel von Loch Ness
Last Secrets – Das Geheimnis von Atlantis
Last Secrets – Der Mythos des Riesenkraken

RICHARD DÜBELL

BOTE DES FEUERS

Historischer Roman

LÜBBE

MIX
Papier aus verantwortungsvollen Quellen
FSC® C014496

Dieser Titel ist auch als Hörbuch und als E-Book erschienen

Originalausgabe

Dieses Werk wurde vermittelt durch die
Literarische Agentur Thomas Schlück GmbH, 30161 Hannover

Textredaktion: Katharina Rottenbacher, Berlin
Umschlaggestaltung: Johannes Wiebel | punchdesign, München
Einband-/Umschlagmotiv: © shutterstock/Alberto Masnovo, Trymyr, Thammanoon Khamchalee, David Woods, Faber1893
Satz: Dörlemann Satz, Lemförde
Gesetzt aus der Berkeley
Druck und Einband: GGP Media GmbH, Pößneck

Printed in Germany
ISBN 978-3-431-04099-9

1 3 5 4 2

Sie finden uns im Internet unter: www.luebbe.de
Bitte beachten Sie auch: www.lesejury.de

»Der Mensch ist sein eigener Teufel.«

Indisches Sprichwort

»Und Jehova sprach zu Mose und zu Aaron: Nehmet eure Fäuste voll Ofenruß, und Mose streue ihn gen Himmel vor den Augen des Pharao; und er wird zu Staub werden über dem ganzen Lande Ägypten und wird an Menschen und Vieh zu Geschwüren werden, die in Blattern ausbrechen im ganzen Lande Ägypten.«

Exodus 9; 8,9

»So müßt ihr nun machen Bilder eurer Beulen und eurer Mäuse, die euer Land verderbt haben, daß ihr dem Gott Israels die Ehre gebt.«

1 Samuel 6, 5

Für Christine: Inspiration, beste Freundin,
Gefährtin meiner Seele – und meine einzige,
wahre Liebe.

SCHAUPLÄTZE DER HANDLUNG

Die Ortsnamen in diesem Roman sind möglichst so wiedergegeben, wie sie im 14. Jahrhundert in Chroniken auftauchen oder wie sie in der regionalen Sprache hießen. Nachfolgend eine kleine Übersetzungshilfe:

»über dem Prenner«	Brennerpass
A Saera (ligur.)	Serra Riccò
A Spèza (ligur.)	La Spezia
Aquilee (furlan)	Aquileja
Arbénga (ligur.)	Albenga
Ast (piemont.)	Asti
Bonasseua (ligur.)	Bonassola
Bròn (oltrepad.)	Broni
Bugasku (ligur.)	Bogliasco
Caignan (ligur.)	Carignano, Stadtteil von Genua
Cavlimor (piemont.)	Cavallermaggiore
Cividât (furlan)	Cividale del Friuli
Chasarisches Meer	Schwarzes bzw. Asowsches Meer
Clävai (ligur.)	Chiàvari
Coni (piemont.)	Cuneo
Corcaigh (irisch)	Cork
Fràra	Ferrara
Gaillimh (irisch)	Galway
Glemone (furlan)	Gemona
Ineja (ligur.)	Oneglia, heute Stadtteil von Imperia
Lissandria (piemont.)	Alessandria
Marsiglia	Marseille
Narbona	Narbonne
Nêuve (ligur.)	Novi Ligure
Piaśëinsa (piacentino)	Piacenza
Pordenon (furlan)	Pordenone
Puncrùn (oltrepad.)	Pontecurone
Rodano	Rhône

Rosciggion (ligur.)	Rossiglione
Saña (ligur.)	Savona
Sanrému (ligur.)	San Remo
Sant Denêl (furlan)	San Daniele del Friuli
Sant Michêl (furlan)	San Michele al Tagliamento
Sant Vît (furlan)	San Vito al Tagliamento
Sant Zorç (furlan)	San Giorgio della Richinvelda
Serra Vallis	Serravalla Scrivia
Spiareti (ligur.)	Ospedaletti
Stradéla	Stradella
Tiliment (furlan)	Tagliamento (Fluss)
Trevixo (venetisch)	Treviso
Turtona (piemont.)	Tortona
Udin (furlan)	Udine
Vallecrösa (ligur.)	Vallecrosia
Vicènsa (venetisch)	Vicenza
Vintimiggia (genov.)	Ventimiglia
Vughera (oltrepad.)	Voghera
Warmaisa	Name der jüdischen Gemeinde von Worms

Venedig müsste eigentlich getreu dieser Vorgabe als Venexia geschrieben werden, aber darauf habe ich verzichtet, weil Venedig nicht nur ein Städtename, sondern auch ein Begriff ist. Genua hat nach allem, was ich herausfinden konnte, auch im Mittelalter schon Genua geheißen. Bei Avignon war ich unsicher (die provenzalische Schreibweise wäre Avignoun), habe mich dann aber wie bei Venedig für die bekannte Namensform entschieden, weil Avignon als Stadt des päpstlichen Exils ebenfalls nicht nur ein Städtename, sondern ein Begriff ist.

1. BUCH

Die Faust Gottes

»Der Todesengel wird durch ihre Reihen schreiten wie damals, als der Herr ihn gegen die Ägypter sandte.«

Gabriele de Mussis, Medicus

1

PLONK!

Nummer sieben, dachte Gisela.

Sie hörte, wie das Steinchen vom gespannten Darm im Fensterrahmen abprallte und an der schrägen Gebäudemauer nach unten hüpfte.

Sie lauschte dem ruhigen Atmen ihrer Magd, das mit jedem der sechs vorhergehenden PLONK! kurz gestockt und gleich danach wieder eingesetzt hatte. Gisela drängte sich der Wärme des schlafenden Körpers neben ihr entgegen und fror trotzdem.

PLONK!

Offensichtlich war sie nicht die Einzige, der kalt war. Der Sängerknabe im Hof unter ihrem Fenster schien die Kälte allmählich auch zu spüren. Die Abstände zwischen den Steinchenwürfen gerieten immer kürzer. Der Januar hier in den Bergen des Friaul wurde vom Frost beherrscht.

Beim zehnten Stein fange ich an zu schreien, dachte Gisela. Dann sollen die Burgwachen den Kerl meinetwegen über die Mauer werfen.

Es musste um die vierte Stunde nach Mitternacht sein, also schon fast wieder Morgen. Wahrscheinlich standen im großen Saal der Burg jetzt die ersten Dienstboten von den Strohschütten auf und schürten das Feuer im Kamin wieder hoch. Den Winter über ging es niemals ganz aus. Es hätte mehrere Tage gedauert, um wenigstens einen Hauch Wärme in den Saal zu bringen, wenn man ihn hätte auskühlen lassen, und darauf war niemand erpicht.

Der Mann unten im Hof, den Gisela bei sich hartnäckig den »Sängerknaben« nannte und der in Wahrheit Tristan de Gurize hieß, war ein Schlitzohr. Er machte sich Hoffnungen auf Giselas Hand, und sei es über den Umweg, sie zu kompromittieren, indem er sie mit den Steinchenwürfen dazu brachte, ihn in ihre Kammer zu bitten. Gisela machte sich da keinerlei Illusionen. Sie war zwar keine Schönheit, aber sie konnte musizieren und sich intelligent unterhalten und war von ihrer Mutter in allen Fertigkeiten unterwiesen worden, die man als Burgherrin kennen musste. Doch Tristan wollte sie nicht wegen ihrer Qualitäten. Er interessierte sich nur für das Erbe der wohlhabenden Sippe der d'Osoppo, Giselas Familie. Seit Giselas Verlobung aufgelöst worden war, hatten sich derartige Burschen mit der gleichen Hartnäckigkeit auf der Burg eingestellt, mit der Fliegen um einen Honigtopf kreisten.

PLONK!

Gisela war die einzige Erbin des Besitzes der d'Osoppo. Sie fühlte die Verantwortung, die deshalb auf ihr lastete, in jeder wachen Stunde. Sie hatte sie bisher mit Leidenschaft und Engagement getragen. Den Besitz zu erhalten, zu vermehren und den Namen ihrer Familie mit Ruhm und Wohlstand zu versehen war für sie keine Bürde gewesen, sondern eine Selbstverständlichkeit. Sie wäre ihr mit dem Schwert in der Hand nachgekommen, wenn sie ein Mann gewesen wäre.

Neuerdings war sie allerdings nicht mehr so sicher, zu welchen Opfern sie wirklich bereit war. In den letzten Monaten hatten sich viele ihrer vermeintlich festgefügten Ansichten geändert. Zwei Ereignisse waren hauptsächlich daran schuld.

PLICK!

Ein Steinchen war fehlgegangen und draußen gegen die Mauer geprallt.

Neuneinhalb, dachte Gisela und wusste, dass sie sich selbst betrog. Sie schreckte vor der Kälte außerhalb ihres Betts zurück. Mehr noch schreckte sie vor dem Gedanken an den Tratsch zurück, der sich unweigerlich einstellen würde, wenn der Annäherungsversuch dieses Freiers von den Burgwachen beendet wurde. Erneut würde darüber getuschelt werden, dass Gisela d'Osoppo es sich eigentlich nicht leisten konnte, schon wieder einen Freier abzuweisen, nachdem ihr Verlobter sie im Stich gelassen hatte.

Verflucht seist du, Berengar de Cucagna, dachte sie, dass du mir das antust. Ich habe dich nicht geliebt, aber ich hätte dich genommen. Für die Familie. Für Osoppo.

Zugleich dachte sie, dass die Schmach, die mit der Lösung der Verlobung über ihr Haupt gekommen war, auch etwas Gutes gebracht hatte: nämlich die Erkenntnis, dass sie gar nicht willens war, für Tradition und Besitz ihr persönliches Glück zu opfern.

Den Mann, den ich in mein Leben lasse, werde ich ab sofort selbst bestimmen, dachte sie dann. Mit Berengar habe ich der Familienräson eine Chance gegeben. Beim nächsten Mal werde ich nur noch der Liebe eine Chance geben.

Zumal sie schon wusste, wer dieser Mann sein sollte. Sie sah ihn vor ihrem inneren Auge, hörte seine Stimme, sah sein Lächeln. Seinen Namen flüsterte sie, wenn sie allein war: Joseph.

Aber … wie erkläre ich das Vater? Und Mutter!?

Sie wusste, dass der Mann, dem innerhalb weniger Sekunden, nachdem sie ihn zum ersten Mal gesehen hatte, ihr Herz gehört hatte, als Ehemann völlig undenkbar war.

PLONK!

Sie seufzte. Sie musste etwas unternehmen. Von alleine würde der Kerl dort unten nicht aufhören. Sie schwang die Beine aus dem Bett und stieß an etwas Kaltes, Hartes, das daneben auf dem Boden stand. Eine Idee kam ihr in den Sinn, wie sie den Sängerknaben loswerden konnte, ohne die Wachen zu alarmieren. Sie humpelte durch die Dunkelheit über die kalten Bodenbretter, nahm den Rahmen aus der Fensteröffnung und spähte nach unten. Der Sängerknabe warf sich sofort in Pose. Gisela winkte ihm zu, dass er gehen solle. Er schüttelte den Kopf und breitete die Arme aus wie jemand, dessen bloße Anwesenheit Überredung genug ist.

Na gut. Er hatte es nicht anders gewollt.

Gisela huschte zum Bett zurück, schnappte sich den vollen Nachttopf und leerte ihn mit Schwung nach unten aus. Dann lehnte sie sich nach draußen und machte sich auf einen jämmerlichen Anblick gefasst. Alles, was sie sah, waren ein dunkler, dampfender Fleck auf dem reifgepuderten Boden und die noch schwingenden Äste der Fichten, die das Wohngebäude vom Rest des Burghofs abgrenzten. Tristan de Gurize war wohl rechtzeitig geflohen. Auch gut. Sie zwängte den Rahmen wieder zurück in die Fensteröffnung und tastete sich zum Bett.

Natürlich würde sie diese impulsive Tat beichten müssen. Kaplan Grimoald würde sie sicher als Sünde bezeichnen. Für den Burgkaplan war so ziemlich alles Sünde, was ein Mensch zwischen Aufwachen und Einschlafen tat. Er würde sich die Lippen lecken und dann einen langen Sermon halten, der mit der Gehorsamspflicht gegenüber dem Herrn im Himmel, dem Heiligen Vater in Avignon und dem eigenen Vater zu tun hatte. Kaplan Grimoald leckte sich immer die Lippen, bevor er dazu ansetzte, und er beantwortete jede gebeichtete Missetat mit einer Abwandlung dieses Sermons. An den hohen kirchlichen Festtagen, wenn das ganze Gesinde am Vorabend bei ihm gebeichtet hatte, waren seine Lippen wund.

Aber war es denn eine Sünde, einen Mann abzuweisen, der so eindeutige – und so eindeutig schlechte! – Absichten hegte? Nein, war es nicht, doch es war eine Sünde, den Wünschen des eigenen Vaters zuwiderzuhandeln. Giselas Vater wollte seine Tochter nach der Auflösung der Verlobung mit Berengar de Cucagna so schnell wie möglich vermählen, um den Klatsch zum Verstummen zu bringen. Er hätte jeden genommen, der wenigstens halbwegs anständig war. Aber Gisela wollte bei diesem Spiel nicht mehr mitspielen. *Das* war ihre Sünde. Und Grimoald, der bei allem heiligen Eifer ein guter Kenner von Giselas Seele war, wusste es und verurteilte sie dafür.

Gisela rollte sich auf die Seite. Ihr Nachtschlaf war dahin. Würde es ihr im Himmel wohlwollend angerechnet werden, wenn sie endgültig aufstand und dem Gesinde half, obwohl sie es hasste, das warme Bett erneut zu verlassen? Während sie noch mit der Entscheidung kämpfte, spürte sie, wie das Bett plötzlich ruckte. Wahrscheinlich die Magd, die sich herumwarf. Doch die Magd lag ganz still.

Ein zweiter Ruck und dann ein Beben, das nicht mehr aufhörte. Es wurde immer stärker. Es erfasste das gesamte Bett. Gisela hörte die Bettpfosten auf dem Boden scharren. Sie hörte die Steine knirschen und die Balken an der Kammerdecke quietschen. Sie riss die Augen auf. Staub rieselte von oben herab. Von überall her klang plötzlich ein Rollen, lauter als Donner. Das Bett begann zu tanzen und rutschte seitwärts. Die Magd schoss keuchend in die Höhe. Der Fensterrahmen fiel heraus. Der Nachttopf hüpfte über den Boden. Giselas Magd kreischte auf.

Gisela spürte, wie sich ihr Magen hob. Sie hatte das Gefühl, dass die ganze Burg, dass das Land, auf dem sie stand, sich wand wie in Schmerzen. Die Sünde, dachte sie voller Panik. Die Sünde. Gott der Herr sieht alles und verzeiht vieles, aber meinen Ungehorsam verzeiht er nicht.

Das Mauerwerk der Burg stöhnte. Gisela hörte das Krachen, mit dem Balken aus den Verankerungen fielen und Wände zusammenstürzten. Die kleine Glocke in der Kapelle fing zu schlagen an, unrhythmisch und misstönend, bis ein noch lauteres Krachen ihrem Geklingel ein Ende machte.

Die Tür zur Kammer sprang auf, fiel aus den Angeln und knallte auf die Bretter. Feuerschein drang herein, und mit ihm ein Dämon mit leeren Augenhöhlen und gesträubtem Pelz. Die Magd sprang kreischend aus dem Bett und versuchte darunterzukriechen. Der Dämon stürzte in die Kammer und packte die Magd am Fuß. Er verwandelte sich in einen Mann, dem ein zweiter mit einer Fackel folgte. Erst jetzt erkannte sie Lothar d'Osoppo, ihren Vater, der seinen Helm trug und sich in einen Pelz gewickelt hatte. Er zerrte die Magd unter dem Bett hervor und wandte sich Gisela zu. Sie sah, wie sich sein Mund bewegte, aber das Dröhnen und Krachen und Bersten verschluckte seine Worte.

Gisela fand plötzlich ihre Stimme wieder.

»Ein Erdbeben, Vater!«, schrie sie. »Wir müssen hier raus!«

2

Joseph ben Kesher ging ohne sichtbare Eile durch die nachtdunklen Gassen Nürnbergs. Er hatte ein paar Minuten Vorsprung vor der Gruppe, die nach ihm kam, und das war genug. Den Weg, den er und die anderen zu nehmen hatten, kannte er im Schlaf, so oft hatte er ihn in den vergangenen zwei Tagen zurückgelegt. Er kannte jeden Hauseingang, jede Gassenöffnung, jede dunkle Ecke. Er wusste genau, wo der unvermeidliche Überfall stattfinden würde, und er war jetzt unterwegs zu dieser Stelle. Er fühlte Anspannung, aber auch vorauseilenden Triumph. Heute würden die Wölfe erleben, dass die Lämmer sich erhoben und ihnen die Zähne zeigten.

Der Geruch des Flusses stieg ihm in die Nase – Fäulnis, Nässe und toter Fisch. Unter seinen Stiefelsohlen knirschte der tagsüber zu Matsch getretene und in der Nacht wieder gefrorene Schnee. Vor dem vagen Grau des Himmels waren die dunklen Umrisse von Wasserturm und Henkerturm zu sehen. Die Morgendämmerung war noch mindestens drei Stunden entfernt.

Jede Stadt von der Größe Nürnbergs besaß zwei Bezirke, die nicht baulich voneinander abgetrennt und doch ganz unterschiedlich waren. Es gab das eigentliche Stadtinnere mit der relativen Sicherheit, die die regelmäßigen Nachtpatrouillen den Bürgern in ihren Häusern verliehen. Und es gab den Bereich unterhalb der Mauern und direkt bei den Toren, der das Stadtinnere wie ein Ring aus Gesetzlosigkeit umfasste. Hier gab es keine Patrouillen und keine Sicherheit. Man befand sich zwar innerhalb der Stadtmauern, aber man hätte genauso gut irgendwo draußen im Wald sein können, in der Welt, in der der Stärkere immer den Schwächeren fraß.

In Nürnberg gingen diese beiden Bezirke ineinander über. Vor zwanzig Jahren hatte die Stadt noch aus zwei separat umwallten Bereichen bestanden: der Sebalder und der Lorenzer Altstadt. Dann hatte man eine neue Mauer gebaut, die beide Bereiche umfasste und zur Stadt Nürnberg vereinte. Die alten wallnahen, schlechten Bezirke waren jedoch geblieben. Zwanzig Jahre reichten nicht aus, um eine Stadt so zu ändern, dass sich diese Bereiche auflösten. Und so zog sich mitten durch die Stadt Nürnberg entlang gewundener Gassen eine Zone, die die braven Bürger mieden und die die kürzlich entstandenen neuen schlechten Bezirke entlang der aktuellen Mauer verband.

In Zeiten wie diesen war der Unterschied zwischen dem guten und dem schlechten Teil der Stadt noch größer als sonst. Die Handwerker und die kleinen Leute betrauerten noch immer den Tod von Kaiser Ludwig dem Bayern und hassten die Patrizier und reichen Kaufleute, die ihrerseits rasch dem neuen König Karl die Treue geschworen hatten – und heimlich Gespräche mit dessen Rivalen Günther von Schwarzburg führten. Dass die beiden Anwärter auf die Kaiserkrone sich immer wieder in Nürnberg aufhielten, brachte den kleinen Leuten auch keine Vorteile. Das Geschäft mit den Mundschenken und Kammerherren der beiden Adligen machten die reichen Kaufleute.

Josephs Weg führte zwischen den Häusern entlang der Pegnitz, am ehemaligen Wall entlang. Die Gasse war ein Tunnel – sich neigende Wände, offen stehende Mäuler von türlosen Eingängen, tief heruntergezogene Dächer mit Lücken wie das Grinsen von Totenschädeln. An den Hauswänden fanden sich obszöne Malereien, unleserlich gewordene Sprüche, Schmähungen und Hasstiraden: die Helden der Kreide am Werk. In den Bruchbuden hier hausten der Bettlerkönig und sein Hofstaat. Die meisten von ihnen waren nicht zu Hause. Burggraf Johann von Hohenzollern, der kaiserliche Verwalter der Reichsstadt Nürnberg, hatte schon vor Wochen Anweisung gegeben, die Gesellschaft unter den Mauern nachts im jeweils nächstliegenden der Stadttürme einzusperren. Er fürchtete, die Besitzlosen könnten plötzlich ihre Solidarität mit den Handwerkern entdecken und diesen wiederum das Gefühl vermitteln, sie wären nun zahlreich genug, um einen Aufstand zu wagen.

Weiter voraus wusste Joseph die Mündung einer Quergasse, die seiner Meinung nach der einzig sinnvolle Ort für den zu erwartenden Überfall war. Die Gasse führte unter einem Gebäude hindurch, eine Straßenführung, die er aus seiner Heimatstadt Venedig als Sottoportego kannte.

Als er näher kam, sah er das Bündel Decken und Lumpen dort liegen. Es war ein Signal. Hätte es nicht hier gelegen, wäre der Überfall abgeblasen worden. Joseph drückte sich neben der Gassenmündung an die Mauer und lauschte.

Er hörte die Gruppe heranschleichen und Stellung beziehen, fast ebenso lautlos, wie er gewesen war, aber nicht ganz, weil die Männer es nicht gewohnt waren, leise aufzutreten. Joseph und die Männer waren jetzt nur durch die Hausecke getrennt – sie in dem finsteren Durchlass, er draußen an die Wand gepresst.

Er wartete.

Kurze Zeit später hörte er vom Anfang der Gasse, durch die er gekommen war, Schritte und Gemurmel: die Delegation, der er vorausgeeilt war und auf die es die Gruppe im Durchlass abgesehen hatte. Er lächelte, obwohl sein Herz heftig schlug. Das Warten hatte ein Ende. Er lauschte und hatte das Gefühl, dass die Männer dort hinter der Ecke sich bereitmachten.

Joseph trat ihnen in den Weg, als sie ihre Deckung verließen. Zwei von ihnen standen schon halb in der Gasse, zwei weitere duckten sich noch unter den Durchlass. Perfekt. Auf diese Weise behinderten sie sich gegenseitig.

»Nanu, wen haben wir denn hier?«, sagte er freundlich.

Die Männer stutzten. Joseph ahnte, dass sein italienischer Akzent die Überraschung noch vergrößerte. Er beherrschte die Sprache, die jenseits der Alpen gesprochen wurde, hinreichend, aber seinen Akzent hörte man trotzdem heraus.

»Verpiss dich«, sagte einer der Männer schließlich wenig geistreich. »Wir sind im Dienst.«

»Wenn ihr die Nachtwache seid, bin ich der Burggraf«, erwiderte Joseph.

»Ich hab gesagt, verpiss dich.«

»Was denn? Stadtluft macht frei – noch nie was davon gehört? Ich kann hier so gut sein wie ihr.«

»Kannst du nicht! Und jetzt hau ab.« Der Sprecher warf nervöse Blicke die Gasse hinauf, von wo sich die Delegation näherte.

Von den zweien, die sich noch in den Durchlass duckten, drängelte sich einer jetzt ins Freie. Er war offenbar der Anführer. Er gönnte Joseph einen kurzen, verächtlichen Blick.

»Was macht ihr Maulaffen hier?«, zischte er dann seinen Kumpanen zu. »Seht zu, dass der Kerl verschwindet, oder schlagt ihn tot!«

»Versucht's doch«, sagte Joseph und hob die Fäuste wie die schlechte Parodie eines Faustkämpfers. Er wollte, dass die Männer ihn als Gegner nicht ernst nahmen.

Die Schritte der herankommenden Delegation waren jetzt so nah, dass man sie im nächsten Moment würde sehen können. Der schwache Lichtschein einer Laterne wanderte ihnen voraus.

»Gottverdammt«, sagte der Anführer. »Da kommen sie. Und wir stehen hier herum wie die Idioten. Los, zurück in Deckung. Den besoffenen Katzelmacher nehmen wir mit ...«

Er packte Joseph am Wams. Josephs Rechte landete mit voller Wucht in seiner Magengegend. Als der Mann sich krümmte, schnappte Josephs Kopf nach vorn. Seine Stirn traf die Nasenwurzel seines Gegners. Der Mann sackte zusammen wie ein leerer Schlauch.

»Nie die Deckung vernachlässigen«, sagte Joseph. »Erste Lektion im Faustkampf.«

Die anderen Männer starrten ihn an. Dann fielen sie, mangels sinnvollerer Befehle und weil es das Naheliegende war, über ihn her.

Es dauerte nur ein paar Augenblicke, und es war weniger ein Kampf als vielmehr ein Tanz. Joseph wusste, wie man die Kraft des Gegners für sich und gegen ihn verwendete. Er wusste, wo man einen Gegner treffen musste, um ihn sofort kampfunfähig zu machen. Er wusste auch, wo man notfalls treffen musste, um den Gegner zu töten. Er trat einen Schritt zurück, als der letzte Angreifer sich stöhnend auf dem hartgefrorenen Boden ausstreckte und reglos liegen blieb, dann wandte er sich um und begegnete den Blicken der Ankömmlinge, die den Kampfplatz mittlerweile erreicht hatten. Es waren sechs alte Männer und eine junge Frau in der Mitte der Gruppe, die nun von den Männern nach hinten geschoben wurde. Sie trug die Laterne, deren Schein vorhin das Nähern der Gruppe angezeigt hatte. Sie hielt sie wie einen Schutzschild vor den Körper.

Einer der alten Männer trug eine runde, längliche Lederkapsel, wie man sie verwendete, um Dokumente vor Nässe zu schützen. Seine Hände krampften sich darum, als er flüsterte: »Was hast du getan, Joseph ben Kesher? Was hast du getan?«

»Friede sei auch mit dir, Jechiel HaCohen«, erwiderte Joseph ironisch.

»Was hat das zu bedeuten, Joseph?«, fragte einer der anderen alten Männer.

Joseph deutete auf die Lederrolle. »Diese Männer wollten Euch auflauern. Sie wollten Euch den Vertrag wieder abnehmen. Wie ich Euch prophezeit habe.«

»Aber … warum?«, stöhnte Jechiel HaCohen. »Ich verstehe das nicht. Der Burggraf hat uns doch eigens eingeladen, um den Vertrag zu ratifizieren.«

Die alten Männer waren die Seniores der jüdischen Gemeinde Nürnbergs. Jechiel HaCohen war der Parnass, der Vorsteher der Gruppe und damit die höchste geistliche und weltliche Autorität der Judengemeinde. Der Vertrag behandelte den geplanten Abriss aller Häuser im Judenviertel und den Austausch des jüdischen Grundbesitzes gegen anderen Grund und Boden außerhalb der Stadtmauern. Joseph, der den Vertragsverhandlungen seit mehreren Tagen als Berater beigewohnt hatte, hatte erreicht, dass die jüdische Gemeinde für das neue, zwangsweise zugewiesene Grundstück nur sechzehnhundert Gulden bezahlen musste – statt der ursprünglich geforderten dreifachen Summe. Er hatte des Weiteren eine Klausel in den Vertrag aufnehmen lassen, dass Burggraf Johann von Hohenzollern den Juden auch in Zukunft den Schutz der Stadt gewähren würde, selbst wenn sie außerhalb der Stadt lebten. Das letzte Massaker an der jüdischen Bevölkerung Nürnbergs war erst fünfzig Jahre her.

»Und jetzt wollte er Euch den Vertrag wieder wegnehmen«, sagte Joseph.

»Woher willst du das wissen, Joseph ben Kesher?«, fragte Jechiel HaCohen. »Du hast Gewalt angewandt, Joseph. Gewalt ist nicht unser Weg.« Jechiel deutete mit einem zitternden Daumen über seine Schulter auf die junge Frau. »Was wäre, wenn sie dich überwältigt hätten? Dann stünden sie jetzt hier vor uns und nicht du. Und sie wären wütend. Sie würden ihre Wut an Jutta auslassen. Du hast meine Tochter in Gefahr gebracht!«

»Nein, Reb Jechiel, Ihr habt sie selbst in Gefahr gebracht, indem Ihr sie mitgenommen habt. Ich hatte Euch gewarnt.«

»Meine Tochter geht stets voran und leuchtet mir, wenn ich nachts unterwegs bin«, sagte Jechiel. »So erfüllt sie ihre Pflicht gegenüber ihrem Vater.«

Joseph wandte sich ab. Er kauerte sich neben einem der Bewusstlosen nieder und drehte dessen Kopf herum. Der Mann stöhnte, erwachte aber nicht aus seiner Ohnmacht. »Zu gut rasiert für einen Straßenräuber«, sagte Joseph. »Zu wohl genährt.« Er riss die schmutzige Tunika des Mannes am Hals auf. »Und was sehen wir hier, unter den Lumpen? Eine Tunika in den Farben des Burggrafen. Das sind seine Soldaten. Selbst wenn die Tunika nicht wäre, wüsste ich es. Sie waren zu ungeschickt für Straßenräuber.«

»Wir sollten alle in die Falle gehen!«, rief einer der anderen alten Männer. »Sieh das doch endlich ein, Jechiel! Es war von Anfang an geplant.«

»Baruch hat recht«, sagte ein anderer. »Wir durften dem Burggrafen nicht vertrauen!«

»Ihr durftet König Karl nicht vertrauen«, sagte Joseph. »Der Burggraf tut nur, was man ihm sagt.«

»Ich halte das alles für ein Missverständnis«, sagte Jechiel. »Gewalt ist außerdem niemals unser Weg. Es ist nicht der Weg der Gerechten.«

Joseph antwortete nicht, weil Jechiels Hartnäckigkeit die alte, wohlbekannte Wut in ihm aufsteigen ließ. Manchmal versetzte ihn die Einstellung seiner Glaubensgenossen noch mehr in Zorn als die Hinterhältigkeit der Christen. Stattdessen begann er in den Kleidern des Mannes zu wühlen, der der Anführer der Soldaten gewesen war. Seine Hand kam mit einem gefalteten Papier zum Vorschein. Er faltete es auseinander, las es und grinste freudlos.

»Was hast du?«, fragte der Senior, der Baruch genannt worden war.

»Das, Reb Baruch, ist ein Erlaubnisschein, sich nachts trotz der Ausgangssperre in und außerhalb Nürnbergs aufzuhalten«, sagte Joseph. »Es heißt hier, dass seine Besitzer in keinem Fall aufgehalten oder für irgendetwas zur Rechenschaft gezogen werden sollen, weil das, was sie tun, zum Wohle der Stadt und des Reichs geschieht. Glaubt Ihr mir jetzt endlich, Reb Jechiel?« Er stand auf und reichte dem Parnass das Dokument. »Nehmt den Passierschein. Damit kommt Ihr unbehelligt durch, falls Euch die richtige Nachtwache begegnen sollte. Passt gut auf den Vertrag auf.«

Er wird euch im Ernstfall nichts nützen, fügte er im Stillen hinzu. Nichts nützt etwas, das ihr auf das Vertrauen baut, dass die Christen ihre Zusagen einhalten werden. Alles, was dieser Vertrag vermag, ist, euch Hoffnung zu geben, bis sie dann doch eure Türen eintreten und euch wegschleifen und euch und eure Frauen und Kinder auf der Straße erschlagen.

Uns, dachte er dann. Bis sie *uns* wegschleifen. Uns und unsere Frauen und unsere Kinder. Ich bin immer noch einer vom auserwählten Volk, auch wenn manche es sich anders wünschen. Zum Beispiel mein Vater.

Die Seniores drücken sich an Joseph vorbei. Bis auf Jechiel HaCohen murmelten sie ihm Abschiedsgrüße zu und segneten ihn. Jutta blickte weg, als sie ihn passierte. Die Gruppe verschwand in Richtung Judenviertel, und die Gasse war auf einmal wieder dunkel, weil das warme gelbe Laternenlicht jetzt fehlte.

Einer der besiegten Angreifer ächzte und versuchte sich aufzurichten. Joseph stellte ihm den Fuß auf die Schulter und stieß ihn um. Der Mann rollte aufs Gesicht und lag wieder still.

»Sie sind weg«, sagte er dann laut.

Das Bündel aus Lumpen und Decken, das Joseph als Signal gedient hatte, bewegte sich plötzlich, dann erhob sich ein Mann aus dem Wirrwarr und richtete sich auf. Er war einen halben Kopf größer als Joseph, hatte eine breite Brust und noch breitere Schultern und ein freundliches, bärtiges Gesicht unter einem Lockenkopf. Seine Miene war die eines Mannes, den man einfach beiseiteschubsen kann und der sich dann auch noch dafür entschuldigt, im Weg gestanden zu haben.

Man hätte keinen größeren Fehler begehen können, als Zacharias Phiselin tatsächlich für so einen Mann zu halten.

»Du hast mich überhaupt nicht gebraucht«, sagte Zacharias.

»Doch«, widersprach Joseph. »Ich kämpfe beruhigter, wenn ich weiß, dass du im Notfall eingreifst.«

»Wie bin ich froh, dass du meinetwegen *beruhigt* kämpfen kannst«, sagte Zacharias trocken.

»Und ich brauchte dich, damit ich wusste, dass sich die Kerle wirklich hier versteckten.«

»Dazu hätten die Decken alleine auch gereicht.«

»Und wie hätten die Decken sich wegbewegt, wenn der Hinterhalt woanders stattgefunden hätte?«

»Ich frage mich, ob ich mich im Ernstfall noch hätte wegbewegen *können*. Du hast mich reichlich lange hier herumliegen lassen, wenn ich das mal anmerken darf. Ich bin vor Kälte so steif wie Lots Weib.«

»Sei nicht so ein kleines Mädchen«, sagte Joseph lächelnd und schlug Zacharias gegen den Arm. »Und danke, dass ich mich immer auf dich verlassen kann. Es hat gutgetan, dich als Verbündeten in der Hinterhand zu wissen.«

»War mir ein Vergnügen«, erklärte Zacharias. »Und das mit dem kleinen Mädchen habe ich überhört.«

Joseph seufzte. »Machen wir, dass wir hier wegkommen. Ich

habe genug von Schnee und Kälte; ich freue mich auf Zuh … auf Venedig.« Er bückte sich nach dem Deckenknäuel, unter dem Zacharias sich versteckt hatte, um es aufzuraffen.

»Ich nehm das schon …«, rief Zacharias hastig, aber es war zu spät. Joseph hob die Decken hoch. Ein Gesicht mit großen Augen, von wirrem, langem Haar umrahmt, blinzelte zu ihm hoch.

Joseph drehte sich um.

»Zacharias …«, begann er drohend.

»Ja, ja, ja!«, rief Zacharias. »Was sollte ich denn machen?«

»Du warst mit *ihr* hier unter der Decke?«

»Da war es wenigstens schön warm.«

»Du bist doch ein noch größerer Narr als Reb Jechiel …«, begann Joseph lautstark.

»Friede sei mit dir, Jossele«, piepste das Mädchen und verzog den Mund zu einem strahlenden Lächeln. »Ich hab dich vermisst.«

»Schrei mich nicht an in Gegenwart meiner Tochter«, sagte Zacharias mit verletzter Würde.

»Ich sollte dir in den Hintern treten in Gegenwart deiner Tochter«, sagte Joseph.

»Maria war nicht in Gefahr. Wofür hältst du mich?«

Joseph bückte sich und hob Maria samt den Decken hoch, in denen sie lag wie in einem Nest. Er küsste sie auf die Stirn. »Friede sei mit dir, meine kleine Suri«, sagte er. Maria kicherte.

»Nenn sie nicht Prinzessin«, brummte Zacharias. »Und sie kann alleine laufen. Lass dich nicht ständig von ihm rumtragen, Maria, du nutzt seine Gutmütigkeit schamlos aus.«

»Gehen wir, kleine Suri«, sagte Joseph, ohne das Kind abzusetzen. »Dein Vater hat jetzt eine Weile nicht das Recht, dir Sachen zu verbieten, nachdem er dich gegen mein ausdrückliches Verbot hierher mitgenommen hat. Stimmt's?«

»Wo soll ich denn hin mit ihr?«, sagte Zacharias aufgebracht. »Hätte ich sie bei irgendwelchen Fremden lassen sollen? Mit sechs Jahren? Hätte ich sie beim Burggrafen abgeben sollen? Wie stellst du dir das vor, Jossele?«

»Du hättest sie in Venedig lassen sollen.«

»Bei wem? So einfach ist das nicht, wenn einem die Mutter des einzigen Kindes stirbt.«

»Deborah ist seit vier Jahren tot«, sagte Joseph sanft. Er sah aus dem Augenwinkel, wie Zacharias unglücklich mit den Schultern zuckte. Er hätte Zacharias das sagen können, was alle zu ihm sagten, die von seiner Lage hörten: Nimm dir doch wieder eine Frau. Es tut deiner Liebe für Deborah keinen Schaden. Und das Kind braucht eine Mutter.

Er sagte es nicht. Er und Zacharias waren enger miteinander verbunden als Brüder, und ein Bruder fügte dem anderen nicht unnötig Schmerz zu. Zudem war das Thema seit kurzem auch für Joseph mit Pein behaftet. So lange hatte er es geschafft, keine Frau in sein Herz zu lassen. Und dann war eine so schnell dort eingedrungen, dass das Aufschäumen seiner Gefühle ihn geradezu atemlos gemacht hatte. Es machte die Sache nicht besser, dass diese Liebe völlig unmöglich war. Von beiden Seiten. Eher kamen Feuer und Wasser zusammen als ein Jude und eine Christin.

Maria riss Joseph aus seinen Gedanken. »Du darfst Tatele nicht schimpfen«, sagte sie und musterte ihn mit ernster Miene. »Er ist der beste Tatele auf der Welt.«

»Das ist er«, sagte Joseph heiser und fühlte Schmerz in seiner Kehle. »Das ist er, bei allen Gerechten!«

Dann spürte er plötzlich, wie der Boden unter seinen Füßen bebte.

3

Gabriele de Mussis blinzelte, als er als Letzter der Delegation aus den Toren der Stadt Caffa ins Freie hinaustrat. Bis zur Morgendämmerung mochten es noch ein, zwei Stunden sein. Der Nieselregen ließ die Feuer im Lager der Tataren verwaschen durch die Dunkelheit leuchten.

Nach über einem Jahr Belagerung war man in Caffa an nächtliche Finsternis gewöhnt. Öl, Tran und Fett hatten längst den Eingang in den Speiseplan der Bewohner gefunden und waren zu wertvoll, um als Brandmittel für Laternen zu dienen. Wer nachts durch die Gassen von Caffa huschte – immer an den Wänden entlang, um den gelegentlichen Pfeilschauern der tatarischen Bogenschützen zu entgehen –, hatte sich längst mit Dunkelheit, Stolpern, angeschlagenen Zehen und Kopfnüssen von zu spät gesehenen Dachbalken abgefunden. So wie mit dem Beschuss. Die herunterkommenden Pfeile konnte man ebenso hören wie das Flattern der von den Schleudern abgeschossenen Steine und ihnen ausweichen – außer man saß zufällig in einem der Häuser, die den Steinen im Weg standen. Aber das eine oder andere beiläufige Opfer hatte man zu akzeptieren, wenn man belagert wurde; die überlebenden Nachbarn, die die Erschlagenen aus den Trümmern zogen, pflegten der Meinung zu sein, dass es auch schlimmer hätte kommen können.

Gabriele musterte den unregelmäßigen Ring aus trübe schimmernden Lagerfeuern, der sich im Nordosten der Stadt bis zum Meer hinunterzog und in der Gegenrichtung im unregelmäßigen Gelände verschwand. Die Fessel, die das Belagerungsheer Caffa angelegt hatte, ging dort bis zu den steilen Klippenhängen. Die Klippen schoben einen Sporn ins Meer hinaus und schützten den Hafen Caffas von Süden her. Diese Felsen und der Umstand, dass die Tataren sich nicht auf das Meer hinauswagten, waren der Grund dafür, dass der Hafen offen geblieben war. Natürlich beschossen die Belagerer jedes Schiff, das Caffa verließ oder dort anlegen wollte, und die Anzahl der am Strand angespülten oder die Hafenzufahrt unsicher machenden gesunkenen Wracks war beträchtlich – doch der Hafen war offen geblieben, und die Versorgung der eingeschlossenen Bürger funktionierte so weit, dass man halbwegs überleben konnte. Djanibek Khan, der Anführer der Tataren, würde Caffa niemals besiegen können, solange ihm der Hafen nicht gehörte.

Gabriele fühlte die Blicke der anderen Delegationsmitglieder auf sich. Er war das jüngste Mitglied der Abordnung und nicht einmal Bürger der Stadt, und doch betrachteten die anderen ihn als ihren Sprecher. Es war bekannt geworden, dass er bei früheren Reisen in die Gegenden östlich des Schwarzen Meers genügend Sprachkenntnisse aufgeschnappt hatte, um sich mit den Tataren unterhalten zu können. Ein Lob auf den reisenden Arzt, dachte er sarkastisch, er sammelt Wissen und Fertigkeiten – und zieht sich so ziemlich jede Krankheit zu, die man sich denken kann, und mit etwas Glück und Gottes Gnade überlebt er sie alle – und dann erhält er als Belohnung dafür den Auftrag, dem Löwen in den offenen Rachen zu spazieren. Nicht zum ersten Mal fragte er sich, wie lange seine Courage noch vorhalten würde. Er war in der Stadt geblieben, obwohl viele Fremde die unregelmäßig verkehrenden Schiffe genutzt hatten, um zu fliehen. Er hatte sich vorgesagt, dass ein Arzt bei den Verwundeten und Kranken bleiben musste. Aber je länger sich sein Aufenthalt hinzog, desto mehr beneidete er diejenigen, die den Mut besessen hatten, sich als Feiglinge zu erkennen zu geben.

Und jetzt hatte er auch noch diesen Auftrag zu erfüllen. Die Aufgabe der Delegation lautete, Djanibek Khan dazu zu bewegen, endlich das von Caffa angebotene Lösegeld anzunehmen und die Belagerung aufzuheben, bevor das Patt zwischen beiden Parteien zu einem ewigen Stillstand kam. Es hatte schon mehrere derartige Versuche gegeben, allesamt vergeblich. Einmal hatte der Khan die Abgeordneten pfählen lassen. Die anderen Delegationen waren unverletzt zurückgekehrt. Man konnte nie wissen, wann es dem Khan wieder einfallen würde, die Botschafter zu Tode zu schinden.

Hinter ihnen schlossen sich die Torflügel. Matteo del Bosco, an dessen Seite sich Gabriele hielt, blickte auf. »Worauf warten wir, meine Herren?«, fragte er. Seine Stimme sollte vermutlich forsch klingen, aber in Gabrieles Ohren hörte sie sich dünn an. Während Gabriele der Sprecher der Gruppe war, galt Matteo als ihr Anführer.

Soldaten erwarteten sie an einem der Zugänge zum Heerlager und brachten sie schweigend tiefer hinein. Das Zelt des Khans stand auf einem freien Platz inmitten der anderen Zelte. Es war mit Goldfarbe überzogen. Der Überzug hatte gelitten in den langen Monaten der Belagerung und wies jetzt mehr schwarze als schimmernde Stellen auf. Feuer brannten um es herum. Neben einem der Feuer sah Gabriele etwas, das ihn mit Schrecken erfüllte. Auch die anderen Delegationsmitglieder sahen es und blieben stehen. Gabriele hörte Gemurmel. Matteo del Bosco zischte: »Schsch!«

Ein Mann kniete auf dem Boden, den Kopf gesenkt. Er war nicht gefesselt. Ein Tatar bewachte ihn. Der Gefangene schien nur halb bei Bewusstsein zu sein, denn sein Oberkörper schwankte hin und her. Neben ihm lag ein langer, abgeschälter, zugespitzter Pfahl. Gabriele sah das Fett schimmern, mit dem der Pfahl eingerieben worden war. Djanibek Khan schien zur Begrüßung der Delegation eine Pfählung vorbereitet zu haben.

Der Mann war kein Tatar, sondern ein Europäer.

Er trug die Kutte eines Mönchs, aber er hatte keine Tonsur. Um seinen Hals hing ein silbernes Kreuz an einer ebenfalls silbernen Kette, das die Tataren ihm gelassen hatten, damit die Delegation auch wirklich erkannte, was er war.

Er war ein Priester.

Gabriele blickte auf, als Djanibek Khan aus seinem Zelt trat. Er erkannte den Khan nur deshalb, weil die Wachen vor seinem Zelt strammstanden. Er hatte einen beeindruckenden Mann erwartet, aber der Khan sah nicht anders aus als seine Soldaten: eine untersetzte Gestalt, die aus genietetem Leder und einer Kettenrüstung zusammengesetzt schien, auf der ein quadratischer Kopf saß. Die Gesichtszüge der Tataren wirkten stets übelgelaunt und brutal, aber Gabriele war genügend herumgekommen, um zu wissen, dass dies ein Vorurteil war – man hatte ihm einmal in aller Freundschaft mitgeteilt, dass die Gesichter seines Volkes wegen ihrer Länge und der großen Augen auf die Tataren äußerst dümmlich wirkten. Er selbst, so hatte man ihn weiter ins Vertrauen gezogen, galt mit seinen blonden Haaren und den hellen Augen als außergewöhnlich hässlich.

Djanibek Khan hatte erst vier Jahre zuvor die Nachfolge seines Vaters als Anführer der Goldenen Horde angetreten; den guten Sitten seines Volkes folgend hatte er dabei seine beiden älteren Brüder beseitigt. Seitdem war er damit beschäftigt gewesen, die Moskauer Großfürsten zu terrorisieren, sich in die Angelegenheiten des Herzogtums Litauen einzumischen und in seinem Herrschaftsbereich den Islam als einzige Religion zu installieren. Bereits seit fünf Jahren plante er Caffa zu erobern, aber eine genuesische Flotte hatte seine Armee zerschlagen, und die Goldene Horde hatte fliehen müssen, fünfzehntausend Tote dabei zurücklassend. Vor über einem Jahr war sie wiedergekommen, Rache im Sinn.

Dem Khan folgte ein Unterführer, der hektisch auf ihn einredete. Djanibek grollte etwas. Der Unterführer redete weiter. Djanibek blieb stehen, wandte sich halb um und bellte etwas, so dass der Unterführer zusammenzuckte und einen Schritt zurückwich. Die Kiefer des Offiziers mahlten, aber er schloss jetzt den Mund und trat beiseite.

»Ihr alle«, sagte der Khan und deutete auf die Delegation, die sich verneigte, »ihr alle … auf euch wartet das Gras.« Er machte eine Kunstpause und grinste dann.

Gabriele drehte die Worte des Tatarenkhans hastig in seinem Kopf hin und her, versuchte sich daran zu erinnern, ob er etwas Ähnliches schon gehört hatte, bedachte die Herkunft der Goldenen Horde aus den asiatischen Steppen und übersetzte schließlich: »Er sagt, wir sind erledigt.«

»Fragt ihn, was diese unsägliche Zurschaustellung bedeutet«, sagte Matteo und deutete auf den gefesselten Priester.

»Angst«, erwiderte Gabriele. »Todesangst auf unserer Seite.«

»Ihr habt ihn noch gar nicht gefragt.«

»Ich brauche ihn nicht zu fragen, um das zu wissen. Der nächste Schritt wird sein, dass er den armen Kerl vor unseren Augen pfählen lässt.«

»Gütiger Himmel! Was für ein Monster! Wieso denkt er, uns Angst einjagen zu müssen?«

»Damit wir sie hinter die Mauern der Stadt tragen. Anders kann er uns nicht besiegen. Nur durch unsere Angst.«

»Ihr meint, er will gar nicht verhandeln?«

»Ich meine«, sagte Gabriele, »dass er das Gesprächsangebot wahrscheinlich gar nicht angenommen hätte, wenn ihm der Unglückliche nicht in die Hände gefallen wäre.«

»Gütiger Himmel!«

Djanibek Khan war der hastigen Unterhaltung interessiert gefolgt. Er hatte sie nicht unterbrochen oder sich darüber aufgeregt, dass man sich nicht mit ihm befasste. Gabriele glaubte nicht, dass er auch nur ein Wort verstanden hatte, aber er schien aus den Gesten und Mienen erraten zu haben, worum es gegangen war – und dass er sein Ziel erreicht hatte. Die Angst der Abgesandten war schon jetzt greifbar.

»Wie geht es jetzt weiter?«, fragte Matteo del Bosco unsicher.

»Ihr macht ihm das Angebot mit dem Lösegeld, er wird es ablehnen, dann wird er den Gefangenen umbringen, dann dürfen wir wieder gehen. Wenn wir Glück haben, vollzählig.« Gabriele versuchte es leichthin zu sagen, aber sein Herz hämmerte vor Angst so hart, dass es ihm wehtat.

»Wie meint Ihr das?«, hauchte Matteo.

Gabriele ging nicht darauf ein. Er beobachtete Djanibeks Miene. »Wir dürfen ihn nicht länger ignorieren. Macht ihm Euer Angebot. Jetzt.«

Matteo del Bosco raffte seinen Mut zusammen. »Sagt ihm als

Allererstes, dass wir den Gefangenen mitnehmen wollen. Er ist Teil der Abmachung.«

Von den anderen Delegationsmitgliedern kamen überraschte Geräusche. »Seid Ihr verrückt geworden, Signor?«, stöhnte einer der Männer. »Wir können dem Mann nicht helfen.«

»Er ist totes Fleisch«, sagte ein zweiter. »Habt Ihr nicht gehört, was Messere de Mussis gesagt hat? Wir können froh sein, wenn der Khan uns alle wieder mit heiler Haut abziehen lässt!«

Matteo del Boscos Blicke ließen die Gabrieles nicht los. Der Mann war zwar ein zögerlicher Delegationsleiter, aber er hatte Mut. Gabriele fühlte sich durch ihn beschämt. Er hatte den gefangenen Priester genauso verloren gegeben wie die restlichen Delegationsmitglieder.

Er wandte sich an Djanibek und übersetzte die Forderung Matteos. Djanibek Khan musterte den Genueser. Dann knurrte er etwas.

»Er sagt Ja«, übersetzte Gabriele zu seinem eigenen Erstaunen. Djanibek sprach weiter. »Wir sollen ihm ins Zelt folgen.«

Der Khan machte eine barsche Kopfbewegung zu dem Unterführer, der vorhin auf ihn eingeredet hatte, dann stapfte er an seinen Leibwachen vorbei in sein Zelt. Der eine der beiden Wächter schien angeschlagen zu sein, denn er machte schmale Augen und schüttelte sich kurz wie jemand, der Kopfschmerzen hat. Aber er stand genauso stramm wie sein Kamerad. Die Delegation folgte Djanibek zögernd und zwischen zwei weiteren Wächtern hindurch, die breitbeinig vor dem Eingang zum Innenzelt standen.

Drin machte Djanibek es sich auf einem mit Teppichen und Kissen belegten Thronsessel bequem. Der Unterführer gehorchte einem Wink seines Herrn und stellte sich hinter ihn. Er schien sich in seiner Rüstung unwohl zu fühlen.

Djanibek begann zu reden und musterte dabei Matteo del Bosco.

»Mein Volk liebt den Tauschhandel«, sagte der Khan. »Wer etwas nimmt, muss etwas geben.«

»Euer Volk hat sich von unseren Leuten viel genommen, ohne zu geben«, wandte Matteo ein.

Djanibek sagte mit unbewegter Miene: »Das stimmt nicht. Wir haben ihnen den Tod gegeben.«

Matteo schluckte und blickte zur Seite. Gabriele wartete darauf, dass er etwas sagte, aber es kam nichts. Anscheinend fragte sich der Genueser, ob er auch nur mit irgendeiner seiner erlernten Verhandlungstaktiken weiterkommen würde.

»Du«, sagte der Khan zu Matteo, »verstehst das mit dem Tauschhandel, oder? Ich gebe dir den ungläubigen Priester. Was gibst du mir dafür?«

»Wir können uns über die Erhöhung des von uns angebotenen Lösegeldes sicher einigen«, begann Matteo.

Der Khan schüttelte den Kopf. »Kein Geld«, sagte er. »Der Pfahl ist gespitzt, er will verwendet werden. Gib mir den.« Er deutete auf eines der Delegationsmitglieder. Der Mann erbleichte und begann zu stottern, als Gabriele fertig übersetzt hatte.

»Oder den. Oder den dort? Der da ist zu dick, der Pfahl würde brechen. Wie wäre es mit dem?« Der Khan deutete nacheinander auf die Delegationsmitglieder.

Erregtes, panisches Stimmengewirr erhob sich. Matteo war totenblass geworden. »Ich kann nicht über das Leben der Delegationsmitglieder verfügen«, sagte er mit schriller Stimme.

»Na gut. Dann nehme ich – dich.«

Matteo stierte Gabriele, dann den Khan, dann wieder Gabriele an, als wollte er den Arzt auffordern, etwas anderes zu übersetzen. Gabriele hatte Mühe, sein Zittern zu unterdrücken. Er wusste, dass er den Khan richtig verstanden hatte. »Ich trete von meiner Bitte zurück«, sagte Matteo schließlich. »Der Priester ist in Eurer Gewalt. Gott wird sich seiner Seele erbarmen.«

Gabriele schloss die Augen. Damit war die Verhandlung vorüber. Der Khan hatte die Falle, in die sich Matteo mit seiner mitleidigen Forderung begeben hatte, zuschnappen lassen. Niemand, auch nicht Gabriele, hätte sich freiwillig an die Stelle des Priesters begeben und sich den Pfahl vom After her durch den

Körper treiben lassen, bis er oben bei den Schulterblättern wieder austrat. Man starb nicht gleich daran. Man wäre es nur gern. Jedenfalls hatte Matteo nun jeden Respekt bei Djanibek Khan verloren, und auch die christliche Aufforderung zur Nächstenliebe war nun kompromittiert. Und genau diese Reaktion hatte der Khan von der Delegation erwartet. Er hatte gewusst, was er tat, als er die Abgesandten den Gefangenen hatte sehen lassen.

Matteo begann trotzdem, das Lösegeldangebot darzulegen. Er zählte auf, was alles gegen die Wahrscheinlichkeit sprach, dass die Belagerung jemals Erfolg haben würde. Seine Stimme verriet seine Demütigung und Hoffnungslosigkeit. Gabriele mühte sich durch die Übersetzung. Er fühlte sich mehr und mehr durch den Unterführer hinter Djanibeks Thron abgelenkt. Er wirkte zusehends nervöser, so als säße er mit dem Hintern auf einem Herd, der immer heißer wurde. Seine Hände wanderten immer wieder zu seinem Hals. Gabriele hatte bei seinen früheren Begegnungen mit Tataren Wutanfälle bei Besprechungen gesehen, demonstrativ zur Schau getragene Langeweile, albernes Gekicher und steinerne Mienen – aber niemals Nervosität oder Unruhe. Er fand es zusehends schwer, seine Aufmerksamkeit von dem zappeligen Offizier abzuwenden.

Dann ertönte eine Mischung aus einem dumpfen Aufprall, Metallgerassel und Röcheln vor dem Zelt, und Gabriele brach mitten im Satz ab. Der zappelige Offizier erstarrte in der Bewegung. Gabriele erkannte jetzt, dass der Mann schreckliche Angst hatte. Aber wovor?

»Seht nach, was da draußen los ist«, sagte Djanibek Khan und zog sein Schwert näher zu sich heran. Die Delegationsmitglieder wechselten rasche, besorgte Blicke.

Einer der beiden Leibwächter stapfte vor das Zelt. Die Blicke des Offiziers folgten ihm. Nach einem Augenblick kam der Krieger wieder herein und blickte noch finsterer als üblich.

»Ihr solltet es selbst sehen, Herr«, brummte er.

Djanibek Khan kniff die Augen zusammen. Dann sprang er auf und eilte durch die Delegation, deren Mitglieder hastig beiseitesprangen. Der zappelige Offizier gab sich einen Ruck und rannte ihm hinterher. Gabriele und Matteo del Bosco sahen sich an, dann drängten sie wie auf ein unsichtbares Zeichen ebenfalls zum Zelt hinaus. Die Delegation stolperte ihnen nach. Niemand hielt sie auf.

Einer der Wachposten lag inmitten seiner Waffen auf dem Boden. Der andere kniete neben ihm und sah ratlos aus. Djanibek Khan hatte die Hände in die Hüften gestemmt und holte Atem, um loszubrüllen. Der Offizier packte ihn am Arm. Die Beine des Wachpostens zuckten wie die eines Erstickenden.

Sein Kamerad fasste sich ein Herz und drehte ihn herum. Der Oberkörper des Gefallenen bäumte sich auf. Er gurgelte, dann brach sich ein mörderischer Hustenanfall Bahn. Schleim spritzte aus dem weit geöffneten Mund. Plötzlich folgten schwarze Blutbatzen, und dann hellrotes Blut, das heraussprühte wie aus einer durchtrennten Schlagader.

Djanibek Khan wich zurück. Der Wachposten auf dem Boden sperrte die Kiefer auf, seine Zunge streckte sich nach draußen, die Augen traten hervor, sämtliche Adern an seinem Hals standen vor. Seine Hände krallten sich in die Luft.

Djanibek Khan verschwand rückwärts in seinem Zelt, von seinem Offizier gezogen, der auf ihn einschrie. Der Kamerad des zuckenden Wachpostens sah mit blut- und schleimbespritztem Gesicht zu den Delegationsmitgliedern auf, so erschüttert und hilflos, dass es Gabriele wehtat. Aus dem goldenen Zelt ertönten wütendes Geschrei und Flüche.

Matteo del Bosco machte einen Schritt auf den gefallenen Mann zu. Gabriele ergriff seinen Oberarm und riss ihn zurück. Ihm war so kalt, als läge er tot unter der Erde.

»Gehen wir«, sagte er mit erzwungener Ruhe. »Gehen wir. Jetzt.«

»Wir müssen noch …«

»Wir müssen nur gehen. Jetzt. Bei der Jungfrau Maria und allen Heiligen, Signor! Lauft!«

Im gleichen Moment stolperte ein weiterer tatarischer Krieger in den Feuerschein. Sein Gesicht war rot. Sein Mund arbeitete. Seine Beine bewegten sich, als ginge der Mann auf Stelzen. Er riss sich den Helm vom Kopf. Seine Augen traten hervor. Er gurgelte. Gabriele wirbelte zu den Delegationsmitgliedern herum.

»Lauft!«, schrie er und rannte los.

Die Krieger auf der freien Fläche vor dem Zelt des Khans starrten ihren hilflosen Kameraden erschrocken an. Dieser torkelte im Kreis herum und versuchte den Halsausschnitt seiner Lederrüstung zu weiten. Gabriele bückte sich im Rennen und zerrte den Priester auf die Beine. Dieser stöhnte und schüttelte den Kopf. *»Non!«*, murmelte. *»Non! Non!«*

Gabriele stieß ihn vor sich her. Der Gefangene stolperte und wäre gefallen. Er schüttelte immer noch den Kopf. Gabriele packte seinen Arm und zerrte ihn mit sich. Er hatte die Sprache erkannt. Der Priester war Franzose.

»Wollt Ihr leben?«, schrie er ihm in dem bisschen Französisch ins Ohr, das er auf seinen Reisen gelernt hatte. »Kommt mit. Lauft.«

Der Gefangene stöhnte. Seine Beine begannen sich zu bewegen. Es war, als ob er sich bereits mit seinem Tod abgefunden hätte und jetzt nur schwer damit zurechtkam, dass er noch nicht stattfand. Aber er lief jetzt neben Gabriele her, der ihn nicht losließ, weil ein irrer Gedanke in seinem Kopf darauf beharrte, dass er aus dem Lager der Tataren lebend herauskäme, wenn er diese arme Seele dabei rettete. Eigentlich war es eine völlig unmögliche Flucht durch ein Heer von waffenstarrenden, jetzt aufgeschreckten Kriegern – aber wenn er es schaffte, den französischen Priester herauszubringen, würde Gott auch ihn, Gabriele de Mussis, herausbringen.

Zwischen den Zelten tauchten Soldaten auf und machten Anstalten, auf sie zuzulaufen und sie festzuhalten. Gabriele sah sich im Rennen nach der Delegation um und stellte fest, dass sie ihn gerade alle überholten. Matteo del Bosco lief vorneweg, sein langer Mantel flatterte hinter ihm her. Vom Zelt des Khans her ertönten plötzlich Hornsignale und Trommelschläge, und die auf sie zulaufenden Krieger änderten die Richtung und strebten nun auf den großen freien Platz zu. Der Weg aus dem Lager heraus war frei.

Gabriele und der Gefangene holten die anderen beim Tor ein. Der Priester sank zu Boden und krümmte sich dort. Er versuchte etwas zu sagen. Gabriele verstand *Nein* und *Bei der Liebe Christi* und *Heiliger Vater, warum, warum!* Er konnte sich keinen Reim darauf machen und stützte die Hände auf die Knie, um wieder zu Atem zu kommen. Der Gefangene wirkte, als ob er Fieber hätte. Einen schrecklichen Moment lang dachte Gabriele, er hätte auch die Krankheit wie die tatarischen Soldaten, doch er rang nicht nach Luft und spuckte auch kein Blut. Danke, Herr, dachte er und richtete den Blick nach oben, danke, dass Du mich gerettet hast.

Zwei der Delegationsmitglieder hämmerten mit den Fäusten an die Torflügel und schrien, dass man sie einlassen solle, bei der Jungfrau Maria und der Liebe ihres Sohnes Jesus Christus und macht-das-Tor-auf-ihr-Schweinehunde-und-lasst-uns-rein, während man von innen schon das Klackern und Rasseln des Mechanismus hörte, mit dem das Fallgitter hinter dem äußeren Tor hochgezogen wurde. Matteo del Bosco kam auf Gabriele zu.

»Was war das?«, stieß er hervor. »Was haben die Tataren?« Dann bemerkte er erst den Priester. Seine Augen weiteten sich. »Habt Ihr ihn mitgeschleift?«

»Ja.«

»Gütiger Himmel. Ihr seid ein mutiger Christ, Medicus.«

Es war ein Handel mit Gott, dachte Gabriele, aber er sagte nichts dazu.

»Also, schnell: Was, glaubt Ihr, war das im Lager der Tataren?«

Gabriele seufzte. Es war sinnlos, um den heißen Brei herumzureden. »Es ist die tödliche Seuche, die in den Ländern der Goldenen Horde herrscht.«

Matteo bekreuzigte sich. Er erbleichte trotz seines erhitzten Gesichts. »Jenseits des Chasarischen Meers? Ich habe das für ein Gerücht gehalten.«

»Ist es nicht. Ich habe die Gegenden bereist. Und ich kann Euch noch etwas verraten. Seid Ihr vertraut mit den Legenden über die Pest, die zu Zeiten von Kaiser Justinian geherrscht haben soll?«

»Gütiger Himmel! Wollt Ihr damit sagen …?«

Gabriele nickte. »Wenn ich die Anzeichen richtig deute, handelt es sich um dieselbe Krankheit.«

»Aber die ist vor siebenhundert Jahren aufgetreten und dann nie wieder!«

»Jetzt ist sie zurück.«

Matteo dachte mit weit aufgerissenen Augen nach. Schließlich fand er den Mut zu der naheliegendsten Frage: »Sind wir jetzt auch krank?«

»Ich glaube, nicht. Soweit ich weiß, wird die Krankheit durch Berührung übertragen.«

»Die Tataren …«

»Ja, ich weiß. Ich würde sagen, die Belagerung ist beendet, Signor. Die Krieger leben auf engstem Raum miteinander. Der Todesengel wird durch ihre Reihen schreiten wie damals, als der Herr ihn gegen die Ägypter sandte.«

»Gütiger Himmel, was für ein Vergleich. Glaubt Ihr, dass er es hat?« Matteo deutete auf den Priester.

Gabriele schüttelte den Kopf. »Nein«, sagte er. »Die Anzeichen, die er zeigt, sind die eines Mannes, der ein paar Tage lang bei Wind und Regen draußen verharren musste. Vielleicht stirbt er an Unterkühlung oder Entkräftung, aber nicht an der Pest.«

Matteo nickte. Er blickte sich um, zum Lager der Tataren. Gabriele folgte seinem Blick. Die ersten Feuer loderten dort hoch, es waren immer noch Trommeln und Hornsignale zu hören.

Das Stadttor schwang auf. Soldaten kamen heraus und einige hochrangige Ratsmitglieder. Erschrockene Fragen wurden laut.

»Seid Ihr überfallen worden?«

»Haben sie Gefangene gemacht?«

»Was ist passiert?«

Matteo sah Gabriele drängend an. »Kein Wort über die Krankheit. Zu niemandem! Ich muss erst mit dem Konsul sprechen. Verstanden?«

Gabriele nickte. Er ließ es zu, dass er beiseitegestoßen wurde, als ein paar Männer sich um Matteo drängten. Die anderen Delegationsmitglieder betraten bereits die Stadt. Gabriele bückte sich und zerrte den französischen Priester auf die Beine. Er konnte sehen, dass der Mann fieberte und nur bruchstückhaft mitbekam, was um ihn herum vorging. Tränen liefen ihm über die Wangen. Gabriele konnte sich nicht vorstellen, wie man sich fühlen mochte, wenn einem der Tod durch Pfählung sicher gewesen war und man sich plötzlich gerettet sah. Er nahm an, dass er in diesem Fall auch fiebern, irr reden und weinen würde.

Er griff dem Priester unter die Arme und zog ihn mit sich. Anscheinend war der Mann jetzt seine Verantwortung. Nun, das war eine Verantwortung, die er gern auf sich nahm, und ein günstiger Preis für den Handel, den er mit Gott eingegangen war.

2. BUCH

Der Tag der Sünden

»Dieses Schiff bringt seine Ladung nach Genua,
koste es, was es wolle.«

Kapitän Renzo

1

Hizyr Mahmud stolperte durch das Lager der Goldenen Horde. Tränen liefen über seine Wangen. Um ihn herum wälzte sich der Stolz seines Volkes sterbend im Schlamm.

Es konnte nicht anders sein, als dass Tenger Etseq, der zeitlose blaue Himmel, zornig über seine Kinder war. Wie hätte er es auch nicht sein sollen, da die alten Rituale, die Trankopfer, die Tänze seit Generationen zum Erliegen gekommen waren und Djanibek Khan, der derzeitige Herrscher der Goldenen Horde, dem alten Glauben durch seine bedingungslose Hinwendung zu Allah den Todesstoß versetzt hatte? Erschrocken ertappte Hizyr Mahmud sich bei diesen frevelhaften Gedanken.

»Möge der eine und wahre Gott meiner Seele gnädig sein«, flüsterte er und machte einen Bogen um einen Toten, der in einem Zelteingang auf dem Bauch lag und aus dessen Nase noch das Blut tropfte. Instinktiv hielt er sich die Hand vor den Mund und den Atem an.

Das Belagerungsheer der Goldenen Horde vor Caffa war am Ende, der Kriegszug verloren, die Vergeltung für die Niederlage vor drei Jahren sauer geworden und auf die Horde zurückgefallen. Jeder wusste es, von den Kriegern, die zu Dutzenden hustend, röchelnd und qualvoll in ihrem eigenen Blut ertrinkend starben, bis zu den Unterführern, die versuchten, am Leben zu bleiben, indem sie sich von ihren Scharen fernhielten. Hizyr Mahmud war einer der wenigen, die sich zu den Kriegern wagten, auch wenn dies bedeutete, dass er früher oder später ebenfalls krank werden würde und dass der Hin- und Rückweg zu den Zelten seines Kontingents ein Marsch durch einen Alptraum war. Der Khan hatte befohlen, die Toten zusammenzutragen und zu verbrennen, aber das Lager war riesig, und es starben zu viele. Zudem wurde es immer schwieriger, Männer dazu zu bringen, die Leichen einzusammeln – die Sterberate unter den Totengräbern war geradezu grotesk hoch.

Um das Zelt des Khans herum brannten hochlodernde Feuer.

Die Vorräte an dicht belaubten Lorbeerästen, die sonst nur für das Entzünden der Feuer verwendet wurden, um ihren Duft zu verbreiten, waren fast zu nichts zusammengeschmolzen, und doch stank es vor dem Zelt des Khan wie überall im Lager nach dem verkohlten Fleisch ihrer toten Kameraden. Die beiden Wachen standen vor dem Eingang. Hizyr Mahmud sah die Ersatzmänner unweit davon vor einem weiteren Feuer, bereits in voller Rüstung und Waffen. Sie schwiegen, jeder Sinn für die üblichen schlechten Witze und Sticheleien längst vergangen. Die Wachen waren ebenso wenig vor dem im Lager rasenden Tod gefeit wie alle anderen; wenn einer fiel, sprang sofort ein Ersatzmann ein, während die Leiche weggeschafft wurde. Niemals war das Zelt des Khans länger als ein paar Augenblicke von weniger als zwei stattlichen Kriegern bewacht.

Die Wachen nickten Hizyr Mahmud zu, als er ins Zelt trat. Für einen Augenblick blitzte die Erinnerung an das hässliche bleiche Gesicht des Übersetzers der Genueser vor ihm auf, der einen einzigen Blick mit ihm, Hizyr Mahmud, gewechselt hatte. Hizyr war der Offizier, der beim Khan gewesen war, als die Delegation eingetroffen war. Er hatte Djanibek die schlimme Nachricht überbringen wollen, bevor das Gespräch mit den Bewohnern von Caffa begann. Mittlerweile schämte Hizyr sich dafür, dass er einen Feind seine Angst hatte erkennen lassen.

Im Zelt des Khans waren bereits weitere Unterführer versammelt. Hizyr war der letzte, der eintraf. Als er eintrat, bellte Djanibek Khan gerade: »Wir vernichten die Hunde, zur Ehre Allahs und unseres großen Volkes.« Anscheinend hatte einer der anderen Unterführer vorher leisen Zweifel am Sinn ihres weiteren Verbleibens vor der Stadt geäußert.

»Gott ist groß«, murmelten Hizyrs Kameraden.

»Ich werde Caffa in meiner Hand zerquetschen und die Ungläubigen darin abschlachten«, sagte der Khan. »Ich bin zu lange gnädig gewesen mit ihnen – nun zerdrücken wir sie.«

Die Unterführer wechselten Blicke und nickten dann mit schlecht gespielter Begeisterung. Hizyr Mahmud setzte sich zwischen sie. Sie rückten nicht mehr von ihm ab, wie sie es in den ersten Tagen getan hatten, nachdem der Khan ihn wegen seiner zur Schau gestellten Unruhe beim Besuch der Delegation öffentlich gemaßregelt hatte. Es gab mittlerweile weitaus Schlimmeres, als den Eindruck zu erwecken, man trage die ungnädigen Gefühle des Herrschers gegen einen seiner Offiziere nicht mit.

Als Hizyr Mahmud kurz vor dem Eintreffen der Delegation gesehen hatte, wie drei seiner Männer spuckend und um sich schlagend gestorben waren, und als, noch während er fassungslos vor seinem Zelt gestanden hatte, plötzlich zwei weitere Krieger, die den Sterbenden versucht hatten beizustehen, zusammengebrochen waren, war er in völliger Panik zum Zelt des Khans gerannt. Er hatte versucht, ihn dazu zu bewegen, die Delegation zurückzuschicken und zuerst einmal festzustellen, ob im Lager der Goldenen Horde die Pest ausgebrochen war. Doch er hatte seinen Auftritt zeitlich schlecht abgestimmt. Während er mit Händen und Füßen auf den Khan einredete, hatte die Delegation schon das Zelt betreten. Es war nicht so, dass Hizyr Mahmud grundlos in Panik verfallen wäre: Er war schon einmal Zeuge gewesen, wie diese Krankheit zwei Familien aus über hundert Menschen innerhalb von vierundzwanzig Stunden dahingerafft hatte, bevor sie wieder abgeklungen war. Die Kranken hatten Blut gehustet; manche hatten rot entflammte Beulen in den Leisten und unter den Achseln entwickelt. Er wusste, dass die Goldene Horde einen Feind in ihrer Mitte hatte, der noch gnadenloser war, als es die Goldene Horde selbst jemals gewesen war.

»Wir müssen endlich den Hafen in unsere Gewalt bringen. Die Panzerreiter sollen ihn erobern, koste es, was es wolle. Meinetwegen sollen sie über die Körper ihrer toten Kameraden reiten, wenn sie nur den Hafen sichern.«

»Gott ist groß«, murmelten alle Unterführer außer Hizyr Mahmud und dem Mann, der den Oberbefehl über die Panzerreiter hatte.

»Hundertfünfzig Mann werden reiten«, sagte der Kavallerieoffizier.

»Das reicht nie, du Narr!«, brüllte Djanibek Khan.

»Natürlich nicht, Herr. Aber das sind alle, die noch am Leben sind. Oder es gestern Abend waren.«

»Ich hatte fünfhundert Panzerreiter!«, zischte Djanibek Khan.

»Dreihundertfünfzig Pferde warten auf einen neuen Meister, Herr.«

»Verflucht sei der Hafen! Dann muss es so gehen. Wir stürmen die Wälle mit dem ganzen Heer.«

Keiner antwortete. Hizyr Mahmud seufzte. Sein Kontingent bestand ausschließlich aus Fußsoldaten, Plänklern und Pionieren, die ersten und die gefährdetsten in jeder Schlacht. Er fühlte, dass er ein Recht hatte zu sprechen, und er wusste, dass alle darauf warteten, dass er es tat.

»Herr, es ist unmöglich«, sagte er mit niedergeschlagenem Blick.

»Wieso!?«, brüllte Djanibek Khan.

»Weil es uns in fünf derartigen Versuchen in den letzten eineinhalb Jahren nicht gelungen ist, die Stadt zu stürmen. Und da waren unsere Krieger noch gesund und wir zahlreich wie die Sterne am Himmel.«

Djanibek Khan erhob sich von seinen Decken und stampfte mit den Füßen auf. Sein Gesicht war kalkweiß. »Ihr Weiber!«, kreischte er. »Ihr Hunde! Wie konnte ich nur annehmen, dass ich die Goldene Horde zum Sieg über die Genueser führen würde, wenn meine Offiziere alle vor Angst auf dem Bauch kriechen wie Gewürm?«

»Herr, wir wären Euch in den Tod gefolgt«, protestierte einer von Hizyr Mahmuds Kameraden.

»Dann tut es jetzt!«

Sie antworteten nicht. Hizyr Mahmud sah sich erneut genötigt, das Schweigen zu brechen.

»Der Tod ist schon mitten unter uns«, sagte er. »Und diesmal bringt er keine Ehre.«

Djanibek Khan setzte sich wieder.

»Der Tod ist mitten unter uns«, wiederholte er. Dann vergrub er plötzlich das Gesicht in den Händen. Die Offiziere schluckten und wussten nicht, wohin sie blicken sollten. Als der Khan wieder aufsah, waren seine Wangen feucht.

»Wie viele sind es?«, flüsterte er. »Wie viele pro Tag? Zwei Dutzend? Zweihundert? Meine Männer sterben wie die Fliegen. Allah, sieh gnädig auf uns herab und sage deinem gläubigsten Diener, was geschehen ist, dass wir derart gestraft werden.«

Das Gleichgewicht ist zerstört, dachte Hizyr Mahmud. Einmal haben wir an den Geist des Himmels geglaubt und von dem gelebt, was das Land uns gab und was unsere Nachbarn bei uns eintauschten. Jetzt haben wir die Geister vergessen und unsere Nachbarn erschlagen. Seit hundert Jahren haben wir das Gleichgewicht gestört, und dies ist die Strafe dafür. Er empfand Mitleid mit dem Khan und erschrak darüber. Ein Mann, mit dem man Mitleid empfand, war schwach; ein schwacher Mann war ein Anführer, der sein Volk ins Verderben führte.

»Wie kann es so schnell gehen?«, fragte der Khan. »Wie kann es sein, dass Männer sich innerhalb eines halben Tages von einem mächtigen Krieger in ein Wrack verwandeln, das sein Leben in den Dreck hustet?«

»Diejenigen, die den Kranken nahe sind, bekommen sie selbst am schnellsten. Und die Totengräber, die die Leichen transportieren«, sagte Hizyr Mahmud. Er versuchte sich daran zu erinnern, was er seinerzeit gesehen hatte. Wer von den todgeweihten Familien überlebt hatte, hatte es nur deshalb getan, weil er früh genug davongerannt war und sich um das Sterben seiner Angehörigen nicht gekümmert hatte. »Die Pest steckt in den Kranken, und wer sie berührt, auf den springt sie über.«

»Wodurch?«

»Ich weiß es nicht, Herr. Durch den Atem der Kranken? Durch ihren Schweiß?«

»Die Geister sind erzürnt, und sie tragen die Krankheit von einem zum nächsten«, murmelte der Kavallerieoffizier und bewies, dass es neben Hizyr Mahmud auch noch andere Männer gab, in denen der alte Glaube überlebt hatte.

»Die Totengräber sterben, obwohl sie nur mit den Leichen in Berührung kommen?«, fragte Djanibek langsam.

»So sieht es aus«, erwiderte Hizyr Mahmud.

»Lasst mich allein«, knurrte Djanibek Khan. »Ich muss nachdenken. Aber bleibt in der Nähe.«

Die Männer schlurften zum Ausgang des Zeltes.

»Du«, sagte der Khan, »bleibst hier. Ich brauche dich.«

Hizyr Mahmud drehte sich um, plötzlich von Nervosität befallen, dass er gemeint sein könnte. Hatte er sich zu frech mit seinen Antworten vorgewagt? Er erkannte, dass man sich selbst dann noch vor dem Tod durch ein Schwert fürchten kann, wenn draußen ein unvorstellbar qualvolleres Sterben auf einen wartet. Doch Djanibek Khans Finger zeigte auf einen anderen Mann. Dieser verneigte sich und setzte sich wieder. Während Hizyr Mahmud seinen Kameraden nach draußen folgte, fragte er sich, ob der Khan nun auf den ebenso vergeblichen Versuch setzte, die Stadt in Trümmer zu schießen. Der Unterführer, der zurückgeblieben war, befehligte die Katapulte und Schleudern.

Die Offiziere versammelten sich vor dem kleineren Feuer, das die Ersatzmannschaft für die Wachen entzündet hatte. Hizyr Mahmud musterte die Gesichter der Männer, die vor dem Zelteingang standen. Er konnte nicht erkennen, ob es noch die gleichen waren wie die, denen er beim Eintreten zugenickt hatte. Ein Schauer lief ihm bei diesem Gedanken über den Rücken. Die Offiziere blickten sich schweigend an, jeder bemüht, seine Gedanken nicht in seinen Zügen erkennen zu lassen.

Einer der Männer hustete plötzlich. Die Gruppe stob auseinander wie Ratten, wenn man mit dem Fuß aufstampft, und errötete gleich darauf vor Scham. Der Mann, der gehustet hatte, stand allein in einem weiten Ring aus gepanzerten Gestalten und starrte sie an. »Ich habe mich verschluckt«, sagte er ungehalten.

Sie rückten wieder näher an ihn heran, ohne die Distanz vollständig zu überbrücken. Hizyr Mahmud wurde sich bewusst, dass die Ersatzwachen sie genau beobachteten, und war entsetzt über das Bild, das sie abgaben – und brachte es gleichzeitig nicht über sich, dem Kameraden mit gespielt guter Laune auf die Schulter zu klopfen und ihm irgendeinen derben Scherz zu sagen. Als er sich wieder abwandte, stand der Anführer der Katapultmannschaften vor dem Zelt des Khans. Er stierte ins Nichts.

»Was ist los?«, fragte Hizyr Mahmud. »Geht es dem Khan gut?«

Der Mann nickte. Dann schüttelte er den Kopf. Tränen stiegen in seine Augen.

Jemand drängte sich an ihm vorbei. Es war Djanibek Khan. Er grinste sie alle an.

»Ich *werde* Caffa in meiner Hand zerquetschen«, sagte er. »Gott hat mir das Mittel dazu gesandt. Wir haben es alle nur nicht erkannt.«

Er stapfte davon, zu dem Zelt hinüber, in dem sich sein Schlaflager und seine Mätressen befanden. Sie hörten ihn nach Wein verlangen und das gezwungene freudige Kichern der Frauen, als er im Zelteingang verschwand. Die Offiziere sahen sich an. Es war nicht einmal Mittag, und es gab keinerlei Sieg zu feiern. Sie sahen den fassungslosen Katapultmeister an.

»Wir sind alle verflucht«, sagte der Katapultmeister.

Der Unterführer, der sich verschluckt hatte, hustete erneut.

2

Giselas Welt war in einem einzigen Augenblick zusammengestürzt. Sie hatte nie darüber nachgedacht, wie sie sich verhalten würde, sollte sie eines Tages vor den Trümmern ihrer Heimat stehen. Die Lage der Burg Osoppo war zu günstig, ihr Vater zu mächtig und zu beliebt und seine Lehenstreue zu dem leicht erregbaren Patriarchen Bertrand de Saint-Geniès zu gut bekannt, als dass jemand den Versuch gewagt hätte, ihn zu belagern oder seine Burg zu beschießen. Daher war es Gisela nie in den Sinn gekommen, Pläne für den Tag zu machen, an dem ihr Heim nicht mehr stehen würde. Und nun war alles noch viel schlimmer.

Osoppo – Burg und Dorf – waren in größerem Ausmaß zerstört, als es jeder Angriff vermocht hätte. Osoppo war ausgelöscht. Was diesen Umstand noch schreckenerregender machte, war die Tatsache, dass man nicht einmal gegen einen Feind die Faust schütteln und ihm Rache schwören konnte. Es hatte keinen Feind gegeben. Der Erdboden selbst hatte sich erhoben und Osoppo abgeschüttelt. Konnte man gegen den Erdboden die Faust schütteln? Nein; man konnte nur dasitzen und sich dem Gefühl hingeben, dass man sich nie wieder auf irgendwas würde verlassen können und dass nichts, was man unternahm, noch einen Sinn hatte.

Was die überwiegende Mehrzahl der Dörfler und der Burgbewohner, die überlebt hatten, tat.

Gisela gehörte nicht zu ihnen.

Sie hatte geschrien vor Entsetzen, als sie mit ihrem Vater aus dem zusammenbrechenden Palas geflohen war; sie hatte sich in den ersten Momenten nach dem Beben in den Schnee geworfen und sich in den Boden gekrallt, als könnte sie ihn so festhalten und verhindern, dass er sich jemals wieder in ein lebendes, stampfendes, brüllendes Ungeheuer verwandelte. Sie hatte geweint, als sie im ersten Licht den Umfang der Schäden auf der Burg gesehen hatte und erkannte, dass fast das gesamte Dorf unter einer Schlamm- und Geröllawine verschüttet war und ihr klar wurde, dass Dutzende von Männern, Frauen und Kindern darunter begraben lagen.

Dann hatte sie begonnen, sich an den Aufräumarbeiten zu beteiligen, die ihr Vater mit wilder Entschlossenheit befehligte.

Inzwischen, drei Tage nach dem Unglück, befehligte *sie* die Arbeiten. Ihr Vater hatte sich in ein Wrack verwandelt.

Zuerst waren alle bemüht gewesen, nach Überlebenden zu

suchen und Verschüttete zu befreien. Dann war man darangegangen, so etwas wie Unterstände zu errichten, unter denen es halbwegs trocken war, und sich um die Verletzten und Sterbenden zu kümmern. Die Suche nach warmen Kleidungsstücken war gleichzeitig angelaufen – die meisten waren im Hemd aus ihren Häusern gestürzt. Die Glücklicheren, wie Lothar d'Osoppo, Giselas Vater, waren noch angezogen gewesen und hatten ihren Mantel griffbereit gehabt; die weniger Glücklichen, wie der Sängerknabe, waren nur in ihre Bruche gehüllt ins Freie gestürzt. Tristan de Gurize, verbesserte Gisela sich; in den vergangenen Tagen hatte der Sängerknabe sich durch beherztes Zugreifen so etwas wie Giselas Achtung erarbeitet, und sie fühlte, dass er es nun verdient hatte, dass sie ihn auch in Gedanken beim Namen nannte.

Als jemand auch die ersten Feuer entzündet hatte und sich alle darum drängten, als die ersten Kinder zu schreien begannen und entweder von Verwandten oder Nachbarn getröstet oder von ihren Müttern an die Brust gelegt wurden, war ihnen aufgegangen, dass sie Vorräte brauchten. Die Suche danach erwies sich als äußerst schwierig. In den Häusern im Dorf gab es auch ohne eine Katastrophe wie diese wenig zu holen. Die Vorratslager der Burg hatten sich im Kellergeschoss des Palas befunden, uneinnehmbar in normalen Zeiten und jetzt nicht einmal mehr einwandfrei lokalisierbar unter dem riesigen Steinhaufen, der einst das Herrenhaus gewesen war. Gisela hatte dennoch angeordnet, danach zu graben. Sie schauderte bei dem Gedanken, dass sie, sollten sie wirklich Glück haben und die Vorratsräume aufbrechen können, auch den Küchenmeister, die Küchenjungen und die Mägde finden würden. Sechs Menschen, die, wenn das Kellergewölbe nicht vollkommen in sich zusammengebrochen war, dort unten lebend eingeschlossen und mittlerweile vermutlich erfroren oder erstickt waren. Bis auf weiteres hatten sie die Rüben gekocht, die als Zufutter für die Pferde vorgesehen waren. Die Pferde brauchten sie nicht mehr, sie waren alle beim Zusammenbruch des Palas umgekommen, der nicht nur die Küche, sondern auch die angebauten Ställe unter sich begraben hatte. Lothar d'Osoppo hatte es vorgezogen, die Menschen in seinem Haus zu retten anstatt seiner Pferde – eine Tat, die nicht jeder seiner Standesgenossen hätte nachvollziehen können. Der Verlust der Pferde war einer der Gründe, warum es nichts mehr zu essen gab: Niemand konnte das Tal verlassen, um nachzusehen, ob es woanders etwas einzutauschen gab. Gisela hatte trotzdem drei Männer losgeschickt; mehr hatte sie nicht entbehren können. Sie waren seit zwei Tagen unterwegs. Entweder kamen sie bis heute Abend zurück – oder nie mehr. Gisela hoffte nicht nur auf ihre Unversehrtheit und auf mitgebrachte Vorräte, sondern auch auf Nachrichten aus dem Rest der Welt. Sie nahm an, dass ein Beben dieser Stärke nicht nur Osoppo in Schutt und Asche gelegt hatte.

Sie richtete sich ächzend auf und drückte die Hände ins Kreuz. Sie starrte zum Unterstand hinüber, wo ihr Vater hockte und die Hände kraftlos zwischen den Knien hängen ließ. Die meisten machten einen Bogen um ihn und das Lager, vor dem er hockte. Giselas Herz presste sich zusammen, ihn so zu sehen, und sie musste die Tränen zurückdrängen, wenn sie daran dachte, was ihn so hatte werden lassen.

»Würdet Ihr freundlicherweise einen Schritt beiseitetreten, meine Tochter, nicht zur höheren Ehre Gottes, sondern weil ich diesen Brocken nicht mehr lange halten kann und er Euch sonst auf die Zehen fällt?«, ächzte jemand neben ihr.

Da war noch ein Mensch, dem sie im Stillen Abbitte leistete: Kaplan Grimoald. Er ackerte den ganzen Tag über wie ein Pferd, hielt morgens und abends eine Messe unter freiem Himmel ab, bei denen er Rübenscheiben kurzerhand zu Hostien erklärte, und trank das getaute Schneewasser mit dem gleichen verzückten Gesicht aus der hohlen Hand wie zuvor den Messwein aus dem Kelch. In der Nacht stand er Sterbenden zur Seite, tröstete Verletzte und lauschte der Trauer derer, die Angehörige verloren hatten. Und, was in Giselas Augen beinahe noch mehr zählte: Selbst bei der größten Anstrengung behielt er seine halb pomtöse, halb sarkastische Redeweise bei und gab dadurch immer wieder den einzigen Anlass zur Heiterkeit, den man im Moment finden konnte. Sie wandte sich um. Grimoald stand mit hochrotem Gesicht auf dem Schutthaufen über ihr und hielt einen Stein gegen den Leib gepresst, den Gisela ihm niemals zugetraut hätte. Der Kaplan ächzte: »Achtung dort unten, die ihr vom Himmel ein Stück weiter entfernt seid als ich hier oben …!«, und der Stein polterte ganz nach unten.

Gisela folgte ihm mit den Augen und entdeckte Tristan de Gurize. Der junge Mann werkelte inmitten einiger Dörfler, hatte sich trotz der Kälte das Hemd ausgezogen und stand breitbeinig auf den Trümmerstücken, nur in seine Hosen und seine Reitstiefel gekleidet. Er hatte einen muskulösen Oberkörper, sein Haar war grau vor Staub und zerzaust wie ein Hundefell, und von seinen Gliedmaßen stieg der Dampf auf. Der Mann konnte arbeiten, das musste man ihm lassen. Tristan grinste und deutete eine Verbeugung an. Sie wandte sich ab, weil das Grinsen sie beunruhigte.

Eine Weile später stand Grimoald keuchend neben ihr. Sie hatte nicht bemerkt, dass er zu arbeiten aufgehört hatte und nach unten geklettert war.

»Folgt mir bitte, meine Tochter«, sagte er mit unüblicher Knappheit.

Gisela sah nach unten. Ihr Vater stand vor dem riesigen Schutthaufen, klein von hier oben, gebückt und schmal. Ihr Herz setzte aus, und ihre Hände begannen zu zittern. Sie hatte nicht nur wie eine Verrückte geschuftet, um das Überleben ihrer Leute zu sichern und zu beweisen, dass sie als Herrin ihrer Aufgabe gewachsen war. Sie hatte sich vor allem deshalb in die harte Arbeit gestürzt, um nicht darüber nachdenken zu müssen, warum ihr Vater in wenigen Tagen zu einem hoffnungslosen alten Mann geworden war.

Lothar d'Osoppo hatte zuerst seine Tochter aus ihrer Kammer geholt, hatte sie einem Knecht in die Arme gedrückt und war dann zurück in seine eigene Schlafkammer gestürzt, um seine Frau zu retten. Wie sich herausstellte, waren ihm die Sekunden, die er in Giselas Kammer verloren hatte, nicht vergönnt gewesen. Als er mit Giselas Mutter an der Hand zum Eingangstor gerannt war, war das Gebäude über ihm zusammengebrochen und hatte ihn und seine Frau inmitten eines Schauers aus Steinen und geborstenen Balken nach draußen geschleudert. Ihm war nichts geschehen – der Helm hatte ihn geschützt. Giselas Mutter aber war getroffen worden. Gisela, die schreiend zu den beiden gerannt war, hätte nie gedacht, dass so viel Blut an einem Körper möglich war, der noch lebte; dass eine so klaffende Wunde sich über ein Gesicht ziehen konnte, dem man am Abend zuvor noch einen Gutenachtkuss gegeben hatte. Sie und ihr Vater hatten den reglosen Leib ihrer Mutter in Sicherheit gezerrt. Giselas Mutter war wieder zu sich gekommen, hatte einen Tag lang gelächelt und ihrem Mann und ihrer Tochter versichert, dass sie sie liebe, dann war sie aus dem Schlaf der folgenden Nacht nicht mehr aufgewacht und seitdem von Stunde zu Stunde verfallen. Lothar d'Osoppo wachte seitdem neben ihr und verfiel ebenso wie sie.

»Es ist so weit. Euer Vater möchte, dass Ihr zusammen Abschied nehmt«, sagte Grimoald und machte keine Anstalten, die eigenen Tränen zu unterdrücken.

Gisela nickte, innerlich eiskalt vor Entsetzen. Sie stieg hinter Grimoald die Steine hinab, und jeder mitleidige Blick, der sie traf, brannte in ihre Seele. Als ihr der Anblick ihres Vaters vor den Augen verschwamm, hob sie den Kopf und versuchte, die Tränen wegzublinzeln. Ihr Hals schmerzte, als werde er zugedrückt. Ihr Herz blutete. Ihr war, als risse jemand ihre Seele heraus.

Gott hatte die Welt verlassen, so viel war sicher.

3

»Komm herein, Joseph, komm herein. *Schalom aleichem.* Und dein Freund ebenfalls. *Schalom aleichem* auch dir, Zacharias.«

»Ich bleibe draußen, wenn's nichts ausmacht, Reb. Ich bin gar nicht wichtig«, sagte Zacharias.

Joseph, der wusste, dass Zacharias seine Tochter nicht allein lassen wollte, setzte ein schiefes Lächeln auf. »Ihm wird leicht übel in geschlossenen Räumen«, sagte er.

Der alte Mann musterte zuerst Joseph, dann Zacharias. Man konnte ihm ansehen, dass er nicht wusste, ob er auf den Arm genommen wurde. Schließlich sagte er: »Wie ihr wollt, wie ihr wollt.« Er trat beiseite und hielt die Tür weiter auf. Joseph betrat den Saal. Wie lange war er nicht mehr hier gewesen? Zwei Jahre? Drei? Der vertraute Geruch griff an sein Herz.

Das Haus stand in Innsbruck, im Schatten des Stadtspitals. Es gehörte Josephs Familie. Innsbruck war ein wichtiger Zwischenhalt auf dem Handelsweg von Venedig ins Reich. Wer von den Venezianer Kaufleuten die Kontrolle über seine Waren behalten wollte und wer es sich leisten konnte, errichtete dort eine Filiale. Wer von den jüdischen Bankiers Venedigs Mut und Gottvertrauen genug besaß, dort einen Geldverleih einzurichten, tat dies und verdiente mit den Krediten für die Kaufleute ein Vermögen. Kesher ben Salomon, Josephs Vater, hatte Mut und Gottvertrauen besessen und hatte ein Vermögen verdient. Bis zu dem Tag vor über zwei Jahren, an dem er auf den Rat seines frisch ins Geschäft eingestiegenen Sohns gehört und einen gewaltigen Kredit an den Patriarchen von Aquilee vergeben hatte. Der Patriarch hatte mit dem Geld spekuliert und es verloren. Von einer Rückzahlung des Kredits hatte er danach abgesehen und Kesher und seine Geschäftspartner offen davor gewarnt, es eintreiben zu wollen. Kesher ben Salomons Bankhaus schlingerte seitdem am Abgrund des Bankrotts entlang; Kesher war gezwungenermaßen in einen lukrativen, aber extrem riskanten Gewürzhandel eingestiegen, um sein Unternehmen zu retten. Er hatte seinem Sohn bis jetzt nicht verziehen – und ihn öffentlich aus seinem Unternehmen verstoßen. Das Haus in Innsbruck hatte er an Nathan ben Yehiel verkauft, einen jüdischen Bankier und Gemeindevorstand aus Rom. Nathan war es, der Joseph an der Tür in Empfang genommen hatte. Von Nathan war auch die Botschaft gekommen, die Joseph noch in Nürnberg erreicht und ihn dazu veranlasst hatte, in nur drei Tagen von Nürnberg nach Innsbruck zu gelangen.

Im Saal im Obergeschoss saßen sechs alte Männer; Nathan war der siebte. Joseph entging die Zahl nicht. Sieben war die Mindestzahl für den Rat einer jüdischen Gemeinde. Er nahm an, dass die Männer aus verschiedenen Städten stammten; die Kleidung war zu uneinheitlich. Drei der Anwesenden trugen sogar den gelben Judenfleck auf dem Mantel. Joseph war auch klar, was die Zahl sieben in diesem Fall bedeutete: Sie waren beschlussfähig. Dass die Mitglieder dieser Runde von überall her zu stammen schienen, bedeutete, dass es ein Beschluss sein würde, der überregionale Konsequenzen hatte. Sein Puls ging schneller, während sein Gesicht unbewegt blieb.

»Meine Brüder, dies ist Joseph ben Kesher«, sagte Nathan. Er hüstelte. »Für die, die ihn noch nicht kennen ... äh ...« Er brach ab und versuchte unglücklich, seinen Faden wiederzufinden. Joseph machte sich keine Illusionen. Jeder hier kannte seinen Namen. Sein Vater war weit über die Grenzen Venedigs hinaus ein bekannter Mann. Über den Fehler, den sein Sohn begangen hatte, hatte man damals bestimmt von Alicante bis Znaim getratscht. Und wegen der Aufträge, die Joseph seither für verschiedene jüdische Gemeinden erledigt hatte, war sein Name nicht in Vergessenheit geraten.

Joseph nickte in die Runde. *»Schalom aleichem«*, sagte er.

»Joseph, die Brüder hier sind allesamt Mitglieder der Guten in ihren jeweiligen Städten. Sie haben mich zum Sprecher dieser Runde gewählt. Deshalb habe ich dich an der Tür empfangen; weil ich der Sprecher dieser Runde bin. Und weil wir uns von früher kennen.« Nathan räusperte sich. »Von früher her.« Eine peinliche Stille entstand. Joseph empfand fast Mitleid mit dem Mann, der ganze Satzteile wiederholte, um sicherzustellen, dass sie auch richtig verstanden worden waren.

Nathan deutete in die Runde. »Einige sind schon länger meine Gäste, einige sind kurz vor dir eingetroffen. Jechiel ben Meir aus Warmaisa, Simeon ben Baruch aus Regensburg, Rabbi Isaak ben Josef aus Wien, Jizchak ben Eleasar aus Troyes, Cohen ben Judah ha-Nasi aus Narbona, und … äh …«

»Dieser Mann kennt meinen Namen«, sagte das siebte Mitglied der Runde kalt.

Nathan wand sich. »Äh … legt jemand Einspruch dagegen ein, dass wir Joseph ben Kesher ins Vertrauen ziehen? Legt jemand Einspruch ein?«

Joseph schloss die Augen und senkte den Kopf.

»Dieser Mann hat unser Vertrauen nicht verdient«, sagte der siebte Anwesende.

Simeon ben Baruch aus Regensburg ergriff das Wort. Seine Stimme klang ärgerlich. »Wir haben Nachricht aus Nürnberg erhalten und einen Bericht über Josephs Vorgehen dort. Der Bericht stammt von Reb Jechiel HaCohen.«

Das ging ja schnell, dachte Joseph, obwohl es natürlich zu erwarten gewesen war, dass Jechiel, der Parnas, sofort über Josephs Einsatz in Nürnberg berichten würde – in Form einer Beschwerde. Von Nürnberg nach Regensburg reisten Nachrichten zwischen den jüdischen Gemeinden innerhalb eines Tages.

»Reb Jechiel schreibt, dass Joseph die jüdische Delegation ungebührlich in Gefahr gebracht hat, dass er das Leben seiner Tochter aufs Spiel setzte und dass er keinerlei Rücksicht darauf genommen hat, dass durch sein Vorgehen ein schlechtes Licht auf die Gemeinde fallen könnte. Wir alle wissen, wie eingeschüchtert die Nürnberger Gemeinde noch immer ist.«

Gemurmel erhob sich um den Tisch herum. Joseph, der Zorn in sich aufsteigen spürte, hob den Kopf und starrte das siebte Mitglied der Runde, dessen Namen Nathan nicht genannt hatte, trotzig an. Der Blick des alten Mannes war eisig, und wenn überhaupt so etwas wie Gefühl in seinen Augen zu lesen war, dann war es Verachtung gegenüber den Männern, die Joseph nach Nürnberg gesandt hatten, und Verachtung gegenüber Joseph, von dem nichts anderes zu erwarten gewesen war, als alle gegen sich aufzubringen.

»Es gibt aber noch einen zweiten Bericht aus Nürnberg, von Jutta, der Tochter von Reb Jechiel«, fuhr Simeon fort.

Joseph verdrehte innerlich die Augen.

»Darin heißt es, sowohl Joseph ben Kesher als auch sein Partner hätten sich wie Helden verhalten und dass es um unser Volk in der Diaspora besser bestellt wäre, wenn nur alle so tapfer und umsichtig wären wie diese beiden.«

Oi wej, dachte Joseph. Das hat gerade noch gefehlt.

»Der Bericht eines jungen Weibes ist von keinerlei Bedeutung«, sagte Jizchak ben Eleasar aus Troyes. »Was der Parnas berichtet, zählt, *n'est-ce pas*?«

Simeon, der Älteste aus Regensburg, wartete, bis Joseph ihn anblickte. »Der Bericht Juttas ist von über einem Dutzend ehrbarer Mitglieder der jüdischen Gemeinde Nürnbergs unterzeichnet«, sagte er dann. »Darunter auch der Parnas.«

Joseph konnte seine Verwirrung nicht verbergen. Über Simeons Gesicht huschte ein kaum verhohlenes Grinsen. »Unsere Brüder in Nürnberg haben Jechiel HaCohen, nachdem Joseph den Vertrag gerettet hat, die Führung entzogen, und Reb Baruch zum neuen Parnas gewählt.«

Die Mitglieder der Versammlung wechselten Blicke. Auch die beiden Männer aus Troyes und Narbona grinsten jetzt.

»Wie ich gesagt habe«, erklärte Jizchak ben Eleasar geschmeidig, »der Bericht des Parnas zählt. *Alors* – ich bin dafür, wir sprechen Joseph das Vertrauen aus.« Er hob die Hand. »Was ist mit euch, Brüder?«

Fünf weitere Hände hoben sich.

»Ich mache den gleichen Fehler nicht ein zweites Mal«, sagte der siebte Mann in der Runde. »Auf diesem Mann liegt immer noch ein *cherem*, auch wenn die Guten dieser Stadt es fürs Erste aufgehoben haben. Für mich bleibt er weiterhin verbannt.«

»Du solltest dich in Nachsicht üben, Kesher«, erklärte Nathan. »Entschuldige, wenn ich als Gastgeber in deinem ehemaligen Haus meine Rechte überstrapaziere, aber ich bin euer Sprecher, und als der sage ich dir: Joseph hat seine Schuld längst wiedergutgemacht. Längst wieder.«

Kesher ben Salomon stand auf und strich seine Jacke glatt. Jeder konnte sehen, dass es eine Geste war, die einen erstickenden Zorn verbergen sollte. Dann verließ er den Tisch.

»Kesher!«, rief Nathan. »Wir haben dich überstimmt. Du kannst doch jetzt nicht gehen. Wir sind sonst nicht beschlussfähig. Du kannst doch nicht einfach gehen.«

»Deine Worte, Nathan«, sagte Kesher rau, »haben mich daran erinnert, warum ich dieses Haus verkaufen musste. Erklärt meinem Sohn unser Anliegen. Da ich ohnehin überstimmt bin, könnt ihr davon ausgehen, dass ich ab sofort meinen Segen zu allen Beschlüssen gebe, die ihr noch fasst.«

Er marschierte hinaus, ohne Joseph noch einen Blick zu gönnen. Nathan seufzte. Dann nahm er Joseph am Arm und zog ihn zum Tisch.

»Setz dich, Joseph, setz dich«, sagte er verlegen. »Dein Vater wird sich eines Tages wieder besinnen.«

»Würdet ihr mir bitte endlich sagen, weshalb ihr mich hierherzitiert habt?«, sagte Joseph, wild entschlossen, auf die letzten Worte Nathans nicht einzugehen.

»*Alors*«, sagte Jizchak ben Eleasar, der Älteste aus Troyes. »Du sollst uns helfen, eine schreckliche Katastrophe zu verhindern, *n'est-ce pas*?«

4

Der französische Priester war Gabriele ein Rätsel. Er konnte sich nicht mit ihm verständigen. Gabrieles Französisch reichte für Alltagssituationen, aber nicht, um eine vernünftige Unterhaltung zu führen – zum Beispiel, wie der Priester in die Gefangenschaft der Tataren geraten war und was den Mann so quälte, dass er in der ersten Nacht nach seiner Rettung zu fliehen versucht hatte, aber dann unweit des Hauses, in dem Gabriele eine Bleibe gefunden hatte, zusammengebrochen war. Er versuchte es auf Latein, aber es schien, dass der Mann davon überhaupt keine Ahnung hatte. Damit war er der erste Priester, den Gabriele kennenlernte, der von der Sprache der Kirche kein Wort verstand. Mühselig bekam er den Namen seines Schützlings heraus: Michel de l'Angemor. Gabriele kannte sich in Frankreich zu wenig aus, um zu wissen, wie wichtig oder mächtig Michels Familie war. Untergekommen war ihm der Name noch nie, aber das bedeutete gar nichts. Das Alter des Mannes war schwer zu schätzen. In seinen Wangen waren die typischen Kerben, die von langjährigem Mangel herrührten, und diese machten ihn älter, aber insgesamt schätzte ihn Gabriele ihn auf nicht älter als sich selbst – und er war Anfang dreißig, ein Mann in mittlerem Alter.

Wie Gabriele gehofft hatte, klang Michels Krankheit am zweiten Tag ab. Seine Panikanfälle wurden ebenfalls schwächer. Er stieg sogar in Gabrieles Begleitung auf den Mauerkranz, um zum Lager der Tataren hinüberzublicken. Seit der Rückkehr der Delegation hatte sich dies zu einem neuen Zeitvertreib der Belagerten entwickelt. Die Tataren waren offenbar mit sich selbst beschäftigt und verzichteten darauf, Pfeile auf jeden abzuschießen, der sich zwischen den Zinnen blicken ließ. Es war also derzeit ungefährlich, einen Blick auf den Feind zu werfen. Der Konsul hatte die Mauerwachen angewiesen, die Neugierigen gewähren zu lassen. Dass bei den Tataren die Pest ausgebrochen war, war immer noch ein Geheimnis, das die Verantwortlichen von Caffa sorgsam hüteten. So konnten die Belagerten ein wenig Hoffnung schöpfen. Wenn sie einen gelähmten Feind betrachteten, stärkte das die Moral. Es half auch Michels Moral; Gabriele sah, wie sich dessen Körper plötzlich entspannte und ein leises Lächeln über seine Züge huschte.

Am dritten Tag brach einer der Mauerwächter plötzlich zusammen und fiel, bevor seine Kameraden ihn festhalten konnten, vom Wehrgang hinunter. Als sie bei ihm ankamen, war er tot. Der Aufprall hatte ihn getötet. Aber er wäre aller Wahrscheinlichkeit nach auch gestorben, wenn er nicht vom Wehrgang gefallen wäre. Er hatte die Pest.

Und als ob die Tataren genau darauf gewartet hätten, begann kurze Zeit darauf der Beschuss mit den Katapulten. Und hörte nicht mehr auf. Geschosse gab es offenbar im tatarischen Lager genug.

Ein paar Tage später war die Panik in Caffa komplett, und Gabriele folgte, zusammen mit acht weiteren Männern und dem völlig wirr gewordenen Michel, einem Matrosen durch die Gassen der Stadt. Die acht Männer waren Feiglinge. Der neunte Feigling in der Gruppe war Gabriele. Seine Feigheit war umso größer, weil er Michel mitschleppte. Er tat es nicht aus Verantwortungsgefühl oder Nächstenliebe. Er tat es, weil er hoffte, dass der Handel mit Gott noch Bestand hatte. Wenn er den französischen Priester unbeschadet aus der Stadt schaffte …

Der Matrose gehörte zu einem Schiff mit dem Namen *Vento del Dio*. Sein Kapitän, ein Mann namens Renzo, befehligte eine kleine Flotte aus insgesamt drei Genueser Handelsschiffen: die *Vento del Dio*, die *Lucrum* und die *Cavallo Bianco*. Seit dem Ausbruch der Seuche in der Stadt war es allen Schiffen untersagt, den Hafen von Caffa anzulaufen oder, wenn sie dort schon gelegen hatten, ihn zu verlassen. Kapitän Renzos Schiffe hatten Caffa kurz vor der Verhängung der Quarantäne erreicht, und damit saßen sie eigentlich fest. Aber in guter Genueser Handelstradition, die besagte, dass ein Mann seine eigenen Entscheidungen traf, wenn ihm die Entscheidungen anderer Leute nicht behagten, beabsichtigte Renzo, trotzdem abzusegeln.

Unter den vermögenden Bewohnern von Caffa hatte sich das herumgesprochen. Dann hatten die Ärzte in der Stadt davon Wind bekommen. Auf diese Weise war die Nachricht auch zu Gabriele gelangt.

Ursprünglich hatte er bleiben wollen. Er hatte helfen wollen, trotz seiner Panik angesichts der Seuche. Dann hatte er Dinge gesehen, bei denen er sich fragte, für wen er sich eigentlich opfern wollte. Für den Konsul und seine Freunde, die sich im Stadtpalast einschlossen und diesen von Soldaten bewachen ließen, nachdem sie zuvor in hektischer Eile alle Vorratslager der Stadt geplündert und die Lebensmittel in den Palast hatten bringen lassen? Für die reichen Händler, die den Konsul dafür bezahlten, auch noch in den hermetisch abgeriegelten Palast eingelassen zu werden, und die erkrankte oder schwache Familienmitglieder zurückließen, selbst wenn diese sich nur erkältet hatten oder mit einem gebrochenen Bein im Bett lagen? Für die Offiziere in der Wachmannschaft, die sich von den weniger vermögenden Bewohnern mit den erzwungenen Diensten ihrer Frauen und Töchter entlohnen ließen, um eingelassen zu werden, und nachher trotzdem draußen bleiben mussten? Für den Rest der Stadtbewohner, die entweder das Chaos nutzten, um zu plündern, oder die weinend in den Kirchen auf Knien lagen und darum baten, verschont zu werden, der Todesengel konnte ja die Nachbarn holen, wenn schon jemand an der Pest sterben musste?

Für die Ärzte, die es als ihre Pflicht betrachteten, sich selbst zu retten, weil ihre Ausbildung doch so kostbar und teuer gewesen war und deren Wissen auf keinen Fall verloren gehen durfte, weil es ja andere Gelegenheiten gab, bei denen sie es nutzbringend – und ohne Gefahr für sich selbst – einbringen konnten?

Es waren nicht alle so. Es gab unter den Ratsmitgliedern welche, die in ihren Häusern ausharrten und versuchten, des Chaos Herr zu werden. Es gab eine Handvoll Kaufleute, die ihre

Lager öffneten und die Armen einluden, sich dort die benötigten Vorräte zu holen. Die meisten Soldaten verrichteten ihren Dienst stoisch. Es gab ein paar Bürger, die Krankenwachen organisierten und an Haustüren klopften, um herauszufinden, wer Hilfe benötigte.

Die Priester der Stadt waren die Nächstenliebe in Person und wanderten unermüdlich, Weihrauchkessel schwenkend und laut betend, durch die Gassen.

Aber von diesen selbstlosen Menschen gab es wenige.

Auf jedem Platz und jeder größeren Gassenkreuzung brannten Feuer. Unbemerkt davonzukommen schien fast unmöglich, so hell erleuchtet war die Stadt nun. Ein paar Ärzte hatten die Vermutung geäußert, dass Feuer gegen die Krankheit helfen könne. Sie hatten sich darauf geeinigt, weil sie sich eigentlich auf nichts hatten einigen können, aber der Konsul eine Lösung von ihnen erwartet hatte.

»Verdammt, eine Patrouille!«, zischte der Matrose. Er trieb sie in eine Gasse hinein und spähte dann um die Ecke. Gabriele schob sich neben ihn. Die Wachen waren bewaffnet, Helme und Spieße blinkten golden im Feuerschein. Sie standen bewegungslos in einer lockeren Kette und schienen in ihre Richtung zu starren. Gabriele erwartete jeden Moment, dass sie sich zu ihnen herüber in Marsch setzen würden, aber sie hatten sie nicht gesehen.

»Wir müssen zum Hafen runter, koste es, was es wolle«, flüsterte der Matrose. »Sonst fährt Kapitän Renzo ohne euch! Alles klar? Wer kennt sich in diesem Gassengewirr aus?«

Jemand empfahl einen Umweg. Sie setzten sich wieder in Bewegung. Von weit weg war ein gedämpfter Knall zu hören. Die Fliehenden zuckten zusammen. Der Knall war der eines Katapults im Tatarenlager gewesen. Nach ein paar Sekunden erfolgte ein leiserer, weicherer Aufprall. Das Geschoss war irgendwo heruntergekommen. Das Geräusch, mit dem die Projektile aufschlugen, ließ einem die Haare zu Berge stehen.

Die Geschosse waren Menschen. Tote Menschen. Tataren. An

der Pest gestorbene Tataren. Seit Tagen wurden sie in die Stadt hereingeschleudert. Die Menschen in der Stadt hatten nur zu gut verstanden, was diese neue Taktik zu bedeuten hatte, als die Ärzte die ersten menschlichen Projektile betrachtet und die Todesursache festgestellt hatten. Djanibek Khan wollte wenigstens im Tod noch seinen Triumph über Caffa einfahren. Wenn die Tataren die Stadt schon nicht erobern konnten, konnten sie sie wenigstens in ein riesiges Pestgrab verwandeln. Dabei hätten sie sich die Mühe sparen können, die Pest war schon vorher hinter die Mauern der Stadt gelangt.

Das Hafenbecken war am hellsten von allen Plätzen erleuchtet. Die Feuer beleuchteten auch eine Hundertschaft von Soldaten, die sich am Kai postiert hatte. Die Flüchtlinge stöhnten.

»Da drüben, ganz am Ende der Mole«, wisperte der Matrose. »Da sind Kapitän Renzos drei Schiffe!«

»Wie sollen wir da hinkommen?«, zischte Gabriele. »Der Hafen wimmelt von Soldaten!«

»Warum wohl?«

»Damit kein Schiff Caffa verlassen kann, verdammt.« Gabriele spürte, wie seine Anspannung in Ärger umschlug.

»Nein, nein, Herr Medicus«, sagte der Matrose. »Dafür sind die Kriegsschiffe da, alles klar?« Er zeigte auf ein halbes Dutzend bulliger Formen. Gabriele sah die Bug- und Heckkastelle, die die Kriegsschiffe schwimmenden Festungen ähnlich machten. Auf jedem Deck kauerte etwas halb unter Planen und Segeltuch Verstecktes wie ein sprungbereites Tier. »Was sollen die Soldaten auch tun, wenn ein Schiff ausläuft? Hinterherschwimmen und ins Steuerblatt beißen?«

»Ich verstehe nicht …«

»Ihr werdet es verstehen. Kommt zurück in den Schatten, und hört mir zu, ihr alle!«

Die Flüchtlinge scharten sich um den Matrosen, der außer Sicht der Soldaten an einer Hausmauer in die Hocke ging. Der Matrose schenkte dem zitternden und stöhnenden Michel einen misstrauischen Blick, aber er hatte keine Einwände erhoben, als

Gabriele ihn präsentiert hatte. Vielleicht dachte er so wie Gabriele, dass die Rettung eines Priesters automatisch den Beistand Gottes bedeutete.

»Wir nutzen die Ebbe«, sagte der Matrose. »Wer weiß nicht, was Ebbe ist?« Die Männer verdrehten die Augen. »Gut. Die Ebbe zieht unser Schiff aus dem Hafen, weiter draußen wird es vom Wind erfasst, und wir nehmen Fahrt auf. Alles klar?«

»Ich nehme an, dasselbe gilt auch für die Kriegsschiffe, die sich dann an unsere Fersen heften«, sagte Gabriele.

»Nein«, sagte der Matrose. »Die Kriegsschiffe haben zusätzliche Ruder, mit denen sie bei jeder Wetterlage Fahrt machen können.«

Die Flüchtlinge schwiegen. Man konnte förmlich den Gedanken spüren, der sie alle einte: Gab es unter diesen Umständen überhaupt eine Chance zur Flucht?

»Was ist nun mit den Soldaten?«, fragte Gabriele.

»Es war doch die Idee von euch Ärzten, die in die Stadt geschleuderten toten Tataren ins Wasser zu kippen, oder nicht?«, fragte der Matrose. »Habt ihr schon mal gesehen, wie diese Idee aus der Nähe aussieht?«

Die Flüchtlinge tauschten verwirrte Blicke. Ein paar zuckten mit den Schultern, andere schüttelten die Köpfe. In Gabriele regte sich eine Ahnung, worauf der Matrose hinauswollte.

»Dachte ich mir«, sagte der Matrose. »Na, gleich habt ihr Gelegenheit zu sehen, was hier unten im Hafen draus wird, wenn einer von euch dort droben in der Stadt eine Idee hat. Aber eure Idee wird uns das Durchkommen ermöglichen.«

Der Matrose kroch zur Hausecke und winkte ihnen. Die Flüchtlinge sahen zu, wie die Soldaten Befehle erhielten und sich umgruppierten. Sie bildeten vor einer Stelle, an der keine Schiffe ankerten, zwei lange Reihen, wie ein Spalier. Die eine Reihe der Soldaten kehrte den Flüchtlingen die Rücken zu, die gegenüberliegenden Männer hatten ihre Aufmerksamkeit in eine Gasse gerichtet, aus der jetzt ein langsames, tiefes Rollen erklang.

»Das hört sich an wie Henkerskarren auf dem Weg zur Hinrichtung«, flüsterte Gabriele.

»Wir laufen los, wenn's hier mit dem Abladen losgeht«, wisperte der Matrose. »Dann sind die Soldaten abgelenkt.«

»Abladen?«, fragte einer der Ärzte.

Der Matrose ignorierte ihn. »Weiß jeder, welchem Schiff er zugewiesen ist? Wo ist die Ladung für die *Lucrum*?«

Gabriele und zwei andere Männer hoben die Hände. Michel, der ebenfalls für die *Lucrum* eingeteilt war, reagierte nicht. In Gabrieles Faust brannten die zwei kleinen Kupfermünzen, die das Symbol für die *Lucrum* darstellten – eine für ihn, eine für Michel. Die Passage für ihn und den französischen Priester hatte Gabriele alles gekostet, was er besessen hatte.

Die Passagiere für die *Cavallo Bianco* meldeten sich danach – Gabriele wusste, dass sie weiße Steine in den Fäusten hielten. Diejenigen, die die *Vento del Dio* für sich gelost hatten, hatten Muscheln aus dem Topf gezogen. Gabriele hatte gehofft, auf das Kapitänsschiff zu gelangen; es würde das schnellste sein. Seine Enttäuschung war groß gewesen.

»Hört zu. Die *Vento* liegt am weitesten von hier entfernt. Wer sie gelost hat, muss auch am weitesten rennen, alles klar?«

Die drei Passagiere des Kapitänsschiffes verzogen die Gesichter.

»Die *Lucrum* liegt uns zunächst.«

Wenigstens etwas, dachte Gabriele.

»Ihr drei für die *Vento* lauft zuerst los, dann folgt die *Cavallo*-Gruppe, dann die *Lucrum*-Gruppe.«

»Bis dahin sind die Soldaten auf uns aufmerksam geworden!«, sagte einer aus Gabrieles Gruppe empört. »Wir tragen das größte Risiko!«

Der Matrose schlug ihm respektlos vor den Bauch. »Dann lauft eben schneller, Herr Medicus!«

Er verachtet uns, dachte Gabriele. Nicht, weil wir fliehen; sein Herr und Kapitän flieht schließlich auch. Nicht, weil wir für die Flucht bezahlen; schließlich bekommt Kapitän Renzo das Geld. Er verachtet uns für unsere Flucht, weil wir Ärzte sind. Er fühlte sein schlechtes Gewissen wie einen Mühlstein im Magen. Aber gegen die Pest gab es kein Mittel, keine Heilung – selbst die berühmten altvorderen Ärzte, auf deren Schriften sich die Ausbildung der Ärzte stützte, rieten dazu, eine Peststadt zu verlassen.

»Wenn wir die Schiffe erreichen, ist noch nichts gewonnen«, sagte einer aus der Gruppe. »Die Kriegsschiffe werden uns abfangen.«

»Werden sie nicht. Erstens ist Kapitän Renzo viel zu schlau, und zweitens habt ihr dafür gesorgt.«

»Was meinst du damit?«

Der Matrose hob die Hand und lauschte. »Da kommen die Tataren«, sagte er.

»Die Tataren?«

»Zeigt mir, was ihr in den Beinen habt!« Der Matrose sprang ins Freie hinaus und lief.

Der Anblick brannte sich für den Rest seines Lebens in Gabriele de Mussis ein. Die beiden Reihen der Soldaten, die sich alle abwandten, als die großen Karren aus der Gasse herauskamen. Nur ihre Disziplin ließ sie auf ihren Plätzen verharren. Die Karren selbst waren mannshoch mit grob gezimmerten Scheibenrädern, die die Ladewand noch überragten. Vierergespanne aus Ochsen stemmten sich in die Joche; die Ochsentreiber trugen vor Mund und Nase gewickelte Tuchfetzen. Im Feuerschein blitzten die Rüstungen der Soldaten. Auf den Ladeflächen lagen nackte Leichen. Hände baumelten schlaff herab, Füße wippten leblos, Köpfe nickten im Takt des Geruckels. Die Körper waren in einem üblen Zustand; sie waren aus großer Höhe auf Hausdächer, Mauern und den Boden geprallt. Es waren die Leichen der untertags in die Stadt geschleuderten, an der Pest gestorbenen Tataren.

Gabriele riss sich los und rannte den anderen hinterher. Er hielt Michel an der Hand.

Dann konnte er das Hafenbecken überblicken und wusste

plötzlich, warum die Kriegsschiffe sie nicht einholen würden. Er hätte lachen mögen, wenn noch Humor in ihm gewesen wäre. Kapitän Renzo hatte gut geplant. Es konnte eigentlich nichts schiefgehen.

Ab diesem Zeitpunkt ging alles schief.

5

»Was weißt du über die Seuche, die man unter dem Namen Pest kennt?«, fragte Jizchak ben Eleasar und musterte Joseph wie ein Lehrer im Tempel.

Simeon ben Baruch schnaubte unlustig. »Was soll er schon darüber wissen? Er ist doch kein Medicus, du meine Güte!«

»Es gibt eine Theorie, dass die Pest aus Hata kommt, wie in der Sprache der Perser China heißt«, sagte Joseph, ohne mit der Wimper zu zucken. »Ein Jahr schrecklicher Katastrophen – feuriger Niederschlag, brennende Berge, Regen von Fröschen, Schlangen, Eidechsen und Skorpionen, Hagel so groß wie Hühnereier – soll so viele Opfer gefordert haben, dass die Unmengen von Leichen zuletzt alle Nachbarländer mit einem Pesthauch überzogen.«

»Eine unsinnige Theorie«, erklärte Simeon.

»Prokop schreibt über eine Seuche, die vor ziemlich genau achthundert Jahren Dalmatien, Italien, Spanien, Nordafrika, Teile Frankreichs und den Westteil des Reichs überzog. Gregor von Tours berichtet Ähnliches.«

»Beide schreiben auch über die schrecklichen Vorzeichen – Vulkanausbrüche, Überschwemmungen, Erdbeben ...«, sagte Nathan. Joseph spürte, wie es kalt seinen Rücken hinunterlief. Er erinnerte sich an das Zittern des Erdbodens, das er in Nürnberg gespürt hatte.

»Genua hat am Schwarzen Meer eine Handelsniederlassung – Caffa«, sagte Nathan. »Die Goldene Horde hat sie vor ein paar

Jahren zu erobern versucht, ist geschlagen worden und hat sie nun zum zweiten Mal belagert, mit einem riesigen Heer. Doch in diesem Heer ist die Pest ausgebrochen, in einer noch nie gekannten Form, wenn die Berichte, die wir erhalten haben, richtig sind. Sie sind noch ganz frisch und wirr. Die Krieger, heißt es, sterben zum Teil innerhalb weniger Stunden einen schrecklichen Tod.«

»Viele werden aufatmen, wenn die Goldene Horde von der Erdoberfläche verschwindet«, sagte Joseph. »Egal, aus welchem Grund.«

»Djanibek Khan hat sich geschworen, Caffa auf jeden Fall zu vernichten. Und sei es noch im Tod. Oder besser gesagt: mit seinen Toten.«

Joseph sah ihn an, ohne zu verstehen. Nathan und die anderen schwiegen. Joseph ließ sich die Worte Nathans noch einmal durch den Kopf gehen. »Mit seinen Toten?« Ihm dämmerte etwas, das so ungeheuerlich war, dass es ihm den Atem verschlug Er hatte schon davon gehört, dass man bei Belagerungen die Köpfe ermordeter Geiseln über die Mauern schleuderte, um die Moral der Verteidiger zu brechen, aber … so etwas?

»Das kann nicht sein«, sagte er.

»Und doch ist es so.«

»Aber … haben die Soldaten des Khans das zugelassen? Seine Offiziere?«

Nathan zuckte mit den Schultern. »Es ist Tatsache«, sagte er. »Unsere letzten Berichte aus Caffa sind eine Woche alt. Da hat es offenbar angefangen. Wir wissen nicht, ob die Beschießung mittlerweile aufgehört hat.«

Joseph lehnte sich zurück. Er war sprachlos. »Was für eine Teufelei«, sagte er schließlich.

»Ich wage mir die Situation in der Stadt nicht vorzustellen. Tote fallen vom Himmel, zerschmettern auf den Hausdächern und auf dem Pflaster, und in ihren Körpern tragen sie die Pest in jede Gasse.« Nathan seufzte. »Die Menschen müssen glauben, dass Gott ihnen den Rücken gekehrt hat.«

»Gibt es Gegenmaßnahmen?«

»Abgesehen davon, dass die Garnison in Caffa viel zu schwach ist, um einen Ausfall zu versuchen, würde es jetzt auch niemand mehr wagen, ein Pestlager anzugreifen. Aber der genuesische Konsul hat offenbar wenigstens dafür gesorgt, dass sich das Teufelswerk Djanibek Khans nicht über die halbe Welt ausbreitet.«

Joseph erkannte, dass er daran noch gar nicht gedacht hatte. Seine Gedanken waren bei den Bürgern von Caffa gewesen, die zwei Belagerungen getrotzt hatten und jetzt starben, weil ein fanatischer Heerführer seinen Gegner nicht besiegen, sondern auslöschen wollte. Er richtete sich auf. »Caffa ist eine Hafenstadt, oder?«

Die alten Männer am Tisch nickten. »Die wichtigste der ganzen Halbinsel.«

»Jede Menge Handelsschiffe!«

»Wir wissen, dass der genuesische Konsul die Schließung des Hafens angeordnet hat, damit kein Schiff die Seuche in die Welt hinausträgt.«

»Und wenn es doch eines versucht?«

»Die Kapitäne der Kriegsschiffe haben Order, jedes Handelsschiff zu zerstören, das Caffa verlassen will.«

Joseph pfiff durch die Zähne. »Vermögen an Ladung – von den eigenen Leuten versenkt.«

»Joseph, wir wissen nicht, was der Kaiser und der Papst über diese Bedrohung wissen. Wir müssen annehmen, dass wir derzeit die neuesten Nachrichten haben. Auf dem Seeweg gehen keine Neuigkeiten hinaus, die üblichen Verbindungen auf dem Landweg durch reitende Boten haben die Tataren unterbunden – nur wir, die Juden, haben überall Brüder und Schwestern, die unauffällig die Neuigkeiten weitertragen.«

»Und wir sorgen dafür, dass sie dort ankommen, wo sie dringend benötigt werden«, sagte Simeon.

Nathan beugte sich über den Tisch, als befänden sie sich in einer vollbesetzten Trinkstube, und niemand außer Joseph durfte hören, was er sagte. Unwillkürlich beugten sich die anderen Ehrbaren mit nach vorn.

»Es gibt eine Abordnung, die zu König Karl unterwegs ist. Er wird der nächste Kaiser, egal, welche Anstrengungen Günther von Schwarzburg unternimmt, um ihm die Krone abzujagen.«

»Eine weitere Delegation ist auf dem Weg zu Papst Clemens«, sagte Simeon. »Beide sind die Führer der Christenheit.«

»Auch wenn Papst Clemens schwer damit beschäftigt ist, für seine Neffen und Freunde Kardinalshüte zu besorgen, und sich nicht um die Welt außerhalb des Palastes in Avignon kümmert, *n'est-ce pas?*«

»Beide werden sich wundern, dass sie ausgerechnet von Juden gewarnt werden«, erklärte Joseph. »Und viele von uns werden sich fragen, ob es nicht wichtiger ist, für uns selbst Vorsorge zu treffen als für die Christen.«

Die alten Männer sahen sich an. Über Nathans Gesicht huschte die Andeutung eines müden Lächelns. »Du bist der Sohn deines Vaters, ob ihr beide es wollt oder nicht.«

»Kesher hat denselben Einwand gebracht, als wir uns vor deiner Ankunft berieten«, sagte Simeon.

»Na schön«, sagte Joseph, der sich peinlich berührt fühlte und wünschte, den Mund gehalten zu haben.

Nathan seufzte. »Juden und Christen sind ein Volk. Wir glauben an den einen wahren Gott. Nur die Art, wie wir an ihn glauben, ist unterschiedlich.«

»Und nicht zuletzt«, sagte Joseph und fragte sich, ob er diesen Gedankenpfad nicht ebenfalls verlassen sollte, bevor ihm gleich jemand sagte, sein Vater habe ihn bereits vor ihm betreten, »dürfte es von Nutzen sein, wenn es später heißt, die Juden wären die Ersten gewesen, die alle anderen gewarnt haben. Zumindest kann man uns dann nicht so leicht vorwerfen, die Brunnen vergiftet zu haben und dass wir an allem schuld wären.«

Simeon ben Baruchs Gesicht hellte sich auf. Er ließ den Blick um den Tisch herumwandern. »Ich habe es euch gesagt, dass dieser junge Mann die richtige Wahl sein würde.«

»Niemand hat dir widersprochen«, sagte Jizchak ben Eleasar.

»Außer meinem Vater«, sagte Joseph, und die beiden Ehrbaren aus Troyes und Regensburg machten lange Gesichter und sahen verlegen auf die Tischplatte.

»Was für eine Rolle spielen Zacharias und ich in der ganzen Geschichte?«, fragte Joseph.

6

Den Rat, die über die Mauern geschleuderten Leichen der an der Pest gestorbenen Tataren ins Wasser zu werfen, hatten tatsächlich die Ärzte erteilt. Wasser reinigte, das war allgemein klar; Salzwasser zersetzte außerdem. In einem Szenario, in dem die Alternative lautete, die zerschmetterten Körper einfach liegenzulassen, hatte der Vorschlag eine gewisse Attraktivität besessen.

Selbstverständlich lag nicht viel Sinn darin, die Körper einfach am Kai ins Wasser zu kippen. Man hatte beschlossen, die Leichen mit Schleppnetzen einzusammeln und aufs Meer hinauszutransportieren. Der Konsul hatte Fischerboote beschlagnahmt, die diese Aufgabe übernehmen sollten.

Diese Fischerboote näherten sich nun im Schein der an ihren Masten baumelnden Laternen und versperrten den Kriegsschiffen den Weg in den unbeleuchteten Teil des Hafens. Sie würden nicht auslaufen können, wenn genau jetzt ein Schiff die Flucht antrat.

Es war wunderbar ausgedacht gewesen, doch dann rannten die drei Männer, denen das Los die *Vento del Dio* zugeteilt hatte, in einen Trupp Soldaten hinein.

Die Bewaffneten waren plötzlich aus einer Gasse erschienen. Gabriele verstand die Situation auf Anhieb – ein paar Fußsoldaten und ein Korporal hatten beschlossen, dass es gut für ihre Gesundheit war, wenn sie zu spät beim allnächtlichen Ritual der Leichenentsorgung eintrafen. Zwei Soldaten gingen zu Boden, die anderen griffen sich die drei Flüchtenden, und dann begann das Geschrei.

»Alarm!«

Von der Soldatenkette wurde der Ruf aufgenommen.

»Alarm! Quarantänebrecher! Alarm!«

Gabriele rannte schneller, doch der Lärm machte ihm die Knie weich. Michel stolperte hinter ihm her und war noch eine zusätzliche Last. Mit Entsetzen erkannte Gabriele, dass er und der Priester das Schlusslicht waren. Die Soldaten vorn am Kai hatten Bogen und Pfeile – sie würden ihn zuerst treffen. Sein Atem flog. Die Haare stellten sich ihm auf.

Er hörte das Rascheln des ersten Pfeils, der an ihm vorübersauste und fehlging. Schreckensschreie ertönten.

»Stehen bleiben!«, brüllte jemand hinter ihnen.

Ein Pfeil traf einen von Gabrieles Leidensgenossen ein paar Schritte weiter vorn. Er taumelte, hielt sich aber auf den Beinen. Der Pfeil ragte aus seiner Schulter. Der Mann lief weiter. Ein zweiter Treffer fällte ihn. Gabriele sprang voller Entsetzen über ihn hinweg. Michel trampelte einfach über den ächzenden Mann drüber. Der Priester keuchte irgendetwas auf Französisch, das sich wie ein Stoßgebet anhörte.

Die Panik war jetzt vollkommen. Niemand dachte mehr daran, für welches Schiff er eingeteilt war – jeder wusste nur noch eines: Die Schiffe boten Sicherheit vor den Soldaten, die die Verfolgung aufgenommen hatten. Die Umrisse dreier Handelsschiffe ganz am Ende des Kais schälten sich aus dem Dunkel. Auf den Schiffen erschollen Befehle. Die *Lucrum* und die *Cavallo Bianco* hatten jede nur einen Mast – ihre Segel entrollten sich. Gabriele sah Luken entlang der Wasserlinie beider Schiffe auffliegen, und lange Ruder schoben sich heraus. Was die Befehlshaber der Kriegsschiffe konnten, konnte Kapitän Renzo schon lange. Ein weiterer Pfeil flog an Gabriele vorbei und bohrte sich in die Außenwand der *Lucrum*. Sie war *sein* Schiff, sein Asyl. Er sah mit unsäglichem Entsetzen, dass die Männer vor ihm einfach auf ihre Laufplanke polterten, ohne Rücksicht darauf zu nehmen, dass sie für andere Schiffe eingeteilt waren. Sein Entsetzen wuchs noch, als er sah, wie die Matrosen die Haltetaue kappten, wie das Schiff eine träge Bewegung von der Kaimauer weg vollführte, wie die Laufplanke die Entfernung nicht mehr überbrücken konnte und zwischen Schiff und Kai ins Wasser fiel, mitsamt einem strampelnden Mann, der es nicht mehr geschafft hatte. Die *Lucrum* schwang sich hinaus, unerreichbar für ihn und Michel. Er änderte die Richtung und lief weiter, getrieben vom blinden Überlebenswillen, den betenden Priester hinter sich herzerrend.

»Stehen bleiben!«

Die Pfeile prasselten herab, aber die Soldaten hatten im Laufen geschossen; fast alle Projektile prallten funkenschlagend auf dem Boden auf und zischten in alle Richtungen davon oder zerbrachen zwischen Gabrieles Beinen. Er steuerte auf die *Cavallo Bianco* zu, deren Steuermann nicht so schnell reagiert hatte wie sein Kollege auf dem Nachbarschiff. Die Ruderluken waren noch immer geschlossen; die Flüchtigen, die noch am Leben waren, trampelten über die Planke aufs Schiff. Gabriele wollte dabei sein. Das Schiff war seine Rettung! Egal, für welches er eigentlich eingeteilt war!

Auf dem Deck der *Cavallo Bianco* brüllte etwas dumpf auf – Feuer spritzte nach allen Seiten davon, kochend heiße Luft rollte über Gabriele hinweg. Die Kogge war auf einmal vom Bug bis zum Heck in Flammen gehüllt. Lichterloh brennende Menschen torkelten über das Deck.

Unvermittelt tauchte der Matrose vor Gabriele auf. »Die Schweine haben Katapulte auf den Kriegsschiffen«, brüllte er. »Mit griechischem Feuer.«

Der wuchtige Schatten eines Schiffs ragte über ihnen auf. »He!«, brüllte der Matrose. »Drei an Bord! Drei an Bord!«

Gabriele sah, dass das Schiff die *Vento del Dio* war, die Ruder bereit, an den Tauen zerrend – doch Kapitän Renzo hatte gewartet. Heiße Dankbarkeit durchströmte Gabriele. Er stolperte aufs Deck, hörte das Scharren, mit dem die Laufplanke eingeholt wurde, und das Knallen der Äxte, die die Taue kappten. Er ließ die Hand Michels los, der auf die Knie sank und wieder, wie im Lager der Tataren, *»Non! Non! Mon dieu, non!«* stöhnte. Das Schiff trieb in die Schatten jenseits der brennenden *Cavallo Bianco* hinein. Gabriele erkannte, dass sie gerettet waren. Er taumelte auf den Kapitän zu und klopfte ihm wie ein Irrer auf die Schulter.

»Danke, Kapitän«, stieß er her, »danke, danke, danke ...«

»Wer sind der Idiot und sein sabbernder Pfaffe?«, hörte er Kapitän Renzo donnern. »Wer ist überhaupt auf die Wahnsinnsidee gekommen, einen Pfaffen an Bord zu bringen? Priester an Bord bedeuten Unglück!«

»Die haben bezahlt – das sind zwei von den Flüchtlingen!«, keuchte der Matrose. »Auf die *Lucrum* haben es auch ein paar geschafft, und auf der *Cavallo* werden sie zusammen mit unseren Leuten geröstet.«

»Dreck!«, knirschte Kapitän Renzo. »Gut, dass wir wenigstens umgeladen und alle Gewürze bei uns auf der *Vento* verstaut haben. Das wird uns wieder sanieren.«

»Danke, Kapitän, dass Ihr gewartet habt«, brachte Gabriele hervor.

Der Kapitän starrte ihn an. »Ich habe nicht auf Euch gewartet, Hohlkopf, sondern auf meinen Steuermann.«

Der vermeintliche Matrose sprang grinsend zum Steuerruder hinüber. »Danke, großer Bruder!«, rief er dem Kapitän zu. »Du hast einfach Sinn für die Familie!« Dann blinzelte er Gabriele zu. »Alles klar?«

»Bring uns auf Kurs, Navigator«, brüllte Kapitän Renzo. Und setzte leiser hinzu: »Wir haben immer noch zwei Schiffe, kleiner Bruder, und die gilt es nach Hause zu bringen.«

Statt einer Antwort hörte Gabriele das Krachen, mit dem das erste Kriegsschiff die Fischerboote, die es an der Verfolgung der Flüchtigen hinderten, einfach rammte und versenkte.

7

Seit vor über vierzig Jahren der Erzbischof von Bordeaux als Clemens V. zum Papst gewählt worden war und beschlossen hatte, dass es ihm in seiner französischen Heimat besser gefiel als in Rom, residierten die Päpste in Avignon. Die Heilige Stadt Rom war seitdem nur noch ein riesiger Moloch aus römischen Ruinen, Armenvierteln und abgeschotteten Villen der reichen Familien, die sich gegenseitig bekriegten.

Gegenüber der Masse der Gläubigen wurde der komfortable Aufenthalt der Heiligen Väter in Avignon als Exil dargestellt, so als ob die Vertreter Christi auf Erden dort – unfreiwillig – harte Zeiten erlebten. In Wirklichkeit statteten die französischen Könige sie mit allem Luxus aus, den sie wünschten. Hatte Clemens V. noch hauptsächlich in Lyon residiert und, wenn er in Avignon weilte, im dortigen Dominikanerkloster gewohnt, war sein Nachfolger Johannes XXII. schon mit Feuereifer darangegangen, eine würdige eigene Residenz zu bauen. Er hatte den dortigen Bischofspalast in eine mächtige Festung verwandelt, die dem nächsten Papst in der Reihe, Benedikt XII., allerdings als unzureichend erschienen war. Er hatte die Festung abreißen und an seiner Stelle einen Palast errichten lassen. Als die Würde des Amtes an Papst Clemens VI., den derzeitigen Heiligen Vater, übergegangen war, hatte auch dieser gefunden, dass sein Vorgänger zu klein gedacht hatte, und weitere Bauten hinzufügen lassen.

Diese unablässigen Veränderungen führten dazu, dass die Stadt zwar einerseits eine Dauerbaustelle war, andererseits aber auch wie nie zuvor prosperierte. Von den Bäckern und Metzgern, die die Baustellen mit überteuerten Lebensmitteln versorgten, bis zu den Betreibern der Hurenhäuser verdienten alle wie verrückt am Avignon'schen Exil der Päpste. Hätte man die Bürger Avignons gefragt, hätten sie gesagt, dass Gott der Herr sie offenbar besonders liebte.

Papst Clemens VI., der als Pierre Roger vor sechs Jahren zum

Heiligen Vater gewählt worden war, war Ende fünfzig. Vor seiner Berufung war er Kardinal gewesen sowie Kanzler und Erster Minister des französischen Königs. Er war ein schlanker, verwegen aussehender Mann mit blonden Haaren, die nur langsam ergrauten, einem kurzgeschnittenen Bart und ständig halbgeschlossenen Augen, die seine Stimmung unergründlich machten. Er galt als guter Redner; was er ganz sicher war, war ein Mann, der wusste, wie man das Vermögen des Heiligen Stuhls am besten verprassen konnte. Man hatte ihm schon vorgeworfen, dass seine Einkünfte die des englischen Königs um das Fünffache überstiegen. Er hatte es als Kompliment genommen; es verstand eben keiner so gut wie er, Papst zu sein. Ob Gott der Herr die Avignonenser liebte, war ihm egal, so wie ihm die Avignonenser selbst herzlich egal waren. Aber er war überzeugt, dass Gott *ihn* liebte und dass er ihm den Heiligen Stuhl nur deshalb gegeben hatte, damit der ehemalige Benediktinermönch Bruder Pierre das Leben genießen konnte.

Und so führte nicht nur Papst Clemens VI., sondern auch sein Hofstaat das entbehrungsreiche Leben in der Diaspora. Der eine Teil der Kardinäle, Präfekten, Prälaten, Ehrenkapläne, Kammerherren, Protonotare, Zeremoniare und Almosenverwalter tröstete sich mit Schlemmereien, Suff und Müßiggang, während der andere Teil Zerstreuung im Umgang mit Dirnen und Lustknaben suchte. Bei den regelmäßig veranstalteten Festivitäten kamen sie zusammen und wechselten dann kurz das Lager, um von den Trostspenden der anderen Hälfte zu kosten. Gerechterweise musste man anerkennen, dass es auch Mitglieder des päpstlichen Hauses gab, die sich weder mit dem einen noch mit dem anderen beschäftigten, sondern in harter täglicher Arbeit die Geldflüsse des Heiligen Vaters steuerten. Dies waren vor allem die Einnahmen aus den vakanten Bischofspfründen; dann die Einkünfte aus Bestechungen, die im allgemeinen Sprachgebrauch Fürsprachen genannt wurden, sowie die Diäten, die anders als die Fürsprachen ganz ohne versprochene Gegenleistung gefordert wurden und die man außerhalb des Papstpalastes bei ihrem eigentlichen Namen genannt hätte: unverschämte Gier. Zu Geld ließ sich ferner jeder verliehene Kardinalshut am einen Ende der Karriereleiter und jede vergebene Pfarre am anderen Ende machen. Die päpstliche Familie war außerdem am Verkauf jedes Fasses Messwein beteiligt, was aber nur den Wein umfasste, der zu sauer oder zu schwach war, um auf den fröhlichen Feierlichkeiten oder in der trauten Besinnung der privaten Kapelle genossen zu werden. Schließlich konnte man den Begriff »päpstliche Familie« wörtlich nehmen, denn Papst Clemens hatte jedem seiner Neffen, der nicht über eigene Einkünfte verfügte, einen Kardinalstitel verliehen. Auf diese und andere Weise warteten die Vertreter Christi auf Erden das Ende des Exils ab, erpressten und wurden erpresst, begannen Intrigen oder wurden ihr Opfer, schmiedeten Pläne oder ließen sich instrumentalisieren – und sehnten sich nach Rom, wo es der Legende nach mehr von all dem gegeben hatte, mit dem sie sich in Avignon die Zeit vertrieben.

An der Feier dieses Abends beteiligte sich eine kleine Handvoll Männer nicht. Sie standen vor einem Thronsessel und warteten, dass ihre Zahl vollständig wurde. Einer fehlte noch. Papst Clemens war es nicht; er saß in dem Thronsessel und hatte zu dieser Zusammenkunft geladen. Er hatte erklärt, dass er mit diesem kleinen Kreis von Vertrauten über das Zeichen göttlichen Zorns sprechen wollte, als das man das Erdbeben vor ein paar Tagen möglicherweise werten musste. Tatsächlich gingen Clemens' Pläne weiter. Ihm war klargeworden, dass der Tod seines Lieblingsfeindes, Kaiser Ludwig des Bayern, der letztes Jahr auf der Jagd einen Anfall erlitten hatte und verstorben war, ihm mehr geschadet als genützt hatte.

Kaiser Ludwig war fromm gewesen und hatte unter der Exkommunikation, die der Papst immer wieder von Neuem verhängt hatte, gelitten. Über diesen Schmerz hatte man ihn bis zu einem gewissen Grad steuern können. Nun sah alles danach aus, als würde bald Karl von Luxemburg, der junge böhmische

König, zum Kaiser gewählt werden. Auch wenn Papst Clemens mit ihm lose verbündet war, machte er sich doch keine Illusionen über den Charakter des zukünftigen Kaisers. Karl war ein eiskalter Pragmatiker, der keinen Gedanken daran verschwenden würde, ob der Papst ihn mit dem Bann belegte oder nicht. Wenn der Papst sich ihm gegenüber als der eigentliche Führer der Christenheit behaupten wollte, musste er schon einiges an Hausmacht aufweisen. Macht war etwas, das Karl durchaus respektierte.

Macht war etwas, was Papst Clemens in seiner langen Auseinandersetzung mit Kaiser Ludwig verloren hatte. Ansehen auch. Und den Respekt der Christenheit auch. Tatsächlich war er sich nicht einmal mehr klar, ob der kleine Zirkel Vertrauter, die er geladen hatte, noch verlässlich hinter ihm stand. Aus diesem Grund hatte er schon vor Monaten einen Plan gefasst und in die Tat umgesetzt. Nun verfügte er über Wissen, dass alles so funktioniert hatte wie erhofft. Daher konnte er seine Vertrauten einweihen – und ihnen beweisen, dass er noch immer über die größte Macht in der gesamten Christenheit verfügte.

Jetzt allerdings saß er da und musste seine Ungeduld im Zaum halten, weil einer seiner Mitstreiter fehlte. Der Papst hasste es, wenn jemand anderer als er selbst zu spät kam.

»Ich bin sicher, dass er jeden Moment eintreffen wird«, sagte Albrecht von Hohenberg, der ehemalige Kanzler von Kaiser Ludwig und Bischof von Würzburg.

»Ich bin sicher, dass *er* schon vor etlichen Momenten hätte hier sein sollen«, versetzte Clemens gereizt.

»Es ist schwierig, hierherzufinden, Heiliger Vater«, erklärte Stefano Colonna. Er stammte aus Rom und war der älteste Sohn der mächtigsten Adelsfamilie der Stadt. »Euer Palast ist riesengroß.«

»Gilt das auch, wenn man seit zwei Tagen im Gästetrakt nächtigt und nur um die Ecke schlendern muss, um uns zu beehren?«, fragte Clemens. Stefano Colonna senkte den Blick und schwieg.

Der Papst funkelte seine Gäste an. »Hat noch jemand eine gute Entschuldigung dafür parat, warum wir auf den erlauchten Herrn Grafen und Anwärter auf den Königsthron, Seine Durchlaucht Günther von Schwarzburg, warten müssen?«

»Ja, ich«, sagte eine Stimme in das Krachen einer zu hastig aufgeschwungenen Tür. Günther von Schwarzburg kam herein, kniete vor dem Papst nieder und küsste seinen Ring. »Ich habe mich im Palast verlaufen. Bin in der falschen Richtung losgegangen. Ich bitte vielmals um Verzeihung, Heiliger Vater.«

Clemens zählte im Stillen bis zehn. Günther von Schwarzburg war zu Lebzeiten Kaiser Ludwigs dessen einflussreichster Gefolgsmann gewesen und rechnete sich selbst Chancen auf den vakanten Kaiserthron aus. Die Ansprüche des jüngeren Karl erachtete er als nichtig. Clemens hielt ihn für einen Schwachkopf, aber er konnte ihn nicht ignorieren, weil Günther jede Menge Anhänger hatte.

Clemens holte Atem und versuchte, ruhig zu werden. Er hatte einen Triumph zu berichten, und er musste es so tun, dass die Männer vor ihm den Eindruck bekamen, alles sei von langer Hand geplant gewesen und das Ergebnis kühlen, machtvollen, selbstbewussten Nachdenkens. In Wirklichkeit war es eher der panische Augenblickseinfall eines Menschen gewesen, der seine Felle davonschwimmen sah.

»Die Stadt Caffa wird seit eineinhalb Jahren von den gottlosen Tataren belagert«, sagte er. »Obwohl Caffa zu Genua gehört und Genua, wie wir wissen, nicht gerade hilflos ist, konnte auch der Genueser Doge diese Belagerung nicht sprengen.«

»Man hört, dass der Tatarenkhan alles an Kriegern aufgeboten hat, was einen Bogen halten oder in einer Rüstung geradeaus laufen kann«, sagte Günther von Schwarzburg. »Nicht so einfach, ein Heer dieser Größe zu vertreiben.«

Der Papst nickte. Graf Günther war zwar ein Schwachkopf, aber er verstand etwas vom Kriegshandwerk. Und mit seiner Bemerkung spielte er dem Papst unwissentlich in die Hände. Clemens beschloss, sich erkenntlich zu zeigen.

»Eure Expertise als Soldat, lieber Graf, und Eure Tapferkeit in der Schlacht haben mich Euch stets bewundern lassen.«

»Oh, das war nichts …«, wehrte Graf Günther ab und hüstelte mit schlecht gespielter Bescheidenheit.

»Caffa ist, obwohl voller Krämerseelen, auch eine christliche Stadt. Insofern wäre es auch nicht Aufgabe der Genueser allein, die Tataren zu vertreiben, sondern die des Reichs. Des Kaisers, um genau zu sein.«

Seine drei Zuhörer nickten.

»Es gibt aber keinen Kaiser. Das Reich ist alleingelassen.«

»Ich hätte die Tataren schon lange vertrieben, wäre ich Kaiser«, sagte Günther von Schwarzburg.

»Ihr seid aber nicht mal König«, wandte Stefano Colonna ein.

»Ich brauche mich nur zur Wahl zu stellen«, grollte Günther. »Die Kurfürsten würden sich sofort auf meine Seite stellen.«

»Die haben aber vor zwei Jahren den Luxemburger zum König gewählt – sogar zum Gegenkönig, als Kaiser Ludwig noch am Leben war«, gab Stefano zu bedenken.

»Weil ich damals nicht zur Wahl stand«, sagte Günther.

Papst Clemens griff ein. Er hatte über sich reden wollen und nicht über die Chancen von Graf Günther von Schwarzburg, den Königsthron und in der Folge auch den Kaiserthron zu erklimmen. »Das Reich ist alleingelassen!«, betonte er nochmals. »Seit alters schwelt der Streit zwischen Kaiser und Heiligem Stuhl, wer der Führer der Christenheit ist. Die Kaiser behaupten, sie seien es, weil sie das Reich mit dem Schwert schützen. Aber wo ist das kaiserliche Schwert, während in Caffa unschuldige Christen unter den Pfeilen der Tataren sterben?«

»Wenn die Hand des Kaisers schwach ist, muss die Hand des Papstes umso stärker sein!«, sagte Albrecht von Hohenberg.

Clemens war sich nicht sicher, ob das ein Seitenhieb gegen ihn war, aber es war auch zugleich eine wunderbare Überleitung zu dem, was er als Nächstes sagen wollte.

»Die Hand des Papstes war nie stärker als heute«, erklärte

er lächelnd, und als ihn seine Zuhörer überrascht anblickten, ergänzte er: »Der Kaiser kann nie das geistige Oberhaupt der Christenheit sein. Aber der Papst kann der weltliche Führer sein … wenn seine Hand stark genug ist.«

»Ihr meint, so stark wie … Eure …?«, fragte Stefano Colonna.

»Die tatarische Belagerung Caffas ist so gut wie vorüber«, sagte Clemens.

»Ihr habt ein … Ihr habt ein Ersatzheer vor die Stadt geschickt, das die Tataren besiegt hat?«, fragte Albrecht von Hohenberg. »Aber wie habt Ihr das … ich meine, das hätte doch auffallen müssen … wir hätten es doch merken müssen …?«

Clemens stellte fest, dass Graf Günther in Albrecht von Hohenberg einen starken Konkurrenten um das Amt des größten Schwachkopfs dieser Runde bekommen hatte. Laut sagte er: »Aber nein, mein Lieber. Ich habe zu Gott gebetet, und Gott hat mich erhört. Das ist die wahre Macht, findet Ihr nicht? Ein Heer kann jeder aufstellen, der genug Geld hat. Die Hand Gottes auf seine Seite zu bringen, das kann nur jemand, der den richtigen Glauben hat. Weil der Glaube die wahre Macht ist.« Es hörte sich ein wenig zusammenhanglos an, aber das war Clemens egal, weil die richtigen Worte dabei waren und diese Saat auf die richtigen Äcker fiel. Graf Günther glaubte, dass er das Zeug zum Kaiser hatte. Stefano Colonna glaubte, dass seine Familie unter ihm als Oberhaupt bald wieder in Rom den Ton angeben würde. Und Albrecht von Hohenberg glaubte, dass er der nächste Papst werden könnte. Alle drei wollten glauben, dass ihre Hoffnungen sich erfüllten. Es kam darauf an, dass sie außerdem glaubten, er, Papst Clemens, könne dazu bei seinem großen Verbündeten im Himmel ein gutes Wort einlegen.

»Was ist passiert?«, fragte Graf Günther.

»Gott hat die Tataren mit einer Seuche gestraft. Die Krieger des Khans sterben wie die Fliegen. Bald werden nur noch Leichen um Caffa herumliegen.«

»Eine Seuche?«, fragte Stefano Colonna erschrocken.

»Die Pest«, sagte Clemens.

»Heilige Madonna«, stieß Stefano Colonna hervor. Niemand rügte ihn für diese Blasphemie. »Und wenn sich diese Seuche bis hinter die Stadtmauern Caffas fortpflanzt? Ich bin in Rom aufgewachsen, ich weiß, wie schnell sich Krankheiten ausbreiten können.«

Das war der knifflige Teil. Clemens hatte gehofft, er käme erst später zur Sprache, wenn die drei Männer schon bedingungslos an seinen Lippen hingen. Oder am liebsten gar nicht. Aber es half nichts.

»Die Seuche ist bereits hinter die Mauern Caffas vorgedrungen«, sagte er.

»Woher wisst Ihr das?«, rief Albrecht von Hohenberg. »Caffa liegt viele Wochen entfernt!«

»Ich habe gute Informanten«, sagte Clemens. Bei sich dachte er: nämlich die Leute, die von Narren wie euch verachtet, verfolgt und umgebracht werden – die Juden. Schützt sie und helft ihnen, und sie werden es euch mit größerer Treue vergelten, als ihr euch vorstellen könnt. Papst Clemens hasste vieles auf der Welt – vom jeweiligen Kaiser angefangen bis hinunter zu undankbaren Neffen, die mit ihren Abgaben aus den ihnen zugeschacherten Pfründen im Verzug waren. Von seinem Hass ausgenommen waren die Juden. Sie schützte er, auf sie verließ er sich in allen finanziellen Dingen. Der Mann, der an oberster Stelle die Geldflüsse des Heiligen Stuhls regelte und dafür sorgte, dass dem Papst unbegrenzt Kredite zur Verfügung standen, war ein Jude: Levi ben Gershom aus der nahegelegenen Stadt Carpentràs.

Und so hatte das jüdische Netzwerk, auf das er sich oft verließ, ihm die Nachricht zugespielt, dass sein Plan aufgegangen war. Allerdings mit dem kleinen Schönheitsfehler, dass nun auch in Caffa die tödliche Krankheit wütete. Zuerst hatte Clemens gedacht, dass sein Abgesandter etwas damit zu tun hatte; dann hatte er gehört, dass der Khan seine Pesttoten über die Mauer in die belagerte Stadt schleudern ließ. Die Leichen sorgten auf irgendeine geheimnisvolle Weise dafür, dass nun auch in

Caffa Tod und Verderben um sich griffen. Von seinem Abgesandten hatte er nichts gehört und gesehen. Offenbar hatte er seine Pflicht in Gänze erfüllt, indem er nach erfolgter Tat im Lager der Tataren verstorben war.

»Es ist traurig zu hören, dass Caffa nun, nachdem der Würgegriff der Tataren gelockert ist, unter dem Würgegriff der Pest leidet«, erklärte er. »Aber Gott der Herr wird sich schon etwas dabei gedacht haben, meint Ihr nicht? Wir wissen ja alle, dass die Genueser im Grunde genauso gottlos sind wie die Heiden. Sie beten das Geld an anstatt den Herrn Jesus Christus.«

»Sie sind genauso schlecht wie die Venezianer«, sagte Albrecht von Hohenberg, dessen Bistum das vermögendste im ganzen Reich war.

»Von Caffa aus fahren Schiffe überallhin …«, gab Stefano Colonna zu bedenken.

»Der genuesische Konsul hat den Hafen abriegeln lassen, damit kein Schiff die Krankheit weitertragen kann«, sagte Clemens. »Die Seuche wird sich in Caffa totlaufen. Ein paar Dutzend Todesopfer, meine Herren! Ein paar Dutzend Krämerseelen, die der Herr mit einfordert als Gegenleistung dafür, dass er meine Gebete erhört und die Tataren vernichtet hat. Ich habe diesen Preis willig bezahlt.«

Jetzt kamen endlich die Glückwunsche und Respektsbezeigungen. Schließlich ließen die drei Männer den Papst allein. Diese drei würden nun verbreiten, dass er, Papst Clemens, vollbracht hatte, was weder den mächtigen Genuesern noch den kaiserlosen Fürsten gelungen war. Überall würde der Eindruck entstehen, dass er, Papst Clemens, der wahre und einzig würdevolle Führer der Christenheit war.

Die Tür öffnete sich wieder. Stefano Colonna kam herein.

»Darf ich?«, fragte er.

Clemens nickte. Er war nicht überrascht. Der Römer war der Einzige unter seinen drei Verbündeten, den er nicht für einen Schwachkopf hielt.

»Wie habt Ihr es wirklich gemacht, Heiliger Vater?«, fragte

er. »Wie habt Ihr es geschafft, die Seuche ins Lager der Tataren zu bringen?«

Clemens lächelte. »Ganz im Vertrauen?«, fragte er.

Stefano nickte.

8

»Und?«, fragte Zacharias mit so aufgeräumter Miene, dass Joseph sofort wusste, es war etwas faul. Er spähte nach Maria aus – die Kleine hüpfte unweit vom Hauseingang entfernt über die in der Tageswärme aufgetauten Pfützen und zertrat die jetzt neu gebildete Eisschicht, war bis über beide Ohren mit Schlamm besprenkelt und hielt in jeder Hand einen schrumpeligen Lagerapfel, denen sie abwechselnd ihre Aufmerksamkeit widmete. Sie sah Joseph und winkte mit vollen Backen zu ihm herüber. Das Laternenlicht, das vor dem Eingang zum Haus gegen die nächtliche Dunkelheit ankämpfte, ließ ihre Augen fröhlich glitzern.

»Was war hier los?«, fragte Joseph.

»Wie bitte?« Zacharias breitete die Arme aus. »Da kommt der Mann nach fast zwei Stunden Beratung wieder zum Vorschein, man fragt ihn höflich, was dabei herausgekommen ist, und alles, was man zur Antwort erhält, ist ein unfreundliches ...«

»War mein Vater hier draußen?«

Zacharias ließ die Arme sinken und lächelte traurig. »Joseph, dein Vater würde nicht mit mir reden. Ich stehe zwar nicht unter dem *cherem* wie du, aber er weiß, dass das keinen Unterschied macht. Wie lange sind wir schon Freunde? Seit wir beim Krabbeln in der Gasse mit unseren Köpfen zusammengestoßen sind – oder noch länger? Er würde nicht mit mir reden, weil ihm völlig klar ist, dass ich den Bann so im Herzen trage, wie du ihn auf den Schultern trägst.«

Joseph räusperte sich verlegen. Er legte Zacharias einen Arm um die Schultern und zog ihn zu sich heran. Zacharias klopfte ihm auf den Rücken.

»Hör schon auf, sonst halten sie uns noch für *schudne*«, sagte er grinsend.

»Unser nächstes Ziel ist Genua«, erklärte Joseph.

»Da wollte ich schon immer mal hin. Wer ist diesmal in Bedrängnis?«

»Alle«, sagte Joseph.

Zacharias musterte ihn. »Alle Juden in Genua!?«

»Alle zwischen Apulien und Norwegen.«

Zacharias sagte eine Weile lang nichts. Dann erklärte er: »Der Mensch wächst an seinen Aufgaben.«

»Wenn ich alle sage, meine ich nicht nur die Juden.«

»Vielleicht erklärst du deinem dummen Partner alles der Reihe nach?«

»Wir müssen so schnell wie möglich nach Genua. In Caffa, einer genuesischen Handelsniederlassung am Schwarzen Meer, ist eine Seuche ausgebrochen – mit einer bisher unbekannten Heftigkeit, wie es scheint. Die Leute sterben innerhalb von Stunden.«

Zacharias bekam weite Augen. »Der Todesengel, den der Herr den Ägyptern sandte, als sie unser Volk nicht ziehen ließen …«, sagte er.

»Wie es aussieht«, erwiderte Joseph, »wandelt der Todesengel jetzt in Caffa. Wir müssen verhindern, dass er zu uns kommt.«

Zacharias sah sich unwillkürlich nach Maria um. Dann fragte er: »Und was können wir da tun?«

»Wir sollen sicherstellen, dass es keinem Schiff aus Caffa gelingt, in unserem Gebiet anzulegen.«

»Es kann überall anlegen auf dem Weg vom Schwarzen Meer hierher!«

»Genuesische Schiffe haben in der Regel nur drei Heimathäfen, die sie ansteuern: Messina, Ostia und Genua selbst. Boten sind bereits nach Messina und Ostia unterwegs, aber die Wahrscheinlichkeit, dass der Zielhafen eines solchen Schiffes Genua sein wird, ist am größten. Sein Kapitän wird glauben, er habe unglaubliche, erschreckende und eminent wichtige Dinge zu berichten – er wird sich nicht damit aufhalten, anderswo Anker zu werfen als in seiner Heimatstadt.«

»Was sollen die Genueser tun, wenn tatsächlich so ein Schiff aufkreuzt?«

Joseph atmete tief ein. »Es weit vor der Küste versenken.«

»Und wir sollen den Dogen davon überzeugen?«

»Die Informationen, die wir ihm geben werden, sollten jeden halbwegs vernünftigen Menschen überzeugen, und man wird nicht Doge von Genua, wenn man ein Schmock ist.«

»Joseph«, sagte Zacharias langsam, »hast du schon mal daran gedacht, wie das aussehen wird? Juden aus Mestre, also aus der Republik Venedig, schlagen dem Dogen der Republik Genua, also dem schlimmsten Feind Venedigs, vor, seine eigenen Schiffe zu versenken?«

»Deswegen schickt man ja auch uns und nicht irgendwen.«

Zacharias hob die Arme und ließ sie wieder sinken. »Hast du diesen Auftrag wirklich angenommen!?«

»Hätte ich ihn ablehnen können?«

»Sie haben dir die Aufhebung des Banns in Aussicht gestellt, nicht wahr?«

Joseph schüttelte den Kopf. »Sie können ihn nur aufheben, wenn alle Ehrbaren Mestres dafür stimmen, und das wird nie passieren, solange mein Vater oder irgendeiner von seinen Geschäftspartnern, die ich ruiniert habe, noch lebt.«

»Du hast sie nicht ruiniert! Es war die freie Entscheidung jedes Einzelnen, Geld in die Sache zu stecken und …«

Joseph lächelte. »Natürlich. Aber ich habe mich hingestellt und allen erzählt, dass ich die Verantwortung für diesen Handel übernehme. Also ist es nicht falsch zu sagen, dass ich daran schuld bin, oder?«

»Du machst dir deren Logik zu eigen.«

»Es ist die Logik, nach der wir leben. Ich kann sie leugnen, aber das lässt sie auch nicht verschwinden.«

»Warum sagst du ihnen dann nicht, sie sollen dir den Buckel runterrutschen? Dieser Auftrag ist doch niemals im Leben durchführbar.«

»Ihretwegen habe ich ihn angenommen«, sagte Joseph und deutete auf die spielende Maria. »Willst du ihr einen letzten Gruß zuwinken, wenn sie sie ins Seuchengrab werfen?«

»Es war nicht nötig, so deutlich zu werden«, sagte Zacharias heiser.

Joseph packte ihn an den Armen. »Doch«, sagte er heftig, »doch, es ist nötig. Zacharias, wenn nur die Hälfte von dem stimmt, was wir aus Caffa gehört haben, dann steht uns eine furchtbare Seuche bevor. Aber ich weiß, dass Gott uns nicht geschaffen hat, damit wir uns selbst klaglos unserem Verderben ausliefern. Wir müssen kämpfen, und wenn man gegen diese Seuche kämpfen kann, indem man ein Schiff versenkt und die Herrscher der wichtigsten Städte wachrüttelt, dann sollten wir es tun. Wer, wenn nicht wir? Kein anderes Volk hat so viele Verbindungen, so viele Brüder und Schwestern auf der ganzen Welt. Glauben wir nicht, dass wir das auserwählte Volk Gottes sind? Womöglich ist es tatsächlich so, und unsere Mission besteht darin, die Menschen vor dieser Katastrophe zu retten.«

»Ob das die armen Kerle auf dem Schiff, das du versenken willst, auch so sehen? Oder die Menschen in Caffa, die eingesperrt in ihrer eigenen Stadt sterben müssen, damit wir leben können?«

Joseph hatte darauf keine Antwort. Er wandte den Blick ab und sah Maria beim Spielen zu. »Ich will, dass *sie* leben kann«, flüsterte er. Im Stillen fügte er hinzu: Und sie, die mein Herz so unverhofft berührt hat … die schöne junge Christin … auch *sie* muss leben!

Als er sich umdrehte, hatte Zacharias Tränen in den Augen. Er wischte sie unwillig weg. »Warum hast du Deborah nicht zur Frau genommen?«, stieß er hervor. »Sie würde vielleicht noch leben, und Maria wäre dein Kind, und ich würde nicht dauernd das Gefühl haben, von dem Loch in meinem Herzen und von der Angst um die Kleine aufgefressen zu werden.«

»Und du würdest die Liebe nicht spüren, die du für Maria empfindest. Diese Liebe ist jeden Schmerz wert.«

»Du liebst sie doch auch.«

»Ich kann sie lieben, aber ich werde niemals ihr Vater sein. Ich beneide dich um viel, Zacharias, aber um das beneide ich dich am meisten.«

Maria sah auf und zu ihnen herüber. Beide Männer versuchten hastig, ihre Gesichter zu einem Lächeln zu verziehen. Maria deutete in die Pfütze, deren Eisschicht sie gründlich zertreten hatte. »Wieder sauber«, rief sie.

»Wie willst du die Genueser davon überzeugen, dass das alles nicht nur eine Finte Venedigs ist, um ihre Konkurrentin zu schwächen?«, fragte Zacharias.

»Ich zeige ihnen sämtliche Frachtdokumente aller jüdischen Kaufleute in Mestre, die Anteile an genuesischen Ladungen haben. In einem Fall hängt das gesamte Vermögen einer Familie in einer Flotte aus drei Gewürzschiffen.«

Zacharias sah ihm ins Gesicht und fasste sich dann an die Stirn. »Oh nein«, stöhnte er.

Joseph zuckte mit den Schultern. Seine Kehle schmerzte vom Versuch, seine Stimme normal klingen zu lassen. »Ich hätte es auch nicht anders gemacht. Wenn du vor dem Ruin stehst, kannst du dich nur mit einer riskanten Operation retten – beispielsweise alles, was du noch hast, in eine Ladung Gewürze stecken. Soweit mir gesagt wurde, hat mein Vater in Verona einen genuesischen Handelsagenten getroffen. Es gab wohl nicht viele, die auf ein so großes Risiko setzen wollten, wie eine Reise ins Schwarze Meer zu finanzieren, während die Goldene Horde Caffa belagerte; nur Verzweifelte, die alles auf eine Karte setzen mussten, wenn sie überleben wollten. Vater war einer dieser Verzweifelten.«

»Wenn unsere Mission Erfolg hat …«

»… bin ich zum zweiten Mal an seinem Ruin schuld.«

»Weiß er Bescheid?«

»Er ist einer von den Ehrbaren, die diese Mission beauftragt haben. Er hat ihr zugestimmt. Ich glaube aber, dass ihm anfangs nicht klar war, dass ich derjenige sein würde, dem der endgültige Zusammenbruch seines Hauses anvertraut wird.«

»Welche Aufgaben hast du für mich vorgesehen?«

»Wie immer. Ich brauche jemanden, der inkognito vor Ort ist, sozusagen das Gelände sondiert, sich umhört und mir ein Bild der Lage vermittelt, wie es die hohen Herren in Genua nicht kennen. Jemanden, der mit den Fischern sprechen kann, die vielleicht ein treibendes Schiff vor der Küste gesehen haben oder eines, das sich mit vollen Segeln nähert. Ich werde versuchen, den Dogen zu überzeugen, seine Kriegsschiffe auf Patrouille zu schicken, aber die genuesische Kriegsflotte ist klein und das Meer sehr groß.«

Zacharias nickte.

»Und … Zacharias? Diesmal nimmst du die Kleine nicht mit!«

Zacharias brummte etwas in seinen Bart.

»Ich will ein Versprechen hören!«

Zacharias stieß einen Seufzer aus, der aus dem tiefsten Inneren des Erdbodens zu kommen schien. »Ich verspreche es«, murmelte er.

»Was versprichst du mir?«

»Ich verspreche, dass ich Maria nicht nach Genua mitnehme. Da! Bist du jetzt zufrieden, du Tyrann?«

Joseph lächelte und schlug ihm auf die Schulter. »Lass uns in die Synagoge gehen und beten und danach ins Badehaus. Und danach irgendwohin, wo es einen riesigen Haroseth mit echten Calimyrna-Feigen gibt! Wir können beide ein bisschen Mörtel brauchen, um unsere Knochen wieder zusammenzuleimen.«

»Du zahlst«, sagte Zacharias.

Joseph klopfte auf seine Gürteltasche. »Die Ehrbaren von Rom, Troyes, Narbona, Regensburg und Nürnberg zahlen!«

»So viel kann ich nicht essen.«

»Wie geht's meiner Mutter?«

»Sie sieht so aus wie immer, aber … oh, du verdammte Schlange!«

Joseph grinste. »Ich wusste, dass was faul war, als ich dein Gesicht sah. Und wo hätte Maria die Äpfel herhaben sollen, wenn nicht von ihr?« Er fügte nicht hinzu, dass er wider besseres Wissen gehofft hatte, es wäre sein Vater gewesen, der nach draußen gekommen war und sich bei Zacharias erkundigt hatte, wie es seinem Sohn ging. Es gab Dinge, auf die er wohl den Rest seines Lebens vergeblich hoffen würde.

»Ich habe deiner Mutter gesagt, dass du rund und fett geworden bist und im Geld schwimmst und dass dir in jeder Stadt des Reichs die Rabbiner zu Füßen hocken und die Weisheit von deinen Lippen saugen.«

»Was hat sie geantwortet?«

»Sie hat mir eine Ohrfeige und dann einen Kuss gegeben.«

»Sie nimmt es am härtesten«, sagte Joseph.

»Nein«, sagte Zacharias. »Am härtesten nimmst du es, nur hast du mir noch nie einen Kuss gegeben.«

9

Gisela hatte alles ertragen. Die verzweifelte Miene ihres Vaters, der in den letzten Tagen so sehr gealtert war, dass er ihr fast ein Fremder war. Das Gesicht ihrer Mutter, wächsern und leblos. Das Warten darauf, ob dem letzten, schütteren Atemzug ein weiterer folgen würde, dass sich der Brustkorb nach einer gähnend langen Pause doch noch einmal hob – bis er es dann nicht mehr tat. Ihre eigene Trauer war wie ein Stein in ihrem Inneren, noch nicht einmal zur Gänze verstanden, weil sie nicht begreifen konnte, dass ihre Mutter nie mehr um sie herum sein würde. Gisela war stets eher das Kind ihres Vaters als ihrer Mutter gewesen, doch dies hatte sich nur darin geäußert, dass sie ihren Vater mit einer wilden Leidenschaft liebte, die heftige Streitereien, gegenseitiges Anbrüllen und tagelange Schmollpausen beinhaltete. Die Liebe zu ihrer Mutter war wie ein Sommertag gewesen, der einen warm umfing und einem die sichere Gewissheit gab, dass alles gut war. Von nun an würde sie selbst dafür verantwortlich sein, dass die Sonne in ihrem Leben aufging.

Gisela hatte auch ertragen, dass ihr Vater schluchzend zusammengebrochen war, als ihre Mutter zu atmen aufhörte. Mit verschwimmendem Blick, aber aufrecht hatte sie die Reihe der Menschen abgenommen, die von der alten Herrin von Osoppo Abschied nahmen und sich gleichzeitig vor der neuen Herrin verneigten, weil der Herr in seinem Schmerz unfähig dazu war, seine Pflicht wahrzunehmen. In ihrem Inneren hatte etwas geschrien und verlangt, den ungewollten Handel rückgängig zu machen, die Bürde der Herrschaft zurückzugeben, wenn nur ihre Mutter wieder am Leben wäre. Sie hatte diese Stimme zum Schweigen gebracht. Sie schämte sich gleichzeitig dafür, der Tradition nicht folgen zu können und jedem ein Geschenk aus dem Besitz der Toten zu geben, weil ihr ganzer Besitz unter Tonnen von Schutt und Gebälk begraben war.

Sie hatte es ertragen, dass Kaplan Grimoald sich an der Seite ihrer Mutter niederkniete und zu singen anfing, während ihm die Tränen über die Wangen liefen. Sie hatte ertragen, dass zwei Männer ihren Vater sanft hochhoben und beiseiteführten, damit der Kaplan die Hände der Toten falten konnte. Dann hatte sie sich nach vorn gebeugt, ihre Mutter auf die Lippen geküsst, war aufgestanden und mit der Haltung einer Königin zum Ende des Felssporns gegangen, auf dem die Burg gesessen hatte. Der Ausblick über das enge Tal und die dahinter aufsteigenden Felswände schwankte vor ihren Augen. Sie sank auf die Knie, umklammerte ihren Oberkörper, krümmte sich zusammen und schluchzte, bis sie heiser war. Das Leben, so wie sie es kannte, war zu Ende. Das Erdbeben und die nachfolgenden Tage der Arbeit in der Ruine von Osoppo hatten ihr gezeigt, dass es so war;

aber erst der Tod ihrer Mutter hatte es sie zur Gänze verstehen lassen.

Schließlich versiegten die Tränen, und die Ruhe der Erschöpfung überkam sie. Als sie die Schritte und das Räuspern vernahm, sah sie auf. Sie nahm an, dass es Kaplan Grimoald war, der sie an ihre Pflichten erinnern wollte.

»Ich bin hier«, sagte sie rau.

Die Schritte kamen um den Felsblock herum, der ihr Versteck vor dem Rest der Burg abschirmte. Sie erstarrte. Es war nicht Kaplan Grimoald, es war Tristan de Gurize. Er hatte ein einfaches Hemd übergezogen, das an seinem schweißfeuchten Körper klebte, und nickte ihr zu.

»Das mit Eurer Mutter tut mir leid«, sagte er. »Ihr müsst Euch nun sehr allein fühlen.«

Gisela wischte hastig ihre Tränen weg. »Ich habe noch meinen Vater«, sagte sie, halb trotzig, halb resigniert.

»Das mit Eurem Vater tut mir auch leid«, sagte Tristan. Sein Blick war ruhig und sein Gesicht unbewegt. Gisela verstand die Botschaft, ohne sie zu verstehen; aber ihren Rücken lief ein Schauer hinab. »Ihr habt mich übrigens nicht getroffen, wenn Euch das eine Beruhigung ist«, erklärte Tristan. »Ich meine, für den Fall, dass Ihr Euch das gefragt haben solltet und deswegen nicht gewagt habt, in den vergangenen Tagen mehr als ein paar Worte mit mir zu wechseln.«

Er musste es ihr am Gesicht abgelesen haben, dass sie keine Ahnung hatte, wovon er sprach. »Der Inhalt des Nachttopfs«, führte er aus.

»Ich wusste nicht, dass Ihr das dort unten wart«, log sie. »Ich dachte, es sei ein Tier.«

Er hob die Brauen. »Ich hatte Steinchen an Euer Fenster geworfen.«

»Tatsächlich? Wahrscheinlich bin ich davon aufgewacht.«

»Ich hätte nach dem Guss wiederkommen und von Neuem werfen sollen, oder?«

Gisela schüttelte den Kopf. »Signore«, sagte sie, »ich bin

Euch mehr als dankbar für Euren Einsatz hier in den Trümmern meines Hauses, aber bin erschöpft und voller Trauer, ich weiß nicht, wovon Ihr sprecht, und ich habe das dringende Bedürfnis, allein über die Zukunft nachzudenken.«

Tristan sprang leichtfüßig von seinem Felsen herab und kam zu ihr. »Dankbarkeit ist unangebracht«, sagte er. »Was ich tue, tue ich für Euch, liebreizende Gisela. Leert Euren Nachttopf über mir aus, werft mir Balken auf den Kopf, spießt mich auf oder werft mich den nächsten Berg hinunter – ich werde es mit einem Lächeln ertragen.«

Er trat so dicht an sie heran, dass sie ihn riechen konnte. Keiner von ihnen hatte sich in den vergangenen Tagen auch nur notdürftig waschen können, und Tristan hatte geschuftet wie ein Pferd. Sie begann unwillkürlich, flach zu atmen.

»Gisela«, flüsterte er. »Osoppo ist am Ende. Ihr wisst das so gut wie ich. Und Ihr wisst, dass Ihr allein es nicht wiedererwecken könnt. Ich kann Euch helfen. Meine Familie ist groß, und Osoppo ist auch in Ruinen ein wertvoller Besitz. Warum tun wir uns nicht zusammen? Wenn ich mit einem meiner Onkel spreche, wird er uns sicher unterstützen, und wir können Osoppo wieder aufbauen.«

»Unterstützen?«, fragte Gisela. »Unterstützen als was? Als gleichberechtigter Verbündeter?«

»Als Lehensnehmer der Grafen von Gurize«, sagte Tristan und zuckte mit den Schultern. »Größere Güter als Osoppo sind den Grafen zu Lehen.«

»Ihr träumt«, hörte Gisela sich sagen. »Wacht wieder auf.«

»Ja, ich träume! Gisela, seit ich Euch gesehen habe, träume ich – von Euch! Was für ein Paar werden wir abgeben! Die Herren von Osoppo bei Tag; Venus und Mars bei Nacht!«

»Osoppo wird niemals der Lehensnehmer von irgendjemandem sein«, sagte Gisela, ohne nachzudenken. In den letzten Momenten war ihre Stimmung von Trauer zu Fassungslosigkeit und dann zu jäher Wut gewechselt.

Tristan beugte sich nach vorn und packte ihre Handgelenke.

Sie erschrak und versuchte vergeblich, sich loszumachen. Er brachte seinen Mund an ihr Ohr. »Venus und Mars«, wisperte er. »Meister und Sklavin. Das sind unsere Rollen. Ich will Euch, Gisela d'Osoppo. Und Ihr wollt mich! Ihr braucht mich! Euer Heim ist nur noch ein Haufen Steine, und Euer Vater ist über Nacht zu einem hilflosen Greis geworden. Ich hole Euch aus Eurem Elend heraus. Ihr braucht mich nur darum zu bitten.«

Gisela schaffte es, ein Handgelenk aus seinem Griff zu befreien. Sie stieß ihn vor die Brust und versuchte, ihn wegzudrücken. »Ich bitte Euch darum, mich in Ruhe zu lassen«, keuchte sie. »Und in Wahrheit ist das keine Bitte, sondern ein Befehl!«

Tristans Augen funkelten. »Ihr seid nicht mehr in der Lage zu befehlen, Gisela. Ihr müsst für das dankbar sein, was man Euch anbietet. Und jetzt küsst mich.«

Mit einer Geschwindigkeit, die sie selbst überraschte, schlug sie ihm mit der freien Hand von unten gegen das Kinn. Sein Kopf zuckte zurück. Als er den Kopf wieder senkte, hatte er einen Schleier aus Tränen in den Augen. Der Schlag hatte dazu geführt, dass er sich auf die Unterlippe gebissen hatte. Blut quoll aus der Wunde und lief dann in einem Faden über sein stoppeliges Kinn.

»Ich habe *das* statt eines Kusses für Euch!«, stieß Gisela hervor.

Tristan lächelte ein böses Lächeln. Seine Zunge fuhr über seine Unterlippe und leckte das Blut weg. Es kam sofort neues nach. »Ich hätte mich mit einem Kuss zufriedengegeben«, sagte er. »Aber nun habt Ihr Blut vergossen. Das kann nur mit neuem Blut gesühnt werden.«

Im nächsten Moment hatte er schon ihr Haar gepackt und riss brutal daran. Sie schrie auf. Er zwang sie auf die Knie. »Bittet mich um Vergebung!«, stieß er hervor. »Vielleicht bin ich gnä…«

Er kam nicht weiter, weil Kaplan Grimoald plötzlich hinter ihm stand, ihm den Arm um den Hals schlang und ihn von Gisela wegzerrte. Tristan ließ ihr Haar los und versuchte, sich aus Grimoalds Griff zu befreien. Der Kaplan ballte eine Hand zur Faust und drosch Tristan mehrmals in die Nierengegend. Tristans Widerstand erlahmte. Grimoald ließ ihn zu Boden rutschen. Tristan stöhnte und krümmte sich auf den Steinen. Er leistete keine Gegenwehr mehr.

Gisela starrte den Kaplan mit großen Augen an. Grimoald ballte seine Hand mehrmals zur Faust und öffnete sie wieder. »Ich war nicht immer Burgkaplan«, sagte er. Es klang wie eine Entschuldigung. Dann entschuldigte er sich wirklich. »Es tut mir leid, dass ich nicht eher hier heraufgelangt bin, Herrin.«

»Ihr kamt gerade rechtzeitig«, sagte Gisela. Ihre Kopfhaut pochte vor Schmerz, und ihr Herz galoppierte vor überstandener Angst. Der Schweiß brach ihr aus. Zitternd kam sie auf die Beine und blickte dann auf Tristan hinunter. »Es tut mir leid, dass Ihr uns jetzt verlassen müsst, Signore«, brachte sie hervor. »Eure Arbeitskraft wird uns fehlen.«

Tristan rappelte sich mühsam auf. Er stand ganz krumm da. Sein Gesicht war schmerz- und wutverzerrt. »Ihr werdet mich noch anflehen«, sagte er heiser. Er wandte sich an Kaplan Grimoald, als wolle er auf ihn losgehen, doch Grimoald zuckte nicht einmal. »Ihr seid erledigt«, knurrte Tristan. »Osoppo ist erledigt. Ihr seid ganz allein auf der Welt, und es gibt niemanden, der Euch vor den Wölfen schützt.«

Er humpelte davon. Grimoald blickte ihm nach. »Ich werde ihm zwei Knechte in einigem Abstand hinterhersenden«, sagte er. »Um sicherzustellen, dass er auch wirklich verschwindet. Natürlich mit Eurer Erlaubnis, Herrin.«

»Danke«, sagte Gisela. »Und – danke, dass Ihr mich gerettet habt. Ich glaube, er wollte …«

»Gott wird ihn bestrafen«, unterbrach Grimoald. »Für diese Sünde und für jede andere, die er begangen hat.«

Gisela nickte. Grimoald musterte sie scharf. »Was kann ich sonst für Euch tun, Herrin?«

»Könnt Ihr dafür sorgen, dass ich hier noch eine Weile ungestört bleibe?«

»Sehr wohl.«

Grimoald wandte sich ab und verschwand zwischen den Felsen. Gisela senkte den Kopf und begann zu weinen. Tristans Angriff hatte ihre mühsam aufrechterhaltene Selbstsicherheit endgültig zerstört. Von all den Dingen, die er gesagt hatte, hatte sich eines am meisten eingebrannt: Sie war ganz allein auf der Welt.

10

Carlotta hörte wie von weit her Stimmen. Sie setzten sich nur mühsam gegen das Rauschen in ihren Ohren durch. Langsam wurde ihr klar, dass die Stimmen zu Menschen gehörten, die sich um sie bemühten, und sie fragte sich, was passiert war.

»Herrgott, wie er sie zugerichtet hat!«

»Hör auf zu fluchen.«

»Was denn? Hast du das Gefühl, Gott ist bewusst, dass es uns gibt? Dann sieh dir Carlotta an, und du weißt, dass er uns vergessen hat.«

»Kümmere dich lieber um sie, anstatt zu lästern.«

Die Stimmen glitten in eine tiefere Ebene ihres Bewusstseins, wo sie zwar noch da waren, aber der Sinn ihrer Worte nicht mehr verstanden werden konnte. An ihrer Stelle schwamm der Schmerz nach oben – Schmerz am ganzen Körper. Sie stöhnte, überrascht darüber, dass einem so viele Stellen so wehtun konnten. Erneut fragte sie sich, was passiert war.

Sie spürte Hände, die über ihre Verletzungen strichen; kühles Wasser, das über ihre Haut lief. Sie hörte das Gemurmel der Stimmen – allesamt Frauenstimmen. Sie klangen besorgt, wütend, traurig, resigniert. Dann hörte sie eine Männerstimme, die grollte:

»Was zum Teufel ist denn … oh, gottverdammt!«

… und schlagartig war die Erinnerung wieder da, was passiert war.

Und wo sie war.

Und was sie war.

Ihr würde übel. Sie warf sich herum, obwohl der Schmerz dabei überall aufflammte, und übergab sich in einen Eimer, der vorsorglich hingehalten wurde. Danach sank sie stöhnend zurück. Tränen liefen aus ihren Augen. Jemand strich ihr übers Haar und machte beruhigende Geräusche. Jemand anders tupfte ihr mit einem feuchten Lappen das Gesicht ab.

»Das wird schon wieder«, sagte die Männerstimme, und obwohl sie weniger desinteressiert als vielmehr hilflos klang, erwachte Wut in Carlotta.

Die Männerstimme gehörte dem Padrone. Er hatte die Oberaufsicht über das Haus. Über ihm stand der Henker, der die Aufsicht über alle derartigen Häuser in Genua hatte. Man konnte sich vorstellen, welche Stellung man in der Gesellschaft hatte, wenn der Henker noch über einem stand. Und man konnte sich vorstellen, welche Stellung man hatte, wenn man unter dem Padrone stand.

Es gab ein Dutzend dieser Häuser. Winkelhäuser. Badestuben. Spinnhäuser. Puff, benannt nach dem Würfelspiel, das neben dem offensichtlichen der einzige andere Zeitvertreib dort war. Es gab viele Bezeichnungen. Sie alle bedeuteten: ein Dach über dem Kopf, drei warme Mahlzeiten am Tag und Erniedrigung, Erniedrigung, Erniedrigung.

Carlotta war eine Hübschlerin. Eine Dirne. Und sie erinnerte sich nun wieder, was passiert war. Ihr letzter Kunde hatte sie halbtot geschlagen.

Mühsam öffnete sie die Augen und sah verschwommen, dass sich fünf ihrer Kolleginnen um sie bemühten. Der Padrone stand am Eingang zu dem mit Decken abgehängten Kämmerchen, in dem sie arbeitete, und biss sich nervös auf die Fingernägel.

»Wo ist der Kerl?«, lallte sie.

»Deine ganze Unterlippe ist gespalten«, sagte eine Frauenstimme. »Halt den Mund, Carlotta, sonst hört es nie auf zu bluten.«

»Du hättest ihn nie zu ihr lassen sollen, verdammt nochmal«, sagte eine der anderen Dirnen zum Padrone. »Und dann auch noch nach hier hinten, wo keiner hört, was vorgeht. Was hast du dir dabei gedacht?«

Der Padrone fuhr verärgert auf. »Hätte ich ihn zu dir schicken sollen, blöde Kuh?«

»Wo ist er?«, wiederholte Carlotta und begann gegen ihren Willen zu weinen.

»Hör zu, Carlotta«, sagte der Padrone. »Sowas passiert, das wissen wir beide. Ich gehe jetzt und hole einen Bader, der flickt dich wieder zusammen. Du brauchst nicht zu arbeiten, bis du wieder gesund bist, und ich lass dich hier unentgeltlich wohnen. Die anderen Mädchen sollen dir was zu essen geben.« Er schien auf Protest zu warten, doch dieser blieb aus.

»Ich hab kein Geld für den Bader«, schluchzte Carlotta.

»Der Bader ist schon bezahlt«, brummte der Padrone. »Und nachher bleibt noch genügend übrig für dich, keine Sorge.«

»Ich hab keinen Heller!«, schrie Carlotta unter Tränen und stöhnte dann auf. Hände drückten sie wieder auf ihr Lager.

»Lieg ruhig«, hörte sie jemanden murmeln. »Ich glaube, du hast ein paar angeknackste Rippen.«

»Keine Sorge«, sagte der Padrone. »Das ist alles geregelt.«

Er schob sich aus dem Kreis der Hübschlerinnen hinaus und polterte die Treppe hinunter. In Carlottas Kopf drehte sich die Kammer. Sie krümmte sich zusammen und übergab sich erneut. Ihr Körper pochte vor Schmerzen.

»Wo ist der Kerl?«, stammelte Carlotta ein drittes Mal. Die anderen Frauen sahen sich an. Furcht senkte sich in Carlottas Herz. »Ist er noch da?«, keuchte sie.

»Nein, ist er nicht.«

Die Frauen wechselten Blicke. Eine schubste die andere. Schließlich erbarmte sich eine von ihnen. »Du kannst das nicht wissen, weil du erst vor ein paar Monaten gekommen bist«, sagte sie zögernd. »Der Kerl, das war Lupo Casapietra, der Kaufmann. Der kommt nur alle halbe Jahre hierher.«

»Gott sei Dank«, warf eine der Frauen ein.

»Die Casapietra treiben Fernhandel bis nach Indien. Lupo lebte selber fast zehn Jahre irgendwo dort unten – bis in der Stadt, in der er seine Niederlassung hatte, eine Krankheit ausbrach. Seine ganze Familie kam dabei ums Leben, nur er wurde verschont. Er kam hierher zurück – und seitdem taucht er alle paar Monate hier auf, bezahlt für eine von uns und verprügelt sie dann. Ich hab das schon mal mitgemacht.«

»Ich auch«, ließ sich eine der Frauen vernehmen.

»Und wenn du in den anderen Häusern hier in Genua rumfragst, findest du noch ein Dutzend Mädchen, das ausspuckt, wenn es den Namen Casapietra hört.«

»Der Kerl ist verrückt.«

»Der Kerl ist ein Schwein.«

»Ein verrücktes Schwein. Das macht es nicht besser.«

»Ich kann mir den Bader nicht leisten«, stammelte Carlotta.

»Der Bader kommt auf Rechnung des Hauses Casapietra«, sagte Carlottas Leidensgenossin. »Wenn Lupo wieder zu sich gekommen ist, tut ihm alles schrecklich leid, und er lässt einen netten Batzen Geld zurück, für das Mädchen, das er gerade halbtot geschlagen hat, und für den Padrone. Für das Mädchen bleibt selbst dann noch ein Haufen Münzen übrig, wenn der Bader bezahlt ist. Was glaubst du, wie ich das Lehrgeld für meinen ältesten Sohn zahlen kann? Lupo Casapietra finanziert ihm die Lehre – er und meine Nase.« Sie fasste sich an den krummgeschlagenen Nasenrücken. Ihre Wangenmuskeln spielten.

»Wir müssen ihn beim Dogen anzeigen«, flüsterte Carlotta. »Das darf nicht nochmal passieren.«

»Du kannst es dem Dogen ja sagen, wenn er dich am Krankenlager besucht.«

»Wir können das doch nicht so weitergehen lassen.«

»Was kümmerst du dich? Du hast es hinter dir. Lupo kommt nie zweimal zum selben Mädchen.«

»Aber die anderen von uns …«

»Was willst du, Carlotta? Diese Geschichte hat auch eine

gute Seite. Leg das Geld, das übrig bleibt, bei einem von den Juden an, und in ein paar Jahren kannst du hier rausspazieren, dir einen jungen Gesellen als Ehemann kaufen, der das Geld braucht, um zum Meister zu werden.«

»Ich werde das beenden«, flüsterte Carlotta voller Hass. »Ich mache Lupo Casapietra fertig.«

»Nein, Carlotta«, sagte die ruhige Stimme des Padrone. Er schob sich wieder durch den Kreis der Frauen, den Bader aus dem Nebenhaus im Schlepptau. Der Bader wirkte ausnahmsweise nüchtern. »Das wirst du nicht tun.«

11

Als Gisela sich endlich beruhigt hatte, stand sie auf, strich ihr Kleid glatt und blickte sich um. Die Berge sahen von der Ferne aus, als wäre nichts geschehen. Kein Erdbeben, keine Felsrutsche, keine Schlammlawine. Sie ragten ungerührt in den tiefblauen Winterhimmel, eine gezackte Reihe nach der anderen, wenn sie nach Osten, Westen oder Norden blickte. In Richtung Süden verschwamm die Ebene, die zum Meer führte, im endlosen Horizont. Wenn man hier oben stand, begriff man, dass die Burg, das Dorf und ihrer aller Schicksale vollkommen unwichtig waren.

Bei diesem Gedanken lehnte sich etwas in Gisela auf. Es mochte ja sein, dass es die Berge nicht betraf, was aus ihr wurde. Aber für sie selbst war es nicht egal. Mit dieser Erkenntnis wurden ihre Gedanken klar. Tristan hatte recht. Sie war ganz allein.

Ihr Vater würde sich nach und nach wieder erholen. Dann würde sie, ungeachtet dessen, was sie derzeit leistete, wieder die Rolle der folgsamen Tochter einnehmen müssen. Der Reigen der Freier würde sich wieder einstellen, weil das Leben weitergehen musste, auch nach einer solchen Katastrophe. Nur, dass ihre

Verheiratung jetzt noch dringender war, weil man aus dem Ruin nur herauskam, wenn man möglichst viele Verbündete hatte. Wahrscheinlich würde sich sogar Tristan de Gurize wieder einfinden. Struktur und Ordnung würden zurückkehren. Die Ordnung der majestätischen, unberührbaren Bergwelt, in der ein einzelnes kleines Kieselsteinchen von keinerlei Bedeutung war. Ein Kieselsteinchen wie Gisela d'Osoppo.

Mit erschreckender Klarheit wurde Gisela bewusst, dass sie, wenn sie dieser Aussicht entkommen wollte, nur eine einzige Chance hatte. Jetzt aufzubrechen. Jetzt. Nicht in ein paar Wochen. Nicht in ein paar Tagen. Sie musste losziehen und ihre Heimat hinter sich lassen, bevor sie so in den Pflichten der stellvertretenden Burgherrin verstrickt war, dass sie sich nicht daraus lösen konnte, bevor es zu spät war.

Sie konnte nicht einmal warten, bis ihr Vater wieder der Alte war. Von Aquilee aus waren sicher schon am Tag nach dem Beben Abgesandte des Patriarchen losgeschickt worden, um auf dessen Lehen nach dem Rechten zu sehen. Schadensaufnahmen mussten gemacht, Listen der Überlebenden angefertigt werden, damit der Patriarch entscheiden konnte, wer von seinen Lehensnehmern von alleine wieder auf die Beine kam, wer überhaupt noch lebte und wo es sich lohnte, unterstützend unter die Arme zu greifen. Wenn diese Abgesandten erst einmal Osoppo erreicht hatten, würde sie nicht mehr fortkönnen.

Die Katastrophe hatte ihr ein Fenster geöffnet, das vorher nicht da gewesen war.

Aber sie musste ihren Vater im Stich lassen, wenn sie ihr Glück finden wollte. Und Osoppo. Und alles, was ihr wenigstens noch ein bisschen Sicherheit bot.

Was würde sie dafür eintauschen? Gedankenverloren starrte sie in die Ferne und dachte zurück an die schicksalshafte Begegnung vor einem Jahr.

Es war der Februar des Jahres des Herrn 1347: Der Kaiser war immer noch gebannt, die Päpste residierten im Exil in Avignon –

und im Luxus – in Rom herrschte nach wie vor das Faustrecht, die Engländer und Franzosen waren mit der Schlacht von Crécy in eine neue Phase ihres Krieges gegeneinander eingetreten. Im Palast in Aquilee hatten Lothar d'Osoppo und seine Tochter Gisela eine Audienz bei Patriarch Bertrand de Saint-Geniès. Lothar fragte seinen Lehnsherrn, ob er mit der Verlobung seines einzigen Kindes mit dem ältesten Sohn der Cucagna, Berengar, einverstanden war.

Es war ein Gespräch unter Männern – natürlich. Gisela war nur dabei, falls der Patriarch einen Blick auf sie werfen wollte. Wollte er aber nicht. Gisela, die in Begleitung ihrer Magd war, wurde angewiesen, in der Privatkapelle des Patriarchen zu warten. Zwei ältliche, schweigsame Klosterschwestern wurden ihr beigesellt. In der Kapelle gab es keine Sitzmöglichkeiten. Die beiden Nonnen knieten vor dem kleinen Altar nieder und musterten Gisela so lange mit vorwurfsvollen Blicken, bis sie und ihre Magd ebenfalls niederknieten. Gisela beneidete die Burgknechte, die sie und ihren Vater nach Aquilee begleitet hatten und die jetzt mit den Knechten des Patriarchen im Stall beisammenstanden und den neuesten Klatsch erfuhren. Gisela würde wieder einmal gar nichts erfahren – oder nur verspätet, wenn sich der Tratsch nach ihrer Rückkehr von den Burgknechten bis zu ihrer Magd vorgearbeitet hatte und man zu diesem Zeitpunkt schon nicht mehr erkennen konnte, was davon stimmte und was erfunden war.

Die Kapelle grenzte an eine Halle im ersten Stock des Palastes. Am anderen Ende der Halle war eine Tür, dahinter befanden sich wahrscheinlich die Privatgemächer des Patriarchen. Ihr Vater war mit einem der Sekretäre des Patriarchen dort hineingegangen.

Sie hörte die Tür der Privatkammer auf- und wieder zugehen, kaum dass sie mit dem ersten Ave-Maria angefangen hatte. Dann ertönte das Stimmengemurmel von Männern in der Halle. Es klang aufgebracht. Sie verstand einzelne Wörter und lauschte unwillkürlich. Die Sprache, in der gesprochen wurde, erkannte

Gisela als diejenige, die man in Venedig sprach. Alles, was aus Venedig kam, übte auf jemanden aus den Friaulischen Bergen eine große Faszination aus. Venedig – das war die weite Welt.

Giselas Muttersprache war Furlanisch. Die venetische Sprache unterschied sich nicht sehr davon. Zwei Menschen, die zum Beispiel aus Aquilee und Vicenza stammten, konnten sich ohne große Mühe miteinander verständigen. In das Gespräch draußen in der Halle waren aber noch Brocken einer anderen Sprache eingestreut, die Gisela nicht verstand. Was sie von der Unterhaltung mitbekam, war, dass die Männer vor ihrem Vater eine Audienz beim Patriarchen gehabt hatten, dass der Patriarch diese ziemlich abrupt beendet hatte und dass die Männer eine Bitte oder Forderung an den Patriarchen gehabt hatten, die dieser zurückgewiesen hatte.

Und dass diese Entscheidung des Patriarchen die Männer in ziemliche Schwierigkeiten brachte.

Und dass sie alle fanden, dass einer von ihnen die Hauptschuld an der ganzen Misere trug.

Schließlich entfernten sich die Stimmen aus der Halle, und es trat wieder Stille ein. Die Nonnen bekreuzigten sich mehrmals. Gisela nahm es verblüfft wahr. Eine der Klosterschwestern beugte sich zu ihr und flüsterte unter nochmaligem Bekreuzigen: »Juden!«

»Das waren Juden?«, stieß Gisela überrascht hervor.

»Schsch!«, machten die beiden Klosterschwestern. Erneutes mehrfaches Bekreuzigen und entschuldigende Blicke in Richtung des gekreuzigten Heilands, der nach allem, was Gisela gelernt hatte, auch ein Jude gewesen war.

Auf Burg Osoppo wurde selten über das jüdische Volk gesprochen, und wenn, dann in der Regel in zwei Richtungen: Die Juden waren diejenigen, die Jesus Christus ermordet hatten, weshalb man sich nicht mit ihnen abgeben sollte; die Juden waren diejenigen, die das Geld hatten, weshalb man sich an sie wenden musste, wenn man einen Kredit brauchte. Der Widerspruch in beiden Aussagen hatte Gisela einmal dazu gebracht, bei Kaplan Grimoald Rat zu suchen. Dieser hatte nur geantwortet, dass er Schlimmeres gesehen habe als die Untaten, die man den Juden zuschrieb, und die seien allesamt von Christen begangen worden.

Wie auch immer, mit dem Rätsel um den Widerspruch hatte Gisela auch eine gewisse Faszination zu empfinden begonnen, verstärkt durch die Tatsache, dass sie nie einen Vertreter des jüdischen Volkes zu Gesicht bekommen hatte. Soweit es sie betraf, hätten die Juden zehn Fuß groß sein und einen Pelz haben können; als sie ihren Vater diesbezüglich angesprochen hatte, hatte dieser nur gesagt: Mach dich nicht lächerlich, Kind. Die Faszination und die Hoffnung, endlich einmal einen leibhaftigen Juden anschauen zu können, brachten Gisela jetzt dazu, aufzustehen, sich zu bekreuzigen und aus der Kapelle in die Halle zu eilen.

Sie war zu spät gekommen. Die Juden waren schon weg. Nur ein junger Mann saß noch auf einer Fensterbank der Halle. Er hatte krauses, dunkles Haar und einen kurzgeschnittenen Bart und sah schockiert und verärgert aus. Wahrscheinlich war er einer der Sekretäre des Patriarchen, der den Zorn der Juden wegen der abgebrochenen Audienz zu spüren bekommen hatte. Gisela rannte zu einer Fensteröffnung und beugte sich hinaus. Das Fenster überblickte den Eingang zur Basilika und den gesamten vorderen, ummauerten Hof der Anlage. Ein paar Müßiggänger standen dort herum, aber keine zehn Fuß hohen, pelzigen Juden. Gisela richtete sich enttäuscht auf. »Wo sind sie hin?«, fragte sie den kraushaarigen jungen Mann.

»Wer?«, fragte er.

»Die Juden!«

»Wer sagt, dass hier Juden waren?«

Gisela wies mit dem Kopf in Richtung der Kapelle. »Die zwei heiligen Frauen dort drin.« Als ein schwaches Lächeln über das Gesicht des jungen Mannes huschte, wurde ihr bewusst, dass sie eine Grimasse gezogen haben musste. Die beiden Nonnen waren ihr nicht gerade sympathisch.

»Wenn sie Heilige sind, müssen sie es ja wissen«, erwiderte der Mann.

»Man nennt sie nur heilige Frauen, weil sie ihr Leben dem Dienst an Jesus Christus geweiht haben«, erklärte Gisela.

»Der bestimmt viel damit anfangen kann, wo er doch zeit seines Lebens so viele Bedienstete hatte.«

Gisela traten die Augen heraus angesichts dieser Lästerworte, aber zugleich konnte sie ein Kichern nicht unterdrücken. »Der Herr lebte in Armut!«, sagte sie, weil sie sich für das Kichern schämte und Zeit gewinnen wollte, eine bessere Antwort zu finden.

»Man sieht es seinen Dienern an«, sagte der Mann und machte eine ausholende Armbewegung, die die ganze Halle umfasste mit ihren Wandteppichen, den Wappenschilden aller dem Bistum lehenspflichtigen Ritter, den kostbaren Kerzenleuchtern und den Fresken an den Säulen.

»Ihr redet etwas despektierlich für einen Helfer des Patriarchen«, fand Gisela und hatte es gleichzeitig schwer, ein erneutes Kichern hinunterzuschlucken. Die trockene Ironie des jungen Mannes sprach etwas in ihr an.

Er musterte sie ein paar Herzschläge lang nachdenklich. »Findet Ihr?«, sagte er dann.

»Na ja … solange es niemand hört …«

»*Ihr* hört mich.«

»Ich werde Euch nicht verraten. Manchmal lästere ich mit meiner Magd über den Kaplan auf der Burg meines Vaters, wisst Ihr … wenn uns niemand zuhört …«

»Ich werde dieses Geheimnis mit ins Grab nehmen«, versprach der junge Mann.

Gisela lachte. Dann fiel ihr wieder ein, weshalb sie hier herausgelaufen war. »Wie sind sie?«, fragte sie.

»Wer?«

»Na, die Juden!«

Der junge Mann dachte erneut nach. »Ihr habt die Kapelle verlassen, weil Ihr die Juden betrachten wolltet?«

Gisela zuckte mit den Schultern. »Ich hatte die Vorstellung, dass sie riesengroß sind und einen Pelz haben«, sagte sie und fragte sich, wieso sie dem fremden jungen Mann dies verriet. »Ich weiß, es ist lächerlich … oder?«

Ihr Gesprächspartner kratzte sich am Kinn und schien seine Erinnerung zu bemühen. »Jetzt, wo Ihr es sagt …«, sagte er.

Giselas Augen wurden weit vor Überraschung. »Nein!«, stieß sie hervor. »Das ist doch nicht Euer Ernst!«

Der junge Mann grinste. »Die sehen aus wie Ihr und ich«, sagte er. »Ehrlich.«

»Ihr habt mich auf den Arm genommen!« Gisela wusste nicht, ob sie empört darüber sein sollte – oder enttäuscht, dass die Juden so unspektakulär waren. Während sie darüber nachdachte, stahl sich erneut ein Lächeln auf ihr Gesicht. Der junge Mann mit seinem trockenen Humor weckte mehr Heiterkeit in ihr, als sie in den letzten zwei Wochen auf Burg Osoppo empfunden hatte.

»Nur ein bisschen«, gestand der junge Mann. »Und es war nicht böse gemeint.«

»Was wollten sie hier?«, fragte Gisela. »Die Juden, meine ich.«

»Da Ihr mir ein Geheimnis anvertraut habt, vertraue ich Euch auch eines an«, sagte der junge Mann. »Die Juden waren hier, weil sie Patriarch Bertrand eine sehr hohe Summe geliehen haben, die dieser in die Verschönerung der Basilika stecken wollte. Die Juden dachten, wenn sie dem Patriarchen dafür Geld leihen – und noch dazu zu einem sehr niedrigen Zinssatz –, dann verschafft ihnen das ein besseres Ansehen hier in Aquilea. Weil der Betrag so hoch war, dass sie ihn selbst nicht aufbringen konnten, wandten sie sich an Geschäftspartner in Venedig, die ihnen das Geld dafür liehen. Dann stellte sich heraus, dass der Patriarch das Geld gar nicht für die Erneuerung der Basilika ausgegeben hatte, sondern sich damit Schiffsraum in einer venezianischen Handelsflotte ersteigerte, um dort auf eigene Rechnung Pfeffer und parfümierte Salben zu transportieren. Als Nichtvenezianer hätte er das gar nicht gedurft, weshalb ein Teil des Geldes für Bestechungszahlungen draufging. Wäre der Handel erfolgreich gewesen, hätte der Patriarch damit trotzdem ein Vermögen verdient. Leider sank ein Teil des Schiffskonvois, unter anderem alle Schiffe, die die Fracht des Patriarchen beförderten. Nun weigert sich der Patriarch, den Kredit zurückzuzahlen, und hat den Geldgebern aus Venedig in dem Gespräch vorhin, bevor er sie hinauswarf, sogar damit gedroht, den Dogen von Venedig zu informieren, dass hinter dem verbotenen Handel und den Bestechungen ihr Geld steckt – was der Doge leicht als Hochverrat auslegen könnte. Auf Hochverrat steht die Todesstrafe, wie Ihr sicher wisst. Das Geld ist also verloren; sowohl das der Geldgeber aus Aquilee wie auch das der Venezianer. Und da zu allem Überfluss auch die Venezianer in diesen Handelskonvoi investiert hatten und dadurch Geld verloren haben, stehen sie jetzt kurz vor dem Ruin.«

Gisela hatte zu ihrem Erstaunen zum ersten Mal im Leben die Schilderung eines Geschäfts verstanden. Wenn ihr Vater ihr bislang etwas zu erklären versucht hatte, hatte es immer in Verständnislosigkeit und harschen Worten geendet. Zudem war ihr klar, dass sich der Patriarch wie ein Schuft verhalten hatte. »Das ist unrecht!«, sagte sie heftig.

»Es handelt sich doch nur um Juden …«

»Wieso sagt Ihr so was? Gerade habe ich angefangen, Euch nett zu finden.«

»Ihr ergreift Partei für die ruinierten Juden?«

»Natürlich. Ich weiß nicht viel über Geschäftsdinge, aber von meinem Vater habe ich gelernt, dass ein Versprechen immer ein Versprechen ist, ob man es nun auf dem Schlachtfeld einem Waffengefährten gibt oder einem Mann, mit dem man ein Geschäft abschließt. Der Patriarch hat unehrenhaft gehandelt.«

»Nicht so laut«, sagte der junge Mann. »Ihr wollt doch nicht, dass man jetzt Euch bei einer despektierlichen Rede hört.«

Gisela schnaubte. Sie war enttäuscht darüber, dass der junge Mann so achtlos über das Unglück der jüdischen Geldgeber gesprochen hatte. Sie hatte gerade angefangen, ihn zu mögen. Doch irgendetwas in der Art, wie er geredet hatte, sagte ihr, dass sie vielleicht vorschnell in ihrem Urteil war. In seinen Augen regte sich etwas, das sie nicht ganz greifen konnte – wie ein verborgener Schmerz. Er gab ihren forschenden Blick zurück. Sie merkte erst jetzt, wie lange sie ihn schon schweigend angestarrt hatte und wie unschicklich es war. Doch ihren Blick zu senken fiel ihr schwer. Sie *wollte* in seine Augen schauen. »Was können die Juden jetzt tun?«, fragte sie.

»Wenn es einen Kaiser gäbe, könnten sie ihn um Hilfe bitten. Traditionell stehen die Juden im Reich unter seinem Schutz. Aber es gibt derzeit keinen Kaiser, und außerdem wäre auch das eine höchst unsichere Unterstützung.«

»Warum? Und sagt jetzt bloß nicht, weil es sich ja nur um Juden handelt.«

Der junge Mann wandte den Blick ab. »Der Mann auf dem Kaiserthron ist immer nur so mächtig, wie ihn der Papst und die Kurfürsten sein lassen. Sind die meisten von ihnen Judenhasser, ist er es auch.« Er begann an einer Fuge im Mauerwerk zu kratzen. »Wisst Ihr, die Juden aus Venedig wollten zuerst gar nicht in das Geschäft einsteigen. Einer von ihnen überzeugte die anderen schließlich, weil er dachte, damit könne man bessere Verbindungen zu den Glaubensgenossen in Aquilee knüpfen, die eigenen Geschäftsbeziehungen nach Norden ausweiten und den Patriarchen zum Freund gewinnen. Die Investition schien zudem risikolos, so dass das Geld beizeiten zurückgezahlt werden könnte. Er hatte ja keine Ahnung, wofür der Patriarch den Kredit wirklich brauchte.«

»Nach dem, was ich hören konnte, hatte ich den Eindruck, dass die Juden mit einem von ihnen unzufrieden waren«, bestätigte Gisela.

»Unzufrieden drückt es sehr schmeichelhaft aus.«

»Muss er den anderen den Verlust ersetzen?«

»Das könnte kein einzelner Mann. Es handelt sich um wirklich viel Geld.«

»Was machen die anderen dann mit ihm? Wird er aus der Stadt gepeitscht – oder in den Schuldturm geworfen?«

»Solche Strafen gibt es bei den Juden nicht«, sagte der junge Mann. »Sie haben etwas Schlimmeres.«

»Er muss dafür sterben? Weil er ein Geschäft falsch eingeschätzt hat?!«

»Es nennt sich *cherem*. Es ist ein Bann. In den alten Schriften wird es gleichgesetzt mit dem Tod. Aber man stirbt daran nicht wirklich. Nur die Seele erfriert. Es ist der Tod der Aussonderung, der Verbannung, der Einsamkeit.«

»Wer verbannt ihn? Sein ganzes Volk?«

»Nein«, seufzte der junge Mann. Er schien plötzlich mit seiner Fassung zu kämpfen. »Nur sein Vater. Der Mann, den er ruiniert hat.«

Gisela stellte sich vor, dass ihr Vater mit ihr brechen würde – dass sie Burg Osoppo verlassen müsste – dass ihre Seele daran erfrieren würde. Es war undenkbar. Selbst nach den wütendsten Streitereien hatte ihr Vater sie immer spüren lassen, dass er sie liebte.

Dann wurde ihr klar, dass Lothar d'Osoppo auf ganz andere Weise und ohne dass es ihm bewusst war, ihre Verbannung vorbereitete. Er verheiratete sie mit Berengar de Cucagna. Sie würde nach der Hochzeit bei Berengar und dessen Familie leben. Sie würde keine Osoppo mehr sein. Wenn ihr Ehemann sich mit Feinden ihres Vaters verbündete, müsste sie sich auch gegen ihn stellen und ihre Herkunft, ihre Kindheit, alles, was sie ausmachte, verraten.

Außerdem wurde ihr klar, dass der junge Mann kein Sekretär des Patriarchen war. Er sprach von sich selbst. Er war der Sohn, den sein Vater verbannt hatte. Er war ein Jude. Das war der Schmerz, den sie in seinen Augen gesehen hatte.

»Euer Vater kann Euch doch nicht verstoßen, nur weil Ihr einen Fehler begangen habt«, flüsterte sie, wissend, dass ihr Vater sie verstieß, obwohl sie überhaupt keinen Fehler gemacht hatte – außer dem, ihm eine treue und gehorsame Tochter zu sein …

Der junge Mann widersprach nicht. Sie hatte also recht gehabt, dass er derjenige war, von dem sie gesprochen hatten. Er zuckte nur mit den Schultern. »Als ich sagte, ich hätte die anderen überzeugt, auf das Geschäft einzugehen, erwähnte ich nicht, dass mein Vater strikt dagegen war und sich auch nicht umstimmen ließ. Aber er hatte mir die Mitverantwortung für unser Haus übertragen, also hatte ich Handlungsspielraum. Ich setzte mich einfach über seinen Willen hinweg. Ich war so überzeugt, das Richtige zu tun.«

»Es tut mir leid«, sagte Gisela.

Der junge Mann zuckte erneut mit den Achseln. Er lächelte schief. »Mein Vater und die anderen sind schon wieder auf dem Weg nach Mestre, wo die venezianischen Juden leben. Ihr habt sie nicht über den Hof gehen sehen, weil sie den Hinterausgang des Palastes genommen haben. Wir Juden kommen und gehen immer durch die Hintertür, damit jeder so tun kann, als hätte er uns gar nicht gerufen. Wie ich jetzt nach Hause komme, kümmert meinen Vater nicht. Sobald er das *cherem* ausgesprochen hatte, hatte er keinen Sohn mehr.« Gisela sah das verdächtige Glitzern von Tränen in den Augen des jungen Mannes. Ihr Herz flog ihm jetzt zu. Ein Mann, der so voller Gefühl war, dass ihn die Wut seines Vaters nicht auch zornig werden ließ, sondern tieftraurig! Er wandte sich ab und schaute zum Fenster hinaus. Sein Finger kratzte wieder an den Steinfugen. Er räusperte sich.

»Wie lautet Euer Name?«, fragte sie nach ein paar Augenblicken Stille.

»Ich heiße Joseph ben Kesher. Und Ihr?«

»Gisela d'Osoppo.«

Sie nickten sich zu und schauten sich in die Augen. Es dauerte fast genauso lange wie vorher, nur dass Gisela es jetzt nicht mehr unschicklich fand, den Blickkontakt aufrechtzuerhalten. Er war im Gegenteil das einzig Richtige. Sie hatte das Gefühl, in Josephs Seele blicken zu können, und sah an seinem Gesichtsausdruck, dass es ihm genauso ging. Ihr Herz pochte heftig, und sie musste sich zusammenreißen, damit sie nicht seine Hand ergriff und festhielt. »Habt Ihr einen Ort, an den Ihr jetzt gehen könnt?«, fragte sie.

»Ich habe einen guten Freund. Er heißt Zacharias. In seinem Haus ist Platz. Er ist Witwer. Er wird mich aufnehmen, wenn ich ihn darum bitte.«

»Werdet Ihr ihn bitten?«

Joseph unterzog Gisela wieder der intensiven Musterung. »Warum fragt Ihr das?«

»Weil Ihr wie jemand wirkt, der lieber alle möglichen Schwierigkeiten erduldet, bevor er um Hilfe bittet.«

»Nein, ich meine: Warum interessiert es Euch, ob ich ihn frage?«

Gisela antwortete nicht. Sie hätte sagen können: Weil es mir plötzlich wichtig ist, dass es Euch gut geht. Weil ich weiß, dass ich noch an Euch und diese Begegnung denken werde, wenn wir schon lange auf dem Rückweg nach Osoppo sind. Weil diese Mischung aus Stolz, Traurigkeit, Humor und Würde, die Ihr ausstrahlt, mich tief berührt hat.

Joseph stand plötzlich auf und trat einen Schritt zurück. Gisela blickte sich um. Ihre Magd kam aus der Kapelle und eilte auf sie zu.

»Was macht Ihr hier, Herrin?«, fragte sie besorgt. »Die beiden heiligen Frauen haben mich geschickt, nach Euch zu sehen. Sie sind empört, dass Ihr die Kapelle einfach so verlassen habt. Und jetzt redet Ihr hier mit … mit einem Mann! Ganz allein!«

»Ich bitte um Verzeihung«, sagte Joseph. »Ich hätte Euch nicht in Verlegenheit bringen dürfen. Es ist meine Schuld.«

»Unsinn!«, entfuhr es Gisela. »Ich habe schließlich Euch angesprochen, oder nicht?«

Joseph streckte die Hand aus. Giselas Magd sog erschrocken die Luft ein, als Gisela sie ergriff. Sie hoffte, dass Joseph die Verbindung nicht so schnell lösen würde, und er schien das Gleiche zu empfinden, denn sein Händedruck blieb fest.

»Lebt wohl, Gisela d'Osoppo«, sagte er. »Ihr wart ein Sonnenstrahl an einem kalten Nebeltag.«

»Bitte, wendet Euch an Euren Freund. Nehmt seine Hilfe an«, stieß Gisela hervor.

Josephs Blick suchte ihre Augen. »Er heißt Zacharias. Zacharias Phiselin. Aus Mestre«, sagte er.

Er ließ ihre Hand los und schritt aus dem Saal. Gisela blickte ihm nach. Sie hoffte, dass er sich noch einmal zu ihr umdrehte, bevor er die Halle verließ. Er tat es. Die Blicke, die er ihr vorher aus nächster Nähe gegönnt hatte, waren ihr allesamt unter die Haut gegangen. Dieser letzte Blick jedoch ging wie ein Pfeil mitten in ihr Herz. Und blieb dort.

Diesen Blick sah und fühlte Gisela jetzt wieder, während sie auf dem Felsen stand und sich darüber klarzuwerden suchte, was sie tun sollte. Sie hatte sich gefragt, was sie eintauschen würde gegen die relative Sicherheit Osoppos, gegen ihre Gehorsamspflicht als Tochter, gegen ihre Heimat, wenn sie jetzt ging.

Diesen Blick würde sie dafür erhalten, sagte sie sich. Diesen Blick, der sie bis ins Mark erschüttert hatte. Die Gefühle, die in diesem Blick lagen und von denen sie sicher war, dass sie nie erkalten würden.

Und diesen Mann, sagte sie sich dann. Diesen Mann werde ich bekommen. Diesen Mann voller Herzenswärme, Würde, Humor und Ritterlichkeit. Sie zweifelte keinen Augenblick daran, dass er genauso für sie fühlte wie sie für ihn. Manche Dinge wusste das Herz.

Sie kletterte von ihrem Aussichtspunkt herunter, entschlossen, dem Weg zu folgen, den ihr Herz ihr so laut vorgab. Seine Abschiedsworte waren nichts anderes als ein Signal gewesen. Eine Verheißung. Sie hatte gelautet: Wenn du mich jemals suchen willst, kannst du mich finden.

Joseph hatte ihr sogar die genaue Adresse gegeben.

Zacharias. Zacharias Phiselin. Aus Mestre.

12

Die *Vento del Dio* war eine Karacke, das typische dreimastige Handelsschiff im Mittelmeerraum. Aber Kapitän Renzo, der das Schiff von seinem Vater übernommen hatte, hatte einige Änderungen anbringen lassen. Der Großmast trug weiterhin ein dreieckiges Lateinersegel, aber am Fockmast blähten sich ein großes und zwei kleine, übereinander gestaffelte Rahsegel. Die *Vento del Dio* konnte auf diese Weise – die üblichen Verzögerungen eingerechnet – die Reise zwischen Caffa und Genua in zwanzig Tagen bewältigen, bei perfektem Wind sogar in fünfzehn. Sie war damit doppelt so schnell wie die herkömmlichen, ausschließlich mit Lateinersegeln bestückten Schiffe. Die *Lucrum* und die *Cavallo Bianco* waren genauso besegelt gewesen. Gabriele lernte, dass Renzo aufgrund der Schnelligkeit seiner Schiffe in Genua ein berühmter Mann und heftig umworbener Kapitän war. Er lernte auch, welche Winde in welche Richtung wehten und sie auf der Heimreise vor sich hertrieben und dass nur genuesische Handelskapitäne mutig genug waren, auch in den Wintermonaten in See zu stechen. Nicht einmal die Kriegsflotte Genuas war im Winter einsatzfähig.

Zudem lernte er, dass Kapitän Renzo so abergläubisch war wie ein altes Weib und dass seine Besatzung ihm in nichts nachstand. Wenn man ein Schiff mit dem linken Fuß zuerst betrat, bedeutete das Unglück. Wenn man beim Ablegen einen Stein über Bord warf, würde das Schiff nie in seinen Hafen zurückkehren. Wer das Wort »ertrinken« aussprach, wenn ein Schiff auf See war, beschwor den Tod im Wasser herauf. Ein Hai, der dem Schiff folgte, zeigte einen baldigen Todesfall an. Ein Priester an Bord war ein schlechtes Omen, denn zu seinen Pflichten gehörten auch Beerdigungen, und Beerdigungen waren erst schlecht ein rechtes Omen. Man pfiff nicht an Bord, weil man damit einen Sturm heraufbeschwor. Seeschwalben, Albatrosse, Möwen und Delphine waren in Wirklichkeit die Seelen ertrunkener Seeleute, und eins dieser Tiere zu töten bedeutete eine Katastrophe für das Schiff.

Gabriele hatte das Gefühl, dass er jede Menge lernte in den ersten sieben Tagen der Reise und dass er sich nichts davon für die Ewigkeit merken würde.

Was das Geheimnis seines Schützlings betraf, lernte er gar nichts. Michel de l'Angemor verhielt sich, nachdem er seine erneute Panik überwunden hatte, höflich, aber distanziert, erklärte immer wieder, dass er kaum ein Wort von dem verstehe, was Gabriele zu ihm sagte, und war zugleich nicht zu einer längeren Unterhaltung bereit, so dass Gabriele seine schlechten Französischkenntnisse hätte aufpolieren können. Er betete viel, aber das murmelte er so, dass Gabriele nicht einmal erkennen konnte, in welcher Sprache er mit Gott redete. Ab und zu bekam er Fieberschübe und verfiel dann wieder in Panik, aber diese klangen jedes Mal nach kurzer Zeit ab. Gabriele fand, dass er sich für einen, der vor der Pfählung bei lebendigem Leib gerettet und dann auch auf die kostspielige Flucht aus Caffa mitgenommen worden war, reichlich undankbar verhielt.

Wenn er nicht über Michel nachgrübelte, von seinem schlechten Gewissen wegen seiner Flucht geplagt wurde oder von Kapitän Renzo mit unnützem Wissen traktiert wurde, versuchte Gabriele, seine Erfahrungen mit der Pest festzuhalten. Ihm war klar, dass man von der Seuche leicht befallen wurde, wenn man Pestkranke oder Pesttote berührte. Aber er hatte Fälle gesehen, bei denen Menschen erkrankt waren, die weder mit dem einen noch dem anderen Kontakt gehabt hatten. Er hatte tote Ratten gefunden und glaubte, dass in den Häusern, in denen Menschen ohne Erklärung erkrankt waren, besonders viele tote Ratten gewesen waren. Aber ob ein Zusammenhang bestand, war ihm unklar. Er schrieb alles auf und teilte so seine Zeit zwischen Grübeleien, Selbstvorwürfen, gelangweiltem Zuhören und seinen Notizen auf. Wenn er all seine Gedanken festgehalten hatte, verstaute er die Notizen in einer kleinen, fest verschlossenen Truhe. Er hatte das Gefühl, dass er sie irgendwann würde brauchen können. Am Morgen und am Abend gab es Dörrfleisch oder kalten Brei. Das war der gesamte Tagesablauf.

Am achten Tag und nach einem kurzen Landaufenthalt zum Wasserfassen in Konstantinopel fuhren sie in die griechische Inselwelt ein, und alles veränderte sich. Ein Matrose der zwanzigköpfigen Besatzung brach bei der Arbeit zusammen. Seine Kameraden wichen sofort zurück und hielten Abstand zu dem Mann, der sich schwach auf den Decksplanken wand und seinen Kopf mit beiden Händen umklammert hielt. Keiner wagte es, sich ihm zu nähern, die Männer hatten alle auf die eine oder andere Weise die Auswirkungen der Pest erlebt.

Kapitän Renzo brüllte zuerst, dann verstand er, was geschehen war, und ließ Gabriele holen. In den wenigen Augenblicken, die Gabriele brauchte, um von seinem Verschlag unter dem Heckkastell bis zum Bug zu kommen, wo der Matrose zusammengebrochen war, verflogen alle seine bisherigen Gefühle und Gedanken und ließen nur eins zurück: Angst. Er erkannte, dass der ereignislose Gleichklang an Bord ihn eingelullt hatte. Das Aufwachen war deshalb doppelt schmerzhaft.

Wenn der Matrose die Pest hatte, waren sie alle verloren.

Er forderte Renzo auf, den stöhnenden und mittlerweile halb ohnmächtigen Mann in Decken wickeln, unter Deck bringen und dort von der Mannschaft isolieren zu lassen. Die Männer, die ihn dort hinunterschafften, sollten sich ihre Halstücher vor Mund und Nase binden.

»Seid Ihr verrückt?«, zischte Renzo, der sich mit Gabriele zum Steuerruder auf dem Achterdeck zurückgezogen hatte. »Das sieht ja aus, als ob wir die Pest an Bord hätten!«

»Vielleicht ist genau das der Fall.«

»Könnt Ihr Euch vorstellen, was hier los ist, wenn die Mannschaft davon Wind bekommt?«

»Seht Euch die Männer an, dann wisst Ihr, dass sie bereits genau das fürchten, Kapitän.«

»Dieses Schiff«, knirschte Renzo, »bringt seine Ladung nach Genua, koste es, was es wolle. Das geht aber nicht mit einer Besatzung, die sich nichts mehr anzufassen traut vor Angst, sich an der Seuche anzustecken!«

»Habt Ihr denn keine Angst, Kapitän …?«

»Ich muss ein Schiff in seinen Heimathafen bringen, das ist alles, woran ich denke.«

»Mit einer Besatzung, die die Pest hat, wird Euch das nicht gelingen. Was ich vorgeschlagen habe, dient dem Schutz der Männer! Ich sage das doch nicht, um sie zu ängstigen!«

Am Ende gab Renzo nach und Gabrieles Aufforderung weiter. Keiner der Matrosen meldete sich freiwillig. Renzo lobte eine Belohnung aus, wenn sie erst Genua erreicht hätten, woraufhin sich drei Freiwillige fanden. Die *Vento del Dio* war vollbeladen, so dass kein Lagerraum leer war. Renzo ließ den Matrosen fluchend und schimpfend in einen Raum betten, in dem alle möglichen Gewürze in Amphoren, Fässern, Krügen und Kisten einen intensiven Duft verbreiteten und in dem gerade noch etwas Platz für den Erkrankten war.

Bei der Rückkehr in seinen Verschlag fand Gabriele Michel, erneut fiebernd, auf seinem Lager liegen, die Augen krampfhaft geschlossen, die Hände vor dem Gesicht gefaltet, hektisch betend. Unzweifelhaft hatte der Franzose mitbekommen, dass jemand an Bord erkrankt war, was ihn wieder einmal in Panik versetzt hatte. Doch diesmal war es anders. Diesmal sprach Michel.

Und Gabriele hörte zu. Er verstand nicht alles, aber was er verstand, versetzte ihn in absolutes Grauen.

13

Der Sturm trieb den Regen fast waagerecht vor sich her. Das Wasser trommelte auf alles ein, was ihm im Weg stand, als wolle es Genua von dem Berghang herunterwaschen, an dem die Stadt hing. Die Hafenanlagen duckten sich unter der Wucht der Brecher, die vor den gemauerten Kais aufspritzten und selbst die größten Schiffe tanzen ließen. Wer konnte und wessen Fahrzeug stabil genug war, hatte versucht, draußen im weiten Rund der Bucht zu ankern. Alle anderen Schiffe bockten in den Hafenbecken gegen ihre strammen Vertäuungen. Wären die Donnerschläge und das Brüllen der Wellen nicht so laut gewesen, hätte man das vielfältige Dröhnen hören können, mit dem die Schiffsrümpfe gegeneinander und an die Molen schlugen.

Joseph spuckte aus, bevor er in den Windschatten der Porta Soprana gelangte. Die Regentropfen schmeckten nach Salz. Steifbeinig stieg er vom Pferd. Er war bis auf die Haut durchnässt, und seine Gliedmaßen fühlten sich an wie Eisklumpen. Die Torwachen, die genauso elend aussahen, wie er sich fühlte, musterten ihn ungnädig und waren offensichtlich nicht erfreut, jetzt arbeiten zu müssen. Ein paar kleine Münzen überredeten einen der üblicherweise bei allen Stadttoren herumlungernden Gassenjungen, Josephs Gewährsmann in Genua von seiner Ankunft zu unterrichten. Dann wartete Joseph. Er war der einzige Ankömmling.

Ein Mann eilte schließlich die Gasse entlang auf das Tor zu und stellte sich als Abram Mendes Salazar vor. Dieser Name war Joseph als der seines Kontaktmanns in Genua genannt worden. Anders als in Mestre und den meisten anderen Städten gab es in Genua weder ein Judenviertel noch viele jüdische Bürger. Außer Abram, so hatte Joseph erfahren, gab es weniger als eine Handvoll weitere Gerechte. Sie nahmen weder am gesellschaftlichen Leben der Christen teil, noch unterhielten sie intensive Kontakte untereinander. Sie arbeiteten alle auf die eine oder andere Weise für die Signoria, indem sie mit ihren weitreichenden überregionalen Kontakten die Politik des jeweiligen Dogen unterstützten oder die Republik mit Krediten versorgten.

Abram war so nervös, dass er Joseph beinahe mit seiner Hektik ansteckte. Er bürgte bei den Torwachen für Joseph, drückte dem Wachführer so lange Münzen in die Hand, bis dieser sich bereit erklärte, auf Josephs Pferd aufzupassen, dann nahm er Joseph am Ärmel wie einen Blinden und zerrte ihn in die Gasse, die sich jenseits des Tordurchgangs auftat.

»Schnell, schnell«, rief er und begann zu laufen. Joseph stolperte steifbeinig neben ihm her.

Sie hasteten durch eine menschenleere Gasse. Josephs Stiefel quietschten vor Nässe. Das Unwetter tobte in den engen Gassen innerhalb der Stadtmauern nicht weniger heftig als draußen auf der Straße.

»Beeil dich!«, keuchte Abram. Er war schnell zu einer vertraulichen Anrede übergegangen; ein Jude, der nur mit ganz wenigen Glaubensgenossen in einer christlichen Stadt lebte und sich aus Einsamkeit jedem anderen Juden sofort nahe fühlte.

Sie bogen um eine Ecke und rannten über einen engen Platz, in dem ein kleiner See stand. Abram sprang beinahe elegant durch das Wasser, Joseph, der nicht auf die riesige Lache vorbereitet gewesen war, platschte hindurch, dass es um ihn herum aufspritzte. Nach dem Platz öffneten sich die eng beieinanderstehenden Hausmauern plötzlich, und ein Palast ragte vor ihnen auf. Fahnen und Wimpel knatterten, versprühten Nässe; ein Kordon von Wachen mit Helmen und Spießen stand breitbeinig davor und schien nicht zu bemerken, dass ein Wind wehte, der kleine Hunde und alte Weiber von den Beinen hätte fegen können. Abram rannte mit Joseph im Schlepptau direkt auf die Wachen zu. Joseph wollte eine Warnung rufen, doch da traten zwei der Männer mit zackigen Bewegungen beiseite, hoben die Spieße, und Abram zerrte Joseph durch die entstandene Lücke.

»Mach schon, schnell!«

Abram spurtete geradezu auf den letzten Metern. Unter den weit ausgreifenden Arkaden kam er schlitternd zum Stehen, beugte sich vornüber und keuchte. Joseph lehnte sich an eine Säule und versuchte, zu Atem zu kommen.

»Das …«, japste Abram, »ist … der Palast … des Dogen.« Er richtete sich auf und hielt sich die Seite. »Ich … kann nicht … mehr.«

Joseph schüttelte sich in seinen nassen Kleidern. Er wies auf ein Portal, zu dessen Seiten ebenfalls zwei Wachen standen und neugierig zu Joseph und seinem um Atem ringenden Führer herüberstarrten.

»Na los, Abram«, sagte Joseph. »Wenn es schon so schrecklich eilig war hierherzukommen, dann sollten wir den Dogen auch nicht länger warten lassen.«

»Des Dogen wegen bin ich nicht gelaufen«, stöhnte Abram. Joseph hob die Brauen. Abram deutete auf die hellen Stiefel, die er trug. »Das ist Kalbsleder«, ächzte er. »Feinste Qualität. Der Schuster hat sie gestern erst fertig bekommen. Der Regen wäscht das Salz von den Hauswänden, und das gibt Ränder im Leder, die nie mehr rausgehen.«

Joseph schaute von Abrams Gesicht zu dessen Stiefeln und zurück. Dann fiel sein Blick auf seine eigenen vielfach nachgedunkelten, ausgetretenen Schuhe. Abram hob einen vorwurfsvollen Finger.

»Du musst sie besser einfetten. Schade um das Leder.«

Joseph schüttelte den Kopf. Für einen Moment drängte sich ihm eine Bemerkung auf die Zunge, die ihm bestimmt nicht die immerwährende Freundschaft Abrams eingebracht hätte. Dann schluckte er seine Worte hinunter. Wenn es nicht Schlimmeres gab, um das der jüdische Kaufmann sich Gedanken machte, dann war er zu beneiden. Sollte Joseph mit seiner Mission versagen, würde Abram noch früh genug bemerken, welches Grauen über ihnen allen hing.

Abram kühlte sich mit den Handrücken das knallrote Gesicht. Dann wandte er sich um. »Komm«, sagte er.

Joseph trottete ihm hinterher, erlebte erneut, wie zwei Wachen vor einem Juden und seinem Begleiter strammstanden, und betrat den Palast des Dogen Giovanni di Murta. Drinnen war es dunkel. Es roch nach feuchtem Putz und Nässe.

»Der Palast ist erst unter dem vorherigen Dogen zum Sitz der Stadtobersten geworden«, erklärte Abram. »Davor haben die Dogen sich das Zentrum der Macht im Palast des Capitano del Popolo mit den Insassen des Gefängnisses in dessen Kellergeschoss geteilt.«

Abram blieb am Eingang zu einem Saal stehen, der nur über zwei Stücke Mobiliar verfügte: einen auf einem Podest stehenden Thronstuhl an der Stirnwand und daneben ein Schreibpult. Auf dem Thron saß ein Mann, davor standen drei Menschen, die sich beim Eintreten Abrams und Josephs umwandten. Abram packte Joseph wieder am Ärmel und zog ihn mit sich.

Der Mann, der auf dem Thronstuhl saß, war offensichtlich der Doge Giovanni di Murta. Er war ein unscheinbarer Mann mit tiefen Sorgenfalten links und rechts einer laufenden Nase, der seinen *Corno ducale*, die wie ein Horn geformte Dogenkrone, im Schoß hielt und daran herumnestelte. Er blickte auf, als Abram und Joseph hereinkamen. Am Schreibpult hing ein junger Mann mit der Nase so tief über sein Pergament gebeugt, dass er ohne weitere Verbeugung mit der Nasenspitze hätte schreiben können. Die Dreiergruppe bestand aus einer Frau und zwei älteren Männern, von denen einer so klein war, dass er Joseph nur bis zum Brustbein reichte. Der andere war hager, stand mit gekreuzten Armen da und stellte eine finstere Miene zur Schau. Die Kleidung der Frau war so reich bestickt, dass sogar das wenige Licht im Saal schimmernde Reflexe warf. Die füllige Matrone war beinahe eine Lichtquelle ganz für sich allein.

Der Doge zog die Nase hoch. »Ah, Messere Salazar«, seufzte er. »Kommt näher, mein Freund, und … äh … Euer Begleiter auch.«

Abram verbeugte sich im Gehen und stolperte über eine unebene Stelle des Holzbodens. Den Bodendielen hatte die Feuchtigkeit zugesetzt – überall waren aufgebogene Kanten und Ränder.

Als sie vor dem Thronsessel angekommen waren, verbeugte Joseph sich tief. »Es ist mir eine Ehre, Hoheit«, sagte er. »Darf ich mich vorstellen? Ich bin Joseph ben Kesher aus Mestre.«

Giovanni di Murta starrte Joseph kurzsichtig an. »Ah ja, der Venezianer«, sagte er. »Hattet Ihr eine gute Reise?«

Joseph, der in seiner Verbeugung verharrte, sagte: »Ich bin nicht als Venezianer hier, sondern als Bote meines Volkes und als ein besorgter Mann, der einem anderen besorgten Mann helfen möchte.«

»Besorgnis gibt es viel in diesen Zeiten«, bestätigte der Doge.

»Ich muss doch bitten, Hoheit«, nörgelte der kleinere der beiden Männer plötzlich. Doge di Murta blinzelte irritiert. Joseph, immer noch verbeugt, wandte seinen Blick vom Dogen ab und starrte die kleine Lache an, die sich rund um seine Stiefel gebildet hatte. Er fragte sich, wann er das Gleichgewicht verlieren würde. Der Doge zuckte zusammen.

»Steht auf, bitte, steht auf … äh …«

»Joseph ben Kesher aus Mestre, Hoheit«, wiederholte Joseph und zerrte an seinen tropfnassen Kleidern. »Vergebt mir, dass ich in diesem Aufzug zu Euch komme, aber …«

»… Ihr hattet vermutlich keine Zeit, Euch umzukleiden.« Giovanni di Murta lächelte plötzlich und bewies mit seinen nächsten Worten, dass seine Pose des zerstreuten alten Mannes nur gespielt war. »Wenn das stimmt, was in der Botschaft über Eure Ankunft steht, habe ich auch nicht erwartet, dass Ihr Zeit damit verschwenden würdet, zuerst noch saubere Kleidung anzulegen. Bitte, übergebt mir Eure Botschaft.«

Der kleine Mann meldete sich hastig. »Hoheit«, sagte er, »ich muss Protest einlegen. Ich war noch nicht fertig!«

»Messere Gentile da Foligno war noch nicht fertig, Hoheit«, sagte die Matrone mit der aufwendigen Kleidung.

»Heiliger Äskulap«, murmelte der andere alte Mann, der die Arme vor der Brust gekreuzt hatte. »Und ich hatte gehofft, es wäre vollbracht …«

»Ah ja … nun, mein lieber Gentile, dann wollen wir Euch das Wort nicht vor der Zeit abschneiden, nicht wahr?«, sagte der Doge. Joseph fragte sich, ob nur er die wohlverpackte Schärfe in seiner Aussage wahrnahm.

Gentile da Foligno nahm sie offensichtlich nicht wahr. Er hob einen Finger, sagte gedehnt: »Also …«, und schwieg dann, den Blick in die Ferne gerichtet. Sein Finger zitterte. Alle schauten ihn an. Der Finger zitterte stärker.

»Thukydides«, soufflierte die füllige Frau.

»Ah ja!« Gentile da Foligno holte seinen Blick zurück und senkte den Finger. »Sieben Plagen schickte Gott der Herr über die Ägypter, als sie sein Volk nicht ziehen ließen. Die siebte und schlimmste war der Engel des Todes, der die Erstgeborenen der Ägypter nahm. Gentile da Foligno sagt: Das war die Pest! Der Herr schlug die Philister wie die Fliegen, nachdem sie die Lade des heiligen Bundes geraubt hatten. Gentile da Foligno sagt: Das war die Pest!«

»Gentile da Foligno sagt vor allem das, was er vor ein paar Augenblicken schon einmal gesagt hat«, ließ sich der finster dreinblickende Mann vernehmen.

»Er tut es für die geringeren Geister unter uns, die vielleicht nicht in der Lage waren, ihm beim ersten Mal zu folgen«, versetzte die Matrone. Es war klar, wen sie damit gemeint hatte. Der hagere Mann presste beleidigt die Lippen zusammen.

»Thukydides hat sie beschrieben; Hippokrates hat vor ihr gewarnt. Und Galen …«, Gentile hob plötzlich die Stimme, »… GALEN! Galen, den wir alle verehren und als unseren Meister betrachten – Galen ist vor der Pest aus Rom *geflohen*, und er hat nichts dabei gefunden, dies zu gestehen. Avicenna hat uns hinterlassen, dass dies das einzig Vernünftige ist, was Menschen angesichts der Pest tun können: zu fliehen und die Unseligen ihrem Schicksal zu überlassen, die mit der Krankheit geschlagen wurden. Hinterlassen, sagt Gentile da Foligno. Hinterlassen.«

»In diesem Punkt sind wir einer Meinung«, sagte der hagere Mann. »In diesem einen Punkt …«

»Wir danken, Messere Doldi«, sagte die ältere Frau in ätzendem Ton.

Doldi verneigte sich. »Keine Ursache, Monna Gambacorti.«

»Schön«, sagte Doge di Murta. »Niemand macht den Ärzten einen Vorwurf, wenn sie vor der Pest die Flucht ergreifen. Aber es gibt andere, die sich nicht auf einen seit langem toten Lehrmeister berufen können und denen daher nichts anderes übrigbleibt, als zu verharren und gegen die Pest zu kämpfen.

Und hierzu hat unser Freund Abram Mendes Salazar einen interessanten Boten mitgebracht, soweit ich weiß.«

Die beiden älteren Männer waren also Ärzte. Die Genueser Ärzteschaft würde ohnehin als Nächstes informiert werden müssen. Vielleicht hatte der Doge schon in weiser Voraussicht diese beiden und die Frau deshalb hergebeten. Joseph trat einen Schritt vor.

Gentile da Foligno war schneller.

»Das ist falsch«, sagte er. »Gentile da Foligno sagt: Es ist falsch.«

Joseph trat ratlos wieder zurück. Er und der Doge wechselten einen Blick, und Giovanni di Murta verdrehte die Augen. Warum der Doge den alten Stänkerer nicht in Ketten legen ließ, entzog sich Josephs Vorstellungsvermögen.

»Eine Krankheit, die die von ihr Befallenen in Schmerzen vergehen lässt; die sie verzweifeln lässt, die ihren Körper mit schwärenden Beulen schlägt – gegen die gibt es keine ärztliche Kunst.«

»Schon wieder sagt Gentile da Foligno das Richtige«, sagte der hagere Doldi.

Gentile gönnte dem Spott Doldis nicht einmal einen Blick. »Aber es gibt die ärztliche Pflicht zu helfen!« Er sah sich triumphierend um. »Wenn es nichts mehr zu hoffen gibt, was bleibt uns dann als die Menschlichkeit? Wenn es nichts mehr zu kämpfen gibt, was bleibt uns dann als das Mitleid? Wenn es Tausende Sterbende gibt auf einem großen Schlachtfeld und wir sind ganz allein, was bleibt uns dann, als zu versuchen, die eine Seele zu retten, die wir vielleicht retten können?«

Joseph musterte den kleinen Mann mit neu erwachter Neugier. Wenn er ein aufgeblasener Wicht war, dann war er wenigstens ein aufgeblasener Wicht, der eine wichtige Erkenntnis gehabt hatte.

»Der Herr sieht nicht auf die Tausend, die wir zu retten versucht haben, wenn wir den einen, den wir hätten retten können, haben verderben lassen«, sagte Gentile. »Deshalb sagt Gentile da Foligno: Was immer auch auf uns zukommt, es ist unsere Pflicht als Ärzte, ihm die Stirn zu bieten und unseres zu tun, damit die eine Seele gerettet wird. Und ich habe genau …«

»Das sagt Ihr?«, japste Doldi verblüfft. »Das sagt der Mann, der die unsäglichsten Vorträge hält über die Natur von Krankheiten – nämlich dass sie von Sternenkonstellationen kämen?« Doldi hob beide Hände in die Luft und starrte an die Decke des Saals, als habe er dort ein Wunder gesehen – eine so übertriebene Pantomime, dass sich selbst der schlechteste Komödiant dafür geschämt hätte. »Ich sehe die Gründe für Erkrankungen vor mir«, sagte er im Ton eines Mannes, der überwältigt ist von seiner Entdeckung, »ich sehe sie vor mir, die Konstellationen des Grauens, die Sternenbilder des Verderbens, die Konjunktionen des Satans. Ich sehe sie vor mir …«

»Mäßigt Euch, Messere Doldi«, sagte Monna Gambacorti.

»Dieser Hohn!«, rief Doldi. »Diese Abstrusität, Seuchen auf das Wirken der Planeten zurückzuführen; dieser himmelschreiende – jawohl, himmelschreiende – Unsinn, dass eine Konstellation von Planeten Ausdünstungen von Meer und Land hochgesogen und als verdorbene Winde auf die Erde zurückgeschleudert haben soll. Und dann zu behaupten, dass diese verdorbenen Winde ein … ein … ein Pesthauch seien, der von den Menschen eingeatmet wird!«

»Beruhigt Euch, Messere Doldi!«, sagte Giovanni di Murta scharf.

»Pesthauch!«, kreischte Doldi. »Worauf dieser Kretin sich nicht entblödet, seinen Mist auch noch Pesthauchmodell zu nennen, als habe es mehr als des Inhalts eines Fässchen Weins bedurft, um die Lächerlichkeit zu entwickeln!«

»Seid Ihr vielleicht stolz auf Eure eigene Theorie?«, rief Monna Gambacorti, als Gentile sich beleidigt abwandte. »Krankheiten sind die Fäulnis innerer Organe, ausgelöst durch den Überschuss von feuchtwarmem Blut? Und dieser Überschuss wiederum ist das Resultat von Einnahme zur Fäulnis neigender Nahrung?«

»Miasmen!«, schnappte Gentile. »Seuchen werden durch Miasmen ausgelöst und durch nichts anderes. Und ich, Kollege, ich habe …«

»Es gibt keine Miasmen! Es gibt nur schwüles Klima, und das ist völlig normal, oder an allen Küsten und Seeufern lägen nur noch Tote herum!«

Joseph erkannte, dass der Doge ihn musterte. Er murmelte halblaut: »Wer sind die beiden, Hoheit?«

Giovannni di Murta lächelte schwach. »Das sind Gentile da Foligno und Giovanni Doldi aus Mailand. Der eine ist ein freier Medicus, der andere der Leibarzt des Bischofs von Mailand. Ich würde sagen, die beiden sind die gelehrtesten Ärzte, die es in der Christenheit gibt.«

Joseph erwiderte das Lächeln des Dogen ungläubig. Die beiden Ärzte und Monna Gambacorti zankten derweil weiter.

»Sie halten sich seit Wochen in Genua auf und haben mir ständig in den Ohren gelegen wegen einer Audienz. Ich dachte, um Zeit zu sparen, bitte ich sie beide gleichzeitig zu mir. Ich habe nicht geahnt, dass sie einander nicht ausstehen können.«

»Weshalb wollten sie zu Euch, Hoheit?«

»Soweit ich verstanden habe, soll ich den Richter spielen, wer mit seinen Theorien recht hat.«

»Mit welchen Theorien?«

»Die sie beide unabhängig voneinander zu Seuchen entwickelt haben.«

Joseph bemühte sich, keine Miene zu verziehen. Ihm war nun klar, dass Doge di Murta ein noch schlauerer Fuchs war, als er schon vermutet hatte. Dass er die beiden Ärzte ausgerechnet heute zu sich zitiert hatte, konnte kein Zufall sein. Der Doge bestätigte mit seinen nächsten Worten Josephs Verdacht.

»Ich habe beunruhigende Kunde von der Schwarzmeerküste«, sagte er scheinbar leichthin. »Leider widersprechen die Berichte einander.«

»Die Botschaft, die ich für Euch habe, wird Euch zeigen, was dort wirklich vor sich geht«, erklärte Joseph.

»Ich habe es gehofft«, erwiderte der Doge und lehnte sich mit dünnem Lächeln in seinem Thron zurück. »Euer Volk hat die besten Verbindungen auf der Welt. Ihr kennt den Inhalt der Botschaft also?«

»Ja, Hoheit.«

Giovanni Doldi und Gentile da Foligno hatten mittlerweile die Hörner gründlich ineinander verhakt. »Soll ich noch einmal wiederholen, was Ihr selbst in Eurem verdammten Traktat geschrieben habt?«, höhnte Doldi. *»Die einzige Reaktion des Arztes auf eine unheilbare Krankheit wie zum Beispiel die Pest muss die Flucht sein. Gegen sie ist jede Hoffnung verloren; gegen sie zu kämpfen ist sinnlos. Es gilt ein Wissen zu retten, das unschätzbar ist: das des Arztes. Daher muss er die Kranken ihrem Schicksal überlassen, denen er nicht helfen kann, denn Gott hat ihn dazu bestimmt, dort zu wirken, wo seine Hilfe möglich ist – und nirgendwo anders. Dies habe ich mein Leben lang befolgt, und es ist gut so.«*

Gentile schwieg. »Das ist das, was Galen und Avicenna raten …«, murmelte er. »Ich bin mir aber mittlerweile nicht mehr sicher, ob sich das mit dem Beruf des Arztes wirklich vereinen lässt.«

»Ihr wollt uns verkaufen, dass Ihr Euch vom Saulus zum Paulus gewandelt habt? Könnt Ihr es mit Eurem Gewissen vereinbaren, hier zu stehen und zu behaupten, dass ein Arzt sich der Gefahr der Ansteckung aussetzen soll bei der Behandlung eines Erkrankten, dem allen Dafürhalten nach ohnehin nicht zu helfen ist? Wo Ihr selbst Euer Leben lang das Gegenteil getan habt? Und dann führt Ihr als Beispiel die Pest an, von der man seit Hunderten von Jahren nichts mehr gehört hat und die vielleicht nur ein grässlicher Mythos ist? Äußerst wohlfeil, die anderen zu dem überreden zu wollen, wovor man selbst immer zurückgeschreckt ist, und dann als Test für die eigene Tapferkeit einen vagen Mythos anzuführen!«

»Wenigstens seid Ihr immer bei Eurer Meinung geblieben!«, sagte Monna Gambacorti mit jeder Menge Schärfe in der Stimme.

»Selbstverständlich. Wo eine Krankheit die Kräfte der Medizin übersteigt, hat der Arzt nichts verloren.«

»Ich teile diese Meinung nicht.«

Doldi lächelte mitleidig. »Ihr seid ein Weib. Wie viele habt Ihr schon im Sterben liegen gesehen, sich auf dem Boden windend vor Schmerzen, und als Arzt danebengestanden und nichts ausrichten können mit dem Messer, den Blutegeln und dem heißen Wein?«

»Ich würde nicht wanken.«

»Ihr würdet es. Ihr würdet es!«

»Was ich würde«, sagte der Doge plötzlich mit erhobener Stimme, »ist gerne die Botschaft vernehmen, die unser Freund aus Venedig mitgebracht hat. Und zwar jetzt.«

Die Streithähne schwiegen.

»Wenn ich Euer Hoheit bitten darf«, sagte Joseph und reichte dem Dogen die Kapsel mit dem Pergament, das man ihm mitgegeben hatte.

»Ich dachte, Ihr kennt den Inhalt der Nachricht?«

»Es ist besser, wenn Ihr sie lest, Hoheit.«

Der Doge überflog die Nachricht. Joseph kannte sie tatsächlich auswendig. Giovanni di Murta hob den Kopf und ermaß Joseph von Kopf bis Fuß. Joseph hielt der Musterung stand.

»Jetzt weiß ich, warum Ihr sie nicht laut aussprechen wolltet. Ein Venezianer wagt so etwas vorzuschlagen?« Der Doge klang beinahe fassungslos.

»Kein Venezianer, sondern ein Jude«, sagte Joseph. »Und nicht einer, sondern die Vertreter der wichtigsten Gemeinden im Reich, in den Republiken und im Königreich Frankreich.«

Giovanni di Murta starrte Joseph an. »Ist Euch klar, von welchem Vermögen wir hier sprechen?«, fragte er.

»Bitte lest die Namen derer aus unserem Volk, die in dieses Vermögen investiert haben, Hoheit.«

Der Doge kniff die Augen zusammen und hielt das Pergament auf Armeslänge von sich.

»Warum muss ich eigentlich mit diesem Quacksalber zusammen in einem Raum sein, Hoheit?«, rief Gentile, die Pause ausnutzend, und wies theatralisch auf seinen Widersacher Doldi.

Giovanni di Murta warf dem alten Arzt einen Seitenblick zu, ohne seine Körperhaltung zu verändern. Joseph sah den Gesichtsausdruck des Dogen nicht, aber Gentile verstummte.

»Ja, warum eigentlich, Messere Medicus?«, fragte der Doge sanft. »Ich wünsche nicht, dass Ihr Euch das noch länger antut.«

Gentile schluckte. Monna Gambacorti schnaubte. »Ihr weist dem besten Arzt der Christenheit die Tür, Hoheit? In diesen Zeiten?«

»Dem größten Aufschneider«, murmelte Giovanni Doldi.

»Natürlich nicht, Monna Gambacorti«, sagte der Doge. »Ich gehe davon aus, dass er genügend Einfühlungsvermögen besitzt, die Tür von selber zu finden.«

Die füllige Matrone erbleichte. Gentile schnappte nach Luft. Selbst Giovanni Doldi wirkte überrascht.

»Und das noch in diesem Leben«, sagte der Doge mit Betonung.

Er wartete schweigend ab, bis Gentile da Foligno von Monna Gambacorti hinausgeführt worden war. Doldi zögerte einen Moment, dann verbeugte er sich tief und machte Anstalten, ihnen zu folgen.

»Euch galt die Weisung nicht«, sagte Giovanni di Murta.

»Ich danke Euch, Hoheit. Wenn Ihr dennoch erlaubt … ich stehe zur Verfügung, wann immer Hoheit mich braucht.«

»Na gut«, seufzte der Doge. Er wedelte mit der Hand. Doldi entfernte sich.

»Da steht nur ein Name in dieser Botschaft«, sagte der Doge.

»Es ist der meines Vaters.«

Giovanni di Murta schwieg eine geraume Weile.

»Hat man Euch deshalb für diese Mission ausgesucht?«

»Jeder erfüllt die Aufgabe, für die Gott ihn auserkoren hat.«

»Den Todfeind des eigenen Herrschers dazu aufzufordern, auf bloßen Verdacht hin ein Vermögen zu vernichten, mit dem man halb Genua kaufen könnte? Der Gott Eures Volkes muss

Euch für entbehrlich halten. Überbringer solcher Botschaften kehren in der Regel ohne Augen, Ohren und Nase zu ihrem Auftraggeber zurück.«

»Unsere Völker haben einen gemeinsamen Gott«, sagte Joseph. »Aber was Hoheit gesagt haben, stimmt. Ich bin entbehrlich.«

»Würde das Euer Vater, der bankrott ist, wenn ich Eure Wünsche erfülle, auch so sehen? Ein Sohn ist doch die einzige Hoffnung eines ruinierten Mannes.«

Joseph erwiderte stumm den Blick des Dogen. Dieser zog die Augenbrauen hoch. »Hmmm«, sagte er nach einer Weile. »Ihr seht wie ein freundlicher Mann aus, aber hinter Eurer harmlosen Fassade steckt anscheinend mehr.«

»Äh … Hoheit …«, stotterte Abram, während sich Josephs und Giovanni di Murtas Blicke kreuzten.

»Wie habt Ihr Euch das vorgestellt, Joseph ben Kesher?«

»Lasst Eure Kriegsschiffe auf dem Meer patrouillieren, wenn es geht, bis hinunter nach Sizilien. Wenn die *Vento del Dio* in Sicht kommt, versenkt sie.«

»Ihr redet sehr leichtfertig über den Tod christlicher Seeleute.«

»Die *Vento del Dio* wird ein Totenschiff sein, bis Eure Kapitäne sie sichten.«

»Die jüdischen Gemeinden werden die Hinterbliebenen reich mit Geld ausstatten«, sagte Abram Mendes Salazar hastig.

»Ich muss das mit der Signoria besprechen«, erklärte der Doge. Er schüttelte den Kopf. »Bestimmt halten einige der Ratsherren Anteile an der Fracht der *Vento del Dio*. Die Mehrheit wird dagegen sein.«

»Wenn das hier überstanden ist«, sagte Abram, »dann steigen die Gewürzpreise in den Himmel. Wenn man bereits jetzt damit beginnen würde, alles aufzukaufen, was auf dem Markt ist, solange die Preise noch auf normalem Niveau sind … viele unserer Kaufleute haben glänzende Verbindungen in den Orient … und die Ware hier in Genua eingelagert … ich kann allen christlichen Händlern günstige Zinsen garantieren, wenn sie dafür bei einem jüdischen Geldverleiher Kredit aufnehmen müssen …«

Der Doge sah durch ihn hindurch, als habe er nichts gehört. »Der Verlust an Menschenleben – der Verlust an Ladung – und die Gefahr, die für unsere Flotte besteht. Im Frühjahr ist das Meer stürmisch. Unsere Kriegsflotte ist, anders als die Venedigs, klein und wertvoll. Nein, sie werden das Ansinnen ablehnen.«

»Und dann?«, fragte Joseph, der nicht wusste, was stärker war, seine Sorge oder sein Ärger.

»Dann werden sich Gegenstimmen erheben, und am Ende wird es darauf hinauslaufen, dass wir ein Schiff rüsten und auslaufen lassen. Alles andere wäre auch utopisch … In der Hoffnung, dass Ihr es nicht gegen uns verwendet, verrate ich Euch, dass es Wochen braucht, um die Flotte in ihrer Gesamtheit auslaufen zu lassen, mag sie auch klein sein. Der Winter ist noch immer nicht zu Ende; die Schiffe sind so gut wie abgetakelt und in ihrem Arsenal vertäut. Bis dahin ist alles zu spät. Mit der venezianischen Flotte wird es im Übrigen nicht viel anders ein. Nein, es wird bei einem Schiff bleiben.«

»Und wenn die Signoria auch das ablehnt?«

Der Doge zog die Augenbrauen erneut hoch. »Wie kommt Ihr darauf, dass das passieren wird?«

Joseph lächelte plötzlich. »Es ist beruhigend, im Vorhinein zu wissen, wie die Signoria letztlich entscheidet.«

Der Doge lächelte nicht. »Es ist die einzige Möglichkeit, in dieser Stadt der Doge zu bleiben.«

»Ihr solltet mit Andrea Dandolo korrespondieren, Ihr habt viel gemeinsam«, sagte Joseph, bevor ihm klar wurde, dass er sich damit auf dünnem Eis bewegte. Abram zog scharf den Atem ein.

Giovanni di Murta zog ein drittes Mal die Augenbrauen hoch, doch diesmal war es von einem Lächeln begleitet. »Wie kommt Ihr darauf, dass das nicht schon längst stattfindet?« Er wandte sich Abram zu. »Diese Kreditzinsen – wie günstig wären die?«

14

Michel de l'Angemor hörte mit seinen gemurmelten Gebeten auf, bekreuzigte sich, atmete tief ein und aus und sagte dann laut und klar etwas, das sich für Gabriele anhörte wie: »In Deine Hände, Herr, befehle ich meinen Geist. Tu mit mir, was Du für richtig hältst.« Gabriele wusste nicht, warum, aber ihm stellten sich alle Haare auf, als er das hörte.

Als Nächstes setzte sich Michel auf dem Lager auf, räusperte sich und fragte fehlerfrei auf Griechisch: »Versteht Ihr Griechisch, Herr Medicus?«

Überrascht sagte Gabriele: »Ja, einigermaßen.«

»Ich möchte beichten«, sagte Michel.

»Ich bin kein Priester!«

»Ich auch nicht«, sagte Michel. »Ich möchte Euch trotzdem mein Herz ausschütten.«

»Warum? Warum jetzt?«

»Weil ich, nachdem ich Euch alles erzählt habe, sterben werde.«

»Unsinn!«, stieß Gabriele hervor. »Ich muss Euch nicht untersuchen, um zu wissen, dass es nicht so schlecht um Euch steht.«

»Ihr habt mich nicht verstanden. Ich werde sterben, weil Ihr mich töten werdet.«

Gabriele starrte Michel fassungslos an.

»Und«, fuhr Michel fort, »Ihr werdet recht daran tun.«

Dann erzählte er.

Er hieß nicht Michel de l'Angemor. Das war ein Wortspiel gewesen. Insgeheim hatte er gehofft, dass Gabriele es verstehen würde. Aber dessen Französisch war zu schlecht. L'Angemor hieß nichts anderes als *l'ange de la mort* – der Todesengel.

Sein wahrer Name war Michel Cornut.

Er war kein Kleriker und auch kein Laienmitglied des päpstlichen Hofstaats in Avignon, aber über familiäre und geschäftliche Verbindungen gehörte er trotzdem dazu. Sein ältester

Cousin war einer der leiblichen Neffen des Papstes und Kardinalnepot; er selbst war nur angeheiratet. Er betrieb einen Tuchhandel in Avignon – oder vielmehr hatte einen betrieben: Brokatstoffe aus Florenz, Samt und Pelze aus Brandenburg, Seide aus Sizilien. Sein Cousin, der Kardinal, hatte ihm Geld geschuldet. Da er es nicht eintreiben konnte, war er auf einen Trick verfallen. Er hatte dem Kardinal ein paar Längen feinster Seide gezeigt und ihm erklärt, dass diese Seide billig zu haben sei, weil der Verkäufer in Not geraten sei. Der Preis lag bei der Hälfte, die die Ware wert gewesen wäre. Der Kardinal war interessiert und bot, als Michel ihm erzählte, die gesamte Familie des Verkäufers stehe kurz vor dem Gang in den Schuldturm, ein Viertel des Werts, weil der Verkäufer in dieser Lage, wie der Kardinal fand, kaum Spielraum hatte, das Angebot abzulehnen, und froh sein musste, wenn er überhaupt etwas erhielt.

Der Kauf wurde getätigt. Die Ware wechselte den Besitzer. Nur, dass es nicht die feine Seide, sondern lauter verrottete Lumpen waren. Der Verkäufer war gar nicht in Not. Er hatte nur einige Wasserschäden in seinem Lager erlitten und hätte die beschädigten Waren eigentlich wegwerfen müssen. Er teilte sich den Ertrag mit Michel, der auf diese Weise wenigstens einen Teil seiner Außenstände wieder hereinbekam und kaum ein schlechtes Gewissen dabei hatte, denn es war ja im Grunde nur der Betrüger betrogen worden.

Der Kardinal hatte jedoch nicht vor, die Seide selbst zu behalten. Er verkaufte sie für drei Viertel ihres vermeintlichen ursprünglichen Werts an Papst Clemens und dachte, sich mit dem scheinbaren Preisnachlass von fünfundzwanzig Prozent auf den Originalwert beim Pontifex lieb Kind zu machen … und nebenher einen Reingewinn von zwei Vierteln einzustreichen.

Papst Clemens, der die Seide nicht weiterverkaufen, sondern für sich selbst zu verwenden gedachte, war nicht amüsiert, als er sah, was er da tatsächlich eingekauft hatte.

Der Weg zum Urheber des Betrugs war schnell gefunden. Auf Bitte des Papstes hin wurde das Geschäft Michels geschlossen, er selbst aus der Gilde ausgestoßen. Der Papst ließ einen seiner Kammerherren die Stoffprobe bei der Gilde vorlegen und reklamierte den gesamten vermeintlichen Wert als Schaden, der ihm entstanden war – und nicht nur die tatsächlichen drei Viertel. Die Geschichte, die Michel erfunden hatte, holte ihn nun selbst ein, denn nun wanderten er und seine Familie in den Schuldturm.

Als seine jüngste Tochter dort schwer erkrankte, bat er den Papst um Gnade. Er wurde nicht erhört. Als das Kind starb, bot er dem Papst an, jegliche Aufgabe, und sei sie noch so gefährlich oder illegal oder unchristlich, für ihn zu erledigen, wenn er nur dafür sorgte, dass seine Familie aus dem Schuldgefängnis befreit wurde und er nicht noch eines seiner Kinder in seinen Armen sterben sehen musste.

Diesmal wurde er erhört.

»Also wart Ihr im Auftrag des Heiligen Vaters bei den Tataren?«, fragte Gabriele, dem von der Schilderung Michels übel war. »Was solltet Ihr dort tun? Mit Ihnen um Frieden und Abzug verhandeln, damit der Papst sich als Retter Caffas darstellen konnte? Das Risiko tragen, dass die Tataren einen Abgesandten des Anführers der ungläubigen Christen pfählen und dann bei lebendigem Leib häuten würden?«

»Ich sollte nicht mit den Tataren verhandeln«, sagte Michel. »Ich reiste mit einer Handelskarawane ins Khanat der Goldenen Horde. Der Heilige Vater hatte in den päpstlichen Archiven Hinweise von Missionaren gefunden, dass in den Regionen dort immer wieder eine tödliche Seuche grassieren würde, gegen die es kein Heilmittel gab. Ich musste nicht lange suchen. Das ist ein Land, das Gott verlassen hat.«

Gabriele begann etwas so Ungeheuerliches zu dämmern, dass er es auf Anhieb nicht erfassen konnte. »Ich habe diese Gegenden auch bereist«, sagte er stattdessen. »Ich habe gesehen, dass Menschen dort an einer Krankheit starben, die man bei uns im Abendland fast vollkommen vergessen hat, weil sie seit Hunderten von Jahren nicht mehr aufgetreten ist: die Pest.«

»Ich weiß«, sagte Michel. »Auch das stand in den päpstlichen Archiven. Meine Aufgabe war es, diese Krankheit zu den Tataren zu tragen. Die Goldene Horde hat die Krim-Halbinsel unter strenger Kontrolle, auch was Krankheiten angeht. Von allein wäre das Heer des Khans nie angesteckt worden. Dazu brauchte es mich.«

»Wartet«, sagte Gabriele, dessen Horror immer größer wurde. »Wollt Ihr damit sagen, Ihr habt irgendetwas, an dem man sich anstecken kann – Auswurf, Blut, eitrige Verbände –, aus einem Pestort gestohlen und zu den Tataren getragen?«

»Nein«, sagte Michel. »Das wäre zu unsicher gewesen. Ich habe mich auf Geheiß des Heiligen Vaters selbst angesteckt.«

Gabriele wich unwillkürlich einen Schritt zurück. Sein Grauen war jetzt überwältigend.

»Das war der Preis für die Freilassung meiner Familie«, erklärte Michel. »Sobald er die Nachricht bekommt, dass die Tataren an der Pest erkrankt sind, ist meine Familie frei. Und ich, der mit meiner Schlauheit das Unglück über sie und meiner kleinen Laure den Tod gebracht habe, würde zu diesem Zeitpunkt längst an der Seuche gestorben sein – zusammen mit Tausenden von tatarischen Kriegern.«

»Großer Gott«, flüsterte Gabriele. »Aber Ihr lebt!«

»Ja, ich weiß«, sagte Michel. Seiner ausdruckslosen Stimme war nichts anzumerken, aber seine verzerrten Züge verrieten Gabriele, dass das Grauen, das er empfand, nichts im Vergleich war zu dem, das der Mann dort auf dem Lager fühlte. »Ich bin erkrankt, aber ich habe weder die Beulen bekommen, die ich bei anderen Kranken gesehen habe, noch habe ich Blut gespuckt. Ich war schwach vor Fieber und hatte tagelang rasende Kopfschmerzen, das war alles. Und doch bin ich zum Todesengel geworden! Gott hat mich verflucht für meine Sünden und die des Heiligen Vaters. Wer mir nahe kommt, erkrankt an der Pest und stirbt. Versteht Ihr jetzt, warum ich Euch gebeten habe, mich am Ende meines Berichts zu töten, und warum Ihr es für richtig halten werdet? Ich habe die Pest über die Tataren gebracht und danach über die guten Leute von Caffa. Und ich habe sie über Euch und über dieses Schiff gebracht. Tötet mich und werft mich über Bord. Ich bin ein tausendfacher Mörder.«

Gabriele wollte entgegnen, dass Michels Aussage reiner Aberglaube war. Doch das Entsetzen über das Gehörte war zu groß. Er stolperte rückwärts aus dem Verschlag hinaus und fiel draußen über seine eigenen Füße. Die Matrosen betrachteten ihn irritiert. Er rappelte sich auf, versuchte die Panik zu unterdrücken und stieg in den Laderaum zu dem erkrankten Matrosen hinunter. In seinem Inneren schrie eine Stimme, dass er, wenn der Erkrankte tatsächlich Anzeichen der Pest aufwies, nicht nur Michel Cornut töten, sondern Kapitän Renzo überzeugen musste, sein Schiff mit Mann und Maus zu versenken. Sie mussten sich alle opfern, denn die *Vento del Dio* durfte niemals in einen Hafen einlaufen. Der Lohn für das Opfer würde die ewige Verdammnis sein, denn sie würden sich selbst töten, und ihren Seelen wäre deswegen die Erlösung für immer verwehrt.

Die Verriegelung der Tür zum Lagerraum war ein einfacher Mechanismus – alles aus Holz, weil Metall in der Seeluft viel zu schnell rostete. Er war geöffnet, die Tür einen Spalt breit offen. Das schwache Licht einer Laterne fiel in einem Keil über die Planken. Gabriele riss die Tür ganz auf und starrte in den Raum. Kapitän Renzo stand mit der Laterne darin und fuhr erschrocken zusammen.

»Herrgott nochmal«, schnauzte er, als er Gabriele erkannte. »Welche Manieren hat man Euch denn zu Hause beigebracht?«

»Was tut Ihr hier, Kapitän?«

»Das ist mein Schiff, Herr Medicus. Seit wann bin ich Euch Rechenschaft schuldig?«

»Nein, ich meine: *Was* tut Ihr hier?«

Renzo wies auf den erkrankten Matrosen, der mit angezogenen Beinen auf der Decke saß und abwechselnd von Renzo zu Gabriele blickte. »Fulco hat ausrichten lassen, dass es ihm besser geht. Ich sehe ihn mir an.«

»Warum habt Ihr mich nicht dazugeholt?«

»Weil ich selbst erkenne, ob ein Mann gesund ist oder nicht. Ich bin mindestens zwanzig Mal zwischen Caffa und Genua unterwegs gewesen, und noch nie ist ein Besatzungsmitglied gestorben. Außer Gentile, aber der fiel besoffen ins Hafenbecken und ertrank.«

Gabriele ignorierte den Kapitän und wandte sich an Fulco. »Geht es dir wirklich gut?«

»Ja, Herr. Mir brummt noch der Schädel, aber sonst ist alles in Ordnung. Weiß nicht, was los war.«

Gabriele schluckte. Mit dem Gefühl, einen schlafenden Löwen am Bart zu zupfen, sagte er: »Bitte zeig mir deine Achselhöhlen.«

»Meine was?«

»Mach schon«, brummte Renzo. »Du hast lang genug gefaulenzt. Wenn du wieder arbeitsfähig bist, dann zögere es nicht raus.«

»Ich habe schließlich nach Euch geschickt, Kapitän!«, sagte Fulco mit beleidigter Würde. »Außerdem laufen einem die Ratten über den Bauch, wenn man hier schläft.« Er zog sich das Hemd über den Kopf und hob die Arme. Gabriele schnappte sich die Laterne und leuchtete. Seine Hand zitterte. Er hoffte, dass Renzo es nicht bemerkte.

Im Lager der Tataren und in Caffa hatte Gabriele die eine Abart der Pest beobachtet – die, an der man zum Teil innerhalb von Stunden nach der Ansteckung starb, Blut und Eiter hustend. Aber diese Art der Seuche konnte Fulco nicht haben, sonst wäre er schon lange tot, und zwei Drittel der Besatzung der *Vento del Dio* mit ihm. Die andere Art, die er auf seinen Reisen kennengelernt hatte, dauerte länger und zeichnete sich durch Pestbeulen aus, die den Kranken vor Schmerz halb wahnsinnig werden ließen, wenn sie sich voll ausgebildet hatten. Er dachte daran, dass Michel die beiden Arten auch erwähnt hatte, und dass er keines der Symptome aufgewiesen hatte.

Er spähte in das Haargewirr unter Fulcos Achseln.

»Und jetzt die Leiste«, sagte er.

»Die was?«

Gabriele deutete auf seinen Schritt. Fulcos Augen wurden weit. »Was ich da habe, sieht nur mein Weib!«, sagte er empört.

»Red keinen Unsinn, Fulco, du zeigst ihn in jedem Hafen der ersten Dirne, die dich mitnimmt«, sagte Renzo.

»Der Kapitän geht so lange hinaus«, sagte Gabriele.

»Herrgott nochmal!«, fluchte Renzo, aber er ging.

Wenige Augenblicke danach gesellte sich Gabriele zu ihm und händigte ihm die Laterne aus. Von der Öffnung zum Oberdeck blies der kalte Februarwind herunter und ließ Gabriele frösteln. Er merkte, dass er vor Angst schweißgebadet war.

»Wonach habt Ihr gesucht?«, knurrte Renzo.

»Bubonen«, sagte Gabriele. »Pestbeulen. Wer sie hat, ist so gut wie tot.«

»Ihr habt wirklich gedacht, wir hätten die Seuche aufs Schiff geschleppt und Fulco hätte sie!?«

Gabriele zog die Nase hoch und wischte sich mit einer zitternden Hand durchs Gesicht. »Das habe ich befürchtet«, gab er zu.

Der Kapitän schluckte und fragte dann bedeutend leiser: »Und? Habt Ihr Pestbeulen gesehen?«

»Ich habe jede Menge Läuse gesehen und einen ausgewachsenen Schanker.« Gabriele fühlte eine derartige Erleichterung, dass er hätte kichern mögen. »Keine Bubonen.«

»Was wird jetzt mit Fulco?«

»Ich glaube, Ihr könnt ihn wieder an die Arbeit schicken. Seine Kameraden sollen ihn beobachten. Gebt ihm leichte Pflichten und lasst ihn nicht auf einen Mast klettern.«

»Warum seid Ihr vorhin plötzlich so nervös geworden?«

Gabrieles hysterische Heiterkeit verschwand so schnell, wie sie gekommen war. Michel Cornut! Er holte tief Luft. »Ich muss Euch etwas mitteilen, Kapitän.«

15

Mit dem Entschluss, Joseph ben Kesher zu suchen, war eine neue Entscheidung auf Gisela zugekommen. Sollte sie jemanden ins Vertrauen ziehen, dass sie wegging? Und wenn ja, wen? Und wen sollte sie mitnehmen? Nach und nach wurde ihr klar, dass sie allein aufbrechen musste.

Es gab niemanden, den sie ins Vertrauen ziehen konnte. Nicht einmal Kaplan Grimoald. Jeder würde versuchen, sie aufzuhalten. Und deshalb konnte sie auch niemanden mitnehmen, nicht einmal ihre Magd. Sie erinnerte sich daran, wie diese beim Erdbeben die Nerven verloren und unters Bett zu fliehen versucht hatte. Sie brauchte keine Weggefährtin, die bei Schwierigkeiten in Panik verfiel und zu nichts mehr nutze war.

Der Gedanke daran, sich allein auf den Weg zu machen, verursachte Gisela eine Mischung aus Furcht und Abenteuerlust. Der Gedanke daran, sich überhaupt auf den Weg zu machen, trieb ihr die Tränen in die Augen. Konnte sie sich das je verzeihen, wenn sie ihren Vater jetzt im Stich ließ? Und die Leute von Osoppo? Und ihre Heimat?

Aber am Ende waren zwei Gewissheiten stärker: dass sie, wollte sie jemals ihren eigenen Weg finden, nur jetzt die Chance dazu hatte; und dass sie, wollte sie jemals ihre Liebe erfüllt sehen, weggehen musste. Ein neues Leben begann man nicht, indem man am alten Ort blieb. Ein neues Leben fing an, indem man den Pfad betrat, der einen von zu Hause wegführte.

Der Zufall half ihr bei den ersten Schritten. Aus dem zwei Wegstunden in Richtung Süden liegenden Ort Sant Denêl kamen am nächsten Mittag ein paar Leute, um nachzusehen, wie die Lage in Osoppo war, und um Lebensmittel einzutauschen. Sie hatten für den Weg fast die doppelte Zeit gebraucht. Gisela überzeugte Kaplan Grimoald, dass eigentlich nur er mit zurück nach Sant Denêl gehen konnte, um das Tauschgeschäft zu überwachen; da er aber in Osoppo unabkömmlich war, würde sie an seiner Stelle gehen. Grimoald gab klein bei, bat sie aber, einen der überlebenden Burgknechte mitzunehmen.

Als der Handel in Sant Denêl erledigt war, wandte sich Gisela an den Burgknecht. »Du kehrst mit den eingetauschten Lebensmitteln nach Osoppo zurück und richtest dem Kaplan eine Botschaft aus.«

Er verstand nicht. »Eine Botschaft, Herrin?«

»Sagt Hochwürden Grimoald, dass ich erst nach Osoppo zurückkehre, wenn ich meine Bestimmung gefunden habe.«

»Bestimmung?«, fragte der Burgknecht verständnislos. »Was für eine Bestimmung? Gott bestimmt unser aller Schicksal.«

»Und er hat bestimmt, dass es mein Schicksal ist wegzugehen.«

»Soll ich ihm das so sagen, Herrin?«

»Ja, wenn du willst.«

»Sonst versteht er's vielleicht nicht, Herrin.« Der Burgknecht kratzte sich am Kopf. Es war klar ersichtlich, dass zumindest er es auch so nicht verstand. »Was sage ich dem Herrn? Eurem Vater?«

Gisela kämpfte mit den Tränen. »Nichts«, flüsterte sie. »Kaplan Grimoald wird die richtigen Worte finden, wenn mein Vater wieder in der Lage ist zuzuhören.«

»Wo wollt Ihr denn überhaupt hin, Herrin?«

»Ich weiß es nicht«, log Gisela.

Sie hatte nur eine vage Vorstellung, wie sie überhaupt nach Venedig kommen sollte. Sie wusste, dass es von Osoppo aus gesehen in südwestlicher Richtung lag und direkt am Meer. Aber das war alles. Sie fragte sich, ob sie nicht doch zu übereilt aufgebrochen war. Doch wen hätte sie um Rat fragen sollen, ohne dass ihre Pläne offenbar wurden? Sie hatte sich mit einem Teil des in Sant Denêl eingetauschten Proviants versehen, ihren warmen Reisemantel trug sie ohnehin ständig, ihre Schuhe waren stabil, und in ihrer Gürteltasche steckte ein Messer. Zu ihrem Ziel musste sich irgendwie allein durchschlagen. Aber wie weit konnte es schon sein nach Venedig, wenn die Stadt das ganze

Friaul beherrschte? Nach Aquilee waren sie und ihr Vater damals einen ganzen Tag unterwegs gewesen. War es nach Venedig weiter als nach Aquilee oder kürzer? Und … damals waren die Straßen gut passierbar gewesen. Wie sahen sie heute aus?

Die Kirche von Sant Denêl war vom Erdbeben schwer beschädigt worden. Aber der Pfarrer hatte überlebt. Gisela verwickelte ihn in eine Unterhaltung und erfuhr, dass man Venedig am besten über Sant Vît, Gruaro und Trevixo erreichte.

Bis Sant Vît konnte man ein Boot nutzen und auf dem Tiliment fahren. Von dort aus erreichte man auf einer Straße in knapp zwei Stunden Fußmarsch Gruaro, und danach war alles einfach, weil man bloß die alte Via Postumia in Richtung Westen nahm, bis nach Trevixo, wo man in Richtung Süden auf der alten Via Claudia Augusta weiterzog bis nach Altinum … und da nahm man dann ein Boot und begab sich über die Lagune nach Venedig. Als der Pfarrer mit seiner erschöpfenden Erklärung fertig war, seufzte er und sagte: »Ach … die Lagune …«; und Gisela nahm an, dass der Mann von daher stammte und gerade Heimweh empfand. Wie anders hätte er den Weg auch sonst so gut gekannt?

»Wie lange dauert so eine Reise?«, fragte Gisela.

»Zwei Tage mit dem Pferd, vier Tage zu Fuß – unter normalen Bedingungen. Wenn die Zerstörungen, die wir hier erlebt haben, weiter im Südwesten ebenso schlimm sind, würde ich sechs Tage veranschlagen.«

»Sechs Tage zu Fuß?«

»Sechs Tage mit dem Pferd«, sagte der Pfarrer.

Gisela versuchte den Mut nicht zu verlieren. Sie konnte gut reiten; sie musste irgendwie an ein Pferd kommen, dann würde sie es schon schaffen.

Jemand, der auf dem Fluss nach Sant Michêl fuhr, nahm Gisela auf seinem Kahn mit. Er verlangte nicht einmal etwas dafür. Bis sie in Gruaro ankam, war es dunkel, und ihre Füße schmerzten vom Fußmarsch über die mit buckligen Steinplatten belegte Straße.

Die Zerstörungen in Gruaro waren so wie in allen Orten, die Gisela seit ihrem Aufbruch aus Osoppo gesehen hatte. Im Rathaus, dessen eine Seite eingestürzt war, gab es Schlafplätze für obdachlos Gewordene. Man fragte nicht lange, wo Gisela herkam. Ihr wurde ein Lager zugewiesen, auf dem sie die halbe Nacht wachlag, weil sie fror und weil die anderen Leute um sie herum alle möglichen Geräusche machten – von Schluchzen bis Schnarchen war alles dabei. Sie war es gewohnt, in Gesellschaft ihrer Magd zu schlafen; aber nicht zwischen mehreren Dutzend anderen Leuten.

In Gruaro war am nächsten Morgen kein Pferd zu bekommen – ganz abgesehen davon, dass sie nicht gewusst hätte, wie sie es bezahlen sollte. Trotzdem hatte sie Glück. Sie war kaum eine Stunde unterwegs, da sah sie ein Maultier neben der Straße stehen. Es wirkte hungrig und verloren und war voller Staub. Gisela nahm an, dass es wegen des Erdbebens in Panik geraten und aus seinem Stall geflohen war. Sie konnte es anlocken, und obwohl sie nichts zu essen für das Tier hatte, ließ es sie auf seinen Rücken steigen und trug sie willig weiter. Die erste Nacht verbrachten sie zusammen mit einer Familie, die all ihr Hab und Gut verloren hatte und unterwegs zu Verwandten nach Vicènsa war, in den Ruinen eines Gehöfts. Gisela trennte sich von einem schmalen Ring und durfte dafür am kargen Mahl der Leute teilnehmen; sogar für das Maultier fiel etwas ab. Niemand fragte sie, warum sie allein unterwegs war oder wohin sie wollte. Die Katastrophe hatte so viele Menschen obdachlos gemacht, dass für Neugier kein Platz mehr war.

Auf diese Weise erreichte sie nach drei Tagen Trevixo und nach einem weiteren Tag Altinum. Überall waren die Schäden die gleichen: zusammengebrochene Häuser, eingestürzte Kirchtürme, verschüttete Straßen und Gassen, die Spuren von Bränden, offene Massengräber, Spalten im Erdboden, resignierte Menschen. Zweimal während der Reise hatte die Erde erneut gebebt. Gisela ahnte, dass sie, wenn sie währenddessen nicht unter freiem Himmel unterwegs gewesen wäre, vor Panik geschrien hätte und wie eine Wahnsinnige nach draußen gerannt wäre. So war sie nur vom Rücken des Maultiers gesprungen, hatte sich an seinen Hals geklammert und das zitternde Tier beruhigt.

In Altinum verkaufte sie das Maultier an einen Bootsbesitzer und ließ sich zusammen mit einer Gruppe Kamaldulensermönche nach Venedig übersetzen. Die Fahrt dauerte ewig. Die Mönche stiegen auf einer Klosterinsel aus, was der Bootsbesitzer nutzte, um Gisela vor dem erneuten Ablegen einen Extra-Obolus für den letzten kurzen Streckenabschnitt nach Venedig abzuverlangen. Die Strecke war so kurz, dass Gisela sie hätte schwimmen können – wenn sie die Kunst des Schwimmens beherrscht hätte und wenn es nicht Anfang Februar gewesen wäre. Sie stritt mit dem Bootsbesitzer, der damit drohte, sie nicht weiter überzusetzen; aber das war ein Fehler, denn nun konnte sie ihrerseits ihm drohen, seinen Namen, den einer der Mönche erwähnt und den sie sich gemerkt hatte, bei der Signoria in Venedig anzuzeigen. Sie war immerhin von Adel und er nur ein Gemeiner – man würde schon sehen, wie die Signoria es aufnahm, wenn die Tochter eines angesehenen Ritters während der Überfahrt um den vereinbarten Fährpreis betrogen wurde. Als sie an ihrem Ziel an Land ging, zitterte sie am ganzen Körper und war gleichzeitig unsinnig stolz auf sich selbst, sich gegen einen unehrlichen Mann behauptet zu haben.

Sie dachte, dass nun ihre Schwierigkeiten vorbei wären. Tatsächlich fingen sie erst an.

16

Auch in Venedig sprach niemand sie darauf an, dass sie als junge Frau allein unterwegs war. Die Grundordnung der Gesellschaft war erschüttert, die alten Regeln außer Kraft gesetzt. Es fand sich jedoch auch niemand, der sich Zeit genommen hätte für ihre Fragen nach der Familie eines gewissen Joseph ben Kesher. Sie erfuhr stattdessen, dass das Beben auch hier viele Häuser hatte einstürzen lassen, dass die Glockentürme der Kirchen von San Silvestro, San Giacomo dall'Orio und San Vitale zerstört waren, dass die Spitze der San-Angelo-Kirche zusammengebrochen war und den Glöckner samt Glocken begraben hatte, als dieser Alarm läutete, und dass die Baustelle der Kirche von San Basileo ein einziger Trümmerhaufen war. Grundsätzlich schienen die Venezianer aber das Gefühl haben, dass sie noch einigermaßen gut weggekommen waren, weil die von vielen befürchtete Flutwelle ausgeblieben war.

Schließlich erbarmte sich ein junger Mann ihrer Not. Er saß auf einem Hocker in den Arkaden des Dogenpalastes und hatte eine Truhe voller Listen bei sich, in denen er Änderungen vornahm, sobald Leute bei ihm vorstellig geworden waren und mit ihm gesprochen hatten. Viele von ihnen hatten geweint. Er winkte Gisela zu, die resigniert und müde an einer Säule lehnte und selbst mit den Tränen kämpfte. Sie rappelte sich auf und trat zu ihm.

»Kann ich Euch helfen?«, fragte er. Er wies auf seine Listen. »Habt Ihr auch Angehörige verloren? Ich bin der Schreiber von Signor Falier. Seid Ihr aus Cannareggio?«

»Nein, ich bin überhaupt nicht von hier«, sagte Gisela.

Er legte den Kopf schief und horchte ihren Worten hinterher. »Oh, Ihr seid aus den Bergen? Lasst mich raten. Aquilee? Udin?«

»Osoppo«, sagte Gisela.

»Ah – Osoppo!«, erwiderte der Schreiber wie jemand, der von den Wundern des Ortes völlig verzaubert ist. Gisela war klar, dass er noch nie etwas von Osoppo gehört hatte und nur höflich sein wollte. »Seid Ihr zu Besuch hier?«

Ohne große Hoffnung zu haben, erzählte Gisela, was sie schon mehrfach erzählt hatte: »Ich bin gestern hier angekommen auf der Suche nach Verbündeten meines Vaters, die mich eingeladen haben. Meine Magd ist erkrankt – ich habe sie mit dem Burgknecht, der uns begleitet hat, auf dem Festland zurückgelassen. Doch ich kann die Freunde meines Vaters nicht ausfindig machen. Niemand scheint sie zu kennen …«

»Wie heißt das Familienoberhaupt?«

»Joseph ben Kesher.«

Der Schreiber zögerte einen Moment. »Verbündete Eures Vaters? Ihr meint eher: Geschäftspartner, oder?«

Gisela war nicht so naiv, als dass sie die Anspielung nicht verstanden hätte. Sie sagte stolz: »Ich meinte eher: Freunde!«

»Aha. Nun … die Leute, die Ihr sucht, findet Ihr hier nicht.«

»Aber er sagte doch … also mein Vater sagte … dass er … dass ich … in Venedig …?« Gisela brach ab, ratlos und zum ersten Mal auf ihrer Reise verunsichert, ob sie nicht eine Riesendummheit begangen hatte.

Der Schreiber schien Mitleid mit ihr zu haben. »Mestre«, sagte er. »Die Juden sind alle auf dem Festland. In Mestre.«

»Wie komme ich dahin?«

»Mit einem Boot.« Der junge Mann seufzte. »Fragt Euch zur Kirche San Simeone Piccolo durch. Die ist in Santa Croce. Dort findet ihr ein Boot nach Mestre. Oder auch nicht.«

Gisela, die sich beklommen fragte, ob das Geld, das noch vom Verkauf des Maultiers übrig war, für den Fährmann reichte, stutzte. »Was soll das bedeuten? Wollen die venezianischen Fährleute nichts verdienen?«

»Ihr kommt doch vom Festland, nicht wahr? Ist Euch nichts aufgefallen, als Ihr übergesetzt habt?«

»Nein. Wieso? Was hätte mir auffallen sollen?« Außer einem unverschämten Bootsbesitzer, dachte sie.

»Hat man Euch nicht beim Anlegen befragt?«

»An der Stelle, an der mich der Schiffer an Land gesetzt hat, war niemand.«

Der Schreiber legte wieder den Kopf schief und dachte nach. »Wo war das? Wo hat er Euch abgesetzt?«

»Ich weiß es nicht. Er hat zuerst ein paar Mönche auf dieser vorgelagerten Insel abgesetzt – ich habe verstanden, dass sie San …«

»San Michele. Ja. Ich verstehe. Ausgerechnet in Cannareggio funktioniert die Überwachung nicht. Der Dominus wird toben.« Er blickte in Giselas verständnisloses Gesicht und seufzte. »Signor Falier ist der *dominus de die* von Cannareggio. Das bedeutet, er ist für alle Polizeiaufgaben zuständig, die untertags anfallen, also auch unzuverlässige *custodes*. Ich muss ihm Bescheid geben, damit er sich darum kümmert.«

»Worum kümmert?«

Der Schreiber raffte seine Sachen zusammen. »Verzeiht, aber ich habe es eilig. Signor Falier ist Euch zu Dank verpflichtet, dass Ihr ihn auf diese Schwachstelle aufmerksam gemacht habt.«

Gisela sagte geistesgegenwärtig: »Wenn er mir zu Dank verpflichtet ist, dann könnte er mir ja auch helfen, oder?«

Der Schreiber richtete sich auf und musterte sie. Dann nickte er. »Kein Geld für die Überfahrt?«

»Ich weiß nicht, ob es reichen wird …«

»Sagt dem Fährmann einen Gruß von Rico Tassello. Das bin ich. Und sagt ihm, ich würde ihn bitten, das Fährgeld dem *dominus de die* von Cannareggio in Rechnung zu stellen.«

»Danke. Ich danke Euch.«

»Viel Glück auf dem Festland. Ich an Eurer Stelle würde lieber hierbleiben.«

»Warum sagt Ihr das?«

Der Schreiber antwortete nicht. Er schulterte seine Truhe, dann hastete er davon, ganz krumm unter dem Gewicht. Gisela rief ihm hinterher. »Welchen Fährmann soll ich ansprechen?«

Der Schreiber drehte sich nicht um. »Egal!«

Auf dem mühseligen Weg nach Santa Croce – mühselig, weil jeder, den sie nach einer Wegweisung ansprach, nur immer den Namen des nächstgelegenen Platzes nannte und ihr dann riet, dort erneut zu fragen – fragte Gisela sich, was der Schreiber gemeint haben könnte. Es hörte sich an, als wolle sich Venedig vom Rest der Welt abschotten. Aber weshalb?

Einen Teil der Antwort erhielt sie, als sie auf einem weiteren Platz nach dem Weg fragte. Sie wandte sich dazu an eine ältere

Frau, die mit einer Magd und einem jungen Burschen unterwegs war. Der junge Bursche trug ein Tablett voller Kerzen. Es waren teure Wachskerzen, so gerade wie möglich gezogen. Sie mussten ein kleines Vermögen wert sein.

»Was wollt Ihr denn dort, meine Liebe?«, fragte die Frau. »Darf ich Euch einladen, mit mir zu kommen? Ich bin auf dem Weg zu meiner Kirche, zu San Giacomo dall'Orio.«

»Entschuldigt, Madonna, aber ich wollte nicht zur heiligen Messe …«

Die Frau hörte Gisela gar nicht zu. »Seht Ihr, ich habe all mein Geld für Kerzen ausgegeben. Was für ein Glück, dass überhaupt noch welche zu haben waren. Der Kerzenmacher sagte, sie würden ihm förmlich aus den Händen gerissen. Aber jeder zündet Kerzen an, um Gott gnädig zu stimmen und das Strafgericht abzuwenden. Ich werde Euch eine von meinen geben, meine Liebe, das ist ein gutes Werk. Dann könnt Ihr sie mit Euren Fürbitten anzünden …«

»Welches Strafgericht? Das Erdbeben?«

»Das Erdbeben«, sagte die Frau und blickte sich um, als ob die Gefahr bestünde, dass jemand lauschte, »war nur der Anfang, meine Liebe. Gott ist zornig. Habt Ihr keine Angst davor, was er als Nächstes senden wird?«

»Als Nächstes …?«

»Kommt mit mir, meine Liebe, lasst uns beten, dass der Herr Venedig verschont.«

»Wovor denn verschont, Madonna?«

»Vor dem Todesengel, meine Liebe. Es heißt, Gott würde ihn als nächsten Boten seines Zorns senden. Der Todesengel – wo er schreitet, sterben die Menschen. Seid froh, dass Ihr in Venedig seid, wo man Gott fürchtet und achtet und wohin er den Todesengel nicht senden wird. Bleibt hier und haltet Euch vom Festland fern, wenn Euch Euer Leben und Eure Seele lieb sind.«

17

Kapitän Renzo hatte zuerst ungläubig geschaut, dann geknurrt, dann gelacht. »Der Kerl ist vollkommen verrückt«, hatte er konstatiert. Gabriele hatte ihm alles erzählt, was Michel ihm gestanden hatte. Es war keine echte Beichte gewesen – und was der Franzose gesagt hatte, war außerdem von eminenter Wichtigkeit, so dass Gabriele sich in der Pflicht fühlte, den Kapitän ins Vertrauen zu ziehen. »Auf meinem Schiff wird niemand über Bord geworfen, selbst wenn er darum bettelt. Herrgott nochmal! Das bringt Unglück.«

»Und wenn er sich selbst etwas antut? Was immer an seiner Geschichte stimmt oder nicht, er zumindest glaubt sie.«

Renzo bekreuzigte sich. »Die Seele eines Seemanns, der Selbstmord begeht, ist für immer an sein Schiff gebunden. Ich kann keinen Geist auf der *Vento del Dio* gebrauchen. Glaubt Ihr, er tut das tatsächlich? Dann stecke ich ihn lieber in den Raum, in dem Fulco war, und binde ihn an.«

»Kapitän … wenn er tatsächlich sowohl die Tataren als auch die Leute in Caffa angesteckt hat? Es gibt Menschen, die die Pest bekommen, aber sie überleben. Vielleicht ist er einer davon?«

»Habt Ihr schon mal erlebt, dass so einer dann die anderen angesteckt hätte? Ich meine, nachdem die Pest vorbei war? Dass sie wegen eines Überlebenden wieder von Neuem ausbrach?«

»Nein. Aber ich weiß nicht viel über die Pest.«

»Wenn er uns alle angesteckt hätte, wären wir schon tot. In Caffa ging das innerhalb von wenigen Tagen. Wir sind seit sieben Tagen unterwegs. Und selbst Fulco hat nicht die Pest. Also – der Kerl ist ein Verrückter. Wenn er Anstalten macht, sich selbst umzubringen, binde ich ihn an.«

Michel Cornut hatte geduldig gewartet, bis Gabriele zurückkehrte. Er schüttelte den Kopf, als dieser ihm mitteilte, was geschehen war und was der Kapitän gesagt hatte. Dann begann er zu weinen.

Er versuchte nicht, sich selbst zu töten. Gabriele nahm an, dass er die ewige Verdammnis fürchtete. Er wollte am Jüngsten Tag wieder mit seiner toten Tochter vereint werden und nicht für alle Ewigkeit als Selbstmörder in der Hölle schmoren. Aber er sprach auch nicht mehr mit Gabriele. Stattdessen begann er wieder zu beten. Gabriele ahnte, dass der Franzose dabei erneut Gott um seinen Tod bat, und während er die Notizen, die er schon in Caffa zum Verlauf der Pest und zu seinen Erkenntnissen dazu angefertigt hatte, ergänzte, kämpfte er gegen das ungute Gefühl, dass Michel in seinem Gebet das Schiff und die ganze Besatzung mit einschloss.

18

Gisela fand das Haus von Zacharias Phiselin, als es schon dunkel wurde. Es war verschlossen und leer. Noch bevor sie den Mut verlieren konnte, kam eine Frau aus dem Nachbarhaus und fragte sie nach ihrem Anliegen. Gisela, müde, verunsichert und voller Sorge, hatte nicht die Kraft, sich etwas auszudenken. Sie fragte nach dem Haus von Joseph ben Kesher und sagte, dieser habe ihr die Adresse von Zacharias Phiselin genannt, sollte sie je nach ihm suchen.

Die Nachbarin nickte. »Joseph und Zacharias sind wie Brüder, seit sie klein waren. Ich beschreibe Euch den Weg zu seinem Haus. Aber erwartet nicht zu viel.«

Gisela nickte bedrückt. »Wegen des … *cherem*? Heißt es so?«

»Ihr wisst darüber Bescheid?«

»Joseph hat es mir erzählt.«

Die Nachbarin zog erstaunt die Augenbrauen hoch. »Dann muss er Euch sehr nahe sein. Entschuldigt, dass ich Euch nicht kenne. Aus welcher Gemeinde kommt Ihr?«

Gisela, deren Herz bei den Worten der Nachbarin einen Sprung machte, war noch immer zu erschöpft, um etwas anderes als die Wahrheit zu sagen. »Ich gehöre zu keiner Gemeinde, Madonna. Ich komme aus Osoppo. Ich … bin Christin.«

Die Augenbrauen der Frau stiegen noch mehr in die Höhe. »Eine Christin? Die zu einer Jüdin respektvoll Madonna sagt? Und die das Vertrauen von Joseph ben Kesher genießt? Wartet einen Augenblick, ich bringe Euch persönlich zu seinem Haus.«

Auf dem kurzen Weg zu Josephs Haus lernte Gisela, dass Josephs Vater Kesher ben Salomon hieß und seine Mutter Rebecca. Sie erfuhr, dass in der Gemeinde kaum jemand damit einverstanden war, wie Kesher mit seinem Sohn umging und dass er ihm einen Bann auferlegt hatte. Aber niemand mischte sich ein. Es ging niemanden etwas an, weil es eine Sache war, die die Gemeinde nicht direkt betraf. Die Freizügigkeit, mit der ihre Begleiterin sprach, und der Umstand, dass sie es gewohnt schien, ohne irgendwelche Anstandsbegleitung unterwegs zu sein, erstaunten Gisela – in dem Rahmen, in dem ihre Erschöpfung überhaupt noch so eine Empfindung zuließ. Die jüdischen Frauen waren anscheinend in ihren Meinungen und Bewegungen freier als ihre christlichen Schwestern.

»Da ist es«, sagte Giselas Begleiterin, als sie an einer Gassenecke stehen blieben. Sie deutete auf ein prächtiges Haus gegenüber. Es unterschied sich in keiner Weise von Häusern wohlhabender Christen. Gisela wusste nicht, was sie erwartet hatte, aber dass das Haus nicht anders aussah als das eines reichen Händlers in Glemone oder Aquilee, verunsicherte sie eher, als dass es ihr ein vertrautes Gefühl gab.

Ihre Begleiterin brachte sie zum Eingang des Hauses, der seitlich unter dem hervorkragenden ersten Stock lag. Es handelte sich um ein hohes Portal mit zwei Flügeln – hoch genug für beladene Karren und für Reiter, die sich nur wenig bücken mussten, um ohne abzusteigen hindurchzukommen. Auch der Eingang unterschied sich nicht von einem christlichen Haus, bis auf ein Detail: Am rechten Türpfosten war ein Behälter angebracht, den Giselas Begleiterin jetzt mit den Fingerspitzen der rechten Hand berührte und diese dann küsste. Dann klopfte sie mit den Fingerknöcheln an die Tür. Als ein junger Mann, der gekleidet war wie ein Knecht, die Tür öffnete, nickte die Frau Gisela zu und verabschiedete sich wortlos.

»Danke!«, rief Gisela ihr hinterher.

»Was können wir für Euch tun?«, fragte der Knecht, nachdem er Gisela von oben bis unten gemustert hatte.

»Ich möchte Joseph ben Kesher sprechen«, sagte Gisela und fügte verspätet etwas hinzu, das ihr ihre Begleitung geraten hatte. »Friede sei mit diesem Haus.«

»Friede sei mit Euch, Madonna«, erwiderte der Knecht höflich. »Die Wünsche für das Haus müsst Ihr dem Hausherrn überbringen, ich bin nur ein Dienstbote.«

»Danke«, sagte Gisela wieder.

Das Haus hatte einen finsteren, überdachten Innenhof. Die Decke des Innenhofs war vermutlich der Boden des ersten Geschosses. Überall standen Truhen herum, es roch nach verschwitzten Pferden, auf dem von Feuchtigkeit weichen Boden waren frische Eindrücke von Karrenrädern. Zwei Dienstmägde kamen die seitlich angeordnete Treppe zum Obergeschoss herunter und wuchteten zwischen sich eine der Truhen hoch. Sie schleppten sie die Treppe wieder hinauf. Entweder war gerade eine Lieferung angekommen, oder die Hausherren selbst waren von einer Reise zurück. Gisela tippte auf das Letztere.

»Ich hole Monna Rebecca«, sagte der Knecht.

»Nicht den Hausherrn?«, staunte Gisela.

Der Knecht zuckte mit den Achseln. »Ihr seid eine Frau«, sagte er und klang noch erstaunter, dass Gisela nachgefragt hatte.

Josephs Mutter war eine große, stattliche Frau, die ein so offenes, freundliches Lächeln besaß, dass sich Giselas Unsicherheit und Anspannung etwas lösten.

»Meine Liebe«, sagte sie mit tiefer, rauchiger Stimme. »Was können wir für Euch tun? Entschuldigt die Unordnung, wir sind gerade aus Innsbruck zurück. Ich glaube, unser Knecht hat vergessen, nach Eurem Namen zu fragen.«

Gisela stellte sich vor. Sie wusste nicht genau, wie der Brauch war. Sie war die Tochter eines Ritters; Bürgerliche knicksten normalerweise vor ihr. Aber galt das hier auch? Sie entschied sich dafür, die Hand auszustrecken, dann konnte Monna Rebecca ihr immer noch einen Kuss daraufhauchen. Stattdessen schüttelte Josephs Mutter ihr herzhaft die Hand und strahlte.

»Ihr seid sehr höflich, Monna Gisela«, sagte sie. »Üblicherweise erwarten christliche Frauen, dass eine Jüdin vor ihnen knickst.«

»Es tut mir leid, dass sich viele so schlecht benehmen«, brachte Gisela hervor und war froh, dass die Düsternis im Innenhof verbarg, wie rot ihr Gesicht anlief.

»Aber bitte gebt nicht meinem Mann die Hand, wenn Ihr ihn treffen solltet«, sagte Rebecca. »Er wird Eure Geste nicht erwidern. Das ist keine Herablassung, sondern in unserem Glauben verankert. Wer ihn sehr ernst nimmt und alles nach der Schrift tut, darf als Mann eine Frau, mit der er nicht verheiratet oder verwandt ist, nicht berühren.«

Gisela dachte unwillkürlich an Tristans Angriff in Osoppo. »Oh«, sagte sie nur. »Ich werde daran denken.«

»Wo habt Ihr Eure Begleitung untergebracht, meine Liebe? Wir können Eurem Gesinde einen Platz in der Küche anbieten, wo sie bestimmt verköstigt werden.«

»Ich bin allein hier.«

»Allein? Aus Osoppo?« Gisela war erstaunt über Rebeccas Kenntnisse der Region. »Das ist bei Gemona, am Fuß der Berge, im Osten?« Sie sprach den Namen des Ortes venezianisch aus, nicht in Giselas Muttersprache Furlan. »Ihr müsst viele Tage unterwegs gewesen sein! Und immer allein?«

»Manchmal konnte ich mich Reisegruppen anschließen.«

»Ojwej, und ich bin so achtlos und lasse Euch hier stehen. Kommt mit herauf, oben im Saal brennt ein Feuer. Hört Ihr das? Es hat zu regnen begonnen. Oben könnt Ihr mir und meinem Mann erzählen, was Euch hergeführt hat und wie wir Euch helfen können.«

Kesher ben Salomon war das Ebenbild seines Sohnes, nur

dreißig Jahre älter, etwas voller im Gesicht und mit grauen statt schwarzen Locken. Er wirkte müde, lustlos und melancholisch und nicht übermäßig interessiert an Gisela. »Seid willkommen in meinem Haus«, sagte er dennoch und versuchte zu lächeln. »Der Friede sei mit Euch.«

»Und mit Euch, Reb Salomon.«

»Oh, Ihr seid sehr höflich. Das ist angenehm, aber unnötig. Reb ist ein Ehrentitel, den nur ein Jude dem anderen gibt.«

»Verzeiht.«

»Man hat Euch etwas von unseren Sitten erklärt, aber nicht alles und wahrscheinlich zu schnell, als dass Ihr alles verstanden hättet.« Kesher ben Salomon lächelte erneut sein knappes Lächeln. »Seid versichert, dass Euer Versuch uns trotzdem ehrt.«

Du hättest meinen Fehler auch einfach übergehen können, dachte Gisela, in der plötzlicher Unmut aufwallte.

Josephs Vater trat beiseite, als Rebecca ihren Gast vor das Feuer schob. Die Wärme tat Gisela gut, machte sie aber gleichzeitig schlagartig schläfrig.

»Was führt Euch zu uns?«, fragte Kesher ben Salomon.

»Ich wollte eigentlich zu Eurem Sohn – zu Joseph«, sagte Gisela.

Keshers Miene fror ein. Rebecca machte ein kleines Geräusch in der Kehle.

»Wozu?«, fragte Josephs Vater. Für einen Augenblick hatte Gisela erwartet, dass er sagen würde: Ich habe keinen Sohn.

Gisela konnte nicht mehr an sich halten. Die Wahrheit sprudelte förmlich aus ihr heraus: »Ich habe ihn letztes Jahr in Aquilee getroffen. Ich muss ihm dringend etwas mitteilen. Ich liebe Euren Sohn, Reb Salomon, vom ersten Augenblick an, als ich ihn sah.«

»Ihr … was?«

»Oiwej«, seufzte Rebecca kaum hörbar.

»Lasst uns allein«, stieß Kesher nach einer Pause hervor, in der er sichtlich um Fassung rang.

»Wie …?!«

»Lasst uns allein. Geht hinaus!«

»Kesher, bitte …«, sagte Rebecca sanft.

»Still, Weib. Ihr, Christin … geht hinaus!« Keshers Stimme wurde laut.

Erschrocken und betroffen stolperte Gisela hinaus. Die Eingangstür des Saals ging auf einen kleinen Flur hinaus, von dem aus die Treppe in den Innenhof hinunterführte. Hinter sich hörte Gisela die Stimmen von Josephs Vater und Mutter. Wenn sie sich angestrengt hätte, hätte sie gehört, was sie redeten. Besonders Keshers Stimme war laut und aggressiv. Die Höflichkeit gebot ihr, in den Innenhof hinunterzugehen. Die Dienstboten hatten ihre Arbeiten beendet, er lag finster und verlassen da. Draußen rauschte der Regen herab. Wasser lief in dünnen Rinnsalen unter dem Türspalt des geschlossenen Tors hindurch in den Hof.

Nach kurzer Zeit kam Rebecca die Treppe herunter. »Könnt Ihr irgendwo bleiben, meine Liebe?«

»Ihr meint: hier … in Mestre?« Gisela wurde innerlich kalt.

»Ja.«

»Ich kenne hier niemanden.«

Rebecca senkte den Kopf. »Mein Mann sagt, Ihr könnt hier nicht bleiben.« Sie murmelte so leise, dass Gisela sie fast nicht hörte.

»Aber ich …«

»Es tut mir so leid, meine Liebe, so leid.«

Gisela kämpfte mit den Tränen – und mit einer Angst, die so groß war, dass sie ihr die Luft nahm. »Ich habe hier nichts …«, flüsterte sie. »Keine Bleibe, keinen Freund. Ich bin nur wegen Joseph gekommen …«

»Ihr seid das Mädchen, von dem mir Zacharias erzählt hat …«

»Zacharias?«

»Der *cherem* verbietet Joseph, zu jemandem seiner Familie zu sprechen. Wenn ich etwas erfahren will, frage ich seinen Freund Zacharias. Ich würde Euch zu ihm senden, aber ich weiß, dass sein Haus leer steht.«

»Ich war dort … so habe ich den Weg zu Eurem Haus gefunden …«

»Ich kann Euch nicht einlassen, auch wenn es allen Geboten der Gastfreundschaft widerspricht. Mein Mann ist sehr streng in seinen Ansichten. Es tut mir leid.«

Gisela verstand erst jetzt so richtig, dass sie in die Nacht und den Regen hinausgeworfen wurde. »Wo soll ich denn bleiben?«, rief sie voller Angst.

»Ich weiß es nicht, meine Liebe. Ich weiß es nicht.«

Rebecca wandte sich mit Tränen in den Augen ab und stieg die Treppe wieder hoch. Kurz darauf kam der Knecht, der Gisela eingelassen hatte, und öffnete das Tor für sie. Gisela trat hinaus. Das Tor schloss sich hinter ihr.

Der Regen strömte herab. Innerhalb weniger Augenblicke fühlte Gisela ihn durch ihren Mantel dringen. Der Schleier, den sie trug und der mit einem Schapel um ihren Kopf gehalten wurde, hielt dem Regen auch nicht stand. Ihr Haar wurde nass. Ihr war schwindlig, der Kopf schmerzte, und ihr war übel. Sie starrte mit leeren Augen auf die Gassenöffnung gegenüber und fühlte sich vollkommen verloren und ohne einen Ort auf der Welt, an den sie jetzt hätte gehen können.

19

»Sie steht immer noch draußen auf der Gasse«, sagte Rebecca zu ihrem Mann. »Im Regen. Schutzlos. Schon seit über einer Stunde.«

Kesher schwieg ein paar Momente lang. In der Stille des Saals kratzte und quietschte ein Federkiel über billiges Pergament. »Sie soll weggehen«, brummte er dann.

»Und wohin?«

»Von wo sie gekommen ist.«

»Weißt du, wie weit das ist?«

»Sie hat den Herweg ja auch geschafft. Und niemand in diesem Haus hat sie gebeten, zu uns zu kommen. Es war eine Unverschämtheit von ihr. Und von … von *ihm!* Ihr überhaupt Hoffnungen zu machen! Einer Christin! Er kennt kein Verantwortungsgefühl, schon gar nicht uns gegenüber.«

»Ich schäme mich«, seufzte Rebecca.

»Du musst dich nicht mehr schämen. Der *cherem* sagt, wir haben keinen Sohn mehr.«

Rebecca wandte sich von den regenbesprenkelten Butzenscheiben ab, aus denen sie hinaus auf die Straße geblickt hatte. Sie ging zum Kamin hinüber und sah auf ihren Mann hinab, der auf einer Truhe saß und, mit einem Brett auf den Knien, Einträge in Listen machte. »Ach, mein Liebster«, sagte sie, »ich schäme mich nicht für die Christin dort draußen oder für unseren Jossele. Ich schäme mich für dich.«

Kesher blickte auf und starrte seine Frau mit offenem Mund an.

»Wie sehr muss der Fehler, den Jossele gemacht hat, dich getroffen haben, dass du so unversöhnlich geworden bist«, fuhr Rebecca fort. In ihren Augen standen jetzt Tränen. »Ich wünsche mir auch nicht, dass er sein Herz an eine Christin verliert. Aber noch weniger wünsche ich mir, dass er sein Herz nie verliert, denn die Liebe ist Gott, und jeder Mensch soll Gott erfahren dürfen. Und ich wünsche mir auch nicht, dass es von unserem Haus heißt, wir hätten die Tür einem Menschen verschlossen, der Hilfe suchend daran geklopft hat.«

»Wie sprichst du denn mit mir?«, fragte Kesher fassungslos.

»Nicht böse und auch nicht anklagend«, sagte Rebecca. »Du kennst mich. Ich will dir nie etwas Böses, Kesher. Seit ich dich kenne und liebe, will ich dir immer nur helfen. Bitte lass mich dir helfen. Bitte glaube mir, wenn ich dir sage, dass du dein Herz sprechen lassen sollst. Es ist ein wunderbares Herz. Es ist nicht schroff, nicht abweisend, nicht bitter, nicht gnadenlos. Bitte gib dir einen Ruck, Kesher.«

»Und tue was? Was erwartest du von mir? Soll ich Joseph

wieder in die Arme schließen, der dich und mich und unsere ältesten Geschäftspartner an den Rand des Bankrotts gebracht hat? Soll ich ihm verzeihen, dass er sich stur und leichtsinnig über alles hinweggesetzt hat, was ich ihm liebevoll und geduldig beizubringen versucht habe? Soll ich ihm vergeben, dass er seinen Hochmut vor die Ratschläge seines Vaters gestellt hat und …?«

»Du könntest damit anfangen, dass du dieses arme Kind dort draußen unter unser Dach bittest, bevor es sich den Tod holt.«

Kesher legte sein Brett beiseite und stand ruckartig auf. »Du stellst dir das alles immer so einfach vor«, sagte er. »Man braucht nur Liebe, und schon ist die Welt in Ordnung.«

»Aber so ist es doch auch«, erwiderte Rebecca und lächelte unter Tränen.

»Nein, ist es nicht.« Kesher stapfte zu den Fenstern des Saals. »Und wenn das dumme Ding dort draußen denkt, es sei alles so einfach, dann wird es eine schlimme Enttäuschung – oh, gütiger Himmel!« Er wandte sich ab und eilte mit langen Schritten zur Tür.

»Was ist denn …?« Rebecca lief selbst zu den Fenstern und spähte hinaus. Verzerrt durch das dicke Glas und die Regentropfen daran sah sie die reglose Gestalt der jungen Christin draußen auf dem Boden liegen. Rebecca schlug die Hände vor den Mund und wich zurück. »Oh Herr der Gerechten«, flüsterte sie entsetzt. »Kesher … was haben wir getan?«

Kesher trug Gisela eigenhändig herein. Sie hing wie leblos in seinen Armen. Es regnete so heftig, dass Josephs Vater von den paar Augenblicken draußen triefendes Haar hatte. Seine Tunika war an den Schultern dunkel vor Nässe. Der Hausknecht, der ihm auf die Gasse hinaus gefolgt war, hatte versucht, ihn mit einer Decke zu schützen, doch Kesher hatte sich zu schnell bewegt. Er bettete Gisela auf die Schaffelle vor dem Kamin, so dass die Wärme des Feuers sie erreichte. Sie stöhnte und klapperte mit den Zähnen. Ihre Lippen waren blau.

»Hol die Mägde«, sagte Kesher zum Hausknecht. »Sie sollen ihr so viel von der nassen Kleidung ausziehen, wie es schicklich ist, und sie dann in warme Decken hüllen. Sie soll vor dem Feuer liegen bleiben. Gib in der Küche Bescheid, dass Würzwein heißgemacht wird.«

»Sehr wohl, Reb.«

Der Hausknecht lief hinaus. Kesher wandte sich von der zitternden, halb besinnungslosen Gisela ab und nahm Rebecca am Arm. Sanft führte er sie vor die Tür des Saals. Als sie dort ankamen, polterten schon die Mägde die Treppe herauf.

»Danke«, sagte Rebecca zu ihrem Mann. »Du bist wahrhaftig einer von den Gerechten, Kesher ben Salomon.«

Kesher schüttelte den Kopf. »Ich bin ein Narr«, sagte er. »Wenn die Christin hier bei uns im Haus stirbt, wird die gesamte Gemeinde den Zorn ihrer Familie zu spüren bekommen.«

»Wie kommst du darauf, dass sie sterben könnte?«, fragte Rebecca erschrocken. »Sie ist doch nur unterkühlt …«

»Sie ist leicht wie eine Feder, Rebecca. Ich glaube, sie war viele Tage lang unterwegs und hat sich nur mangelhaft ernährt. Ich weiß nicht, wie stark sie ist.«

»Du hast das Richtige getan, sie hereinzuholen.«

»Das Richtige wäre gewesen, sie aus unserem Viertel hinauszutragen und in einer der Gassen abzulegen, in denen Christen wohnen«, sagte Kesher hart. Er blickte in das Gesicht seiner Frau und seufzte. »Das Richtige, aber nicht das Gerechte.«

»Was nicht gerecht ist, ist auch nicht richtig, Kesher.«

Kesher zuckte mit den Schultern. »Wenn ich das Unglück über uns Haus gebracht habe, bin ich nicht besser als unser … als Joseph.«

»Er *ist* unser Sohn, Kesher, auch wenn du dich noch so sehr sträubst, es zu sagen.«

Eine der Mägde kam wieder heraus. »Sie hat Schüttelfrost, Reb. Was sollen wir tun?«

»Schüttelfrost!?« Keshers Augen weiteten sich.

Rebecca sagte: »Reibt sie mit warmen, trockenen Decken ab.

Sie muss alle nasse Kleidung ausziehen, auch wenn sich das nicht …«

»Wartet!«, sagte Kesher so scharf, dass nicht nur die Magd, sondern auch Rebecca zusammenzuckte. »Schüttelfrost? Was redet sie?«

»Wirres Zeug, Reb. Ich glaube, sie weiß nicht, wo sie ist.«

Kesher starrte ins Leere. »Gott der Gerechten«, sagte er leise. Seine Augen waren groß und voller Furcht. »Schüttelfrost … Wahnvorstellungen … Fieber … wenn sie sich erbricht …«

»Was ist dann?«, fragte Rebecca, von Keshers Entsetzen angesteckt.

»Ich gehe wieder zu ihr hinein, Reb, wenn's recht ist …«, begann die Magd.

»Nein!«, zischte Kesher. »Hast du sie schon angefasst?« Er betastete sich plötzlich überall. »*Ich* habe sie angefasst!« Er wurde bleich.

»Du willst doch nicht etwa sagen …?«, stotterte Rebecca.

»Weißt du denn nicht mehr? Ich habe dir doch geschildert, was wir erfahren haben von unseren Brüdern und Schwestern – über die Symptome der … der …«

»Oh, Reb, bitte sagt nicht, die Christin hat …«, stöhnte die Magd voller Angst.

Kesher schnitt ihr mit einer Handbewegung das Wort ab. »Wir brauchen einen Arzt«, sagte er. »So schnell wie möglich. Keinen von unseren Medizinern. Einen Christen! Wir brauchen einen christlichen Arzt!« Er ballte die Fäuste und versuchte, der Panik Herr zu werden. »Schüttelfrost und Fieber kann man auch bekommen, wenn man sich unterkühlt. Aber Erbrechen … wenn sie sich erbricht, dann ist das fast ein Beweis … und dann hustet sie entweder Blut und erstickt, oder sie bekommt eitrige Beulen und stirbt schreiend vor Schmerz …« Er schloss die Augen. »Gütiger Gott und Hirte Israels, bitte lass nicht zu, dass ich die Pest in unser Haus getragen habe, während mein Sohn unterwegs ist in hoffnungsloser Mission, um uns alle zu retten …«

»Kesher, bitte!«, stieß Rebecca hervor. Sie nahm die Hand ihres Mannes. »Bitte, du darfst nicht panisch werden. Was sollen wir tun?«

»Einen Arzt«, murmelte Kesher. »Wie kommen wir an einen christlichen …?« Plötzlich blickte er auf. »Ist da nicht dieser Bader? Am Hafen? Der mit dem Karren und den Wundermitteln?«

»Ich glaube, der ist noch da«, sagte die Magd hastig. »Ich habe ihn heute noch gesehen.«

»Hol ihn!«, stieß Kesher hervor.

»Wer, ich, Reb? Ich ganz allein?«

»Nimm den Knecht mit, dummes Ding!«, herrschte Kesher sie an. Die Magd begann zu weinen. Keshers Gesicht verzog sich. Er holte tief Luft. »Das war unrecht von mir«, sagte er. »Nimm meine Bitte um Verzeihung an.«

Die Magd hörte auf zu weinen und starrte Kesher überrascht an. Dass ein Herr sich bei seinem Gesinde für einen Ausbruch entschuldigte, war etwas ganz Neues. »Ich kann das schon, Reb«, stammelte sie. »Ich habe keine Angst.«

»Nimm den Knecht trotzdem mit. Und – beeilt euch!«

»Und wenn der Quack… wenn der Medicus nicht mitkommen will?«

»Er *muss* mitkommen«, sagte Kesher.

»Sag ihm, es geht um Leben und Tod und seinen Eid als Arzt«, riet Rebecca.

»Sag ihm, ich bezahle, was er verlangt«, sagte Kesher.

Rebecca und er sahen sich an. »Du denkst immer nur das Schlechte von den Menschen, Kesher«, sagte sie traurig.

»Und trotzdem schaffen sie es stets auf Neue, mich zu enttäuschen.«

20

Dionysius Colle saß in seinem Wagen, lauschte dem Regen, der auf das Holzdach trommelte, und dem melodischen Plinkern der Tropfen, die durch die undichten Stellen in bereitgestellte Töpfe fielen, und führte ein Selbstgespräch. Eigentlich war es eine Diskussion. Der Pessimist in ihm erwog die Idee, einfach ins Hafenbecken zu springen und sich dort zu ertränken. Der Realist hielt es in der derzeitigen Lage für die einzig sinnvolle Lösung. Der Optimist wehrte sich dagegen und wiederholte wie ein Gebet die Worte: Keine Sorge, diese Flaute geht vorüber.

Der Optimist würde gewinnen, wie üblich. Dionysius besaß ein gewaltiges Vertrauen in die Natur der Dinge, vor allem in die Natur der Menschen. Aber wenn man ehrlich sein wollte, hatte es noch nie zuvor so schlecht um ihn gestanden. Das Geschäft war schon schleppend gelaufen, bevor das verdammte Erdbeben alle Leute aufgeschreckt hatte. Jetzt war es noch schlimmer, weil alle, die die Katastrophe für ein böses Vorzeichen hielten, in den Kirchen knieten und für Vergebung von ihren Sünden beteten und ihr Geld lieber in die Opferstöcke warfen, anstatt es für seine *potiones sanitatis* auszugeben. Dabei bestand kein großer Unterschied, was die Belohnung für die Geldausgabe anging: In beiden Fällen musste der Glaube des Investors die Hauptarbeit leisten, nur dass Dionysius' Elixiere wenigstens noch fein schmeckten.

Dabei war Dionysius nicht einmal ein Scharlatan. Die Tränke, die er braute, waren tatsächlich dafür gedacht, zu helfen. All sein immenses Wissen, was Kräuter und Gewürze und ihre Wirkungen anging, hatte er hineingemischt. Er selbst trank seine Produkte auch und war seit Jahren nicht ein einziges Mal krank gewesen und noch im Vollbesitz seiner Kräfte, obwohl er nicht mehr der Jüngste war. All das half jedoch nichts, wenn man nirgendwo lange genug bleiben durfte, damit man einen genesenen Käufer eines Tranks als Zeugen hätte aufbieten können, wie wirksam die Medizin war. Dionysius hatte ein paarmal Leute dafür bezahlt, so zu tun, als würden sie ihn aus einer anderen Stadt kennen, wo er ihnen mit seinen Elixieren das Leben gerettet hatte. Aber sie waren nie wirklich überzeugend gewesen und hatten in der Regel zusätzlich zu ihrem Honorar noch Schweigegeld verlangt, damit sie den Trick nicht verrieten. Nicht, dass er noch über genug Geld verfügt hätte, um das auch hier in Mestre durchzuziehen. Er hatte nicht einmal das Geld, um das Heu zu bezahlen, das sein Gaul in einem Stall am Stadtrand fraß. Wahrscheinlich würde er das Tier dort lassen müssen, weil der Stallbesitzer es nicht hergeben würde, solange die Außenstände nicht beglichen waren.

Also, sagte der Pessimist in ihm: Das Hafenbecken, oder?

Besser wird es ohnehin nicht, befand der Realist.

Seid ihr verrückt?, rief der Optimist. Das ist nur eine Flaute. Bald wird alles wieder gut sein!

Jemand hämmerte von außen gegen seinen Wagen. Dionysius schrak zusammen. Sein erster Gedanke war: Er hatte doch noch gar nichts verkauft hier in Mestre! Es konnte doch niemand sein Geld zurückverlangen, weil es ihm nach Einnahme der Medizin noch schlechter gegangen war als zuvor!

Sein zweiter Gedanke war: Totstellen! Nicht antworten!

»Medicus? Seid Ihr da?« Eine Männerstimme. Dionysius hielt die Luft an. Zu spät fiel ihm ein, dass er ein Talglicht entzündet hatte und man den Lichtschein durch das kleine Fensterchen in der Rückwand des Wagens sehen konnte. Verdammt!

»Ich sehe doch, dass Ihr da seid! Ein Licht brennt!«

Dionysius rollte mit den Augen. »Das hab ich vergessen auszublasen, als ich wegging!«, rief er.

Kurzes, nachdenkliches Schweigen draußen. Dann: »Also seid Ihr jetzt da, oder seid Ihr es nicht?«

Dionysius gab es auf. Vielleicht war es ja ein später Käufer. Er öffnete die Tür in der Rückwand des Wagens so weit, dass er entweder sofort wieder schließen oder dem Anklopfer draußen ins Gesicht schlagen und dann fliehen konnte. »Ich glaube, ich bin da«, sagte er und setzte sein freundlichstes Lächeln auf.

Es waren zwei Besucher, gekleidet in einfachste Gewänder, wie Dienstboten. Eine junge Frau stand ein paar Schritte entfernt und hielt sich eine ausgebreitete Decke über den Kopf. Ein junger Mann stand vor Dionysius' Wagen. Seine Schultern färbten sich im Regen dunkel. Bis gerade eben schien er sich den Platz unter der Decke noch mit der jungen Frau geteilt zu haben.

»Unser Herr bittet Euch, zu ihm zu kommen«, sagte der junge Mann mit der Kleidung eines Knechts.

»Wozu?«

»Es geht um Leben und Tod und Euren Eid als Arzt«, sagte der junge Mann.

»Ich bin kein Arzt, mein Freund. Das lässt man mich auch jeden Tag deutlich spüren.«

Die junge Frau schnaubte plötzlich ungeduldig. »Unser Herr sagt, er zahlt Euch, was Ihr verlangt!«, rief sie.

Der Pessimist in Dionysius wandte ein: Das sagen sie anfangs immer, und dann bleibt die Börse doch zu.

Der Realist sagte: Wenn einer von den reichen Geldsäcken hier zu dieser Stunde einen Bader aufsucht statt einen Arzt, könnte er es wirklich ernst meinen.

Der Optimist sagte fröhlich: Ich hab's euch doch gleich gesagt!

Dionysius Colle hob eine Hand, strahlte und sagte zu dem Knecht und der Magd: »Bin sofort fertig!«

Dionysius hatte keine Gelegenheit gehabt, sich in Mestre umzusehen, daher war er mit der Örtlichkeit nicht vertraut. Doch er besaß eine gute Beobachtungsgabe und nahm Kleinigkeiten wahr. Daher wusste er, dass seine beiden Führer ihn ins Judenviertel brachten.

In einem Korb schleppte er eine Auswahl seiner Elixiere mit sich. Eingeschlagen in Leder- und Tuchbeutel, führte er zudem getrocknete Kräuter mit. Außerdem hatte er ein Besteck zum Aderlass eingepackt und hoffte, dass er es nicht brauchen würde.

Derartige Maßnahmen gehörten nicht zu seinem normalen Repertoire. Seine Medizin war eher die des Apothekers als die des Chirurgen, aber welche Möglichkeiten hatte man schon, wenn man nicht studiert hatte? Man tat, was man konnte, und ertrug es, als Quacksalber aus der Stadt gejagt zu werden, nur weil ein maßgebliches Ratsmitglied mit Leibschmerzen sich nicht hatte merken können, in welchen Portionen es den Heiltrank nehmen sollte, und der Heilerfolg dementsprechend ausblieb.

Das Haus, das er betrat, war das eines reichen Juden. Die Dienstboten küssten die Mesusa und ließen ihn dann im verschlossenen Innenhof warten. Als Nächster kam der Hausherr selbst die Treppe herunter und stellte sich Dionysius als Kesher ben Salomon vor. Ein Blick in seine Augen genügte, dass sich Dionysius' Zuversicht in Beklommenheit verwandelte. Der Hausherr nahm ihn beiseite, als ob die Gefahr bestünde, dass er in seinem eigenen Haus belauscht würde. Allein das sagte Dionysius, dass er nicht wegen einer Allerweltskrankheit gerufen worden war – und dass das Erste, was er gleich hören würde, eine Bitte um absolute Verschwiegenheit sein würde.

»Ihr müsst schwören, dass Ihr Stillschweigen bewahrt über das, was Ihr hier seht und hört«, sagte Kesher ben Salomon.

»Worum geht es denn?«, fragte Dionysius und bemühte sich, statt seiner furlanischen Muttersprache klares Venezianisch zu sprechen – so wie der Jude.

»Schwört zuerst, Herr Medicus!«

Dionysius musterte seinen Gastgeber. »Ich weiß, dass die Leute Eures Glaubens einen unnützen Schwur als Gotteslästerung empfinden«, sagte er langsam und mit noch gestiegener Besorgnis. »Es muss Euch daher äußerst ernst sein. Ich schwöre.«

Kesher ben Salomon wirkte nur unwesentlich erleichtert. »Und ich muss Euch warnen«, sagte er. »Bitte fasst in diesem Haus so wenig wie möglich an … um Euretwillen …«

Dionysius merkte erst, dass er unwillkürlich einen Schritt zurückgewichen war, als er mit dem Rücken gegen die Hausmauer stieß. »Was für eine Seuche habt Ihr denn hier?« Den Aussatz, dachte er entsetzt, lieber Himmel, die haben den Aussatz! Was habe ich schon alles angefasst?

Kesher kämpfte mit einer Erklärung. Dionysius konnte ihm ansehen, dass er gleichzeitig versuchte, dem Ernst der Lage gerecht zu werden und die Situation so weit abzuwiegeln, dass Dionysius nicht sofort die Flucht ergriff. Dionysius wurde auf einmal klar, dass es sich nicht um den Aussatz handelte. Es war etwas noch Schlimmeres.

»Ihr habt die Pest im Haus?«, stieß er hervor.

»Nicht so laut! Ihr kennt Euch damit aus?«

»Wenn der Arzt wegläuft«, sagte Dionysius, »ist der Bader derjenige, der zurückbleibt und weitermacht.«

Dionysius wurde in den Saal im ersten Stock des Hauses geführt. Vor dem Feuer saß eine schluchzende Dienstmagd, daneben lag eine in Decken gehüllte junge Frau. Sie hatte die Augen geschlossen und schlief unruhig. Ab und zu erschauerte sie. Sonst war niemand im Raum – kein Gesinde, keine Hausherrin, keine Leibwächter, niemand. Die Dienstmagd blickte mit tränenblinden Augen zu Dionysius auf.

Dionysius glaubte das Szenario zu verstehen. Die Dienstmagd hatte direkten Kontakt mit der Erkrankten gehabt. Kesher ben Salomon hatte den Saal seines Hauses zu einer Quarantäne-Zone erklärt, um weitere Ansteckungen zu vermeiden. Die Dienstmagd war dazu verurteilt, das Schicksal der Kranken zu teilen. Als er sich mit dieser Vermutung an den Hausherrn wandte, nickte dieser stumm.

Dionysius nickte ebenfalls. »Ich werde mir Eure Tochter mal ansehen«, sagte er langsam. »Ihr solltet den Saal jetzt besser auch verlassen.«

»Das ist nicht meine Tochter«, sagte Kesher. »Und ich kann bleiben, denn ich habe sie auch berührt.«

»Nicht Eure Tochter? Wer ist sie? Eine Verwandte? Ich frage das nicht aus Neugier, sondern weil ich wissen muss, mit wem ich mich absprechen muss wegen der Untersuchung. Es kann sein, dass ich Körperstellen betrachten muss, die die Schamhaftigkeit sonst bedeckt hält. Ich brauche eine Erlaubnis dazu, am besten schriftlich, damit es nicht hinterher Missverständnisse gibt.«

Kesher sah einen Augenblick lang ratlos aus. »Sie ist eine Fremde«, sagte er dann. »Ich habe sie heute zum ersten Mal gesehen.«

»Wie kommt sie dann in Euer Haus?«

Kesher gestikulierte. »Das ist eine lange Geschichte, Herr Medicus. Ich kann Euch die Erlaubnis, diese junge Frau zu untersuchen, nicht erteilen. Das kann nur sie selbst.«

»Sie scheint nicht bei Sinnen zu sein«, erklärte Dionysius mit einem Anflug von Ungeduld.

Kesher hob hilflos die Hände.

»Na schön«, sagte Dionysius. »Ich habe ja Euch und die Magd als Zeugen, dass ich nichts Unschickliches tue. Ich verlasse mich darauf, dass Ihr nicht später etwas anderes sagt, wenn die Patientin erwacht und denkt, ich würde mich ihr nähern.«

»Ich«, sagte Kesher mit Betonung, »werde zum Fenster hinausschauen während Eurer Untersuchung. Aber ich gebe Euch mein Wort, dass ich die Aussage der Magd stützen werde, falls es Schwierigkeiten gibt.«

»Ich möchte auch lieber am Fenster stehen, Reb!«, heulte die Magd.

Dionysius verdrehte die Augen. Er stellte seine Sachen ab, wischte sich die Hände an seiner Tunika trocken und trat zögernd auf die Erkrankte zu. Kesher stand plötzlich an seiner Seite.

»Wartet!«, sagte er. »Wie wollt Ihr sie eigentlich untersuchen? Wenn Ihr Euch nun ansteckt … Ihr würdet die Krankheit überall hintragen … ich meine, als fahrender Bader … so etwas darf nicht geschehen!«

Dionysius hatte das Gefühl, dass hinter der Aussage des Hausherrn eine tiefere Bedeutung mitschwang, die er nicht verstand. Er winkte ab. »Es gibt, soweit mir bekannt, zwei Arten, sich an der Pest anzustecken – und der Schwachsinn, den die

Ärzte erzählen, von wegen fauler Luft und Säften, gehört nicht dazu. Entweder man kommt mit den Körpersekreten von an der Pest Gestorbenen in Berührung – seien es Tiere oder Menschen. Dazu gehören Blut, Ausfluss und ganz speziell der Eiter, der aus Pestbeulen austritt. Oder man wird von einem Erkrankten angehustet, der die andere Form der Pest hat, die, an der man erstickt. Ich kann mich also schützen, indem ich die Erkrankte nicht mit meinen Händen berühre und indem ich mir ein Tuch vor Mund und Nase binde. Das Tuch kann man dann nachher verbrennen, falls Speichel oder Blut vom Husten es treffen würden.« Dionysius setzte ein freundliches Lächeln auf. »Das bringt mich auf die Frage – kann ich mir ein Tuch von Euch ausleihen?«

»Ihr kennt Euch wirklich aus mit der Pest.«

»Besser als die meisten Ärzte, würde ich sagen. Das gilt übrigens für viele Krankheiten.«

»Wenn Ihr die Kranke untersucht habt … würdet Ihr mir dann Euer Ohr leihen? Es könnte sein, dass ich Euch einen Vorschlag machen möchte.«

»Wenn Ihr wollt, dass ich hierbleibe und sie gesund pflege, müsst Ihr mit dem Rat sprechen und erwirken, dass meine Aufenthaltserlaubnis ausgeweitet wird …«

»Nein, es könnte im Gegenteil sein, dass ich möchte, dass Ihr weggeht. Versteht mich nicht falsch – nicht, um Euch loszuwerden, sondern um Eure Hilfe weiterhin in Anspruch zu nehmen.«

Dionysius versuchte Sinn in die Worte des Hausherrn zu bringen und vermochte es nicht. Er zuckte mit den Schultern. »Lasst mich die Kranke erst einmal untersuchen, ja?« Er wandte sich an die Magd. »Meine Liebe, du wirst meine Hände sein und die Decken und Kleidungsstücke der Patientin dort lüpfen, wo ich es dir sage.«

»Waaas?«, stöhnte die Magd. »Ich soll sie nochmal anfassen!?«

»Tu, was er sagt«, befahl der Hausherr mit müder Stimme. Die Magd begann noch lauter zu weinen.

»Wohin soll ich denn für Euch gehen?«, fragte Dionysius, nachdem er der Magd diverse Anweisungen gegeben hatte und die Achselhöhlen, den Nacken und die Oberschenkel der Erkrankten betrachtet hatte. Er blickte über die Schulter zu Kesher, während er sich neben die Patientin kauerte.

Kesher gab seinen Blick voller Sorge zurück. »Hat sie …?«, begann er.

Dionysius legte eine Hand auf die Stirn der Kranken.

»Nein!«, rief Kesher erschrocken. Die Magd krabbelte auf allen vieren zurück, als wäre sie nun doppelt in Gefahr. »Was tut Ihr da?«

»Ich versuche festzustellen, wie hoch das Fieber ist«, sagte Dionysius. »Die Patientin ist ausgelaugt, erkältet und halb verhungert. Aber darüber hinaus fehlt ihr nichts, und schon gar nicht hat sie die Pest. Ich habe Tränke dabei, die sie rasch wiederherstellen werden.«

Die Magd begann erneut zu weinen, diesmal offenbar vor Erleichterung. Kesher blinzelte und schluckte. Seine Schultern sanken herab, als seine Anspannung nachließ.

»Genua«, sagte er dann. »Geht für mich nach Genua. Ich werde Euch alles erklären. Euer Schwur der Verschwiegenheit gilt immer noch.«

»Genua?«, stieß Dionysius hervor. »Was soll ich denn in Genua?«

»Ihr sagt, Ihr versteht mehr von der Pest als mancher Arzt. Geht nach Genua und helft dort jemandem, der eine Unterstützung wie die Eure dringend nötig hat.«

»Ein Arzt, den Ihr kennt? Der wird sich schön hüten, von einem Bader irgendwelche Ratschläge …«

»Kein Arzt«, sagte Kesher. Er wandte sich zu Dionysius' Befremden an die Magd. »Lass uns für ein paar Augenblicke allein, bitte.« Als sie gegangen war, wiederholte er: »Kein Arzt. Nur jemand, der versucht, das Abendland vor einer riesigen Katastrophe zu bewahren.«

Die Worte erreichten Dionysius' Ohr, aber sie waren zu gewaltig, als dass er sie sofort verstanden hätte. Er wollte fassungslos nachfragen, doch Kesher ben Salomons Miene ließ verstehen, dass er eine andere Frage stellen musste – weil sein Auftraggeber sie laut beantworten wollte.

»Wer ist der Mann, dem ich helfen soll?«

»Er heißt Joseph ben Kesher«, sagte der Hausherr. »Er ist mein einziges Kind.«

21

Ein bunter Fleck schwebte in einer Welt aus Grau. Bei näherer Betrachtung entpuppte sich das Grau als zweigeteilt: das langsame, schwindlig machende Wogen der Meeresoberfläche unten und ein wolkenverhangener Himmel darüber. Der bunte Fleck war ein Schiff, eine Karacke unter vollen Segeln. Es war die *Vento del Dio*.

Das Holz knarrte, um den Schiffsrumpf schwappte das Wasser. Im Zwielicht der niedrigen Wolken schimmerte die lange Furche, die das Schiff in die Wasseroberfläche ritzte. Zwei stumpfe, kleine Schatten schaukelten in diesem ungewissen Schimmern, fielen hinter der *Vento del Dio* zurück, entfernten sich, wurden zu Punkten und verschwanden dann, als hätte es sie nie gegeben. Das Schiff war vollkommen allein.

Dann erschien ein Körper über der Reling, eingepackt in Segeltuch. Er neigte sich über das Schiffsbord, kippte nach vorn, überschlug sich einmal und klatschte ins Wasser. Er fiel sofort hinter dem Schiff zurück und wurde zu dem gleichen schaukelnden Schatten wie die anderen beiden vor ihm, die bereits den Blicken entzogen waren.

Eine Gestalt wurde sichtbar. Sie starrte dem halb untergetauchten Leichnam hinterher. Die Gestalt hatte die Kapuze eines stockfleckigen Gugels über den Kopf gezogen und atmete schwer. Eine weitere Gestalt schob sich neben sie, ebenfalls von einer Kapuze verhüllt. Die Gestalten schwiegen. Zuletzt wandten sie einander die Gesichter zu.

Sie waren konturlos, graue Flächen wie aus schimmelndem Pergament, und die Augen waren zwei riesige dunkle Löcher darin.

3. BUCH

Der Teufel holt Atem

»Ich weiß, wie es sich anfühlt, wenn ein Herz bricht.«

Zacharias Phiselin

1

Zehn Tage nach den Geschehnissen in Mestre saß Gisela neben Dionysius Colle auf dem Kutschbock seines Wagens und wartete mit ihm darauf, in die Stadt Genua eingelassen zu werden.

Wenn jemand aus Osoppo sie gesehen hätte, hätte er sie kaum wiedererkannt. Sie trug einfache Kleidung und hatte ihr Haar unter einer weißen Haube versteckt, als wäre sie verheiratet. Dionysius hatte ihr das vorgeschlagen. Es war einfacher, als wenn man sie als unverheiratete Frau wahrnahm und dann argwöhnische Gedanken wälzte, wieso sie ohne sonstige Begleitung mit einem Mann unterwegs war. Vom Alter her hätten sie Vater und Tochter sein können, aber trotzdem …

Mittlerweile war das Chaos gleich nach dem Erdbeben beinahe wieder dem Alltag gewichen mit seinen üblichen Restriktionen und Vorstellungen, wie man sich zu benehmen hatte.

Vor dem Sankt-Andreas-Tor stauten sich Wagen, Handkarren, Reiter und Fußgänger. Die Wachposten am Tor ordneten die Wartenden in zwei Reihen links und rechts der Straße, als ob sie ein Spalier bilden wollten. Über dem Spalier ragten die Tortürme hoch in den sonnigen Frühlingshimmel. Wäre es Gisela nicht so dringend gewesen, endlich mit Joseph zusammenzutreffen, hätte sie es geradezu genossen. Das bunte Treiben, die vielen unterschiedlichen Menschen, die Stadt, die sich jenseits des Tors unfassbar weitläufig erstreckte, das für die Jahreszeit unüblich warme Wetter … so aber bezähmte sie ihre Ungeduld nur mühsam und gab sich Mühe, ihrem Reisebegleiter keine Last zu sein.

Sie mochte den Bader. Nicht nur, weil er, wie sich herausgestellt hatte, aus Cividât stammte, einen Tagesmarsch von ihrer Heimat Osoppo entfernt, und damit quasi ein Nachbar war.

Dionysius Colle und Gisela hatten sich sofort gut vertragen, als Gisela zu sich gekommen war und verstanden hatte, was vorgefallen war. Kesher ben Salomons Verhalten hatte sich grundlegend gewandelt. Er war zwar weiterhin distanziert, aber nicht mehr feindselig. Er wirkte, als habe er ein schlechtes Gewissen und sei sowohl erschüttert als auch heilfroh, dass sie nicht ernsthaft erkrankt war. Dafür war Rebecca umso herzlicher gewesen. Unter ihrem Dach hatten sie Gisela trotzdem nicht aufgenommen, aber sie hatten mit christlichen Geschäftspartnern ein paar Gassen weiter eine Übereinkunft getroffen und dafür gesorgt, dass Gisela dort einen Schlafplatz in einer leeren Kammer erhalten hatte.

Sie hatte alles erzählt bekommen: Josephs Mission, die Gefahr, die allen drohte, die schreckliche Macht der Pest. Dann hatte sie für eine Überraschung gesorgt, indem sie Keshers Angebot, sie in Begleitung zuverlässiger Reisegefährten auf seine Kosten nach Hause zu senden, ausgeschlagen hatte. Sie hatte ihn lediglich gebeten, ihrem Vater – oder stellvertretend Kaplan Grimoald – eine Nachricht zukommen zu lassen, dass es ihr gut gehe. Auf Keshers Frage, was sie denn hier in Mestre tun wolle, hatte sie geantwortet, sie wolle nicht in Mestre bleiben.

Wenn Dionysius Colle im Auftrag Keshers nach Genua reiste, um Joseph dort – auf welche Weise auch immer – zu unterstützen, dann wollte sie mit ihm gehen. Nach Genua. Zu Joseph. Und ihm ebenfalls ihre Hilfe anbieten.

Es war weder Kesher noch Rebecca recht gewesen. Aber Gisela hatte sich darüber hinweggesetzt.

Und nun waren sie hier, nach einer Reisedauer von sieben Tagen durch ein Gebiet, das immer weniger Erdbebenschäden aufwies, je weiter sie nach Westen kamen. Gefühlt hatte aber jeder, mit dem sie ins Gespräch kamen, die Erdstöße. Die meisten waren sich mit der Frau einig, der Gisela in Venedig über den Weg gelaufen war: Das Erdbeben war ein böses Vorzeichen. Wenn ihr wüsstet, hatte Gisela mehrmals beklommen gedacht und Dionysius angesehen, dass er das Gleiche dachte.

»Ich höre mich mal um, warum es nicht weitergeht«, seufzte Dionysius Colle und kletterte vom Kutschbock. Gisela übernahm die Zügel. Colles Pferd war zwar nicht besonders nervös, aber das Gedrängel unter den Wartenden war groß, und das Geschimpfe ebenfalls. Auf der Reise hatte sich ein tiefes Einverständnis zwischen dem Bader und Gisela eingestellt. Es ging so weit, dass sie die Förmlichkeiten über Bord geworfen hatten und sich anredeten wie alte Freunde. Immerhin hatte Colle jede Nacht, seit sie aufgebrochen waren, klaglos im Freien verbracht, unter dem Wagen schlafend, und hatte ihr das Wageninnere überlassen. Er hatte es verdient, dass Gisela ihm vertraute und dies auch zum Ausdruck brachte.

Dionysius kam nach kurzem Gespräch mit den Wachen zurück. »Es wird jemand aus der Stadt gepeitscht«, seufzte er. »Mehr habe ich nicht herausbekommen. Die sind ziemlich unfreundlich.«

»Was hat er angestellt?«

»Keine Ahnung. Vielleicht dem falschen Ratsherrn die falsche Medizin verkauft? Haha.«

»Du musst dein Licht nicht unter den Scheffel stellen«, sagte Gisela. »Ich weiß, dass du das Mischen deiner Tränke ernst nimmst.«

»Ich hab doch gar nichts gesagt …«

»Ich kenne dich jetzt schon gut genug, um zu wissen, wann du dich eigentlich selbst verunglimpfst.«

»Demnächst werde ich dich fragen, wenn ich wissen will, wie es mir geht, oder?«

Gisela lächelte. Dionysius lächelte zurück und zuckte gleichzeitig mit den Schultern. »Wir werden hier warten müssen wie alle anderen, bis das Schauspiel vorbei ist«, sagte er.

Sie hörten die Prozession, die dem Verurteilten folgte, schon von Weitem – das Gelächter und die Schmähungen, das Pfeifen und das Händeklatschen, das Quietschen der hölzernen Achse. Gisela schluckte. Sie war nicht zimperlich, und sie war überzeugt, dass die Strafe gerecht war, aber sie war nicht erpicht darauf, Zeugin zu werden, wie ein Unglücklicher mit Ruten aus der Stadt getrieben wurde. Sie hatte einen solchen Vorgang niemals mit angesehen, aber davon gehört: Der Delinquent wurde mit entblößtem Oberkörper und gefesselten Händen an einem Strick hinter dem Schinderkarren hergezogen. Der Karren fuhr langsam, so dass der Verurteilte auf den Beinen bleiben konnte. Entlang der Strecke, die der Karren nahm, hatten sich alle Gaffer aufgestellt, die nichts Besseres zu tun hatten. Bis zum Stadttor wurde der Verurteilte von den unternehmungslustigeren der Zuschauer mit faulem Gemüse und Obst und sonstigem Schmutz beworfen.

All das hörte Gisela jetzt sich nähern, verstärkt durch den Schalltrichter, den der Torbau bildete. Wenn der Karren beim Stadttor angekommen war, würde er anhalten, der Richter verlas das Urteil ein zweites Mal, hob den Stadtfrieden über dem Verurteilten auf – und dann setzte sich der Schinderkarren erneut langsam in Bewegung, während die Henkersknechte jetzt hinter dem Verurteilten hergingen und ihn mit den Ruten auspeitschten. Dies führten sie fort, bis sie die letzten außerhalb der Mauern liegenden Hütten hinter sich gelassen hatten. Dann wurde der Verurteilte, der jetzt der Verbannte war, losgebunden und seiner Wege geschickt. In die Stadt zurückkehren, die ihn hinausgepeitscht hatte, durfte er nicht mehr.

Die Urteilsverlesung hörte Gisela als einen Brei aus Worten, ohne auch nur eines davon zu verstehen. Sie hörte das Johlen der Meute. Der Karren setzte sich wieder in Bewegung. Dann kam der Verurteilte in Sicht, gezogen von einem Maultier, das mit gelangweilt hängendem Kopf in den Deichseln trottete. Der Verurteilte zuckte und versuchte stolpernd, den Rutenhieben auszuweichen, aber die Henkersknechte ahnten seine Bewegungen voraus und waren immer zur Stelle. Die Ruten peitschten herab und trafen. Der Delinquent warf den Kopf hin und her und versuchte, nicht zu schreien, aber dann tat er es doch.

In dem Moment erkannte Gisela, dass es eine Frau war.

Betroffen betrachtete sie die Verurteilte, als der Karren an Colles Wagen vorbeirollte. Man hatte ihr das Haar geschoren, die übliche zusätzliche Demütigung eines Verurteilten, ob Mann oder Frau. Man war nicht besonders sorgfältig dabei vorgegangen. Sie sah aus, als hätte sie die Räude. Ihr bloßer Rücken zeigte bereits ein Zickzackmuster aus Striemen, aber noch war kein Blut zu sehen. Die gelben und roten Bänder, die an den Rock der Frau genäht waren, wiesen sie als Prostituierte aus. Gisela fragte sich, was die Frau getan hatte, dass man sie aus der Stadt jagte. Sie schien ihrem Gewerbe nicht insgeheim nachgegangen zu sein, sonst hätte sie die Bänder nicht getragen. Gisela wandte sich ab, als die Verurteilte unter einem besonders scharfen Streich plötzlich auf die Knie fiel und dann nach vorn und vom Karren ein paar Schritte über die steinige Straße mitgeschleift wurde, bis sie sich aufrappeln konnte. Gisela hörte sie jetzt schluchzen und unter jedem neuen Hieb aufschreien. Über ihren Rücken lief nun Blut.

Später, als sich alles zum Tor hineindrängte und die Wachen die Ankömmlinge nur oberflächlich befragten, um des Andrangs Herr zu werden, war Gisela still und immer noch beklommen. Sie hatte sich so darauf gefreut, nach Genua zu kommen und Joseph wiederzusehen, doch nun hatte ihre Ankunft einen Beigeschmack – als würde sich die Gewalt, deren Zeuge sie und Colle geworden waren, wie ein Schatten auf ihre Pläne legen.

In der Stadt suchten sie einen jüdischen Händler namens Abram Mendes Salazar auf, für den Josephs Vater ihnen eine Empfehlung mitgegeben hatte. Salazar war ein zappeliger, nervöser Mann, der sich reserviert gab.

»Wie wollt Ihr Joseph helfen, Herr Medicus?«, fragte er. »Gegen die Pest gibt es kein Mittel. Man stirbt, oder man überlebt. Es ist alles in Gottes Hand.«

»Ich habe verstanden«, erwiderte Dionysius, »dass Ihr und Euer Volk versucht, einen Ausbruch der Seuche in unseren Landen zu verhindern. Da tut Ihr doch etwas.«

»Ja, im Vorfeld. Doch wenn es uns misslingt – ist alles ein großer *Schlimmasl.*«

»Ich weiß auch nicht, wie ich helfen kann«, erklärte Dionysius. »Ich weiß aber, dass ich nicht weglaufen werde wie die gelehrten Kollegen. Vielleicht kann ich ja den einen oder anderen dadurch bewegen, ebenfalls zu bleiben und nach Heilmitteln zu suchen. Die Ärzte haben es nicht gern, wenn der Bader ihnen eine Nasenlänge voraus ist.«

Salazar wandte sich an Gisela. »Und Ihr, Monna Gisela – was ist Eure Rolle in dieser Geschichte? Ich habe verstanden, dass Ihr und der Herr Medicus … dass Ihr nicht …«

»Wir sind nicht Mann und Frau«, sagte Gisela.

»Ah ja«, meinte Salazar nach einer langen Pause. »Jeder sucht sein Glück auf seine Weise, nicht wahr?«

Gisela erklärte dem Händler in mehreren Anläufen, was sie nach Genua führte. Salazar konnte es offenbar nur mühsam begreifen. Er las in Keshers Empfehlungsschreiben nach und betrachtete Gisela dann mit gerunzelter Stirn. »Davon steht nichts in Reb Salomons Schreiben.«

»Ich brauche auch keine Hilfe. Ich bitte Euch nur um eine Auskunft. Wo finde ich Joseph ben Kesher jetzt?«

»Das darf ich nicht sagen, selbst wenn ich wollte«, erklärte Salazar.

»Selbst wenn Ihr *wolltet?*«, echote Gisela überrascht.

»Euer Vorhaben widerspricht aller Tradition und den guten Sitten, Monna Gisela«, erwiderte Salazar, und er betonte das *Monna* auf eine Weise, die Gisela klarmachte, dass er es nur aus Höflichkeit sagte und nicht, weil er noch besonders viel Achtung vor ihr gehabt hätte.

»Warum glaubt Ihr, dass Ihr über mich richten könnt?«

»Ich richte nicht, Monna Gisela. Ich behalte mir nur die Entscheidung vor, wem ich was erzähle.«

Wütend, verletzt und enttäuscht stand Gisela wenige Minuten später vor dem Tor von Salazars Haus. Ob der alte Händler Achtung vor ihr hatte oder nicht, konnte ihr eigentlich egal sein, aber es kümmerte sie trotzdem. Ihr einziger Wunsch war es, Joseph wiederzusehen, und sie hatte dafür schon ihre Heimat aufgegeben und jeglichen Luxus, den sie früher einmal gekannt hatte. Warum musste sie auch noch – in den Augen der anderen – ihre Würde verlieren?

Dionysius Colle kam einige Zeit nach ihr heraus. Er lehnte sich neben sie an die Hauswand und kratzte sich am Kopf.

»Natürlich hat er dir verraten, wo sich Joseph befindet«, sagte sie.

Dionysius nickte.

»Und natürlich hat er gesagt, dass du es mir nicht verraten sollst.«

Dionysius nickte.

»Und natürlich hat er dich gebeten, mich nicht mitzunehmen, wenn du ihn triffst.«

Dionysius nickte. Dann gab er sich einen Ruck und stieß sich von der Hauswand ab. »Joseph ben Kesher ist auf einem Kriegsschiff der Republik Genua und macht Jagd auf ein Handelsschiff, das aus Caffa entflohen ist und wahrscheinlich Genua ansteuert. Der Kapitän des Kriegsschiffs hat Order, das Handelsschiff zu versenken, um zu verhindern, dass die Besatzung an Land geht und die Seuche hierherträgt. Man weiß zwar nicht, ob sich die Seeleute angesteckt haben, aber man will auf Nummer sicher gehen.«

»Aber diese Seeleute sind vollkommen unschuldig! Und wenn sie sich nicht angesteckt haben, sind sie es noch mehr!«

»Ihr Leben gegen das von vielen tausend«, sagte Dionysius. »Aus Sicht der vielen tausend wahrscheinlich ein gerechter Preis.«

»Joseph wird so etwas nicht zulassen.«

Dionysius seufzte. »Gisela, das Ganze war Josephs Idee.«

2

Gabriele de Mussis wachte aus einer fiebrigen Besinnungslosigkeit auf, als jemand an ihm zerrte. Schmerzen schossen in alle seine Glieder. Ihm wurde übel. Sein leerer Magen krampfte sich zusammen, doch er gab nichts mehr von sich. Er sah alles verschwommen. Schließlich erkannte er, dass es Michel Cornut war, der ihn von seinem Lager gezogen hatte und nun durch den Vorhang nach draußen schleppte. Das Deck der *Vento del Dio* war stark geneigt. Gabriele glaubte sich daran zu erinnern, dass es Schwierigkeiten gegeben hatte, irgendetwas mit einem Quermast, der abgebrochen war und längsseits des Schiffs ins Meer hing, und Wasser, das durch eine der Luken eingedrungen war, durch die die Ruder hinausgeschoben wurden … oder war das ein Fiebertraum gewesen? Wie viele Mann von der Besatzung waren mittlerweile gestorben? War Kapitän Renzo noch am Leben? Oder war es auch nur ein Fiebertraum, dass die Pest am Ende doch noch auf dem Schiff ausgebrochen war und einen nach dem anderen geholt hatte?

»Da«, hörte er Michel keuchen. »Da. Gott zeigt uns endlich seinen Willen.« Er schleifte Gabriele zur Reling und richtete ihn auf, so dass er sitzen und sich daranlehnen konnte. Gabriele starrte aus verklebten Augen das Deck empor, das sich wegen der Neigung des Schiffs vor ihm erhob wie eine hölzerne Rampe. Jenseits der Reling auf der gegenüberliegenden Seite sah er einen von tiefen, zerfetzten Wolken verhangenen Himmel. Der Wind peitschte ihm Nieselregen ins Gesicht. Ihm war schwindlig, sein Kopf pochte vor Schmerz, und abwechselnd wich das Gefühl aus seinen Händen und Füßen. Sein Magen hob sich, als das Schiff schlingernd in ein Wellental hinunterglitt.

Michel kniete sich neben ihn und drehte seinen Kopf in Richtung Achterdeck. Gabriele hatte nicht die Kraft, sich dagegen zu wehren. »Da!«, hörte er den Franzosen flüstern. »Gott greift ein.«

Er deutete zum Steuerrad. Ein Mann lag darauf. Er hatte sich festgebunden. Das Rad drehte sich in kleinen Rucken hin und her und schleifte seine bloßen Füße über die Planken. Seine Augen waren offen. Es war der Steuermann, der kleine Bruder von Kapitän Renzo. Er war tot. Gabriele wurde klar, dass Michel und er selbst die letzten Überlebenden an Bord der *Vento del Dio* waren.

»Und jetzt«, sagte Michel, »sieh dorthin.«

Er drehte Gabrieles Kopf zum Bug. Gabriele sah nichts als den Himmel. Dann senkte sich das Schiff in ein neues Wellental, und bevor der nächste Wellenkamm vor dem Bugspriet in die Höhe wuchs und den Blick nahm, konnte Gabriele das Land sehen.

Vielmehr – die Felsen.

Die Gischt donnerte dagegen und spritzte hoch auf. Die Felsen waren einer Steilküste vorgelagert, auf deren Klippen sich die grauen Skelette von Bäumen aneinanderdrängten. Die Küste war nah, und der Wind trieb die *Vento del Dio* genau darauf zu. Das Schiff würde auf den Felsen zerschmettert werden. Obwohl er wusste, dass er ohnehin sterben musste, fühlte Gabriele Panik in sich aufsteigen. Er stöhnte und klaubte mit fühllosen Händen auf dem Deck herum, ohne sich aufrichten zu können.

Michel kletterte auf das Bugkastell hinauf und fiel dort auf die Knie. Er warf den Kopf in den Nacken und streckte die Arme in den Himmel. Der Wind ließ seine nasse Kutte und sein verfilztes Haar flattern.

»Herr, in deine Hände befehle ich meinen Geist!«, hörte Gabriele ihn rufen. »Tu mit mir, was dir beliebt! Zerschmettere meinen Körper auf den Klippen und lass mich nicht zum Todesbringer für die Christenheit werden. Herr, nimm mich und rette die Menschen. Herr, töte mich, damit die anderen leben können.«

Du bist nicht schuld daran, dass die ganze Besatzung an der Pest gestorben ist, dachte Gabriele. Er erinnerte sich an seine Beobachtungen, die er in seinen Notizen festgehalten hatte, und an den Fang, den er auf dem Schiff gemacht hatte und der seine Beobachtungen zu bestätigen schien. Du bist nicht schuld daran! Er glaubte, er rufe es Michel zu, aber in Wahrheit bewegten sich seine aufgeplatzten Lippen nicht. Wir haben die Pest auf andere Weise an Bord geschleppt. Du hattest sie nicht einmal. Er starrte die kniende Gestalt des Franzosen an, seine zerfledderte Kutte, die um ihn herumflatterte wie die zerzausten Flügel eines schwarzen Engels.

Und wenn du trotzdem genau das bist?, dachte er. Ein schwarzer Engel? Der Todesengel? Habe ich dich nur deshalb aus dem Lager der Tataren gerettet und aus Caffa gebracht, damit der Tod über das Abendland kommt?

Der Gedanke war zu schlimm, um sich mit ihm zu befassen. Gabriele stierte die gischtumtosten Klippen an, auf die das Schiff zugetragen wurde. Niemand würde es überleben, wenn das Schiff auf die Felsen auflief. Niemand. Auch nicht Michel Cornut.

Und auch nicht Gabriele de Mussis.

Es war, als ob Gabriele das erst jetzt richtig verstehen konnte. Er würde sterben. Unwiderruflich. Entweder auf den Felsen oder noch vorher an der Pest. Aber er war dem Tod geweiht. So oder so.

Er begann zu weinen, weil er zu allem anderen keine Kraft mehr hatte. Er weinte, als Michel sich wieder neben ihm niederließ und seine Hand hielt. Der Franzose strich ihm sanft über die Stirn. Sein Gesicht leuchtete.

»Jetzt«, hörte Gabriele ihn sagen, »jetzt endlich geschieht Gottes Wille. Herr, ich danke dir.«

Gabriele wollte erwidern, dass es nicht Gottes Wille sein konnte, dass er – ausgerechnet er! – jetzt sterben musste. Er brachte keinen Ton heraus. Über das Pfeifen des Windes in der Takelage und dem Klatschen der Wellen gegen den Schiffskörper glaubte er jetzt das Donnern der Gischt zu hören.

Ihm wurde bewusst, dass er noch nie so dringend hatte leben wollen wie in diesem Moment.

»Es geschieht alles nach Gottes Willen, mein Freund«, sagte Michel und lächelte. »Wir sind alle in seiner Hand.«

3

Das Genueser Kriegsschiff trug den Namen *San Giovanni Battista* und war eine Tarida, eine Galeere mit zwei zusätzlichen Masten. Die Stadt hatte tatsächlich nur ein einziges Schiff flottgemacht. Aber der Schiffsname, der zugleich der des Schutzheiligen der Stadt war – Johannes der Täufer –, und seine Ausstattung machten klar, dass die *Signoria* das beste Schiff der ganzen genuesischen Kriegsflotte aus dem Arsenal geholt hatte. Man nahm die Bedrohung, die Joseph geschildert hatte, ernst.

Der Kapitän hieß Simone Vignoso, bekleidete den Rang eines Admirals und war wegen der Kriegstaten irgendeines Vorfahren eine lokale Berühmtheit. Er versuchte dem Ruf seines Ahnherrn gerecht zu werden, indem er auch auf Deck ein Kettenhemd unter der Tunika trug und ein Schwert an der Seite und so kriegerisch wie möglich wirkte. Abgesehen davon war er ein fähiger Kapitän, soweit Joseph es beurteilen konnte, und hegte keinerlei Vorurteile gegen Juden – und keinerlei Zweifel an seinem Auftrag, die *Vento del Dio* gnadenlos zu versenken.

Joseph hingegen quälte sich, seit er an Bord gegangen war. Solange man nur daran gedacht hatte, das Abendland vor dem womöglich schlimmsten Pestausbruch aller Zeiten zu bewahren, hatte sich die Idee, ein Schiff voller kranker Seeleute auf den Grund des Meeres zu senden, vernünftig angehört. Wenn man länger darüber nachdachte, besonders während der Reise auf einem anderen Schiff, und sich vorstellte, dass die Matrosen, die man hier kennenlernte, im Grunde nicht anders waren als die Seeleute, die man zu töten gedachte, sah die Sache ganz anders aus. Joseph ertappte sich dabei, dass er hoffte, die Besatzung der *Vento del Dio* habe Schiffbruch erlitten … oder sei an der Pest gestorben … dann wäre er nicht ihr Richter und Henker gleichermaßen gewesen. Aber es war im Grunde nur die Verlagerung der Verantwortung – von seiner Person hin zu Gott. Es war nicht richtig. Aber das Schiff zu versenken, davon war er mittlerweile überzeugt, war ebenfalls nicht richtig. Joseph war, wie es die

Seeleute ausgedrückt hätten, zwischen Skylla und Charybdis gefangen, und er wusste jetzt, warum die Ältesten ihm diesen Auftrag erteilt hatten. Nicht nur, weil er gut in seiner Arbeit war. Zu einem großen Teil auch deswegen, weil sie ihn wegen des *cherem* ohnehin für einen Mann hielten, der außerhalb der Gnade Gottes stand und dem man diese Last daher aufbürden konnte.

Die *San Giovanni Battista* arbeitete sich entlang der Küste immer weiter nach Süden vor. Die *Vento del Dio* würde sich ebenfalls in Küstennähe aufhalten und denselben, von Nordwesten her kommenden Wind nutzen, um in Richtung Norden voranzukommen. Sie würde deutlich langsamer sein als die Galeere, weil der Wind zu drei Vierteln gegen sie stand. Admiral Vignoso rechnete daher damit, ein kurzes Stück nördlich von Pisa auf sie zu stoßen.

Tatsächlich schien die *Vento del Dio* bis in die Höhe von A Spèza gekommen zu sein, einem der südlichsten Außenposten der Republik Genua. Der Ausguck meldete plötzlich Trümmerstücke, die auf der rauen See tanzten. Die Galeere manövrierte sich an ein unbeschädigt wirkendes Fass heran, bis man es, längsseits liegend, mit Bootshaken um seine Längsachse rollen konnte. Ein Brandzeichen erschien.

»VdD«, murmelte Vignoso. »Und das Wappen der Stadt. Das Fass stammt von der *Vento del Dio*, kein Zweifel.«

»Kann es über Bord geworfen worden sein, um das Schiff leichter zu machen?«, fragte Joseph.

»Und wie erklärt Ihr Euch die anderen Trümmerstücke, die wir gesichtet haben?«

»Könnten die von einem anderen Schiff stammen?«

Vignoso verdrehte die Augen. »Landratten!«, stieß er kaum hörbar hervor. Lauter sagte er: »Ich garantiere Euch, die *Vento del Dio* und wir sind die einzigen Verrückten, die um diese Jahreszeit und bei diesem Wetter auf See sind. Und jetzt sind nur noch wir allein da. Die *Vento* ist Geschichte.«

»Woher wollt Ihr das wissen?«

»Weil der Wind alles, was auf den Wellen treibt, zum Land hindrückt. Zugleich zieht die Ebbe, die zurzeit herrscht, alles aufs Meer hinaus. Diese Trümmerstücke sind daher Gefangene. Sie bewegen sich in einem engen Raum, und die Wellen haben sie auf eine vergleichbar kleine Fläche zusammengetrieben. Wenn die *Vento* Ballast abgeworfen hätte – und Kapitän Renzo hätte eher seinen Bruder über Bord geworfen als einen Teil seiner Ladung –, würden wir hier keine zerborstenen Planken sichten, oder dort ein Stück eines Quermasts, sondern nur Fässer und Ballen. Schaut dort drüben, die Felsen vor der Küste. Die ziehen sich über viele Meilen nördlich und südlich entlang. Irgendwo in dieser Gegend ist die *Vento del Dio* aufgelaufen und gesunken. Gott hat unsere Arbeit für uns getan.«

»Seid Ihr da wirklich sicher?«

»Ihr könnt ja nach unserer Rückkehr bei seiner Hoheit dem Dogen nachfragen, ob er Euch ein paar Männer mitgibt, die Küste dort drüben abzusuchen. Ein Schiff wie die *Vento del Dio* löst sich nicht völlig auf, wenn es auf die Klippen aufläuft. Das Wrack müsste noch ein paar Wochen zu sehen sein – bis die Küstenbewohner es auseinandergenommen und das Holz für ihre Feuerstellen verwendet haben.«

»Dann wäre es auch möglich, dass sie jemanden von der Besatzung gerettet haben?« Joseph fühlte Beklommenheit in sich aufsteigen. Würde am Ende die Pest doch noch nach Europa getragen werden, weil ein verletztes, krankes Besatzungsmitglied der *Vento del Dio* in einem Fischerdorf gesund gepflegt wurde? Was war in diesem Fall seine Pflicht? In das Dorf zu gehen und alle dort umzubringen, die mit dem Geretteten in Berührung gekommen waren?

Seine Gedanken mussten sich in seinem Gesicht widergespiegelt haben, denn Vignoso legte ihm die Hand auf die Schulter und sah ihm mitleidig ins Gesicht. »Wenn es einer überlebt hat«, sagte er ruhig, »dann nur so lange, bis ihn die Küstenbewohner gefunden haben. Ein an der Küste aufgelaufenes Schiff ist Strandgut und gehört dem, der es findet – solange kein anderer berechtigten Anspruch darauf erhebt. Ein Besatzungsmitglied oder Passagier wäre in der Lage, dies zu tun. Die Küstenbewohner sind bitterarm. Sie leben zum Teil vom Strandgut. Was, glaubt Ihr, tun sie mit jemandem, den die Welt ohnehin schon für tot hält, weil sein Schiff untergegangen ist?«

»Sie töten ihn?«

Vignoso zuckte mit den Schultern. »Passiert alle Tage. Ein Seemann stirbt besser auf dem Meer, als dass er an Land erschlagen wird. Was glaubt Ihr, warum kein Seemann schwimmen kann? Sich an die Küste zu retten ist nie eine Option.«

Er wandte sich ab und gab Befehl, das Fass zu bergen und nach weiteren, möglicherweise unbeschädigten Teilen der Fracht Ausschau zu halten. Als Joseph ihn davon abzuhalten versuchte, entgegnete er nur: »Glaubt Ihr, man kann sich an einem Fass anstecken? Das noch dazu tagelang im Wasser gelegen hat? Jedes Stück Fracht der *Vento del Dio* ist ein kleines Vermögen wert, und ich würde schön was zu hören bekommen, wenn ich bei der Rückkehr melde, dass wir nicht alles davon zu bergen versucht haben.«

»Und was, wenn es sich genau so verhält?«, stieß Joseph hervor. »Dass man sich an einem Stück Ladung anstecken kann? Dann wäre all das vollkommen umsonst gewesen – der ganze Aufwand … und der Tod der Besatzung der *Vento del Dio* …«

Vignoso zögerte. Dann sah er, dass die Matrosen, die er mit der Bergung des Fasses beauftragt hatte, allesamt ihn und Joseph anstarrten, anstatt mit der Arbeit fortzufahren. Der Offizier, der Vignosos Befehle an die Mannschaften weiterleitete, starrte ebenfalls.

»Wird's bald?«, schnappte Vignoso, plötzlich aufgebracht. »Oder wollt ihr auf dem Fass nach Hause paddeln?«

Die Seeleute beeilten sich, das Fass zu bergen. Sie fanden noch zwei weitere, mit Pech versiegelte Fässer und ein paar stramm zusammengeschnürte Ballen, die wahrscheinlich durchweicht waren, die Vignoso aber trotzdem sicherheitshalber an Bord nahm. Dann stießen sie auf den Leichnam eines Mannes, der an ein Steuerrad gefesselt war. Er tanzte inmitten anderen Treibguts auf den Wellen. Von weitem wirkte sein bleiches Gesicht mit den offenen Augen, als würde er sehnsüchtig zu ihnen herüberblicken. Vignoso holte tief Atem.

»Wir haben genug«, sagte er dann. »Ab nach Hause.«

4

Ein Olivenbauer aus Bugasku hatte sich erbarmt und Carlotta auf seinem Karren mitgenommen. Der Bauer lieferte mehrere Fässer der letzten Ölernte an den kleinen Benediktinerkonvent in Séstri. Carlotta lag zwischen den Fässern auf dem Stroh, mit dem der Karren ausgepolstert war, um die Ladung zu schützen. Sie war die ersten Tage kaum bei Bewusstsein.

Die Henkersknechte hatten sie durch die Ansiedlung gepeitscht, die vor der Porta Soprana entstanden war und sich entlang der Straße hinzog. Die Hoffnungsvollen warteten dort darauf, dass ihnen das Bürgerrecht verliehen wurde und sie in die Stadt umsiedeln durften. Die Hoffnungslosen trotteten in der Gegenrichtung aus Genua hinaus, um ihr Glück anderswo zu versuchen. Und Leute wie Carlotta, die Hure, die es gewagt hatte, einen ehrbaren Kaufmann bei der Signoria zu verleumden, wurden durch die Siedlung hindurch aus der Stadt vertrieben – nicht, um ihr Glück irgendwo anders zu suchen, sondern um im Straßengraben zu verrecken, hoffentlich weit genug von der Stadt entfernt, so dass man sich nicht auch noch um das Wegschaffen der Überreste kümmern musste.

Die Henkersknechte waren gnädig gewesen. Carlotta war sich dessen bewusst. Sie hatten weniger fest zugeschlagen, als es für die Zuschauer ihres Leidenswegs den Anschein gehabt hatte. Der Henker war der oberste Verantwortliche für die Hurenhäuser einer Stadt, und seine Knechte waren in der Regel gut Freund mit den Frauen. Sie hatten versucht, Carlotta zu schonen. Andernfalls wäre es ihr nicht möglich gewesen, zu Fuß bis nach Bugasku zu gelangen, eine Spur aus kleineren und größeren Blutspritzern von den offenen Wunden auf ihrem Rücken hinterlassend, bevor sie neben der Straße zusammensank.

Der Olivenbauer, der sie mitgenommen hatte, hatte ihr keine Fragen gestellt – außer der, ob sie ohne Hilfe auf den Karren klettern konnte. Carlotta wusste nicht, warum er sie mitnahm. Zuerst hatte sie gedacht, er würde sie bei der nächstbesten Gelegenheit vergewaltigen, aber er hatte sie in Ruhe gelassen. Vielleicht hatte er irgendeine Sünde auf dem Gewissen und versuchte sie mit dieser Samaritertat auszugleichen; vielleicht war das Öl, das er den Benediktinern in Séstri verkaufte, schon im Fass verdorben, oder mit anderem, minderwertigem Öl gestreckt. Das Öl wäre Balsam für Carlottas Wunden gewesen, aber er bot ihr keines davon an, und so versuchte sie sich auf der langsamen, holprigen Reise so wenig wie möglich zu bewegen, damit sich die geplatzten Striemen wieder schließen konnten. Wegen ihrer angeknacksten Rippen war es die Hölle, auf dem Bauch zu liegen, aber auf dem Rücken zu liegen wäre noch schlimmer gewesen.

Wenn sie bei Bewusstsein war, weinte sie. Vor Schmerz, vor Angst, vor Aussichtslosigkeit, vor Wut.

Sie hätte dem Rat des Padrone folgen und nicht versuchen sollen, gegen Lupo Casapietra vorzugehen – den Kaufmann mit dem Drang, alle paar Monate eine Dirne aufzusuchen und sie nach dem Akt halbtot zu schlagen. Zugleich wusste sie, dass sie es wieder tun würde. Eine wie sie war in den Augen der Gesellschaft nur ein Stück Fleisch, das für die Notwendigkeiten des Fleisches zur Verfügung stand; wenn man sich nicht wenigstens etwas Selbstachtung bewahrte, konnte man sich gleich vom nächsten Kirchturm stürzen. Das war Carlottas feste Überzeugung gewesen. Nun hatte sie am eigenen Leib erfahren, was man davon hatte, wenn man nach dieser Überzeugung zu handeln versuchte.

Der Schmerz, die Angst, die Aussichtslosigkeit und die

Wut weckten den Hass in ihr. Einen Hass, der so glühend war, dass sie sich wunderte, warum er ihr Strohlager nicht in Brand steckte. Es gab für sie keine Möglichkeit, der scheinheiligen Gesellschaft Genuas – ach was, Genua, die Leute waren doch nirgends besser! – heimzuzahlen, was sie erlitten hatte. Aber wenn sie eine gehabt hätte … Eine Weile ergab sie sich Hassfantasien, wie sie an der Spitze eines Heers von Ausgestoßenen die Stadt einnahm und deren Bewohner leiden ließ. Das linderte die Schmerzen jedoch auch nicht. Schließlich versuchte sie darüber nachzudenken, was nun aus ihr werden sollte. Sie fand keine Antwort darauf. Im Grunde konnte sie nur versuchen, aus dem Einflussbereich Genuas zu entkommen und in einer anderen Stadt weiter im Süden wieder als Hübschlerin zu arbeiten. Aber wer würde ihr ein Dach über dem Kopf geben, wenn er erst die Narben auf ihrem Rücken sah? Und bis dahin? Es würde zwei, drei Wochen dauern, bis die übelsten Striemen sich geschlossen hatten. Bis dahin konnte sie sich kaum bewegen. Wie weit musste sie überhaupt gehen, bis sie die Machtsphäre Genuas verlassen hatte? Sie wusste, dass A Spèza der südlichste befestigte Außenposten der Republik war. Aber wie weit war es von Séstri bis nach A Spèza? Sie war aus ihrer winzigen, beschränkten Welt gestoßen worden, und sie hatte keine Ahnung, wie groß die wirkliche Welt war.

In Clävai hielt der Bauer, der bislang stoisch jeden Ort durchquert hatte, ohne sich dort aufzuhalten, an. Carlotta, die sich an jedem durchfahrenen Stadttor schlafend gestellt und die löchrige alte Decke des Bauern über sich gezogen hatte, so dass die Wachen ihr blutiges Hemd nicht sahen und begannen, Fragen zu stellen, setzte sich auf.

»Was ist los?«, fragte sie.

»Prozession«, brummte der Bauer. »Geht nicht weiter.«

Die Prozession musste sich kurz vor ihrem Eintreffen in der Kirche formiert haben. Ihre Teilnehmer traten jetzt heraus. Es waren mindestens zwei Dutzend Leute, die Gesichter hinter Kapuzen verborgen, Strohhüte auf den Köpfen, am Körper keine Tuniken, sondern nur Hemden, auf die rote Kreuze gemalt waren. Die Hemden waren mit einem Strick um die Taille zusammengerafft und waren bis zum Nabel aufgerissen, aber mit groben Stichen wieder zusammengenäht worden. Die Menschen, die außerhalb der Kirche gewartet hatten, schlossen sich der Prozession nicht an, sondern bildeten vor der Kirche einen weiten Halbkreis. Der Karren des Olivenbauern geriet durch diese Bewegung auf einmal in die erste Reihe der Zuschauer. Der Bauer erntete ein paar feindselige Blicke, aber niemand sprach ihn an. Carlotta fragte sich, welche Prozession hier stattfand. Sie wünschte sich, der Bauer wäre weitergefahren. Nun konnte sie nicht einmal mehr absteigen und versuchen, die Stadt allein zu verlassen. Sie wäre zu sehr aufgefallen. Tatsächlich achtete jetzt im Moment kaum jemand auf sie. Die Aufmerksamkeit war nach vorn gerichtet, zu den Leuten mit den roten Kreuzen auf der Kleidung.

Diese stellten sich vor der Kirche im Kreis auf, mit gesenkten Köpfen und zur Kreismitte gewandt und ohne ein Wort zu sagen. Jeder trug etwas in beiden Händen, geradezu ehrfürchtig, so wie ein tiefgläubiger Novize zum ersten Mal die Bibel tragen würde. Carlotta kniff die Augen zusammen. In ihrem Bauch machte sich ein hohles Gefühl breit, das nichts mit ihrem Hunger zu tun hatte. Sie erkannte, was die verhüllten Prozessionsteilnehmer hielten: Es waren Geißeln, wie die, mit denen sie aus Genua gepeitscht worden war. In die Geißelriemen waren Knoten und eiserne Spitzen geknüpft.

»Lass uns weiterfahren«, flüsterte sie dem Bauern zu. »Bitte.«

Der Bauer reagierte nicht. In Carlotta stieg Panik auf. Würde sie jetzt Zeugin werden, wie jemand wie sie aus Clävai gepeitscht wurde? Nur, dass man hier in Clävai ein bizarres Ritual vollführte, in dem zwei Dutzend Maskierte die Geißelung übernahmen, statt der zwei, drei Henkersknechte? Wer wusste schon, wie man die Dinge in anderen Städten handhabte. Würde sie jetzt zusehen müssen, wie diese zwei Dutzend Maskierten einen Unseligen in Fetzen schlugen?

Carlotta wusste, dass sie das nicht aushalten würde. Sie würde schreiend vom Karren springen und davonlaufen. Sie würde nicht weit kommen. Die Bürger von Clävai würden sie als das erkennen, was sie war: eine Vogelfreie, die man schon aus einer anderen Stadt gepeitscht hatte. Würde man sie dann als zweites Opfer den Maskierten vorwerfen? Sie hörte sich vor Angst stöhnen und krallte die Finger in das Stroh. »Bitte!«, stieß sie hervor. Der Bauer bewegte sich nicht.

Einer der Maskierten trat in die Mitte des Kreises. Er hob beide Hände zum Himmel. »Herr Jesus Christus, wir haben gebeichtet, und wir haben die Absolution erhalten!«, rief er. »Herr Jesus Christus, wir sind rein und würdig, um Dein Leiden zu empfangen. Herr Jesus Christus, sieh auf uns, die wir die Sünde der Welt tragen, und errette uns alle vor dem Zorn Deines Vaters.«

Die Teilnehmer der Prozession nahmen ihre Hüte ab und streiften die Kapuzen von ihren Köpfen. Sie warfen sie hinter sich. Dann rissen sie sich die Hemden entlang der groben Naht auf. Carlotta erinnerte sich, wie man ihr im Kerker den Ausschnitt ihres Hemdes noch weiter aufgetrennt und es bis auf ihre Taille heruntergezogen hatte, bevor man ihr den Marterschurz umgebunden hatte … sie sollte vor aller Augen ausgepeitscht werden, aber ihre Brüste mussten aus Schicklichkeitsgründen bedeckt bleiben … die jämmerliche Scheinheiligkeit einer bigotten Gesellschaft, nichts weiter. Die Erinnerung ließ sie zittern.

Die Prozessionsteilnehmer schlüpften aus den Hemdärmeln, so dass ihre Oberkörper entblößt waren. Es waren Männer unterschiedlichen Alters. Ein Raunen ging durch die Zuschauer. Gut die Hälfte der Prozessionsteilnehmer trug kaum verheilte Geißelungsnarben auf den Rücken. Carlotta starrte sie verständnislos an. Der Anblick ließ ihre eigenen frischen Narben brennen wie Feuer.

Die Teilnehmer knieten sich auf ein Zeichen des Mannes in der Mitte nieder und legten sich dann mit ausgebreiteten Armen auf den Boden. Sie berührten sich gegenseitig mit den Fingerspitzen. Die Geißeln lagen jetzt neben ihnen.

Der Prozessionsmeister, der sich nicht entblößt hatte, schritt auf einen der Männer zu und berührte ihn leicht mit seiner Geißel.

»Ego te absolvo!«, sagte er laut.

Der Mann stand auf, hob seine Geißel auf und begleitete den Meister zum nächsten, der nach der Berührung und der Absolutionsformel ebenfalls aufstand und mit den anderen beiden zum dritten Teilnehmer schritt. Auf diese Weise erhoben sich alle Prozessionsteilnehmer wieder. Es gab keine Unterbrechung, nur bei einem jungen Mann ohne jegliche Narben, der nach der Berührung aufstand und mit verkrampften Schultern dastand, regte sich etwas im Publikum. Eine junge Frau sank auf die Knie und rief voller Inbrunst: »Giuliano, du Lamm Gottes – errette uns!« Sie streckte die Hände nach ihm aus. Etliche Menschen in ihrer Nähe bekreuzigten sich, andere nickten zustimmend oder lächelten verzückt. Die junge Frau schlug die Hände vors Gesicht und spähte zwischen den Fingern hervor. Der junge Mann im Kreis der Prozessionsteilnehmer sah so aus, als wäre er am liebsten davongerannt. Seine Anspannung war so groß, dass sie sogar Carlotta in ihrem Zustand erreichte und ihre Aufmerksamkeit auf ihn lenkte.

Alle standen nun in einem weiten Kreis vor der Kirche. Zwischen zweien von ihnen entstand eine größere Lücke, in die sich der Prozessionsmeister einreihte. Nun entblößte auch er seinen Oberkörper. Das Raunen im Publikum wurde erneut laut. Er hatte alte und neue Narben auf dem Rücken, kreuz und quer, verkrustet und wulstig, eine Landkarte von vergangener und frischer Pein. Er schüttelte seine Geißel aus.

Dann schlug er sie sich mit aller Kraft über die linke Schulter. Das Klatschen der Riemen war in Carlottas Ohren so laut, als stünde der Mann direkt neben ihr. Die Muskeln auf seinem Rücken zuckten. Ein Muster aus neuen Striemen entstand. Das Publikum keuchte auf.

Der Mann hinter ihm tat es ihm nach, ebenfalls mit aller Kraft. Die Narben auf seinem Rücken waren noch frisch. Eine davon platzte sofort auf. Blut tröpfelte heraus. Seine Knie gaben kurz nach, dann stand er wieder aufrecht da und senkte die Geißel. Seine Brust hob und senkte sich.

Der Nächste war dran.

Und der Nächste.

Noch unverletzte Haut färbte sich dunkelrot unter dem Aufprall der Striemen oder riss auf, als sich die Eisenspitzen hineingruben.

Und der Nächste.

Das Publikum keuchte bei jedem Schlag, der Blut hervorrief. Der eine oder andere Prozessionsteilnehmer keuchte ebenfalls vor Schmerz auf, aber keiner taumelte aus dem Kreis hinaus.

Und der Nächste.

Der Mund des Olivenbauern stand offen vor Fassungslosigkeit, aber seine Augen glitzerten sensationslüstern.

Und der Nächste.

Die junge Frau im Publikum schrie wieder auf: »Giuliano, nimm hinweg unsere Sünden, du Engel!«

Giuliano war dran. Carlotta war mittlerweile klar, dass er aus dem Ort stammen musste. Andere Teilnehmer der Geißlerprozession schienen Fremde zu sein. Die Gruppe war bunt zusammengewürfelt oder hatte sich hier neu zusammengefunden. Giuliano hob die Geißel. Sein Gesicht war verzerrt. Er sah niemanden im Publikum an. Er starrte den Rücken des Mannes vor ihm an, über den das Blut aus zwei neu aufgerissenen Geißelungsnarben lief. Er senkte die Geißel wieder. Er hob sie erneut. Er atmete mit offenem Mund, seine Wangen waren bleich, seine Augen waren zwei schwarze Löcher in seinem Gesicht.

»Giuliano, du Lamm Gottes!«

Die Riemen tanzten, so sehr zitterte Giulianos Hand. Carlotta sah nur ihn. Sie sah die Panik in seinen Zügen, die Angst vor dem Hieb, dem Schmerz, die Gewissheit, dass er nicht wie die anderen aufrecht würde stehen bleiben können. Giulianos Furcht war so groß, dass Carlottas eigene Panik plötzlich versiegte. Giulianos Hand hob sich bebend. Dann senkte er sie, als ob er ausholen würde. Aber der Schlag kam nicht. Er stand da, den Arm nach hinten ausgestreckt, jeder Muskel an seinem Oberkörper ein Knoten, und bewegte sich nicht.

Dann begann er zu weinen.

In jeder Menge gibt es einen Schlaumeier, der hinter den Rücken der anderen versteckt spöttische Bemerkungen ruft. Der hiesige Schlaumeier rief: »He, Guiliano, du sollst hauen, nicht heulen!«

Gelächter brandete hier und da auf. Der Prozessionsmeister blickte sich beunruhigt um und wurde auf das Problem aufmerksam. Er gab dem ihm am nächsten stehenden Mann mit einem Kopfnicken ein Zeichen. Beide traten aus dem Kreis und zu Giuliano. Der Meister legte ihm eine tröstende Hand auf die Schultern. Der andere Mann nahm vorsichtig die Geißel an sich. Sie führten den schluchzenden Giuliano beiseite. Der Meister murmelte ihm etwas ins Ohr und strich ihm sanft über den Kopf. Giuliano nickte wie jemand, den man in letzter Sekunde vom Galgen geholt hat. Er kniete unbeholfen nieder, schloss krampfhaft die Augen, faltete die Hände vorm Gesicht und begann zu beten. Der Geißler, der nach ihm dran gewesen wäre, wartete, bis die beiden anderen Männer ihre Positionen wieder eingenommen hatten, dann führte er das Ritual fort. Es ging dreimal im Kreis herum. Giuliano betete die ganze Zeit über mit geschlossenen Augen. Er nahm nicht daran teil.

Carlotta blickte zu der jungen Frau hinüber. Sie stand mit hängenden Schultern und hektischen roten Flecken auf den Wangen da. Ihr Blick war auf den betenden Giuliano gerichtet. Ihre Hände öffneten und schlossen sich. Sie war die Personifikation von Scham, Betroffenheit und beginnender Verachtung.

Die Geißler legten sich wieder auf den Boden, so wie zuvor. Unter allen bildeten sich kleine Blutlachen. Die Hemden waren von Hüften bis zu den Knien blutdurchtränkt. Der Meister stellte sich in die Mitte und deklamierte einen Text, dem zufolge ein Engel vor über hundert Jahren einen Himmelsbrief auf die

Erde gebracht hatte, in dem die Menschen zur Selbstgeißelung aufgerufen wurden, um die Welt vor dem Zorn Gottes zu retten. Die liegenden Geißler begannen zu singen. Giuliano betete weiter, mit geschlossenen Augen und hin und her schwankendem Oberkörper.

Die junge Frau rannte auf einmal los und stürzte sich auf Giuliano. Sie riss an seinen Haaren, schlug mit den Fäusten auf ihn ein und kreischte wie eine Wilde immer wieder »Du Feigling! Du Feigling!«. Der Meister verstummte bestürzt. Ein paar von den Geißlern richteten sich auf und schauten sich um. Andere Zuschauer zogen die junge Frau von Giuliano weg, über dessen Gesicht und Schultern jetzt Kratzer verliefen und dessen Haar wild zerzaust war. Sein Gesicht war von Neuem verzerrt, und er schüttelte sich wie im Fieber.

Der Schlaumeier rief: »He, Beatrice, gut gemacht. Jetzt hat Giuliano ja doch noch in die Fresse gekriegt. Die Welt ist gerettet!«

Der Großteil der Menge brach in Gelächter aus. Beatrice sank zu Boden und krümmte sich dort schluchzend zusammen. Giuliano rappelte sich auf, blickte sich wild um, dann rannte er los, vom Platz herunter, in die nächste Gasse hinein, verfolgt vom höhnischen Gelächter der Menge, unter dem der Bußgesang der Geißler unterging.

Als die Menge sich endlich zerstreute, weil die Geißler wieder in die Kirche gegangen waren, setzte auch der Bauer sein Maultiergespann wieder in Bewegung.

»Warte«, sagte Carlotta. »Ich komme nicht weiter mit.«

Der Bauer zuckte mit den Schultern. Carlotta hob die Decke hoch. »Kann ich die haben?«

»Nein«, sagte der Bauer.

»Bitte«, sagte Carlotta. Sie breitete die Arme aus. »Ich hab nur das Hemd und den Rock. Ich friere.«

Der Bauer hob zu einem Argument an, vermutlich, dass Carlotta vor ihrer Begegnung auch nichts anderes besessen hätte, aber noch vor dem ersten Wort schien ihm die Anstrengung zu groß zu sein. Er zuckte erneut mit den Schultern, wandte sich ab, schnalzte mit der Zunge, und der Karren mit den Olivenölfässern rollte an. Der Bauer blickte sich nicht um. Carlotta wickelte sich in die Decke und ging, so schnell sie konnte, in die Gasse hinein, in die Giuliano gerannt war.

Sie fand den jungen Mann außerhalb der Stadtmauer, neben der Straße, wie sie vermutet hatte. Er war so weit gerannt, wie er gekonnt hatte, dann hatte die Scham ihn überwältigt, und er hatte nicht die Kraft gehabt, sich irgendwo zu verstecken. Er lag zusammengerollt wie ein Kleinkind da und schluchzte. Carlotta setzte sich mühsam neben ihn auf den Boden. Giuliano hob seinen tränenblinden Blick und sah sie an.

»Wer war sie? Dein Liebchen? Beatrice?«, fragte sie.

Giuliano murmelte nach ein paar Anläufen: »Meine Schwester …«

»Ach herrje«, sagte Carlotta.

»Warum hat sie das getan?«, stöhnte er. »Und die anderen? Warum haben sie das getan? Mich verspottet? Die wissen doch gar nicht, wie das ist. Ein paar von den Geißlern haben mir erzählt, dass sie nach dem ersten Mal die ganze Nacht in ihre Kissen gebissen hätten vor Schmerz. Keiner weiß, wie das ist, gegeißelt zu werden.«

»Ich weiß es«, seufzte Carlotta.

»Keiner weiß es!«, beharrte Giuliano. Er begann wieder zu weinen. »Und ich weiß es auch nicht. Weil ich zu feige war. Wegen mir wird Gottes Zorn nicht abgewendet werden. Wegen mir!«

»Glaub mir, Kleiner, Gott hat zu viel zu tun, um auf solche wie uns zu achten. Nicht im Guten und nicht im Bösen.«

Giuliano richtete sich auf und wischte sich übers Gesicht. Zum ersten Mal schien er Carlotta richtig wahrzunehmen. »Wer bist du überhaupt?«, fragte er.

»Ich bin Carlotta.«

»Und was tust du hier?«

Carlotta machte eine Kopfbewegung zur Stadt hin. »Willst du dorthin zurück?«

»Clävai ist meine Heimat!«, rief Giuliano.

»Eine Heimat, in der deine eigene Schwester dich schlägt, weil du dich nicht selbst bis aufs Blut geißeln wolltest, und in der die halbe Stadt dich auslacht? So eine Heimat könnte mir gestohlen bleiben.«

»Wo kommst du eigentlich her?«, fragte Giuliano. »Du bist nicht aus Clävai.«

»Ich gehe nach Süden«, sagte Carlotta. »Weg aus dem genuesischen Gebiet. Du kannst mitkommen, wenn du willst.«

»Wohin denn?«, stöhnte Giuliano.

»Egal. Irgendwohin. Hauptsache, weg von dort, wo ich gewesen bin.«

Giuliano blickte sie so lange schweigend an, dass Carlotta schon aufstehen wollte. Den Olivenbauern zu verlassen und sich auf die Suche nach Giuliano zu machen war die Eingebung eines Augenblicks gewesen. Nun dachte sie, dass sie der falschen Eingebung gefolgt war. Wie immer – ihr Pech. Sie würde zu Fuß weitergehen müssen. Allein.

Giuliano sagte zu Carlottas Überraschung: »Was hat man dir angetan dort, wo du herkommst?«

Zu Carlottas noch größerer Überraschung ließ sie die Decke von den Schultern gleiten und wandte Giuliano den Rücken zu. Sie zog sich das Hemd nach unten, bis im Halsausschnitt die ersten Striemen auf ihrem Rücken zum Vorschein kamen.

»Hast du auch …?«, stotterte Giuliano. »Warst du auch bei den …?«

Carlotta schüttelte den Kopf. »Das haben mir andere beigebracht.«

»Warum?«, stieß Giuliano hervor.

»Weil ich nicht das getan habe, was von mir erwartet wurde. So wie du.«

»Ich bin ein Bürger dieser Stadt«, sagte Giuliano. »Und du bist … du warst …«

»Ich bin vogelfrei«, erwiderte Carlotta. Sie kam ächzend auf die Beine. »Was *ich* war, ist egal. *Du* warst ein Bürger dieser Stadt. Jetzt bist du ihr Gespött. Komm mit oder lass es bleiben. Ich habe etwas in dir gesehen, was gar nicht da ist.«

Sie kam ein Dutzend Schritte weit, dann stand er auf und folgte ihr. »Was hast du in mir gesehen?«

»Jemanden, der erkannt hat, dass es Zeit ist, neu anzufangen.«

»Wo?«

»Egal.«

»Wie?«

»Egal.«

»Du gehst einfach los, ohne zu wissen, wohin und was dich erwartet?«

»Bleiben kann ich nicht.« Carlotta wandte sich ab und ging weiter. Erneut holte Giuliano sie nach ein paar Schritten ein.

»Ich wollte mit den Geißlern mitziehen«, sagte er. »Von Stadt zu Stadt. Mit meinem Blut die Menschen vor dem Zorn Gottes retten.«

Carlotta zuckte mit den Schultern.

»Stattdessen«, sagte Giuliano, »würde ich jetzt am liebsten weglaufen und sie alle ihrem Schicksal überlassen! Soll Gott sie doch vernichten. Sie waren allesamt zu feige, sich selbst dem Ritual anzuschließen, und nennen mich jetzt den Feigling.«

Carlotta nickte.

»Aber ich verstehe immer noch nicht …«, sagte Giuliano und deutete auf Carlottas Rücken, der wieder unter der Decke versteckt war.

»Ich war eine Hure«, sagte Carlotta. »Ich habe einen Freier bei der Signoria angezeigt, der viele andere Mädchen und auch mich halbtot geschlagen hat. Als es dazu kam, dass Zeugenaussagen benötigt wurden, haben alle ausgesagt, ich hätte mir das nur ausgedacht. Auch meine Leidensgenossinnen. Sie haben geschworen, dass der Mann sie niemals auch nur hart angefasst hätte.«

»Du warst eine Hure?«, brachte Giuliano mit einer Miene aus Abscheu und Faszination zugleich hervor.

Carlotta wandte sich abrupt ab. »Und du bist ein Idiot«, sagte sie. »Hau ab. Ich habe mich getäuscht.« Sie stapfte davon.

Giuliano holte sie ein drittes Mal ein. »Wo willst du wirklich hin?«, fragte er und lächelte scheu.

5

Das Schiff war in der Nacht auf die Felsen aufgelaufen. Keiner hatte es gehört, weil das Donnern der Wellen, die an die Küste gebrandet waren, alle anderen Geräusche verschluckte. Entdeckt worden war es dann im Morgengrauen, ein Wrack mit gebrochenen Masten, geborstenen Spanten und zerschmettertem Kiel, verstrickt in seine eigene Takelage, eingehüllt in seine zerfetzten Segel wie in ein Leichentuch. Was das Meer sich nicht von ihm geholt hatte, war von den Wellen an Land geworfen worden: Teile der Ladung, Teile des Schiffs. Das Strandgut war über mehrere hundert Schritt links und rechts des Wracks verstreut.

Jacopo war wütend. Er hatte zwar nichts anderes erwartet, als dass die Schweinehunde im Dorf ihn und seinen Bruder Bertolino nicht dazubaten, wenn das Meer ihnen schon einmal ein Geschenk in Form eines aufgelaufenen Schiffs machte. Aber wütend war er trotzdem. Nur weil er und Bertolino sich den gemeinsamen Arbeiten verweigerten, die in einem Fischerdorf anfielen, hieß das noch lange nicht, dass man sie bei einer solchen Gelegenheit außen vor ließ. Immerhin hatten sie ja auch selbst genug Arbeit mit der zerfallenen Hütte, in der sie lebten, und dem ständig lecken Boot, das ihr Vater ihnen hinterlassen hatte. Dazu kam, dass Bertolino nicht der Hellste war. Ihr Vater hatte immer geseufzt, dass Bertolino selbst für die Rolle des Dorftrottels zu dämlich war. Musste man mehr wissen, wenn man von Bertolino sprach? Nein.

Irgendwann hatte die Aktivität an der Unglücksstelle Jacopo dann allerdings geweckt. Er hatte Bertolino wachgerüttelt, dann waren sie zwischen den Felsen an der Küste herumgeklettert, um wenigstens noch ein paar Sachen abzubekommen. Dabei war das Glück ihnen hold gewesen. Sie hatten ein unversehrtes Fässchen gefunden, hatten den Deckel eingeschlagen und festgestellt, dass es schweren, süßen Wein enthielt. Sie hatten ihn gekostet. Nach mehreren Kostproben war ihnen klar geworden, dass sie das geöffnete Fässchen nur unter dem Risiko, einiges davon zu verschütten, in ihre Hütte transportieren konnten. Es war ratsam, den Pegel so weit zu senken, dass er beim Tragen nicht überschwappte.

Jetzt saß Jacopo, reichlich berauscht, auf den Felsen, spürte den Nieselregen aus Gischt und echtem Regen nicht, den der Wind in sein erhitztes Gesicht wehte, und unterhielt sich mit dem noch viel stärker berauschten Bertolino über das Wrack, das draußen auf den Felsen hing.

»Ich garantiere dir, zu dem Wrack hat sich noch keiner hinübergewagt«, sagte Jacopo nachdenklich.

»… wsn?«, fragte Bertolino.

»Das Schiffswrack«, sagte Jacopo lauter, brauchte allerdings ein paar Anläufe, um das schwierige Wort richtig auszusprechen.

»Wer willn da rüber?«, fragte Bertolino.

»Man könnte es über die Felsen dort drüben versuchen … und dann nach hier klettern … und dann abpassen, wie die Wellen kommen, und dann wieder dort rüber …« Jacopo wandte sich an seinen Bruder. »Verstehst du nicht? Da ist bestimmt noch jede Menge wertvolles Zeug an Bord. Wenn sich noch keiner rübergetraut hat, können wir es holen.«

»Glaubssu daiss noch einer auf dem Schiff?«, fragte Bertolino.

Jacopo blickte unwillkürlich dorthin, wo der einzige Leichnam lag, der an Land gespült worden war. Anscheinend war er im Schlaf vom Unglück überrascht worden, denn er trug nur ein knielanges Hemd. Andererseits hatte Jacopo schon Leichen gesehen, die komplett nackt an Land gespült worden waren.

Vom Herumrollen in den Wellen waren ihnen die Kleider vom Leib gezogen worden. Der Tote schien außerdem nicht ertrunken, sondern von einem herabfallenden Trümmerteil erschlagen worden zu sein – oder er war über Bord geschleudert worden und auf die Felsen aufgeprallt. Sein Schädel war eingeschlagen. Keiner aus dem Dorf – auch Jacopo nicht – hätte gezögert, einen Schiffbrüchigen, der es an Land geschafft hatte, zu erschlagen, damit man ihn ausplündern konnte. Aber der hier war nicht an Land zu Tode gekommen. Das Wasser hatte seine Wunde komplett ausgespült. Jacopo und Bertolino hatten sich den Leichnam genau angesehen.

»Wenn da noch welche wären, hätten sie schon längst versucht, an Land zu kommen«, befand Jacopo. »Wer bleibt schon freiwillig auf einem Wrack?«

»Die Geisser«, lallte Bertolino.

»Welche Geister?«

»Die Geisser von'n toten Matrosen. Vater hat immer gesagt, wenn 'n Seemann stirbt, bleibt seine Seele aufm Meer. Oder so ähnlich.« Bertolino rülpste.

»Vater hat auch gesagt, dass du selbst für den Dorfdeppen noch zu blöd wärst«, versetzte Jacopo.

»Nö, er hat gesagt, wenn es 'n Wettbewerb um den Dorfdeppen gäbe, würde ich als Zweiter abschneiden«, sagte Bertolino. Er grinste stolz. »Der Zweite, das is' ganz schön weit vorne. Das mussu erstmal schaffen.«

Jacopo verdrehte die Augen. Er fixierte das Wrack wieder. Er war erfahren genug, um zu erkennen, dass es nicht lange auf den Felsen bleiben würde. Wenn die Flut auf dem Höhepunkt war und die Wellen weiterhin so wütend gegen die Küste schlugen, würde der erste größere Brecher das Wrack herunterspülen. Man musste sofort etwas unternehmen, wenn man versuchen wollte, die scheinbar unerreichbaren Schätze darauf zu bergen.

Gestärkt durch einen weiteren Anlauf, den Pegelstand des Fässchens zu senken, und gesichert mit dem längsten Tau, das sie in ihrer Hütte gefunden hatten, machte Jacopo sich auf den gefährlichen Weg zum Wrack hinüber. Bertolino hielt das eine Ende des Taus, das andere hatte Jacopo sich um die Taille gebunden. Er hörte ein paar Stimmen von den anderen Treibgutsammlern, aber er ignorierte sie.

Der Weg zum Wrack war schwieriger, als er gedacht hatte. Ein paarmal riskierte er, abzurutschen und ins Wasser zu fallen, doch er verließ sich darauf, dass Bertolino ihn mit Hilfe des Taus herausziehen würde, bevor die Wellen ihn aufs offene Meer zogen oder gegen die Felsen schleuderten. Als er angekommen war, drehte er sich um, um seinem Bruder zuzuwinken, und stellte fest, dass dieser eingeschlafen war. Sein Tauende war ihm aus den Fingern geglitten und lag neben ihm. Jacopo fluchte ausgiebig, dann knüpfte er sich los und schlüpfte durch eines der klaffenden Löcher im Rumpf ins Schiffsinnere.

Das Ladedeck war ein einziges Chaos aus geplatzten Fässern, aufgerissenen Ballen und zerschmetterten Truhen. Die dünnen Trennwände zwischen den einzelnen Lagerräumen waren beim Aufprall geborsten und hatten die Ladung durcheinandergeworfen. Wo die Wellen nicht durch die Löcher im Rumpf hereingekommen waren und alles ausgewaschen hatten, sah Jacopo ganze Haufen von klumpigen, nassen Gewürzen. Über den Geruch des Meeres und dem von frisch geborstenem Holz roch er Gewürzduft. Jacopo wusste um den Wert von Gewürzen, aber er wusste auch, dass der Inhalt aller Fässer, die leckgeschlagen waren, verdorben war und dass er möglicherweise heil gebliebene Fässer nicht alleine bergen konnte – auch und erst recht nicht mit seinem Hornochsen von Bruder. Wenn er den anderen Bescheid gab, würde er aber teilen müssen. Er beschloss, das Problem auf später zu verschieben und sich erst einmal auf die Suche nach einfacherer Beute zu machen.

Im Oberdeck klaffte ein riesiges Loch, durch das sich ein Felszacken geschoben hatte. Jacopo verstand, dass dieser Felszacken das Einzige war, was das Wrack auf den Felsen hielt. Er hatte das Schiff von der Seite her quasi durchbohrt; jetzt saß es auf ihm, bis die Flut oder eine große Welle es von ihm herunterhoben. Die Spitze der Felsnadel ragte dort aus dem Deck, wo das Steuerrad gewesen wäre. Der Rest des Oberdecks war eine unüberblickbare Trümmerlandschaft aus Segeltuch, zerrissener Takelage, aufgeplatzten Planken und Bruchstücken. Jacopo arbeitete sich zum Heck vor, wo ein Ledervorhang im Wind schaukelte und offenbar der Zugang zu einer Kammer zwischen dem Oberdeck und dem darüberliegenden Heckaufbau war.

Jacopo hatte sie fast erreicht, als er eine Bewegung aus dem Augenwinkel wahrnahm. Er erstarrte. Das Erste, was ihm durch den Kopf schoss, war Bertolinos lallende Stimme, die von den Geistern der Seeleute sprach. Auf einmal fror er in seinen durchnässten Sachen. Er drehte sich um, darauf gefasst, etwas Grauenhaftes zu sehen. Aber da war nichts. Er musterte das chaotische Deck, wie es sich vor ihm erstreckte. Nichts. Keine Menschenseele zu sehen und auch kein Geist. Wahrscheinlich hatte er ein im Wind baumelndes Tauende gesehen; oder eine Brise hatte eine Ecke eines zerrissenen Segels angehoben oder was auch immer. Vorsichtshalber bekreuzigte er sich, dann schob er den Ledervorhang beiseite und tauchte in die Düsternis der Kammer ein.

Seine Augen brauchten ein paar Momente, um sich an die Dunkelheit zu gewöhnen. In der Kammer herrschte das gleiche Chaos wie draußen. Ein kleiner Tisch, der offenbar mit dem Boden verzapft worden war, stand noch, alles andere war wild durcheinandergeworfen. Ein an der Wand befestigtes Brett, das als Schlaflager gedient hatte, war abgebrochen, eine Strohmatratze lag nass und aufgerissen in einer Ecke. Eine Truhe war an einer Seite aufgeplatzt und hatte Decken und Kleidungsstücke verteilt, die als nasse und triefende Bündel in der Ecke neben der Matratze lagen.

Zwei kleinere Truhen lagen ebenfalls dort, waren aber noch heil. Jacopos Stimmung hellte sich auf. Vielleicht waren in der einen die persönlichen Habseligkeiten des Kapitäns? Oder das Geld für die Besatzung?

Dann hörte er das Rascheln. Es klang, als ob Fingernägel über die Planken kratzten. Seine Haare stellten sich auf, als er sich vorstellte, wie sich eine spukhafte Gestalt aus dem Wasser erhob und an der Bordwand in die Höhe kletterte, die Fingernägel wie Krallen ins Holz gebohrt.

»Heilige Maria Mutter Gottes«, flüsterte er unwillkürlich. Das Rascheln verstummte. Jacopo schluckte. Der Vorhang wurde plötzlich angehoben, Licht drang in die Kammer und verblasste sofort wieder. Jacopo fuhr herum. Niemand war hereingekommen. Es musste der Wind gewesen sein. Jacopo klapperte mit den Zähnen. Er verfluchte seinen Bruder inbrünstig, dass er ihm diesen Floh wegen der Geister ins Ohr gesetzt hatte.

Er horchte, aber das Rascheln wiederholte sich nicht. Jacopo schlich zu der Ecke hinüber, in der sich die ganze Einrichtung der Kammer gesammelt hatte, und stellte fest, dass er auf Zehenspitzen ging. Er hockte sich auf die Fersen und zerrte mit klopfendem Herzen die erste Truhe unter den anderen Sachen heraus.

Das Rascheln ertönte erneut, diesmal begleitet von einem Fauchen. Jacopo prallte entsetzt zurück und setzte sich hart auf den Hosenboden. Die Geräusche waren ganz nah gewesen. Er stierte den Trümmerhaufen an und erkannte, dass etwas, was er für ein Deckenbündel gehalten hatte, in Wirklichkeit ein Objekt war, über das eine Decke gebreitet war oder sich beim Auflaufen des Schiffs darübergelegt hatte. Die Geräusche waren von dort gekommen. Das Rascheln und Kratzen wie von Fingernägeln kam immer noch von dort. Jacopos Herz klopfte wie verrückt. Auf einmal wünschte er sich, an Land geblieben zu sein.

»He?«, fragte er. »Ist da wer?«

Das Kratzen verstummte. Jacopo starrte das verdeckte Objekt an. Es steckte so in dem Trümmerhaufen, dass man nicht erkennen konnte, wie groß es war, geschweige was. Eine weitere Truhe? Warum war sie verdeckt? Jacopo hatte auf einmal eine Vision von einem Sarg. Er war bei Begräbnissen wohlhabender Leute dabei gewesen. Einige von ihnen hatten sich einen Sarg geleistet, anstatt einfach so, in einen Leinensack genäht, unter die Erde gebracht zu werden. Auf einmal war er sicher, dass unter der Decke ein Sarg steckte. Und in dem Sarg ein Leichnam. Vielleicht der Kapitän? Und vielleicht war es sein Geist, der Jacopos Tun beobachtete und ihn im nächsten Augenblick packen und zerreißen würde?

Jacopo wäre beinahe aus der Kammer und vom Schiff geflohen. Doch dann stellte er sich vor, wie die anderen im Dorf ihn auslachen würden. Jacopo, der unter Lebensgefahr auf das Wrack geklettert war! Und was hatte er von dort mitgebracht? Eine irre Geschichte von einem Geist und einen Schopf Haare, der ihm noch stundenlang nachher zu Berge stand! Eigentlich war Jacopo der gleiche Idiot wie sein Bruder! Der erste und der zweite Platz, wenn es um den Wettbewerb für den Dorfdeppen ging!

Jacopo stöhnte. Alle seine Sinne bis auf einen befahlen ihm, das Wrack schnellstens zu verlassen. Der eine Sinn war das bisschen Stolz, das einer in seiner Lage haben konnte.

Was immer unter der Decke steckte, es war wieder still. Jacopo rappelte sich auf und streckte eine zitternde Hand aus. Er zupfte an der Decke. Sie war nass und schwer. Er zog ein bisschen stärker daran, während er zugleich fortwährend »Heilige Maria Mutter Gottes!« flüsterte.

Die Decke löste sich und glitt herab. Darunter war eine aufrecht stehende Kiste, in deren Deckel ausgefranste Löcher gehackt und gebohrt waren. Ein Mann hätte seinen Finger in eines dieser Löcher stecken können. Jacopo betrachtete die Kiste verständnislos. Sie war kein Sarg, so viel stand fest. Viel zu klein dafür. Und aus ihrem Inneren drang kein Laut, obwohl Jacopos überreizte Sinne ihn fühlen ließen, dass etwas darin war, etwas, das wartete, etwas, das geduckt darin kauerte, bereit anzugreifen. Er stöhnte erneut. Er tippte vorsichtig mit dem Finger gegen die Truhe. Nichts. Er legte vorsichtig beide Hände an ihre Seiten und rüttelte leicht.

Das Fauchen, Fiepen und Kratzen, das daraus ertönte, und der Aufprall von etwas, das von innen gegen den Deckel sprang, waren zu viel für Jacopo. Er schrie auf und zog die Hände zurück, als hätte er sich verbrannt. Die Kiste wackelte und wäre beinahe umgefallen. Sie schien lebendig geworden zu sein, ein solcher Lärm kam von ihr, und was immer sich darin bewegte, brachte sie noch mehr zum Wackeln. Jacopo rutschte auf dem Hosenboden von der Kiste weg, dann warf er sich herum, um auf die Beine zu kommen.

Er erstarrte.

Ein Mann stand vor ihm.

Ein Mann, gekleidet in eine schwarze Kutte. Jacopos Blicke krochen an ihm empor. Der Mann starrte auf ihn herunter. In einer Faust hielt er einen hölzernen Stab mit einem verdickten Ende – einen Belegnagel. Die Faust hob sich, und der Belegnagel zuckte herab, und ein schmerzloser Aufprall auf seinen Schädel löschte die Welt um Jacopo herum aus.

Er kam noch einmal zu sich und sah unscharf, wie der Mann in der schwarzen Kutte die Truhe nahm und den Deckel einen Spalt öffnete, so dass er mit einer Hand hineingreifen konnte. Die Hand kam mit etwas wieder hervor, das sie gefangen hatte. Es war eine Ratte. Die Ratte strampelte und fauchte und biss. Der Mann in Schwarz schien es gar nicht zu spüren. Er musterte die Ratte, nickte und setzte sie wieder zurück. Der Aufruhr in der Truhe war unbeschreiblich. Der Mann in Schwarz kümmerte sich nicht darum. Er wandte sich ab. Sein Blick fiel auf Jacopo, der nur hilflos den Blick erwidern konnte.

Jacopo war übel, doch in seinem Schädel pochte ein derartiger Schmerz, dass er sich das Übergeben verbiss, weil er wusste, dass ihm dabei der Kopf geplatzt wäre. Er wollte etwas sagen, aber sein Mund gehorchte ihm nicht.

Der schwarze Mann nahm seinen Belegnagel wieder vom Boden auf. Er blickte Jacopo ruhig in die Augen. Jacopo wurde eiskalt. Ihm war klar, dass er dem Tod in die Augen sah.

Nach dem dritten Schlag spürte Jacopo nichts mehr.

6

Ziemlich genau einen Tag später war die *San Giovanni Battista* zurück im Arsenal von Genua und Joseph wieder an Land, wo er die ersten paar Dutzend Schritte wacklig zurücklegte, bis er sich wieder an festen Boden unter den Füßen gewöhnt hatte. Er verabschiedete sich von Kapitän Vignoso und versprach, sich beim Dogen einzufinden, wenn Vignoso sich dort zurückmeldete. Vignoso würde eine Nachricht bei Abram Mendes Salazar hinterlassen, wenn der Doge das Gespräch führen wollte. Vignoso nahm an, dass es gleich am nächsten Tag sein würde. Der Admiral ließ Joseph stehen, um sich den Pflichten zu widmen, die anfielen, wenn eine Galeere wieder nach Hause zurückkehrte; und Joseph suchte eine Schänke auf, die abseits vom Hafen lag und deswegen recht leer war.

Der einzige Zecher, der an einem der langen, roh gezimmerten Tische saß, blickte bei Josephs Eintreten auf. »Soll ich winken, damit du mich schneller findest in dem Trubel?«, fragte er.

Joseph setzte sich zu dem einsamen Gast. Die beiden Männer klopften sich auf die Schultern und nickten sich grinsend zu. »Alles gut bei dir?«, fragte der Gast. Er war kein anderer als Zacharias Phiselin.

»Wie ist es bei dir?«, fragte Joseph zurück.

»Die Wachen am Stadttor winken mich mittlerweile einfach nur durch, und er hier«, Zacharias deutete mit dem Daumen auf den Wirt, der eben herbeidienerte, »wird mich vermutlich demnächst zum Teilhaber seiner Schänke machen. So viele Tage hintereinander hat der noch nie einen Gast gesehen.«

Joseph bestellte Wein und lehnte das Angebot des Wirts ab, jemanden auf den Markt zu senden und Essen einzukaufen, das er für die Herren zubereitet hätte. Joseph hatte mit Zacharias vereinbart, dass dieser jeden Tag seit dem Ablegen der *San Giovanni Battista* in dieser Schänke auf ihn warten sollte. Wie immer gingen sie auch hier in Genua strikt getrennt vor. Zacharias hatte eine Unterkunft außerhalb der Stadt gefunden, so dass nicht einmal Abram Mendes Salazar von Zacharias' Existenz wusste. Er war nie weit von Joseph entfernt, wenn dieser in der Stadt unterwegs war, außer wenn Joseph ihn vorausschickte, um bei einem möglichen Hinterhalt als überraschende Rückendeckung aufzutauchen – so wie in Nürnberg.

»Wie ist die Stimmung in der Stadt?«, fragte Joseph.

Zacharias zuckte mit den Schultern. »Die Sache mit der *Vento del Dio* ist nur wenigen bekannt. Aber jeder scheint gehört zu haben, dass sich irgendeine schlimme Sache nähert – der Zorn Gottes und so weiter. Das Erdbeben im Osten hat sie alle aufgeschreckt. So richtig vorstellen, was für eine Gefahr wirklich droht, kann sich allerdings keiner. Selbst diejenigen, die Gerüchte von einer Seuche gehört haben, können sich nicht vorstellen, was uns blüht, wenn sich alle Berichte aus Caffa bewahrheiten.«

Joseph erzählte Zacharias, was er in den letzten Tagen erlebt hatte.

»Ist die geborgene Ladung gefährlich?«, fragte Zacharias.

»Ich weiß es nicht. Wahrscheinlich weiß das niemand. Ich weiß nur, was ich getan hätte – ich hätte die Ladung nicht angerührt. Im Gegenteil, ich hätte jedes einzelne Fass davon versenkt. Aber die Krämerseelen in der Signoria haben Vignoso aufgetragen, jeden letzten Denar zu retten.«

»Sagt ein Mann aus dem Volk, das man gemeinhin für die größten Krämerseelen der Welt hält.« Zacharias seufzte. »Ist unsere Arbeit hier jetzt getan?«

Joseph musterte seinen Freund eine Weile schweigend. »Die offizielle Arbeit schon«, erwiderte er langsam. »Aber ich muss wahrscheinlich morgen dem Dogen Rede und Antwort stehen, und dann werden die Seniores von Genua unterrichtet werden wollen, und vielleicht hat der Doge noch eine Rückfrage … was ich sagen will: Ich denke, dass ich noch zwei, drei Tage in Genua aufgehalten werde. Die Zeit könntest du nutzen, um nach Süden zu reiten und die Küste von A Spèza abzusuchen.«

»Nach dem Wrack der *Vento del Dio*«, sagte Zacharias.

Joseph nickte.

»Nach möglichen Überlebenden der *Vento del Dio*«, präzisierte Zacharias.

Joseph nickte wieder.

»Und nach Anzeichen, ob sich irgendjemand in irgendeinem namenlosen Fischerdorf an einem Stück Treibgut, das ihm vor die Hütte gespült wurde, an der Pest angesteckt hat.«

»Ich möchte nicht, dass du dich in Gefahr begibst!«, erklärte Joseph. »Aber ich finde, wir können es nicht dabei belassen, Vignosos Worten zu glauben. Dafür hat man uns nicht hierhergeschickt. Wir sind gesandt worden, um die Möglichkeit, dass die Seuche nach Europa getragen wird, so weit wie möglich auszuschalten, und wir wären pflichtvergessen, wenn wir nicht prüfen würden, ob die *Vento del Dio* nicht noch im Untergang eine Gefahr für uns alle darstellt.«

»Du brauchst es mir nicht zu erklären, Joseph. Ich gehe dorthin, wo du mich hinschickst.«

»Danach kehren wir nach Hause zurück«, versprach Joseph.

»A Spèza. Wie weit ist das? Ein Zweitageritt?«

»Denke ich auch. Die *San Giovanni Battista* hat die Strecke in knapp dreißig Stunden zurückgelegt, aber Kapitan Vignoso hat eine Pause von vier Stunden eingelegt. Zwei Tage zu Pferd sollten hinkommen, wenn du nicht trödelst.«

»Wie benachrichtige ich dich, was ich herausgefunden habe?«

»Ich komme morgen selbst nach, sobald ich hier alles erledigt habe. Sagen wir, wir treffen uns frühestens in drei Tagen von heute aus gerechnet vor demjenigen Stadttor von A Spèza, durch das man kommt, wenn man die Stadt aus Richtung Genua erreicht. Wie immer das Tor auch heißt. Warte auf mich dort zum Vesperläuten. Schaffe ich es nicht rechtzeitig, dann versuchen wir es am nächsten Tag zum Mittagsläuten und dann wieder zum Vesperläuten. Wir werden schon zusammenfinden.«

»Normalerweise finde ich dich«, sagte Zacharias und grinste. »Ich sehe zu, dass ich alles geklärt habe, bis du kommst.«

»Danke, Zacharias. Und – du nimmst Maria nicht mit nach A Spèza, hörst du?«

Zacharias starrte ihn an. »Ich musste Maria in Mestre zurücklassen. Schon vergessen?«

»Nein.«

»Du wolltest mich in die Falle locken, was? Schäm dich, Joseph. Maria ist in Sicherheit.«

Joseph nickte erleichtert. »Ich weiß, wie sehr sie dir fehlt. Mir fehlt sie auch.«

Zacharias kratzte sich am Kopf. »Wenn du nachher mit Abram sprichst«, sagte er langsam, »wird er dir mitteilen, dass jemand nach dir gefragt hat.«

»Nach mir? Wer weiß denn, dass wir hier sind außer unseren Auftraggebern?«

Zacharias legte Joseph plötzlich eine Hand auf die Schulter. »Es ist die Christin, von der du mir erzählt hast. Die du in Aquilee getroffen hast. Gisela d'Osoppo.«

Joseph fühlte, wie sein Herzschlag sich beschleunigte. Trotz der Situation erfüllte ihn auf einmal unbändige Freude. »Wie kommt sie denn hierher?« Das Erdbeben hatte sie offensichtlich verschont. Joseph war so erleichtert darüber, dass ihr nichts zugestoßen war, dass ihm einen Augenblick schwindlig wurde. Er hatte sich die ganze Zeit verboten, über Gisela nachzudenken, weil es ohnehin sinnlos gewesen war, überhaupt an sie zu denken. Eine Ehe zwischen einem Juden und einer Christin? Völlig unmöglich! Er hatte einmal miterlebt, wie viel Leid der Widerstand beider Seiten über ein solches Paar gebracht hatte. Die Liebe der beiden hatte bestanden, aber die Tage voller Leichtigkeit und Frohsinn waren selten gewesen.

Trotzdem hatte er an kaum etwas anderes als an Gisela gedacht. Sein Herz hatte ihr vom ersten Augenblick an gehört, und er hatte geglaubt, in ihren Augen das Gleiche gelesen zu haben. »Ich dachte, ihr Vater sei ein Gefolgsmann des Patriarchen von Aquilee, und der wiederum ist Venedig angeschlossen. Was führt ihn und seine Tochter nach Genua?«

»Joseph – soweit ich es verstanden habe, ist sie allein hier. Und sie ist nur deinetwegen gekommen.«

»Was?«

»Frag Abram. Ich kann dir nur sagen, was ich erlauscht habe. Mich gibt es ja offiziell gar nicht. Aber …« Zacharias' ironisches Lächeln machte plötzlich einer eindringlichen Miene Platz, »… was immer das alles zu bedeuten hat: Pass auf, Joseph. Ich weiß, wie es sich anfühlt, wenn ein Herz bricht. Ich möchte dir das ersparen, mein Freund.«

7

Abram Mendes Salazar war aufgebracht.

»Diese Frau«, sagte er. »Diese Frau.« Er versuchte, etwas Zusammenhang in seine Worte zu bringen. »Diese Frau verstößt gegen jeden Anstand. Sie ist allein mit einem Mann hierhergereist. Sie hat die *chuzpe*, mich nach dir zu fragen, Joseph, als ob sie erwartete, dass ich ihr Auskunft gäbe. Dann hat sie mir auch noch Vorwürfe gemacht!«

»Weswegen?«, fragte Joseph.

»Na, weil ich ihr nicht sagen wollte, wie sie dich findet! Sie sagte, es stehe mir nicht zu, über sie zu richten.«

»Warum hast du dann über sie gerichtet?«

Abram verschluckte sich. »Ich habe ihr nur gesagt, es steht mir frei, wem ich Auskunft geben wolle und wem nicht. Nimmst du sie jetzt etwa noch in Schutz, Joseph?«

»Wo kann ich sie finden?«

»Willst du sie vielleicht auch noch suchen gehen?« Abram fielen fast die Augen heraus.

»In deinem Haus finde ich sie ja nicht.«

»Joseph!« Abrams Stimme bekam einen drängenden Unterton. »Was willst du denn von dieser *goite*? Und was will sie von dir? Sie ist dir nachgelaufen wie eine … wie eine …«

»Ich würde dir vorschlagen, dass du es nicht aussprichst«, sagte Joseph, und der Klang seiner Stimme ließ Abram verstummen. »Du benimmst dich respektlos gegen mich«, sagte er nach einer Weile leise. »Und das in meinem eigenen Haus.«

»Sag mir einfach, wo ich sie finde, Abram, dann verlasse ich dein Haus, und du musst meine Respektlosigkeit nicht mehr ertragen.«

Abram schüttelte den Kopf. »Ich wollte nie glauben, was über dich erzählt wird, Joseph. Du enttäuschst mich.«

Joseph schwieg. Abram begegnete seinem Blick, wandte dann aber den Kopf ab. »Ich weiß nicht, wo die Christin ist«, murmelte er. »Such den Bader, mit dem sie hergekommen ist, vielleicht weiß der es.«

»Sie ist mit einem Bader gereist? Wie lautet sein Name?«

»Dionysius Colle«, sagte Abram widerwillig.

»Was will der Bader hier?«

Abram warf die Hände in die Luft. »Danach hättest du fragen sollen, Joseph! Nicht nach der *goite!*«

»Wie hätte ich nach ihm fragen sollen, du hast mir ja noch nichts von ihm erzählt!«

»Weil du sofort nach der Frau gefragt hast!«

Joseph und Abram starrten sich an. Abram hob die Hände noch einmal in einer hilflosen Geste und legte sie dann auf die Tischplatte. »Dein Vater hat ihn hergeschickt. Er hat ihn in Mestre getroffen und in seinen Dienst genommen. Kesher hat den Bader hergeschickt, damit er dir bei deiner Aufgabe hilft, Joseph!«

Joseph war fassungslos. »Wenn mein Vater den Bader losgeschickt hat und Gisela mit ihm gereist ist, liegt es nahe, dass mein Vater von ihr weiß, oder? Hat er über sie geschrieben? Dass du sie nicht in dein Haus lassen sollst? Dass du ihr nicht sagen sollst, wie sie mich findet?«

»Er hat gar nichts über sie geschrieben.«

Joseph, der schwerer zu atmen begonnen hatte, stutzte. »Nichts?«, fragte er überrascht.

»Nichts.«

»Dann heißt das, dass er ihre Suche nach mir akzeptiert. Warum legst du ihr Steine in den Weg? Und mir?«

»Joseph«, sagte Abram leise, »dein Vater würde alles akzeptieren, damit der Streit zwischen euch wieder beigelegt wird.«

»So ist es mir das ganze letzte Jahr nicht vorgekommen! Er hat mich mit einem *cherem* belegt!«

»Ich bin sicher, er bereut es mittlerweile. Ich kenne deinen Vater von vielen Gelegenheiten. Dass es so weit zwischen euch kommen musste, ist seiner Sturheit zu verdanken. Und du bist sein Sohn.«

»Du willst mir damit sagen, dass auch meine Sturheit zwischen ihm und mir steht.«

Abram zuckte mit den Schultern.

»Wie war nochmal der Name des Baders?«, fragte Joseph.

»Dionysius Colle.«

»Wo finde ich ihn?«

»Das«, sagte Abram anklagend, »meine ich mit Sturheit! Vergiss die Christin, Joseph! Du hast eine Aufgabe zu erledigen.«

»Wenn mein Vater ihn geschickt hat, damit er mir hilft, dann wird Colle dir sicherlich gesagt haben, wo du ihn finden kannst, um ihm mitzuteilen, dass ich wieder zurück bin.« Joseph horchte seinen Worten hinterher und stellte fest, dass er sich schon genauso nervös anhörte wie Abram Mendes Salazar. »Also, Abram – wo finde ich den Bader?«

Der bunte Wagen des Baders stand in einer engen Gasse, die von den Landungsstegen am *molo vecchio* ins Zentrum führten. Er war ein Hindernis, denn es drängten sich mindestens ein Dutzend Leute davor und verstopften dadurch den Durchgang. Die Enge von Genuas Gassen stand der in Venedig in nichts nach.

Die Leute kauften Elixiere, die in Tonfläschchen abgefüllt und mit Wachspropfen abgedichtet waren. Es herrschte eine hektische Atmosphäre. Man hatte den Eindruck, die Käufer befürchteten, der Vorrat könne ausgehen. Joseph stellte sich an den Rand der Menge und beobachtete den Mann, der die Tinkturen verkaufte. Er nahm an, dass er Dionysius Colle war. Er war so schnell hierhergeeilt, dass er schwitzte; doch jetzt auf einmal war er froh um eine Denkpause.

Er hatte so oft an Gisela d'Osoppo gedacht. Wie sich jetzt herausstellte, hatte sie offenbar auch an ihn gedacht. Nur, dass sie ihre Gedanken in die Tat umgesetzt hatte. Sie hatte ihn gesucht. Sie hatte die Reise zu ihm auf sich genommen, während er nur im Stillen an sie gedacht und in der Faszination geschwelgt hatte, die sie in ihm geweckt hatte. Sie war offensichtlich die Entschlossenere von ihnen beiden.

Er zweifelte keinen Augenblick am Grund ihrer Reise. Sie hatte ihn gesucht. Abram hatte, kurz bevor Joseph gegangen war, noch den Verdacht geäußert, dass Gisela ihn nur suchte, um sich Geld zu leihen – schließlich kam sie aus dem Gebiet, das am schlimmsten vom Erdbeben betroffen war, und wohin wandte man sich, wenn man Geld für den Wiederaufbau seines zerstörten Besitzes brauchte? Genau. An einen Juden. Bevorzugt an einen, den man kannte und der romantische Gefühle für einen hegte, weil er dann vielleicht günstigere Zinsen berechnete. Für Joseph war es das Ende jeder Argumentation gewesen. Er hatte sich an das letzte, üble Streitgespräch mit seinem Vater erinnert, bevor dieser den Bann über ihn verhängt hatte. Es war bei weitem heftiger gewesen. Josephs Reaktion war ebenfalls viel heftiger gewesen, als einfach nur abrupt aufzustehen und das Haus zu verlassen.

Jetzt fragte er sich, ob an Abrams Worten nicht doch etwas dran sein konnte. Aber es war undenkbar. Und unlogisch. Wenn es Gisela nur um einen Kredit gegangen wäre, hätte sie sich an einen Geldverleiher in Aquilee gewandt. Einen so hohen Zinssatz hätte dieser gar nicht verlangen können, dass er der Reise von Osoppo bis nach Genua nicht vorzuziehen gewesen wäre. Nein, Gisela war seinetwegen gekommen. Er hatte gespürt, dass sich in den paar Minuten, die ihre Unterhaltung in Aquilee gedauert hatte, ein Band zwischen ihnen geknüpft hatte. Sie hatte es auch gespürt.

Plötzlich riss ihn ein Gedanke aus dem Glück, das sich langsam in ihm ausbreitete. Wie sollte es jetzt weitergehen? Mit ihr. Und ihm. Ging es überhaupt weiter? Jäh in die Realität zurückgeholt, sah Joseph sich um wie einer, der aus einem unverhofften Nickerchen erwacht und erst jetzt erkennt, dass er eingeschlafen war. Waren die Menschen sicher davor, dass die Pest aus dem Schwarzen Meer in die Städte und Dörfer Europas getragen wurde? Hatte der genuesische Konsul in Caffa seine sterbende Stadt weiterhin abriegeln können, oder waren weitere Schiffe entkommen? War schon eine Flotte Todgeweihter unterwegs zu den Küsten Europas, weil jegliche Ordnung in Caffa zusammengebrochen war? Und schleppten sich schon auf allen Handelsstraßen, die Caffa mit dem Abendland verbanden, Sterbende entlang, die jeden Menschen, der ihnen zu helfen versuchte, ebenfalls zum Tod verurteilten, und dieser wiederum seine Nachbarn, Freunde und Familie?

War die Mission, auf die er und Zacharias gegangen waren, nichts weiter als eine Panikreaktion gewesen? Oder eine politische Maßnahme, um sein Volk in gutem Licht dastehen zu lassen, wenn die Katastrophe doch eintrat, und Pogrome zu verhindern? War alles von vornherein vergeblich gewesen, und er, Joseph, hatte es nur nicht gemerkt, weil der Wunsch, etwas zu vollbringen, auf das sein Vater stolz war, stärker gewesen war als sein Verstand?

Ihm wurde bewusst, dass sich die Leute vor dem Baderkarren zerstreuten. Der Bader hatte den Laden geschlossen, auf dem die Fläschchen gestanden hatten. Joseph hörte enttäuschtes Gemurmel. Er wartete, bis die Gasse leer war, dann trat er an den Wagen heran, um zu klopfen.

Die Tür an der Stirnwand öffnete sich, noch bevor er dazu kam. Der Verkäufer der Elixiere blickte heraus und musterte ihn.

»Joseph ben Kesher?«, fragte er.

»Seid Ihr Dionysius Colle?«, fragte Joseph zurück.

»Ja. Ich habe Euch schon in der Menge stehen sehen. Ihr seht aus wie Euer Vater, wenn ich das sagen darf. Warum habt Ihr da nur so rumgestanden? Ich musste den Leuten sagen, dass ich kein Elixier mehr hätte, damit sie gehen und Ihr Euch endlich bei mir meldet. Ich hoffe, die kommen morgen alle wieder, sonst hätte ich das erste gute Geschäft meines Lebens selbst kaputtgemacht. Das müsste ich Euch übelnehmen. Hat Euch Abram Mendes Salazar den Weg zu mir gewiesen?«

»Wenn Ihr aufhören würdet zu reden, könnte ich antworten«, sagte Joseph.

»Ihr sollt nicht antworten, Ihr sollt reinkommen«, erwiderte Colle.

Das Innere des Wagens war eng. An einer Seite lief auf Brusthöhe ein Brett entlang, das man hochklappen und an der Wand vertäuen konnte. Jetzt war es heruntergeklappt. Tonfläschchen standen darauf, Schalen, Mörser, andere Gefäße. Es roch nach Gewürzen und Kräutern. Ein weiteres, jetzt hochgeklapptes Brett an der gegenüberliegenden Längswand war wahrscheinlich Colles Lager. Joseph erfasste all das mit einem Blick, während er sich unter der Tür hindurchbückte. Als er sich im Inneren des Wagens aufrichtete, fühlte er die Decke nur einen Fingerbreit über sich. Mit ihm und Colle zusammen war es im Wagen so eng, dass sich der eine an die Wand hätte pressen müssen, damit der andere an ihm vorbeischlüpfen konnte.

Sonst war niemand im Wagen. Nur Joseph und der Bader. Joseph hatte nicht erwartet, dass er Gisela hier treffen würde. Dennoch war er enttäuscht.

»Wenn Ihr schon bei Messere Salazar wart, dann wisst Ihr, dass Euer Vater mich in alles eingeweiht hat und warum ich hier bin«, sagte Colle.

»Ich weiß alles«, sagte Joseph.

»Schön«, erwiderte Colle. »Dann wisst Ihr mehr als ich. Ich weiß nämlich in Wahrheit nicht, was ich hier soll.«

Joseph lächelte unwillkürlich. »Das weiß ich tatsächlich auch nicht.«

»Stimmt es wirklich? Das mit der Pest? Wie groß die Gefahr

ist, die uns allen droht? Das mit dem Schiff aus Caffa? Habt Ihr es gefunden?«

»Wir haben seine Überreste gefunden.«

»Es ist gesunken?«

»Anscheinend auf die Felsen vor der Küste bei A Spèza aufgelaufen und die Besatzung tot. Ich bin kein Seemann, aber Admiral Vignoso war seiner Sache sicher.«

»Gebt Ihr Euch damit zufrieden?«

Joseph zögerte ein paar Momente. »Nein«, sagte er dann.

»Ihr wollt selbst nachsehen … bei A Spèza … beim Schiffswrack.«

»Sobald ich meine Pflicht beim Dogen erledigt habe.«

»Die Leute, die heute bei mir gekauft haben – die haben alle irgendwelche Gerüchte gehört von einer schrecklichen Seuche, die die Strafe Gottes sein soll und die über uns hereinbrechen kann. Im Augenblick ist das alles nur die übliche leichte Panik vor einem schlimmen Ereignis; so als wenn man gehört hätte, dass sich ein feindliches Heer nähert, aber weit und breit ist kein Feind zu sehen. Wenn diese Gerüchte aber konkreter werden … am Ende, weil es erste Todesfälle gibt und sich das rumspricht … dann geht hier alles aus den Fugen. Vor einem feindlichen Heer könnte man die Tore schließen. Vor einer Seuche nicht. Fragt die Bürger von Caffa.«

»Redet Ihr immer so viel?«, fragte Joseph.

»Nein, nur wenn ich das Gefühl habe, mitten in einer Geschichte zu stecken, die ich nicht überblicke, aber die mich den Kopf kosten kann. Also – wie ist das nun mit dem Nachschauen bei A Spèza? Da ist Eile geboten, findet Ihr nicht?«

Joseph lächelte. »Aus diesem Grund habe ich schon jemanden hingeschickt.«

Colle lächelte auch. Er gefiel Joseph. Die Bader, die ihm bisher über den Weg gelaufen waren, hatten sich alle immer auf dem feinen Grat zwischen Ehrlichkeit und Scharlatanerie bewegt. Die meisten waren auf dieser Seite der Grenze geblieben. Bader galten als unrein, weil sie mit Blut und Körpersäften in Berührung kamen, aber sie waren in der Regel vernünftige, ehrliche Männer, die mangels anderer Alternativen diesen Weg gewählt hatten, um ihrem Bedürfnis nachzukommen, den Menschen zu helfen. Colle schien einer der Besten von ihnen zu sein. Und ein schlauer Kopf obendrein. Joseph fühlte plötzliche Dankbarkeit, dass sein Vater ihm diesen Mann gesandt hatte; und er freute sich darauf, ihn mit Zacharias bekannt zu machen. Die beiden würden sich auf Anhieb verstehen. Sie hätten Brüder sein können. Wenn Dionysius Colle eine Versöhnungsgeste seines Vaters war, nahm Joseph sie nur zu gerne an.

»Na gut«, sagte Colle. »Wie kann ich Euch nun helfen?«

»Begleitet mich nach A Spèza«, sagte Joseph spontan. »Ihr müsst meinen Vater davon überzeugt haben, dass Ihr mehr von der Seuche versteht, die uns bedroht, als die meisten. Wir müssen sicherstellen, dass sie nicht von der Stelle aus ausbricht, an der die *Vento del Dio* gestrandet ist.«

Colle schnaubte resigniert. »*Sicher*stellen lässt sich das nicht, Messere Kesher. Höchstens *fest*stellen, wenn es so wäre – und versuchen, die weitere Ausbreitung einzudämmen.«

»Dann müssen wir einfach hoffen, dass die *Vento* den Tod nicht am Ende doch noch zu uns getragen hat.«

»Ihr findet mich hier, wenn Ihr aufbrecht«, sagte Colle.

Joseph nickte. Eine kleine Pause entstand, während er versuchte, seine nächsten Worte zu formulieren. Es fiel ihm auf einmal schwer. Colle kam ihm zuvor. »Wo Ihr *sie* findet, hat Messere Salazar Euch wahrscheinlich nicht verraten«, sagte er.

»So ist es«, erwiderte Joseph.

»Um die Ecke der Basilika von San Siro, im Quartiere della Maddalena, gibt es einen Apotheker namens Messere Marchissi. Findet Ihr dorthin?«

»Ist Gisela dort?«

»Bader und Apotheker arbeiten oft zusammen. Ich hatte die Adresse von einem Kollegen genannt bekommen. Messere Marchissi hat eine leerstehende Kammer unter dem Dach. Ich konnte Gisela dort unterbringen.«

»Weil Abram sich geweigert hat, sie in sein Haus aufzunehmen«, sagte Joseph bitter.

»So wie Euer Vater in Mestre«, sagte Colle.

»Bei der Basilika von San Siro?«, fragte Joseph.

Colle nickte.

»Wir sehen uns morgen«, sagte Joseph.

Colle ließ ihn die Tür öffnen, dann hielt er ihn nochmals auf. »Messere Kesher …«, sagte er langsam und eindringlich. »Seid Euch bitte bewusst, was Ihr in Bezug auf Gisela vorhabt. Sie ist etwas ganz Besonderes.«

Joseph drehte sich um und musterte ihn eingehend. Colle verschränkte die Arme vor der Brust. »Wenn Ihr ihr das Herz brecht, bekommt Ihr's mit mir zu tun!«, erklärte er trotzig.

»Wisst Ihr«, erwiderte Joseph, »mein bester Freund hat mir zu verstehen gegeben, dass er auf mein Herz aufpassen will. Ihr erklärt mir, dass Ihr auf Giselas Herz achtet. Ich glaube, ich bin gesegnet, dass ich solche Männer an meiner Seite habe. Nennt mich Joseph, Messere Colle. Was mich angeht, sind wir von jetzt an Freunde.«

8

»Ihr seid der Jude, oder?«, fragte der Apotheker. Seine abweisende Begrüßung war für Joseph wie ein Schlag ins Gesicht. Unbewusst hatte er angenommen, dass ein Bekannter Colles genauso freundlich sein musste wie der Bader. Er erkannte, dass die Vorfreude auf Gisela ihn seine übliche Skepsis bezüglich des Charakters seiner Mitmenschen hatte vergessen lassen, und brauchte ein paar Momente, um sich zu fangen. Dem Apotheker dauerte es zu lange; aber statt noch aggressiver zu werden, wurde er unsicher. »Oder nicht?«, fragte er. »Dann verzeiht bitte, Messere.«

»Ich verzeihe Euch«, sagte Joseph.

»Ich beherberge nämlich einen Gast unter meinem Dach, müsst Ihr wissen. Eine Adlige aus dem Osten. Ich hätte ablehnen sollen, aber als guter Christ übt man Nächstenliebe, oder? Jedenfalls – was kann ich für Euch tun, Messere? Ihr wisst ja, die Preise für Kräuter und Gewürze steigen täglich, also wenn Ihr etwas braucht, was ich für Euch zusammenmischen soll, müsst Ihr schnell eine Entscheidung treffen. Morgen kann das Elixier schon viel teurer sein …«

»Was ist denn mit Eurem Gast?«, fragte Joseph. »Mit dieser Adligen aus dem Osten?«

Der Apotheker beugte sich nach vorn. »Sie ist den ganzen Weg hierhergekommen wegen eines Juden!«, zischte er. »Stellt Euch das mal vor!«

»Will sie sich Geld leihen?«, fragte Joseph und tat so, als sei er verwirrt.

»Sie hat mir und meiner Frau nicht gesagt, was sie von ihm will. Aber ich kann es mir denken, Messere, und mir stellen sich alle Haare bei diesem Gedanken auf.« Der Apotheker deutete auf sein Herz. »Ich habe diesen Gesichtsausdruck schon tausendmal gesehen. Bei jungen Frauen … oh, Messere Marchissi, habt Ihr nicht etwas, was ich dem Sohn des Goldschmieds heimlich in den Wein geben kann, damit er nur noch mich ansieht? … und bei den Matronen, die so tun, als würden sie ihrer Magd beim Einkaufen auf die Finger schauen, nur um mir dann zuzuflüstern: Oh, Messere Marchissi, habt Ihr nicht etwas, was ich meinem Mann ins Essen tun kann, damit er mich wieder des Nachts besuchen kommt? … Ich sage Euch, Messere, mir kann keine etwas vormachen. Und diese … diese Unselige, die unter meinem Dach haust … die hat es am schlimmsten von allen erwischt. Man sieht förmlich ihr Herz unter der Tunika flattern!«

»Das könnte man nur sehen, wenn man dorthin schaut«, sagte Joseph. »Und zwar intensiv.«

Der Apotheker räusperte sich. »Ein Mann mit so viel Erfahrung in diesen Dingen wie ich sieht es den Frauen an den Augen an.«

»Wieso nennt Ihr die Frau dann eine Unselige? Verliebt zu sein ist etwas Schönes.«

Die Augen des Apothekers weiteten sich. »Aber doch nicht in einen Juden!«

Joseph zog die Augenbrauen hoch wie jemand, der seinen Gesprächspartner stumm dazu einlädt, weiterzusprechen. Der Apotheker nahm die Einladung an.

»Die Juden … eine anständige Frau würde sich nie mit einem Juden einlassen! Noch nicht einmal die unanständigen Frauen in den Winkelhäusern lassen sich so weit herab, Messere. Das müsst Ihr doch wissen. Es ist völlig undenkbar … eine Christin, noch dazu aus adligem Haus, und ein Jude!« Der Apotheker schüttelte sich. »Diese Leute beherrschen alle möglichen Zauberkräfte, heißt es. Wahrscheinlich hat er sie verhext. Ich sollte bei der Signoria Meldung machen, Messere, jawohl, als guter Christ sollte ich das.«

»Warum tut Ihr's nicht?«

Der Apotheker seufzte. »Vielleicht tue ich es noch. Die Arbeit hat mich bisher davon abgehalten, wisst Ihr.«

Und der Inhalt deiner Lagerräume, dachte Joseph, der zweifellos eine Menge Dinge enthält, die du an den Steuereintreibern des Dogen vorbeigeschmuggelt hast und von denen du nicht willst, dass sie irgendwelchen offiziellen Schnüfflern auffallen, die man dir wegen deiner Anzeige vielleicht ins Haus schickt.

Der Apotheker rieb sich die Hände. »Die Arbeit, die Arbeit … was mich zu Eurem Anliegen bringt, Messere. Was kann ich für Euch tun?«

»Ihr könnt Eurem Gast sagen, dass ich eingetroffen bin«, sagte Joseph. »Ich bin nämlich tatsächlich der Jude.«

Das Haus des Apothekers hatte einen Innenhof. Der Apotheker, der vor Verlegenheit und Trotz keinen ganzen Satz mehr herausbrachte, bat Joseph, dort zu warten. Warten war wörtlich gemeint, weil sich eine ganze Weile lang nichts mehr tat – außer, man rechnete die dumpf hörbaren, streitenden Stimmen mit ein, die bis zu Joseph drangen. Der Apotheker und seine Frau, nahm er an. Er widmete ihnen keine Aufmerksamkeit.

Zu einer anderen Gelegenheit hätte er innerlich vor Wut gekocht wegen des Verhaltens des Apothekers. Aber jetzt fühlte er nichts dergleichen.

Er fühlte nicht einmal die Besorgnis, die ihn befallen hatte, als er bei Dionysius Colle gewesen war. Stattdessen empfand er eine überwältigende Mischung aus Aufregung, Vorfreude, Glück und ungeduldiger Erwartung. Er sah Gisela wieder vor sich, wie sie neben ihm am Fenster im Saal des Patriarchen von Aquilee gestanden hatte: ihre vor Lebenslust funkelnden Augen, ihre lebhaften Züge, ihre Neugierde, ihre Offenheit … sie war das schönste Wesen in Gottes unermesslicher Schöpfung, das stand für ihn fest, und sein Herz galoppierte beim Gedanken daran, dass sie für ihn ähnlich empfinden musste, sonst wäre sie nicht hier.

War sie die eine für ihn – so wie Deborah die eine für Zacharias gewesen war? So, wie sein Vater noch immer der eine für seine Mutter war, trotz all der Differenzen? Für Joseph stand die Antwort auf diese Frage fest: ja, ja und nochmals ja.

Das Beispiel der Liebe, die seine Eltern verband, war für Joseph immer Motivation gewesen, zu seiner Überzeugung zu stehen, auch nachdem der *cherem* über ihn gesprochen worden war.

Das Beispiel von Zacharias und Deborah hatte ihn oft beklommen gemacht, weil er den Schmerz, den Zacharias bei Deborahs Tod empfunden hatte und immer noch jeden Tag empfand, nicht erleben wollte.

Aber auch das hatte ihn nicht davon abgehalten, seinem Traum von der einen wahren, einzigen Liebe treu zu bleiben. Er sagte sich, dass es immer noch besser war, die Liebe zu verlieren, als niemals geliebt zu haben. Doch natürlich ließ sich das leicht sagen, wenn der Schmerz über den Verlust nicht der eigene war – auch wenn man ihn täglich sah und das tapfere Lächeln des besten Freundes einem Tränen in die Augen trieb.

Besser, die Liebe zu verlieren, als niemals geliebt zu haben …

Gisela d'Osoppo war die eine, die zu lieben ihm vorbestimmt war. Er war sich absolut sicher. Und er würde bis zum letzten Atemzug um sie kämpfen und darum, dass es ihr gut ging.

Gisela betrat den Innenhof in Begleitung einer ältlichen Magd, die ein Kreuzzeichen schlug, als sie Joseph sah. Das war das Letzte, was Joseph von seiner Umgebung wahrnahm. Gisela blieb nicht in ein paar Schritt Entfernung stehen, wie es schicklich gewesen wäre, und sie schlug auch nicht die Augen nieder. Sie erwiderte seinen Blick. Ihre Augen schwammen in Tränen.

Ein Vers aus dem Hohelied Salomos schoss Joseph durch den Kopf: Du hast mir das Herz geraubt, meine Schwester, du hast mir den Verstand genommen durch einen deiner Blicke.

Als sie vor ihm stand, nahm er sie in die Arme. Es gab kein Zögern, kein Gefühl, dass irgendetwas daran falsch oder unschicklich sein könnte. Er drückte sie an sich und fühlte, wie sie ihrerseits die Arme um ihn legte und sich an ihn schmiegte.

»Ich bin so weit gegangen …«, flüsterte sie. »So viele Meilen … und jetzt bin ich endlich bei dir.«

»Ich bin mein ganzes Leben auf dem Weg zu dir gewesen«, erwiderte Joseph. »Und jetzt bin ich angekommen.«

»Verurteilst du mich?«

»Wofür?«

»Dass ich allen Anstand habe fahren lassen, nur um bei dir zu sein.«

»Nein«, sagte er und hielt sie noch fester. »Ich bewundere dich dafür.«

»Ich wusste plötzlich, dass ich nur in deiner Nähe sein wollte. Ich bin von zu Hause weggegangen, sobald es möglich war.«

Joseph lächelte. »Ich wusste es von dem Moment an, als du mich in Aquilee angesprochen hast. Nach deinem Abschied war mein Leben nur noch von dem Wunsch erfüllt, dich wiederzusehen.«

»Ich habe nichts«, sagte sie. »Sogar die Schuhe, die ich trage, habe ich von dem Geld gekauft, das Dionysius Colle von deinem Vater erhalten hat. Ich bin ein Niemand, Joseph.«

»Du bist nicht Niemand, Gisela. Du bist die schönste und mutigste Frau, die ich kenne.«

Gisela liefen Tränen übers Gesicht. »Von der Stunde an, an der ich aufbrach, habe ich mich immer wieder gefragt, wie es wohl sein würde, dich wiederzusehen. Ich hatte oft Angst, dass ich dich nicht erreichen würde. Dass ich nicht ans Ziel kommen würde. Wann immer ich irgendwo ankam, hieß es, du seist woanders. Ich hatte keine Kraft mehr, Joseph, aber ich bin trotzdem irgendwie weitergegangen …«

»Es tut mir leid, dass ich dir nicht entgegengehen konnte.«

»Nein, mir tut es leid, dass ich nicht schneller bei dir eintraf.«

»Wieso sprechen wir eigentlich davon, dass uns etwas leidtut, wenn wir uns im Arm halten?«, fragte Joseph. »Dieser Augenblick ist vollkommen!«

»Also, …äh … Messere … das geht jetzt wirklich zu weit!«, ertönte plötzlich die Stimme des Apothekers. »Ich fordere Euch auf, mein Haus zu verlassen. Unter diesem christlichen Dach ist keine Unzucht erlaubt!«

Joseph wandte den Kopf, ohne Gisela loszulassen, und blickte den Apotheker an. Dieser erbleichte und wich einen Schritt zurück. »Ich kann die Stadtwache holen«, stieß er hervor.

»Ihr wolltet eigentlich die Signoria direkt benachrichtigen«, sagte Joseph. »Wisst Ihr noch?«

»Das ist mein Haus!«, begehrte der Apotheker auf. »Ihr brecht den Frieden, den ich dieser jungen Frau gegeben habe. Hinaus mit Euch.«

Hinter dem Apotheker kam jetzt eine füllige Frau hervor, deren Gebende so streng um Hals und Kopf gewickelt war, dass ihr Gesicht förmlich daraus hervorgequetscht wurde. Ihre Kleidung sah teuer aus. Sie musste die Frau des Apothekers sein.

»Hinaus!«, rief sie. »Hinaus!« Sie kam auf Joseph zu, mit einem ausgestreckten Arm zur Pforte zeigend.

»Ich hole die Wache, wenn es sein muss!«, sagte der Apotheker, der hinter seiner Frau näherkam.

»Hinaus!«, sagte die Apothekersgattin. Ihre Stimme wurde dabei immer lauter. »Hinaus.«

»Hol mich hier heraus!«, flüsterte Gisela. »Bitte! Ich lebe mit dir im Wald oder als Verdammte in der Gosse, nur hol mich hier heraus und lass mich für immer bei dir sein.«

»Die Stadtwache!«, bekräftigte der Apotheker.

»Hinaus!«, sagte seine Frau. Sie standen jetzt beide dicht vor Joseph und Gisela, und alles in Joseph verlangte danach, die Bewegung umzukehren und auf die beiden zuzuschreiten und sie vor sich her durch den Innenhof zu treiben. Aber die Frau des Apothekers hätte sich wahrscheinlich gar nicht einschüchtern lassen. Und Gisela musste unter ihrem Dach bleiben, weil sich auf die Schnelle keine andere Bleibe für sie finden würde. Außer, Joseph zwang Abram Mendes Salazar dazu, Giselas Gastgeber zu sein, aber dann wäre Gisela neben der Verachtung für ihre Tat auch noch der Verachtung wegen ihres Glaubens ausgesetzt gewesen.

Er ließ Gisela los und trat einen Schritt zurück. »Ich komme zurück«, sagte er. »In ein paar Tagen.«

Gisela starrte ihn entsetzt an. »In ein paar Tagen!?«

»Ich muss vorher noch ... oh, Gott der Gerechte, wie ich diesen Auftrag plötzlich hasse. Gisela, ich muss vorher noch etwas erledigen, und es ist zu gefährlich, dich mitzunehmen.«

Dich mitzunehmen an einen Ort, von dem womöglich der Tod für uns alle ausgehen könnte, fügte er in Gedanken hinzu. Sein Schwur fiel ihm wieder ein, dass er alles tun würde, um Gisela zu schützen. Schon befand er sich in der ersten Bewährungsprobe! Er sah zu, wie Schreck und Verzweiflung ihre Miene starr machten, und fühlte ihre Verzweiflung in seinem Herzen.

»Hinaus!«, sagte die Apothekersgattin. »Hinaus, hinaus, hinaus!«

»Wachen!«, rief der Apotheker. »Ein Jude bedrängt uns in unserem eigenen Haus!«

»Ich komme dich holen!«, rief Joseph, dann ging er rückwärts, bis er mit dem Rücken an die Wand neben der Tür stieß. Das Vorletzte, das er sah, war Giselas trauriges Gesicht, in dem sich immer noch Fassungslosigkeit darüber spiegelte, dass er sie zurückließ. Das Letzte waren die hervortretenden Augen und der Mund der Apothekersfrau, die so laut sie konnte »Hinaus!« schrie.

Die Tür wurde ihm vor der Nase zugeschlagen. Er hörte, wie innen der Riegel vorgelegt wurde. Er drehte sich um und ging davon. Nach ein paar Metern begann er zu laufen, dann zu rennen. Er keuchte, als er bei Dionysius Colles Wagen ankam, und hämmerte gegen die Tür.

Der Bader öffnete und blickte ihn überrascht an. Dann schaute er links und rechts, als ob er nach jemandem Ausschau hielt.

»Was?«, fragte er schließlich. »Ihr seid allein?«

»Morgen beim ersten Licht!«, stieß Joseph hervor. »Und seid besser fertig, weil ich Euch sonst samt Eurer Bettstatt hinter mir herschleppe!«

9

Dass ein Schiff auf die Felsen vor der Küste aufgelaufen war, hatte sich in Windeseile herumgesprochen. Daher fiel es Zacharias nicht schwer, das Wrack zu finden. Viel war nicht von ihm übrig: ein halbes Gerippe, an dem noch ein paar zerborstene Planken hingen, und auf den Felsen in der unmittelbaren Umgebung Bruchstücke und über den rauen Stein drapierte Fetzen von Segeln. Sie hingen an Stellen, von wo sie unmöglich zu bergen waren.

»Das sieht gruselig aus«, sagte Maria, die im Sattel vor ihm saß, warm eingehüllt in eine Decke, die Zacharias um sie beide geschlungen hatte.

»Es ist nur ein kaputtes Schiff«, erklärte Zacharias. »Es sieht vielleicht gruselig aus, aber dafür kann es nichts.«

»Musst du da rüber?«, fragte Maria.

»Nein, mein Spätzchen. Wir versuchen nur für Joseph herauszubekommen, was aus der Besatzung geworden ist.«

»Ich glaube, die sind alle ertrunken«, sagte Maria mit der Nüchternheit eines kleinen Kindes. Und fügte hinzu: »Hoffentlich zünden ihre Verwandten Kerzen für ihre Seelen in der Kirche an. Die Christen machen das doch so, oder?«

»Ja, die Christen machen das so.«

»Was tun wir für die Seelen der Toten?«, fragte Maria.

Ihre unschuldige Frage riss die Narbe wieder auf, die Zacharias auf der Seele trug – so, wie es jede unschuldige Bemerkung tat, die im Zusammenhang mit dem Tod eines geliebten Menschen stand. Deborah, dachte Zacharias, wie kannst du tot sein, wo du in meinem Herzen immer noch lebendig bist? »Wir sitzen *schiwa*«, sagte er mit rauer Stimme. Er verschwieg, was vor dem siebentägigen *schiwa*-Sitzen kam: die rituelle Totenreinigung, die Vorbereitung der Trauerfeier, das Verbot jeglicher Ablenkung für den Trauernden, das Unterlassen von Bad, Haareschneiden und Rasur, das Entsagen des Schriftstudiums … der tiefe Sturz aus der Welt in den eigenen Schmerz …

»Sonst nichts?«, fragte Maria.

»Wir sprechen das *Kaddisch*, um den Aufstieg der Seele zu Gott zu fördern«, sagte Zacharias. Er drängte die Tränen zurück. Wie immer fiel es ihm besonders schwer, mit seiner Tochter über alles zu reden, was mit dem Tod Deborahs zusammenhing. »Lass uns weiterreiten, Maria, hier gibt es nichts, was wir für Joseph tun können. Ich muss in dem Fischerdorf dort drüben ein bisschen herumfragen. Du bleibst einfach bei mir, ja?«

In den anderen Dörfern, in denen sich Zacharias erkundigt hatte, hatte er allerhöchstens Neid aus den Auskünften der Küstenbewohner herausgehört – Neid, dass das Schiff nicht vor ihrer Küste aufgelaufen war und für eine lukrative Plünderung gesorgt hatte. Aber man hatte ihm bereitwillig weitergeholfen.

Hier war es plötzlich ganz anders.

Die Frauen des Dorfs bekam er überhaupt nicht zu Gesicht. Wenn er vor einer der Hütten abstieg und an die Tür klopfte, wurde ihm entweder nicht geöffnet, oder er wurde auf der Schwelle aufgehalten. Zacharias hatte keine Bedenken, auch in ein Haus einzudringen, in dem er nicht willkommen war, solange es der Mission diente. Diesmal nahm er jedoch davon Abstand.

Ein Grund war Maria, von der er fürchtete, sie dadurch in Gefahr zu bringen. Joseph hatte schon recht gehabt – er hätte sie gar nicht mitbringen sollen. Sein Freund wäre vor Zorn geplatzt, hätte er gewusst, dass Zacharias sich der Anordnung, Maria zu Hause zu lassen, einmal mehr widersetzt hatte. Aber wie immer hatte er sich nicht von ihr trennen können, und er hatte es ihr auch nicht antun wollen, sie tage- oder wochenlang bei Fremden unterzubringen. Außerdem hatten ihm die düsteren Vorhersagen bezüglich der Pest eine Heidenangst eingejagt, dass er Maria vielleicht niemals wiedersehen würde, wenn er sie in Mestre zurückließ. Also hatte er sie heimlich mitgenommen.

Ein zweiter Grund war das Verhalten der Leute. Er hatte das Gefühl, dass sie nicht aus Böswilligkeit so abweisend waren. Sie hatten einen anderen Beweggrund. Nach ein paar Begegnungen war ihm auch klar, welchen.

Sie hatten Angst.

Mit den Männern, die an einem kurzen Kiesstrand neben ihren Booten hockten und Netze flickten, war es nicht anders. Wenn überhaupt einer auf seine Fragen einging, dann nur, um ihm mitzuteilen, dass er von nichts wisse.

Zacharias fragte sich, woher die Angst der Leute kam. Fürchteten sie, dass ihnen jemand die Beute streitig machen würde? Die eigentlichen Eigentümer der Fracht in Genua? Oder wollten sie nicht, dass es offenbar wurde, was aus den Schiffbrüchigen geworden war, nämlich dass man sie am Strand erschlagen und ausgeplündert hatte? Aber das Erste war unmöglich, denn was immer die Plünderer an sich gebracht hatten, es würde mittlerweile gut versteckt und außerdem nicht mehr als ehemalige Fracht der *Vento del Dio* erkennbar sein. Und wegen des Zweiten – wer sollte den Fischern diese Tat beweisen? Und wer würde sich dafür interessieren? Das Schicksal, das Schiffbrüchigen an Küstenabschnitten drohte, die nicht gerade in unmittelbarer Nähe einer Stadt lagen, war bekannt und kümmerte keinen außer den Angehörigen, und die hatten in der Regel weder die Mittel nachzuforschen noch irgendeine Handhabe gegen die Täter. Außerdem war Zacharias sicher, dass er dann nicht diese Art von Angst gespürt hätte.

Es war Todesangst.

Schließlich war es ausgerechnet Maria, die ihm half. Als er die Netzflicker gefragt hatte, hatte ein kleiner Junge, etwa im Alter Marias, abseits gestanden und hatte das Ganze beobachtet. Als sie sich nach einem weiteren fruchtlosen Besuch bei einer Fischerhütte abwandten, stand der kleine Junge wieder da und starrte sie an. Er musste ihnen gefolgt sein. Er war ein dünner, struppiger Kerl, der trotz der Februarkälte und des groben Bodens barfuß ging. Zacharias fragte sich, ob er ihn ansprechen sollte.

Maria fragte sich das offensichtlich nicht. Sie ergriff einfach das Wort.

»Hast du Hunger?«, fragte sie den Jungen.

Der kleine Kerl schwieg und schien nachzudenken, dann nickte er mit einer kaum merkbaren Bewegung.

»Wir haben Dörrobst«, sagte Maria. »Magst du was?«

Der Junge nickte wieder. Maria versuchte sich von der Decke freizustrampeln, aber Zacharias hielt sie fest. Er war misstrauisch.

»Bleib auf dem Pferd«, murmelte er, dann beugte er sich nach hinten und holte aus der Packtasche den Lederbeutel, in dem ihr Proviant untergebracht war. Er fischte ein paar getrocknete Pflaumen heraus und warf sie dem Jungen zu, eine nach der anderen. Der Junge fischte sie mit schnellen Bewegungen aus der Luft und stopfte sich die Beute in den Mund, ohne nachzusehen, was es war. Die Trockenpflaumen waren zäh und klebrig. Sein Mund arbeitete angestrengt, aber die Früchte schmeckten süß, und trotz der Anstrengung erschien ein seliges Lächeln auf seinem Gesicht.

»Bertolino«, sagte er dann.

»Wer?«, fragte Zacharias.

»Bertolino. Der Blödian. Ich glaub, er ist bei ihm.«

»Wer ist bei Bertolino?«

Der Junge musterte Zacharias nachdenklich. »Ihr sucht doch nach dem Geist, oder?«

Zacharias konnte nicht verhindern, dass er eine Gänsehaut bekam. Er starrte den Jungen an. Der redete nach einer Pause weiter. »Obwohl ich nich glaub, dass er 'n Geist ist. Ich hab gehört, wie die anderen sagten, er is'n Engel.«

»Ein Engel?«

»Ja. Einer, den Gott geschickt hat. Zu uns. Weil wir was falsch gemacht ham.«

»Wer hat was falsch gemacht?«

»Na, wir. Wir alle. Und natürlich die Juden. Die sind sowieso schuld, weil sie Christus umgebracht ham. Sagt der Pfarrer. Habt ihr schon mal Juden gesehen?«

Zacharias gab Maria einen warnenden Schubs, als sie antworten wollte. »Juden sind selten«, sagte er. »Man bekommt sie quasi nie zu Gesicht.«

Der Junge schien enttäuscht.

»Der Engel«, sagte Zacharias. »Der, den Gott gesandt hat. Wo kam der her?«

»Na, von Gott.«

»Nein, ich meine, wie kam er zu euch? Zu Bertolino?«

»Also …«, begann der Junge. »Bertolino is der doofe Bruder von Jacopo, und der war auch nich helle. Und jetzt isser eh tot. Jacopo, mein ich. Und da warn die zwei, die vom Meer an Land gespült wurden. Die waren auf'm Schiff gewesen, und die waren tot. Aber plötzlich war einer davon weg. Und Bertolino is irgendwann auf den Felsen aufgewacht und hat 'nen Mordsradau gemacht, ob jemand Jacopo gesehen hat. Der war nämlich zum Wrack rübergegangen, sagte Bertolino. Also kletterten 'n paar andere auch rüber. Und die fanden dann Jacopo auf'm Schiff. Sie sagten, sein Schädel wär halb zu Brei geschlagen gewesen. Also, das sagten sie nachher, ja? Weil vorher suchten sie nach Bertolino, gleich als sie vom Wrack zurückkamen, doch Bertolino war nich mehr da, und als sie ihn zu Hause besuchten, machte er die Tür nich auf, obwohl er drin war. Er hatte sie von innen verrammelt, man konnte nich mal rein.«

Zacharias versuchte den Bericht zu verstehen. »Und wie kommt der Engel ins Spiel?«, fragte er.

Aber der Junge hatte nur Luft geholt – oder seine Gedanken sortiert. »In der Nacht kam Bertolino aber dann trotzdem zum Dorfvorsteher und erzählte ihm was. Und dann gingen die Männer am nächsten Morgen alle zu Bertolino, der sie jetzt reinließ. Und seitdem heißt es, dass der Engel da is. Also wenn das so is, dann wohnt der Engel bei Bertolino.«

»Wieso hast du zuerst gemeint, der Engel sei ein Geist?«

»Na, weil er doch vorher tot war. Wenn man tot war und trotzdem noch rumläuft, is man 'n Geist.«

»Aber er war gar nicht tot …«

Der Junge schien nun am Ende seiner Vorstellungskraft angekommen zu sein. Er zuckte nur mit den Schultern. »Keine Ahnung«, murmelte er.

Zacharias stellte fest, dass er bislang eine wichtige Frage nicht gestellt hatte. Nun drängte sie sich ihm förmlich auf die Zunge. »Der Engel«, sagte er. »Reden die Leute in deinem Dorf auch darüber, welcher Engel das ist? Ist es einer der Erzengel? Michael? Gabriel? Raphael? Uriel? Oder ist er nur irgendein …«

Der Junge unterbrach ihn. »Ich hab gehört, er heißt Israel. Oder so.«

»Israel?« Zacharias wollte schon eine Verbindung zu dem Judenhass herstellen, der hier offenbar herrschte, doch dann dachte er in eine andere Richtung. Der Junge gab nur wieder, was er zufällig oder beim Lauschen erfahren hatte. Namen sprach er so aus, wie er sie verstanden hatte. Gab es einen Engel, der so ähnlich wie Israel hieß?

Als Zacharias endlich verstand, bekam er erneut Gänsehaut. Nur ging sie diesmal nicht mehr weg. »Azrael?«, flüsterte er. »Kann es sein, dass der Engel sich Azrael nennt?«

»Ja, oder so ähnlich.« Der Junge schien das Interesse zu verlieren. »Habt ihr noch was von den süßen Dingern?«

»Kannst du mir sagen, wo Bertolinos Hütte liegt?«

Der Junge deutete in eine Richtung. »Wenn ihr an 'ne Hütte kommt, bei der das Gras schon aus'm Dach wächst, seid ihr richtig. Am anderen Ende des Strands.«

Zacharias warf ihm eine weitere Handvoll Pflaumen zu. Der Junge steckte sofort wieder so viele er nur konnte in den Mund. Dann drehte er sich auf den Fersen um und lief davon.

Maria wand sich unter der Decke, bis sie Zacharias ins Gesicht schauen konnte. »Ist hier wirklich ein Engel?«, fragte sie ehrfürchtig.

»Nein, mein Täubchen. Engel betreten die Erde nicht. Das sind nur Geschichten.«

»Aber der Junge hat gesagt …«

»Er hat da was falsch verstanden.« Zacharias war nur mit halbem Ohr bei Marias Fragen. Er versuchte zu verstehen, was hier vor sich ging. Dass bei Bertolino kein leibhaftiger Engel untergekommen war, stand fest. Es musste der Schiffbrüchige sein, der zuerst für tot gehalten worden war. Er musste sich selbst als Engel bezeichnet haben – warum sonst wäre ein anscheinend geistig zurückgebliebener Mann wie Bertolino auf die Idee gekommen, ihn so bezeichnen. Aber weshalb? Und warum ausgerechnet dieser Name?

Azrael.

Der Engel des Todes.

»Heute Nacht werden wir Bertolino mal einen Besuch abstatten«, murmelte Zacharias.

Maria sagte daraufhin lange Zeit gar nichts. Schließlich flüsterte sie: »Ich hab Angst, Tatele.«

10

Nach Einbruch der Dunkelheit pirschte Zacharias sich vorsichtig die letzten paar Dutzend Schritte an Bertolinos Hütte heran. Wenn man den schmalen Kiesstrand als flache Mondsichel betrachtete, befand sich das Dorf am einen Ende und Bertolinos Hütte am anderen. Die Häuser des Dorfs zogen sich zum Teil die steile Felsküste hinauf. Zacharias hatte Gebäude gesehen, die auf winzigen, halbwegs ebenen Terrassen balancierten und nur über in den Fels gehauene Treppen erreichbar waren. Bertolinos Hütte stand dagegen direkt am Fuß der Klippen. Sie drängelte sich förmlich in eine natürliche Aussparung hinein. Die eine Wand war der nackte Fels, der aus dem Kies ragte.

Zacharias hatte Maria und das Pferd auf halbem Weg zwischen dem Dorf und hier zurückgelassen. Die Felsen hatten ein natürliches Versteck geboten, und Zacharias hatte seiner Tochter eingeschärft, dort zu bleiben und auf ihn zu warten. Er hatte sie in die Decke eingehüllt und sie geküsst und ihr versichert, dass er in Rufweite war. Wenn irgendetwas sie beunruhigte, sollte sie schreien. Er würde sofort zu ihr eilen. Mit einem fürchterlich schlechten Gewissen war er dann davongeschlichen und hatte sich geschworen, dass dieses Mal das letzte Mal war, dass er Maria mitgenommen hatte. Er würde sich wirklich eine neue Frau suchen müssen, damit Maria wieder ein vernünftiges Heim bekam. Der Blick, den Maria ihm zugeworfen hatte, als er sich am Strand noch einmal zu ihr umgedreht hatte, war ihm mitten ins Herz gedrungen. Das war kein Leben für ein kleines Kind – in einem Versteck zwischen den Felsen irgendwo in der Fremde allein darauf warten zu müssen, dass sein Vater von einer Mission zurückkehrte.

Die Hütte hatte auf der Längsseite, die nicht aus Felswand bestand, eine kleine Fensteröffnung. Sie war einfach ein rechteckiges Loch in der Wand. Man konnte sie nachts mit einem hölzernen Laden zustellen, doch der Laden lag auf dem Boden vor der Fensteröffnung. Wahrscheinlich war er irgendwann einmal beim Versuch, ihn in die Öffnung zu klemmen, nach draußen gefallen, und den Hausbewohnern war die Mühe zu groß gewesen, ihn zu holen. Es sagte mehr über die Bewohner aus als alle verächtlichen Beschreibungen des Jungen aus dem Dorf.

Hinter der Fensteröffnung sah Zacharias Licht flackern. In der feuchten Seeluft hing ein schwacher Duft nach ranzigem Fett – ein Talglicht mit nicht besonders gut gereinigtem Talg. Zacharias bewegte sich näher heran, bemüht, den kiesigen Untergrund zu meiden und sich stattdessen nur auf den Felsen entlangzuhangeln. Die letzte kurze Strecke musste er wohl oder übel auf dem Kies gehen. Er fühlte sich etwas sicherer, als er das Stimmengemurmel vernahm. In der Hütte mussten sich mehrere Männer aufhalten. Sie würden das Knirschen seiner Schritte nicht hören können, wenn er sich nur vorsichtig genug bewegte. Dann stellte er fest, dass die Hütte ohnehin auf einer großen Felsplatte stand, die frei von Kies war. Lautlos huschte er zur Fensteröffnung und presste sich an die Wand. Dann hob er ganz langsam den Kopf, bis er über den unteren Rand der Öffnung spähen konnte.

In der Hütte waren drei Männer. Einer lief unruhig auf und ab, die anderen beiden saßen auf Bänken, die aus Treibholz zusammengebunden schienen. Zacharias hätte ihnen sein Gewicht nicht anvertraut.

»Bertolino, setz dich verdammt noch mal wieder hin«, sagte einer der beiden Männer, die saßen. »Du machst mich noch wahnsinnig.«

»Warum ist Jacopo nicht hier?«, klagte Bertolino. »Jacopo wusste immer, was man tun musste.«

»Jacopo ist nicht hier, weil er tot ist, du Blödmann«, sagte der andere der sitzenden Männer. »Und er wusste auch nie, was zu tun war, weil er fast genauso blöd war wie du.«

»Der Engel ist zu mir gekommen, nicht zu euch!«, fuhr Bertolino auf. »Wer ist jetzt der Blöde, he?«

»Und er hat dir gesagt, du sollst uns holen, weil du nicht kapiert hättest, was er uns sagen will.«

»Überhaupt ist er gar kein richtiger Engel«, fügte der erste der sitzenden Männer hinzu. »Er ist nur ein Kerl, der es denen in den Burgen und Bischofspalästen endlich mal zeigen wird. Und dem Papst und seinen fetten Neffen in Avignon auch!«

»Der Papst ist der Heilige Vater«, wandte Bertolino weinerlich ein.

»Schöner Heiliger. Von allen korrupten Pfaffen ist er der korrupteste! Wurde Zeit, dass mal einer aufsteht und ihn das Fürchten lehrt.«

»Die verdammten Händler von der Signoria in Genua sind genauso schlimm«, erklärte der zweite der sitzenden Männer. »Eigentlich noch schlimmer, weil die uns noch viel näher sind als der Papst und uns dauernd ausquetschen.«

»Auf die will er ja auch den Zorn Gottes herabrufen.«

»Und wie will er das eigentlich machen? Hast du das verstanden gestern? Mir ist es ehrlich gesagt nicht klar. Wie kann er den Zorn Gottes in dieser verdammten Kiste haben?«

»Die Juden haben doch die Bundeslade rumgeschleppt. Das war auch 'ne Kiste, und da war auch der Zorn Gottes drin.«

»Verdammt. Meinst du, der Kerl ist ein Jude?«

»Nein, ich meine nur, dass die Bundeslade von außen auch nur 'ne Kiste war. Ist doch egal, wie er das macht. Hauptsache, er macht's.«

»Hoffentlich haben die den Schnüffler bald geschnappt«, jammerte Bertolino. »Der ist bestimmt vom Papst geschickt worden.«

»Mann, Bertolino, du bist so blöd, dass es für zwei reicht. Der Papst? Wohl eher die Signoria. Wahrscheinlich vermissen sie die Ladung des Schiffs. Deshalb haben sie den Schnüffler hergeschickt. Sie müssen draufgekommen sein, dass das Schiff bei uns hier auf die Felsen gelaufen ist.«

Verspätet wurde Zacharias klar, was die letzten Sätze bedeuteten. Dass mit dem Schnüffler er gemeint war, war ihm sofort klar gewesen. Aber dass Bertolino und die beiden anderen darauf warteten, dass er geschnappt wurde … zusammen mit der

Atmosphäre, die er im Inneren der Hütte spüren konnte – die gespannte Erwartung derjenigen, denen man gesagt hat, sie sollen zur Tarnung zurückbleiben …

Zacharias fuhr herum. Es war eine Falle. Der Junge mit dem Appetit auf Dörrpflaumen war keine Plaudertasche gewesen, sondern hatte auf Anweisung der anderen Dörfler gehandelt!

Es war zu spät. Ein Dutzend Männer stand auf der Felsplatte und riegelte jeden Fluchtweg ab. Sie waren völlig lautlos aufgetaucht. Zacharias wusste nicht, wo sie sich versteckt gehalten hatten. Er sah nur die Waffen, die sie trugen – Fischspieße und Bootshaken und Knüppel. Langsam richtete er sich aus seiner kauernden Stellung auf und überlegte, wen er als Ersten angreifen würde. Wer als Erster angriff, hatte die Kontrolle.

Ein Mann trat hinter den anderen hervor und ein paar Schritte auf Zacharias zu. Er trug die dunkle Kutte eines Geistlichen und hatte die Kapuze über den Kopf gezogen. Das Licht von der Fensteröffnung fiel auf ihn, doch innerhalb der Kutte sah Zacharias nur ein schwarzes Loch. Er kämpfte einen Anflug von abergläubischer Furcht nieder.

Der Mann in der Kutte war unzweifelhaft der Todesengel. Azrael. Doch er war ein Mensch aus Fleisch und Blut, da war sich Zacharias sicher. Und er war derjenige, den er angreifen und unschädlich machen musste, dann würde der Kampf schon gewonnen sein, bevor er richtig begonnen hatte.

Zacharias setzte sich in Bewegung. Dann stoppte er, weil er etwas sah, was ihn jeden Gedanken an einen Angriff vergessen ließ. Es war ein Anblick, der das absolute Grauen in ihm weckte, ein Anblick, den das Licht aus der Fensteröffnung jetzt vollends enthüllte, als der Mann in der Kutte noch einen Schritt nach vorn trat.

Zacharias blieb stehen. Dann wich er einen Schritt zurück, als sich der Mann in der Kutte auf ihn zubewegte.

Er wäre bis zur Wand der Hütte zurückgewichen vor Grausen, aber einer der Dörfler war hinter ihn getreten und rammte ihm seinen Spieß mit aller Kraft zwischen die Schulterblätter.

Der Spieß schrammte an der Wirbelsäule vorbei und zwischen zwei Rippen hindurch und durchbohrte Zacharias' Herz. Unterhalb des Brustbeins trat die Spitze wieder aus. Ein Strahl Blut pumpte mit ihr aus der Wunde und spritzte auf die schwarze Kutte.

Zacharias dachte daran, dass Maria in ihrem Versteck auf ihn wartete und dass er nun sein Versprechen nicht einhalten konnte. Er würde nicht zu ihr zurückkehren. Niemals. Eine so große Reue befiel ihn, dass Tränen in seine Augen traten. Eine so große Angst um sie packte ihn, dass er den Schmerz nicht spürte.

Er wollte ihren Namen sagen, aber er hatte keine Kraft mehr dazu.

Joseph, dachte er. Zum ersten Mal lasse ich dich im Stich.

Maria, dachte er. Verzeih mir, dass ich nicht zu dir zurückkehre.

Deborah, dachte er. Wartest du dort schon auf mich?

Seine Knie gaben nach, dann sackte er in sich zusammen. Der Fischer riss den Spieß mit einem Ruck heraus. Zacharias drehte sich halb um die eigene Achse und fiel zur Seite. Sein großes, starkes Herz pumpte noch einen Strahl Blut aus der Wunde und hörte dann auf zu schlagen.

Im Sterben gaukelte ihm seine Liebe zu Maria ihr Trugbild vor. Er sah sie am Rand der Felsplatte stehen, reglos, die Augen auf ihn gerichtet. Er lächelte.

Er sah, wie der Mann in der Kutte sich umwandte und zu Maria schaute und wie Maria zurückwich, und ihm wurde klar, dass sie kein Trugbild war, sondern wirklich dort stand.

Das Lächeln verschwand von seinen Lippen. Ein Entsetzen, so groß wie er es nicht einmal beim Tod Deborahs gespürt hatte, ergriff ihn.

Dann hüllte ihn der wirkliche Engel des Todes in seine Schwingen, und es gab kein Entsetzen mehr und keine Reue und keine Angst und keine Sehnsucht, sondern nur noch …

… nichts.

11

Am nächsten Morgen kamen Soldaten auf der Suche nach dem Schiffswrack in die Gegend. Als sie die Überreste der *Vento del Dio* auf den Felsen fanden, begannen sie damit, alles abzuriegeln.

Azrael, der in Wahrheit anders hieß, aber seinen eigenen Namen vergessen hatte, versammelte seine Gefolgschaft um sich. Er erklärte ihnen, dass er nun zu seiner von Gott befohlenen Mission aufbrechen würde. Er bot ihnen an, ihm zu folgen. Die Männer schreckten vor dem Angebot zurück. Es bedeutete, dass sie ihre Heimat aufgeben mussten, ihren Broterwerb, ihre Sicherheit. Ihre Heimat war ein kalter, nasser Flecken an der Küste, ihr Broterwerb hart und wenig einträglich und ihre Sicherheit gering. Aber es war etwas Greifbares. Azraels Angebot war nur ein Versprechen. Die Klügeren unter den Männern dachten außerdem, dass es schön und recht war, wenn sich jemand aufmachte, der herrschenden Klasse eins auszuwischen, dass es für die kleinen Leute aber allemal besser war, nicht unmittelbar daran beteiligt zu sein und lieber abzuwarten, welche Verbesserungen sich im Nachhinein ergaben. Die Ängstlicheren unter den Männern hatten ganz einfach Angst davor, der Einladung Folge zu leisten. Die Dümmeren unter den Männern fühlten sich davon geehrt.

Drei Männer sagten Azrael ihre Gefolgschaft zu. Bertolino war nicht dabei. Er war vielleicht dumm, aber er war auch zu ängstlich. Ihn beauftragte Azrael damit, die Mission bereits hier zu beginnen. Das gefiel Bertolino schon besser. Azrael schickte die Fischer, die sich ihm nicht anschließen wollten, nach Hause, bat die drei, die nun zu ihm gehörten, nach draußen zu gehen, und kündigte Bertolino ein Ritual an, mit dem er zum Beauftragten Azraels hier an der Küste würde. Auch das gefiel Bertolino. Endlich war auch er einmal wichtig.

Das Ritual bestand darin, die Augen zu schließen und die Hände zu einer Schale zu formen. Azrael murmelte etwas, das Bertolino nicht verstand, dann wurde etwas Lebendiges, Pelziges in seine Handflächen gesetzt, und bevor Bertolino zurückzucken konnte, wurden seine Hände gepackt und um das Lebendige, Pelzige herum geschlossen.

Es wehrte sich. Es kratzte. Es biss. Bertolino schrie auf und öffnete die Augen. Er sah voller Horror, was Azrael in seine Hände gelegt hatte und jetzt wieder an sich nahm. Er starrte Azrael an, Schock und Verletztheit und Empörung im Blick. Azrael lächelte ihm zu und strich ihm über die Wange.

Dann brach er mit seinen Gefolgsleuten auf. Die Soldaten waren noch nicht ganz damit fertig, die Gegend abzuriegeln, und so war es ein Leichtes, durch den Kordon zu gelangen. Einmal blickte eine Gruppe von Soldaten in ein paar Dutzend Schritt Entfernung argwöhnisch auf, doch Azrael hob die Hand zu einer segnenden Geste, und statt ihn und seine Männer aufzuhalten, senkten die Soldaten nur die Köpfe und schlugen das Kreuzzeichen.

Einer von Azraels Gefolgsleuten nahm die Truhe, die Jacopo kurz vor seinem Tod auf dem Schiffswrack gefunden hatte. Er balancierte sie vorsichtig, weil er wusste, dass etwas Lebendiges darin war. Ein zweiter trug ein schlafendes Kind auf dem Arm. Das Kind war Maria. Azrael hatte ihr etwas eingeflößt, das sie schlafen ließ, seit die Männer sie gestern am Strand eingefangen hatten.

Als sie sich einem Trosswagen näherten, den zwei Soldaten bewachten, griff Azrael in die Truhe und holte einen der Insassen heraus.

Es war eine Ratte. Sie bewegte sich träge und biss Azrael mehrfach in die Hand, aber sie gab keinen Laut von sich und wirkte schwach und krank. Der Mann, der die Truhe hielt, starrte mit weit aufgerissenen Augen auf das Blut, das aus den Bisswunden lief. Azrael schien sie nicht zu spüren.

Er versteckte die Hand mit der Ratte hinter dem Rücken, segnete die Wächter des Trosswagens und bat sie um ein Stück Brot für sich und seine Begleiter. Die Soldaten, gewöhnt, dass man die Geistlichkeit unterstützte, kramten in den Kisten auf der Ladefläche des Wagens. Azrael steckte in einem unbeobachteten

Moment die Hand mit der Ratte darin unter die Plane. Als er sie wieder herauszog, war die Hand leer. Die Ratte saß jetzt im Trosswagen, inmitten von Kornsäcken und Schinkenseiten und sonstigem Proviant, mit dem eine Vielzahl von Soldaten versorgt werden würde. Sie würde mit allem in Berührung kommen, alles benagen.

Azrael und seine drei Gefolgsleute zogen weiter. In seiner Hütte verband sich Bertolino die Hand mit einem dreckigen Tuchfetzen und fragte sich, womit er es verdient hatte, dass Azrael ihn von seiner Ratte hatte beißen lassen.

Seinem langsam arbeitenden Verstand dämmerte, dass irgendetwas nicht stimmte.

12

Im Morgengrauen des gleichen Tages waren Joseph und Dionysius Colle in Genua aufgebrochen. Colle war zur Abreise fertig gewesen, als Joseph bei ihm auftauchte. Dennoch gab es ein Problem.

»Den Wagen?«, rief Joseph überrascht. »Ihr könnt den Wagen nicht mitnehmen! Der hält uns nur auf.«

»Es gibt zwei gute Gründe für den Wagen«, sagte Colle würdevoll. »Der erste ist, dass ich meine Kräuter und Elixiere brauche, wenn vor Ort tatsächlich die Seuche ausgebrochen sein sollte. Der zweite ist, dass ich nicht reiten kann.«

»Was?«

»Ich kann dafür einen Wagen lenken«, sagte Colle und klang beleidigt.

»Jeder kann einen Wagen lenken!«, stieß Joseph hervor.

»Aber nicht jeder kann reiten. Ich zum Beispiel.«

»Warum habt Ihr mir das gestern nicht gesagt?«

»Weil ich nicht dachte, dass es ein Problem wäre!«

»Ihr habt doch gewusst, wie eilig das Ganze ist. Warum brechen wir wohl schon im Morgengrauen auf? Noch nicht mal die Hühner sind wach!«

»Wenn Ihr weiter so herumbrüllt, werden sie's noch.«

Joseph schnaubte. »Na gut, meinetwegen. Dann kommt nach, so schnell Ihr könnt. Ich gehe mein Pferd holen und reite voran.«

Joseph stürmte davon. Colle blieb auf dem Kutschbock sitzen und seufzte. Als Josephs Schritte verklungen waren, sagte er: »Deinetwegen hält er mich jetzt für einen kompletten Idioten.«

»Nein«, erwiderte Gisela, die das Gespräch aus dem Inneren des Wagens verfolgt hatte, wo sie sich versteckt gehalten hatte. »Tut er nicht. Und wenn doch, ist es für einen guten Zweck.« Sie öffnete die Tür am Heck des Wagens und kam um ihn herum. Colle blickte mit gottergebener Miene vom Kutschbock auf sie herab.

»Welchen guten Zweck?«, fragte er.

»Für die Liebe«, sagte Gisela und lächelte ihn an.

»Ich sollte das nicht tun«, sagte Colle.

»Was? Mich heimlich mitnehmen?«

»Richtig.«

»Doch, genau das sollst du tun. Und jetzt rück ein Stück beiseite. Ich kann nicht hinten im Wagen mitfahren.«

»Ich kann übrigens ganz gut reiten«, sagte Colle nach einer Pause. »Ist auch nicht schwerer, als einen Wagen zu lenken.«

»Kannst du auch so schnell wie möglich in A Spèza eintreffen?«

»Ich werde mein Bestes geben«, sagte Colle und ergriff die Zügel.

13

Joseph kam nicht bis A Spèza. In einer Ortschaft namens Framùa wurde die Straße von Soldaten bewacht, die ihm erklärten, dass es nicht weiterging. Auf die Nennung von Admiral Vignosos Namen bequemte sich ein Scharführer herbei, der allerdings auch nicht mehr wusste und auch nicht freundlicher war als seine Männer. Auf den Hinweis hin, dass Joseph nach einem Gespräch mit dem Dogen höchstpersönlich hierher aufgebrochen war – was technisch der Wahrheit entsprach – und dass er und Admiral Vignoso gute Bekannte seien, wurde er zum Hauptmann der Soldaten gebracht.

Der Hauptmann hatte sein Quartier in einem alten Wachturm aus der Zeit vor der Republik Genua aufgeschlagen. Josephs Name war ihm bekannt, weshalb er ihm gegenüber aufgeschlossen war.

»Wir haben das Schiff gefunden, das Ihr und der Admiral gesucht habt«, erklärte der Hauptmann gut gelaunt.

»Wie – Ihr habt es gefunden?«

»Sofort nachdem die *San Giovanni Battista* wieder in Genua angelegt hatte und der Doge Meldung bekam, dass Ihr Wrackteile gesichtet hättet, wurden ein paar Kompanien Fußsoldaten ausgeschickt, um das Wrack der *Vento del Dio* ausfindig zu machen und die Gegend, wo es gestrandet war, abzuriegeln. Nun, das Schiff ist vor Bonasseua auf die Felsen gelaufen. Der Ort liegt etwa zwei Meilen südlich von hier. Wir haben alles dichtgemacht – von hier bis Lièvanto.«

Alter Fuchs, dachte Joseph bei sich und meinte damit sowohl den Dogen als auch Admiral Vignoso. Der Doge schien beständig einen Schritt weiterzudenken, hielt sich über seine Pläne bedeckt und unternahm ohne zu zögern das Notwendige. Und Admiral Vignoso war anscheinend seine fähige rechte Hand.

»Wisst Ihr auch, warum Ihr alles abriegeln sollt?«, fragte er.

Der Hauptmann starrte Joseph an. »Caffa«, sagte er nur.

»Und Eure Soldaten? Was wissen die?«

»Soldaten wissen nicht, Soldaten gehorchen. Und das ist so das Beste.«

»Lasst Ihr mich durch?«

»Wenn Ihr den Admiral treffen wollt – der ist in Bonasseua.«

Joseph wollte schon fragen, ob der Hauptmann und seine

Männer auf Zacharias gestoßen seien, doch dann verbiss er es sich. Er und Zacharias waren immer gut beraten gewesen, Zacharias' Existenz möglichst geheim zu halten. Er sah keinen Grund, dieses Vorgehen jetzt plötzlich zu ändern. Zacharias musste mindestens einen Tag Vorsprung vor den Soldaten gehabt haben. Wenn er etwas über etwaige Überlebende herausgefunden hatte, würde er es Joseph mitteilen, sobald sie sich trafen. Wenn es etwas war, was die allgemeine Sicherheitslage betraf, zum Beispiel ein Überlebender, der sich davongemacht hatte, konnten sie immer noch den Admiral einweihen.

Und wenn die *Vento del Dio* die Pest nach Bonasseua getragen hatte, würden die Soldaten es von ganz allein merken. Es war gut, dass die Gegend weiträumig abgeriegelt worden war.

»Ich will nicht den Admiral sprechen. Ich muss nach A Spèza.«

»Da kommt Ihr heute nicht mehr vor Anbruch der Dunkelheit hin. Ich würde Euch raten, in Bonasseua zu bleiben. Ich gebe Euch sicherheitshalber einen Geleitbrief mit, falls Ihr einer Patrouille auffallt.«

»In meinem Gefolge reist ein Bader namens Dionysius Colle. Er wird vermutlich einen Tag nach mir eintreffen. Bitte lasst ihn auch durch und schickt ihn dann gleich nach Bonasseua. Ich werde mich mit ihm dort treffen, wenn ich von A Spèza zurückkehre.«

»Ein Bader? Das wird lustig werden.«

»Ich weiß nicht, was daran so erheiternd ist.«

Der Hauptmann grinste. »Der Admiral hat einen Medicus im Schlepptau, den der Doge ihm aufgenötigt hat – eine lange Dörrpflaume mit ewig schlechter Laune. Ich nehme an, Euer Bader ist wegen der Gefahr, dass die Seuche hier ausbricht, unterwegs?«

»So ist es.«

»Der Medicus auch. Sagt Eurem Bader, er soll dem Arzt bloß nicht widersprechen – der hat eine Zunge, schärfer als jedes Skalpell.«

In Joseph regte sich eine Erinnerung. »Habt Ihr den Namen des Medicus mitbekommen?«

»Doldi oder so ähnlich.«

»Giovanni Doldi?«

»Ja. Warum? Kennt Ihr ihn?«

»Ich durfte einmal Zeuge werden, wie er seine Skalpellzunge gegen einen Kollegen gebraucht hat. Hat der Doge Druck auf ihn ausgeübt, damit er mitkommt?«

»Weiß ich nicht. Glaube aber nicht. Für mich sah es eher so aus, als habe Doldi Druck auf den Dogen ausgeübt, damit er ihn mitschickt.«

Erstaunt über Giovanni Doldis anscheinenden Sinneswandel bezüglich der Pflichten eines Arztes beim Ausbruch einer Seuche, machte Joseph sich wieder auf den Weg.

Die Straße nach A Spèza führte in vielen Serpentinen wieder die Küstenberge hinauf und folgte dann, unterhalb der Gipfel, dem Küstenverlauf. Sie stieg in ein Tal hinab, an dessen Ende Bonasseua lag. Der Hauptmann hatte recht – A Spèza lag für heute außer Reichweite. Joseph hatte in Framùa zu viel Zeit verloren. Er würde die Stadt erst weit nach Torschluss erreichen – keine Chance, heute noch mit Zacharias zusammenzutreffen. In die Stadt würde man ihn auch nicht lassen zu so später Stunde. Eine Übernachtung im Freien war ihm daher sicher. Er konnte ebenso gut dem Rat des Hauptmanns folgen und zuerst in Bonasseua nach dem Rechten sehen. Vielleicht war Zacharias auch noch dort, dann sparten sie sich beide den weiteren Weg.

Das Schiffswrack sah Joseph erst auf der letzten Kehre der gewundenen Straße. Das Fischerdorf lag in einer weiten Bucht, der an beiden Enden steile Bergkuppen vorgelagert waren, die direkt aus dem Wasser aufstiegen. An der nordwestlichen Bergkuppe waren mehrere Felsreihen, die wie Finger ins Meer hinausgriffen. Das Wrack hing auf einer davon. Es wirkte seltsam klein und unförmig, bis Joseph klarwurde, dass er nur noch die Hälfte des Rumpfs sah. Er musste auseinandergebrochen sein. Die andere Hälfte hatte sich das Meer wiedergeholt.

Anscheinend hatte wer immer zu diesem Zeitpunkt auf dem Schiff noch am Leben war versucht, es zu dem flachen Kiesstrand in der Bucht zu steuern. Es war ihm nicht gelungen.

Der Geleitbrief des Hauptmanns brachte Joseph ohne große Komplikationen zum größten Haus des Ortes, das Admiral Vignoso für sich requiriert hatte. Der Admiral begrüßte Joseph zu dessen Erstaunen mit einem geknurrten: »Da seid Ihr ja endlich.«

»Habt Ihr auf mich gewartet? Wir hatten nichts dergleichen vereinbart. Ich wusste nicht einmal, dass Ihr mit Genuas halbem Heer auf die Suche nach dem Wrack gehen würdet.«

»Das nicht, aber ein umsichtiger Mann wie Ihr würde doch das Wrack nicht einfach seinem Schicksal überlassen. Also war mir klar, dass ich Euch hier wiedersehen würde.«

»Warum habt Ihr mich nicht mitgenommen?«

»Die Signoria war dagegen. Man war wohl der Meinung, der Jude aus Mestre hätte sich schon genug … hmm … eingebracht.«

»Danke für Eure Offenheit.«

»Eure Ironie ist unnötig. Der Doge und ich denken anders, sonst hätte ich nicht Befehl gegeben, Euch durch die Absperrungen zu lassen.«

Joseph zeigte den Geleitbrief des Hauptmanns vor. »Er hat so getan, als sei es nur seiner Weitsicht zu verdanken, dass er mich durchlässt.«

Vignoso lachte. »Ich glaube eher, er wollte vermeiden, dass Ihr mit irgendwelchen vorwitzigen Soldaten Schwierigkeiten bekommt, die denken, sie könnten einem Zivilisten übel mitspielen, solange ihnen keiner auf die Finger schaut. Ich kenne den Hauptmann gut. Er will noch was werden im genuesischen Heer. Er hat sichergestellt, dass in seinem Verantwortungsbereich alles glattläuft.«

Joseph zuckte mit den Schultern. Im Grunde war es ihm egal. »Kann ich Euch irgendwie helfen, solange ich hier bin? Ich möchte mein Pferd ausruhen und dann gegen Mitternacht nach A Spèza weiterreiten, wenn genug Licht vorhanden ist.«

»Das Sternenlicht müsste Euch reichen. Es klart mehr und mehr auf. Und Ihr könnt mir tatsächlich helfen. Ich glaube, ein Soldat wie ich ist für diese Aufgabe zu direkt; und die Dörfler hier sind keine Hilfe. Die sind so verschlossen wie die Geldtruhe eines Juden … oh … verzeiht die Redensart.«

»Kein Problem«, sagte Joseph und versuchte, es auch so zu empfinden.

Vignoso wandte sich an einen seiner Offiziere. »Der Idiot – wo haben wir den eingesperrt?«

»In dem Ziegenstall beim oberen Olivenhain, Herr«, schnarrte der Offizier.

»Hervorragend. Lasst ihn herbringen.«

»Ihr habt jemanden einsperren lassen?«, fragte Joseph. »Meint Ihr das mit dem Idioten wörtlich, oder handelt es sich nur um jemanden, dessen Nase Euch missfällt?«

»Wenn ich Idiot sage, meine ich Idiot«, erklärte Vignoso. »Andernfalls würde ich sagen: verdammter Idiot.«

»Was hat der Mann getan?« Joseph stutzte. »Sagt nicht, dass er ein Überlebender der …«

»Nein, ist er nicht. Er stammt aus dem Dorf.«

»Warum habt Ihr ihn dann einsperren lassen?«

Vignoso seufzte. »Seht Ihr, deshalb könnt Ihr mir helfen. Ihr steckt voller Fragen. Ein Soldat wie ich hat keine Fragen, sondern Antworten. Also – fragt den Kerl munter drauflos, vielleicht kriegt Ihr heraus, was er uns eigentlich sagen will … und warum die verdammten Idioten hier im Dorf alle so tun, als hätten sie ihre eigene Zunge verschluckt.«

»Was macht den Mann so wichtig?«

Vignoso schien zu überlegen, ob er es sagen sollte. Er senkte unwillkürlich die Stimme. »Weil er gesagt hat, der Todesengel sei bei ihm gewesen, und er wäre sicher, dass der Todesengel mit dem Schiff gekommen sei.«

Joseph schwieg überrascht.

»Seht Ihr«, sagte Vignoso. »Ihr zieht die gleichen Schlüsse wie ich. Was, wenn es sich um einen Überlebenden der *Vento del*

Dio handelt? Wo ist er dann jetzt? Was ist aus ihm geworden? Hat der Idiot ihn umgebracht und verscharrt? Deshalb habe ich ihn einsperren lassen. Damit er nicht noch auf den Gedanken kommt, abzuhauen, bevor das geklärt ist.«

Bevor der Verhaftete gebracht werden konnte, betrat ein anderer Mann den Raum. Er kam nicht von draußen, sondern kletterte eine steile Leiter herunter, die in das Dachgeschoss des Hauses führte. Mehr Stockwerke besaß die Behausung nicht; und der Raum, in dem sich Joseph und die anderen befanden, war der einzige im Erdgeschoss. Er erstreckte sich über die gesamte Grundfläche des Hauses und war spärlich möbliert. Joseph fragte sich, wo die Bewohner des Hauses jetzt lebten. Vignoso hatte sie offensichtlich einfach ausquartiert. Womöglich war das durchsetzungsfreudige Vorgehen des Admirals ja der Grund für die Verschlossenheit der Dörfler.

Der Mann, der die Leiter benutzt hatte, hatte einzelne Strohhalme in seiner Tunika stecken. Er klaubte sie mit angewidertem Gesicht heraus. In seinem Haar steckten ebenfalls Strohhalme. Er hatte sie noch nicht bemerkt.

Der Mann war Giovanni Doldi, der Medicus, der sich vor dem Dogen ein Wortgefecht mit seinem Kollegen Gentile da Foligno geliefert hatte.

»Ausgeschlafen, Herr Medicus?«, knurrte Vignoso. »Bedaure, dass die Reise hierher so anstrengend war.«

Doldi ging nicht darauf ein. Er musterte stattdessen Joseph. »Euch habe ich schon mal gesehen. Sagt es mir nicht, ich komme von allein drauf. Ja. Im Dogenpalast. Ihr habt mit Eurem Eintreten das Gewäsch meines Kollegen unterbrochen. Allein dafür gebührt Euch Dank.«

»Keine Ursache«, sagte Joseph.

»Was tut Ihr hier?«, fragte Doldi.

»Ich helfe dem Admiral bei der Befragung eines Dörflers.«

»Seid Ihr eigens dafür aus Genua angereist?«

»Nein, ich war zufällig in der Gegend.«

»Warum beschäftigt *Ihr* Euch nicht mit dem Kerl aus dem

Dorf?« fragte der Admiral den Arzt. »Ihr habt mindestens genauso viele Fragen auf Lager wie unser Freund hier.«

»Seid Ihr auch Arzt?«, fragte Doldi, plötzlich noch mehr an Joseph interessiert.

»Nein.«

Die Ankunft des Verhafteten enthob Joseph einer Antwort. Er hatte einen renitenten, sich wehrenden Mann erwartet, der wütend herumbrüllte. Aber der Dörfler war eingeschüchtert, zog den Kopf zwischen die Schultern, konnte niemandem in die Augen schauen und schwitzte. Er sagte keinen Ton. Er roch nach Ziegenstall und Schweiß. Als Vignoso auf ihn zutrat, hob er die Hände wie zum Schutz vors Gesicht. Joseph fragte sich, ob die Soldaten ihn geschlagen hatten. Zimperlich waren sie sicher nicht mit ihm umgegangen.

»Er ist verletzt«, sagte Doldi. Er wies auf die verbundene Hand des Mannes.

»Nicht unsere Schuld«, brummte Vignoso.

»Hatte er das schon vorher?«

»Keine Ahnung.«

Doldi wandte sich an die Soldaten, die den Mann hereingebracht hatten. »Hatte er diesen Verband schon vorher?« Die Soldaten starrten den Arzt mit großen Augen an, keiner antwortete.

Doldi griff nach der Hand des Dörflers. Der machte einen Satz rückwärts und verbarg die Hand hinter seinem Rücken. Doldi schüttelte irritiert den Kopf. »Kann man den Mann ansprechen? Wie heißt er?«

Joseph nahm die Dinge in die Hand. Er schob sich vor Doldi, so dass der Arzt auf einmal hinter ihm stand, und lächelte den Dörfler an. »Wie war die Olivenernte letztes Jahr?«, fragte er.

Der Dörfler blinzelte. »Ich hab keine Oliven«, brummte er dann.

»Hartes Brot, nur von der Fischerei leben, was?« Joseph bemühte sich, so wenige Worte wie möglich zu verwenden.

Der Dörfler nickte langsam. »Ja«, sagte er.

»Ich bin Joseph«, erklärte er. »Aus Mestre.«

»Mestre? Was'n das?«

»Das ist bei Venedig.«

Der Dörfler machte ein misstrauisches Gesicht. »Venedig is'n Feind«, sagte er.

»Heute nicht. Wäre ich sonst mit Admiral Vignoso so friedlich zusammen?« Joseph zeigte auf den Admiral, und dieser war so überrumpelt, dass er den Dörfler unwillkürlich anlächelte.

»Was is'n Admiral?«, fragte der Dörfler.

»Der Herr über jede Menge Matrosen, Soldaten und Schiffe.«

»So was wie 'n Dorfältester?«

»Ja, nur noch wichtiger.«

»Unser Dorfältester«, erklärte Josephs Gesprächspartner mit Betonung, »ist 'n fieses Schwein.«

Admiral Vignoso schnappte nach Luft. Joseph machte eine abwehrende Handbewegung in seine Richtung. »Die hören nicht auf dich, oder?«, fragte er Bertolino. »Die Leute im Dorf?«

»Die haben nich mal auf Jacopo gehört, obwohl er der Schlauere von uns beiden war.« Der Dörfler klang frustriert. »Und jetzt is Jacopo eh tot.«

»Jacopo war dein … Freund?«

»Nö, mein Bruder. Jacopo und Bertolino. Vater hat seinen Namen immer zuerst genannt, obwohl ich der Ältere war. Weil ich auch der Dümmere war.«

»Du bist Bertolino?«

»Vater hat gesagt, ich komm sogar beim Wettbewerb für den Dorfdeppen als Zweiter raus. Aber das muss man erst mal schaffen – Zweiter sein.« Bertolinos Stimme klang nach zweifelhaftem Stolz.

»Großer Poseidon«, murmelte Vignoso. »Ich frage mich, ob das, was der Kerl uns eigentlich mitteilen kann, die Mühe wert ist.«

»Fragt ihn weiter«, sagte Doldi, der der Unterhaltung mit gespanntem Gesicht gefolgt war. Er trat um Joseph herum und musterte Bertolino aus nächster Nähe. Bertolino versuchte zurückzuweichen und wurde von den Soldaten aufgehalten. »Das ist sehr interessant. Man hat das Gefühl, einer Schnecke beim Denken zuzusehen.«

»Is der auch'n Admiral?«, fragte Bertolino und deutete auf Doldi.

Joseph sagte kurzentschlossen: »Wir gehen mal vor die Tür, Bertolino, was? Draußen redet sich's leichter.«

Bertolino schien an der Aussage zu zweifeln. »Ehrlich?«

»Die anderen bleiben hier drin. Die verstehen uns nicht.« Joseph warf dem Admiral einen fragenden Blick zu. Vignoso nickte nach kurzem Zögern.

»Ich komme mit«, sagte Doldi, unbeeindruckt, dass er gar nicht eingeladen war.

»Nein«, sagte Joseph. »Ihr ganz speziell kommt nicht mit.«

Doldi schnaubte empört. »Was glaubt Ihr, wer Ihr seid?«

»Ich bin derjenige, der Euren Kollegen unterbrochen hat, ohne dass der Doge etwas dagegen hatte«, sagte Joseph. Doldi riss die Augen auf und schnaubte noch empörter als vorhin, aber er schwieg.

»Was ist mit deiner Hand passiert?«, fragte Joseph, als er und Bertolino vor dem Haus im Freien standen.

»'ne Ratte hat mich gebissen.«

»Wie ist das denn passiert?«

»Das war seine Schuld.«

»Wessen Schuld?«

»Die Ratte gehörte dem Todesengel. Er hält sie in 'ner Kiste.«

Joseph bemühte sich, keine argwöhnische Miene zu ziehen. Kurz dachte er, dass Admiral Vignoso vielleicht recht hatte und dass es sich wirklich nicht lohnte, mit Bertolino zu sprechen. Was er bisher aus ihm herausbekommen hatte, klang einfach nur bizarr. Aber dann verdrängte er diesen Gedanken. Es klang vielleicht bizarr, aber es war auch in sich schlüssig, wenn man akzeptierte, dass Bertolino jemanden getroffen hatte, von dem er wirklich glaubte, er sei der Todesengel.

Aber warum kam der geistig zurückgebliebene Mann ausgerechnet auf diese Idee?

»So wie ich das mitbekommen habe«, begann Joseph, »wolltest du den Soldaten was über diesen Todesengel mitteilen, aber sie haben dich nicht verstanden. Willst du es mir sagen? Wir beide verstehen uns doch, oder?«

Bertolino lehnte sich an die Wand und musterte Joseph misstrauisch. Er wischte sich den Schweiß von der Stirn.

»Erzähl die Geschichte mit dem Todesengel mir. Ich verspreche dir, ich werde dir glauben. Und du musst dich auch nicht fürchten, ich tu dir nichts zuleide.«

Bertolino, der sich erneut den Schweiß von der Stirn wischte, hielt inne. »Ich hab keine Angst vor dir«, sagte er schroff. »Mir is nur heiß.«

»Dieser Todesengel«, sagte Joseph. »Wo kam der so plötzlich her?«

Bertolino blickte zu Boden. »Der war auf'm Schiff«, murmelte er.

»Auf dem Schiff? Das auf die Felsen aufgelaufen ist?«

»Ja.« Bertolino druckste herum. »Und ich glaub, er hat Jacopo auch umgebracht. Das wollt ich den Soldaten sagen. Weil Jacopo mein Bruder war.«

»Was meinst du damit: Er hat Jacopo *auch* umgebracht?« fragte Joseph, plötzlich alarmiert.

»Weil … also, Jacopo wollte zu dem Wrack rüber, und ich hab auf ihn gewartet und bin eingeschlafen, und dann stand plötzlich der Todesengel da und hat mich geweckt, und ich hab zuerst gedacht, er is nur'n Pfarrer, weil er was anhatte wie ein Pfarrer, aber dann sagte er, wer er is und dass er mich ausgewählt hat, ihn aufzunehmen, und ich hab gedacht, das is ja das erste Mal, dass jemand bei Jacopo und mir bleiben will, und dann haben die anderen später Jacopo auf'm Schiff gefunden, mit 'nem zu Brei geschlagenen Schädel …«

»Langsam«, sagte Joseph. »Eins nach dem anderen. Wen glaubst du, hat der Todesengel noch umgebracht – *außer* Jacopo?«

»Das glaub ich nich, das hab ich gesehen.«

»Und wer war das Opfer?«

»Kannte ich nich. So 'n Kerl von woanders. So 'n Schnüffler. So 'n Riesentyp mit 'nem kleinen Mädchen.«

Sämtliches Blut in Josephs Adern verwandelte sich in Eiswasser. Er starrte Bertolino an, ohne etwas sagen zu können. Eine unbeschreibliche Angst stieg in ihm auf. Der Mann konnte nicht von Zacharias reden, Zacharias hatte Maria in Mestre gelassen. Gleichzeitig dachte er: Er sagte auch, dass er sie in Nürnberg in unserer Bleibe zurückgelassen hätte, und es hat nicht gestimmt. Er dachte: Zacharias leidet wie ein Hund, wenn er sie nicht bei sich hat.

Gott der Gerechten, dachte er dann, bitte lass nicht zu, dass Bertolino von Zacharias redet!

»Geht's dir nich gut?«, fragte Bertolino. »Du hast auf einmal 'ne Gesichtsfarbe wie 'ne Wasserleiche.«

»Beschreib mir den Mann, den der Todesengel umgebracht hat«, flüsterte Joseph.

»Noch'n Stück größer als du. So lockige Haare und 'nen lockigen Bart, so wie du, nur länger.«

»Und das Mädchen? Das Kind?« Joseph spürte, wie Tränen in seine Augen traten. Konnte es überhaupt noch einen Zweifel geben? Bertolino hatte Zacharias genau beschrieben.

»Die war vielleicht so groß … hab sie nich so gut gesehen, weil sie abseits stand …«

»Nein, ich meine … was ist aus ihr geworden? Ist sie … ist sie weggelaufen? Hat sich jemand im Dorf ihrer angenommen? Wo ist sie?« Bertolino zuckte zusammen und duckte sich, und Joseph merkte, dass er geschrien hatte. Er zwang sich zur Ruhe, obwohl alles in ihm danach verlangte, zu brüllen, herumzulaufen, den Himmel zu verfluchen und irgendetwas kaputt zu machen. »Wo ist das Kind jetzt?«, fragte er mit mühsam erzwungener Ruhe.

»Woher soll ich'n das wissen? Der Todesengel hat sie mitgenommen.«

14

Eine Stunde später standen Joseph, Bertolino, Giovanni Doldi und drei Soldaten an einer Stelle am Fuß der Klippen, die Bertolino ihnen gezeigt hatte. Dort hatten er und die anderen auf Geheiß des Todesengels die Leiche des ermordeten Fremden im Kies verscharrt, sagte er. Der Todesengel hatte ihnen nicht erlaubt, den Leichnam einfach ins Meer zu werfen, weil die Gefahr bestand, dass das Meer ihn an den Strand zurückschwemmte. Bertolino sah schlecht aus, blass und mit feuchten Augen, als fürchte er, für den Mord zur Rechenschaft gezogen zu werden.

Die Soldaten begannen zu graben. Joseph wollte ihnen zur Hand gehen, aber er hatte keine Kraft. Alles was er konnte, war, aufrecht stehen zu bleiben. Wenn jemand ihn auch nur leicht angestupst hätte, wäre er zusammengebrochen.

Der Tote lag nicht tief. Ein zerrissenes Tuch war über ihn gebreitet. Es sah aus wie der Überrest eines Segels. Die Soldaten zogen das Tuch weg. Joseph fand sich auf einmal doch auf dem Kies sitzend wieder. Er wollte es nicht vor all den Leuten, aber es ließ sich nicht zurückhalten. Er begann zu weinen.

»Ist es Euer Partner?«, fragte der Admiral leise.

Joseph nickte unter Tränen.

»Es tut mir leid«, sagte der Admiral. »Und was ist mit dem Kind?«

»Maria«, wisperte Joseph. »Seine Tochter. Sie ist sechs.« Er blickte auf, zu Bertolino, der sich an die Felsen drückte, als brauche er ihren Halt. »Liegt sie auch da drin?«

»Ich sag doch, er hat sie mitgenommen«, nörgelte Bertolino. »Mir is schwindlig. Kann ich jetzt gehen?«

Joseph sprang auf einmal auf. Seine Gefühle brachen sich mit Gewalt Bahn. Er machte zwei, drei lange Schritte auf Bertolino zu und schrie: »Hast du dir das alles ausgedacht? Wo ist das Kind? Wo ist Maria?« Er streckte die Hände aus, um Bertolino am Kragen zu packen, doch Giovanni Doldi reagierte blitzschnell und hielt ihn zurück.

»Wartet!«, stieß er hervor. »Seht ihn Euch an.«

Bertolino rutschte seitlich an der Felswand entlang, bis er auf dem Boden hockte. »Mir is echt schwindlig«, stöhnte er. »Und der Kopf tut mir weh.« Er sank zur Seite um. »Alles tut so weh«, murmelte er.

Doldi musterte Bertolino mit zusammengekniffenen Augen. »Leih mir deinen Dolch«, sagte er dann zu einem der Soldaten. Admiral Vignoso nickte. Der Soldat gab seinen Dolch widerwillig und mit dem Griff voran an Doldi weiter.

Doldi kauerte sich vor Bertolino auf die Fersen. Eine Hand hielt er sich vor den Mund, in der anderen hatte er den Dolch, mit dem er den zerfransten Halsausschnitt von Bertolinos Tunika aufschlitzte. Bertolino stöhnte, wehrte sich aber nicht. Mit der Dolchklinge zog Doldi das aufgeschnittene Gewand auseinander, bis er die Achsel des Arms freigelegt hatte, auf den sich Bertolino stützte.

»Was is'n los mit mir?«, ächzte Bertolino.

Doldi sprang auf und wich einen Schritt zurück. Er warf den Dolch neben Bertolino auf den Kies.

»He«, empörte sich der Soldat, dem die Waffe gehörte.

»Fass das Ding nicht mehr an«, sagte Doldi scharf. »Und was uns alle betrifft – geht ein paar Schritte zurück. Jetzt!«

Der Admiral und die Soldaten stolperten von der Felswand weg. Joseph, den Wut, Trauer, Entsetzen und Angst lähmten, fühlte, wie Doldi ihn am Arm mit sich zog. Er selbst konnte sich nicht bewegen. Bertolino starrte sie alle an wie eine Jagdbeute, die sich von den Hunden umringt sieht und weiß, dass ihr Schicksal besiegelt ist.

»Habt Ihr die Beule in seiner Achsel gesehen?«, fragte Doldi. »Und die anderen Anzeichen? Der Mann hat die Pest.«

15

Wer Joseph kannte, hätte ihn jetzt nicht wiedererkannt. Die Panik hatte von ihm Besitz ergriffen.

Nicht die Panik, die Vignosos Soldaten befallen hatte, als Doldi seine Diagnose gestellt hatte – sie waren zurückgewichen und hatten sich abwechselnd bekreuzigt und ihre Hände angestarrt, als überlegten sie, mit welcher davon sie Bertolino möglicherweise angefasst hatten. Vignoso hatte sie anbrüllen müssen, damit sie aufhörten, rückwärts davonzustolpern.

Auch nicht die Panik, die Giovanni Doldi befallen hatte und die sich nicht in wildem Starren und dem Kreuzzeichen äußerte, sondern dadurch, dass er sich umdrehte und mit steifem Rücken davonstapfte, offenbar nur mühsam in der Lage, nach außen hin Ruhe zu bewahren. Sein Abschiedsgruß an den Admiral war: »Wir sind alle verflucht. Ich reite nach Genua.«

Und auch nicht die Panik, die Admiral Vignoso fühlte und die man daran erkennen konnte, dass er minutenlang nicht in der Lage war, einen Entschluss zu fassen oder einen vernünftigen Befehl zu erteilen.

Josephs Panik hatte überhaupt nichts mit der Pest zu tun. Zacharias war tot. Sein Freund. Sein Bruder. Zacharias. Der ihm immer den Rücken freigehalten hatte. Dieses Mal hätte *er* jemanden gebraucht, der ihm den Rücken freihielt, aber Joseph war nicht dagewesen. Zacharias war tot. Es war unfassbar. Es war unerträglich. Was sollte er tun ohne Zacharias? Wie sollte er jemals wieder nach Mestre zurückkehren und mit all den Plätzen konfrontiert werden, die er und Zacharias beim gemeinsamen Aufwachsen aufgesucht hatten?

Diese Panik war wie das dumpfe Dröhnen einer Trommel, deren Rhythmus ihm mitteilte, dass nichts mehr so war wie zuvor und dass die Welt zu einem unsichereren Ort geworden war.

Der größere Teil der Panik war der wegen Marias Verschwinden, und sie war wie ein greller Schrei, der in seiner Seele gellte und seinen Verstand davonfegte.

Er rannte überall herum, keuchend und völlig von Sinnen.

Er fragte Soldaten, ob sie ein kleines Mädchen gesehen hätten, und merkte gar nicht, dass ihm die Männer in einem Fall nicht antworteten, weil sie schockiert um einen Kameraden herumstanden, der zusammengebrochen war und sich stöhnend auf dem Boden wälzte.

Er suchte den Strand ab, rannte durch das Wasser, kletterte auf die Felsen, schaute in Spalten, in denen das Meerwasser brodelte, fiel hinein, wurde bis auf Haut nass und merkte die Eiseskälte nicht.

Er schrie die Dorfbewohner an und fragte sie nach Maria und schüttelte sie, wenn sie ihm keine Antwort gaben, und beschwor die Rache Gottes auf sie herab.

Er grub mit bloßen Händen an allen möglichen Stellen im Kies, weil er auf einmal glaubte, sie sei dort begraben, aber noch am Leben, und wenn er nur schnell genug war, würde er sie befreien können, bevor sie erstickte. Sein Hände bluteten, zerschnitten von Muschelschalen und scharfen Steinen, als er damit aufhörte, weil ihm die Kraft ausging.

Er fand in einem Versteck an der Felswand eine in den Kies gestampfte, verschmutzte Decke und erkannte sie wieder: Sie hatte Zacharias gehört. Er fiel davor auf die Knie und begann zu schluchzen, bis ihm einfiel, dass Zacharias' Pferd wahrscheinlich dort versteckt gewesen war und dass das Pferd nicht mehr da war, und er rannte in allen Häusern und Hütten herum und drang in Ställe und Schuppen ein auf der Suche nach dem Pferd, verfolgt von zunehmend von seinem Verhalten irritierten Soldaten und gegen den Widerstand der Dörfler. Als ein Mann ihm den Zutritt zu seinem Haus verwehrte, schlug er ihn nieder, weil er auf einmal überzeugt war, dass dieser Mann Zacharias auf dem Gewissen und auch sein Pferd gestohlen hatte und wissen musste, wo Maria war. Vignosos Soldaten mussten ihn wegzerren, sonst hätte er immer weiter auf den Dörfler eingeschlagen. Joseph riss sich los und drang in das Haus ein, wo er kein gestohlenes Pferd und keine verschwundene Maria vorfand, sondern eine hochschwangere Frau in den Wehen, um die sich zwei alte Weiber bemühten und die vor Schreck schrie, als Joseph hereinstürzte.

Er kletterte auf den Felsen herum, die hinter dem Strand in die Höhe wuchsen, und suchte den gesamten Strandbereich entlang der Wasserlinie ein zweites Mal ab. Er ließ in Bertolinos Hütte kein Möbelstück an seinem Platz und keine Nische undurchsucht. Er stellte sich auf hochaufragende Felsen und brüllte Marias Namen, bis er heiser war.

Schließlich verließen ihn die Kräfte. Er sackte neben Zacharias' Grab zusammen, zitternd vor Kälte und Erschöpfung. Ihm wurde bewusst, dass Zacharias einmal mehr seine Anweisung nicht befolgt und Maria heimlich mitgenommen hatte. Einen Moment lang fühlte er Zorn auf Zacharias, doch dann wurde ihm klar, dass Zacharias in seinen letzten Momenten auch daran gedacht haben musste und mit welcher Reue er wohl seinen letzten Atemzug getan hatte, und die Trauer und das Mitleid mit Zacharias überwältigten ihn und ließen ihn von neuem in Tränen ausbrechen.

So fanden ihn am Abend dieses Tages Dionysius Colle und Gisela.

16

Gisela befahl Colle, zum Wagen zurückzulaufen und eine trockene Decke zu holen. Dann setzte sie sich neben Joseph in den Kies und nahm ihn die Arme.

Zuerst sträubte er sich, aber bald legte er doch einen Arm um sie und presste sie an sich. Sie spürte das Beben seines Körpers und die Kälte, die von ihm ausging. Keiner von ihnen sagte ein Wort. Colle kam mit einer Decke und Admiral Vignoso wieder. Gisela breitete die Decke über sich und Joseph und hörte das Gemurmel, mit dem der Admiral und Colle sich unterhielten.

Als Gisela und der Bader Bonasseua erreicht hatten und auf die Absperrung durch die Soldaten gestoßen waren, war Gisela zuerst befremdet und beklommen über die Maßnahmen gewesen. Was war passiert? Die Nennung von Josephs Namen und dem des Admirals hatte dafür gesorgt, dass einer der Soldaten eine Meldekette in Gang gesetzt hatte, an deren Ende ein älterer Mann herbeigekommen und sich als Admiral Vignoso vorgestellt hatte. Er hatte sie hereingelassen und ihnen eingeschärft, sich von allen seinen Männern und den Dörflern fernzuhalten. Er hatte bestätigt, dass Joseph hier war. Er hatte gesagt, wenn sie wüssten, wie man ihn zur Vernunft bringen könnte, dann sollten sie das um Himmels willen tun.

Colle hatte beim Weiterfahren noch beklommener als Gisela ausgesehen und ihr zugeflüstert: »Großer Gott, ich glaube, wir sind in einen Pestort gefahren.«

»Wenn Joseph hier ist, ist es genau der Ort, an dem ich sein will«, hatte Gisela erwidert, der wegen der Worte des Admirals übel vor Angst war.

Jetzt, als sie neben Joseph saß und fühlte, wie sein Herzschlag ruhiger wurde und das Zittern langsam verklang, war die Angst um ihn zwar noch immer präsent. Merkwürdigerweise fühlte sie sich aber zugleich sicher. Es war seine Anwesenheit und dass sie einander so nahe waren. Ihr kam auf einmal der Gedanke, dass sie alles würde aushalten können und jede Angst besiegen, solange sie einander so nahe waren. Wenn man es zusammenzählte, hatten sie bisher insgesamt vielleicht zwei Stunden miteinander verbracht. Keine Gelegenheit, sich auch nur annähernd kennenzulernen. Und doch kannte sie ihn schon ewig. Es gab keinen Zweifel für sie, dass er ihre einzige, wahre große Liebe war, und wenn man das wusste, brauchte es keine Zeit, einander langsam näherzukommen. Man war sich so nahe, wie es zwei Menschen nur sein konnten und wie kaum zwei Menschen es jemals erfuhren.

Schließlich regte Joseph sich und blickte auf. Sie sah in seine Augen und war entsetzt, welchen Schmerz sie darin erkannte.

»Du bist hier«, sagte er. »Ich schäme mich, dass du mich so siehst.«

»Was ist hier geschehen?«, fragte sie.

»Warte«, sagte er. »Ich muss mit dem Admiral sprechen. Dann erkläre ich dir alles.«

Er stand auf, schälte sich aus der Decke und legte sie Gisela um die Schultern. Der Admiral und Dionysius Colle blickten zu ihnen herüber. Joseph zögerte einen kurzen Moment, dann beugte er sich herab und küsste Gisela auf den Mund. Sie schloss die Augen und schmeckte dem Kuss nach.

Colle und der Admiral warteten nicht darauf, dass Joseph zu ihnen kam. Sie kamen herüber. Joseph deutete auf Gisela. Noch bevor er etwas sagen konnte, hob Colle beide Hände. »Es ist mein Fehler, ich weiß, ich hätte sie nicht mitbringen sollen. Lasst Euren Ärger an mir aus, wenn Ihr müsst, Gisela kann nichts dafür.«

»Ich ahne, dass Gisela *alles* dafür kann«, sagte Joseph. »Und wisst Ihr, was ich Euch sage? Danke, dass Ihr sie nicht abgewiesen habt. Ich war ein Narr, von ihr zu verlangen, dass sie in Genua auf mich warten solle.«

Giselas Herz ging über. Dann erfuhr sie von Colle, den der Admiral in der Zwischenzeit eingeweiht hatte, und von Joseph, was vorgefallen war, und ihr Glücksgefühl verwandelte sich in Asche. Zacharias Phiselin war für sie nur ein Name gewesen – und doch mehr als das. Er hatte ihr als Leuchtfeuer auf dem Weg zu Joseph gedient; nach seinem Haus hatte sie gesucht, um zu Joseph zu finden. Ihr war, als habe auch sie einen guten Freund verloren. Josephs Trauer schnitt ihr noch zusätzlich in die Seele. Sie stand auf, trat zu ihm, nahm seine Hand und ließ sie nicht mehr los.

»Ich muss meine Männer von der Suche nach dem Mädchen zurückziehen«, knurrte der Admiral. »Sie müssen die Straßen überwachen, jetzt, nachdem dieser Pestfall im Dorf bekannt geworden ist.«

»Habt Ihr sie damit beauftragt?«, fragte Joseph überrascht.

»Mir ist schon klar, dass Ihr das nicht bemerkt habt.« Der Admiral zuckte mit den Schultern. »Nicht, dass Ihr eine Stelle ausgelassen hättet, an der man suchen kann.«

»Welches kleine Mädchen?«, fragte Gisela und war, als man sie auch über Marias Verschwinden informierte, schockiert und entsetzt. Josephs Hand krampfte sich um die ihre, während er erzählte, so dass es ihr wehtat, aber sie ertrug es, weil sie wusste, dass er selbst es gar nicht wahrnahm.

»Dieser … Todesengel … hat sie mitgenommen«, sagte Joseph. »Deshalb habe ich auch keine Spur von ihr gefunden.«

»Vorausgesetzt, die ganze Geschichte über diesen Kerl stimmt«, brummte der Admiral.

»Bertolino war Zeuge«, sagte Joseph.

»Bertolino hat gefiebert, als er das erzählt hat. Mittlerweile ist er vermutlich völlig unansprechbar.«

»Was er über Zacharias' Tod erzählt hat, hat auch gestimmt.« Der Admiral schnaubte.

»Bertolino ist der, an dem der Medicus Pestsymptome festgestellt hat«, erklärte Dionysius, als er Giselas verwirrten Blick sah.

»Genau«, stieß der Admiral hervor. »Kurz bevor der Medicus in vollem Galopp in Richtung Genua verschwand. Im Nachhinein frage ich mich, ob ich ihn hätte aufhalten sollen. Am Ende trägt er die Pest jetzt weiter.«

»Hat er den Kranken angefasst?«, fragte Colle.

»Nur mit einer Dolchklinge. Und er hat sich eine Hand vor den Mund gehalten.«

»Dann kann er sich meinem Dafürhalten nach zumindest nicht bei Bertolino angesteckt haben. Was nicht heißt, dass er sich die Krankheit nicht anders geholt hat. Admiral, ich würde dringend empfehlen, Eure Soldaten von hier abzuziehen. Vielleicht stehen wir alle auf einem Boden, der die Pest förmlich ausatmet.«

»Wenn es so wäre, wären die Dörfler schon lange vorher gestorben«, sagte der Admiral unwirsch. »Ich dachte, Messere

Kesher hätte Euch mitgebracht, weil Ihr nicht so hysterisch seid wie die anderen Ärzte.«

»Genau genommen bin ich kein Arzt, sondern Bader«, sagte Colle.

»Dann seid Ihr der erste Bader, der sich darüber mokiert, dass man ihn für einen Arzt hält.«

»Ja«, sagte Colle, »ich habe einfach meinen Stolz.«

»Dieser Todesengel …«, begann Gisela. »Das ist ein Mensch wie wir alle, oder? Oder glaubt jemand, der Engel, den der Herr den Ägyptern sandte, wandelt wieder unter uns?«

»Es müssen ja keine Hebräer aus der Gefangenschaft befreit werden«, sagte der Admiral. Dann rollte er mit den Augen und sagte zu Joseph: »Entschuldigt. Ich vergesse immer wieder, dass Ihr ja auch …«

»Schon gut«, sagte Joseph.

»Jedenfalls bin ich froh, dass Ihr Euch wieder gefangen habt. Ich brauche Euch hier, Messere Kesher.«

»Ich kann nicht bleiben, Admiral. Ich muss Maria finden.«

»Und wenn Ihr einem Hirngespinst nachjagt, das ein fiebernder Idiot erfunden hat?«

»Es ist kein Hirngespinst. Es ist die einzige Erklärung. Zacharias ist tot. Ihr habt die Wunde gesehen. Er ist erstochen worden. Bertolino hätte das nie zuwege gebracht. Er wäre nicht mal weit genug an Zacharias herangekommen, um ihn mit einem langen Stock zu piksen. Es hat sich genauso zugetragen, wie Bertolino erzählt hat.«

»Dann bräuchten wir nur die Männer im Dorf zu finden, die nicht mit diesem Azrael mitgegangen sind. Die könnten uns dann die Geschichte bestätigen – oder sie als Wahnvorstellung entlarven. Nur rückt Bertolino die Namen leider nicht heraus, nicht mal im Fieberwahn.«

»Wartet mal«, sagte Gisela. Sie tauschte einen Blick mit Colle, zwischen dessen Brauen eine Falte entstanden war. »Ihr meint, Azrael sei mit einer Art Gefolge unterwegs? Ich dachte, er wäre allein.«

»Nein, es sind anscheinend einige Männer mit ihm gegangen und haben es geschafft, sich durch die Absperrungen zu schleichen, bevor die Gegend vollständig abgeriegelt war«, sagte der Admiral.

»Drei Männer«, sagte Colle.

»Wie?«

»Es waren drei Männer«, sagte Gisela. »Wir haben sie gesehen.«

Joseph drückte ihre Hand so fest, dass sie keuchte. »*Was* habt ihr?«

»Wir haben sie gesehen! Joseph, wir wussten doch nicht … wenn wir das gewusst hätten, hätten wir sie …«

»Was habt ihr gesehen?«

Gisela zuckte zusammen, so laut hatte Joseph geschrien.

»Insgesamt vier Männer«, sagte Colle. »Einer davon gekleidet in eine dunkle Kutte, wie ein Geistlicher. Sie hatten ein schlafendes Kind dabei. Wir haben uns nichts dabei gedacht.«

»Gott der Gerechte«, rief Joseph. »Wo war das?«

»Ich weiß es nicht … was war der nächste Ort …?«

»Wo?«, schrie Joseph.

»Famùa«, sagte Gisela. »Gleich danach sind wir doch an die Soldaten geraten. Weißt du nicht mehr?«

»Die Abriegelung geht im Norden bis Famùa«, bestätigte der Admiral.

Joseph ließ Giselas Hand los und fuhr sich durchs Gesicht. Seine Finger hinterließen Schmutzstreifen und rote Striemen. »Oh Gott«, murmelte er. »Oh Gott … Ich hätte mich sofort auf den Weg machen sollen. Und das hole ich jetzt nach.«

»Messere Kesher, ich wünsche, dass Ihr bleibt«, sagte der Admiral mit harter Stimme. »Ich brauche Euch …« Er unterbrach sich, weil ein Soldat über den Strand auf sie zugelaufen kam. Er winkte von Weitem und rief immer wieder: »Herr! Herr!«

»Großer Poseidon, was ist denn nun wieder?«, knurrte der Admiral. »Also jedenfalls, Messere Kesher …«

»Nein, Admiral. Haltet mich nicht auf. Ich stehe ohnehin

nicht unter Eurem Befehl. Und ich kann Euch nicht helfen. Wenn Ihr verhindern wollt, dass Bertolino noch jemanden ansteckt, lasst Euch von Messere Colle unterstützen. Deshalb habe ich ihn hierherkommen lassen. Er wird hier bei Euch bleiben, wenn ich aufbreche.«

»Vielleicht fragt mich auch mal jemand nach meiner Meinung dazu?«, ließ sich Colle vernehmen.

»Er ist der Beste, den Ihr in weitem Umkreis finden werdet«, sagte Joseph.

»Ganz schwacher Versuch, meine Eitelkeit zu wecken«, erklärte Colle. »Allerdings muss ich anmerken, dass die Aussage zutrifft.«

Joseph hatte sich anscheinend entschlossen, die Förmlichkeiten sein zu lassen, denn er sagte zu Colle: »Du kannst an einem Ort wirken, von dem ein bekannter Arzt schon Reißaus genommen hat. Wenn dir danach nicht jede Universität eine Beglaubigung ausstellt, dass du als Medicus wirken kannst, weiß ich auch nicht.«

»So?«, meinte Colle.

»Wenn wir das alles überleben, bist du ein gemachter Mann.«

»Was soll ich denn von dieser letzten Bemerkung halten?«, rief Colle alarmiert.

Joseph wandte sich an den Admiral, doch der hatte seine Aufmerksamkeit auf den Soldaten gerichtet. Der Mann schien schon eine längere Strecke gelaufen zu sein, denn er stolperte und hatte einen hochroten Kopf. Er trug ein warmes Steppwams, eine Lederhaube und auf der linken Schulter einen metallenen Schulterbuckel – das übliche nicht zusammenpassende Sammelsurium eines Soldaten, der sich seine Ausrüstung von den toten Gegnern auf dem Schlachtfeld beschaffen muss. Er hatte aufgehört, »Herr! Herr!« zu rufen. Jetzt trat er auf einen größeren Stein, der unter seinem Fuß wegrutschte, und fiel prasselnd in den Kies. Steine flogen.

»Langsam, Mann!«, schrie der Admiral. »Wenn es so eilt, hättest du einen Reiter herschicken sollen.«

»Admiral«, sagte Joseph drängend. »Bitte. Seht her. Ich habe Euch noch gar nicht Gisela d'Osoppo vorgestellt. Sie ist die Frau an meiner Seite.« Ein warmer Schauer durchrieselte Gisela trotz der angespannten Situation. »Ich brauche ein Pferd für sie. Sie wird mich auf der Suche nach Maria begleiten. Bitte, Admiral!«

Der Soldat war heran. Admiral Vignoso, der Joseph eben antworten wollte, wandte sich ihm zu. »Was gibt es denn?«, fragte er ungeduldig.

Der Soldat rang nach Atem und brauchte eine Weile, bis er sprechen konnte. »Herr, Hauptmann Ranieri schickt mich. Es gibt einige Deserteure bei den Patrouillen.« Was er sagte, war fast nicht verständlich, so sehr keuchte er.

»Deserteure?«, donnerte der Admiral. »In meinem Heer? Weshalb?«

Der Soldat schluckte und versuchte, sich zu beruhigen. »Herr«, stieß er hervor. »Das liegt daran, dass unter den Kameraden die Pest ausgebrochen ist.«

4. BUCH

Azrael

»Bitte nimm mich mit.«

Carlotta

1

Carlotta und Giuliano übernachteten schon zum dritten Mal ohne Feuer, weil am Ende des Winters nirgendwo mehr Feuerholz zu finden war. Carlotta ging es schlecht. Sie hatte nichts anzuziehen außer ihrem blutigen, zerrissenen Hemd und der Decke des Olivenbauern. Von der Decke hatte sie mit Hilfe von Giuliano und unter Einsatz von Zähnen und einem scharfen Stein zwei Stücke herausgetrennt, die sie sich um die Füße gewickelt hatte, weil es nicht mehr erträglich gewesen war, barfuß zu gehen. Trotzdem spürte sie jeden spitzen Stein. Sie fror, sie war hungrig, und mit jedem qualvollen Schritt wuchs ihr Hass auf die feisten Kaufleute, die feigen Ratsmitglieder, die hinterhältigen anderen Huren, den schleimigen Padrone … und auf Gott. Sie hatte niemandem etwas zuleide getan; dafür, dass sie in der Sünde gelandet und eine gefallene Frau geworden war, konnte sie nichts; sie hatte ihren Peiniger nicht nur wegen sich selbst angezeigt, sondern auch, um die anderen Frauen zu schützen – und das war der Lohn dafür. Ein blutiger Rücken, blutige Füße, Schmerzen am ganzen Körper, Hunger, Durst, Kälte, das Leben einer Ausgestoßenen. Ihr Hass gab ihr die Kraft weiterzugehen, aber zugleich zehrte er an ihr und ließ sie fiebern.

In der dritten Nacht merkte sie, dass das Fieber nicht nur vom Hass kam. Sie saß neben Giuliano abseits der Straße in einem Olivenhain und schälte sich aus der Decke, um sie um ihre eiskalten Füße zu wickeln. Der Schmerz war unbeschreiblich, als ob ihr ganzer Rücken aufgerissen würde. Sie stöhnte und ließ die Hände sinken. Der Schmerz hörte nicht auf.

»Mach was!«, ächzte sie. Giuliano, der sie erschrocken musterte, zuckte zusammen. Er zupfte vorsichtig an der Decke.

»Das klebt alles an deinem Rücken fest«, sagte er nervös. »Und es stinkt.«

»Wickel mir die Decke wieder rum. Schnell. Ich halt es nicht aus.«

Danach war es noch schlimmer, weil ihr Rücken weiter

schmerzte und ihre Füße immer noch eisig waren. Ihr war klar, was passiert war. Das dreckige Stroh vom Karren des Olivenbauern musste in die offenen Striemen geraten sein. Sie hatte schon davon gehört: Eigentlich ungefährliche Wunden waren plötzlich faul geworden, weil ein Stück Stoff oder Schmutz hineingeraten war. Auf diese Weise waren schon Leute an harmlosen Kratzern gestorben. War es ihr Schicksal, die Schläge von Lupo Casapietra und die Auspeitschung überlebt zu haben, um dann an Wundbrand zu sterben? Sie bekam Angst.

Mit der Angst wuchs gleichzeitig ihr Hass auf alle Menschen. Hieß es nicht in der Bibel, dass man sich um die Bedürftigen kümmern musste? Was hatte der gute Samariter getan? Aber die Leute machten da Unterschiede. Sie banden sich einen Almosenbeutel an den Gürtel, wenn sie zur Kirche gingen, um den Bettlern die Halb- und Viertelmünzen zu geben, die sie darin aufbewahrten. Aber wenn zwei zerlumpte, hungrige Ausgestoßene an die Tür klopften und fragten, ob sie eine Handvoll Hafer oder ein Stück Brot bekommen könnten, vertrieb man sie und jagte ihnen noch die Hunde hinterher.

Carlotta begann zu weinen.

»Hör auf, Carlotta«, sagte Giuliano. »Mir geht's auch nicht gut, aber ich weine nicht die ganze Zeit.«

Carlotta wusste, was hinter der rohen Bemerkung steckte: Furcht. Giuliano bereute schon lange, aus seiner Heimatstadt davongelaufen zu sein. Er blieb nur noch deshalb an Carlottas Seite, weil er den Gedanken an die Demütigung nicht ertragen konnte, wenn er nach ein paar Tagen wieder mit eingekniffenem Schwanz zurückkehrte.

»Wenn wir wenigstens ein Feuer anzünden könnten«, murmelte Giuliano, als Carlotta nicht auf seinen Vorwurf reagierte und die Tränen ihr weiterhin über die Wangen liefen. Er starrte Carlotta unglücklich an. Dann seufzte er und nestelte die Schnürbänder seiner knöchelhohen Schuhe auf. Er schlüpfte heraus und reichte sie ihr. »Hier, zieh sie eine Weile an, damit du warme Füße bekommst.«

»Sie sind mir viel zu groß.«

»Du sollst ja auch nicht damit gehen, sondern sie jetzt anziehen, bis deine Füße aufgewärmt sind.«

Carlotta zog sich die ausgetretenen, von Schweiß und Schmutz schlüpfrigen Schuhe an und war dankbar über das bisschen Wärme, das von Giulianos Füßen noch darin war. Sie nickte ihm zu. Auch das war Giuliano. Er konnte achtsam und großzügig sein; allerdings nur, wenn man ihn merken ließ, dass man das Opfer, das er brachte, auch erkannte.

»Ich friere einfach mal 'ne Weile für dich«, sagte Giuliano mit schiefem Lächeln. Er massierte seine Zehen, als säße er bereits seit Stunden barfuß da.

»Ich weiß, was du für mich tust«, erwiderte Carlotta.

»Ach, nicht der Rede wert. Eigentlich hast du es ja gut, dass du keine Schuhe hast. Da bekommst du auch keine Blasen. Ich hab an jedem Fuß eine. Tut weh wie die Hölle.«

»Es ist ungerecht, dass wir so leiden müssen«, sagte Carlotta.

»Die anderen hätten das nie ausgehalten. So, wie sie ja auch zu feige waren, bei den Geißlern mitzumachen. Aber mich auslachen. Ha. Als ob ich auch nur mit den Lidern gezuckt hätte bei den Geißelhieben.«

Neuerdings behauptete Giuliano, dass er durchaus nicht schon vor Beginn der Geißelungszeremonie aufgegeben hatte, sondern erst nach den ersten Hieben. Carlotta hörte nicht zu. Ihr war elend. Sie versuchte den Gedanken auf Abstand zu halten, dass all ihre Pläne eitel waren.

Sie wollte die Republik Genua verlassen und wieder auf die Füße kommen und dann irgendwann zurückkehren und sich auf noch unklare Weise rächen? So, wie es aussah, schaffte sie nicht einmal den ersten Teil. Spätestens morgen würde sie keinen Schritt mehr gehen können; wenn sie überhaupt noch aufstehen konnte mit ihrem Rücken. Sie würde auch die ganze Nacht kein Auge zutun, so viel war sicher. Sie schlief kaum in der Nacht. Die allgemeine Erschöpfung, die sie spürte wie ein schweres Gewicht auf ihren Schultern, tat noch ein Übriges, um ihre Hoffnungslosigkeit zu verstärken.

Giuliano hörte auf mit seinen selbstmitleidigen Monologen und schwieg. Er hauchte demonstrativ in seine Hände und umfasste dann damit seine Zehen, damit Carlotta merkte, wie sehr er für sie fror. Als er nach einer Weile wieder zu reden anfangen wollte, machte Carlotta »Psst!«.

»Was?«, fragte er erschrocken.

Sie machte eine abwehrende Geste. Gerade noch war ihr gewesen, als hätte sie Stimmen gehört. Sie sah sich um und versuchte, die Nacht mit Blicken zu durchdringen.

Es hatte aufgeklart, so dass der Himmel mit Sternen übersät war. Der Mond war nicht zu sehen, doch das Licht reichte aus, um die freien Stellen zwischen den Olivenbäumen zu beleuchten. Unter den Bäumen waren die Schatten schwarz und undurchdringlich. Carlotta musterte die hellen Bereiche.

»Was ist denn?«, fragte Giuliano besorgt.

»Psst!«

Giuliano lauschte. An der Art, wie sich sein Körper versteifte, erkannte Carlotta, dass er die Stimmen jetzt auch hörte. Er rappelte sich auf. »Da kommt jemand«, sagte er. Bevor Carlotta es verhindern konnte, rief er schon: »Hallo? Ist da wer?«

»Halt den Mund!«, zischte Carlotta. »Bist du verrückt?«

Jeder, der irgendwie konnte, vermied es, nach Einbruch der Dunkelheit auf den Straßen unterwegs zu sein. Während der Pilgersaison konnte man zwar immer wieder auf Gruppen treffen, die die Strecke zum nächsten Hospiz unterschätzt hatten. Aber es war keine Pilgersaison. Wer jetzt unterwegs war, war ausgestoßen und verzweifelt, so wie Carlotta und Giuliano … oder er hatte Grund, sich vor den Menschen zu verbergen. Auf jeden Fall wünschte Carlotta weder mit der einen noch der anderen Gruppe Kontakt. Die Verzweifelten würden nicht zögern, ihnen ihre paar Besitztümer wegzunehmen; was die anderen tun würden, konnte man nicht vorhersehen, aber es würde auch nichts Gutes sein.

Wie sich herausstellte, waren es vier Soldaten. Sie trugen Waffen, waren angetrunken und hatten keinen Anführer. Carlotta wurde kalt, als ihr klarwurde, was das bedeutete: Deserteure. Der Strick war diesen vier Männern gewiss, es war nur eine Frage der Zeit. Sie hatten nichts zu verlieren und würden keine Skrupel kennen. Die einzige Hoffnung, die Carlotta hatte, war die, dass sie wegen ihrer kurzgeschorenen Haare nicht als Frau erkannt wurde. Dann ließen die Deserteure sie und Giuliano vielleicht in Ruhe, nachdem sie ihnen alles entwendet hatten, was irgendwie brauchbar aussah.

»Was haben wir denn hier?«, rief der Wortführer der Soldaten mit der tückischen Gönnerhaftigkeit desjenigen, der eine Situation voll und ganz beherrscht.

»Es gibt kein Gesetz, das uns verbietet, hier zu sein«, erklärte Giuliano im Versuch, tapfer zu sein. Seine zitternde Stimme machte den schwachen Versuch schon im Ansatz zunichte.

»Woher willst du denn das wissen, du Hänfling?«, knurrte ein anderer Soldat. »Bist du 'n Advokat?«

»Sieht nicht aus wie'n Advokat«, meinte ein dritter Soldat.

»Nee, sieht aus wie 'ne dreckige Tunika, in der 'ne Leiche steckt!«

Die Soldaten lachten. Dann gab einer von ihnen Giuliano einen Stoß. »Habt ihr was zu beißen? Zu trinken?«

»Wir haben selbst nichts …«

»Was versteckt dein Kumpel da unter der Decke?«

»Das ist nicht mein Kumpel, das ist … meine Schwester«, sagte Giuliano und dachte wahrscheinlich, das wäre irgendwie klug. Carlotta schloss die Augen und fühlte Panik in sich aufsteigen, als Giuliano hinzufügte: »Ihr müsst ihr die Decke lassen, sie hat nur ein Hemd zum Anziehen.«

Die Soldaten wechselten erfreute Blicke. »Ach was? Was du nicht sagst! In so 'ner lauen Nacht braucht sie die Decke doch nicht. Lass mal sehen, was für ein Hemd du anhast, Schwesterchen.«

Carlottas Finger krallten sich in die Decke. Eigentlich, dachte sie, konnte sie sich auch gleich in ihr Schicksal ergeben. Die vier Soldaten würden über sie herfallen. Wenn sie sich nicht wehrte, würden sie sie vielleicht am Leben lassen und Giuliano ebenfalls – wobei ihr im Augenblick völlig egal war, was aus Giuliano wurde.

Der erste Soldat trat näher, bückte sich und zog an der Decke. Carlotta hielt sie fest. Giuliano wollte einschreiten. Der Soldat gab ihm einen Schlag mit dem Handrücken, ohne hinzusehen. Giuliano taumelte und fiel auf die Knie. Er begann zu stöhnen, als wäre er lebensgefährlich verletzt.

»Lass die Decke los, blödes Biest«, stieß der Soldat hervor. Er zerrte stärker. Carlotta wollte ihren Händen den Befehl geben, loszulassen und einfach alles hinzunehmen, aber ihre Finger ließen sich nicht lösen.

Der Soldat schlug sie mit der Faust ins Gesicht. Es war wie eine Explosion aus Schmerz und Schock. Carlotta kippte um und prallte mit dem Kopf auf den Boden. Ihre Zähne schlugen aufeinander. Ihr Griff lockerte sich, und die Decke wurde ihr entrissen. Schmerz flammte über ihren Rücken, als die entzündeten, verklebten Striemen aufrissen. Sie krümmte sich.

»Verdammt, Mann, die riecht, als wär sie schon drei Tage tot!«, rief der Soldat.

»Dann halt dir währenddessen die Nase zu, du Idiot. Und mach hin, wir wollen auch noch«, erwiderte einer seiner Kameraden.

»Lasst sie in Ruhe!«, winselte Giuliano hinter den Händen hervor, die er auf sein Gesicht presste. Einer der Soldaten hob drohend die Faust. Giuliano ließ sich ins Gras fallen und krümmte sich dort, die Arme schützend um den Kopf geschlungen.

»Das würde ich bleiben lassen«, sagte eine neue, ruhige Stimme.

Die Soldaten hielten verblüfft inne und schauten sich um. Zwischen den Bäumen standen jetzt ein paar Gestalten. Carlotta sah sieben Männer, die sich in einem Halbkreis aufgestellt hatten. Einer trug eine Truhe auf der Schulter. Einer führte einen Esel an einem Strick. Auf dem Esel saß ein Kind, schwankend, als sei es nicht ganz wach. In der Mitte des Halbkreises, halb in der Finsternis verborgen, stand eine weitere Gestalt. Man konnte sie mehr erahnen, als dass man sie sah, ein Schatten in der Dunkelheit.

Die Gestalt war ein Mann. Die Warnung war von ihm gekommen.

»Ach was?«, sagte einer der Soldaten. »Und warum?«

»Weil ich dich und deine Kumpane sonst mitnehme«, sagte der Schatten.

»Uns mitnehmen?«, spottete der Soldat. »Wohin? In die nächste Schänke?«

»Nein«, sagte der Schatten. »Ins Grab.«

Die Soldaten lachten. »Wie kommst du drauf, dass es nich' andersrum sein wird?«

Der Schatten trat jetzt ins Sternenlicht. »Weil ich der Engel des Todes bin.«

Den Soldaten erstarb das Lachen im Hals. Sie stierten die Erscheinung an, die langsam auf sie zuging. Die Gestalt trug eine lange, dunkle Kutte und hatte eine Kapuze über den Kopf gezogen. Das Innere der Kapuze war in diesem Licht nur ein schwarzes Loch. Einen Augenblick lang bildete sich Carlotta ein, sie sähe schwarze Flügel aus dem Rücken der Gestalt ragen, doch es war nur ein Trugbild, gemacht aus Schatten und ihrer eigenen Einbildung.

Etwas anderes war jedoch kein Trugbild, und das waren die Ratten. Sie saßen auf den Schultern der Gestalt. Sie liefen seine Arme auf und ab. Sie saßen in seinen ausgestreckten Händen. Sie hielten sich an seiner Kutte fest. Ihre Augen funkelten. Sie fauchten.

Der Soldat, der Carlotta die Decke weggerissen hatte, war der Erste, der floh. Er stolperte über Carlottas Beine, fiel auf den Boden, rappelte sich auf und rannte davon, ohne auf seine Kameraden zu warten. Die anderen drei starrten der Erscheinung noch ein paar Augenblicke länger entgegen, dann warfen sie sich herum und flohen ebenfalls. Die Schatten unter den Oliven verschluckten sie, und ein paar Momente lang hätte Carlotta geschworen, dass sie sie wirklich verschluckten ... dass die Schatten lebendig geworden waren und die Deserteure einhüllten und sie mitnahmen.

Der Mann in der Kutte blieb stehen. Einer seiner Gefolgsleute, derjenige, der die Truhe auf der Schulter trug, kam herbei. Vorsichtig und als wären sie Schätze, pflückte der Mann in der Kutte die Ratten von sich und setzte sie in die Truhe. Dann wandte er sich Carlotta und Giuliano zu.

Giuliano lag auf dem Boden, die Beine angezogen wie ein kleines Kind, und wimmerte vor Angst. Er drückte das Gesicht ins Gras. Carlotta starrte in das dunkle Loch unter der Kapuze. Sie sah den Mann die Arme heben und mit zwei im Sternenlicht weißen Händen die Kapuze nehmen. Er zog sie zurück. Carlotta zuckte. Sie wollte wegschauen, weil sie einen grässlichen Anblick erwartete, aber sie zwang sich, den Blick nicht abzuwenden.

Die Kapuze enthüllte das Gesicht eines Mannes, an dem nichts Auffälliges war. Lediglich seine Augen schienen mehr zu glitzern, als das vorhandene Licht erlaubt hätte, aber das konnte auch eine Täuschung sein, so wie die düsteren Schwingen, die Carlotta einen Moment zu sehen geglaubt hatte. Sie merkte, dass sie den Atem angehalten hatte, und schluckte trocken. Giuliano wimmerte: »Verschone mich! Verschone mich!«

Der Mann in der Kutte, der sich als Todesengel bezeichnet hatte, trat vor Carlotta und deutete auf die Decke, die der Soldat hatte fallen lassen. »Hüll dich wieder ein«, sagte er ruhig. »Die Nacht ist kalt.«

Carlotta zog die Decke zu sich heran, ohne hinzuschauen. Sie fühlte sich von den glitzernden Augen wie gebannt und konnte die Blicke nicht von ihnen abwenden. Der Mann betrachtete die Bewegungen, mit denen Carlotta die Decke um sich schlang.

»Du hast Schmerzen«, sagte er.

»Mein Rücken«, hörte Carlotta sich antworten. »Ich wurde ausgepeitscht.«

»Ich werde etwas dagegen unternehmen«, erklärte der Mann. »Deine Wunden werden heilen und deine Schmerzen vergehen.«

»Wer … bist du?«, fragte sie.

»Wie ich schon gesagt habe. Ich bin der Engel des Todes. Nenn mich Azrael.«

»Der wirkliche Engel des Todes …?«

Carlotta sah Azrael zu ihrer großen Überraschung lächeln. »Nur für diejenigen, die aus dieser Welt einen Abfallhaufen von Falschheit und Korruption gemacht haben.«

Seine Worte berührten den Hass tief in Carlottas Seele. »Du willst den Tod zu ihnen tragen?«

»Zu jedem Einzelnen von ihnen. Bis mein Weg mich zum schlimmsten von ihnen geführt hat, und wenn ich mit ihm fertig bin, wird Gott die Welt durch mich von der Sünde befreit haben.«

»Wie willst du das tun?«

»Mit einer Armee, die unbesiegbar ist«, sagte Azrael. »Willst du mir dabei helfen?«

»Wie könnte ich dir helfen?«, fragte Carlotta und stellte fest, dass sie sich nichts mehr wünschte, als diesem Mann zu folgen und Teil seines Plans zu werden.

Azrael machte eine Geste, die seine stumm dastehenden Gefolgsleute umfasste. »So wie sie. Komm mit mir. Wenn der richtige Moment gekommen ist, wirst du lernen, wie du mir helfen kannst.«

Giuliano bewegte sich und wimmerte: »Was ist hier los, Carlotta? Sag ihm, dass er weggehen soll.«

Azrael wandte sich zu Giuliano um und sah auf ihn hinunter. Giuliano krümmte sich noch mehr zusammen und begann zu keuchen: »Gott Vater unser, da du bist im Himmelreich gewaltig …«

»Du brauchst dich nicht zu fürchten«, sagte Azrael. »Ich tue dir nichts. Sei mein Werkzeug und komm mit mir.«

»Geh weg«, stöhnte Giuliano.

»Giuliano, halt den Mund«, sagte Carlotta. »Und hör auf, dich zu benehmen wie ein kleines Kind.« Sie sah zu Azrael auf. »Was muss ich tun, damit du mich mitnimmst?«

»Du musst lediglich darum bitten.«

»Bitte nimm mich mit. Bitte lass mich dir helfen, deine Feinde auszurotten.«

»Es sind unsere Feinde«, sagte Azrael. »Es sind die Feinde der Menschheit.«

»Ich will sie auslöschen, wo immer ich sie finde.«

»Sei willkommen, Carlotta. Nun bist du nicht mehr allein.«

2

Vittoria Gambacorti war Anfang vierzig und galt damit als Matrone, fühlte sich selbst aber viel jünger und hatte manchmal Schwierigkeiten, ihr Gefühl, die Realität und die Meinung der Außenwelt in Einklang zu bringen. Sie war zweimal verwitwet und die Tochter eines reichen Pisaner Magistraten, der vor etlichen Jahren zusammen mit Vittorias beiden Brüdern einem politischen Attentat zum Opfer gefallen war. Er hatte sein Vermögen seiner Tochter hinterlassen mit dem aufgrund seines plötzlichen Todes nicht mehr schriftlich fixierten Auftrag, ihr Erbe als Mitgift für den Eintritt ins Kloster der Klarissen von Santa Croce zu verwenden.

Vittoria, zu diesem Zeitpunkt schon zweimalige Witwe und nun auf einmal ganz allein auf der Welt, hatte jedoch das Gefühl gehabt, ihr Erbe besser einsetzen zu können. Sie hatte damit ein Studium als Ärztin bezahlt. Die Universität von Salerno hatte sie angenommen; zur Fakultät gehörten ganz selbstverständlich eine Handvoll weiblicher Ärzte, und das medizinische Wissen, das dort gelehrt wurde, hatte seine Wurzeln in den arabischen Wissenschaften. Vittoria hatte ihr Studium mit glänzenden Bewertungen abgeschlossen und war voller Zuversicht zurück nach Norden in ihre Heimat gegangen. Dort hatte sie festgestellt, dass erstens die Aufgeschlossenheit der Gesellschaft hinter dem noch immer von Kaiser Federico II. positiv beeinflussten Süditalien weit hinterherhinkte, besonders was die Stellung von Frauen im öffentlichen Leben betraf, und dass zweitens die norditalienischen Ärzte keine Ahnung von ihrem Beruf hatten, davon aber sehr viel, und keine Lust, sich von einer Frau dreinreden zu lassen.

Infolgedessen war sie in einer Position gelandet, in der sie nach außen hin als die reiche und eigenwillige Gehilfin und Mäzenin von Gentile da Foligno galt. In Wirklichkeit hatte sie schon mehr als einem Patienten Gentiles das Leben gerettet, indem sie ihren Partner daran gehindert hatte, ihn zu behandeln. Eine tiefer gehende Beziehung gab es zwischen ihnen nicht. Vittoria hatte nach zwei Ehemännern kein Interesse mehr an einer Liebschaft, und Gentile brachte den Eigenschaften des menschlichen Körpers nur medizinisches Interesse entgegen. Bestenfalls fühlte Vittoria sich für den deutlich älteren Gentile verantwortlich – wie eine jüngere Schwester, die ihren schon etwas schrullig gewordenen älteren Bruder liebevoll und für ihn kaum merklich betreut.

Sie und Gentile bewohnten das Haus eines wohlhabenden Genueser Händlers, der gute Beziehungen zur Signoria hatte und sein Haus zu einem sehr auskömmlichen Preis an wichtige politische Gäste des Dogen vermietete. Da Vittoria gewillt gewesen war, den Preis zu bezahlen, hatte der Händler ihnen das Haus ohne Komplikationen überlassen. Gentiles Plan, den Dogen als Sponsor für ein neues medizinisches Werk zu gewinnen, war bislang nicht aufgegangen. Er hatte Werbung für sich gemacht und freute sich über einen stetigen Strom von Patienten, da die Genueser wie alle anderen gerne bereit waren, mit ihren Gebrechen zu einem neuen Arzt zu gehen, weil der bisherige möglicherweise nicht fähig war, sie ordentlich zu behandeln. Gentile, durch seinen Misserfolg beim Dogen etwas kleinlaut geworden, hielt sich mit allzu ehrgeizigen Behandlungsmethoden zurück, so dass Vittoria nicht eingreifen musste. Sie wäre gern wieder abgereist, doch Gentile wollte seine Niederlage noch nicht ganz eingestehen, und so waren sie bisher geblieben.

Vittoria, die die Miete für das Haus bezahlte und trotz ihrer Geduld mit Gentiles Charakter wusste, sich zur Not durchzusetzen, war noch wegen eines anderen Umstands geblieben. Die nervöse Furcht vor einer Strafe Gottes, die durch das Erdbeben im Osten hervorgerufen worden war, und die Gerüchte über eine Seuche, von der eine genuesische Handelsniederlassung im Schwarzen Meer befallen sein sollte, hatten ihr Interesse geweckt. Gentiles Faszination für Seuchen hatte auf sie abgefärbt, und wenn sie die mehr oder weniger heimlichen Maßnahmen der Signoria betrachtete und auf die umlaufenden Gerüchte horchte, schien es ihr durchaus plausibel, dass in Caffa nicht irgendeine Seuche, sondern die in den alten ärztlichen Schriften beschriebene Pest ausgebrochen war und dass die Gefahr bestand, dass sie nach Europa überschwappte. Genua und Venedig waren die beiden mächtigsten politischen und wirtschaftlichen Staaten diesseits der Alpen. Wenn jemand eine Chance hatte, gegen die Seuche zu wirken, dann diese zwei. Und wenn das geschah, wollte Vittoria an diesem Kampf teilnehmen.

In Salerno hatte man so wie überall gelehrt, dass es die Pflicht des Arztes war, sich aus dem Staub zu machen, wenn die Gefahr bestand, dass die Krankheit eines Patienten auch ihn töten würde. Allerdings hatten das nur die männlichen Ärzte gelehrt. Vittoria erinnerte sich gut an eine weibliche Professorin, die ihnen gesagt hatte, wenn der Glaube an Gott und der Glaube an die Macht der Kirche versagten, dann blieb dem Patienten nur ein Glaube: der an die Hingabe des Arztes, sein Leben unbedingt retten zu wollen. Flucht vor einer ansteckenden Krankheit hatte in dieser Dreifaltigkeit keinen Platz.

Vittoria hatte das Haus komplett mit Gesinde gemietet. Eine der genuesischen Mägde trat an Vittoria, die sich ein Schreibpult auf die umlaufende Loggia im Innenhof des Gebäudes gestellt hatte und dort arbeitete, heran und meldete, dass ein Besucher für den Medicus angekommen sei.

»Für Gentile? Warum sagst du es dann mir?«

»Weil der Medicus schläft, Herrin.«

»Herrje, Gentiles heiliger Mittagsschlaf. Was will der Besucher? Ist es ein Patient?«

»Nein, ich glaube, nicht ...«

»Ein Bittsteller? Ein Bote des Dogen?«

»Ein Bote aus der Hölle, Monna Gambacorti!«, rief eine laute, kratzige Männerstimme vom Innenhof herauf.

Vittoria beugte sich über das Geländer und spähte nach unten. Dort stand Giovanni Doldi mit einem langen, schmutzbespritzten Mantel, einer unterm Kinn festgeschnürten Bundhaube und darüber einem Barett, das er sich so tief ins Gesicht gezogen hatte, dass es seine Brauen nach unten drückte und seinem sauren Gesicht eine zornige Note verlieh.

»Messere Doldi!«, rief Vittoria mit falscher Begeisterung. »Habt Ihr Euch auf dem Weg hierher verlaufen? Ihr seht nach einem langen Fußmarsch aus.«

»Tatsächlich war es ein langer Ritt. Wo ist der Kollege Gentile?« Doldi schien noch unhöflicher zu sein als üblich.

»Es tut mir leid, Herrin«, murmelte die Magd. »Der Knecht hatte ihn gebeten, beim Eingangstor zu warten.«

»Schon gut«, sagte Vittoria. Zu Doldi rief sie hinunter: »Messere Gentile pflegt sich. Tut Euch etwas weh? Braucht Ihr ärztlichen Beistand?«

»Er pflegt sich? Was zum Henker soll das bedeuten?«

»Wollt Ihr wohl aufhören, unter meinem Dach zu fluchen, Messere Doldi! Was ist denn los mit Euch?«

»Wo ist Gentile?«, schrie Doldi.

»Er schläft!«

»Dann weckt ihn auf! Gibt es in diesem Haus einen Bissen zu essen und einen Schluck Wein für einen erschöpften Mann? Und gibt es einen Raum, in dem wir ungestört sprechen können?«

»Wer ist *wir?*«

»Na, Messere Gentile und ich!«

»Lieber Kollege Doldi, dies ist, da ich es gemietet habe und dafür bezahle, *mein* Haus. Wenn es also etwas Wichtiges zu besprechen gibt, dann bedeutet *wir*: Ihr, Gentile … und ich.«

»Ihr seid eine Frau!«

»Danke für die Erinnerung. Beinahe hätte ich es vergessen.«

Doldi hob die Hände zum Himmel in einer Geste der Frustration. »Meinetwegen seid auch mit dabei!«

»Der Knecht bringt Euch in den Saal.« Vittoria wandte sich an die Magd. »Gebt ihm zu essen und zu trinken. Und jemand soll Gentile aufwecken.«

Die Magd verzog das Gesicht. »Er ist immer so ärgerlich, wenn man ihn weckt …«

»Na gut, dann mache ich das selbst. Versorgt unseren Gast.«

Als Vittoria mit Gentile da Foligno im Saal eintraf, saß Doldi am Tisch, so nahe es ging am Feuer, und starrte ins Leere. Trotz seiner Forderung hatte er das Essen nicht angerührt. Der Saal war finster, weil die Fenster zur Straßenseite hinausgingen, der Kamin aber in seinem rückwärtigen Teil angebracht war. Trotzdem sah Vittoria den stieren Blick ihres ungebetenen Gastes und dass seine Hände sich unentwegt öffneten und schlossen. Er reagierte mit Verspätung auf das Eintreffen Vittorias und Gentiles und blickte auch dann nur wortlos auf. Vittoria begann sich Sorgen zu machen.

»Hat Euch der Doge seine Unterstützung zu Eurem neuesten Machwerk zugesagt?«, giftete Gentile zur Begrüßung. »Seid Ihr gekommen, um mir das unter die Nase zu reiben?«

»Schscht, Gentile«, sagte Vittoria. »Darum geht es jetzt nicht. Es ist etwas passiert. Nicht wahr, Messere Doldi?«

Doldi nickte. Dann sagte er langsam und mit Betonung: »Die Pest ist da.«

»Wo?«, fragte Gentile scharf.

»Ich war mit Admiral Vignoso an der Südgrenze der Republik … bei A Spèza …«

»Was habt Ihr da getan?«

»Den Admiral unterstützt …«

»Die *Vento del Dio*«, sagte Vittoria. »Das Schiff, von dem jeder irgendwie gehört hat und keiner so richtig weiß, was es damit auf sich hat. Eine Kriegsgaleere ist ausgelaufen und nach ein paar Tagen wieder zurückgekommen. Was ist mit diesem Schiff? Ist es gesunken? Ist es dort auf die Felsen gelaufen? Die Küste ist gefährlich in dieser Gegend. Hatte es wichtige Fracht an Bord? Oder wichtige Passagiere?«

»Wieso habt Ihr den Admiral unterstützt?«, ereiferte sich Gentile. »Wieso habe *ich* nicht den Admiral unterstützt?«

»Vielleicht musstet Ihr Euch gerade pflegen, als die Anfrage aus dem Dogenpalast kam?«

»Pflegen? Was meint Ihr damit?« Gentiles Gesicht wurde immer röter.

Vittoria sagte scharf: »Hast du nichts Besseres zu tun als zu nörgeln, Gentile? Hast du nicht gehört, was Messere Doldi gesagt hat? Wir haben einen Pestausbruch!«

»Hier in Genua?«

»Nein. Oder jedenfalls noch nicht.« Doldi rieb sich müde übers Gesicht. »Aber es kann nur noch eine Frage der Zeit sein.«

»Würdet Ihr von Anfang an erzählen, Messere Doldi?«, fragte Vittoria, als Gentile mit einem »Pah!« abwinkte. »Und ohne Euren üblichen Spott, bitte.«

Je länger Doldi erzählte – und er hielt mit nichts hinterm Berg, was er von Admiral Vignoso gehört und durch eigenes Nachdenken herausbekommen hatte –, desto stiller wurde Gentile da Foligno. Vittoria fühlte sich immer beklommener. Doldis Schilderung füllte ein paar Lücken in ihrer eigenen Version der Geschehnisse, die durch Hörensagen und Dienstbotentratsch zustande gekommen war. Dennoch war die Geschichte bei weitem nicht vollständig.

»Die Juden«, sagte sie nachdenklich. »Irgendwie stehen sie im Mittelpunkt der Ereignisse.«

»Großer Äskulap, Monna Gambacorti!«, stieß Doldi hervor. »Ihr enttäuscht mich. Wollt Ihr vielleicht behaupten, die Juden steckten hinter dem Pestausbruch? Was für eine Idiotie! So reden die Hetzprediger, die von den Leuten aufgestachelt werden, die bei den Juden zu viele Schulden haben. Von Euch hätte ich mehr erwartet.«

»Wenn Ihr nicht immer verfrühte Monologe halten würdet, anstatt bis zum Ende zuzuhören, könntet Ihr Euch einen Großteil Eurer Reden sparen. Ich habe es anders gemeint. Ich habe Gerüchte gehört, denen zufolge der Doge bezüglich der *Vento del Dio* von den Juden beraten wurde …«

»Von *einem* Juden«, sagte Doldi. »Ich habe ihn bei Admiral Vignoso getroffen.«

»Und was ist mit ihm?«

»Keine Ahnung. Er war nicht ganz zurechnungsfähig, weil ein Freund von ihm getötet wurde.«

»Was? Ein Freund? Wo kommt der jetzt auf einmal her?«

»Wenn Ihr mich ausreden lassen würdet, anstatt mich mit irgendwelchen verfrühten Schlussfolgerungen zu unterbrechen, hätte ich die Geschichte schon lange fertig erzählt.«

Vittoria und Doldi maßen sich mit Blicken. Vittoria wurde klar, dass sie sich nicht viel besser benommen hatte als die beiden Ärzte. Ihre professionelle Feindschaft musste schon auf sie abgefärbt haben. Sie senkte den Kopf. »Bitte verzeiht«, sagte sie. »Fahrt fort.«

»Ich nehme an, der Admiral hat den erkrankten Fischer sofort von allen anderen abgesondert«, sagte Doldi. »Jedenfalls habe ich ihm das geraten. Aber es kann schon zu spät gewesen sein. Wer weiß, mit wie vielen Leuten aus seinem Dorf er vorher Kontakt hatte. Und mit den Soldaten …«

»Was hat das damit zu tun?«, fragte Gentile. »Die Pest entsteht durch faule, feuchte Luft. Der Admiral soll seine Männer in die Berge an der Küste zurückziehen, dann sind sie in Sicherheit. Und der Doge soll die Stadt evakuieren. Genua ist ebenfalls viel zu nah am Wasser.«

»Erspart mir Eure Miasmen!«, rief Doldi. »Ihr seid so blind, wie Ihr unbelehrbar seid!«

Vittoria blendete den Streit der beiden alten Männer aus. Sie war nicht sicher, was richtig war: Gentiles Theorie von den Miasmen – oder Doldis Theorie, dass die Miasmen ein Unfug waren, er aber selbst keine Gegenthese aufzuweisen hatte … es sei denn, man konnte seine Annahme, dass der Kontakt mit erkrankten Personen die Ausbreitung der Pest vorantrieb, als Theorie werten. Doch wo war dann die Pest ursprünglich entstanden? Bei irgendjemandem musste sie ja angefangen haben – sei es, weil er Miasmen ausgesetzt gewesen war oder aus einem anderen Grund. Vittoria wusste, dass die Beantwortung dieser Frage alle einen großen Schritt weiterbringen würde bei der Bekämpfung der Seuche. Aber was war die Antwort? Wahrscheinlich nicht Gentiles faule Luft …

Sie beschloss, das Gezänk zu unterbrechen. »Was auch immer der Grund für die Pest ist, wir müssen den Menschen helfen«, sagte sie. »Mit einer Evakuierung der Stadt ist es nicht getan. Erstens würde eine Panik ausgelöst, zweitens würden viele Sturköpfe die Stadt gar nicht verlassen, drittens bräuchte es das Heer, das jetzt bei A Spèza lagert, um diese Maßnahme umzusetzen, und viertens würden am Ende doch bloß die Reichen und Mächtigen in Sicherheit gebracht werden. Wenn die Pest Genua erreicht, müssen wir dagegen ankämpfen. Messere Doldi, ich bin sehr froh, dass Ihr gekommen seid, um mit uns zusammenzuarbeiten. Was immer Euch, Gentile und mich getrennt hat – lassen wir es Vergangenheit sein.«

Die beiden Männer blickten sie verwirrt an.

»Wie – dagegen ankämpfen?«, fragte Gentile.

»Wie – zusammenarbeiten?«, fragte Doldi.

Jetzt war es an Vittoria, verwirrt dreinzuschauen. »Aber weswegen seid Ihr denn zu uns gekommen?«

»Um Euch zu warnen, heiliger Äskulap. Wir sind trotz allem Kollegen. Es gehört sich, sich untereinander rechtzeitig zu benachrichtigen, wenn eine Katastrophe naht!«

»Was hast du mit ›dagegen ankämpfen‹ gemeint?«, fragte Gentile. »Bist du wahnsinnig? Danken wir Messere Doldi, dass er uns aufgesucht hat, und verschwinden wir von hier.«

»Aber …«, begann Vittoria.

Doldi stand auf. »Fangt besser schon mal an zu packen. Ich kehre jetzt zu meinem Logis zurück und tue das Gleiche.«

»Wohin wollt Ihr Euch wenden, Messere Doldi?«, fragte Gentile.

»Ich kehre zurück nach Mailand.«

»Ich denke, der beste Ort, um der Seuche zu entkommen, wäre mitten in den Bergen. So weit wie möglich weg von der faulen Luft, die aus großen Gewässern aufsteigt. Im Tirol, beispielsweise.«

Doldi sagte: »Wir hätten ein Stück Weg gemeinsam, wenn Ihr dorthin wollt.«

»Wir könnten ja zusammen reisen, mein Lieber. In größeren Gruppen ist es immer besser.«

»Und billiger, sehr verehrter Kollege.«

»Das kommt hinzu«, bestätigte Gentile.

Vittoria war so fassungslos, dass sie einige Zeit brauchte, um Worte zu finden. »Ihr wollt die Flucht antreten?«, rief sie.

»Galen und Avicenna …«

Vittoria verlor die Nerven. »Galen und Avicenna waren feige Hunde, wenn sie das geraten haben«, rief sie. »Und ihr seid keinen Deut besser! Wozu habt ihr euch dann vor dem Dogen so ereifert und gegenseitig in die Haare bekommen, wenn alle eure hehren Worte nur warme Luft waren und ihr doch die erste Gelegenheit nutzt, um euch aus dem Staub zu machen?«

»Euch?«, fragte Gentile. »Wovon redest du? Du bist selbstverständlich eingeladen mitzukommen.«

»Ich will aber nicht mitkommen! Ich bleibe hier und helfe, wenn die Pest in Genua ausbricht!«

Die beiden alten Ärzte starrten Vittoria überrascht an. Sie horchte ihren eigenen Worten nach und stellte fest, dass sie sich soeben entschieden hatte. Ihre Überlegungen und Zweifel der letzten Tage hatten sich jetzt in diesem plötzlichen Entschluss manifestiert. Sie bekam es mit der Angst zu tun – und wusste zugleich in den tiefsten Tiefen ihrer Seele, dass sie das Richtige tat.

»Ich bleibe«, wiederholte sie.

»Aber Galen und Avicenna …«

»Wurden entweder falsch zitiert – oder sie können mir den Buckel runterrutschen!«

3

Gisela hatte gedacht, dass die beschwerliche Reise zu Joseph das große Abenteuer ihres Lebens gewesen wäre; dass, nachdem sie ihn gefunden hatte, wieder Ruhe einkehren würde. Wie diese Ruhe aussehen sollte, darüber hatte sie sich nur vage Gedanken gemacht. Es war wohl eine Mischung aus dem beschaulichen, engen Leben auf Burg Osoppo und ihren Vorstellungen von Zärtlichkeit und Liebe gewesen. Am dritten Tag der verzweifelten Suche nach Maria konnte sie sich jedenfalls kaum mehr daran erinnern, was sie sich gedacht hatte.

Sie hatte auch Vorstellungen gehabt, wie es sein würde, wenn sie und Joseph sich erst einmal gefunden hätten. Die Vorstellungen hatten von stummer Innigkeit bis zu wilder Leidenschaft gereicht und waren samt und sonders nicht eingetreten.

In den drei Tagen der Suche nach Maria oder wenigstens einer Spur von ihr folgten sie engen, steilen Serpentinenpfaden hinunter zu Fischerdörfern, die an der Steilküste klebten, und hinauf zu Wachtürmen, die seit Generationen auf den Hügelkuppen standen. Sie sprachen mit Dorfältesten und neugierigen Kindern, mit den Sergeanten der Wachturmbesatzungen und mit Eremiten in alleinstehenden Klausen, mit Olivenbauern, die ihre Haine auf Winterschäden prüften, und mit den Händlern, die sich noch vor dem eigentlichen Beginn der Reisesaison auf den Weg gemacht hatten. Die Antwort war überall die gleiche:

Niemand hatte einen wie einen Geistlichen gekleideten Mann samt Reisegruppe und einem kleinen Mädchen gesehen.

Der Todesengel bewegte sich wie ein unsichtbarer Schatten durch die Welt.

Aber vollkommen unsichtbar war er doch nicht. Die Spur, die er hinterließ, war eine Spur aus Lücken. Aus fehlenden Menschen.

In einem Fischerdorf vermisste eine Familie den zweitältesten Sohn. Er hatte keine Aussicht auf das Erbe gehabt, und sein älterer Bruder, in der Gewissheit, dass er irgendwann der Herr sein würde, hatte ihn wie einen Knecht behandelt. In Karàscu, einem Ort in den Bergen, war ein abgelegenes Bauernhaus auf einmal verlassen worden; es hatte einem Olivenbauern gehört, dessen Vater nach und nach die Rechte an seinen Hainen bis auf einen einzigen verkauft hatte, um über die Runden zu kommen – auf diesen letzten Hain war einer der wohlhabenden Bauern des Ortes scharf gewesen und hatte ziemlichen Druck auf seinen Besitzer ausgeübt, bis hin zu subtilen Drohungen. In Zoaggi und Cicagna fehlten ebenfalls junge Männer. Die Mutter des abgängigen Sohnes in Zoaggi gab den Gauklern die Schuld, die in der Gegend gesehen worden waren. Ihr Sohn, sagte sie, sei ein verdammter Träumer und Wirrkopf gewesen, der nur bei der Stange geblieben war, weil sein Vater ihn regelmäßig verprügelt hatte. Aber der Vater war Anfang des Winters verstorben, und jetzt lief der Narr wahrscheinlich den Gauklern hinterher, verflucht sollten er und sie sein und das Schicksal auch, das es gefügt hatte, dass ihr, der Mutter, von allen Kindern nur der Dümmste geblieben war, während seine wunderbaren Brüder und Schwester alle vorzeitig an Krankheiten gestorben waren.

»In Bonasseua hat Azrael sich an Bertolino gewandt«, sagte Joseph. »Auch er war ein Außenseiter. Er sammelt die Menschen um sich, die nichts mehr zu verlieren haben. Sie folgen ihm. Warum? Weil er ihnen eine Gelegenheit verspricht, sich an der Welt zu rächen, die ihnen so übel mitspielt? Wie will er das tun?

Was genau hat er vor? Und warum …«, er stöhnte und ballte die Hand zur Faust, »… warum schleppt er Maria mit sich?«

»Ich bin sicher, dass es ihr gut geht«, sagte Gisela. Sie drängte sich an Joseph, weil sie erbärmlich fror. Die dritte Nacht ihrer Suche verbrachten sie in einem Schafstall, weil die Dunkelheit sie auf dem Weg von den Bergdörfern hinunter zur Küste überrascht hatte. Gisela war erschöpft, sie teilte Josephs Angst um das kleine Mädchen, das sie noch nie gesehen hatte, sie war enttäuscht, dass ihre ersten Tage miteinander mit dieser Suche ausgefüllt waren, sie fror und war hungrig … und war dennoch glücklich. Sie war glücklich, weil sie mit Joseph zusammen war und weil sie entdeckt hatte, dass die Kraft, die sie von Osoppo bis Genua gebracht hatte, sie weiterhin trug. Diese Kraft ermöglichte es ihr, Joseph zu beruhigen, wenn seine Verzweiflung zu groß wurde, und die Angst im Zaum zu halten, die mit der Erkenntnis gekommen war, dass die Pest ihrer aller Leben bedrohte.

»Was hat er vor?«, fragte Joseph. »Kannst du mir sagen, was dieser Wahnsinnige vorhat? Und kannst du mir sagen, was Gott vorhat, dass er zugelassen hat, dass die Seuche uns doch noch erreicht hat?«

»Ich kann dir sagen, dass ich überzeugt bin, der Admiral wird alles tun, um sie nicht weiter ausbrechen zu lassen«, sagte Gisela.

Sie fühlte seinen Blick auf sich. »Dir ist kalt«, sagte er.

Sie nickte. Er zog sie näher zu sich heran. »Wie kann ich dich wärmen?«

»Du wärmst mich schon.«

Joseph lächelte. »Ich wärme dich so sehr, dass du am ganzen Körper zitterst.«

Gisela lächelte ebenfalls. »Wir werden Maria finden«, sagte sie.

»Hier? In den Bergen? An der Küste? Indem wir Dorf für Dorf, Weiler für Weiler absuchen? Azrael bewegt sich an der Küste entlang vorwärts, er steht nicht still, und er hat auch nicht vor, sich zu verstecken. Er hat ein Ziel. Wenn wir annehmen, dass all die Vorfälle, in denen diese Leute verschwunden sind, mit ihm zu tun haben, weil er Gefolgsleute um sich schart …«

»… dann lässt sich herauslesen, dass die Richtung, in die er sich bewegt, Norden ist«, vollendete Gisela. »Was ist im Norden? Genua?«

»Genua«, bestätigte Joseph. »Dann – die Berge. Und dann – das Heilige Römische Reich.«

»Wohin könnte er dort wollen?«

»Ich weiß es nicht«

»Vielleicht will er auch bloß nach Genua.«

»Daran habe ich auch schon gedacht.«

»Möchtest du die Suche hier aufgeben und so schnell wie möglich nach Genua gehen? Vielleicht überholen wir ihn ja und finden ihn auf diese Weise?«

»Vielleicht ist er schon lange dort. Wir haben ihm jede Menge Vorsprung gelassen mit unserer Suche hier in der Gegend. Womöglich hätten wir gleich schon nach Genua gehen sollen.«

»Mit dem Risiko, dass Azrael sich nach Süden bewegt? Er hätte ja auch nach Rom gehen können.«

»Wozu? Rom ist nicht mehr der Mittelpunkt des Abendlandes. Es ist nur noch eine riesige Stadt, in der ein heimlicher Bürgerkrieg herrscht.« Joseph brach ab und starrte ins Leere. Gisela wartete, aber er fuhr nicht fort.

»Was?«, fragte sie.

»Ich hatte einen Gedanken. Aber jetzt ist er weg. Ich bin zu erschöpft und aufgewühlt.« Er rieb sich über die Augen.

»Warum zögerst du, nach Genua zurückzukehren?«

»Tue ich das?«

»Wenn ich mich nicht sehr täusche …«

»Schon kannst du mich lesen wie ein Buch«, sagte Joseph und klang nur halb scherzhaft. »Wann werde ich anfangen, dich zu langweilen?«

»Niemals.«

»Wenn wir nach Genua zurückkehren, wird der Doge zwangsläufig davon erfahren. Er wird mich nicht gehen lassen wollen. Schon Admiral Vignoso wollte mich nicht gehen lassen, aber ihn konnten wir überzeugen, weil unter all seiner rauen Schale ein sentimentales, großes Herz schlägt und er für alle, über die er gebietet, wie ein Vater fühlt und nicht wie ein Befehlshaber. Der Doge ist aus ganz anderem Holz geschnitzt. Er fühlt die Verantwortung für seine Untertanen ebenfalls, aber er wird nicht zögern, einen davon zu opfern, wenn er damit allen anderen helfen kann.«

»Opfern?«

»Er wird mich nicht umbringen. Aber er wird dich und mich auch nicht gehen lassen, wenn er denkt, ich könnte ihm noch behilflich sein. Und das ist das Gleiche, wie mich zu opfern, weil ich es nicht aushalten kann, Maria im Stich zu lassen.«

»Warum muss der Doge denn wissen, dass du zurück bist?«

»Weil uns die Torwachen nicht in die Stadt lassen, wenn wir ihnen nicht sagen, wer wir sind.«

Gisela grinste. »Na und? Du bist … du bist Frodegar d'Osoppo, und ich bin Gisela d'Osoppo. Wir sind zwei Adlige aus dem Osten, die in Genua nach einer Möglichkeit suchen, ihren vom Erdbeben zerstörten Besitz zu retten.«

»Frodegar!?«

»Ich hatte mal ein zahmes Frettchen, das Frodegar hieß«, sagte Gisela und wurde rot. »Mir ist nichts anderes eingefallen.«

»Gisela, ich kann mich nicht einfach als jemand anderer ausgeben. Schon gar nicht als Christ. Ich bin Jude.«

»Soweit ich das erkennen kann, siehst du nicht anders aus als jeder christliche Mann.«

Einen kurzen Moment hatte Gisela das Gefühl, Joseph würde widersprechen, und sie fragte sich, was ihn von einem christlichen Mann in diesen Breiten unterscheiden könnte. Sein lockiges Haar hatte sie bei ihren Landsmännern aus den Bergen ebenso gesehen wie seinen lockigen Bart, seine Augen waren dunkel, aber das waren viele andere auch, und ansonsten? Joseph zuckte mit den Schultern, und sie vergaß den Gedanken wieder.

»Ich habe das Siegel meiner Mutter«, sagte sie und tastete unter ihrem Kleid nach dem Siegel an seiner Halskette. »Nach ihrem Tod ist es auf mich übergegangen. Wir können es benutzen, wenn die Soldaten ein Siegel sehen wollen. Sie werden es zwar nicht erkennen, aber sie werden wissen, *was* es ist, und uns glauben.«

»Ich hätte dich schon früher kennen sollen, du wärst die perfekte Dritte in unserem kleinen Geheimbund gewesen …« Josephs Gesichtszüge wurden starr und traurig. »Ich wünschte …«

»Was wünschst du dir? Dass Zacharias noch am Leben wäre und dir jetzt helfen könnte?«

Joseph seufzte »Ich will dich nicht anlügen. Ja, ich wünschte, Zacharias wäre noch hier. Nicht, um mir zu helfen. Du hilfst mir mit deinen Gedanken so gut wie er. Ich vermisse ihn nur, und ich kann mir immer noch nicht vorstellen, dass es ihn nicht mehr geben soll. Aber noch mehr wünsche ich mir, dass ich die Liebe, die du mir zum Geschenk gemacht hast, besser erwidere. Du musst denken, ich sehe nicht, was du für mich getan hast.«

»Ich bin nur meinem Herzen gefolgt.«

»Dazu gehört mehr Mut, als man glaubt.«

»Ich liebe dich, Joseph.«

Joseph beugte sich zu ihr und küsste sie. Zuerst zögerte sie, doch dann erwachte die Leidenschaft in ihr, und sie küsste ihn hungrig zurück. Als sie außer Atem voneinander abließen, wollte sie ihn fragen, ob er glaube, dass alles gut würde. Doch dann blickte sie in seine Augen und erkannte hinter der Entschlossenheit und Stärke, die er ausstrahlte, wie viel Sorge ihn belastete – und wie groß und gut sein Herz war und wie sehr er selbst die Versicherung brauchte, dass alles sich richten würde.

Er hatte ihr erzählt, dass er Zacharias allein losgeschickt hatte, weil er gehofft hatte, es könne ihm nichts zustoßen; dass Zacharias aber *ihn* niemals allein irgendwohin hatte gehen lassen. Wenn sie eine Mission gehabt hatten, war er immer irgendwie in der Nähe gewesen: Josephs zuverlässige Rückendeckung. Joseph fühlte sich, als hätte er Zacharias im Stich gelassen. Er hatte sein Leben nicht beschützt. Wenn es ihm nun auch nicht gelang, das Leben seiner Tochter zu beschützen, wer war er dann? Nur ein schlechter Freund, ein unfähiger Bruder, ein totaler Versager. Und wer war er, wenn er nicht gleichzeitig versuchte, seine Mission zu einem guten Ende zu bringen, nämlich alles in seiner Macht Stehende zu tun, um den Ausbruch der Seuche in Europa zu verhindern?

All diese Erkenntnisse und Gedanken führten dazu, dass Gisela sich aus seiner Umarmung löste und ihn mit sanftem Zwang dazu brachte, den Kopf in ihren Schoß zu legen. Dann streichelte sie seine Stirn, erzählte ihm von der Schönheit der Berge in ihrer Heimat und wie Burg Osoppo diese Schönheit beschützt hatte, und sie erzählte ihm, wie Maria all das bestaunen würde, wenn sie sie erst gefunden und dorthin gebracht hatten. Als er eingeschlafen war, betrachtete sie ihn und begann zu weinen: weil ihre Tage miteinander so ganz anders waren, als sie sich erhofft hatte, weil sie ahnte, dass Osoppo niemals ihre gemeinsame Heimat sein konnte, weil sie Angst hatte vor der Zukunft und vor dem Tod und weil sie ihn so sehr liebte, dass ihre Gefühle sich nicht anders Bahn brechen konnten als in Tränen.

4

Die Gaukler waren bis Recco gekommen. Dann ging es nicht mehr weiter, weil es Ärger gegeben hatte und ihr Anführer verhaftet worden war. Der Ärger war dadurch entstanden, dass die guten Leute von Recco ihren Auftritt nicht honoriert hatten. Stattdessen hatten sie die Gaukler ausgelacht. Einer aus dem Publikum hatte den Gauklern geraten, sich den Geißlern anzuschließen, die Zuschauer würden lieber sehen, wie sich die Gaukler blutig schlugen, anstatt sich bei ihren mageren Kunststücken zu langweilen. Der Anführer der Gaukler hatte das persönlich genommen, war aber bei der anschließenden Rauferei unterlegen und in den Kerker geworfen worden, der sich in Recco im Fundament eines von genuesischen Soldaten besetzten Wachturms befand. Zu ihrem eigentlichen lukrativen Trick, dem Becherspiel, waren die Gaukler dadurch nicht mehr gekommen, denn diesen beherrschte nur ihr Anführer perfekt genug, dass das Publikum nicht merkte, wie es betrogen wurde.

Mit dem Anführer waren die Gaukler zu viert gewesen – vier Männer, von denen einer, der jüngste, mit Gesichtsschleier und geschminkter Augenpartie, als maurische Sängerin auftrat. Ihres Anführers beraubt, hatten die drei restlichen Gaukler ratlos zwischen den Felsen am Strand außerhalb der Ortschaft kampiert und sich gefragt, was nun aus ihnen und ihrem alten Klepper werden sollte, der den bunten Gauklerwagen zog. Sie hungerten, das Pferd hungerte auch, ein neuerlicher Auftritt in Recco war ausgeschlossen, zum Weiterziehen war das Pferd schon zu schwach, und außerdem fühlten sie eine gewisse Loyalität zu ihrem inhaftierten Anführer, den sie nicht zurücklassen wollten.

All das erfuhr Carlotta vom jüngsten Gauklermitglied, einen Tag nachdem Azrael mit seinem Gefolge an ihrem Lager vorbeigekommen war. Die drei gestrandeten Künstler waren schnell überredet gewesen, sich Azrael anzuschließen und ihrem früheren Anführer den Rücken zu kehren. Azraels Argument, dass er ihnen die Chance gäbe, die Welt von ihrer Bosheit zu reinigen (mit anderen Worten: sich für die erlittenen Demütigungen endlich rächen zu können!), hatte sie überzeugt. Außerdem verfügte Azraels Gruppe über Geld.

Carlotta hatte nie gefragt, wo das Geld hergekommen war. Azrael danach zu fragen, wagte sie nicht, obwohl der Mann in der Priesterkutte ihr gegenüber stets freundlich und aufgeschlossen war. Aus dem, was sie aufgeschnappt hatte, nahm sie an, dass es von dem Schiff stammte, auf dem Azrael Passagier gewesen war.

Die Gruppe war jetzt zwölf Mann stark – wenn man das

kleine Mädchen nicht mitrechnete und Carlotta, die die einzige Frau war, zu den Männern zählte. Zusammen mit den Gauklern brachen sie nachts von deren Lagerplatz auf, so dass es für die Leute von Recco, sollten sie dort nachschauen, wirken musste, als seien die Gaukler spurlos verschwunden. Carlotta fiel auf, dass Azrael nach dem Anschluss der Gaukler aufhörte, nach weiteren Gefolgsleuten Ausschau zu halten. Stattdessen bewegte er sich nun zielstrebig nach Norden, auf Genua zu. Nach einiger Zeit fiel Carlotta der Zusammenhang mit der Zahl seiner Gefolgsleute auf. Sie waren zwölf. Wie die Apostel Jesu. Jesus hatte die Welt mit seinem Opfergang von der Sünde erlöst. Azrael wollte die Welt ebenfalls erlösen, aber nicht, indem er sich opferte, sondern indem er die Sünder ausrottete. Die Erkenntnis verursachte ihr gleichzeitig Beklommenheit und eine noch gesteigerte Ehrfurcht.

Bisher hatten sie die Straßen vermieden und das Tageslicht, so gut es ging. Sie hatten außerhalb von Ortschaften gelagert. Jetzt benutzten sie die Straße. Azrael blieb die meiste Zeit im Inneren des Wagens. Für jemanden, der ihnen zufällig begegnete, musste es wirken, als seien sie eine große Gauklergruppe. Dass sie nirgendwo auftraten, würde keinem Menschen auffallen. Carlotta ahnte, dass Azrael auf diese Weise wie auch schon durch sein vorheriges Verhalten vermeiden wollte, dass jemand ihnen auf die Spur kam. Warum? Wurde er verfolgt? Hatte es etwas mit dem kleinen Mädchen zu tun, das anfangs halb betäubt auf dem Esel gesessen hatte und nun still und offenbar verängstigt mit der Gruppe mittrottete? Sie war mit Sicherheit nicht Azraels Tochter. Falls sie zu einem von Azraelas Gefolgsleuten gehörte, ließen weder dieser noch das Mädchen dies erkennen. Wo hatte Azrael sie aufgelesen?

Schließlich nahm sich Carlotta des Mädchens an. Seitdem die Schmerzen in ihrem Rücken erträglicher geworden waren und die Striemen angefangen hatten zu heilen, fiel es ihr leichter, sich für ihre Umgebung zu interessieren. Auch, dass Giuliano nicht mehr ständig an ihr hing, half. Der junge Mann hielt sich nun bevorzugt bei den drei Gauklern auf und ließ Carlotta links liegen.

»Maria«, antwortete das Mädchen, nachdem mehrere Anläufe Carlottas, nach ihrem Namen zu fragen, nicht gefruchtet hatten. Maria murmelte kaum hörbar und blickte nicht auf. Als Carlotta sich bückte, um ihr ins Gesicht schauen zu können, sah sie, dass die Kleine weinte.

Carlotta hatte keinerlei Erfahrung mit Kindern. In dem Haus, in dem sie gearbeitet hatte, waren zwei Mütter mit kleineren Kindern gewesen, doch die Kinder waren für sich geblieben und hatten keinen Kontakt zu den anderen Frauen gesucht. Hilflos und angesichts der stillen Tränen voller Mitgefühl sagte sie: »Das ist ein schöner Name.«

»Den habe ich von Tatele.«

»Wer ist Tatele?«

Maria schwieg eine Weile. »Mein Vater«, flüsterte sie schließlich.

»Wo ist dein Vater? Ist es einer von ihnen?« Carlotta deutete auf Azraels Gefolge, obwohl sie sicher war, dass dies nicht zutreffen konnte. Maria schüttelte den Kopf.

»Tatele geht es nicht gut«, sagte sie. »Ich glaube, Tatele ist tot.« Sie begann, lautlos zu schluchzen. Als Carlotta instinktiv nach ihrer Hand griff, nahm Maria sie und hielt sie fest. Die kleine Kinderhand war eiskalt.

»Warum glaubst du das?«

»Weil jemand ihn getötet hat.«

»Und woher willst du das wissen?«

»Weil ich es gesehen habe. Ich habe ihn auf dem Boden liegen sehen. Er hat sich nicht mehr bewegt. Da war so viel Blut.«

Carlotta schluckte. Sie wusste nicht, was sie sagen sollte. Maria schniefte.

»Der Engel hat es mir erklärt«, sagte sie. Sie wies scheu auf den Gauklerwagen.

»Was hat er dir erklärt?«

»Dass es nicht seine Schuld war. Dass Gott ihm befiehlt, wen er zu sich holen muss, und dass er den Auftrag hatte, Tatele zu holen. Ich glaube, Tatele ist jetzt bei Mame.«

»Warum hat er gesagt, es sei nicht seine …?«, begann Carlotta. Dann verstand sie. »Hat … hat der Engel deinen Vater getötet!?«

»Nein, aber er war dabei. Die anderen haben auf ihn gehört.«

Carlotta schwieg eine Weile, weil sie nachdenken musste. Offenbar hatte Azrael jemandem befohlen, Marias Vater zu töten. Warum? Hatte er Maria verteidigt? Aber wogegen? Sie konnte sich nicht vorstellen, dass Azrael versucht hatte, Maria zu entführen. Das Kind konnte ihm nichts nützen. Warum war der Tod von Marias Vater notwendig gewesen? Erneut kam ihr der Gedanke, dass Azraels Bemühen, keine Spur zu hinterlassen, mit Maria zu tun hatte – oder mit ihrem Vater. Hatte er Azraels Plan verhindern wollen? Aber wie hätte er von ihm wissen können?

»Woher kommen du und dein Vater?«, fragte sie. »Hier aus der Gegend?«

»Nein«, sagte Maria, und in die Trauer und Resignation in ihrer Stimme mischte sich ein Anflug von Stolz. »Wir stammen aus der Gemeinde von Venedig.«

»Aus der Gemeinde? Was bedeutet das?«

Maria sah sie an, als würde sie die Frage nicht verstehen. Sie zuckte mit den Schultern. »Jeder kommt aus einer Gemeinde. In unserer Gemeinde lebt auch noch Jossele.« Mit der letzten Bemerkung schwang nun unüberhörbarer Stolz mit.

Carlotta hatte Mühe, dem Gedankensprung zu folgen. »Wer ist Jossele?«

»Jossele wird mich holen«, sagte Maria. »Er passt auf mich auf. Er wird mich holen. Er fürchtet sich nicht vor dem Engel.«

Bei einem Ort namens A Ceive ließ Azrael die Gruppe halten. Die Ortschaft bestand aus einigen Häusern, die sich um den hier an der Küste üblichen Wachturm gruppierten. Der Turm war ausgebaut mit einem schmucklosen, wuchtigen Anbau mit steilem Dach. Jedem war klar, dass der Anbau ein Magazin war und dort Proviant lagerte, entweder für Soldaten oder genuesische

Kriegsschiffe, die in der flachen Bucht östlich des Orts gut vor Anker gehen konnten. Bis nach Genua waren es nur noch zehn Meilen.

Azrael bat Carlotta allein zu sich. Es machte sie schlagartig nervös. War es falsch von ihr gewesen, sich um Maria zu bemühen? Aber Azrael konnte nichts dagegen haben, oder? War sie seinen Geheimnissen zu nahe gekommen? Doch welche Geheimnisse waren es in Wirklichkeit? Und er konnte nicht wissen, was Maria erzählt hatte, denn das Kind hatte seit dem Gespräch mit Carlotta keinen Kontakt zu Azrael gehabt. Im Stillen fragte Carlotta sich, warum sie dem Mann, der sie vor den Deserteuren gerettet und ihr ein Ziel im Leben gegeben hatte, auf einmal misstraute. Sie schämte sich dafür. Dennoch blieb ihr Argwohn wach. Dass Azrael sie nicht zu sich zitiert hatte, um mit ihr ins Gericht zu gehen, erleichterte sie zunächst. Der Auftrag, den er für sie hatte, ließ sie jedoch ratlos. Was bezweckte er damit?

»Nimm die Kleine mit«, sagte Azrael. »Sie wird dir noch mehr Glaubwürdigkeit verleihen.«

»Und du möchtest, dass wir gleich im Morgengrauen dorthin gehen?«

»Der beste Zeitpunkt«, sagte Azrael. »Die Nachtwache ist zu müde und die Tagwache noch nicht munter genug, um klar zu denken.«

»Und wofür brauchen wir die Kreaturen?«

»Du wirst es erfahren, wenn die Zeit für dich gekommen ist.«

Am nächsten Morgen hämmerte Carlotta mit einem Stein an die Tür des Lagergebäudes. Die Tür war aus schweren Bohlen gefertigt und mit Eisennägeln verstärkt. Sie sah aus, als hätte sie sogar einer Ramme erfolgreich standhalten können. Carlotta bezweifelte, dass man ihr Hämmern drinnen hören konnte, doch dann öffnete sich ein Guckloch neben der Tür, und eine barsche Stimme sagte: »Was ist denn?«

»Wir sind auf der Durchreise und wollten euch um etwas bitten«, sagte Carlotta.

»Wer ist ›wir‹?«

Carlotta wurde klar, dass der Soldat durch das enge Guckloch nur sie sehen konnte. Sie hob Maria hoch und ächzte, als die Bewegung die Narben auf ihrem Rücken spannte. Sie hatte sich überlegt, ob sie Maria als ihre Tochter bezeichnen sollte, aber sie war sich nicht sicher, ob das Mädchen dann nicht widersprechen würde. So hielt sie sie einfach nur stumm im Arm und biss sich dabei vor Schmerz auf die Lippen.

»Na schön«, sagte der Soldat. »Was wollt ihr? Wenn's um Almosen geht, wendet euch an den Pfarrer im nächsten Ort.«

Carlotta schluckte. »Habt ihr Ratten?«, fragte sie nervös.

»Machst du Witze? Dies hier ist ein Getreidespeicher. Wir haben mehr Ratten als Läuse im Hemd!«

»Habt ihr welche gefangen?«

Der Soldat schwieg ein paar Augenblicke. »Was soll die Fragerei?«, erkundigte er sich schließlich.

»Wenn ihr Ratten gefangen habt … also lebende Ratten … könnt ihr sie uns geben? Dann müsst ihr sie nicht erschlagen …«

»Was willst du denn mit den verdammten Ratten?«

»Ich … wir … wir haben Hunger.«

»Heiliger Johannes!«

Carlotta hörte, wie sich der Soldat vom Guckloch zurückzog. Unverständliches Gemurmel wurde durch das Guckloch hörbar. Anscheinend konsultierte der Mann einen Vorgesetzten. Kurz darauf wurde eine andere Stimme hörbar. »*Was* wollt ihr von uns?«

»Ratten«, sagte Carlotta mit sinkendem Mut. »Die ihr gefangen habt.«

»Ich glaube, das ist eine Falle«, hörte Carlotta den ersten Soldaten sagen.

»Unsinn«, sagte der Neuankömmling. »Pietro hat gemeldet, dass die beiden allein sind. Weit und breit keiner außer ihnen, nicht mal auf dem Meer.« Carlotta spähte unwillkürlich zum Turm hinauf. Undeutlich konnte sie auf der obersten Plattform jemanden sehen, der zu ihr und Maria herunterschaute. »Wenn es eine Falle ist, dann besteht sie aus den beiden Hungerleidern, und mit denen wirst sogar du fertig.«

»Haha. Die wollen bloß, dass wir die Tür aufmachen! Wir sollten den Sergeanten fragen.«

»Der Sergeant schläft, und ich will nicht derjenige sein, der ihn aufweckt. Du etwa?«

Der andere Soldat brummte etwas.

»He, Kleine«, rief der zweite Soldat durch das Guckloch heraus. »Was wollt ihr mit den Ratten anfangen?« Er fragte Maria ganz offensichtlich im Gedanken, dass das Kind, wenn das Ganze eine Falle war, sich aus Versehen verraten würde. Carlotta hielt den Atem an. Sie hatte Maria erklärt, was sie in einem solchen Fall erwidern sollte, doch sie war sich nicht sicher, ob die Kleine es auch tat.

»Wir haben Hunger«, sagte Maria.

»Meine Güte. Der Herr bewahre mich davor, dass ich irgendwann mal aus lauter Not Ratten fressen muss.«

»Ja, der Herr bewahre dich davor«, sagte Carlotta.

Nach einigem weiteren Hin und Her wurde die Tür geöffnet und Carlotta und Maria in einen düsteren Gang gelassen. Ein Soldat brachte einen Sack, in dem sich etwas bewegte und fauchte.

»Hier«, sagte der Soldat, mit dem sie zuletzt durch das Guckloch gesprochen hatten. »Müssten ein halbes Dutzend sein, wenn sie sich noch nicht gegenseitig aufgefressen haben. Passt auf, wenn ihr den Sack öffnet, die Biester beißen. Sollen wir sie nicht für euch erschlagen?«

»Nein, wir … äh … wir haben eine weite Reise … wenn sie noch leben, verderben sie nicht so schnell.«

»Man sollte meinen, das mache dann auch keinen Unterschied mehr«, murmelte der Soldat. Dann händigte er Carlotta ein kleineres Säckchen aus. Er zuckte mit den Schultern. »Ein bisschen Hafer«, erklärte er. »Hier gibt's genug davon. Aber solltet ihr jemals mit dem Dogen reden, verratet ihm nicht, dass wir es euch gegeben haben.«

»Der Doge? Wir werden niemals mit dem Dogen reden …!«

»War nur ein Scherz«, sagte der Soldat und verdrehte die Augen. »Nehmt es und nehmt eure Ratten, und Gott befohlen.«

Zurück im Lager nahm Azrael den Sack mit den Ratten an sich und zog sich ins Innere des Wagens zurück. Aus dem Hafer bereiteten sie sich einen Brei zu, den sie alle miteinander teilten. Nachdem sie ihn gegessen hatten, kam Azrael aus dem Wagen. In beiden Händen hielt er eine Ratte. Carlotta konnte nicht erkennen, ob es eine von den neuen Ratten war oder eine von denen, die er schon vorher mit sich geführt hatte. Azrael trug die Ratte bis zu einem Haufen Unrat, der sich unterhalb der Häuser angesammelt hatte und auf den die Bewohner des kleinen Orts offensichtlich immer wieder ihre Abfälle warfen. Carlotta konnte das Fauchen und Quieken hören, mit dem die dort herumwühlenden Ratten Reißaus nahmen. Azrael setzte seine Ratte auf dem Müllhaufen aus. Das Tier saß bewegungslos da und duckte sich zitternd. Es witterte in alle Richtungen. Sein Fell war matt, es sah krank aus.

Azrael kam zurück. »Brechen wir auf«, sagte er. Er wechselte einen Blick mit Carlotta und erkannte, dass sie ihn beobachtet hatte. Er lächelte leicht und nickte ihr zu. *»Sic transit gloria mundi«*, sagte er gelassen, und obwohl Carlotta nicht wusste, was es bedeutete, lief ein Schauer ihren Rücken hinunter.

5

Azrael ließ seine Gruppe in einem Fischerdorf namens Sturla haltmachen, bevor sie Genua erreichten. Es war eines der üblichen Wehrdörfer gegen die Sarazenen – zuerst war die Burg da gewesen, deren Besatzung das Meer beobachtete und Sarazenenlandungen an dieser Stelle der Küste verhindern sollte. Dann hatte sich nach und nach ein Dorf darum gebildet, dessen Bewohner vom Fischfang lebten und den Markt des nahen Genua belieferten.

Man konnte die Stadt von hier aus bereits sehen, die Tortürme, die Kirchen, die Dächer der Palazzi. Giuliano, der der großen Stadt noch nie in seinem Leben so nahe gekommen war, war atemlos vor Aufregung. Er schätzte, dass sie nicht mehr als eine Stunde Fußmarsch entfernt war. Warum Azrael sie hier halten ließ, anstatt weiterzuziehen, war ihm nicht ganz klar, aber er stellte die Entscheidung nicht in Frage. Für ihn war alles, was Azrael tat und anordnete, die reine Weisheit. Nicht zuletzt deshalb hielt er mittlerweile Abstand zu Carlotta. Seit diese sich um das kleine Mädchen kümmerte, das Azrael aus purer Güte aufgelesen und mitgenommen hatte, stellte sie immer wieder merkwürdige, argwöhnische Fragen. Giuliano hatte sich gleich gedacht, dass auf Carlotta kein Verlass war. Er hätte sie nicht mitnehmen sollen, als er Clävai den Rücken gekehrt hatte. Aber er hatte sie bedauert, wie sie da mit ihrem blutigen Rücken und halbverhungert neben der Straße gesessen hatte. Jemand, der ausgepeitscht worden war, verdiente Mitgefühl. Wer hätte das besser gewusst als Giuliano, der sich bei den Geißlern selbst gepeitscht hatte, bis man die Knochen unter dem Fleisch hatte sehen können – eine Selbstzüchtigung, zu der den anderen in der Geißlergruppe leider der Mut gefehlt hatte, weshalb die Welt jetzt ja auch in diesem schlechten Zustand war und Gott zornig. Zum Glück war Azrael nun da, der die Sünde aus der Welt tilgen würde. Und Giuliano war – wie die anderen – einer seiner Boten! Azrael hatte sie selbst so bezeichnet! Nein, es war schon richtig, sich von Zweiflern wie Carlotta fernzuhalten. Man konnte nur hoffen, dass Azraels Güte und Weisheit auch sie noch erleuchten würde.

Und bis dahin hoffte Giuliano, dass er Azraels erster Bote sein würde. Der Erste war etwas Besonderes. Giuliano war etwas Besonderes. Azrael würde bestimmt ihn auswählen.

Giuliano hatte keine Ahnung, wie das vor sich gehen sollte: den Zorn Gottes zu den Sündern tragen. Ihm war vage klar, dass

Azrael vorhatte, nach Norden zu gehen, über die Berge. Im Norden lag das Reich, zur Zeit führungslos, weil zwei Unwürdige sich um die Kaiserkrone stritten. Giuliano nahm an, dass dies das Ziel Azraels war. Wie groß war das Reich? Es konnte nicht so groß sein wie die italienischen Republiken, so viel war sicher. Aber wenn sie dort ankamen, würde Azrael bestimmt auf Giuliano deuten und sagen: *Giuliano, mein Vertrauter, dich liebe ich von meinem Gefolge am meisten. Geh und trag den Zorn Gottes für mich ins Herz des Reichs*. Oder so ähnlich.

Bis dahin ergab sich vielleicht eine Möglichkeit, Genua zu betreten? Giuliano hätte die Stadt wirklich gerne gesehen.

Der Gauklerwagen stand am Strand, direkt unterhalb der Burg. In den ersten paar Stunden hatte er vereinzeltes Interesse der Sturlesi hervorgerufen, doch da die vermeintlichen Gaukler keine Kunststücke gezeigt hatten, war auch das erloschen und die Kinder, Alten und Müßiggänger wieder in ihren Behausungen verschwunden. Da die Gaukler keine Anstalten machten zu betteln, jagte man sie auch nicht fort. Azraels Gruppe hatte eine ruhige Nacht.

Es war allerdings auch eine kurze Nacht. Zumindest für Giuliano, der noch vor dem Morgengrauen von einer sanften Berührung geweckt wurde. Er schreckte auf und starrte schlaftrunken die dunkle Gestalt Azraels an, der neben ihm kauerte. Wie üblich, wenn er den Gauklerwagen verließ, hatte er seine Kapuze übergezogen. Die Finsternis machte aus dem Inneren der Kapuze ein schwarzes Loch. Giuliano bildete sich ein, dass er in dem schwarzen Loch Azraels Augen funkeln sah. Ehrfurcht ergriff ihn, dass der verehrte Meister ihm so nah war.

»Ich habe dich auserwählt«, sagte Azrael. »Ich möchte dich als Boten nach Genua senden.«

Giulianos Mund wurde trocken vor Aufregung. Es war, wie er vorausgesehen hatte! Azrael wählte ihn als Ersten aus. Giuliano, der Vertraute des Meisters! Und er würde Genua betreten, wie er es sich gewünscht hatte. Einen Augenblick lang kam seine Begeisterung ins Stocken, als ihm plötzlich einfiel, dass er nicht der erste Bote sein konnte, den Zorn Gottes ins Reich zu tragen, wenn er ihn nach Genua bringen sollte! Doch dann sagte er sich, dass Azrael, der ihn ja offensichtlich so sehr schätzte, ihn nach seiner Rückkehr aus Genua erneut als Boten auswählen würde, wenn sie im Reich ankamen. Mit Sicherheit würde Azrael warten, bis Giuliano zurück war, bevor die Gruppe weiterzog. Tatsächlich erwies ihm Azrael doch eine noch größere Ehre, als er gedacht hatte! Er wählte ihn schon hier als seinen ersten Boten aus.

»Ich folge dir, Meister«, stammelte er.

Azrael stand lautlos auf und winkte Giuliano, ihm zu folgen. Er nahm ihn mit in den Gauklerwagen. Giulianos Ehrfurcht wurde noch größer. Außer Azrael hatte niemand den Wagen betreten, seit sich die Gaukler ihnen angeschlossen hatten.

»Setz dich«, sagte Azrael. Giuliano tastete im dunklen Inneren des Wagens herum und fand ein herunterklappbares Brett. Er setzte sich vorsichtig darauf, atemlos vor Aufregung.

»Du wirst Folgendes tun«, sagte Azrael. »Du wirst nach Genua gehen und dich auf den Markt begeben …«

Ratlos hörte Giuliano den Anordnungen zu. Er verstand sie nicht. Er hatte gedacht, er solle zum Dogen von Genua gehen. Stattdessen wollte Azrael, dass er auf dem Markt möglichst viele Dinge anfasste, dass er ein paar Lebensmittel kaufte, anbiss und dann an Bettler weiterschenkte. Das Anbeißen war wichtig. Und das Anfassen. Er sollte in eine Schänke gehen und sich Wein kaufen und dann dort heimlich aus anderen Bechern trinken. Seinen Wein sollte er antrinken, etwas Flüssigkeit wieder zurücklaufen lassen und den Wein dann jemandem anbieten, der sich selbst keinen leisten konnte. Er sollte sich bei den Brunnen herumtreiben und, wenn niemand hinsah, hineinspucken. Er sollte zu den Getreidespeichern gehen und dort etwas freilassen – eine von Azraels Ratten.

Giulianos Verwirrung über diese Anweisungen wurde noch verstärkt durch einen Verdacht, der ihn befiel, je länger Azrael redete. Azrael kannte seinen Namen nicht! Er nannte ihn kein einziges Mal! Aber wie konnte das sein, wenn Azrael ihn doch als seinen ersten Boten auserwählt hatte?

»Wem übergebe ich denn die Botschaft?«, fragte er schließlich schüchtern.

»*Du* bist die Botschaft«, sagte Azrael. »Und du bist das Gefäß für den Zorn Gottes.«

»Ah?«, sagte Giuliano und verstand noch weniger als zuvor. »Wie bin ich denn das Gefäß …?« Er tastete sich ab, als ob er plötzlich spüren konnte, wie der Zorn Gottes in ihm Platz nahm.

»Streck deine Hände aus und bilde mit ihnen einen Kelch«, sagte Azrael.

Giuliano folgte dem Befehl. Azrael öffnete seine Truhe, die Truhe mit den Ratten darin, einen Spalt und fuhr mit der Hand hinein. Giuliano verzog das Gesicht, als er das Fauchen und Krabbeln hörte. Azrael hatte eine Ratte in der Hand, als er sie wieder herauszog. Die Ratte wehrte sich und biss. Trotz der Dunkelheit im Wagen bildete Giuliano sich ein, das Blut an Azraels Hand zu sehen. Azrael legte die Ratte in Giulianos geöffnete Hände, und bevor er zurückzucken konnte, schloss er sie ihm mit einem festen Griff, dem Giuliano nicht entkommen konnte. Er spürte den Pelz der Ratte, ihre kalten Krallenfüße, den nackten Schwanz, die Wut und die Angst des Tiers, dann spürte er, wie sie ihre Zähne in seine Handfläche grub. Er schrie auf. Sein Herz hämmerte vor Schreck und Ekel.

Azrael gab ihn frei. Giuliano starrte die Bisswunde an und saugte instinktiv das Blut heraus. Er war noch verwirrter als zuvor, empört und verletzt. Warum hatte Azrael das getan?

Azrael fesselte die Ratte mit geschickten Bewegungen. Dünne Lederbänder banden ihre Beine zusammen und die Schnauze. Nun konnte sie nicht mehr beißen. Giuliano sah, wie sich ihre Flanken hektisch hoben und senkten.

»Das ist das Erste, was du tust«, sagte Azrael. »Geh zu den Getreidespeichern und lass die Ratte dort frei.«

»Werdet ihr auf mich warten, bis ich zurück bin?«, fragte Giuliano.

Azrael zögerte einen winzigen Moment. »Natürlich«, sagte er dann. »Und nun geh und bring die Botschaft vom Zorn Gottes in die Stadt.«

Giuliano stolperte davon, die Ratte in einem Beutel an seinem Gürtel. Ihm war schlecht. Die Bisswunde brannte. Irgendwie hatte er sich das alles ganz anders vorgestellt. Er hatte gedacht, dass die anderen es mitbekommen würden, wenn er als Erster losgeschickt wurde. Er hatte gedacht, in ihren Mienen die Mischung aus Bewunderung und Neid zu sehen, die ihm gesagt hätte, wie gern sie an seiner Stelle gewesen wären. Er hatte gedacht, er würde verabschiedet werden wie ein Held, der in die Schlacht zog.

Stattdessen: Düsternis, Heimlichkeit, ein Biss in die Hand und ein Meister, der anscheinend Giulianos Namen vergessen hatte.

Er stolperte auf der Straße entlang in Richtung Genua, verwirrt und voller Selbstmitleid. Er verstand noch immer nicht, was der Sinn dieser Mission war.

Durch das Tor kam er problemlos, indem er so tat, als würde er zu den Knechten eines Händlers gehören. Die Getreidespeicher waren bewacht, aber nur bei den Toren. Giuliano ließ die Ratte auf der abgewandten Seite eines der Gebäude frei. Sie schnupperte eine Weile, dann lief sie an der Wand entlang und verschwand durch einen kleinen Spalt im Inneren des Speichers. Sie hatte anscheinend Hunger. War sie Azreal zu viel geworden? Aber warum hatte er sie dann nicht einfach erschlagen? Ratten erschlug man, für etwas anderes waren sie nicht gut.

Der Markt wurde gerade aufgebaut und war nur spärlich bestückt. Zu dieser Zeit des Jahres war alles, was die Bauern anbieten konnten, gelagerte und daher recht unansehnliche Ware. Trotzdem musste man kaufen, wenn man etwas zu essen auf den Tisch bringen wollte. Die Kundschaft stapfte wenig enthusiastisch zwischen den verschiedenen Angeboten hin und her und wurde auch nicht fröhlicher, als der Tag endlich anbrach und eine kalte, blasse Morgensonne in die Gassen schien.

Giuliano war unschlüssig. Er wusste nicht so recht, wie er Azraels Anordnungen befolgen sollte. Außerdem hatte er Kopfschmerzen, und ihm war schwindlig. Er fühlte sich, als hätte er zu lange nur mit einem Hemd bekleidet im Regen gestanden.

Bei einem Marktstand hörte er, wie sich zwei Dienstmägde unterhielten. Die eine sagte, ihr Bruder sei Soldat im genuesischen Heer und schon vor Tagen mit seinen Kameraden abgerückt, obwohl kein Feind in Sicht war. Es ging das Gerücht, dass ein Schiff weiter südlich gestrandet war und die Soldaten die Fracht bergen sollten.

Nein, widersprach die andere. Sie wollte gehört haben, dass die Soldaten dorthin geschickt worden waren, um die Besatzung des Schiffs zu verhaften.

»Wozu das denn?«, fragte die erste Magd perplex.

Die zweite Magd zuckte mit den Schultern. »Vielleicht kam das Schiff aus Caffa?«, sagte sie.

Die erste Magd bekreuzigte sich. »Caffa?«, stieß sie hervor. »Hast du auch gehört, dass dort der Todesengel umgehen soll?«

Die zweite Magd nickte beklommen. Giuliano starrte die beiden überrascht und erschrocken an. Sie wurden auf ihn aufmerksam, warfen ihm verächtliche Blicke zu und gingen weiter. Er wagte nicht, ihnen zu folgen.

Caffa? Wenn ihn nicht alles täuschte, war das eine der Städte, die die Republik in der Ferne gegründet hatte, um Handel zu treiben. Oder? Er stellte sich vor, dass sie mindestens zwei, drei Tagesreisen entfernt sein musste – am anderen Ende der Welt. Und wieso sollte dort der Todesengel umgehen? Der Todesengel war hier: Azrael, Giulianos Meister! Giulianos Verwirrung war jetzt auf dem Höhepunkt.

Ihm kam der Gedanke, in den Hafen hinunterzugehen. Wenn es etwas über Schiffe und ferne Städte zu erfahren gab, dann sicher dort. Nervös kratzte Giuliano sich unter der Achsel, wo auf einmal ein dumpfes, fast schmerzhaftes Jucken entstanden war. Seine Übelkeit verging auch nicht.

Im Hafen schnappte er ein paar Fetzen auf. Zu wenig, um

etwas Sinnvolles daraus zu entnehmen. Er lauschte immer nur von Weitem, weil er nicht wagte, näher heranzutreten, wenn jemand ein Gespräch führte.

Dann sah er einen Mann in dunklen Gewändern eilig durch die Gassen schreiten. Zwei Dienstboten keuchten hinter ihm her, beladen mit Kisten und Taschen. Er hörte, wie der Mann von ein paar Passanten mit »Medicus« begrüßt wurde. Der Mann war Arzt. Mehr aus Instinkt denn aus einem klaren Gedanken heraus folgte Giuliano ihm. Er führte ihn zurück ins Zentrum der Stadt. Auf einem Platz, der von prächtigen Häusern gesäumt war, hielt der Mann an, sah sich suchend um und steuerte dann auf einen ganz ähnlich gekleideten Mann zu, der mit drei Dienstboten und einem kleinen Berg von Gepäck dort stand und auf den Arzt gewartet zu haben schien. Die beiden nahmen keine Notiz von Giuliano, der sich in Hörweite herumdrückte; die Dienstboten setzten ihre Lasten dankbar ab und hockten sich auf den Boden.

»Ihr geht wirklich, Herr Kollege?«, fragte der Arzt, dem Giuliano gefolgt war.

»Ihr ja ebenfalls, wie ich sehe.«

»Doldi und Gentile haben mich überzeugt.«

»Mich auch. Galen und Avicenna …«

»Galen und Avicenna«, bekräftigte der erste Arzt.

»Ein paar von uns wollen zurückbleiben.«

»Narren. Die Seuche kann niemand besiegen, auch kein Arzt.«

»Glaubt Ihr, dass sie Genua erreichen wird?«

»Würde ich sonst hier alles aufgeben? Niemand kann die Seuche dort halten, wo sie ausgebrochen ist. Der Doge und der Admiral sind die gleichen Narren, wenn sie denken, sie können sie auf A Spèza begrenzen. Es reicht, wenn ein Erkrankter von dort unsere Stadt erreicht. Er muss noch gar nicht mal wissen, dass er krank ist. Vielleicht hat er Kopfschmerzen, vielleicht ist ihm schwindlig …«

»… oder übel …«

»Jedenfalls wird er sich gar nichts dabei denken. Erst wenn er die Beulen unter seiner Achsel entdeckt. Und dann ist es schon zu spät, und er hat jeden angesteckt, den er berührt hat, und alles verseucht, was er anfasst. Er wird sterben, und alle anderen mit ihm.«

»Und einen grässlichen Tod zumal.«

»So ist es, Herr Kollege.«

»Wo geht Ihr hin, Herr Kollege?«

»In die Berge. Ich habe dort Familie.«

»Ich gehe nach Turin. Bis dorthin wird sich die Seuche sicher nicht ausbreiten.«

»Dann reisen wir das erste Stück zusammen, wie vereinbart?«

»Mit Vergnügen, Herr Kollege.«

Die Dienstboten nahmen ihre Lasten wieder auf. Wahrscheinlich begaben sich die beiden Ärzte zu einer der Stallungen entlang der Mauer, wo sie Pferde und Lasttiere untergestellt hatten. Aber darüber machte sich Giuliano keine Gedanken.

Er starrte auf die Stelle, an der sich die Männer unterhalten hatten. Seine Verwirrung wurde jetzt von Panik ersetzt. Bei A Spèza sollte eine tödliche Seuche ausgebrochen sein? War Azrael nicht aus dieser Richtung gekommen? Seine Panik stieg noch mehr, als er sich die Beschreibung in Erinnerung rief, wie ein Erkrankter sich fühlte. Dann überwältigte sie ihn. Er rannte blindlings in eine Gasse hinein, geführt von reinem Überlebenswillen, der ihn dorthin leitete, wo er früher am Tag schon vorbeigekommen war: zum Palast des Dogen. Die Wachen dort spannten sich an, als sie ihn auf den Platz stürmen sahen.

»Helft mir!«, keuchte er. »Helft mir!«

6

Der Trick mit Giselas Siegel funktionierte genau eine Minute lang. Dann trat einer der Offiziere Admiral Vignosos aus der Wachkammer des Torbaus, von wo er offenbar alle Ankommenden überwacht hatte. Er seufzte und zuckte mit den Schultern.

»Die Offiziere, die Euch kennen, sind auf alle wichtigen Tore der Stadt verteilt«, sagte er wie zur Entschuldigung. »Bei den anderen Toren hängen Beschreibungen von Euch aus.« Er verbeugte sich vor Gisela. »Von Euch auch, Madonna, wenn Ihr entschuldigen wollt. Also, Messere Kesher – kommt Ihr freiwillig mit, oder müssen wir Euch verhaften?«

Joseph hatte der Erklärung zugehört, ohne etwas zu erwidern. Er war entsetzt, dass Giselas Trick überhaupt nichts gebracht hatte; dass er und sie im Gegenteil bereits erwartet worden waren und man alle Vorkehrungen getroffen hatte, sie sofort zu identifizieren. Noch mehr als Entsetzen jedoch spürte er Wut. Er war den Leuten, denen er hatte ausweichen wollen, direkt in die Arme gerannt.

»Was soll das?«, fragte er mit rauer Stimme. Gisela legte eine Hand auf seinen Arm. Etwas ruhiger fuhr er fort: »Ich habe meine Mission abgeschlossen. Weder der Doge noch der Admiral können mich in ihre Dienste zwingen.«

»Das sehen die Herrschaften anders. Kommt Ihr nun?«

»Bitte«, sagte Joseph. »Ich suche die Tochter meines Freundes. Ein sechsjähriges Kind, das verschleppt worden ist. Ihr könnt mich nicht dazu zwingen, sie einfach ihrem Schicksal zu überlassen.«

Der Offizier seufzte erneut. »Ich weiß das alles. Und der Doge weiß es auch. Trotzdem habe ich Befehl, Euch zu ihm und dem Admiral zu bringen, sobald Ihr in der Stadt eintrefft.«

»Und wenn wir nicht nach Genua gekommen wären? Wie wichtig kann dem Dogen meine Gegenwart sein, wenn er sich hinsetzt und abwartet, bis ich von alleine komme!?«

Gisela gab ihm einen sanften Schubs. Er drehte sich zu ihr um. Sie wies auf eine Gruppe von vier Soldaten, die sich durch die Wartenden im Torbau drängelten, eindeutig mit dem Ziel, sich zu Joseph und Gisela durchzuschlagen. Als ihr Anführer erkannte, dass Joseph bereits von einem seiner Offiziere gestellt worden war, entspannte er sich und beorderte seine Männer aus der Menge heraus.

»Wir haben alle Straßen nach Euch absuchen lassen«, sagte der Offizier. »Zum dritten und letzten Mal: Kommt Ihr …?«

»Ja, wir kommen freiwillig mit«, knurrte Joseph, aber er tat es nur, weil Gisela ihm wieder begütigend die Hand auf den Arm gelegt hatte.

»Du kannst sie nicht alle besiegen«, flüsterte sie ihm zu. »Sie werden dich trotzdem vor den Dogen bringen, dann eben verletzt und gefesselt.«

»Woher hast du gewusst, dass ich genau darüber nachgedacht habe?«

»Weil ich in dein Herz blicken kann, selbst wenn ich dir nicht in die Augen sehe.«

Der Offizier und die Soldaten, die von der Suche in der Umgebung Genuas zurückgekommen waren, geleiteten Joseph und Gisela zum Dogenpalast. Sie blieben vor der Treppe stehen, die zum Eingang des Palasts führte. »Beschreibt mir das Kind, das Ihr sucht«, sagte der Offizier. »Ich kann die Männer noch einmal losschicken, solange es keine anderslautenden Befehle für sie gibt.«

»Das würdet Ihr tun?«, fragte Joseph überrascht und war froh, dass Gisela ihn davor bewahrt hatte, ruppig zu dem Offizier zu werden. Der zuckte erneut mit den Schultern. Joseph gab ihm eine hastige Beschreibung Marias. »Die Soldaten sollen ihr sagen, dass sie von Jossele geschickt wurden«, fügte er hinzu. »Dann wird sie ihnen vertrauen.«

»Jossele«, sagte der Offizier und bemühte sich, nicht zu schmunzeln.

»Habt Ihr eine Tochter oder eine Nichte?«, fragte Joseph.

»Eine Nichte«, sagte der Offizier.

»Wie nennt sie Euch?«

Der Offizier grinste. »Das werde ich Euch nicht mal auf dem Scheiterhaufen verraten, Jossele.« Er schlug Joseph auf die Schulter. »Geht rein, Messere Kesher. Und denkt daran – der Doge hält Euch nicht zum Vergnügen hier fest. Er braucht Euch. Wir alle brauchen Euch.«

Joseph machte schmale Augen. »Wozu?«

»Wir konnten die Pest nicht in A Spèza halten«, sagte der Offizier und wurde wieder ernst. »Aber wir wissen jetzt, warum wir es nicht konnten.«

7

Giovanni di Murta, der Doge von Genua, war nicht allein. Dass Admiral Vignoso bei ihm war, überraschte Joseph nicht. Was ihn erstaunte, war, dass auch Dionysius Colle anwesend war. Der Admiral musste in der kurzen Zeit bereits viel Vertrauen zu dem Bader gefasst haben, dass er ihn mitgebracht hatte. Colle winkte Joseph und Gisela unauffällig zu. Er schien von der Gegenwart des mächtigsten Mannes der Republik Genua eingeschüchtert zu sein.

Es hatte ein kleines Problem gegeben, bevor sie den Palast betreten hatten. Die »Einladung« des Dogen war nur für Joseph gedacht gewesen. Gisela hatte draußen bleiben sollen. Joseph, der nicht mehr daran gedacht hatte, dass bei den Christen die Frauen deutlich weniger geachtet waren als bei den Juden, hatte Giselas Hand genommen und gesagt: »Entweder wir zwei gehen rein – oder keiner von uns.«

Der Offizier hatte wieder sein beredtes Schulterzucken gezeigt und die Wachen vor dem Palasteingang angewiesen, beiseitezutreten. Er hatte es sich verkniffen, darauf hinzuweisen, dass man Joseph auch in Ketten vor den Dogen bringen konnte, und Joseph hatte darauf verzichtet, anzumerken, dass ein Mann in Ketten keine große Hilfe wäre; beide Männer hatten sich nur in die Augen geblickt, erkannt, was ungesagt geblieben war, und sich dann stumm zugenickt. Joseph war erstaunt über sich selbst; früher war es ihm schwergefallen, eine ironische Bemerkung zu unterdrücken. Seit Gisela an seiner Seite war, hatte sich das geändert.

Neben dem Admiral und Dionysius Colle befanden sich noch weitere Leute im Saal des Dogen. Joseph nahm an, dass es sich um die Mitglieder der Signoria handelte. Es konnten bei Weitem nicht alle sein. Hatte Giovanni di Murta nur diejenigen zu sich gebeten, denen er absolut vertraute? Es war ein nicht gerade beeindruckend großer Kreis. Und mindestens ein Mitglied dieses Kreises gehörte der Signoria überhaupt nicht an. Es war die Frau, die bei Josephs erstem Besuch hier den streitsüchtigen Gegenspieler Giovanni Doldis begleitet hatte: Monna Gambacorti. Joseph sah sich unwillkürlich um, aber er konnte weder Doldi noch Gentile da Foligno erblicken. Und auch der Schreiber fehlte. Dies war kein Treffen, das protokolliert werden sollte. Und auch keines, bei dem mehr Ohren als unbedingt nötig zuhören sollten.

Giovanni di Murta bewies, dass ein guter Staatslenker keine Vorurteile hatte. Er begrüßte Gisela, als hätte er sie ausdrücklich zu sich gebeten. »Ich schlage vor, wir beginnen von vorn«, erklärte er dann. »Da wir alle auf Messere Kesher gewartet haben, brauche ich ihn nicht vorzustellen. Messere Kesher, wen Ihr hier vor Euch seht, ist die versammelte Ärzteschaft von Genua. Oder was davon übriggeblieben ist, seit deren verehrte *collegae* Doldi und da Foligno alle gewarnt haben, dass die Pest auch bei uns ausgebrochen und außer Kontrolle sei.«

»Ich dachte, die Herren seien die Signoria«, sagte Joseph.

»Von der Signoria«, seufzte Giovanni di Murta, »ist noch viel weniger übriggeblieben als von der Ärzteschaft, seit die Nachricht von der Pest durchgesickert ist. Fast alle von ihnen mussten plötzlich ihre Besitztümer hoch in den Bergen aufsuchen. Wir versuchen, die Entwicklung vor der Bevölkerung Genuas geheim zu halten. Wenn ich mir die kopflose Panik anschaue, die die Vertreter der Signoria befallen hat, dann möchte ich nicht erleben, wie so eine Panik sich auswirkt, wenn hunderttausend Bürger ihr erliegen. Sie wird mehr Todesopfer fordern als die Pest selbst.«

»Verzeiht, Hoheit, wenn ich da widerspreche«, meldete sich Dionysius Colle. »Die Pest wird weitaus mehr Opfer fordern.«

»Und damit«, sagte Giovanni di Murta, »übergebe ich das Wort an Admiral Vignoso und Messere Colle, die uns zum Anfang dieses Gesprächs zurückbringen.«

Es war hauptsächlich Dionysius Colle, der sprach. Der Admiral warf nur hin und wieder eine geknurrte Bestätigung ein. Im Lager von Vignosos Heer hatte sich die Seuche rasend schnell ausgebreitet. Aber man hatte die Soldaten, die erkrankt waren, auf Anregung Colles hin von den anderen getrennt. Man konnte nichts für sie tun. Über ein Drittel von ihnen war bereits gestorben. Man hatte auch die Dorfbewohner isoliert, von denen ebenfalls viele erkrankt und etliche verstorben waren. Auch für sie konnte man nichts tun, außer sie ihrem Schicksal zu überlassen.

»Versteht mich recht«, sagte Colle und klang entschuldigend, »wir haben kein Heilmittel gegen die Krankheit. Wir können nur versuchen, ihre Ausbreitung zu verhindern. Wir tun nichts anderes als das, was schon der Gouverneur von Caffa versucht hat.«

»Mit wenig Erfolg, offensichtlich«, sagte Monna Gambacorti.

»Wir werden es besser machen«, grollte Vignoso.

Niemand erwiderte etwas darauf. Der Grund wurde Joseph schnell klar. Das Versprechen des Admirals war bereits jetzt gebrochen. Die Pest war auch entlang der Straße von A Spèza nach Genua ausgebrochen.

»Die Deserteure, die ganz am Anfang geflohen sind?«, fragte Joseph.

»Es waren weniger als ein Dutzend«, erwiderte der Admiral. »Vier davon sind in einem Dorf erschlagen worden, als sie versuchten, in ein Bauernhaus einzubrechen und die Frau des Bauern zu vergewaltigen. Der Bauer und seine Söhne waren stärker als die vier. Nicht schade um die Kerle. Sie waren aber nicht krank.«

»Und der Rest von ihnen?«

»Es sind nicht die Deserteure, die für den Pestausbruch verantwortlich sind«, bemerkte Colle und machte eine noch beklommenere Miene als zuvor. »Wir wollten gerade dazu kommen, als ihr ankamt.«

Joseph, der sich an die Worte des Offiziers vor ihrem Eintritt in den Dogenpalast erinnerte, schwieg und wartete auf die Eröffnung. Eine Ahnung beschlich ihn, die ihm Gänsehaut ausbrechen ließ.

Der Doge hob eine Hand, bevor Colle sprechen konnte. Er musterte jeden Einzelnen der Anwesenden lange. »Seid Ihr wirklich alle bereit, gegen die Pest anzukämpfen und nicht, wie von Euren Lehrmeistern …«, er zögerte und suchte nach den Namen.

Monna Gambacorti rief in die Pause hinein: »Galen und Avicenna!!«

»… Galen und Avicenna gefordert, das Weite zu suchen?«, fuhr der Doge fort, ohne mit der Wimper zu zucken.

Die Ärzte nickten. Joseph sah die Angst auf ihren Gesichtern, aber auch die Entschlossenheit, ihre Pflicht zu tun. Monna Gambacorti sagte laut: »Wir folgen unserem Eid, Hoheit.«

»Dann«, sagte der Doge, »sollten wir nicht Messere Colle erzählen lassen, was der Stand der Dinge ist. Wir sollten dem zuhören, der uns zuerst darüber in Kenntnis gesetzt hat.«

Die Ärzte sahen sich erstaunt an. Colle räusperte sich. »Wir dürfen ihm auf keinen Fall zu nahe kommen«, sagte er.

Die Ärzte raunten untereinander.

»Ist eine Kerkerwand dick genug?«, fragte der Doge.

Colle zuckte mit den Schultern und nickte gleichzeitig zögernd. Joseph fing einen besorgten Seitenblick Giselas auf. Er fragte sich, worauf dies alles hinauslief.

»Lebt er überhaupt noch?«, fragte der Admiral.

Das Raunen der Ärzte wurde lauter und aufgeregter.

»Das werden wir ja sehen«, erwiderte der Doge und stand auf.

Wie sich herausstellte, besaß der Dogenpalast einen weiträumigen Keller, dessen Gewölbe auf Säulen aus mächtigen Quadersteinen ruhten. Er war dunkel, feucht, kalt und sah gleichzeitig uralt aus und so, als würde er noch viele Generationen überdauern. Er stammte offensichtlich noch aus der römischen Zeit Genuas.

Giovanni di Murta führte die Gruppe bis ans Ende eines langen Gangs, der sein einziges Licht von einem vergitterten Fensterchen hoch oben in der Stirnseite erhielt. Der Admiral, der den Abschluss gebildet hatte, brachte eine brennende Fackel mit und damit etwas mehr Helligkeit. Links und rechts des Gangs befanden sich schwere hölzerne Türen mit eisernen Beschlagbändern. Sie hatten unterarmlange, quadratische Türchen in Augenhöhe eingelassen. An der letzten Tür blieb der Doge stehen, umwickelte seine Hand mit einem Zipfel seiner Robe und öffnete die Klappe des Türchens. Er spähte hinein, nickte und gab den Blick frei.

Joseph war als einer der Letzten an der Reihe. Als er Gisela den Vortritt lassen wollte, schüttelte diese den Kopf. »Was immer dort unten ist, ich will es gar nicht sehen«, sagte sie.

Zu sehen war nicht viel. Der Raum hinter der Tür hatte einen Boden, der gut zwei Mannslängen tiefer lag als das Bodenniveau des Gangs. Das Licht kam von einem weiteren vergitterten Fensterchen hoch oben. Es gab keine Treppe hinunter. Wer sich nach unten bemühen wollte, musste eine Leiter mitbringen. Der Raum war eine perfekte Kerkerzelle. Wer dort unten war, hatte keine Chance, ohne fremde Hilfe herauszukommen.

Der Mann in der Zelle würde nie mehr aus ihr herauskommen. Er lag auf einer Strohschütte und atmete flach und pfeifend. Seine Augen glitzerten in der Dunkelheit. Joseph war klar, dass er geweint hatte und noch immer tränenüberströmt war.

»Erzählt es noch einmal, mein Sohn«, sagte der Doge überraschend sanft.

Der Mann in der Zelle murmelte etwas. Joseph konnte es nicht verstehen.

»Etwas lauter bitte, mein Sohn«, sagte der Doge. »Die Tür dämpft den Schall.«

»Warum tut ihr mir das an?«, schrie der Mann. »Ich hab euch doch alles gesagt! Ich hab versucht, euch zu retten! Warum tut ihr mir das an?« Seine Stimme erstickte unter rauem, lautem Schluchzen.

Colle raunte Joseph zu: »Er heißt Giuliano und stammt aus Clävai.«

»Und was tut er hier in Genua?«, fragte Gisela, deren Gesicht Mitleid mit dem Mann in der Zelle zeigte, obwohl sie ihn nicht einmal gesehen hatte.

»Das ist die Geschichte, die der Doge uns alle hören lassen will.«

»Kennst du sie schon?«

Colle nickte. »Der Admiral und ich haben sie als Erste gehört. Sie ist der Grund, warum der Doge die Suche nach dir eingeleitet hat, Joseph.«

Die Geschichte wollte nicht beginnen, weil ihr Erzähler zwischen Wut- und Verzweiflungsanfällen versuchte, über seine Freilassung zu verhandeln. Wenn er sie noch einmal erzählte – konnte er dann die Zelle verlassen? Doch dass er in diesem abgelegenen Kerkerraum eingesperrt war, hatte einen Grund. Giuliano aus Clävai hatte die Pest. Colle fürchtete, dass er spätestens im Lauf des nächsten Tages sterben würde. Er konnte ihm nicht helfen.

»Er hat die Wachen vor dem Dogenpalast angesprochen«, berichtete Colle, während der Doge versuchte, Giuliano zur Vernunft zu bringen. »Sie haben zum Glück besonnen reagiert und verhindert, dass er danach noch mit jemandem Kontakt hatte außer ihnen. Die Wachen sind übrigens in einer anderen Zelle hier untergebracht. Getrennt. Sie sind ebenso unglücklich wie Giuliano, aber sie verstehen die Vorsichtsmaßnahme. Wenn sie übermorgen noch keine Anzeichen der Krankheit aufweisen, werden sie wieder freigelassen.«

»Du hast das alles gut im Griff, was?«, fragte Joseph.

»Wenn es nicht so ernst wäre, würde ich dich auf beide Wangen küssen für die Chance, die du mir gegeben hast. Der Admiral vertraut mir, und weil er es tut, tut es auch der Doge. Vor ein paar Tagen hätte ich es nicht für möglich gehalten, dass ich Seine

Hoheit jemals auch nur zu Gesicht bekommen würde! Und jetzt heißt es von seiner Seite: Messere Colle, was meint Ihr dazu? Messere Colle, wir brauchen Euren Rat …« Colle schniefte. »Ich bete jeden Tag mindestens zehnmal, dass Gott mich dieser Verantwortung gerecht werden lässt.«

Der Admiral hatte genug. Er sagte so laut, dass man es auch noch unten in der Zelle hören musste: »Lasst uns gehen, Hoheit. Wir wissen ja, was er zu erzählen hätte. Colle soll die anderen einweihen.« Er langte am Dogen vorbei und schlug die Klappe des Türchens zu.

Einen Augenblick lang herrschte Stille in der Zelle, dann hörten sie ihren Insassen schreien: »Nein! Lasst mich nicht allein! Heilige Maria Mutter Gottes. Lasst mich nicht allein! Ich erzähle euch alles!«

Der Doge seufzte und bat den Admiral, das Türchen wieder zu öffnen. Vorher wischte er noch mit dem Zipfel seiner Robe den Riegel ab.

»Der Herr wird sich deiner erbarmen, mein Sohn«, sagte er.

Giuliano begann erneut zu weinen. Dann erzählte er. Und Josephs Bestürzung wuchs von Minute zu Minute, denn er erkannte, dass die Panik, die ihn angesichts Zacharias' Tod und Marias Verschwinden befallen hatte, sich ein zweites Mal rächte. Er hätte all das, was er jetzt hörte, schon vor Tagen erfahren können, wenn er Bertolino nur noch eine einzige weitere Frage gestellt hätte.

8

Nachher bat Doge Giovanni di Murta die Ärzte und Monna Gambacorti, im Saal zu warten. Er selbst zog sich mit Admiral Vignoso, Dionysius Colle, Joseph und Gisela in einen kleinen Arbeitsraum zurück. Der Doge hatte auch Gisela im Saal warten lassen wollen und darauf hingewiesen, dass er diese Unterhaltung als Geheimgespräch betrachte. Joseph hatte entgegnet, dass er Gisela sowieso alles berichten würde, sobald er wieder draußen war. Der Doge hatte nachgegeben.

Joseph schwitzte und fühlte sich schwindlig. Er wollte am liebsten losrennen. Doch diesmal durfte er sich von seinen Gefühlen nicht überwältigen lassen. Er hatte es in Bonasseua getan, und was war dabei herausgekommen? Diesmal musste er kühl planen – so, wie er es immer zusammen mit Zacharias getan hatte. Zacharias! Durch seinen Panikanfall hatte er Zacharias' Vertrauen erneut verraten, weil er dadurch die Rettung Marias schier unmöglich gemacht hatte. Für eine kühle, wohldurchdachte Planung brauchte er einen zweiten Kopf, ein zweites Gehirn. Zacharias war nicht mehr da. Joseph fühlte eine bizarre Mischung aus Wehmut und Glück, als er sich klarmachte, dass Gisela nun Zacharias' Platz einnehmen musste. Niemand anderem vertraute er so sehr wie ihr. Aber wollte sie das auch?

Der Admiral fasste die Lage zusammen. Auch er schien erschüttert. Joseph wurde klar, dass dieser sich die gleichen Vorwürfe machen musste wie er selbst. Er hatte Bertolino noch vor Joseph befragt. »Also, wir haben einen Wahnsinnigen, der sich einbildet, er müsse die Pest verbreiten, um die Welt von der Sünde zu reinigen. Und ganz oben will er anfangen. Ganz oben – was bedeutet das?«

»Kaiser oder Papst«, sagte der Doge.

»Wir haben im Moment keinen Kaiser, Hoheit«, wandte Vignoso ein.

»Aber wir haben zwei Männer, die es werden wollen – Karl von Luxemburg und Günther von Schwarzburg. Einer der beiden wird die Kurfürsten über kurz oder lang auf seine Seite ziehen. Und keiner von ihnen kann als ein Mensch beschrieben werden, der frei von Sünde ist. Ich würde sogar – in diesem vertraulichen Rahmen – behaupten, dass, wenn man beide in einen Sack steckte und mit einem Prügel draufhaute, man nie den Falschen erwischen würde.«

»Ihr meint«, sagte Colle, »dass dieser selbsternannte Todesengel versuchen wird, einen der beiden mit der Pest anzustecken – oder meinetwegen auch beide –, weil er findet, sie gehören vom Angesicht der Welt getilgt.«

»So ließe sich das, was der Unselige in der Zelle gesagt hat, interpretieren, Messere Colle. Und zurzeit hätte er gute Chancen, beide zu erwischen. Sie und die Kurfürsten halten sich in Nürnberg auf, soweit ich gehört habe … jeder versucht, Anhänger auf seine Seite zu ziehen.«

»Ich hoffe, ich trete niemandem zu nahe, wenn ich die Behauptung aufstelle, dass damit genauso gut der Papst gemeint sein könnte. Der Heilige Vater ist auch nicht gerade ein Vorbild für einen Christen, oder?«

»Man könnte ihn zu den anderen beiden in den Sack stecken und träfe immer noch keinen Falschen«, sagte der Doge. »Aber ich glaube nicht, dass der Papst das Ziel Azraels ist. Von dem, was Giuliano berichtet hat, und von dem, was der Admiral und Messere Kesher von diesem Bertolino in Bonasseua erfahren haben, sieht es so aus, als sei Azrael – bevor er glaubte, zum Todesengel berufen worden zu sein – ein Mitglied des Klerus gewesen. Ein Kleriker wird sich nie gegen seinen obersten Hirten wenden. Er wird sich, wenn er unzufrieden ist, mit seinem Groll immer gegen die weltlichen Mächte wenden.«

»Was sagt Ihr dazu, Messere Kesher?«, fragte der Admiral. »Ihr seid stiller als sonst.«

»Ich möchte aufbrechen«, sagte Joseph.

»Aufbrechen? Wohin?«

»Azrael verfolgen. Was sonst? Er muss aufgehalten werden. Und er hat Maria in seiner Gewalt.«

»Ihr habt doch, bevor Ihr nach Genua kamt, die ganze Gegend ergebnislos nach ihm abgesucht!«

»Jetzt habe ich eine neue Spur«, sagte Joseph hartnäckig. »Wir wissen, dass Azrael und seine Leute in einem Gauklerwagen unterwegs sind. Und wir vermuten zu wissen, wohin er will. Nach Nürnberg. Was brauche ich mehr?«

»Messere Colle«, sagte der Doge. »Glaubt Ihr, es ist möglich? Was Azrael vorhat?«

»Pestkranke in eine Stadt zu senden, damit sie dort möglichst viele Leute mit der Krankheit anstecken? Wir wissen nicht, wie die Krankheit übertragen wird – nur, dass dort, wo einer erkrankt, viele erkranken. Deshalb laufen ja die Ärzte weg, weil sie nicht einmal in die Nähe eines Pestkranken kommen wollen. Also dürfte sein Plan schon aufgehen.«

»Ich meinte das mit den Ratten. Dass er seine Anhänger mit der Pest infiziert, indem er sie von Ratten beißen lässt? Was haben Ratten mit der Pest zu tun?«

»Ich weiß es nicht, Hoheit.«

»Und wieso wird er selbst nicht krank?«

»Es gibt Menschen, die erkranken nicht an der Pest. Und es gibt welche, die sie bekamen, aber genesen. Diese erkranken auch nie wieder.«

Der Admiral und der Doge blickten Colle zweifelnd an. Dieser breitete die Arme aus. »Das ist alles, was wir wissen. Und die meisten Ärzte wissen nicht einmal das.«

Der Doge holte Luft und stieß sie wieder aus. Er wandte sich an Joseph. »Ihr wolltet auf die Suche nach Azrael gehen, um die Tochter Eures verstorbenen Freundes zu retten.« Joseph erkannte, dass das, was jetzt kam, schon vorher beschlossen worden war. Der Doge hatte nur noch abgewartet, ob es wirklich nötig war. Und sinnvoll. Joseph fiel wieder ein, was der Offizier vor dem Palast gesagt hatte: *Der Doge hält Euch nicht zum Vergnügen hier fest. Er braucht Euch. Wir alle brauchen Euch.* »Ich sende Euch auf eine Mission, auf der Ihr dies tun könnt. Und noch etwas anderes. Etwas, das nicht nur das kleine Mädchen rettet, sondern viele tausend Menschenleben.«

Und ich glaubte, meine Mission sei zu Ende, als ich die *San Giovanni Battista* wieder verließ, dachte Joseph. Doch in Wahrheit dauert sie an. Nein, eigentlich beginnt sie jetzt erst richtig. »Ich bringe Azrael und seine Bande von Wahnsinnigen zur Strecke«, sagte er. »Verlasst Euch drauf.«

»Rüstet Euch mit allem aus, was Ihr braucht. Ein Pferd, Waffen, Vorräte.«

»Vier Pferde«, sagte Joseph. »Zwei für mich, zwei für Monna Gisela.«

»Ihr wollt eine Frau auf diese Mission mitnehmen?«, rief der Doge.

»Ich nehme meinen neuen Partner mit«, sagte Joseph. »Ich habe immer zu zweit gearbeitet. Ich werde es auch jetzt tun.«

Der Doge schüttelte den Kopf, aber dann winkte er ab. »Was immer Ihr wollt. Wann brecht Ihr auf?«

»Wann kann die Ausrüstung bereitstehen?«

»Morgen früh?«

»Viel zu spät!«, sagte Joseph.

»Schneller geht es nicht. Ich quartiere Euch hier im Palast ein. Morgen bei Tagesanbruch brecht Ihr auf.«

»Na gut«, sagte Joseph. »Dann entschuldigt uns. Wir gehen zu Abram Mendes Salazar und leihen uns ein paar von seinen Brieftauben, damit wir Kontakt halten können.«

»Ihr könnt Tauben aus dem Palast haben.«

Joseph grinste freudlos. »Die jüdischen Tauben sind zuverlässiger, Hoheit«, sagte er.

»Endlich kenne ich das Geheimnis jüdischen Geschäftserfolgs: zuverlässige Tauben. Geht mit Gott, Messere Kesher, dem Gott, an den unsere beiden Völker glauben. Ihr auch, Monna Gisela. Euch, Messere Colle, vertraue ich die weitere Organisation des medizinischen Kampfes gegen die Seuche hier in Genua an. Eure Kollegen werden sich Euren Anordnungen fügen, dafür sorge ich.« Er lächelte schwach und zitierte ein genuesisches Sprichwort: »Ihr wisst ja: *Ogni cäso in to cû se fa ûn passo avanti*. Jeder Tritt in den Hintern schafft einen Schritt vorwärts.«

9

Als Joseph, Gisela und Dionysius Colle den Raum verlassen hatten, wandte sich der Admiral an den Dogen.

»Wir hätten die Pferde und die Ausrüstung in ein paar Stunden bereitgehabt«, sagte er. »Die beiden hätten noch heute aufbrechen können.«

»Aber die Männer, die Ihr mit einem Spezialauftrag hinter den beiden herschicken werdet, wären nicht so schnell abmarschbereit gewesen.«

»Welcher Spezialauftrag?«, fragte Vignoso.

»Joseph ben Kesher wird das Leben des Kindes niemals riskieren, selbst wenn es nötig sein sollte, es zu opfern, damit wir Azrael aufhalten. Wenn es so weit kommen sollte, müssen Eure Männer eingreifen und Azrael und seine ganze Gruppe auslöschen.«

»Das wird Messere Kesher nicht zulassen.«

»Das Leben aller wiegt schwerer als das Leben eines einzelnen Kindes. Und eines Mannes, wenn es darauf ankommt.«

Der Admiral schwieg lange. Dann nickte er. »Ich veranlasse alles Nötige.«

10

Es war etwas geschehen, was selten vorkam: Vittoria Gambacorti war beeindruckt.

Sie erinnerte sich an den Auftritt Giovanni Doldis und Gentile da Folignos vor dem Dogen: zwei nörgelnde Egoisten, die ihre Thesen weniger vorgestellt, sondern sie einander um die Ohren gehauen hatten, als wäre der Doge ein staunender Student, und die dann sofort den Schwanz eingezogen hatten, als der Doge streng geworden war.

Und sie hatte sich auch noch für Gentile eingesetzt! Man

konnte zu ihrer Verteidigung nur anführen, dass sie naiv gewesen war und voller Not, ihre ärztliche Kunst unter Beweis stellen zu dürfen.

Jedenfalls – heute hatte sie auch einen Auftritt vor dem Dogen miterlebt. Einen ganz anderen Auftritt. Sie hatte einen Mann gesehen, der erkennen ließ, dass er großen Respekt vor dem Dogen hatte, der aber trotzdem den Dogen auch einmal berichtigt hatte, wenn es sein musste. Der ganz ruhig geredet hatte, ohne Spott und Zynismus und ohne die Herablassung dessen, der sich einbildete, mehr zu wissen.

Es war schade, dass sie noch nie zuvor von ihm gehört hatte. Sonst hätte sie ihm seinerzeit die Zusammenarbeit angeboten und nicht Gentile da Foligno.

Außerdem hatte sie bemerkt, dass er ihr Seitenblicke zugeworfen hatte. Sicherlich hatte er sich gefragt, was sie als einzige Frau unter den anderen Ärzten zu suchen hatte. Sie hatte sich eingebildet, dass seine Blicke nicht abschätzig, sondern interessiert gewesen waren. Vielleicht war er einer, der anders dachte als alle anderen? Aber wenn sie ihn nicht ansprach, würde sie das nie erfahren.

Deshalb wartete sie vor dem Dogenpalast auf ihn, als sie und die anderen Ärzte entlassen worden waren, die Gruppe um den Dogen und Admiral Vignoso aber noch im Palast geblieben war. Ihre Ärztekollegen fragten sie nicht, warum sie auf den Stufen stehen blieb. Sie gingen einfach, ohne sich um sie zu kümmern – Männer, die die gleichberechtigte Gegenwart einer Frau nur deshalb ertragen hatten, weil der Doge es so angeordnet hatte, und die die Maske sofort fallenließen, wenn der Doge nicht mehr vor ihnen stand. Es machte ihr nichts aus. Sie hatte bereits weitreichendere Pläne.

»Messere Colle?«, fragte sie, als er, der Jude und die junge Frau, die sie nicht einordnen konnte – war sie die Frau des Juden? Sie hatte bereits gehört, dass die jüdischen Frauen in vielem den Männern gleichgestellt waren und mitreden durften –, aus dem Palast kamen. »Darf ich Euch sprechen?«

Über sein Gesicht huschte Überraschung, dann ein hastiges Lächeln, dann überzog zarte Röte seine Wangen. »Äh … ja … natürlich … nur einen Moment …« Colle wandte sich an die anderen. »Sehen wir uns heute noch? Ich habe jetzt gleich ein Treffen mit den Apothekern in deren Zunfthaus, und ich weiß nicht, wie lange es dauert …«

»Ich gebe jetzt erstmal Abram Bescheid, damit er Nachricht nach Mestre schicken kann«, erwiderte der Jude. Er lächelte die junge Frau an. »Und nach Osoppo, wenn du möchtest.«

»Wenn, dann gibt es höchstens in Udin jüdische Geschäftsleute«, sagte sie. »In Osoppo jedenfalls nicht.«

»Abram wird schon wissen, wie er eine Nachricht dorthin bringen kann.«

»Wenn mein Vater nicht mehr lebt, soll er Kaplan Grimoald benachrichtigen«, sagte sie leise. Vittoria wurde langsam klar, dass die junge Frau eine Christin war.

Der Jude sagte zu Colle: »Wenn wir heute nicht mehr zusammenkommen – viel Glück. Hab ich dir nicht gesagt, du wirst ganz groß werden?« Er klopfte ihm zum Abschied auf die Schulter. Die junge Frau drückte ihm die Hand.

»Ich wollte, ich wäre weiterhin, was ich war, und die Pest gäbe es nicht.« Colle wandte sich an Vittoria. »Bitte entschuldigt … das war unhöflich von mir.« Er gestikulierte. »Aber das sind meine Freunde …«

»Nein, ich bitte um Entschuldigung. Ihr habt viel zu tun.«

Er lächelte schief. »Ihr auch. Ihr gehört zu dem Teil der Ärzteschaft, der sich entschieden hat, die Menschlichkeit über die Ratschläge von Galen und Avicenna zu stellen. Und Ihr seid zudem eine Frau. Mein Respekt, Madonna.«

Etwas in dem, was er gesagt hatte, ließ Vittoria aufhorchen, doch seine letzte Bemerkung ließ sie es wieder vergessen. »Wieso glaubt Ihr, dass Frauen schneller davonlaufen als Männer?«

»Das glaube ich nicht. Aber ich ahne, wie hart es für eine Frau sein muss, den Beruf des Arztes zu ergreifen. Deshalb: mein Respekt.«

Vittorias Herz öffnete sich noch weiter. So war sie noch nie angesprochen worden. Ihre männlichen Kollegen hatten sie entweder Unverständnis oder Verachtung spüren lassen oder – wie Gentile – widerwillig anerkannt, dass sie für Hilfsdienste zu gebrauchen sein könnte. Schon sprudelte es aus ihr heraus: »Könntet Ihr Euch vorstellen, mit mir zusammenzuarbeiten? Ich möchte Euch helfen! Nicht, weil ich mich dadurch beim Dogen lieb Kind machen möchte, falls Ihr das glaubt. Ich möchte gegen die Seuche kämpfen, und ich glaube, an Eurer Seite kann ich das besser, als wenn ich die Arbeiten zugewiesen bekomme, die unsere hiesigen Kollegen nicht tun wollen. Ich habe Erfahrung, und ich bin bereit, mich Eurer Weisheit unterzuordnen …« Sie schwieg, weil sie erkannte, dass sie mehr gesagt hatte, als sie eigentlich vorgehabt hatte, und weil sie fürchtete, wie eine Schwätzerin zu wirken. Sie spürte, dass sie errötete.

Zu ihrer Überraschung errötete Colle ebenfalls, und viel mehr als zuvor. Er setzte mehrmals zum Sprechen an. »Ihr haltet mich für einen … Arzt?«, fragte er schließlich.

Vittoria sah ihn verständnislos an. »Seid Ihr denn keiner?«

»Nein, ich bin …«, er wand sich. »Ich bin Bader«, sagte er dann und ließ die Schultern sinken.

»Bader?« Vittoria blinzelte. Sie erinnerte sich, was sie vorhin aus seinen Worten herausgehört hatte: dass er über Ärzte sprach, als gehöre er nicht dazu. »Aber der Doge … ich dachte …«

»Ihr dachtet, weil der Doge auf meinen Rat hört, müsste ich mindestens Arzt sein – so wie Ihr und die anderen, oder? Tut mir leid.«

Vittoria suchte nach Worten. Er kam ihr zuvor. »Ich habe Euch enttäuscht. Wenn Ihr mich entschuldigen wollt – ich muss zu den Apothekern.«

»Ihr seid *Bader?*«, brachte Vittoria endlich heraus und stellte fest, dass es nichts Unintelligenteres und Unhöflicheres gab, als diese Frage zum zweiten Mal zu stellen. Nun merkte sie, dass *ihr* Gesicht tiefrot anlief.

»Ich weiß, ich sehe nicht einmal wie ein Bader aus«, sagte Colle. Die Mischung aus verletztem Stolz und Selbstironie schnitt in Vittorias Herz. Er wandte sich ab. »Gott mit Euch, Monna Gambacorti.«

»Wohin geht Ihr jetzt?«, fragte sie hastig. Ihr war, als müsste sie alle Schlussfolgerungen, die sie in der letzten Stunde gezogen hatte, neu zusammensetzen. Sie verfluchte sich im Stillen für ihre Schwerfälligkeit. Sie war doch sonst so schnell im Kopf!

»Zu den Apothekern«, sagte er über die Schulter. Sie konnte ihm ansehen, dass er eigentlich weitergehen wollte, doch dann blieb er stehen. Halb abgewandt, wartete er darauf, was sie ihm noch sagen wollte. Sie fühlte zu der Scham, die sie über ihre Fassungslosigkeit empfand, unendliches Bedauern, diesen höflichen, intelligenten, sanften Mann so verletzt zu haben mit ihrer Reaktion.

»Darf ich mitkommen?«, fragte sie.

»Die erwarten nur mich«, sagte er. »Den Bader. Ihr wisst ja … Apotheker und Ärzte … nicht gerade die besten Freunde …«

Vittoria schloss die Augen. »Ihr müsst mich ja nicht vorstellen. Ich habe Euch vorhin die Zusammenarbeit angeboten. Würdet Ihr es Euch überlegen?«

»Ihr bietet mir an, dass ich für Euch tätig werde?«

»Nein. Ich biete Euch an, dass wir zusammenarbeiten. Auf gleicher Höhe. Ihr und ich.«

»Ich bin nur ein Bader!«

»Ihr habt das anscheinend schon zu oft gesagt, Messere Colle. Ihr glaubt selbst daran, dass Ihr *nur* ein Bader seid.«

Er schwieg.

»Wollt Ihr?«, fragte Vittoria.

Er wandte sich ab und schwieg weiterhin. Vittoria kämpfte mit ihrem Stolz. Sie sagte sich, dass sie es völlig falsch angegangen war, weil seine Eröffnung sie so überrascht hatte. Sie sagte sich, dass sie ihn vor den Kopf gestoßen und dass daher übermäßiger Stolz auf ihrer Seite nicht angebracht war. Ihr Selbstbewusstsein als Ärztin sagte ihr jedoch, dass er tatsächlich nur ein Bader war, der Salben und Tinkturen verkaufte, Zähne zog, Wunden nähte, Gliedmaßen amputierte … und einem Kunden die Haare schnitt, wenn es gerade nötig war. Aber offenbar wusste dieser Bader mehr über die Pest als alle Ärzte, die sie jemals kennengelernt hatte, sie selbst eingeschlossen.

Sie holte Atem, doch bevor sie etwas sagen konnte, blickte Colle wieder auf und sah sie an. Er lächelte scheu. »Wisst Ihr, das habe ich mir immer gewünscht«, sagte er.

»Was?«, fragte sie, und kurz gewann ihr weiblicher Stolz die Oberhand. »Dass eine Frau Euch anbettelt?«

»Nein«, erwiderte er. »Dass jemand, der so gelehrt und schön ist wie Ihr, mich anerkennt.«

Vittoria zog die Augenbrauen in die Höhe. »Was habt Ihr da gesagt?«

Colle geriet in Panik. »Entschuldigt, ich nehme das mit der Schönheit wieder zurück!«

»Waas!?«

»Nein, ich meine, ich nehme es nicht zurück, weil es nicht wahr wäre … sondern weil ich Euch beleidigt habe, indem ich es sagte … äh …«

Vittoria konnte nicht anders, als zu lächeln. »Messere Colle, habt Ihr Euer vorheriges Leben in einem Erdloch verbracht, dass Ihr denkt, mit einem Kompliment könntet Ihr eine Frau beleidigen?«

»Nein, ich dachte nur … ich wollte Euch nicht … ich möchte gerne …«

»Was möchtet Ihr?«

»Ich möchte gerne, dass wir zusammenarbeiten!«

»Ich auch«, sagte Vittoria aus vollem Herzen.

Colle lächelte ungläubig. Er wusste offenbar nicht, was er jetzt sagen sollte.

Vittoria trat von den Stufen des Palastaufgangs herunter und auf ihn zu. »Habt Ihr das wirklich ernst gemeint?«

»Dass ich mit Euch zusammenarbeiten möchte? Aber natürlich …«

»Nein, das mit der Schönheit.«

Sein Gesicht wurde jetzt knallrot. »Ja«, murmelte er.

»Es ist lange her, dass ich so etwas gehört habe.«

»Das ist eine Schande«, sagte er.

»Habt Ihr auch einen Vornamen, Messere Colle?«

»Ich heiße Dionysius.«

»Ich heiße Vittoria.«

Colle schluckte. »Wenn wir rechtzeitig zu den Apothekern wollen, müssten wir jetzt losgehen … Vittoria.«

»Dann beeilen wir uns besser … Dionysius.«

Sie lächelte. Er lächelte zurück.

»Was hältst du eigentlich davon, Frösche auf die Pestbeulen zu setzen, um die Balance der Körpersäfte wiederherzustellen?«, fragte Vittoria.

»Du lieber Himmel, so ein Unsinn!«, erwiderte Dionysius.

»Ganz meine Meinung«, sagte Vittoria.

Sie lächelten sich erneut an. Dionysius hob die linke Hand, sie legte ihre rechte Hand darauf, und so schritten sie zum Zunfthaus der Apotheker, und keiner der beiden legte besondere Eile vor.

11

Es war so früh am Morgen, dass die Gassen noch in völliger Dunkelheit lagen. Abram Mendes Salazars Knecht hielt eine Laterne, sonst hätte Joseph dem Händler nicht einmal ins Gesicht sehen können. Der Anblick war allerdings nicht motivierend. Abram hatte schon finster geschaut, als Joseph gestern in Giselas Begleitung bei ihm vorgesprochen hatte, und seine Laune hatte sich seitdem eher verschlechtert. Gisela hatte er heute nur mit einem knappen Kopfnicken begrüßt. Immerhin war er selbst auf den Beinen, um Joseph den Transportkäfig mit den fünf Brieftauben zu übergeben, um den dieser am Vorabend gebeten hatte. Mit den Tauben wollte Joseph Nachrichten an Abram schicken, der diese wiederum sofort an den Dogen weiterleiten sollte.

Nur wenige abendländische Herrscher und Kaufleute benutzten Tauben zur Kommunikation, obwohl die Idee dazu schon vor über hundert Jahren von zurückkehrenden Kreuzrittern nach Hause gebracht worden war. Fortschrittliche Denker wie die Dogen von Venedig und Genua gehörten zu ihnen. Die anderen verließen sich auf reitende Boten oder den Transport von Nachrichten durch wandernde Mönche und Händlertrecks – ein weiterer Grund, warum die jüdischen Kaufleute immer besser und schneller informiert waren als ihre christlichen Kollegen. Die Juden hatten die Möglichkeiten der Kommunikation über Brieftauben stets genutzt.

»Deinen Vater werde ich schnellstens benachrichtigen«, brummte Abram. »Es ist bedauerlich, dass du in deinem Herzen nicht mehr eigene Worte gefunden hast für ihn.«

Joseph hatte gestern in einer so kleinen Schrift, wie es ihm möglich war, eine Botschaft an seinen Vater auf ein Stück Pergament gekritzelt: *Ich bin wohlauf, mach dir keine Sorgen, grüße Mutter*. Er hatte es Abram überlassen, Kesher ben Salomon den Rest der Neuigkeiten mitzuteilen.

»Schreib ihm, er und Mutter und das ganze Gesinde sollen sich von allen Fremden fernhalten, und er soll diese Warnung auch in der Gemeinde verbreiten. Besonders von allen Fremden, die aus dieser Gegend kommen.«

Abram nickte verbissen. »Es wäre besser, du tätest es.«

»Ich habe keine Zeit, Abram. Und bitte denk auch an die Nachricht für Giselas Vater.«

»Ja«, knurrte Abram.

Der nächste Halt war bei den Stallungen des Dogen hinter dem Palast. Vier Pferde standen dort für sie bereit, zwei davon gesattelt. Joseph musterte den Seitsattel auf dem kleineren Pferd, einer Stute. Er war nicht viel mehr als ein gepolstertes Kissen mit Fußstütze und Lehne. Trab oder Galopp würde damit nicht möglich sein. Die Stallknechte hatten vermutlich den Anordnungen des Marschalls oder ihren Vorstellungen von Schicklichkeit gehorcht, aber sinnvoll war der Seitsattel nicht. Er wusste nicht, wie er es ansprechen sollte, und war erleichtert, dass Gisela, die seit dem Abschied von Abram Mendes Salazar schweigsam gewesen war, es von sich aus ansprach. Der Seitsattel wurde durch einen normalen Reitsattel ersetzt.

»Ich trage Beinlinge unter dem Rock«, sagte sie leise zu Joseph. »In Adelskreisen ist das schicklich genug, wenn man als Frau reiten will, ohne vom Pferd zu fallen.«

»Mir ist alles recht, was für dich gut ist«, erwiderte Joseph und hob die Hände.

Während die Knechte den Ersatzpferden den Proviant und die Decken und Mäntel aufbanden, nahm Joseph Gisela beiseite und fragte sie, ob es etwas gegeben habe beim Abschied von Abram. Er hatte beobachtet, dass Gisela von Abram zur Seite gezogen worden war und er ihr ein paar Worte zugemurmelt hatte. Er ahnte mittlerweile, dass es kein Segen für den Weg gewesen war.

»Nein«, sagte Gisela und schaute zu Boden. »Er hat mich nochmal aufgefordert, entweder in Genua zu bleiben oder zurück nach Hause zu gehen, aber auf keinen Fall dir zu folgen. Er meinte, ich benähme mich wie eine ... eine Schickse?«

Joseph biss die Zähne zusammen. »*Schikse*«, sagte er wütend. »Es bedeutet ... es bedeutet, dass du eine nichtjüdische Frau bist ...«

»Ich kann mir schon denken, was es noch bedeutet. Gib dir keine Mühe.«

Joseph nahm Giselas Hand. »Die haben hier noch eine Weile zu tun. Komm mit. Wir gehen zurück zu Abram. Er soll sich bei dir entschuldigen.«

»Joseph, vergiss es«, sagte Gisela. »Wäre es andersherum und wir hätten uns auf diese Mission von meinem Vater verabschiedet – oder von Kaplan Grimoald –, was glaubst du, was du zu hören bekommen hättest? Und ich noch mit dazu? Messere

Salazar war höflich im Vergleich dazu, weil er dich nicht auch noch beschimpft hat.«

»Es tut mir so leid, Gisela.«

»Es ist nicht deine Schuld.«

»Man könnte direkt das Gefühl bekommen, unsere Welt hätte es tatsächlich verdient unterzugehen. Wohin man blickt, sieht man Missgunst, Scheinheiligkeit, Bigotterie und Hass.«

»Das stimmt nicht«, sagte Gisela. »Ich sehe dich an und ich sehe nur Liebe und den wunderbarsten Mann der gesamten Schöpfung.«

Joseph räusperte sich. »Und ich sehe dich an und sehe einen Engel Gottes.«

»Siehst du«, sagte sie. Tränen standen in ihren Augen. »Schon gibt es etwas, wofür es wert ist, die Welt zu retten.«

Die Gassen waren menschenleer, als sie zum Sankt-Andreas-Tor ritten. Das Geräusch der Pferdehufe, vielfach zurückgeworfen von den eng stehenden Hauswänden, schien ohrenbetäubend laut. Die einzigen Genueser, die sie sahen, waren Soldaten auf Patrouille. Sie mussten zweimal die Geleitbriefe zeigen, die der Doge ihnen ausgestellt hatte. Beiden war klar, dass dies die Vorstufe zu einem völligen Verbot war, ohne Sondergenehmigung die Häuser zu verlassen. Es war die am sichersten erscheinende Maßnahme, eine Ausbreitung der Pest zu verhindern, sollte sie innerhalb der Stadtmauern ausbrechen.

Das Tor war geschlossen, die Wachmannschaft größer als sonst. Erneut wurden die Geleitbriefe überprüft. Mittlerweile war die Dämmerung angebrochen. Das Tor war zu massiv, als dass man gehört hätte, wenn jemand von außen dagegenschlug. Aber Joseph vernahm das Gemurmel einer großen Menschenmenge, die vor dem Tor stehen musste, und dazwischen einzelne Rufe, ohne dass er verstanden hätte, was gerufen wurde. Dennoch kam es ihm vor, als ob es sich aufgebracht anhörte.

»Warum öffnet ihr nicht?«, fragte er den Wachführer. »Es ist doch schon längst Zeit. Der Tag ist angebrochen.«

»Befehl vom Admiral. Und wenn ihr die Leute seht, die reinwollen, ist euch auch klar, warum er ihn erteilt hat.«

»Es darf keiner rein?«

»Es darf auch keiner raus. Ihr seid die Einzigen.« Der Wachführer gestikulierte. »Habt ihr Tücher, um sie euch umzubinden?«

Joseph und Gisela blickten sich beklommen an. Dionysius Colle hatte ihnen gestern, spätabends beim Abschied, geraten, Tücher mitzunehmen und sie vor Mund und Nase zu binden, wenn sie das Gefühl hatten, Pestkranke seien in der Nähe. Er hatte ihnen auch kleine Kräutersäckchen mitgegeben, die sie in die Tücher einschlagen konnten. Es war ein Rat der Apotheker gewesen. Colle hatte bezweifelt, dass es etwas bewirkte, denn er war überzeugt, dass die Ansteckung nicht durch verdorbene Luft bewirkt wurde. Dennoch war es besser, vorsichtig zu sein, und so hatte er sie zusätzlich gebeten, jedwede Menschenansammlung zu vermeiden. Trotz der angespannten Lage hatte Colle gestern beschwingt gewirkt. Er hatte es damit erklärt, dass die Republik ihn noch am Abend gegen Gehalt offiziell als »Pestdoktor« angestellt hatte; das erste Mal in seinem Leben, dass er mit regelmäßigen Mahlzeiten rechnen konnte. Joseph hatte den Eindruck gehabt, dass es für Colles aufgeräumte Laune auch noch einen anderen Grund gab, doch er war zu sehr mit der Vorbereitung der Mission, seiner Sorge um Maria und seinen Gefühlen für Gisela beschäftigt gewesen, um weiter darüber nachzudenken.

»Wir haben Tücher«, sagte er zu dem Wachführer.

»Bindet sie euch um«, sagte der Wachführer, dann schob er selbst ein Halstuch nach oben. Seine Männer taten es ihm nach. Der Anblick war gespenstisch.

»Sitzt auf«, sagte der Wachführer. »Wir öffnen einen der Flügel für euch. Es dürfte besser sein, auf einem Pferd zu sitzen, wenn ihr unbeschadet durch die Meute dort draußen wollt. Seid ihr bewaffnet?«

»Nein.«

»Warum nicht?«

Auf Josephs Zunge drängte sich die sarkastische Erwiderung, dass er Jude war und daher keine Waffen tragen durfte – doch der Wachführer konnte nichts für diese Anweisung, und außerdem war Joseph stets bemüht gewesen, Waffen zu vermeiden … und er hatte immer gewusst, wie er an welche kommen konnte, wenn es doch nötig war. »Wir brauchen keine«, sagte er nur.

»Jeder ist sein eigener Narr«, erklärte der Wachführer. Er wandte sich an seine Männer. »Auf mit dem Ding«, befahl er. »Zwei Reihen bilden.«

»Bleib dicht bei mir«, murmelte Joseph, als er die Furcht in Giselas Augen erkannte. »Ich passe auf dich auf.«

»Und wer passt auf dich auf?«

Zacharias, dachte Joseph. Zacharias hat immer auf mich aufgepasst.

»Mir geschieht nichts«, sagte er.

Die Soldaten öffneten das Tor, das nach draußen aufschwang, und drängten sofort hinterher. Joseph hatte zwei, drei Dutzend Menschen vor dem Tor erwartet, Bauern, die auf dem Markt verkaufen wollten – doch es waren mindestens zweihundert Leute, Frauen, Kinder, Junge, Alte, kaum einer hatte einen Marktkarren dabei, und alle begannen zu brüllen, die einen verängstigt, die anderen zornig, und die Fäuste zu schütteln. Nur die Gruppe Soldaten, die auf der Torschwelle stand, die Spieße quer vor dem Körper, hielt sie davon ab, in die Stadt zu stürmen. Die Soldaten zogen die Köpfe zwischen die Schultern und machten sich bereit, sich auf den Befehl ihres Wachführers in die Menge zu stürzen.

»Wartet!«, rief Joseph, der an die Warnung Colles dachte, Menschenansammlungen zu meiden. Was halfen alle Vorsichtsmaßnahmen, wenn die Soldaten, die die Tore bewachten, sich ansteckten? Ein Abgrund tat sich in ihm auf, als ihm bewusst wurde, welche Auswirkungen auf das gesamte Leben in Stadt und Land die Pest haben würde, wenn sie nicht besiegt wurde. Keine bekannte Ordnung würde mehr bestehen bleiben. Die

Städte würden sich abriegeln wie vor einer Belagerung, aber die Menschen darin würden hungern, weil keine Lebensmittel mehr von den Feldern hereingebracht wurden, und wenn die Pest es schon hinter ihre Mauern geschafft hatte, würden sie zu riesigen Särgen werden. Die Menschen auf dem Land würden versuchen, in die Städte zu fliehen, weil es von jeher der Instinkt der Menschen gewesen war, hinter Mauern Schutz zu suchen, und die Städter würden sie abwehren, als wären sie Feinde, und wahrscheinlich sogar auf sie schießen lassen. Die Tiere würden in den Ställen verhungern, wenn ihre Besitzer sterbend in ihren Häusern lagen, das Getreide auf den Feldern würde von Unkraut erstickt werden.

Es blieb nur eine Lösung: Ein allgemeiner Ausbruch der Pest musste verhindert werden. So wie man damals die Pest auch in den Griff bekommen hatte, selbst wenn diesmal die Seuche mächtiger und tödlicher zu sein schien als jemals zuvor. Und selbst wenn diesmal ein gewissenloser Fanatiker bemüht war, sie in alle Länder zu tragen. Die üblichen Maßnahmen gegen die Seuche mussten die Herrscher, Magistrate und Doktoren treffen. Den Fanatiker aufzuhalten war die Aufgabe Josephs.

Und Maria zu retten.

Joseph drehte sich zu Gisela um: »Wie gut kannst du reiten?«

»So gut es sein muss«, erwiderte sie atemlos.

Die Menge vor dem Tor schob sich vorwärts. Die Soldaten wurden nervös.

»Schließt das Tor hinter uns!«, rief Joseph ihnen zu, dann schwang er sich auf sein Pferd und zog an den Zügeln, dass das erschrockene Tier auf der Hinterhand in die Höhe stieg und mit den Vorderhufen ausschlug. Die Soldaten auf der Torschwelle duckten sich. Joseph zwang das Pferd auf alle viere und schlug ihm die Fersen in die Seite. Es galoppierte mit einem wilden Satz los. Die Menge vor dem Tor spritzte auseinander und bildete entsetzt eine Gasse, in die Joseph in vollem Tempo hineinpreschte. Er hörte Gisela hinter sich und hinter ihr die Packpferde, die mit langen Schleppzügeln an den Sätteln der Reitpferde hingen.

Fäuste wurden geschüttelt, Beschimpfungen gebrüllt. Der Torflügel knallte donnernd und kettenrasselnd hinter ihnen zu, ein paar Hände griffen nach ihnen und griffen zu kurz, und dann waren sie aus der Menge heraus und galoppierten die Straße entlang, Staub aufwirbelnd, der sich langsam setzte und von den ersten Strahlen der Morgensonne in einen goldenen Schleier verwandelt wurde.

Sie ritten nach Nordosten, in Richtung Piaśëinsa; Joseph hoffte, Azrael dort zu finden. Es war der Weg, den der selbsternannte Todesengel und seine Gruppe nehmen mussten, um über die Berge nach Nürnberg zu gelangen.

12

Um die gleiche Zeit befahl Azrael seiner Gruppe, das Nachtlager abzubrechen und sich auf den Weg zu machen.

»Was ist mit Giuliano?«, fragte Carlotta. »Ich dachte, wir warten auf ihn.«

»Er weiß, wohin wir gehen«, erwiderte Azrael. »So Gott will, wird er uns einholen.«

Der Gauklerwagen bewegte sich schwerfällig vorwärts, begleitet von Azraels Anhängern zu Fuß. Der nächste Ort, der vor ihnen lag, war Saña, südwestlich von Genua. Es lag auf dem Weg, den Azrael und seine Gruppe gehen mussten, um an der Küste entlang nach Avignon zu gelangen.

13

Filippo Valenti war der Verwalter des städtischen Getreidespeichers und hatte aufgrund dessen drei Gruppen von Feinden: die Bauern, die ihn beschuldigten, die Preise zu drücken; die

Prokuratoren des Dogen, die ihn beschuldigten, in die eigene Tasche zu wirtschaften; und die Ratten, die seine Vorräte fraßen. Die Klagen der Bauern ignorierte er. Die Anschuldigungen der Prokuratoren versuchte er jedes Jahrs aufs Neue mit fantasievoller Buchhaltung zu entkräften. Gegen die Ratten halfen kein Gift und keine Frettchen – man konnte ihre Zahl nur in einem ewigen Zermürbungskampf begrenzen, besiegen konnte man sie nicht.

Unbezahlte und daher willkommene Helfer in Filippos Dauerkrieg waren die Gassenjungen aus dem Hafenviertel. Er ließ sie Fallen aufstellen und tat so, als würde er nicht merken, dass sie sich bei diesen Gelegenheiten ganze Händevoll Getreide in die extra eingenähten Taschen ihrer Hemden schaufelten. Der Verlust, der dadurch entstand und den Filippo zu jeder Jahresbilanz aus seinem eigenen Vermögen ersetzen musste, war zu verschmerzen, weil eine scheinbar unbedeutende Position in der Bilanz, mit der ihm aus eigener Tasche verauslagte Kosten rückerstattet wurden, die Kosten aufwog. Die unbedeutende Position lautete: *Auslagen für Bekämpfung der Rattenplage* und war – soweit es die Buchhalter der Prokuratoren betraf – das Honorar für die Leute, die die Ratten wegfingen. Dass die Gassenjungen gratis für Filippo arbeiteten, bedeutete nicht, dass sie dies auch offiziell für die Signoria taten. Das vermeintliche Honorar landete jedenfalls in Filippos Tasche.

Die Gassenjungen wiederum waren damit zufrieden, für ihre Leistungen nicht bezahlt zu werden. Was sie aus Filippos Vorräten stehlen konnten, war Lohn genug, und außerdem stellten die gefangenen Ratten auch einen gewissen Wert dar. Die Ringmeister, die Wettkämpfe von Ratten gegen Frettchen organisierten, waren gern bereit, ein paar Münzen für kräftige, bissige Exemplare zu bezahlen, die zudem gut genährt waren, weil sie ja von Filippos Getreide gelebt hatten. Das Leben war ein Kreislauf.

Die Jungs, die an diesem Morgen zu Filippo kamen, hatten ungewöhnlich reiche Beute gemacht. In drei Fallen saßen insgesamt ein Dutzend Ratten. Die kleinen Rattenfänger präsentierten sie stolz. Filippo musterte den Fang.

»Eine ist schon tot, und eine sieht aus, als würde sie demnächst sterben«, sagte er. »Ich lasse euch hier rein, damit ihr die lebenden Ratten fangt, nicht die toten!«

»Ist doch egal, Messere«, erwiderte der Anführer des Rattenfängertrupps selbstbewusst. »Ihr bezahlt uns ja ohnehin nicht.«

»Das ist richtig, aber Leute, die tote Ratten fangen, helfen mir nicht weiter. Vielleicht muss ich mir andere Fänger suchen.«

»Die stellen doch auch nur Fallen auf, Messere«, sagte der Anführer, etwas besorgt angesichts Filippos Drohung. »Und schaut, dafür ist das hier ein besonders kräftiges Exemplar. Wahrscheinlich hat sie die andere totgebissen.«

»Das würde man sehen. Die tote Ratte ist von allein gestorben.«

»Als sie in den Käfig kroch, hat sie aber noch gelebt, Messere.«

Dieser Logik konnte sich Filippo nicht verschließen. »Na gut, stellt neue Fallen auf, und dann macht, dass ihr weiterkommt. Was geschieht mit diesen Tieren?«

»Die gehen heute noch in den Ring, Messere. Butteros Frettchen ist noch immer ungeschlagen. Er hat sich aufgeplustert, dass es auch mit drei Ratten gleichzeitig fertig wird. Heute Abend kann er das beweisen … oder er braucht ein neues Frettchen.« Der Gassenjunge grinste. Er war offenbar kein Bewunderer Butteros.

»Werden viele Zuschauer erwartet?«

»Bestimmt das halbe Hafenviertel, Messere. Wollt Ihr auch kommen? Ihr erhaltet einen Platz ganz vorn …«

Filippo schüttelte sich beim Gedanken, sich unter die verlauste, verdreckte Hungerleidergemeinde zu mischen, die die Wettkämpfe beobachteten. Kurz überlegte er, einen Wetteinsatz zu machen, aber er hielt die Gassenjungen nicht für zuverlässig genug, ihnen den Einsatz anzuvertrauen.

»Was machen wir mit der toten Ratte, Messere?«

»Mitnehmen, was sonst. Was soll ich damit? Gib sie deiner Mutter, vielleicht kommt dann wieder mal Fleisch auf euren Mittagstisch.«

Der Gassenjunge nahm die Beleidigung sowie die Annahme, dass er noch eine Mutter haben könnte, die sich um ihn kümmerte, mit unbewegter Miene hin. »Bis morgen, Messere.«

»Haut ab.«

Anschließend machte Filippo einen Rundgang durch den Getreidespeicher. Er fand eine weitere sterbende Ratte. Neugierig trat er näher an das Tier heran. Das war wirklich ungewöhnlich. Die Ratte atmete noch unregelmäßig. Aus ihrem Maul sickerte schaumiges Blut. Er drehte sie mit der Schuhspitze um. Unter der Ratte hatte sich etwas wie schwarzer Staub angesammelt, nur dass der Staub sich bewegte. Flöhe. Sie hatten bereits damit begonnen, das sterbende Tier zu verlassen. Angeekelt trat Filippo einen Schritt zurück. Hoffentlich hatte er sich keinen der Flöhe eingefangen. Ihm reichten schon die verdammten Wanzen in seinem Schlafzimmer. Er rief einen der Futterknechte und befahl ihm, die Ratte loszuwerden. Dann kehrte er wieder zurück in sein Kontor und nahm einen Eintrag in die Bücher vor, dem zufolge er zwei Denari für die Rattenfänger verauslagt hatte. Es war ein geringer Betrag, aber am Ende des Jahres summierte er sich mit den anderen geringen Fantasieauslagen zum Gegenwert von mehreren Genovini, und darüber konnte man nicht die Nase rümpfen.

Geistesabwesend kratzte er sich mit der Schuhspitze an der Wade. Anscheinend hatte ihn doch ein Floh gebissen.

14

Am Abend des ersten Tages erreichten Joseph und Gisela die Stadt Turtona, die seit einem Jahr zum Herzogtum Mailand gehörte und wo die Stadtwachen ihre Geleitbriefe des Dogen mit besonderem Misstrauen betrachteten. Sie erhielten Plätze im nach Männern und Frauen getrennten Schlaflager einer Herberge. Der Wirt hatte Gerüchte von einer Krankheit gehört, die an der Küste ausgebrochen sein sollte, und tauschte, als ihm klarwurde, dass seine Gäste aus Genua kamen, Informationen darüber gegen die Teilnahme am Abendessen seiner Familie. Es zwang Joseph und Gisela dazu, sich etwas auszudenken, weshalb sie zusammen reisten. Sich als Bruder und Schwester auszugeben war riskant, weil es keinerlei Ähnlichkeit zwischen ihnen gab. Joseph erfand schließlich die Geschichte von der Reise einer verarmten adligen Tochter in ein Kloster im Norden, der ihr Vater einen Leibwächter mitgegeben hatte, um sie zu schützen. Das brachte Gisela die Sympathie der Wirtin entgegen, die Gisela bat, für sie und ihre Familie zu beten, wenn sie erst ordinierte Schwester war, und im weiteren Verlauf des Gesprächs großzügig bemessene Portionen des Linseneintopfs, der das Abendessen darstellte. Joseph versuchte, den Wirt zur Vorsicht im Umgang mit Fremden anzuhalten, ohne ihn zugleich gegen seine gegenwärtigen Gäste einzunehmen oder ihn in Panik zu versetzen. Er wusste nicht, ob es ihm gelang. Bei der Abreise studierten die Torwachen auf der anderen Seite der Stadt ihre Geleitbriefe erneut eingehend. Anscheinend war Misstrauen die zweite Natur der Turtonesi, was man verstehen konnte, wenn man wusste, dass die Stadt vor zweihundert Jahren von Kaiser Barbarossa komplett dem Erdboden gleichgemacht worden war und mühsam hatte neu erbaut werden müssen.

Am zweiten Tag fanden sich Joseph und Gisela in einen effizienten Rhythmus aus Galopp, Trab, Schritt und Pausen, in denen sie zu Fuß gingen und die Pferde am Zügel führten, um sie zu schonen. Es waren nur wenige Reisende unterwegs, so dass man stehen blieb, wenn man aufeinandertraf, und Neuigkeiten austauschte. Jeden, den sie trafen, fragten sie, ob sie einen Gauklerkarren gesehen hätten oder eine Gruppe, die von einem Geistlichen geführt wurde und in der auch ein sechsjähriges Mädchen mitreiste. Viele Reisende hatten schon Gerüchte über den Ausbruch der Seuche an der Küste gehört, aber keiner wusste etwas Genaues oder ob die Lage gefährlich war.

»All diese Reisenden … all die Ortschaften entlang der Straße … sie sind alle vollkommen unvorbereitet«, sagte Joseph düster. »Wenn die Pest auch hier ausbricht, sind sie ihr ausgeliefert.«

»Du denkst, wenn Azrael dafür sorgt, dass sie hier ausbricht.«

Joseph zuckte mit den Schultern. »Bis jetzt scheinen er und seine Leute noch niemandem aufgefallen zu sein. Keiner hat sie gesehen. Entweder reisen sie abseits der Straßen, oder …«

»Oder was?«

»Keine Ahnung. Fliegen sie durch die Lüfte? Können sie sich unsichtbar machen?«

»Azrael ist ein Mensch aus Fleisch und Blut«, sagte Gisela und klang beunruhigt. »Davon sind wir doch beide überzeugt, oder nicht?«

»Ja, natürlich. Trotzdem finde ich es merkwürdig, dass es keine Spur von ihnen gibt.«

»In Piaśëinsa werden wir auf sie stoßen. Das ist die größte Stadt weit und breit.«

»Hoffen wir, dass wir schon vorher auf sie stoßen. Selbst wenn Azrael keinen seiner … seiner *Märtyrer* auf die Ortschaften hier losgelassen hat – in Piaśëinsa könnte es sich lohnen. Jede Menge Opfer.«

»Wer, glaubst du, ist Azrael in Wirklichkeit? Ist er ein Geistlicher, wie wir annehmen? Oder war er einer?«

»Ich weiß es nicht. Ich weiß auch nicht, warum er diesen Namen gewählt hat. Der Todesengel … soweit ich weiß, gelten in eurem Glauben die Erzengel Michael und Raphael als Todesengel. Wir Juden glauben an einen Engel des Todes, an den *Mal'ach ha-Mawe*, der die Seelen der Erstgeborenen in Ägypten nahm, aber er hat keinen Namen. Der Name Azrael kommt eigentlich aus dem Islam; dort ist er einer der vier mächtigen Engel und trennt die Seelen der Lebenden von ihrem Körper.«

»Du weißt so viel!«, sagte Gisela.

»Und was nützt es uns? Ich wollte, ich hätte gewusst, was passieren wird, dann wäre Zacharias noch am Leben und Maria bei ihm.«

»Du weißt viel mehr als jeder, den ich kenne. Kaplan Grimoald eingeschlossen. Und der ist ein Geistlicher.«

»Was willst du damit sagen?«

»Dass Azrael meines Erachtens kein gewöhnlicher Kleriker sein kann, wenn er sogar den Namen des Todesengels der Muselmanen kennt.«

»Vielleicht ist er weit herumgekommen?«

Gisela zuckte unbehaglich mit den Schultern. »Ich weiß es nicht. Ich habe nur das Gefühl, dass irgendetwas an der Geschichte nicht stimmt.«

»Wir werden es herausfinden, wenn wir ihn eingeholt haben.«

»Versprichst du mir, dass du vorsichtig bist?«

Joseph nickte verbissen.

Gisela bewies, dass sie seine Gedanken an seiner Stirn ablesen konnte. »Er wird dafür sorgen, dass seine Schar nicht erkrankt, bevor er einen nach dem anderen losgeschickt hat. Maria ist gesund.«

Joseph nickte wieder, noch verbissener als zuvor.

15

In Vughera, das sie am Mittag des nächsten Tages erreichten, war eine Prozession im Gang. Es dauerte eine Weile, bis sie begriffen, dass es keine normale kirchliche Veranstaltung war. Gisela betrachtete das Treiben auf dem Platz vor der kleinen, schmucklosen Kirche verständnislos.

»Das sind Geißler«, sagte Joseph halblaut. »Sie glauben, durch ihr Blut können sie die Welt vor dem Zorn Gottes bewahren.«

»Du lieber Himmel.« Giselas Verständnislosigkeit verwandelte sich in Erschrecken, als die Geißler mit ihrer Selbstkasteiung begannen und das Blut floss. »Das kann Gott nicht wollen!«

»Gott kann auch nicht wollen, dass ein Wahnsinniger in seinem Namen eine tödliche Krankheit verbreitet – oder ein kleines Mädchen entführt.«

Gisela wandte sich von dem blutigen Schauspiel und der Faszination des Publikums ab. Sie legte Joseph eine Hand an die Wange. Die öffentlich gezeigte Zärtlichkeit schickte sich nicht, aber erstens achtete niemand auf sie, und zweitens war es ihr ohnehin egal. »Nein«, sagte sie. »Gott kann das nicht wollen. So wie er nicht gewollt haben kann, dass ein Erdbeben meine Heimat zerstört und mein Vater über den Verlust meiner Mutter zerbricht. Gott will das alles nicht. Es passiert trotzdem. Kaplan Grimoald würde jetzt sagen: Vielleicht passt Gott ab und zu nicht auf. Die Schöpfung ist groß. Er hat bestimmt auch noch was anderes zu tun. Deshalb sind wir Menschen gehalten, auf uns selbst aufzupassen.«

»Das erklärt auch nicht alles, was geschieht.«

»Ich weiß«, seufzte Gisela. »Ich weiß.«

»Du hast Heimweh, nicht wahr?«

Gisela lächelte Joseph wehmütig und liebevoll an. So kannte sie ihn mittlerweile. Selbst wenn er tief in der eigenen Verzweiflung versunken war, nahm er noch wahr, wie es ihr ging, und fand die Kraft, sich auf sie zu konzentrieren. »Warum fragst du?«

»Weil du schon zum zweiten Mal den Kaplan deines Vaters erwähnt hast, seit wir aufgebrochen sind. In Genua hast du das nicht getan.«

»Vielleicht liegt es daran, dass wir uns nach Osten bewegen – in Richtung meines Zuhauses.«

»Wenn das hier alles überstanden ist, bringe ich dich nach Osoppo«, versprach Joseph. »Und ich sorge dafür, dass jede Meile Weg angenehm für dich ist.«

Nachdem der blutige Teil der Geißlerprozession zu Ende war, las der Meister eine Botschaft vor, die laut seinen eigenen

Worten von einem Engel auf die Erde gebracht worden war. Die Botschaft forderte alle Christen zur Selbstgeißelung auf, weil sie den Zorn Gottes durch Missachtung des Freitags- und Sonntagsgebotes hervorgerufen hatten und weil sie die Juden, die Christusmörder, unter sich duldeten und sogar Geschäfte mit ihnen machten. »Das Blut der aufrechten Gläubigen mag Gott besänftigen!«, rief der Geißlermeister. »Aber wenn sein Zorn zu groß ist und wenn er die Plagen Ägyptens zu uns sendet, dann denkt an die Worte dieser Botschaft – und reinigt eure Städte von den Mördern des Gottessohnes!«

Die Menschen rundherum nickten und murmelten. Gisela sah Josephs Miene ausdruckslos werden. Sie hatte früher nicht darüber nachgedacht, wie sich die Juden fühlen mochten, vor allem, weil sie nie einem begegnet war. Die abfälligen Bemerkungen, die andere gemacht hatten, hatten ihr missfallen, aber sie hatte auch nie etwas dagegen gesagt. Jetzt wusste sie, dass dies nicht mehr möglich wäre. Jetzt würde sie aufstehen und gegen solches Gerede einschreiten. Die krausen Worte des Geißlermeisters über Gottes Zorn machten sie wütend. Die Plagen Ägyptens? Der Todesengel war eine davon gewesen! Sie und Joseph verfolgten einen leibhaftigen Todesengel! Wusste der Geißlermeister überhaupt, wovon er redete? Und wozu hatte Gott die Plagen gesandt? Um den Israeliten zu helfen! Den Juden! Aber der Mann mit dem blutigen Rücken tat so, als seien die Sieben Plagen das alleinige Recht der Christen. Sie war schon zwei Schritte nach vorn gegangen, als Joseph sie aufhielt.

»Was hast du vor?«, fragte er.

»Ich sage dem Idioten dort vorn meine Meinung.«

»Nein«, sagte Joseph. »Wir brauchen ihn. Diese Geißlerzüge kommen weit in der Gegend herum. Vielleicht haben sie Azrael und seine Gruppe gesehen.«

»Aber wir können nicht zulassen, dass er solche Hetzreden verbreitet. Was, glaubst du, passiert mit deinen Glaubensbrüdern in diesem Ort, wenn die Pest wirklich hierherkommt? Die Leute werden glauben, das ist der Zorn Gottes, und dann werden …«

»Gisela«, unterbrach Joseph sie. »Das ist nichts Neues.«

Gisela schwieg. Joseph hatte recht. Sie hatte eine Predigt gehalten, und zwar einem, der besser Bescheid wusste als sie selbst. »Was tun wir?«, fragte sie.

»Wir reden ganz freundlich mit ihm und verraten ihm nicht, dass wir Juden sind.« Er stutzte. »Ojwej! Verzeih mir! Du bist natürlich …«

»Es gibt nichts zu verzeihen«, unterbrach diesmal Gisela. Ein Gedanke begann sich in ihr zu formen, der absolut fantastisch war und Glück und Angst zugleich in ihr aufsteigen ließ. Sie schob ihn fürs Erste beiseite und trat mit Joseph vor den Geißlermeister. Er saß, wieder mit seinem Hemd bekleidet, etwas abseits von seinen Kameraden, die sich alle von der Selbstgeißelung erholten. Das Hemd des Geißlermeisters war am Rücken blutgetränkt und klebte auf seinen Wunden. Er blickte auf und lächelte.

»Willkommen«, sagte er. »Wollt Ihr Euch uns anschließen und mithelfen, die Welt zu retten?«

Wir versuchen sie mit ganz anderen Mitteln zu retten, dachte Gisela, aber sie schwieg. Joseph verneinte freundlich und erkundigte sich, ob den Geißlern ein Gauklerwagen aufgefallen sei.

»Ihr gehört doch nicht zu solchen Leuten?«, fragte der Geißlermeister schockiert.

»Nein«, sagte Joseph. »Wir sind nur auf der Suche nach ihnen.«

»Wozu?« Der Geißlermeister war neugieriger als gedacht.

»Die Zofe meiner Herrin«, Joseph wies auf Gisela, »ist von einem von den Gauklern überredet worden, mit ihnen zu gehen. Wir wollen sie zurückholen.«

»Ein gefallenes Mädchen«, seufzte der Geißlermeister. »Vielleicht sollte deine Herrin sich an einer anderen Dienstmagd umsehen und die verlorene Seele ziehen lassen.«

»Der gute Hirte holt das verlorene Schaf in die Herde zurück«, sagte Joseph.

»Amen«, entgegnete der Geißlermeister. »Ich sehe, dass du

eine einfache, ehrliche Seele bist und deine Herrin«, er deutete eine ungeschickte Verbeugung in Giselas Richtung an, »mit einem guten Herzen gesegnet. Daher will ich dir verraten, dass wir tatsächlich eine Gauklertruppe gesehen haben.«

»Etwa ein Dutzend? Mit einem Wagen? Und mindestens einem Kind dabei? Angeführt von jemandem, der gekleidet ist wie ein Geistlicher?«

»Und ohne Zweifel ein Verdammter, wenn er sich das heilige Gewand anlegt, ohne vor dem Herrn geweiht worden zu sein!«

»Habt Ihr so eine Gruppe gesehen?«

»Sie lagerten bei Stradéla«, sagte der Geißlermeister und deutete in Richtung Osten. »Wir haben sie von fern gesehen, aber keinen Kontakt gewünscht.«

»Gut für euch«, entfuhr es Joseph, und als der Geißlermeister überrascht aufhorchte, fügte er hinzu: »Um Eurer reinen Seelen willen, meinte ich.«

»Wollt ihr euch uns wirklich nicht anschließen? Oder wenigstens du, wenn es sich für deine Herrin nicht schickt?«

Joseph und Gisela verabschiedeten sich rasch und drängten sich wieder durch die Menge zum Rand des Platzes. »Was meinst du?«, fragte Joseph. »Der Ort liegt an der Straße nach Piaśëinsa, insofern könnte die Information tatsächlich stimmen. Ich bin zwar überrascht, dass Azrael und seine Gruppe so weit gekommen sind, aber wer weiß?«

»Es ist die einzige Spur, die wir haben«, sagte Gisela.

Sie holten ihre Pferde aus dem Stall einer Herberge und ritten weiter. Joseph meinte, dass Stradéla höchstens zwei Stunden entfernt liegen musste. Selbst wenn man berücksichtigte, dass auch Azrael und seine Gruppe weitergezogen sein mussten, würden sie sie vermutlich heute Abend oder morgen vor dem Mittag erreichen. Gisela fühlte ihr Herz klopfen bei dem Gedanken.

16

Am Abend stand Vittoria Gambacorti im Innenhof ihres Hauses und versuchte, ihrer Fassungslosigkeit Herr zu werden.

Zwei Tage hatten gereicht. Zwei läppische Tage.

Gestern Morgen war noch alles in Ordnung gewesen. Nirgendwo innerhalb der Mauern Genuas waren Anzeichen der Pest gemeldet worden, und das war den ganzen ersten Tag und bis zum Mittag des zweiten Tages so geblieben. Selbst die Menge, die vor dem geschlossenen Sankt-Andreas-Tor darauf wartete, in die Stadt gelassen zu werden, hatte sich friedlich verhalten, und soweit Vittoria wusste, hatte es auch dort keinen Krankheitsfall gegeben. Admiral Vignosos Männer hatten ganze Arbeit geleistet, die befallene Küstenregion abzuriegeln; Vittoria fühlte Erleichterung, aber zugleich auch tiefe Betroffenheit angesichts der stillen Tapferkeit der Soldaten und ihrer Offiziere, die im Pestgebiet ausharrten, niemanden hinausließen und wahrscheinlich täglich ihre verstorbenen Kameraden begruben. Jedenfalls – alles hatte darauf hingedeutet, dass die Vorsichtsmaßnahmen, die die Signoria dank der Mission Joseph ben Keshers getroffen hatte, gewirkt hatten. Der Tod war an Genua vorbeigeschritten, trotz der Bemühungen des Wahnsinnigen und seines unfreiwilligen Todesboten. Tatsächlich war der Einzige, der bis zum Mittag des zweiten Tages gestorben war, der Todesbote selbst – Giuliano. Dionysius hatte angeordnet, die Zelle, in der er seinen letzten Atemzug getan hatte, zu versiegeln, bis er und sie und die anderen Ärzte einen passenden Begräbnisplatz außerhalb der Stadtmauern gefunden hatten. Vorbereitet zu sein auf einen Pestausbruch war das eine; die Bevölkerung damit zu beunruhigen, dass man sicherheitshalber schon einmal einen Platz für ein Massengrab absteckte, das andere.

Und dann – fast pünktlich zum Sextläuten des zweiten Tags – war eine Schreckensmeldung nach der anderen eingetroffen.

Im Hafenviertel, in einem der Lagerschuppen, in denen Wettspiele abgehalten wurden, war einer der Gladiatoren plötzlich zusammengebrochen. Gladiatoren, so nannten sich die Männer, die ihre scharf abgerichteten Hunde und Frettchen gegen andere Tiere kämpfen ließen, in der Regel Ratten. Anders als ihre antiken Vorbilder kämpften die Gladiatoren nicht selbst. Wenn sie blutbefleckt die Arena verließen, war es nicht ihr Blut, sondern das ihrer Tiere – oder deren Opfer, das von ihren Händen tropfte.

Der Gladiator, der zusammengebrochen war, hatte gestern noch mit seinem Frettchen einen Sieg davongetragen. Sein Tier hatte sich beim letzten Kampf dermaßen in seinen Gegner verbissen, dass der Besitzer es mit Gewalt von seiner Beute losreißen musste; zum Dank hatte es die Zähne in seine Hand geschlagen, womit wenigstens diese eine Mal auch das Blut des Gladiators selbst auf den Arenaboden getropft war.

Und heute war er aus heiterem Himmel umgefallen, hatte sich stöhnend und gurgelnd im Dreck gewälzt und war schließlich, Blut und Schaum spuckend, gestorben.

Im Verlauf der nächsten beiden Stunden hatte es weitere dramatische Zusammenbrüche gegeben, allesamt von Leuten, die sich regelmäßig an den Tierkämpfen beteiligten, dort wetteten oder als Gladiatoren auftraten.

Ungefähr gleichzeitig war einer der Buchhalter des für den Getreidespeicher der Stadt zuständigen Prokurators bei Filippo Valenti, dem Verwalter des Lagergebäudes, aufgetaucht. Eine Routinekontrolle, mehr nicht. Die Routine hatte sich in Schrecken und Panik verwandelt, als der Buchhalter den Verwalter in einem Winkel des Gebäudes tot aufgefunden hatte, die Augen weit aufgerissen und die Hände in einen Getreidesack gekrallt, der rot war von seinem ausgehusteten Blut. Die entsetzten Schreiber waren nach Hause gerannt, als der Buchhalter ihnen die Leiche gezeigt hatte; offenbar war ihnen eingefallen, dass sie seit gestern auf die eine oder andere Weise mit ihrem Vorgesetzten in Kontakt gewesen waren und sich möglicherweise angesteckt hatten. Der Buchhalter hatte trotz seines Schreckens einen kühlen Kopf bewahrt und seine eigenen Vorgesetzten informiert. Zum Dank dafür wurde er sofort in einer Zelle isoliert.

Die Schreiber des Getreidespeicher-Kontors wurden in ihren verschiedenen Behausungen von Soldaten der Signoria aufgesucht. Wen man antraf, der wurde verhaftet. Aber man traf nicht alle an, weil einige von ihnen aus der Stadt zu fliehen versuchten, nachdem sie ihre Freunde und Verwandten aufgesucht und gewarnt hatten, dass die Seuche nun auch nach Genua gekommen war.

Währenddessen fanden die verstärkten Wachpatrouillen mehrere tote Gassenjungen an den Orten, an denen die Kinder üblicherweise bettelten. In einigen Fällen hatten in ihren zu Schalen geformten, toten Händen noch Münzen gelegen; Passanten, die an ihnen vorbeigegangen waren, hatten ein Almosen gegeben und gedacht, das reglose Kind schlafe nur. Genau nachgesehen hatte keiner.

Woran hatten sich die Gassenjungen und die Gladiatoren angesteckt? Und Filippo Valenti? Niemand wusste es. Was herauszufinden noch wichtiger gewesen wäre: Mit wem hatten sie näheren Kontakt gehabt? Wen hatten die schmutzigen kleinen Hände der Gassenkinder berührt bei der Bitte um ein Almosen, als sie noch bei Kräften gewesen waren? Mit wem hatte Filippo Valenti – außer seinen Schreibern und seiner Familie – gesprochen, bevor er über einem Getreidesack zusammengebrochen war? Mit wem hatten die bereits erkrankten Gladiatoren gestern Abend ihren Wettgewinn vertrunken? Wen hatten die Leute ihrerseits gewarnt, die von Filippos Schreibern gewarnt worden waren, und hatten sie unwissentlich mit der Seuche angesteckt, mit der die Schreiber sie angesteckt hatten, die wiederum Filippo angesteckt hatte?

Vor Vittorias schreckgeweiteten Augen entstand das Bild eines Fischschwarms, der in enger Formation unter der Wasseroberfläche schwimmt. Dann stach plötzlich die Lanze eines Fischers in ihre Mitte – und sie spritzten auseinander in tausend verschiedene Richtungen, zappelndes, ziellose Chaos, alle Ordnung war dahin.

Der Unterschied war nur: Der Fischschwarm fand nachher

wieder zusammen und schwamm fröhlich weiter, vielleicht um einen oder zwei Gefährten ärmer. Für die Bewohner Genuas hielt die Zukunft jedoch viele Hunderte, vielleicht Tausende Tode bereit.

Dionysius kam völlig abgehetzt in Vittorias Bleibe, wo er die Räumlichkeiten bezogen hatte, die vorher Gentile da Foligno benutzt hatte. Keuchend hielt er sich am Geländer der umlaufenden Loggia fest und wischte sich mit dem Tuch, das er sich vors Gesicht gebunden hatte, den Schweiß ab. »Schon strömen die Leute in die Kirchen«, stieß er hervor. »Die Vespergottesdienste sind überlaufen. Die Pfarrer verkünden, dass nur im Gebet Rettung besteht. Die Narren! Wenn zu jedem dieser Gottesdienste auch nur ein Einziger geht, der bereits erkrankt ist und es nicht weiß, gehen zehn Erkrankte, die er angesteckt hat, wieder heraus. Und verbreiten die Krankheit weiter.« Er wirkte so panisch, dass Vittoria nicht anders konnte, als vorzutreten und ihn in die Arme zu nehmen. Sie fühlte ihn zittern. »Nur ein paar Stunden«, stöhnte er. »Nur ein paar Stunden haben genügt, alle unsere Vorkehrungen völlig zunichtezumachen! Wir haben versagt!«

»Setz dich, Dionysius. Du kippst sonst noch tot um, ohne dass du die Pest hast. Möchtest du etwas essen?«

»Nein. Haben wir Wein? Gib mir einen ganzen Krug. Nein, das geht nicht – ich muss nüchtern bleiben, wenn ich von Nutzen sein will. O Gott, Vittoria, wir haben den Kampf bereits verloren, weißt du das?«

»Wir haben ihn erst verloren, wenn wir aufgeben«, sagte Vittoria.

Dionysius starrte sie an. »Wo nimmst du nur deine Kraft her?«, fragte er.

Vittoria zwang ein fröhliches Lächeln auf ihr Gesicht. »Aus dem Umstand, dass ich endlich jemanden gefunden, der mich ernst nimmt.« Sie tippte ihm auf die Brust, damit er verstand, dass er gemeint war.

Dionysius gab das Lächeln etwas verzerrt zurück, aber es war immerhin besser als seine völlig verzweifelte Miene von vorhin. »So geht es mir auch«, sagte er. »Endlich ein Arzt, der einen Bader ernst nimmt.« Er hob den Finger, um sie anzutippen. Sie fing den Finger mit einer Hand, zog Dionysius zu sich heran und küsste ihn auf den Mund.

Als sie sich wieder voneinander lösten, sagte Dionysius atemlos: »Ich wäre schon mit deiner Achtung und einem freundschaftlichen Umgang zufrieden gewesen …«

»Bin ich zu weit gegangen?«

»Aber nein! Du hast mir gerade das Himmelreich gezeigt!«

»Ein Kuss ist schon das Himmelreich für dich? Wie sollen wir das Ganze dann noch steigern? Es gibt nichts Besseres als das Himmelreich.«

Nun erstreckte sich Dionysius' Lächeln über sein ganzes Gesicht. »Ich glaube, ich würde das Himmelreich eintauschen für noch einen Kuss von dir.«

»Ich gebe ihn dir, ganz ohne dass du etwas dafür eintauschen musst.«

Sie schafften es eng umschlungen und über ihre eigenen Füße stolpernd in Vittorias Schlafzimmer. Dionysius hatte trotz seiner Jahre keine große Erfahrung, und die Erfahrungen, die Vittoria mit ihren Ehemännern gemacht hatte, waren zwar zahlenmäßig beeindruckend, aber sonst nicht der Rede wert. Doch ihre Gefühle – und das Wissen, dass das, was sie taten, einen Akt des Lebens dem in Genua erwachten Tod entgegensetzte – ließen sie einen Rhythmus finden, in dem sie der Erfüllung entgegentrieben. Der Baldachin des Betts schwankte, die Decken wurden ihnen zu warm, und für eine kurze Zeit waren die Pest und der Tod vergessen, und es gab nur noch sie beide.

Nachher war es stockdunkle Nacht, das Ausgehverbot der Signoria in Kraft und die Stadt buchstäblich totenstill. Das Gehämmer mit dem Eisenschuh eines Spießes gegen die Eingangstür von Vittorias Haus klang deshalb überlaut. Vittoria schreckte aus einem wohligen Dämmer hoch und starrte in die Finsternis der

Schlafkammer, in der nur das fast erloschene Feuer im Kamin für eine trübe, flackernde Beleuchtung sorgte. Sie rüttelte Dionysius, der trotz der Lautstärke nicht aufgewacht war.

»Wasnlos?«, murmelte er schlaftrunken. Dann fuhr er in die Höhe. »Lieber Himmel! Welche Stunde haben wir?«

Das Gehämmer erklang erneut. Sie hörten die schnellen Schritte, mit denen ein Knecht die Treppen ins Erdgeschoss hinunterrannte. Dionysius starrte Vittoria an. »Das sind bestimmt Admiral Vignosos Soldaten.«

»Und was wollen die von uns?«

Dionysius räusperte sich. »Eigentlich erwartet uns die Signoria – oder wer von den hohen Herren noch in der Stadt ist – seit dem Kompletläuten. Welche Stunde haben wir jetzt?«

Das Gehämmer ertönte ein drittes Mal. Sie hörten, wie unten das kleine Fenster der Eingangspforte aufgerissen wurde und eine ungeduldige Männerstimme, die sich draußen vor der Tür erhob.

»Jedenfalls ist die Komplet schon vorbei«, sagte Vittoria trocken.

»Der Doge hat uns beide in den Palast befohlen. Ich habe glatt nicht mehr dran gedacht, es dir zu sagen.«

»Ich nehme das als Kompliment.«

Das Abholkommando bestand nicht aus Soldaten des Admirals, sondern aus der regulären Nachtwache, die dem *Gonfaloniere* Genuas, Manizoldo Tetocio, unterstand. So, wie der Admiral für die Seestreitmacht Genuas die Verantwortung trug, trug der Gonfaloniere sie für alles, was an Land geschah. Kompetenzstreitigkeiten zwischen den beiden Ämtern waren an der Tagesordnung, besonders wenn einer der Amtsträger ein Charakter wie Admiral Vignoso war. Anscheinend hatten der Admiral und der Gonfaloniere aber mittlerweile einen Modus der Zusammenarbeit gefunden; in den ersten Tagen hatte die Entschlossenheit des Admirals, die ganze Situation an sich zu reißen, den Gonfaloniere fast ausgehebelt.

Die Männer brachten Vittoria und Dionysius in den Dogenpalast. Der große Saal war leer und finster. Im angrenzenden Arbeitszimmer des Dogen befanden sich Giovanni di Murta selbst, Admiral Vignoso, Manizoldo Tetocio und ein Schreiber. Die drei mächtigsten Männer Genuas wirkten ratlos und verloren. Der Schreiber war bleich und zitterte.

»Wo ist der Rest der Signoria?«, fragte Vittoria überrascht. »Wagen die Herren sich nicht aus ihren Häusern?«

»Sie haben sich schon rausgewagt«, knurrte der Admiral.

»Und zwar, um samt und sonders die Stadt zu verlassen und auf ihre Landgüter zu flüchten«, sagte der Gonfaloniere verächtlich.

»Was? Auch die, die ursprünglich in der Stadt geblieben sind?«

»Es gibt zwei Sorten von Feiglingen«, erklärte Manizoldo Tetocio wütend. »Die einen fliehen, noch bevor wirklich Gefahr droht, die anderen fliehen beim ersten Anzeichen davon.«

»Es gibt drei Sorten«, sagte der Admiral. »Die dritte Sorte flieht, obwohl sie versprochen hat zu bleiben.«

Dionysius Colle begriff um ein paar Sekunden schneller als die schockierte Vittoria. »Die anderen Ärzte?«

Doge Giovanni di Murta seufzte. »Haben sich plötzlich als Leibärzte der geflohenen Signores gesehen und sind mit ihnen gegangen.«

Vittoria setzte sich, obwohl niemand sie dazu aufgefordert hatte. Sie fühlte sich auf einmal, als hätte alle Kraft ihre Beine verlassen. Dionysius war bleich geworden. Er stützte sich auf die Tischplatte und schüttelte den Kopf, ohne aufhören zu können.

»Der einzige Trost ist, dass die Pest sie auch dort erwischen wird«, sagte Admiral Vignoso.

»Wieso ist das ein Trost?«, fragte der Doge müde. »Menschen werden sterben.«

»Mit Verlaub, Hoheit, aber es sind Menschen, die eine Schande für Genua und die Signoria sind!«

»Sie haben allesamt Familien. Frauen, Kinder, Dienstboten … die können nichts für ihre Feigheit.«

Der Admiral schwieg betreten. Dionysius sagte: »Wieso sollte die Pest die Signores auch auf ihren Landgütern in den ligurischen Bergen erreichen? Die liegen doch bestimmt alle westlich von Genua. Ich denke, wir haben die Pestherde hier und bei A Spèza im Griff? Der Osten ist in Gefahr – bis Joseph diesen Wahnsinnigen zur Strecke gebracht hat.«

Der Doge schniefte. »Ihr habt die eigentliche schlechte Nachricht der Stunde noch nicht gehört, Messere Colle.«

Vittoria wurde von einer schrecklichen Vorahnung ergriffen.

»Wir haben Meldungen von Pestausbrüchen entlang der Straße nach Spiareti erhalten. In Saña, in Arbénga und in Ineja. Die ganze Region ist in Panik. Die einen sind auf der Flucht in die Berge, die anderen retten sich in ihre Boote, alle östlich von Arbénga sind unterwegs nach Genua, alle westlich davon fliehen in Richtung Nizza.« Dann sagte der Doge das Gleiche, das Dionysius heute schon gesagt hatte: »Wir haben den Kampf verloren.«

»Nein, haben wir nicht«, sagte Vittoria reflexhaft.

Der Doge schnaubte resigniert. »Wie sollen wir das noch in den Griff bekommen, Monna Gambacorti? Die Fliehenden werden die Seuche überallhin verbreiten.«

»Wie konnte das überhaupt geschehen?«, fragte Dionysius.

»Wir wissen es nicht.«

»Azrael ist doch in Richtung Osten unterwegs …!«, sagte Vittoria.

»Vielleicht ist es wirklich der Zorn Gottes und Azrael nur ein unbedeutendes Werkzeug unter vielen«, mutmaßte der Gonfaloniere.

»Eine Seuche hat keine göttlichen Ursachen«, sagte Vittoria mit mehr Härte, als angebracht war.

»Dann erklärt mir, Madonna, wie sich die Krankheit nach Westen ausbreiten konnte, wenn wir alles abgeriegelt hatten und nicht einmal Fischerbooten erlaubten, Genua zu verlassen«, knurrte Tetocio.

Colle setzte sich plötzlich neben Vittoria auf einen Stuhl. Er starrte mit entsetztem Gesicht ins Leere. »Wir haben alles falsch verstanden«, flüsterte er.

»Was meinst du damit?«, fragte Vittoria.

Dionysius griff nach ihrer Hand. »Aus Giulianos Worten haben wir geschlossen, dass Azrael die Pest über die Berge ins Reich tragen will. Zu Karl von Luxemburg und Günther von Schwarzburg, die beide um die Kaiserkrone kämpfen. Aber das ist der springende Punkt! Keiner von beiden ist Kaiser. Sie sind nicht verantwortlich für den Zustand, in dem die Christenheit sich befindet. Karl von Luxemburg war bis zum Tod von Kaiser Ludwig nur der König von Böhmen, und Günther von Schwarzburg war ein Niemand. Wenn man jemanden für die Korruption und den Unglauben im Abendland verantwortlich machen kann, dann nur …«

»… Kaiser Ludwig«, sagte Tetocio im Reflex des Republikaners, dem der Herr des Reichs als natürlicher Feind erschien.

»Aber der Kaiser ist tot!«

Giovanni di Murta sagte: »Ihr redet von Papst Clemens.«

»Ja, Hoheit.«

»Wir waren alle der Meinung, Azrael als Geistlicher habe es auf die Anwärter auf die weltliche Macht abgesehen.«

»Wir haben einen Fehler gemacht«, sagte Dionysius. »Wir haben Joseph in die falsche Richtung geschickt. Er und Gisela jagen ein Phantom. Ihr müsst sofort Soldaten nach Westen senden, vielleicht können die Azrael noch aufhalten, bevor er Avignon erreicht.«

»Messere Colle«, sagte der Admiral ungehalten, »Ihr braucht mich nicht an meine Pflichten zu erinnern.«

»Wir können unsere Soldaten nicht außerhalb des genuesischen Einflussgebiets einsetzen«, protestierte der Gonfaloniere. »Jedenfalls nicht offen und in ausreichender Anzahl. Sonst betrachten es alle unsere Nachbarn als Angriff, und wir haben zu der Seuche noch einen Krieg am Hals.«

»Genau deshalb«, sagte Vittoria, die ihren Schock als Erste überwand, »brauchen wir Messere Kesher und Monna Gisela!

Sie können noch nicht weiter als höchstens bis Piaśëinsa gelangt sein. Wir müssen ihnen eine Nachricht zukommen lassen, dass sie umkehren sollen.«

»Und wie soll das gehen? Einen Boten ausschicken? Er wird sie nie rechtzeitig erreichen. Wir haben keine Verbindung zu Piaśëinsa, keine Brieftauben von dort, gar nichts.«

»Wir müssen ihn benachrichtigen, Hoheit«, sagte Dionysius. »Ihm geht es nicht nur darum, Azrael aufzuhalten. Für ihn steht die Rettung der Tochter seines ermordeten Freundes im Vordergrund. Wir können ihn nicht wissentlich in die falsche Richtung laufen lassen.«

»Was ist mit den Juden?«, fragte Vittoria.

»Was soll mit ihnen sein?«

»Die Juden haben doch glänzende Verbindungen überallhin«, sagte Dionysius. »Über die Grenzen von Republiken, Grafschaften und Herzogtümern hinweg. Ich habe das selbst erlebt, als ich von Mestre hierher aufbrach.«

Der Doge zuckte mit den Schultern. »Fragt in der jüdischen Gemeinde herum, wenn Ihr wollt.«

»Und was tut die Republik Genua, wenn ich fragen darf?«

Gonfaloniere Tetocio riss empört die Augen auf angesichts Dionysius' scheinbarer Respektlosigkeit, doch der Doge blieb ruhig. »Die Republik Genua«, sagte er, »dankt Euch und Monna Gambacorti dafür, ihr wieder etwas Kampfesmut verliehen zu haben. Ihr habt recht – die Hoffnung soll man erst fahren lassen, wenn man wirklich durch die Pforten der Hölle tritt. Admiral Vignoso und Gonfaloniere Tetocio werden Truppen aussenden, die die Küste im Westen abriegeln, so gut es noch geht.«

»Etwas, das wir gleich hätten tun sollen, anstatt einen Juden und eine Adlige aus dem Osten loszuschicken«, sagte Tetocio, und fügte hinzu, als der Doge sich zu ihm umwandte: »Bei allem Respekt, Hoheit.«

»Ich lasse die *San Giovanni Battista* wieder auslaufen«, erklärte Vignoso. »Sie wird alle Boote versenken, die sie aufspüren kann.«

»Großer Gott im Himmel«, sagte der Doge leise. »Wir töten Leben, um Leben zu retten – und wissen nicht einmal, ob wir damit unser Ziel erreichen.«

»Das wussten wir schon, als die *San Giovanni Battista* auslief, um die *Vento del Dio* abzufangen, Hoheit.«

»Und ich hatte gehofft, eine solche Anweisung kein zweites Mal geben zu müssen.«

»Gebt Ihr sie denn, Hoheit?«

Der Doge nickte. »Im Namen Gottes und der Barmherzigkeit«, sagte er. Er wandte sich dem Schreiber zu. »Schreibt das auf. Und dann sucht Euch ein Quartier hier im Palast. Mit dem, was Ihr heute hier gehört habt, kann ich Euch nicht nach Hause gehen lassen.«

»Ich versichere Euch, Hoheit, dass ich schweigen werde!«, rief der Schreiber entsetzt. »Bitte lasst mich zu meiner Familie. Wenn jemand erkrankt …!«

»Es tut mir leid.« Der Doge verzog das Gesicht, als der Schreiber zu weinen begann. Er sah Vittoria und Dionysius an. »So, wie es aussieht, seid Ihr die letzten beiden verbliebenen Ärzte in Genua. Die Franziskaner von San Giuliano und die Zisterzienser von Santa Chiara haben sich erboten, ärztliche Hilfsdienste zu leisten. Sprecht sie an.«

Vittoria und Dionysius nickten.

»Geht mit Gott«, sagte der Doge.

Auf dem Weg aus dem Palast schwiegen sie. Vittoria warf Dionysius Seitenblicke zu, die dieser jedoch nicht bemerkte, weil er tief in Gedanken war. Draußen auf dem Platz vor dem Palast blieb Vittoria stehen und legte ihm die Hand auf den Arm. »Woran denkst du? Wie wir einen der Juden überreden können, eine Nachricht nach Piaśëinsa zu senden? Ich kenne nicht mal einen von ihnen.«

»Wir wenden uns an Abram Mendes Salazar«, sagte Dionysius geistesabwesend. »Er wird nicht erfreut sein, aber er wird helfen. Woran ich denke, ist: Was geschieht mit Azrael und seiner Truppe, wenn die Soldaten sie finden?«

»Die Soldaten werden keinen am Leben lassen.« Vittoria räusperte sich. »Auch nicht Maria. Das war mir schon klar. Deshalb habe ich ja so viel Wert darauf gelegt, dass Joseph und Gisela benachrichtigt werden. Joseph muss sie vor den Soldaten einholen!«

»Das ist doch völlig unmöglich.«

»Nein, ist es nicht. Du hast gehört, dass der Doge eine ganze Schar von Soldaten aussenden will, um die Küste zu besetzen. Es wird mindestens zwei Tage dauern, bis diese Truppe aufbricht, weil der Admiral und der Gonfaloniere erst die Bewachung Genuas umorganisieren müssen, damit genügend Männer frei werden, nach Westen zu marschieren. Und wenn ich marschieren sage, meine ich: marschieren. Zu Fuß. Joseph und Gisela haben Pferde. Sie haben eine Chance.«

»Ach, Vittoria.« Dionysius umarmte sie und legte seine Stirn an die ihre. »Du unterschätzt den Admiral. Ich sage dir, spätestens morgen Mittag brechen die Soldaten auf. Selbst wenn wir Messere Salazar überzeugen können, noch heute eine Nachricht loszusenden, haben Joseph und Gisela keine Chance. Sie brauchen doch schon zwei Tage, nur um wieder hierher zurückzukehren.«

»Sie brauchen nicht nach Genua zu kommen. Sie können gleich weiter in Richtung Westen reiten. Es muss doch eine Abkürzung geben.«

»Nein, gibt es nicht«, seufzte Dionysius. »Jedenfalls nicht um diese Jahreszeit. Sie müssten quer durch die nördlichen Ausläufer des Apennin. Dort ist die Schneeschmelze in vollem Gang, die Bären und Wölfe sind nach dem Winter hungrig, und die paar Bergbewohner, die es gibt, werden sie eher töten und ihre Habseligkeiten rauben, als ihnen zu helfen. Sie werden der Straße folgen müssen, so wie sie hingereist sind.«

»Was schlägst du dann vor?«

»Was wohl?« Dionysius zuckte mit den Schultern, dann gab er Vittoria einen Kuss. »Wir versuchen es trotzdem. Das wirst du nicht erleben, dass Dionysius Colle jemals aufgibt.«

Vittoria erwiderte den Kuss stürmisch. Es war ihr egal, wer ihr dabei zusah. »Wo wohnt dieser Messere Salazar?«

17

In seinem Arbeitszimmer wartete Giovanni di Murta, bis der völlig verzweifelte Schreiber den Raum verlassen hatte. Dann wandte er sich an Admiral Vignoso. »Die Männer, die Ihr Messere Kesher hinterhergeschickt habt – was werden die tun, wenn der Jude plötzlich kehrtmacht?«

»Für diesen Fall habe ich ihnen keine Befehle erteilt, Hoheit. Damit haben wir nicht gerechnet.«

»Und was *glaubt* Ihr, werden sie tun?«

»Ich glaube, sie werden denken, dass er die Mission abbricht und versucht zu desertieren. Und jeder Mann in meinem Heer weiß, was mit Deserteuren geschieht.«

»Also werden sie ihn und seine Begleiterin aufhalten und …«

»*Ihn* werden sie am nächsten Baum aufhängen«, unterbrach der Admiral. Dann schwieg er.

»Können wir Eure Soldaten erreichen?«

»Nein.«

»Sollen wir verhindern, dass Messere Kesher benachrichtigt wird? Dann kehrt er nicht um, und dann werden er und Monna Gisela nicht …«

»Hoheit«, sagte der Admiral sanft. »Joseph ben Kesher ist kein Dummkopf. Spätestens in Piaśëinsa muss ihm dämmern, dass er einer falschen Fährte gefolgt ist. Früher oder später *wird* er kehrtmachen.«

»Und ich glaube nicht, dass sich Monna Gambacorti von irgendetwas abhalten lässt, was sie sich in den Kopf gesetzt hat«, brummte der Gonfaloniere. »Da müsstet Ihr sie schon in den Kerker werfen, Hoheit, doch das geht nicht, weil sie und Messere Colle hier dringend gebraucht werden.«

»Weitere unschuldige Leben, die geopfert werden müssen, damit nicht noch mehr Unschuldige sterben müssen.« Der Doge schüttelte den Kopf. »Meine Seele ist verdammt. Ich werde für immer in der Hölle schmoren.«

»Wenn es Euch tröstet, Hoheit – ich werde auch dort sein«, versprach der Admiral.

»Joseph ben Kesher ist ein bemerkenswerter Mann, und Monna Gisela ist eine außergewöhnlich tapfere Frau. Es ist eine Schande.«

»All das ist eine Schande, Hoheit. Aber ich versichere Euch, dass wir Azrael abfangen können, bevor er Avignon erreicht. Es wird knapp werden, aber wir können es schaffen. Ich setze meine besten Offiziere und deren Männer ein. Sie werden sich als reisende Kaufleute verkleiden. Wenn Ihr ihnen Geleitbriefe mitgebt, kommen sie auch im Ausland gut voran. Und dann hat der Spuk ein Ende, dieser Pestausbruch wird eingedämmt werden wie alle anderen vor ihm, und in hundert Jahren wird er nur noch eine Randnote in irgendwelchen Chroniken sein.«

»Und wenn nicht? Was dann?«

Einen Moment lang herrschte Stille.

»Ein Soldat denkt nicht über die Niederlage nach, Hoheit«, sagte dann der Admiral und gab dem schweigsamen Gonfaloniere einen Stoß.

Dieser zuckte zusammen. »Nein, tut er nicht, Hoheit«, bekräftigte er. Er räusperte sich. »Wieso versuchen wir nicht den Heiligen Vater zu benachrichtigen und ihn zu warnen? Dann kann er sich darum kümmern, wie Azrael aufgehalten wird.«

»Weil«, sagte der Doge, »der Heilige Vater am Futternapf des französischen Königs sitzt, und was er erfährt, erfährt auch König Philippe. Was wird Philippe denken, wenn er mitbekommt, dass uns ein Mann durch die Lappen gegangen ist, der unsere Republik mit der Pest verseucht hat und jetzt unterwegs in sein Königreich ist?«

»Er wird entweder glauben, dass wir unfähig sind, oder dass

es sich um eine Kriegslist handelt, Frankreich mit der Seuche zu überziehen.«

»In beiden Fällen wird es für uns von Nachteil sein. Nein, wir müssen das allein regeln.«

»Genua ist stark genug, es allein zu regeln«, sagte der Admiral und ballte die Hände zu Fäusten.

»Dann tut, was nötig ist. Und lasst mich bitte allein. Ich habe heute zum zweiten Mal das Todesurteil für Menschen unterzeichnet, die ich eigentlich bewundere.«

18

Doron ben Amos war der zweite Knecht im Haus von Abram Mendes Salazar. Er war jung, groß, muskulös und eifrig bedacht, seinem Herrn zu beweisen, dass er zu mehr fähig war, als nur die Tätigkeiten zu verrichten, zu denen sich der erste Knecht zu fein war. Tatsächlich hoffte er, den ersten Knecht in absehbarer Zeit abzulösen. Daher war er, als er mitten in der Nacht geweckt wurde und verstanden hatte, worum es ging, sofort Feuer und Flamme, aufzubrechen.

Dass die Pest in Genua ausgebrochen war, war ihm natürlich nichts Neues. Er hatte keine große Furcht davor, angesteckt zu werden. Die Pest, hieß es, wurde durch faule Luft übertragen, und faule Luft gab es in dem Viertel, in dem sich Abrams Haus befand, bestimmt keine. Es konnte auch keine im Haus geben, denn anders als in den christlichen Haushalten, in denen man – so hatte Doron gehört – keinen großen Wert auf Sauberkeit legte, wurde bei Abram Mendes Salazar alles peinlich rein gehalten, und die vorgeschriebenen Waschungen, zu denen die wenigen Genueser Juden im Keller eines der Ihren zusammenkamen, sorgten dafür, dass auch die Menschen sauber blieben. Die Pest, davon war Doron überzeugt, war ein Problem der Christen und würde es auch bleiben.

Dennoch war er gern bereit, den Christen bei der Lösung des Problems zu helfen, wenn auch vor allem, um Abram seinen Wert zu beweisen. Sein Auftrag lautete, noch in dieser Nacht nach Nêuve aufzubrechen. In Nêuve lebte ein jüdischer Händler, den Abram kannte. Dieser Händler hatte einen Geschäftspartner in Piaśëinsa, mit dem er in engem Kontakt stand. Aus diesem Grund hielten die beiden Männer stets Brieftauben aus dem Schlag des anderen. Doron sollte eine Botschaft zu dem Glaubensbruder in Nêuve bringen, die dieser dann mit einer Taube an seinen Partner in Piaśëinsa sandte. Es war der schnellste Weg. Doron würde abwechselnd laufen und gehen und wahrscheinlich nach dem Laudesläuten in Nêuve eintreffen. Um die acht Stunden Wegzeit. Weitere zwei Stunden später würde die Taube schon in ihrem Schlag in Piaśëinsa sitzen. Selbst ein päpstlicher Eilbote würde es nicht in dieser Zeit schaffen.

Doron kannte die Botschaft auswendig. Er hatte sie auch auf Pergament dabei, gesiegelt von Abram Mendes Salazar, aber sein Herr hatte darauf bestanden, dass er sie auch kannte. Schriftstücke konnten verloren gehen oder unleserlich werden. Doron kannte die Manie seines Herrn bezüglich der Gefahren von Witterungs- und sonstigen Einflüssen auf neues Schuhleder und war nicht überrascht, dass diese sich auch auf Pergament erstreckte.

Alles an der Botschaft hatte Doron nicht verstanden. Wer war der Mann, dessen Name mit A. abgekürzt worden war? Welche Gruppe führte er an? Aber der Adressat der Botschaft, ein Glaubensgenosse namens Joseph ben Kesher, würde sie sicherlich verstehen. Sie war denkbar kurz: »A. und Gruppe unterwegs nach Avignon. Kehre um, so schnell du kannst.« Unterzeichnet hatten die Botschaft zwei Christen, von denen Doron schon gerüchteweise im Zusammenhang mit der Pest gehört hatte, zwei Ärzte, ein Mann und eine Frau. Doron war beeindruckt gewesen, besonders von der Frau, die seine Mutter hätte sein können und die mit ihrer selbstbewussten, entschlossenen Art jedem jüdischen Haushalt als ihr weiblicher Vorstand Ehre gemacht hätte.

Es gab jedoch ein Problem. Wie sollte Doron aus der Stadt gelangen? Die Tore waren alle verriegelt und bewacht, auf den Mauern schoben Doppelschichten von Wachen Dienst. Aber Doron kannte eine interessante Stelle im westlichen Abschnitt des Mauerrings, der erst vor zehn Jahren erweitert worden war, um die Klöster auf dem Caignan-Hügel mit einzuschließen. Die Bauarbeiten waren an manchen Stellen schlampig durchgeführt worden, und der Abriss des alten, etwas näher zum Hafen verlaufenden Mauerrings, der als Steinbruch für die neue Mauer hätte dienen sollen, war auch nicht vollständig beendet worden. Man konnte dort durch eine Mauerlücke nach draußen schlüpfen.

Kurz vor Mitternacht war Doron schon außerhalb der Stadtmauer und kletterte vorsichtig den Hügel zur Straße hinunter. Es war dunkel, der Himmel wolkenverhangen. Doch die Feuer, die im Lager der Pestflüchtlinge vor dem Sankt-Andreas-Tor brannten, gaben eine gewisse Orientierung, und den Rest ertastete sich Doron mit Händen und Füßen. Wenn er erst die Straße erreicht hatte, würde er zu laufen anfangen.

Eines der Feuer war besonders groß. Man musste sich wundern, wo die Leute das nötige Feuerholz gefunden hatten. Doron nahm es als vorläufigen Orientierungspunkt. Je näher er herankam, desto lauter hörte er eine Stimme. Jemand schien eine Rede zu halten. Eine Menge anderer Stimmen antwortete ab und zu im Chor. Als er noch näher gekommen war, erkannte Doron, dass es sich nicht um eine Rede, sondern eine Predigt handelte. Die Antwort der Zuhörer war jedes Mal ein lautes »Amen!«.

Schließlich konnte Doron verstehen, was der Prediger sagte. Er konnte ihn auch sehen. Er stand vor dem Feuer auf einem Karren. Jemand hatte ein Kreuz aus zwei krummen, langen Ästen zusammengeschnürt und es auf dem Karren errichtet. Der Prediger war kein Geistlicher, sondern trug eine Lederschürze wie ein Handwerker, aber er sprach mit religiöser Inbrunst.

Er sprach von der Pest.

Er sprach davon, wer aus seiner Sicht die Schuld an ihrem Ausbruch trug.

Die Menge, die ihm zuhörte, quittierte seine Thesen immer wieder mit zustimmenden »Amen!«-Rufen.

Doron blieb schockiert stehen und hörte zu.

»Und deshalb sage ich euch: Es ist eine Verschwörung aller Juden, um die gesamte Christenheit zu vernichten!«, rief der selbsternannte Prediger. »Sie haben den Sohn Gottes ermordet! Sie werden nicht davor zurückschrecken, uns alle zu ermorden! Das ist nur der Anfang!«

»Sag das nochmal mit den vergifteten Brunnen!«

»Alle Brunnen haben sie vergiftet! Sie haben Hostien geschändet und hineingeworfen! Schadzauber haben sie verübt, damit das Wasser faul wird und uns alle umbringt!«

»Wo haben die Juden das getan?« Eine ängstliche Stimme.

»Überall!«, schrie der Mann in der Handwerkerschürze mit sich überschlagender Stimme. »Die ganze Küste herauf! Und in Genua haben sie sich alle zusammengerottet und die Signoria bestochen, damit die die Tore nicht öffnen für uns. Vom Mauerkranz aus wollen sie uns alle beim Verrecken zusehen. Hunderte von Juden – ach was, Tausende! – aus ganz Italien sitzen dort in Sicherheit und warten, dass uns der Todesengel holt! Uns alle! Dich auch! Und dich! Und dich und dein Kind!« Eine Frauenstimme schrie auf. »Das ist nicht Gottes Zorn, der uns ereilt! Das ist die Abgefeimtheit der Juden!«

Doron merkte erst, dass er voller Empörung losgelaufen war und sich durch die Menge gedrängelt hatte, als er vor dem Karren mit dem selbsternannten Prediger darauf stand.

»Das stimmt nicht!«, rief er aufgebracht. »Wir haben nichts dergleichen getan! Keiner von uns! Und keiner von uns würde so etwas tun. Warum wascht ihr euch nicht besser und räumt die Abfälle weg, dann gäbe es keine faule Luft in euren Städten und Dörfern! Und es sind auch nicht Tausende von uns in Genua. Wir sind kaum zwanzig. Und wenn vor den Toren der Stadt jemand sterben würde, würden wir versuchen zu helfen, anstatt zuzusehen!« Er brach ab, weil er Luft holen musste. Erregt blickte er sich um.

Im Feuerschein sah er überraschte Gesichter, verlegene Gesichter, wütende Gesichter, ängstliche Gesichter, hasserfüllte Gesichter. Das mit dem meisten Hass erfüllte Gesicht war das des Predigers. Er beugte sich zu Doron herab.

»*Wir?*«, dehnte er mit lauter Stimme. »Keiner von *uns?*«

Doron ahnte, dass er einen Fehler begangen hatte, aber seine Empörung und sein Sinn für Gerechtigkeit waren stärker als diese Ahnung. »Ja, ich bin Jude!«, rief er. »Und genau deshalb kann ich euch versichern, dass all diese Verleumdungen nicht …«

Der Prediger richtete sich auf und deutete mit einem zitternden Finger auf Doron. »Das ist einer von ihnen!«, schrie er. »Seht ihr? Seht ihr? Sie wagen sich sogar hierher, um uns auszulachen! Wo kommst du her, Jude? Haben sie dich aus der Stadt geschickt, damit du unser Wasser hier vergiftest? Unsere Vorräte? Sollst du für sie den Todesengel spielen?«

»Aber nein …«, begann Doron, der plötzlich Angst bekam. Er ging rückwärts, bis er auf Menschen stieß, die ihn aufhielten. Niemand machte ihm Platz. Im Gegenteil, er wurde wieder nach vorn geschoben, auf den Karren und das Feuer zu.

»Er ist ein Jude!«, schrie der Prediger. »Er ist ein Christusmörder! Er ist ein Brunnenvergifter. Er soll brennen!«

Doron wehrte sich voller Panik, aber es waren zu viele. Er wurde an Armen und Beinen gepackt und hochgehoben. Er zappelte, aber er konnte sich nicht befreien. Er brüllte vor Angst.

Die Männer, die ihn gepackt und zum Feuer getragen hatten, warfen ihn in hohem Bogen in die lodernden Flammen. Doron fiel auf brennende Äste, die sich unter seinem Aufprall verschoben und nachgaben und ihn unter sich begruben. Funken stoben in einer gewaltigen Wolke hoch. Der Schock kam vor dem Schmerz, doch dann war der Schmerz da.

Doron explodierte förmlich aus dem brennenden Scheiterhaufen heraus, stolperte, rappelte sich auf und begann zu laufen, weil ein sinnloser Instinkt ihm sagte, dass er damit dem Feuer und dem Schmerz entkam. Die Meute wich entsetzt beiseite und bildete eine Gasse für ihn. Wer im Gedränge zu Boden fiel, wurde von den anderen mitgezerrt, Doron aus dem Weg.

Dem Weg einer menschlichen Fackel, deren Haar, Kleider und Haut brannten, der stumm war, weil es Schmerzen gibt, die nicht mehr mit Gebrüll ausgedrückt werden können. Er lief durch die Gasse, Flammen und Rauch hinter sich herziehend, ein Wesen, reduziert auf Todesangst und unfassbare Pein, und er rannte, rannte, rannte die Straße entlang, an den Lagern schreiender und schockierter Pestflüchtlinge vorbei, bis er zusammenbrach.

19

»Erzähl mir von Zacharias und Maria«, bat Gisela, als sie und Joseph die Pferde wieder einmal in Schritt fallen ließen, um ihnen und sich eine Ruhepause zu gönnen. Sie wollte Josephs Wortkargheit beenden, und sie wollte sich selbst ablenken von der erwarteten Begegnung mit Azrael und seinen Gefolgsleuten. Was würden sie dort vorfinden? Würden sie Maria befreien und Azraels Plänen ein Ende bereiten können? Oder würde das Ergebnis ihrer Bemühungen lediglich sein, dass Azrael sie mit der Krankheit ansteckte und sie in zwei, drei Tagen einen elenden Tod starben?

»Was willst du hören?«, fragte Joseph nach einer Pause.

»Wer er war. Wer Marias Mutter war. Sie ist tot, oder? Sonst hätte er seine Tochter doch nicht nach Genua mitgenommen.«

Joseph hatte bisher nur wenig über Zacharias preisgegeben. Gisela wusste nur, dass Joseph seinen Freund dringend gebeten hatte, Maria in Mestre zu lassen.

Joseph seufzte. »Im Grunde hatte er keine große Wahl«, sagte er leise. »Ich wollte das nur immer nicht wahrhaben. Meine Mutter hätte Maria jederzeit aufgenommen, aber mein Vater war stur. Den *cherem*, den er über mich verhängte, dehnte er auf

Zacharias aus, als dieser weiterhin mein Freund blieb. Zacharias hätte die Kleine zu Fremden geben müssen, irgendwelchen Nachbarn, die er kaum kannte. Er brachte es nicht übers Herz.«

»Was ist mit Marias Mutter geschehen?«

Marias Mutter, so erfuhr Gisela, hatte Deborah geheißen. Sie war von außerhalb gekommen, nicht aus der jüdischen Gemeinde Mestres. Zacharias' Eltern hatten die Ehe mit ihrem Sohn abgelehnt, denn Deborahs Vater war Christ gewesen, und obwohl sie, da ihre Mutter Jüdin gewesen war, auch als Jüdin galt, waren die meisten in Mestre und vor allem Zacharias' Eltern feindselig gegen Deborah eingestellt gewesen. Deborahs Eltern wiederum waren ebenfalls gegen eine Ehe gewesen. Die Ablehnung, die sie selbst von ihren beiden Völkern erfahren hatten wegen ihrer Liebe, hatte sie hart werden lassen. Im Grunde wollten sie die Hand ihrer Tochter überhaupt niemandem geben. Deborah war in jeder der beiden Welten eine Außenseiterin. Ihre Herzen hatten sich angesichts ihrer Ratlosigkeit, wie sich das Leben ihrer Tochter entfalten sollte, verschlossen – auch gegen den fröhlichen, entschlossenen Zacharias, der ihnen schwor, ihrer Tochter den Himmel auf Erden zu bereiten, egal, was die Juden oder die Christen dagegen zu sagen hatten.

Zacharias' Eltern erlebten nicht mehr, dass ihr Sohn gegen ihren ausdrücklichen Willen heiratete. Sie erkrankten vor der Hochzeit und starben kurz nacheinander. Deborahs Eltern wagten nicht, vor dem Magistrat ihrer Heimatstadt Einspruch einzulegen, weil sie als gemischtgläubiges Paar ohnehin nur geduldet waren und fürchteten, man könne sie ausweisen oder andere Sanktionen gegen sie verhängen, wenn sie sich zu sehr bemerkbar machten. Aber sie verstießen ihre Tochter und machten klar, dass sie weder mit ihr noch mit ihrer neuen Familie etwas zu tun haben wollten.

Die Hochzeit war eine ruhige Angelegenheit – der Rabbiner, Joseph, Josephs Eltern und zwei, drei Nachbarn, die vermutlich nicht gekommen wären, hätten Zacharias' Eltern noch gelebt. Zwei Jahre danach wurde Maria geboren. Deborah konnte ihre

Tochter noch ein paar Tage lang in den Armen halten, dann starb sie am Kindbettfieber. Zacharias' Herz brach; dann flickte er es um seiner Tochter willen wieder zusammen und gab ihr die ganze Liebe, die vorher seiner Frau gegolten hatte.

Die Nachbarn wandten sich nach und nach von dem Witwer ab, der sich weigerte, eine neue Frau zu nehmen. Deborahs Eltern ließen nichts von sich hören, nicht einmal, nachdem Zacharias ihnen vom Tod ihrer Tochter geschrieben hatte. Als Kesher ben Salomon den *cherem* über seinen Sohn Joseph verhängte, war dieser der einzige Freund, der Zacharias noch geblieben war, und Zacharias vergalt diese Treue, indem er sich von dem Bann nicht beeindrucken ließ.

Nach seiner Schilderung wurde Joseph wieder still, und bald danach bat er Gisela, ihr Pferd wieder zu einer schnelleren Gangart anzutreiben. Während sie die kaum belebte Straße entlangtrabten, hatte Gisela Zeit, über das Gehörte nachzudenken. Es hatte sie zuerst traurig gemacht, für Zacharias und Deborah, die beide so viel Widerstand überwunden hatten, um ihre Liebe zu leben, und dann vom Schicksal wieder auseinandergerissen wurden. Sie hoffte inständig, dass dort, wo die Seelen der Juden nach dem Tod hingingen, Zacharias und Deborah wieder vereint waren und dass es dort keinen Unterschied machte, wer welcher Herkunft war.

Doch dieser Gedanke führte zu einer Kette von Überlegungen, die schon nach dem Gespräch mit dem Geißlermeister begonnen hatten und sie mehr und mehr ängstigten.

Wie würde es mit ihr und Joseph sein, wenn schon die Verbindung zwischen Zacharias und Deborah so schwierig gewesen war? Würde ihre Liebe daran zerbrechen, oder würde sie die gesellschaftliche Ausgrenzung überstehen? Wie würde es den Kindern ergehen, die sie – so Gott wollte – bekamen?

In Vughera hatte sie diese Sorgen noch für sich behalten. Jetzt konnte sie nicht mehr anders, als sie anzusprechen. »Wie wird es mit uns werden?«, stieß sie keuchend hervor, nachdem sie ihr Pferd neben das Josephs gelenkt hatte. »Werden die Leute uns noch mehr verachten als Zacharias und Deborah? Was wird das mit uns machen?«

Joseph zügelte sein Pferd. Er sprang aus dem Sattel, ging zu Gisela und streckte die Hände nach ihr aus. »Steig ab«, sagte er mit rauer Stimme.

Gisela glitt aus dem Sattel und in seine Arme. Er hielt sie fest. »Ich halte immer zu dir«, sagte er. »Wenn man uns hier nirgendwo will, gehen wir in ein anderes Land. In Spanien gibt es viele meines Volkes, und die Toleranz ist dort größer, weil in den Jahrhunderten der maurischen Herrschaft dort Toleranz das Prinzip war.« Er lächelte. »Außerdem soll es dort das ganze Jahr über warm sein. Oder wenigstens im Süden.«

»Joseph«, sagte Gisela atemlos und sprach das aus, was sie beim Verlassen von Vughera schon als Möglichkeit in Betracht gezogen hatte. »Wenn du willst, nehme ich deinen Glauben an!«

Joseph musterte sie lange. »Wieso fragst du nicht, ob ich zum Christentum konvertieren will? Normalerweise geht es doch immer so herum.« Er sah in ihre Augen und schüttelte den Kopf. »Bitte verzeih. Ich hätte das nicht sagen dürfen.«

»Ich weiß, dass die alte Verletztheit aus dir gesprochen hat.«

»Es war trotzdem unrecht.«

Gisela zuckte mit den Schultern. »Hilfst du mir, wenn ich konvertiere? Sagst du mir, was ich tun muss? Was ich lernen muss?«

»Warum willst du das tun? Denkst du, dass sie uns dann mehr akzeptieren?«

»Ich hoffe es. Aber vor allem tue ich es aus einem Grund: damit unsere Kinder nicht zwischen zwei Welten aufwachsen.«

Joseph schwieg erneut lange Zeit. Sie versuchte, seine Gedanken an seiner Miene abzulesen. Sie sah Überraschung, Überwältigung, Bewegtheit und eine Liebe, die ihre eigenen Gefühle für ihn erneut überschäumen ließ. »Sie werden trotzdem immer zwischen zwei Welten stehen«, sagte Joseph schließlich. »Wir alle werden es. Unsere gesamte Familie.«

»Dann müssen wir dafür sorgen, dass unsere Familie ihre Welt wird.«

20

Sie fanden den Wagen, von dem der Geißlermeister gesprochen hatte, noch vor Stradéla. Er stand in einem alten Obsthain nahe der Straße und war zwischen den noch immer kahlen Bäumen von Weitem zu sehen. Die Gegend hier war im Wesentlichen flach, von ein paar niedrigen Buckeln abgesehen, der kahle Obsthain grau und braun und der Wagen schreiend bunt. Gisela und Joseph zügelten die Pferde und kniffen die Augen zusammen, um mehr zu erkennen. Gisela war sich nicht sicher, aber sie fand, dass der Wagen seltsam schräg stand. Noch bevor sie Joseph darauf aufmerksam machen konnte, sagte dieser: »Anscheinend ist die Vorderachse gebrochen. Deshalb steht er so nach vorne geneigt.«

»Sind sie deshalb immer noch hier?«

»Wahrscheinlich. Sie konnten nicht weiterfahren. Wie ich schon sagte: Ich bin erstaunt, dass sie in der kurzen Zeit bis hierher gekommen sind.«

»Ich denke, es liegt daran, dass sie sich nicht damit aufgehalten haben, die Ortschaften längs des Wegs zu verseuchen.«

»Was mir ebenfalls erstaunlich erscheint. Wieso sät Azrael den Zorn Gottes nicht überall? Er hat Genua angegriffen – warum nicht die anderen Ortschaften?«

»Denkst du, er spart seine Märtyrer auf, bis er über die Alpen gekommen ist?«

»Warum sollte er das tun?«, brummte Joseph. »Wenn er wartet, bis er in Nürnberg angekommen ist, und dann gezielt versucht, die beiden Anwärter auf den Kaiserthron anzustecken, löst er keine flächendeckende Krankheit aus. Den punktuellen

Ausbruch in Nürnberg – wenn er überhaupt stattfindet und wenn Karl von Luxemburg und Günther von Schwarzburg zu diesem Zeitpunkt Nürnberg nicht längst schon wieder verlassen haben – wird man schnell in den Griff bekommen. So wie an der Küste bei A Spèza und wie in Genua.«

»Was schließt du aus alldem?«

»Ich weiß es nicht. Ich weiß nur, dass das alles nicht recht zusammenpasst. Ich sehe aber die Lösung nicht.«

Gisela zögerte, aber sie musste es fragen. »Würdest du sie finden, wenn Zacharias an deiner Seite wäre statt meiner?«

Joseph wandte sich zu ihr um und musterte sie, dann stahl sich ein zugleich trauriges und zärtliches Lächeln auf sein Gesicht. »Nein«, sagte er. »Und du könntest nirgendwo anders sein als an meiner Seite. Da gehörst du hin.«

Gisela erwiderte sein Lächeln. »Ich möchte auch nirgendwo anders sein.« Außer an einem Ort, an dem es keine wahnsinnigen Fanatiker und keine tödliche Seuche gibt und keine entführten Kinder, sondern nur dich und mich und unsere Liebe, fügte sie in Gedanken hinzu. Sie hatte ein so starkes Verlangen danach, Josephs Arme um sich zu fühlen und mit ihm allein zu sein, dass es wie ein körperlicher Schmerz war. Sie schalt sich dafür, dieses Verlangen zu spüren, und sagte, dass sie auf einer Mission waren, die Leben oder Tod für Tausende von Menschen bedeuten konnte – ganz abgesehen vom Schicksal Marias; man musste sich auf diese Mission konzentrieren und alle zärtlichen Gefühle beiseiteschieben.

»Der Wagen sieht verlassen aus«, sagte sie, nachdem sie sich von Josephs Anblick losgerissen hatte. »Das ist doch eine ganze Gruppe. Wo sind die alle?«

»Das werden wir gleich wissen«, sagte Joseph. »Bleib du bitte hier. Ich reite hin.«

Überrascht fragte Gisela: »Ich soll hierbleiben? Weshalb?«

»Gisela … Azrael und seine Leute dort sind imstande, die Pest zu verbreiten. Glaubst du, ich will dich dort wissen?«

»Aber ich dachte die ganze Zeit, dass wir alles zusammen …«

»Es ist schon riskant genug, dass du mitgekommen bist. Einem höheren Risiko werde ich dich nicht aussetzen.«

»Und welchem Risiko setzt du dich aus?«

»Nur dem, dem ich mich aussetzen muss.«

»Kommt nicht in Frage«, sagte Gisela.

»Bitte«, sagte Joseph. »Ich könnte es nicht aushalten, wenn du …«

»Und ich könnte es nicht aushalten, wenn dir etwas zustieße. Also sind wir uns einig.« Sie stieß dem Pferd die Fersen in die Flanke. »Der Letzte beim Wagen ist ein jämmerlicher Verlierer!«

Joseph hatte recht gehabt: Die Vorderachse des Wagens war gebrochen. Im weichen, frühlingsfeuchten Boden konnte man noch sehen, was passiert war. Die Wagenspuren führten von der Straße weg in das braune Gras unter den Obstbäumen, zwischen den Eindrücken der Räder konnte man Hufspuren von einem Zugpferd erkennen; dann endeten die Spuren dort, wo der Wagen jetzt stand, und der Boden rundherum war zertrampelt von jemandem, der ausgestiegen war, um offenbar den Schaden zu betrachten.

Niemand rührte sich, aber der Geruch einer Tranlampe lag in der Luft, und in dem kleinen Fensterchen in der rückwärtigen Tür konnte man schwach das Licht einer Tranfunzel sehen. Der Wagen sah nicht viel anders als der von Dionysius Colle, nur viel bunter.

Joseph betrachtete vom Pferd aus die Situation. Sein Gesicht verfinsterte sich immer mehr. Gisela sprach schließlich das Offensichtliche aus.

»Den Spuren zufolge sind die Leute von Piaśeinsa her gekommen«, sagte sie. »Also aus der Gegenrichtung.«

Joseph schnaubte. »Hörst du das?«

Gisela lauschte. Jetzt wusste sie auch, warum keiner der Wageninsassen von ihnen Notiz nahm. Man hatte sie noch gar nicht bemerkt. Aus dem Wagen ertönte leises Schnarchen.

Joseph sprang vom Pferd und eilte mit entschlossenen Schritten auf die Tür zu. Gisela ließ sich ebenfalls aus dem Sattel gleiten und folgte ihm. Zu zweit gelangten sie beim Wagen an. Sie wechselten einen Blick. Dann sprang Joseph die Trittbretter zur Tür hinauf und warf sich mit der Schulter dagegen. Sie flog sofort auf. Glasflaschen im Inneren des Wagens stießen klingend aneinander. Der Lärm ließ ein paar Krähen erschrocken aus den Obstbäumen aufflattern. Joseph war im Wagen, noch bevor der Krach verklungen war, Gisela auf seinen Fersen. Auf einem Lager fuhr eine Gestalt mit einem schlaftrunkenen Schreckensschrei in die Höhe und stieß sich den Kopf an der niedrigen Decke. Joseph war bei der Gestalt und zerrte sie am Kragen einer speckigen Tunika von ihrem Lager herunter. Die Gestalt fuchtelte mit den Armen und schrie: »Bei der Liebe Christi, ich habe nichts!«

Die Gestalt war ein magerer Mann mit gelbem Gesicht, schütterem Haar und braunen Zahnstummeln im Mund. Auf seine Tunika waren Halbmonde und Sterne aufgenäht. Joseph starrte ihn an, dann stieß er ihn verächtlich auf sein Lager zurück. Der Mann stierte voller Schreck von Joseph zu Gisela und zurück.

»Ein Quacksalber!«, stieß Joseph hervor. »Wir sind einer falschen Fährte aufgesessen.«

»Moment mal«, sagte der Mann und hob trotz seiner offensichtlichen Angst den Finger wie ein Klosterschüler, der um Aufmerksamkeit bittet. »Das mit dem Quacksalber verbitte ich mir. Ich bin Francesco Miracolo, reisender Arzt im Dienst der Menschheit.«

»*Miracolo!*«, rief Joseph und warf die Hände in die Höhe. Francesco zuckte erschrocken zurück. »Euch Leuten ist nichts heilig!«

Gisela brachte aus dem Wunderheiler heraus, was geschehen war. Er war auf dem Weg nach Westen gewesen, in Richtung Küste. Vor drei Tagen war er spätabends hier vorbeigekommen und hatte beschlossen, die Nacht im Obsthain zu verbringen. Wegen der schon herrschenden Düsternis hatte er nicht gesehen, wie holprig der Boden war. Seine Vorderachse war gebrochen, noch bevor er mehr als fünfzig Schritte hatte zurücklegen können. Er war mit seinem Pferd in die letzte Ortschaft geritten, durch die er gekommen war, und hatte den Schmied überreden können, die Achse zu reparieren. Leider hatte der Schmied die Idee, mit einer Kiste Elixiere bezahlt zu werden, gar nicht gut gefunden. Er hatte die reparierte Achse und Francescos Gaul behalten und war erst gewillt, beides herauszugeben, wenn Francesco ihm den verlangten – und vor Beginn der Reparaturen von Francesco großzügig versprochenen – Geldbetrag bezahlte. Insofern saß der reisende Arzt im Dienst der Menschheit hier fest und hatte keine Ahnung, wie er wieder wegkommen sollte.

»Ihr seid nicht zufällig am Erwerb meiner Wundermedizin interessiert?«, fragte er. »Ich garantiere euch beste Gesundung.«

»Du weißt ja gar nicht, was uns fehlt«, knurrte Joseph.

»Egal, was es ist – meine Medizin kuriert es.«

»Wozu wolltest du überhaupt zur Küste?«, fragte Gisela.

Francescos Gesicht nahm einen überlegenen Ausdruck an. »Es gibt Gerüchte«, sagte mit wichtiger Stimme. »Gerüchte von einer Seuche, die dort ausgebrochen sein soll. Wo es kranke Leute gibt, gibt es Bedarf nach meiner Medizin.«

»Was dort ausgebrochen ist, ist die Pest«, sagte Joseph grimmig. »Dagegen gibt es kein Heilmittel.«

»Völlig egal«, meinte Francesco fröhlich. »Hauptsache, die Leute glauben, dass es hilft.«

Kurze Zeit später saßen Gisela und Joseph wieder im Sattel und bewegten sich langsam auf Piaśëinsa zu. Eigentlich waren sie ziellos. Der Geißler hatte Francescos Wagen mit dem Azraels verwechselt und dann zu Josephs Nachfragen einfach nur das gesagt, was er glaubte, dass seine Gesprächspartner hören wollten. Sie hatten Azraels Spur verloren. Gisela wollte es nur nicht aussprechen. Sie konnte sehen, wie Joseph nachdachte und versuchte, der unvermeidlichen Schlussfolgerung auszuweichen. Ihr Herz war schwer, wenn sie daran dachte, dass er die Mission für gescheitert hielt.

»Gibt es noch einen anderen Weg, den Azrael genommen haben könnte?«, fragte sie schließlich.

»Um diese Jahreszeit? Nein. Der einzige begehbare Pass durch die Berge ist der über den Prenner.« Joseph fuhr sich übers Gesicht und raufte sich dann den Bart, das einzige äußere Anzeichen, dass er gegen eine Panik ankämpfte wie die, die ihn in Bonasseua befallen hatte. Er hatte ihr davon erzählt und dass er sich dafür verfluchte, weil er Azrael dort vielleicht hätte aufhalten und Maria retten können, wenn er überlegt gehandelt hätte. Gisela wusste, dass Joseph einer solchen Panik kein zweites Mal nachgeben würde.

»Gibt es keine zweite Strecke?«

»Man könnte die Straße über Mailand nehmen. Es wäre ein Umweg von vielen Tagen für ihn – und für uns auch. Bis wir dort die Spur wieder aufnehmen können, vergeht viel Zeit.« Joseph starrte Gisela an. »Er hat versucht, Genua zu verseuchen. Mailand ist ähnlich groß wie Genua und auf jeden Fall wichtiger als die Städte entlang der kürzeren Strecke über Piaśëinsa. Gerechter Gott! Glaubst du, ich habe schon wieder einen Fehler gemacht und wir sind in die falsche Richtung geritten?« Auf einmal zerrte er sich so aufgebracht am Bart, dass Gisela fürchtete, er würde sich das Haar in blutigen Büscheln ausreißen. »Kann das sein? Kann das sein?«

Gisela schluckte. Josephs Verzweiflung trieb ihr Tränen in die Augen. »Wenn er die Straße über Mailand genommen hätte, wie hätte er dann reisen müssen?«

»Bis Turtona wäre es dieselbe Straße gewesen.«

»Wir haben nirgendwo zwischen Genua und Turtona eine Spur von ihm und seiner Gruppe gefunden.« Gisela holte unwillkürlich Luft, als ihr eine geradezu wahnwitzige Idee kam. »Joseph«, sagte sie entsetzt. »Und wenn wir Giulianos Worte total falsch verstanden haben? Wenn es Azrael nicht darum geht, die Anwärter auf den Kaiserthron auszulöschen – sondern den Papst?«

21

Seit Azrael und seine Anhänger Ineja verlassen hatten, waren die Berggipfel rechts der alten römischen Küstenstraße von Regenwolken verhangen gewesen. Ab und zu waren einzelne Regenschauer auch an der Küste niedergegangen – eiskaltes Wasser, das in den Gesichtern stach, auf das Dach des Gauklerwagens trommelte und die Straße mit Schlamm und Kies überschwemmte. Carlotta, die ihre Kindheit im Schatten der beiden Burgen von Rosciggion in den Bergen nördlich Genuas verbracht hatte, bevor das Schicksal sie in die Stadt und ins Hurenhaus verschlagen hatte, kannte dieses Wetter. Es führte dazu, dass Flussbetten, die vom Sommer bis zum Ende des Winters trocken waren, sich plötzlich mit reißendem, schlammigem Wasser füllten, Rinnsale sich in Sturzbäche und Bäche sich in tobende Flüsse verwandelten. Die Frühlingsstürme forderten immer wieder Opfer unter den Ziegenherden und den Menschen, die sie hüteten. Manchmal schwemmten sie ganze Häuser weg oder brachten Brücken zum Einsturz. Manchmal fielen ihnen frühe Reisende zum Opfer, und manchmal nutzten die harten, mitleidlosen Bewohner dieser Region das schlechte Wetter, um geschwächten oder verletzten Reisenden den Garaus zu machen und ihre Habseligkeiten zu rauben.

In Vallecrösa zwang das Wetter die Gruppe zum Halten. Der Ort lag an einem Fluss namens Verbone, über den es in Küstennähe keine Brücke gab, weil der Fluss die meiste Zeit des Jahres trocken lag und das Flussbett trockenen Fußes durchquert werden konnte. Jetzt jedoch war das Flussbett voll mit schäumendem, dreckigem Wasser und nicht durchquerbar.

Carlotta fragte sich, ob das das Ende von Azraels Mission war. Würde die Seuche hier verebben? Weil die Flüchtlinge aus den von der Pest befallenen Ortschaften hinter ihnen nicht mehr vorankamen, am Ostufer des Flusses haltmachten und starben, ohne die Krankheit in die Orte westlich des Flusses weiterzutragen? Würde ihre eigene Rache an der Gemeinheit der Welt hier zu Ende gehen und nichts weiter sein als ein sinnloses, örtlich begrenztes Aufbäumen?

»Wir müssen über den Fluss kommen«, sagte sie zu Azrael. Sie hielten sich zu zweit im Wagen auf; Azrael hatte sie hereingebeten.

»Ich weiß. Sag mir, wie.«

»Ich dachte, Gott sei auf unserer Seite und du sein Sendbote. Warum hilft er uns nicht?«

Azrael antwortete eine Weile nicht. Dann streifte er die Kapuze, die er stets tief ins Gesicht gezogen trug, ab. Carlotta war immer klar gewesen, dass sich in den Schatten der Kapuze ein menschliches Gesicht versteckt hatte. Dennoch war sie fast enttäuscht, wie gewöhnlich Azrael aussah. Wenn ihn etwas von den anderen Menschen unterschied, dann höchstens der fiebrige, gehetzte Glanz in seinen Augen.

»Dir ist bewusst, dass ich nur ein Mensch bin wie du und alle anderen«, sagte Azrael. Es klang halb wie eine Frage.

»Mir ist es klar«, erwiderte Carlotta. »Den anderen in unserer Gruppe … nicht.«

»Sie haben sich mir angeschlossen, weil ihre Ehrfurcht sie überzeugt hat, mir zu folgen. Du folgst mir, weil deine Ziele sich mit den meinen decken. Habe ich recht?«

»Du hast recht«, sagte Carlotta. »Und ich weiß auch, dass weder Giuliano noch die anderen beiden, die du losgeschickt hast, jemals zu uns aufschließen werden. Sie sind nämlich tot. Du hast sie mit deinen Ratten losziehen lassen und verbreitest so die Pest. Wie das geht, verstehe ich nicht. Aber ich verstehe, dass du dich nicht auf diesen einen Weg verlassen hast. Wen du losschickst, den hast du vorher selbst mit der Pest angesteckt.«

Azrael neigte den Kopf. Seine Blicke ließen Carlotta nicht los. Sie erkannte, dass das fiebrige Glitzern seiner Augen noch einen weiteren Grund hatte: Azrael war erschöpft. Er war so erschöpft, dass lediglich der Wille seinen Körper davon abhielt, zusammenzubrechen. Je länger ihr stummer Blickwechsel dauerte, desto mehr hatte sie außerdem den Eindruck, dass eine stumme Botschaft darin lag: Hilf mir! Rette mich! Der Gedanke war jedoch so abwegig und für Carlotta so abgründig, dass sie ihn sofort beiseiteschob. Sie und Azrael hatten das gleiche Ziel, das stimmte, aber sie brauchte ihn, um es erfüllen zu können. Zu denken, dass er schwach wäre und seiner Mission tief im Inneren seines Herzens nicht mehr treu, würde für Carlotta alles zunichtemachen, an dem sie sich noch festhielt.

»Warum bekommst du sie selbst nicht? Die Pest?«, fragte sie schließlich.

»Ich weiß es nicht. Ich bin daran erkrankt, aber genesen. Ich hatte viele Krankheiten, aber ich habe sie alle überlebt. Gott will, dass ich lebe.«

»Und Gott will, dass du die von der Erde tilgst, die ihm und dem Glauben an Jesus Christus Schande machen.«

»Ja«, sagte Azrael. Er blinzelte. Der Glanz in seinen Augen wurde wieder entschlossener. Carlotta musste sich die Schwäche eingebildet haben.

»Sagst du mir, wie du die anderen angesteckt hast?«

»Ich werde es dir sogar zeigen.«

Carlottas Innerstes verkrampfte sich, als sie verstand, was das bedeutete. Wenn sie es erfuhr, würde es zugleich ihr Todesurteil sein. »Wann?«, fragte sie und wusste, dass sie die Angst nicht ganz aus ihrer Stimme verbannen konnte.

»Kurz vor dem Ende«, sagte Azrael sanft. »Wenn nur noch eines zu tun ist, unser Ziel zu erfüllen.«

»Und bis dahin?«

»Sind die anderen meine Botschafter und du meine Stütze. Ich danke Gott, dass er deinen Weg und meinen zusammengeführt hat.«

Sie sahen sich wieder schweigend an. Azrael hob langsam die Hände und streifte sich die Kapuze wieder über. Im finsteren Inneren des Wagens war jetzt nur noch ein schwarzes Loch anstelle seines Gesichts zu sehen.

»Was ist mit dem Kind?«, fragte Carlotta. »Welche Rolle spielt Maria?«

»Sie wird meine letzte Botschafterin sein. Ganz am Ende. Sie wird der eigentliche Todesengel sein.«

Carlotta spürte zu ihrer eigenen Überraschung, wie sich eine leise Stimme in ihr gegen diesen Plan auflehnte. »Warum sie?«, fragte sie.

»Weil nur sie in der Lage ist, zu dem Mann vorzudringen, der für all die Korruption in unserer Welt verantwortlich ist.«

»Der Papst.«

»Der Papst.«

»Und wieso ist nur sie dazu in der Lage?«

»Weil Papst Clemens, bis wir zu ihm gelangen, von meiner Mission erfahren haben wird. Er wird Befehl gegeben haben, niemanden zu ihm vorzulassen. Keine Frau, keinen Mann.«

»Aber ein Kind …«, sagte Carlotta und schluckte. Widerstand regte sich in ihr. »Du kannst doch nicht Maria als Waffe einsetzen!«

»Sie wird so oder so sterben. Hätte ich mich ihrer nicht angenommen, wäre sie schon längst tot. Ich gebe wenigstens ihrem Tod einen Sinn.«

»Aber sie ist unschuldig!«

»Niemand ist unschuldig, Carlotta. Als du aus der Stadt gepeitscht wurdest – waren da Kinder unter den Zuschauern, an denen man dich vorbeigetrieben hat?«

»Ja«, sagte Carlotta nach einer langen Pause.

»Haben sie dir gegenüber Mitleid gezeigt?«

»Sie haben genauso gejohlt wie ihre Eltern.« Carlottas Stimme war kaum hörbar

»Arme Carlotta«, sagte Azrael. »Du fühlst noch mit denen, die dein Leid verhöhnt haben.«

Carlotta wollte erwidern, dass Jesus Christus seinen Peinigern am Kreuz vergeben hatte, aber die hilflose Wut auf alle, die an ihrem Schicksal die Schuld trugen, erstickte diese Regung.

»Kümmere dich um die Kleine«, sagte Azrael. »Beschütze sie. Du weißt jetzt, wie wichtig sie ist.«

Was hätten Maria und ihr Vater, den ich nicht kenne, getan, wären sie so wie die anderen Zeugen meines Martyriums gewesen?, fragte sich Carlotta. Hätten sie mich verspottet und die Fäuste geschüttelt und mich mit Pferdeäpfeln beworfen – so wie es die Genueser getan haben, Männer, Frauen und Kinder? Was sagt mir, dass sie sich vielleicht anders verhalten hätten? Nichts. Simon von Cyrene trug das Kreuz für Jesus nicht, um ihm zu helfen; er wurde dazu gezwungen.

»Ich werde mich umhören, wie wir weiter vorankommen«, sagte sie. »Ich glaube früher einmal gehört zu haben, dass es irgendwo hier in der Gegend eine alte römische Brücke über den Fluss gibt. Ich frage herum, wie wir zu ihr finden.«

»Gut.«

Bevor sie den Wagen verließ, drehte sie sich noch einmal um. »Verrätst du mir deinen wahren Namen?«, fragte sie.

»Mein wahrer Name«, sagte Azrael, »ist mit einem Schiff voller Toter auf die Klippen gelaufen und untergegangen. Ich bin Azrael. Genügt dir das?«

»Ja«, erwiderte Carlotta und hörte sich selbst hinzufügen: »Meister.«

22

Die Brücke befand sich gute sechs Meilen nördlich von Vallecrösa. Sie war schmal und spannte sich in einem steilen Bogen über das tief eingeschnittene Flussbett. Das Wasser tobte unter dem Brückenbogen hindurch, so dass man am Ufer sein eigenes Wort nicht verstand. Ein paar Häuser standen zu beiden Seiten der Brücke, neben einer Ruine, die aussah wie eine ehemalige Festung. In ihr hausten ein Zollwächter und drei Soldaten. Der Zollwächter trug ein Wappen mit zwei doppelköpfigen Adlern auf goldenem Grund auf seiner schmutzigen Tunika. Carlotta konnte es nicht zuordnen; außer dem genuesischen Stadtwappen kannte sie kein anderes. Den anderen ging es ebenso. Wenn Azrael bekannt war, in wessen Namen der Zollwächter den Brückenzoll eintrieb, sagte er nichts dazu. Er lud den Zollwächter lediglich dazu ein, zu ihm in den Wagen zu steigen, damit er ihm den Zoll ausbezahlen konnte.

Nach kurzer Zeit öffnete Azrael die hintere Wagentür und winkte Carlotta zu sich. Carlotta, die Maria an der Hand hielt, setzte sich in Bewegung. Azrael deutete auf sie und schüttelte den Kopf. Maria blieb verstört stehen, während Carlotta allein auf den Wagen zuging. Azrael ließ sie einen Blick hineinwerfen. Der Zollwächter lag reglos auf dem Boden, sein Kopf war unnatürlich weit herumgedreht, seine Augen waren weit offen und ohne Leben.

»Ich habe ihm das Genick gebrochen«, sagte Azrael. »Simone soll sich um Maria kümmern. Ich möchte, dass du und Murzio die drei Soldaten herholt.«

»Du hast ihm *was?*«

»Das Genick gebrochen. Ich weiß, wo ich hinfassen muss. Jetzt holt die anderen drei. Schnell.«

Carlotta konnte sich nicht vom Anblick des toten Zollwächters losreißen. »Warum?«, brachte sie hervor. »Wir haben doch genug Geld für den Brückenzoll.«

»Die Brücke muss frei begehbar sein. Die Leute aus den Dörfern hinter uns werden vor der Pest nach Westen fliehen, weil die Leute immer in den großen Städten Schutz suchen – in Nizza, in Villafranca, in Mentone. So wie wir werden auch sie diesen Übergang hier finden. Der Zollwächter und seine Männer würden sie nicht passieren lassen. Wir müssen ihnen aber den Übergang ermöglichen, damit sie die Seuche weitertragen.«

»Was hast du mit den drei Soldaten vor?«

»Sie müssen ebenfalls sterben. Jetzt beeil dich, Carlotta, bevor sie noch von sich aus nachsehen kommen, was mit ihrem Anführer geschehen ist, und wir unvorbereitet sind.«

Murzio war ein abweisender, vierschrötiger Mann, zu dem

wahrscheinlich nicht einmal seine Mutter Vertrauen gehabt hatte. Carlotta überlegte fieberhaft, unter welchem Vorwand sich die Soldaten herlocken ließen – und dabei arglos blieben. Wenn sie erst einmal Murzio genauer ansahen, würden sie sich lieber bewaffnen, bevor sie ihm und ihr irgendwohin folgten. Dann kam ihr die passende Idee, in der auch Murzios Erscheinung ihren Platz hatte, und mit der Idee ein so überwältigendes Gefühl des Ekels und der Demütigung, dass sie beinahe umgekehrt wäre. Doch dann sagte sie sich, dass es irgendwie Sinn ergab, das Einzige, das sie gelernt hatte, einzusetzen, um es einer Welt heimzuzahlen, die ihr keine andere Chance gegeben und sie noch dafür misshandelt hatte.

»Warst du schon mal in einem Hurenhaus?«, fragte Carlotta hastig, während sie und Murzio auf die zerfallene Festung zustrebten.

»Was?«, knurrte Murzio. »Geht dich doch nichts an.«

»In den Hurenhäusern gibt's immer einen Mann, den der Padrone dafür bezahlt, dass er für Ruhe sorgt, wenn ein Kunde ausfallend wird. Nicht gegen die Frauen, versteht sich«, fügte sie bitter hinzu. »Nur gegen die anderen Kunden oder das Mobiliar. Jedenfalls – stell dir vor, du bist jetzt so einer.«

»Warum?«

»Egal. Stell es dir vor und sag ansonsten kein Wort.«

Murzio schwieg, aber seine Miene war noch finsterer als sonst. Er und Carlotta traten durch den offenen Torbogen der Festung und standen im nächsten Moment den drei Soldaten gegenüber. Jeder trug eine andere Art von Ausrüstung. Alle drei zusammen waren ein trauriger Haufen.

Carlotta lächelte sie an. Sie beantworteten das Lächeln mit misstrauischen Mienen.

»Mein Padrone und euer Herr«, sagte sie und zwinkerte ihnen zu, »haben sich geeinigt. Wir zahlen die Hälfte des üblichen Zolls. Die andere Hälfte arbeite ich ab.« Sie schob ihre Hüften nach vorn. »Euer Herr hat sich seinen Anteil schon geholt. Jetzt seid ihr dran. Kommt mit.«

Die drei Soldaten gafften sie an. Das Misstrauen in ihren Gesichtern machte verblüffter Lüsternheit Platz, aber ein Rest von Argwohn blieb.

»Wieso mitkommen?«, fragte einer. »Wir besorgen's dir gleich hier.«

»Das wäre dumm«, erwiderte Carlotta, »weil euch dann nämlich der Becher Wein entgeht, den mein Padrone noch drauflegt.«

»Wein gibt's auch noch?«, fragte der jüngste der drei Soldaten. »Wie das denn? Der Zoll für die verdammte Brücke kostet doch eh fast nix ...« Er erhielt von seinen beiden Kameraden gleichzeitig einen Stoß und schwieg abrupt.

Carlotta tat so, als hätte sie es nicht gehört. Sie lächelte die Männer weiterhin an. Eine Frau aus ihrem Gewerbe, die es ernst meinte, hätte sich ihnen genähert und ihnen über die bartstoppeligen Gesichter gestreichelt und sich schon einmal probehalber unter den Rock fassen lassen, aber Carlotta konnte sich nicht dazu durchringen. Ihr Lächeln war eine Maske, unter der Hass auf alle Menschen brodelte, die Macht über sie und ihren Körper hatten. Vor ein paar Minuten noch war ihr die Vorstellung, dass die drei Soldaten getötet werden sollten, unrecht erschienen. Jetzt wünschte sie ihnen den Tod und konnte es kaum erwarten, dass sie ihr in die Falle folgten.

Einer der Soldaten wies mit dem Kinn auf Murzio. »Was ist mit ihm? Ich hoffe, er ist nicht im Preis inbegriffen. Dazu ist er zu hässlich.« Er und seine Kameraden lachten.

»Er«, sagte Carlotta obenhin, »ist dafür da, jedem die Zähne einzuschlagen, der sich mehr holen will als das Vereinbarte.«

»Was? Soll das heißen, er sieht zu?«, rief der jüngste Soldat entsetzt.

»Lass ihn zusehen«, lachte einer der anderen. »So hässlich, wie er ist, hat er ihn noch nie weggesteckt. Soll er wenigstens beim Zuschauen was davon haben.«

Murzio knurrte etwas und ballte die Hände zu Fäusten. Sein Gesicht war ziegelrot und so finster, dass die Augen nur noch

Schlitze waren. Er gab das perfekte Bild eines Rausschmeißers in einem Hurenhaus ab, wenn auch wahrscheinlich unabsichtlich. Carlotta war nicht sicher, ob er nicht im nächsten Augenblick die Beherrschung verlor. Sie drehte sich um, ging mit wiegendem Schritt wieder zum Torbogen und sagte über die Schulter: »Kommt ihr nun oder nicht? Ihr lasst euch was entgehen, wenn ihr hierbleibt.«

Die drei Soldaten blickten sich an, dann grinsten sie und stapften ihr nach.

»Eure Spieße könnt ihr hierlassen«, sagte Carlotta. »Oder wollt ihr mich durchbohren? Dafür habt ihr doch besseres Werkzeug.«

»Darauf kannst du Gift nehmen, Täubchen«, sagte der Wortführer der Soldaten. Sie stellten alle drei ihre kurzen Spieße an die Wand, dann folgten sie ihr. Murzio trottete hinter ihnen her, immer noch mit dunklem Gesicht.

Azraels Gefolgsleute lehnten mit harmlosen Gesichtern am Wagen. Sie nickten den Soldaten zu. Die schritten an ihnen vorbei, ohne sie mehr als nebenbei zu mustern. Ihre Augen ruhten auf Carlottas wiegenden Hüften, und ihre Gedanken waren schon längst bei den nächsten zehn Minuten. Die Gegenwart war vergessen.

Die Gegenwart, die sich in Gestalt der gerade noch völlig ungefährlich erscheinenden Männer Azraels auf sie stürzte.

Die Gaukler führten den Angriff. Sie waren die wendigsten unter den Angreifern. Die anderen, die Fischerjungen und Bauernbuben, waren wie Rammböcke, während sie um die Soldaten herumtanzten. Kurze Messerklingen blitzten auf. Der erste der Soldaten ging gurgelnd und mit halb durchtrennter Kehle zu Boden. Blut pumpte in bestürzend roten Fontänen zwischen seinen Fingern hindurch, mit denen er die Wunde zuhalten wollte. Der zweite Soldat konnte einem Messerstich ausweichen und einen Angreifer mit einem Fußtritt zu Boden schicken, bevor sich zwei zugleich auf ihn stürzten und ihn zu Fall brachten. Grunzen, Ächzen und erstickte Schreie wurden laut. Die drei rollten auf dem Boden herum, ohne dass man erkennen konnte, welcher Arm zu welchem Bein gehörte.

Der dritte Soldat, der jüngste, wirbelte herum, duckte sich unter einem Faustschlag hindurch, stolperte und fiel und rappelte sich voller Panik wieder auf. Carlotta konnte sein schreckverzerrtes Gesicht und seine weit aufgerissenen Augen sehen. Der erste Soldat, der mit der aufgeschnittenen Kehle, wälzte sich röchelnd auf dem Boden. Das Blut spritzte immer noch aus seiner Wunde und prasselte in roten Fächerspuren an die Wand des Gauklerwagens. Der zweite Soldat wehrte sich auf dem Rücken liegend gegen Faustschläge und Tritte und röhrte vor Schmerz wie ein Tier, als ein dritter Anhänger Azraels herbeisprang und mit voller Wucht auf seine Brust stampfte. Carlotta bildete sich ein, die Rippen brechen zu hören. Der jüngste Soldat schrie vor Angst und rannte blindlings in Richtung der Festungsruine. Alle Mordlust verging in Carlotta. Sie wünschte sich inständig, nichts mit dem Gemetzel zu tun zu haben, aber sie war es, der die Opfer gefolgt waren, sie und niemand anderer. Ihr fiel ein, dass sie sich mehr als einmal gewünscht hatte, Lupo Casapietra hilflos vor sich zu haben, und dass sie sich vorgestellt hatte, wie sie auf ihn einschlug und eintrat, sein Gesicht in eine blutige Masse verwandelte und ihm die Haut mit den Fingernägeln vom Körper kratzte. Jetzt wurde ihr klar, dass sie dazu nicht imstande gewesen wäre. Was das Schicksal mit ihr angestellt hatte, hatte ihren Hass entfacht, aber keine wirkliche Mordlust in ihr geweckt.

Der jüngste Soldat drohte zu entkommen. Zwischen ihm und der Ruine war nur noch Simone, der Maria am Arm hielt. Simone schwankte unentschlossen, dann stieß er Maria weg und stürzte sich auf den Soldaten.

Dieser schrie weiter vor Angst, aber jetzt riss er in der Panik einen Dolch heraus, den er im Gürtel stecken hatte und auf den Carlotta nicht geachtet hatte. Er rannte mit voller Geschwindigkeit in Simone hinein. Simone keuchte und riss die Augen auf und rang nach Atem, dann stürzte er schwer zu Boden. Der

Soldat sprang über ihn hinweg. Simone röchelte und wand sich, der Dolchgriff ragte aus seiner Brust. Ein Messer wirbelte durch die Luft und traf den Soldaten zwischen die Schulterblätter. Er bäumte sich auf und torkelte weiter. Einer der Gaukler rannte ihm hinterher und sprang ihm auf den Rücken. Beide stürzten. Carlotta sah den Arm des Gauklers in rasender Folge auf- und niederpumpen, als er dem Soldaten das Messer aus dem Fleisch zog und wieder und wieder zustieß.

Der erste Soldat zog die Beine an den Leib. Ein schwacher Strahl Blut pumpte aus seiner aufgeschnittenen Kehle und versiegte dann. Er streckte die Beine wieder aus. Sein Kopf rollte auf die Seite. Er lag mit zuckenden Armen und Beinen in einer riesigen Lache Blut, aber es waren nur noch Reflexe. Er war tot.

Der zweite Soldat war ebenfalls nicht mehr am Leben, totgetrampelt, sein Gesicht so zugerichtet, dass seine eigene Mutter ihn nicht mehr erkannt hätte.

Der Gaukler richtete sich über dem reglosen Körper des dritten Soldaten auf und kam mühsam auf die Beine. Er war über und über voller Blut. Er gab dem Soldaten einen schwachen Tritt, und so wie der Körper unter dem Tritt nachgab, wusste Carlotta, dass auch er tot war.

Simone lebte noch und holte rasselnd Atem, die Beine abwechselnd an den Körper ziehend und wieder ausstreckend. Seine Augen waren jedoch bereits blicklos und seine Haut grau.

Der Kampf war vorbei. Er war ein würdeloses, viehisches Gemetzel gewesen. In der Luft klebte der Gestank von Schweiß, Blut und Todesfurcht.

Carlotta stieg der Mageninhalt hoch. Sie schluckte ihn hinunter. Sie sah sich suchend um, dann erfasste sie Bestürzung.

Maria war verschwunden.

23

Azrael befahl den Männern, sich auf die Suche nach Maria zu machen. Als Carlotta sich ihnen anschließen wollte, hielt er sie auf. »Ich muss den anderen bei der Suche helfen«, stieß Carlotta hervor.

»Bleib bei mir«, erwiderte Azrael.

Er kniete sich neben den sterbenden Simone, der seine Hände um den Dolchgriff geklammert hatte. Die Waffe steckte immer noch zwischen seinen Rippen. Aus Simones Mund und Nase lief schäumendes Blut. Mit jedem Husten sprühte mehr davon über seine graue Haut. Sein Blick zuckte umher, fand schließlich Azrael und saugte sich stumm an ihm fest.

Der Kampf war nicht unbeobachtet geblieben. Ein halbes Dutzend Leute aus den umliegenden Hütten stand mittlerweile in respektvoller Entfernung da und beobachtete die Lage. Sie mischten sich nicht ein. Vielleicht hatten die Soldaten und der Zolleintreiber sie drangsaliert, so dass sie ihnen keine Träne hinterherweinten; vielleicht war es die Scheu vor Azraels Priesterkleidung und der finsteren Kapuze, die sie auf Abstand hielt. Carlotta wusste es nicht. Sie wollte aufspringen und ebenfalls nach Maria suchen, voller Furcht, dass das Kind in den reißenden Bergbach gefallen war. Die Bitte Azraels hielt sie jedoch vor Ort – und die Faszination, die in ihr aufstieg, als sie sein Tun betrachtete.

Seine Finger glitten über Simones verkrampfte Hände, bis dieser den Dolchgriff losließ. Es wirkte fast zärtlich, wie Azrael die Wunde untersuchte. Dann strich er Simone über die schweißnassen Haare und zupfte ihm eine Strähne aus der Stirn. Er blickte auf und in Carlottas Augen.

»Die Klinge hat seine Lunge durchbohrt«, sagte er. »Ich kann ihm nicht mehr helfen. Keiner kann ihm mehr helfen. Ich kann es ihm nur leichter machen, das ist alles.«

Simone versuchte etwas zu sagen. Mehr Blut schäumte aus seinem Mund. Er hustete und versuchte Luft zu holen. Seine

Hände klaubten ziellos in der Luft herum, sein Körper zuckte. Die Qual in seinen Augen traf Carlotta ins Herz.

»Die Pest tritt in zwei Arten auf«, sagte Azrael, der den Kopf Simones stützte und leicht zur Seite drehte, so dass das Blut aus seinem Mund fließen konnte. Simone holte krampfhaft Atem und stöhnte vor Schmerz, als sich sein Fleisch um die Messerklinge herum zusammenzog. »Sie verursacht qualvolle Beulen voller Eiter, die den Körper vergiften; oder sie lässt ihr Opfer im eigenen Blut ersticken. So wie Simone. Ich habe beide Arten gesehen.«

»Wo?«, fragte Carlotta.

»An der Schwarzmeerküste. Im Lager der Tataren. Und in Caffa.«

Azrael strich über Simones Wange. »Du hättest einen sinnvolleren Tod haben sollen, mein Freund«, sagte er. »Du hättest dazu beitragen sollen, dass diejenigen, die all diesen Schmerz gewollt haben, es am eigenen Leib erfahren. Es tut mir leid.«

Simone versuchte erneut etwas zu sagen. Sein Körper bäumte sich auf. Azrael seufzte. »Nimm seinen Kopf in den Schoß«, sagte er zu Carlotta. Dann beugte er sich nach vorn über Simone und Carlotta, so dass sie einen erschrockenen Moment glaubte, er wolle sie küssen. Doch er verschaffte nur seinen Händen Raum. Er zog mit einem Ruck und einer Drehung den Dolch aus Simones Brust, und als dieser mit weit aufgerissenen Augen und einem Gurgeln in die Höhe fuhr, stieß er ihm die Klinge von unten her durch die Mundhöhle ins Gehirn. Die Dolchklinge war mehr als eineinhalb Handspannen lang. Simones Augen verdrehten sich, eines rollte nach außen, als würde er schielen, ein Zittern lief über seinen Körper, dann wurde er schlaff und schwer und sank in sich zusammen.

Carlotta spürte ihr Herz trommeln. Sie dachte, sie müsse sich übergeben, doch sie konnte es beherrschen. Sie riss ihre Blicke von Simones still gewordener Gestalt los und suchte in der dunklen Höhle von Azraels Kapuze nach dessen Gesicht.

Azrael wandte sich ihr zu. Sie sah seine Augen glitzern. »Ich bin mit einem Schiff hierhergekommen«, flüsterte er. »Es kam aus Caffa. Jemand hat sich meiner angenommen und mich aus der Peststadt gerettet. Aber die Pest kam mit mir auf das Schiff. Die Männer starben. Das Schiff lief auf die Felsen auf. Ich überlebte. Ich wusste, dass Gott mich dazu bestimmt hatte, seinen Zorn ins Herz der Christenheit zu tragen. Dort, im Schiffswrack, auf den Felsen, habe ich das erste Leben genommen, damit ich meine Mission beginnen konnte. Es war ein Unschuldiger. So wie Simone unschuldig war. Ich bin das Werkzeug von Gottes Zorn, und Gottes Zorn verschlingt alles.« Er senkte den Kopf. Carlotta erkannte, dass er weinte.

»Wenn meine Mission beendet ist, werde ich die halbe Welt auf dem Gewissen haben«, murmelte er. »Aber der Tod des Mannes auf dem Schiff und Simones Tod werden für immer am schwersten wiegen.«

Carlotta legte eine Hand auf die seine, und er umklammerte ihre kalten Finger und hielt sie fest. So knieten sie neben Simones Leichnam, bis die anderen zurückkamen und eine stumme, erschöpfte und resignierte Maria mit zurückbrachten.

Azrael erhob sich und trat auf das Kind zu. Maria schaute zunächst zu Boden, doch dann hob sie den Kopf und gab den Blick aus der dunklen Kapuzenhöhle zurück. Für Carlotta bekam die Szene auf einmal etwas Beklemmendes: die hochgewachsene, dunkel gekleidete Gestalt mit der Kapuze über dem Kopf, die sich über das kleine Mädchen beugte, und dessen trotzige Haltung, mit der es den Blick zurückgab. Es sah aus, als ob sich der Tod selbst über Maria beugte und diese ihm unerschrocken standhielt.

Dann polterte ein Stein gegen den Gauklerwagen. Carlotta drehte sich erschrocken um. Die Zuschauermenge war größer geworden. Ihre Haltung war jetzt nicht mehr zurückhaltend, sondern feindselig. Offensichtlich hatten sie die Soldaten nicht abgelehnt, sondern als Teil ihres Dorflebens akzeptiert; die anfängliche Scheu vor Azrael und seiner Gruppe war nicht Respekt, sondern Unschlüssigkeit gewesen. Doch jetzt war die

Menge groß genug, um zu einem kollektiven Schluss gekommen zu sein. Ein weiterer Stein flog. Einer der Gaukler wich beinahe lässig aus. Der Stein verfehlte ihn und hüpfte harmlos über den Boden.

»Haut ab!«, schrie jemand aus der Menge.

Azrael ließ Maria stehen und trat ein paar Schritte auf die Menge zu. Die Leute wichen zurück und ließen einen jungen Burschen auf einmal allein auf dem freigewordenen Platz stehen. Der Bursche hielt einen Stein in der Hand. Jetzt ließ er ihn fallen und trat stolpernd den Rückzug an.

Azrael drehte der Menge den Rücken zu. »Wir brechen auf«, sagte er. »Legt den Zollwächter zu den anderen. Simone lassen wir zurück.« Er wechselte einen Blick mit Carlotta. »Er wird noch im Tod mein Botschafter sein.«

Er verschwand im Gauklerwagen und kam nach kurzer Zeit wieder heraus, eine Ratte in den Händen. Die Ratte zischte und wand sich in seinem Griff. Carlotta sah, wie sie Azrael mehrfach biss. Er ignorierte es. Er ignorierte auch die Menge, die wieder näher gerückt war, ohne dass weitere Steine flogen. Es musste wohl erst wieder einer aus der Meute genügend Mut fassen. Azrael setzte die Ratte auf Simones Brust. Die Ratte blieb dort sitzen, geduckt, das Fell gesträubt, die Barthaare zitternd. Sie sah krank aus. Sie begann Simones Blut zu lecken. Carlotta wandte sich schaudernd ab.

24

Die Soldaten, die Admiral Vignoso hinter Joseph hergeschickt hatte, waren zu siebt – sechs Fußsoldaten, die mehr schlecht als recht auf Pferden ritten, die ihnen von der Signoria zur Verfügung gestellt worden waren, und ein Sergeant.

Der Sergeant stammte aus niederem, völlig verarmtem Adel und hatte außer einem lahmem Pferd nichts von seinem Elternhaus mitbekommen. Seine Bewaffnung hatte er sich wie seine Untergebenen bei verschiedenen Kämpfen von seinen unterlegenen Gegnern angeeignet, das Pferd war schon lange gestorben und durch ein nicht allzu viel besseres ersetzt worden, das ebenfalls zuvor jemand anderem gehört hatte.

Der Sergeant war der Meinung, dass ihm diese Mission anvertraut worden war, weil er die Juden hasste. Er machte sie für den Niedergang seiner Familie verantwortlich. Die Zinsen für einen Kredit, den sein Vater aufgenommen hatte, hatten diesen ruiniert. Der jüdische Kreditgeber hatte zwar vergeblich versucht, die ausstehenden Schulden vor dem zuständigen Gericht einzuklagen, so dass der Familienbesitz unangetastet geblieben war. Doch der Name der Familie war durch diesen Vorfall irreparabel beschädigt, und es war auch niemand mehr bereit gewesen, dem Vater Geld zu leihen. Wären die Zinsen für den Kredit etwas niedriger gewesen und hätte der Jude nicht die Frechheit besessen, vor Gericht zu ziehen, wäre alles anders gekommen.

Der Sergeant irrte allerdings. Weder Admiral Vignoso noch der Offizier, der den Sergeanten und seinen Trupp für diese Aufgabe empfohlen hatte, hatten von dessen Hass gewusst. Aber letztlich spielte es keine Rolle. Seit sie aufgebrochen waren, hatte der Sergeant den Moment herbeigewünscht, in dem der Jude, den sie verfolgten, mit dem Verrückten und seiner Gruppe zusammentraf. Dann konnten er und seine Soldaten in Aktion treten und sicherheitshalber alle miteinander umbringen. Vor allem der Jude musste sterben – immerhin war inzwischen bekannt, dass die Juden an der Seuche schuld waren.

Der Sergeant war hinreichend über den geplanten Verlauf von Josephs Mission informiert worden, und er hatte die Informationen wie ein guter Anführer an seine Männer weitergegeben. Daher hatten sie alle erwartet, dass sie spätestens bei Piaśëinsa auf Azrael treffen würden. Die Enttäuschung war groß, als der bunte Wagen im Obsthain sich als der Wagen eines Wunderheilers herausstellte.

Als Nächstes hatten der Jude und das Weibsbild, das sich ihm angeschlossen hatte, den Sergeanten damit überrascht, dass sie umkehrten. Da sich weit und breit keine Versteckmöglichkeit gefunden hatte, hatten der Sergeant und seine Männer sich lediglich abseits der Straße in ein brachliegendes Feld gestellt und so getan, als seien sie der Zehnteintreiber eines Grundbesitzers und dessen Leibwächter, die den Wert des Feldes schätzten. Joseph und Gisela hatten sie in aller Eile passiert, ohne die Gruppe eines Blickes zu würdigen. Jetzt waren der Sergeant und seine Männer aufs Neue in der Position der Verfolger, nur dass sie auf dem Rückweg in Richtung Genua waren.

»Die haben die Nase voll, wie's scheint«, meinte einer der Soldaten.

Der Sergeant nickte grimmig. »Als ob auf einen Juden je Verlass gewesen wäre – außer wenn's um seinen Vorteil geht. Was würde man mit uns machen, wenn wir bei einem Feldzug plötzlich umkehren und davonlaufen würden?«

»Man würde uns als Deserteure an den nächsten Baum hängen.«

»Dann sind wir uns einig, dass der Jude und sein Weibsbild Deserteure sind?«

Die Soldaten mussten kurz nachdenken, weil ihnen der Gedankensprung zu schnell gegangen war. Aber der Sergeant war ein Vorgesetzter, und im Zweifel hatte ein Vorgesetzter immer recht.

»Deserteure«, brummten sie.

»Verdammte Deserteure, die den Strick verdienen«, bekräftige der Sergeant.

»Das Weib auch?«, fragte einer der Männer.

»Das Weib auch.«

Die Männer zuckten mit den Schultern. »Bringen wir die beiden nach Genua zurück?«

»Wo wird ein Deserteur aufgehängt?«

»Wo man ihn einfängt«, sagten die Männer.

Der Sergeant nickte.

»Und wo fangen wir sie ein?«, fragte einer.

»In ihrem Lager. Heute Nacht.«

»Lager? Glaubst du, die übernachten im Freien? Haben sie doch bisher auch nicht.«

Der Sergeant dachte nach. »Die kommen heute nur noch bis Vughera … oder höchstens bis zu diesem Kaff mit der Brücke …«

»Puncrùn«, sagte einer der Männer.

»Dort gibt's nichts außer ein paar Hütten, dem Schmied und der Zollstation für die Brücke«, sagte der Sergeant. »Oder habt ihr noch was anderes gesehen?«

Die Soldaten hatten nichts darüber hinaus gesehen.

»Dann werden sie dort notgedrungen irgendwo im Feld nächtigen müssen.«

»Und wenn sie in Vughera übernachten?«

»Dann schnappen wir sie uns morgen untertags. Auf der Strecke zwischen dem Kaff mit der Brücke …«

»Puncrùn«, sagte der Soldat, der vorher schon ausgeholfen hatte.

»… und Turtona. Alles verstanden, Männer?«

»Alles verstanden, Sergente«, echoten die Soldaten.

Der Jude und seine Begleiterin übernachteten nicht in Vughera. Der Sergeant hatte es fast schon erwartet. Leute, die einer Aufgabe den Rücken kehren und davonlaufen, taten dies nicht gemächlich. Sie rannten, so schnell und so lange sie konnten.

Wie erwartet, rasteten sie jedoch bei Puncrùn. Allerdings nicht in einem Feld unter freiem Himmel, sondern in einem Schuppen hinter der Schmiede. Anscheinend hatte der Jude den Schmied überredet, sie dort übernachten zu lassen. Egal. Auf freiem Feld wäre es zwar einfacher gewesen, die beiden zu überfallen, aber dafür stellte der Schuppen die nötigen Dachbalken zur Verfügung, an denen man die Deserteure aufknüpfen konnte. Die Schmiedewerkstatt lag zwischen dem Schuppen und dem Wohnhaus des Schmieds und würde die Geräusche aus dem Schuppen abblocken, und alles miteinander lag abseits der restlichen Häuser am Flussufer, so wie Schmieden immer abseits lagen. Selbst ein Schrei oder zwei würden ungehört verklingen.

Der Sergeant verteilte seine Männer. Zwei hinter dem Schuppen, einen vor dem Wohnhaus des Schmieds, falls der Mann doch aufwachen und Schwierigkeiten machen sollte. Mit den anderen drei Männern bezog er lautlos Stellung vor der windschiefen Tür des Schuppens. Sie hielt nur deshalb in ihrem Rahmen, weil sie dort eingeklemmt war, die Angeln waren drei Stücke aus dickem Leder, ein Schloss gab es nicht. Was immer der Schmied dort drin aufbewahrte, es war entweder nicht wertvoll, oder er vertraute auf den Respekt, der einem Schmied im Allgemeinen entgegengebracht wurde. Der Sergeant wechselte Blicke mit seinen Männern. Sie nickten.

Die Taktik war vorher schon besprochen worden, als sie sich außerhalb des Orts versteckt hatten, nachdem sie gesehen hatten, wo sich die beiden Deserteure für die Nacht einrichteten. Einer der Männer würde die Tür eintreten, der Sergeant würde mit den anderen beiden sofort in den Schuppen stürmen, sie würden sich auf die zwei Personen im Schuppen stürzen und sie festhalten, und falls es dem Juden oder dem Weib tatsächlich gelang, durch die rückwärtige Bretterwand zu fliehen, würden dort die zwei Posten bereitstehen und sie abfangen. Die Taktik war narrensicher. Der Jude und das Weib waren schon so gut wie aufgeknüpft. Der Schmied würde Augen machen, wenn er morgen in seinem Schuppen nachsehen ging und zwei Leichen vom Dachbalken baumeln sah.

Der Sergeant zählte mit den Fingern herunter. Drei. Zwei. Eins.

Der massigste seiner Männer hob den Fuß und trat die Tür ein. Sie leistete keinen Widerstand und machte auch nicht viel Lärm, als sie aus den Angeln flog und ihre Einzelteile im dunklen Inneren des Schuppens landeten. Der Sergeant und die anderen beiden Soldaten waren da schon im Schuppen. Ihre Augen waren an die Dunkelheit gewöhnt, weil sie seit Einbruch der Nacht kein Feuer entfacht hatten. Der Sergeant sah zwei Schlaflager, die voneinander getrennt unter einem hochrädrigen Karren bereitet waren. Er fluchte innerlich, weil er gedacht hatte, dass der

Jude und das Weib ein Liebespaar wären und sich zusammen ein Lager bereitet hätten – und weil er und seine Soldaten jetzt unter den Karren schlüpfen mussten, um die beiden herauszuziehen.

Aber ein guter Sergeant fand sich sofort mit Planänderungen zurecht, und gute Soldaten folgten seinem Beispiel, ohne nachzudenken. Der Sergeant tauchte unter den Wagen und warf sich auf die eine schlafende Gestalt, die beiden Soldaten auf die andere, und der Mann, der die Tür eingetreten hatte, stand bereit, falls der Sergeant allein wider Erwarten doch mit seinem Gegner Schwierigkeiten hatte.

Er hatte keine Schwierigkeiten. Der Gegner war eine Konstruktion aus einem Sattel, einem Mantel, ein paar Schmiedewerkzeugen und einer Decke darüber.

Die anderen beiden Soldaten fluchten überrascht, als sich ihr Gegner ebenfalls als leere Decke entpuppte. Der Sergeant erstarrte. Er musste nicht erst die Stimme vom Eingang des Schuppens her hören, um zu wissen, dass er sich gründlich verrechnet hatte.

Die Stimme sagte: »Kommt unter dem Wagen raus und haltet die Hände so, dass ich sie sehen kann. Und beschädigt bloß nichts, was dem Schmied gehört, sonst schneiden er und seine Söhne euren Kameraden doch noch sofort die Kehlen durch.«

25

Gisela war erschüttert. Sie musterte die gefesselten Soldaten und wusste nicht mehr, was sie glauben sollte. Der Anführer hatte das Wappen Genuas auf seine Tunika genäht. Es wies ihn und seine Männer als Genueser aus. Als Soldaten entweder von Admiral Vignoso oder von Gonfaloniere Tetocio. Auf jeden Fall als Untergebene der Männer, die sie für ihre Verbündeten gehalten hatte. Gab es denn in dieser Zeit des Wahnsinns für überhaupt keinen Glauben mehr Bestand?

Joseph schüttelte dem Schmied und seinen Söhnen die Hände. Die beiden jungen Männer zogen gähnend wieder ab, um weiterzuschlafen. Der Schmied schenkte den Gefangenen noch ein böses Grinsen und rüttelte demonstrativ an dem Karren herum, als ob er nach einer Beschädigung suche. Dann ging auch er. Es war Joseph nicht schwergefallen, ihn zum Verbündeten zu gewinnen. Er hatte ihm nur verraten müssen, dass genuesische Soldaten ihnen auf den Fersen waren. Die Republik hatte sich in der Umgebung nicht viele Freunde gemacht in den letzten Jahrzehnten mit ihrer aggressiven Vergrößerungspolitik. Die Gegend hier war Grenzgebiet zwischen dem Herzogtum Mailand und Genua und hatte entsprechend gelitten.

Joseph bückte sich zum Anführer der Soldaten. »Wie heißt du?«

»Geht dich gar nichts an, Jude.«

»Mein Name ist Joseph ben Kesher.«

»Das ist dein Pech, nicht meins.«

»Ich möchte dich nicht dauernd mit ›Soldat‹ anreden.«

»Dann red mich am besten gar nicht an.«

Joseph seufzte. »Ihr seid mir schon in der Nähe von Serra Vallis aufgefallen, und dann nochmal bei Vughera. Ich habe mir zuerst nichts gedacht. Soldaten sind in diesen Zeiten viele unterwegs, und das Wappen hattest du unter deinem Mantel versteckt. Aber als ich euch dann bei Bròn in dem Feld herumstehen sah und so tun, als würdet ihr es inspizieren, wusste ich, dass etwas faul war. Dass ihr uns danach gefolgt seid, war einfach festzustellen. Hättet ihr uns tagsüber überfallen wollen, hättet ihr das leicht auf der freien Strecke zwischen Vughera und hier tun können. Habt ihr aber nicht. Also waren wir gewappnet, dass ihr versuchen würdet, uns nachts anzugreifen.«

Der Soldat starrte Joseph fassungslos an. Gisela konnte förmlich sehen, wie sich sein nächster Gedanke hinter seiner Stirn formte: »Du musst ein Hexer sein, Jude!«

Joseph lächelte. »Nein, lediglich ein Mensch, der denken kann. Warum habt ihr versucht, uns zu überfallen?«

»Kannst du dir das nicht auch denken, Jude?«

Gisela wurde es plötzlich zu viel. »Wieso sprichst du ihn dauernd mit ›Jude‹ an, statt seinen Namen zu nennen, du Holzkopf? Was soll die Verachtung? Wenn es nach dem Schmied ginge, wärt ihr schon tot. Er und seine Söhne hätten euch mit Freuden erschlagen. Joseph hat sie daran gehindert.«

»Unsinn!«, stieß der Soldat hervor. »Wir sind Soldaten Genuas. Vor Genua hat man Respekt. Der Schmied hat nur mitgemacht, weil du und der Jude ihn blöd gequatscht habt.«

»Es waren Soldaten Genuas, die vor ein paar Jahren die Frau des Schmieds und seine einzige Tochter umgebracht haben«, sagte Joseph. »Als die Gegend hier wieder einmal im Mittelpunkt von Territorialstreitigkeiten stand.«

Der Soldat blickte von Gisela zu Joseph und zurück. Ihm schien zu dämmern, dass dies die Wahrheit war. »Verdammt«, sagte er rau.

»Wer hat euch geschickt?«, fragte Joseph. »Ihr seid uns nicht aus freien Stücken gefolgt.«

»Der Admiral.«

Gisela schüttelte den Kopf. Sie konnte es nicht fassen. Welches Spiel spielte der Admiral? Joseph, dessen Augen sich als einziges Zeichen seiner Erregung verengt hatten, sagte: »Er kann euch nicht den Auftrag erteilt haben, uns einfach umzubringen. Sonst hättet ihr es viel eher versucht.«

»Wir sollten dafür sorgen, dass der verrückte Priester und seine Apostel sterben«, sagte der Soldat. »Und zwar die ganze Gruppe.«

»Nicht Maria«, sagte Joseph.

Der Soldat schnaubte. »Weil der Admiral wusste, dass du so denken würdest, hat er uns beauftragt, euch zu folgen.«

»Und wenn ich Maria beschützt hätte?«

»Tut mir leid, Jude«, sagte der Soldat, und es klang zu Giselas Überraschung nicht höhnisch.

»Der Admiral und der Doge wollen kein Risiko eingehen«, sagte Joseph. »Aus ihrer Sicht kann man es fast verstehen.«

»Nein!«, sagte Gisela heftig. »Kann man nicht. Du hast zum zweiten Mal alles getan, um einen Ausbruch der Seuche abzuwenden. Ist das die Dankbarkeit der Herrschenden?«

Joseph erwiderte nichts. Der Soldat blickte wieder zwischen ihm und Gisela hin und her. »Was wird jetzt aus uns?«, fragte er. »Wollt ihr uns hier zurücklassen? Was wird der Schmied tun, wenn ihr weg seid?«

Joseph brachte sich mit einem sichtbaren Ruck wieder in die Gegenwart zurück. »Wir werden euch jetzt laufen lassen«, sagte er. »Allerdings ohne eure Waffen und Pferde, und nur in Hemd und Bruche. Geht zu Fuß nach Genua zurück. Barfuß, um genau zu sein.«

»Das könnt ihr nicht machen!«

»Ihr könnt auch weiterhin die Gastfreundschaft des Schmieds genießen. Seine Frau wurde von den genuesischen Soldaten übrigens auf seinem eigenen Amboss totgeschlagen. Mit seinem Schmiedehammer. Sie fanden es lustig.«

»Mensch, Sergeant«, sagte einer der anderen Soldaten heiser. »So ein bisschen zu Fuß laufen hat noch keinem geschadet, oder?«

Der Schmied nahm die Ausrüstung der Soldaten mit einem knappen, dankbaren Nicken an. Gisela wusste, dass schon am nächsten Mittag die Schwerter, Dolche und Lanzenspitzen eingeschmolzen, die Pferde verkauft und die Gewänder verbrannt sein würden. Ihr und Joseph zu helfen hatte sich für den Schmied und seine Söhne mehr als gelohnt. Die Dämmerung konnte nicht mehr fern sein, als Joseph ihre vier Pferde, gesattelt und gezäumt, vor den Schuppen führte.

»Kannst du reiten?«, fragte er. »Du hast die ganze Nacht nicht geschlafen.«

»Du auch nicht.«

»Es ist nicht ausgeschlossen, dass der Doge und der Admiral genauso wie wir darauf kommen, dass Azrael in Wahrheit nach Avignon unterwegs ist. Was, wenn sie ihm Soldaten hinterhergeschickt haben? Solche wie die, die wir hier vorgefunden haben?

Mit den gleichen Befehlen?« Gisela erkannte die Not in Josephs Augen. »Wir müssen Azrael abfangen, bevor sie ihn erreichen – und bevor er in Avignon ankommt.«

Gisela erwiderte nicht das Naheliegende: Dass es dafür kaum eine Chance gab. Dass die Soldaten den Wahnsinnigen und seine Anhänger – und Maria – auf jeden Fall eher erreichen würden. Stattdessen schwang sie sich in den Sattel ihres Pferdes. »Worauf warten wir dann noch?«

»Gisela ... mir ist so klar wie dir, dass wir Azrael niemals rechtzeitig einholen werden, wenn wir die Straße benutzen. Es gibt nur eine Chance. Wir müssen abkürzen. Du reitest nach Genua zurück. Ich nehme einen anderen Weg: die Straße nach Lissandria und von dort aus nach Ast und Coni. Und dann – mitten durch die Berge.«

Gisela starrte ihn an. »Durch die Berge? Im Frühjahr? Direkt nach der Schneeschmelze? Bist du wahnsinnig?«

»Es ist die einzige Chance, Gisela. Und ich weiß, wie gefährlich es ist. Deshalb möchte ich ja, dass du nach Genua zurückkehrst.«

»Ich meinte: Bist du wahnsinnig, es allein versuchen zu wollen? Selbstverständlich bleibe ich bei dir. Du kannst ja unterwegs allen guten Mächten danken, dass sie dir eine Frau an die Seite gestellt haben, die sich in den Bergen auskennt.«

26

Nachdem sie die Brücke überquert hatten, waren Azrael und seine Gruppe noch bis Einbruch der Dunkelheit weitergezogen. In einem der terrassierten Olivenhaine, die sich neben dem steil absteigenden Pfad hinzogen, hatten sie für die Nacht haltgemacht. Seit Azrael darum gebeten hatte, dass Carlotta sich um Maria kümmerte, hatte sie die Nächte zusammen mit dem Kind unter einer Decke, geborgen unter dem Wagen, verbracht. Diese

Nacht hatte Maria sich allerdings allein im Freien zusammengerollt und jeden Annäherungsversuch Carlottas zurückgewiesen. Schließlich hatte Carlotta seufzend die Decke über das Kind gebreitet und sich frierend unter den Gauklerwagen zurückgezogen. Erst jetzt war ihr bewusst geworden, dass sie die Nähe des Kindes als angenehm und beruhigend empfunden hatte. Der Ärger, den sie zuerst wegen Marias Trotz verspürt hatte, war Bedauern gewichen – und dann Verständnis für die Kleine.

Wahrscheinlich hörte sie das leise Weinen nur, weil sie mit dem Gedanken an Maria eingeschlafen war. Es weckte sie nun. Sie kroch unter dem Wagen heraus. Alle anderen schliefen noch. Die Welt war einheitlich grau, der Himmel, der Boden, die Berge, die Bäume. Die Sonne war noch nicht aufgegangen, aber ihr erstes Licht eilte ihr bereits voraus. Maria war in die Decke eingerollt und schluchzte. Carlotta kauerte sich neben sie und legte ihr die Hand auf die Schulter. Maria rutschte zuerst weg, dann blieb sie liegen, und dann klammerte sich ihre kalte kleine Hand um die genauso kalte Hand Carlottas. Zuletzt steckte Maria den Kopf aus den Decken und wandte ihr tränenüberströmtes, schmutziges Gesicht Carlotta zu.

»Mein Tatele ist tot«, flüsterte sie.

»Ich weiß«, sagte Carlotta und spürte einen schmerzhaften Kloß in der Kehle, weil sie mit der Kleinen mitfühlte.

»Ich sehe ihn nie wieder.«

»Du siehst ihn im Himmel wieder«, sagte Carlotta. Sie fragte sich, ob sie selbst an diese naive Versicherung glaubte. Sie hatte an derartigen Trost geglaubt, bis sie im Hurenhaus gelandet war und gelernt hatte, dass es keinen Mann und keine Frau gab, die die Anforderungen dafür erfüllten, beim Jüngsten Gericht in die ewige Seligkeit einzugehen. Die Welt war ohne Ausnahme zu gemein dafür. Aber sie hatte sich nie Gedanken über Kinder gemacht. Nun fragte sie sich ernsthaft, welche Sünde Maria begangen hatte, dass sie die Hölle schon zu Lebzeiten erfahren musste: den Mord an ihrem Vater mitzuerleben, entführt und auf eine Reise mitgeschleppt zu werden, deren Ziel der Tod von

Hunderttausenden war; sich so allein zu fühlen, wie sich ein Kind niemals fühlen durfte. Sie hatte keine Sünde begangen. Sie hatte es nicht verdient, dass sich das Schicksal derart gegen sie wandte. Und wie sie hatten alle Kinder überall auf der Welt nicht verdient, was auf sie zukam: so zu sterben, wie Azrael es geschildert hatte. Sie starrte Maria betroffen an, aber statt ihres traurigen Gesichtsausdrucks sah sie vor ihrem inneren Auge die Miene des Kindes in der Ausdruckslosigkeit des Todes erstarrt. Sie schluckte.

»Warum folgst du ihm?«, flüsterte Maria.

»Was?«, fragte Carlotta, aus ihrer Beklommenheit gerissen.

»Warum folgst du dem schwarzen Tod?«

»Sein Name ist Azrael.« Das ist er nicht, dachte Carlotta gleichzeitig. Einmal mehr wurde ihr bewusst, dass sie eigentlich nichts von dem Mann wusste, dem sie in den Untergang zu folgen beschlossen hatte.

»Für mich ist er der schwarze Tod. Er ist schuld, dass mein Tatele tot ist. Und er tötet die Leute.«

»Die Soldaten bei der Brücke wollten uns aufhalten«, log Carlotta. »Und Simone wurde von einem der Soldaten …«

»Ich meine alle Leute«, sagte Maria. »Und uns.«

Carlotta suchte nach Worten. Maria begann an ihren Fingern abzuzählen: »Giuliano. Benedetto. Andrea.«

»Nein, er hat sie nur in die Städte geschickt, um den Zorn Gottes dorthin zu tragen.« Carlotta erwiderte Marias Blick mit noch größerer Beklommenheit, als sie zuvor verspürt hatte. Maria war die Situation offensichtlich klarer, als sie es allen anderen war. Und sie schien die Wahrheit sogar noch vor Carlotta geahnt zu haben. Das Kind, das Azrael als Todesbotin zu Papst Clemens senden wollte, war klüger als sie alle zusammen.

»Sie sind tot«, sagte Maria tonlos. »Sie sind an der Krankheit gestorben, die der schwarze Tod ihnen gegeben hat.«

»Woher weißt du das?«, fragte Carlotta voller Grauen.

»Die Ratten«, wisperte Maria nun fast unhörbar. »Es sind die Ratten. Sie sind krank. Sie beißen die Leute, und dann sind diese krank. Der schwarze Tod lässt die Leute von den Ratten beißen. Er befiehlt es ihnen.«

Carlotta spürte, wie eine Gänsehaut über ihren Körper lief. Hatte sie so etwas Ähnliches nicht die ganze Zeit über geahnt? Azrael war ihr ausgewichen, als sie danach gefragt hatte, doch eigentlich war es klar gewesen. Warum schleppte Azrael die Ratten mit sich herum? Warum mussten sie, wann immer es ging, Nachschub fangen? Weil die Tiere starben. Weil sie die Pest in sich trugen. Es war nicht Azrael, der auf geheime Weise das Pestmal auf die Menschen übertrug, die er auf den Weg schickte. Es war ganz simpel, gemein und ekelhaft. Der Biss einer todgeweihten Ratte. Die bereits vorhandenen Ratten bissen die Neuankömmlinge, und wenn es an der Zeit für einen von ihnen war, Azraels Märtyrer zu werden, bissen sie auch diesen. Weiter nichts. Sie schüttelte sich. War es das, was sie für sich wünschte? Die Botschafterin eines Todes zu werden, den die Ratten in sich trugen?

Sie dachte an Lupo Casapietra, der sie fast totgeschlagen hatte. Sie dachte an den Padrone des Hurenhauses, der ihre Absicht, Lupo anzuzeigen, weitergemeldet hatte. Sie dachte an den Richter, der sie aus der Stadt verbannt hatte, ohne jemals mit ihr gesprochen oder die Angelegenheit untersucht zu haben. Sie dachte an die Henkersknechte, die zuweilen auch bei ihr gewesen waren, um sich ein paar Zärtlichkeiten zu holen, und die ihr trotzdem rücksichtslos das Fleisch von den Rippen gepeitscht hatten. Sie dachte an alle Menschen, denen sie begegnet war und die sich von ihr abgewandt hatten. Waren sie nicht alle – Ratten?

War es nicht tatsächlich von einer geradezu poetischen Gerechtigkeit, dass ein Tod sie ereilte, der von den Ratten kam?

Maria drehte Carlotta wieder den Rücken zu und hüllte sich in die Decke ein. Sie wollte offensichtlich nicht mehr mit Carlotta reden. Carlotta starrte blicklos das Haarbüschel an, das oben aus der Decke ragte. Maria war keine Ratte. Und all die Kinder, die bereits an der Pest gestorben waren und noch sterben würden, auch nicht. Und wahrscheinlich gab es auch unter den Erwachsenen ein paar Aufrechte, die ihr beigestanden hätten, wäre sie ihnen nur begegnet.

Gott hatte Sodom und Gomorrha verschonen wollen, wenn Lot nur zehn Gerechte darin gefunden hätte.

Azrael plante die Welt nicht zu verschonen, egal wie viele Gerechte es trotz allem darin geben mochte.

Carlotta sagte mit dünner Stimme: »Maria?«

Maria antwortete nicht. Sie hüllte sich nur noch tiefer in die Decke ein.

Carlotta stand auf und setzte sich abseits des Lagers ins taunasse Gras. Dann schlug sie die Hände vors Gesicht und weinte lautlos – um Marias Vater, um Giuliano, Benedetto, Andrea und Simone, um die toten Soldaten und den Zollwächter, um alle anderen, die bereits gestorben waren … und um ihre Seele, die hoffnungslos verdammt war.

27

Dionysius Colle staunte noch immer, wenn er morgens erwachte und sich in einem Federbett wiederfand. Eine derartige Situation hatte es nicht oft in seinem Leben gegeben. Dass auch noch eine Frau auf der anderen Seite des Betts lag, in der Dionysius in jeder Hinsicht seine Seelengefährtin erkannte, war etwas total Neues. Wenn nicht ringsherum Menschen gestorben wären und wenn nicht täglich die Angst in ihm größer geworden wäre, dass Vittoria am Ende auch noch erkrankte, hätte er Gott vorbehaltlos, auf Knien, von Herzen und fünf Mal am Tag gedankt.

Verschlafen blinzelte er in die Dunkelheit des Zimmers und stellte fest, dass es gar nicht so dunkel war. Jetzt nahm er auch den fettigen Trangeruch wahr, der sich über das räucherige Aroma des erloschenen Kaminfeuers durchsetzte. Er drehte sich zur Seite.

Vittoria stand vor dem Schreibpult, das sie in das Zimmer getragen hatten. Sie trug nur das knöchellange Hemd und darüber Dionysius' abgewetzten alten Mantel. Ihr Haar hing ihr lang und offen auf den Rücken. Eine Tranlampe flackerte auf dem ebenen Teil des geneigten Schreibpult. Vittorias Schreibfeder quietschte und kratzte. Dionysius betrachtete sie und fühlte gleichzeitig seine warme, innige Liebe für Vittoria und die Angst um sie. Zwei der Mönche, die ihnen halfen, waren bereits erkrankt. Sie hatten die Warnungen, nur mit Masken vor Mund und Nase vor die Patienten zu treten und sie nicht zu berühren, ignoriert, weil sie nicht nur praktischen, sondern auch seelischen Beistand leisten wollten – und wer fühlte sich schon getröstet, wenn der Trostspender ein Tuch vor dem Gesicht trug und sich einem nicht weiter als bis auf zwei Schritte näherte. Aber wer konnte schon garantieren, dass nur das Missachten dieser Regeln sie hatte erkranken lassen? Alles, was Dionysius und Vittoria und die anderen Ärzte als Vorsichtsmaßnahmen empfahlen, waren Theorien, die genauso gut richtig wie falsch sein konnten.

»Hab ich dich geweckt?«, fragte Vittoria über die Schulter.

»Keine Ahnung. Wie lange bist du schon wach?«

»Ich weiß nicht.«

»Was tust du da eigentlich?«

Vittoria steckte die Schreibfeder in das Tonröhrchen, das an der Wange des Schreibpults angebracht war. Ein zweites Röhrchen gleich daneben enthielt die Tinte. Vittoria drehte sich um und schaute Dionysius ins Gesicht. Sie wirkte aufgekratzt.

»Mir ist über Nacht eine Idee gekommen«, sagte sie. »Ich habe versucht herauszufinden, welche Gemeinsamkeiten es zwischen den Erkrankten gibt. Vielleicht bringt uns das einer Heilung näher. Du weißt schon – wenn die meisten Erkrankten in feuchten, engen, dunklen Gassen leben, in denen das Wasser nach einem Regenfall noch tagelang steht und verfault, dann …«

»Das ist Gentiles Theorie von den Miasmen«, sagte Dionysius. »Ich dachte, wir wären uns klar, dass sie Unfug ist.«

»Das war nur ein Beispiel!«

»Entschuldige. Und – was hast du herausgefunden?«

Vittoria klopfte auf das Pult. »Die Listen, die wir über die neuen Krankheitsfälle haben anfertigen lassen, sind sicher nicht vollständig. Aber es zeichnet sich ab, dass mehr Frauen als Männer an der Seuche erkranken – und mehr Junge als Alte.«

»Und was bedeutet das? Dass wir versuchen, alle Frauen zu isolieren? Und die Kinder von den Eltern trennen?«

Vittoria schüttelte den Kopf. Ihre Schultern sanken herab. »Natürlich nicht«, sagte sie.

»Gibt es sonst noch Gemeinsamkeiten?« Dionysius kletterte aus dem Bett, zog sich sein Hemd, das hochgerutscht war, wieder bis auf die Knie nach unten und stellte sich neben Vittoria. Sie lehnte sich an ihn. Sie war einen halben Kopf größer als er und um etliches schwerer, aber wenn er so wie jetzt den Arm um sie legen und sie zu sich heranziehen konnte, fühlte er sich als ihr Beschützer. Er spähte kurzsichtig auf ihre gekritzelten Notizen und auf die Listen.

»Gemeinsamkeiten nicht, aber etwas anderes ist mir aufgefallen. Die Erkrankungen häufen sich im Hafenviertel und in der Gegend rund um den Getreidespeicher.«

»Die Gladiatoren haben in ihrem Viertel alle angesteckt. Und der Aufseher über den Getreidespeicher … wie war noch gleich sein Name? … hat in seinem Viertel die Krankheit verbreitet.«

»Er hieß Filippo Valenti. Weißt du noch, was wir uns am Anfang gefragt haben? Wie es passieren konnte, dass die Gladiatoren und Filippo erkrankt sind? Keiner von ihnen hatte Kontakt mit Giuliano. Und der hat nicht mal die Wachen angesteckt, denen er sich offenbart hat. Sie sind alle wieder aus der Isolation entlassen worden.«

»Und wie konnte es passieren?«

Vittoria machte sich von Dionysius los und stützte sich auf das Schreibpult. »Eben das ist ja die Frage. Was haben der Verwalter des genuesischen Getreidespeichers und ein paar Rohlinge, die von Rattenkämpfen leben, gemeinsam?«

Dionysius starrte Vittoria an. Er hatte auf einmal das Gefühl, als ob die Tranlampe viel heller brannte als vorher und dass die Schlafkammer so groß geworden war wie ein Saal. »Sag das nochmal«, bat er.

»Was? Dass wir die Frage beantworten müssen, was Filippo Valenti und die Gladiatoren gemeinsam …?«

»Ratten!«, unterbrach Dionysius sie. »Sie haben Ratten gemeinsam. Gütiger Himmel!«

Vittoria musterte ihn ratlos. »Ratten? Meinst du, Filippo ist zu den Rattenkämpfen gegangen?«

»Nein!«, rief Dionysius. »Aber was gibt es in jedem Getreidespeicher mehr, als dessen Verwalter lieb ist? Ungeziefer! Ratten!«

»Du meinst, die Krankheit kommt von den Ratten!? Aber wie …?«

»Ich weiß nicht«, sprudelte Dionysius hervor. »Ich weiß nicht, wieso die Ratten krank werden. Ich weiß nicht, was die Ratten im Getreidespeicher mit den Ratten im Hafenviertel …« Er stockte. Ein Gedanke formte sich, aber er konnte ihn nicht greifen.

Vittoria führte die Gedankenkette an seiner Stelle fort. »Die Gassenjungen!«, sagte sie. »Ich möchte wetten, dass Filippo sie damit beauftragt hat, so viele Ratten in seinem Getreidespeicher wie möglich zu fangen. Jede gefangene Ratte bedeutete einen Schädling weniger! Und was haben die Gassenjungen mit den Tieren gemacht? Sie an die Gladiatoren weiterverkauft, wenn sie nicht ohnehin bei denen in Lohn und Brot gestanden haben. Das erklärt auch, warum so viele von den Gassenjungen an der Pest gestorben sind!«

»Gütiger Himmel!«, sagte Dionysius noch einmal.

Vittoria packte seine Hand und knetete sie, ohne dass es ihr bewusst wurde. Dionysius spürte den Schmerz genauso wenig. Ihr Blick war in die Ferne gerichtet. »Aber wie konnten sich die Soldaten des Tatarenkhans anstecken? In einem Soldatenlager gibt es alles mögliche Ungeziefer – Läuse, Flöhe, Wanzen – aber bestimmt kaum Ratten. Sie können sich nirgendwo verstecken zwischen den Zelten.«

»Vielleicht waren sie schon krank, als sie Caffa belagerten.«

»Die Belagerung dauerte ein Jahr. So lange hätten sie nie durchgehalten, wenn sie schon krank ankamen. Du weißt doch so gut wie ich, wie schnell einen die Pest niederstreckt.«

»Dann … dann … weiß ich es auch nicht!«, rief Dionysius. »Aber dass die Ratten hier an der Verbreitung der Seuche schuld sind, ist eine ziemlich wahrscheinliche Theorie, findest du nicht?«

Vittoria nickte. »Und deshalb ziehst du dich jetzt sofort an. Wir müssen zum Dogenpalast. Der Doge muss von dieser Erkenntnis erfahren.«

»Um diese Zeit?«, stieß Dionysius hervor.

»Ich bin sicher, der Doge hat genauso wenig geschlafen wie ich und ist genauso früh auf den Beinen. Beeil dich.«

»Und was tust du?«

»Dumme Frage. Ich warte darauf, dass du mir nachher beim Anziehen hilfst.«

Doge Giovanni di Murta war tatsächlich schon auf den Beinen – oder: noch. Er sah nicht so aus, als hätte er in dieser oder den vorhergehenden Nächten viel Schlaf bekommen. Er war nicht einmal erstaunt, dass Vittoria und Dionysius bei ihm vorsprachen. »Habt Ihr es bereits erfahren?«, fragte er.

»Was?«, fragten Vittoria und Dionysius gleichzeitig.

»Admiral Vignoso ist erkrankt. Ich habe seine Aufgaben bis auf Weiteres dem Gonfaloniere übertragen.«

»Gütiger Himmel«, sagte Dionysius und wurde sich bewusst, dass er heute Morgen andauernd den Himmel zum Zeugen anrief. Dass der Admiral, der wie ein Fels in der Brandung gewesen war, auch an der Pest erkranken könnte, hatte er nicht erwartet. Aber die Pest machte keine Unterschiede, wen sie befiel. »Wird er es überleben?«

Der Doge blickte Dionysius mit hochgezogener Augenbraue an. »Ihr seid der Arzt. Sagt Ihr es mir.«

»Wir konnten ihn noch nicht untersuchen!«

Der Doge seufzte. »Zwei Eurer Kollegen, die Ihr angeleitet

habt, waren bei ihm. Ich habe ihn in einem Raum hier im Palast unterbringen lassen. Admiral Vignoso hat keine Familie. Wenn er nicht auf See war, hat er auf einer Pritsche im Arsenal geschlafen.«

»Wir werden ihn besuchen und tun, was wir können«, sagte Vittoria.

»Es erwischt die Guten wie die Schlechten«, sagte der Doge mit müder Stimme. »Der Nachtwache ist eine blutüberströmte Frau in die Arme gelaufen, die ihrerseits von zwei Männern verfolgt wurde. Die Verfolger machten kehrt, als sie die Nachtwächter sahen, und rannten davon, aber die Wachen blieben ihnen auf den Fersen bis zum Haus eines bekannten Kaufmanns namens Lupo Casapietra. Was sie dort fanden, möchte ich Euch in den Einzelheiten ersparen. In dem Haus hatten sich der Hausherr und ein paar seiner Freunde zusammengetan, um sich das Warten auf den Tod mit allen möglichen Ausschweifungen zu versüßen. Die weiblichen Dienstboten des Hauses mussten ihnen dabei zu Willen sein. Zwei Angehörige der Signoria waren auch darunter; ich wähnte sie auf ihren Landgütern in den Bergen, aber sie haben wohl nur ihre Familien dorthin geschickt. Wie auch immer, jetzt sitzen Messere Lupo und seine Gesellen im Kerker und warten dort auf den Tod. Ohne Ausschweifungen.«

»Haben sie die Pest?«, fragte Dionysius.

»Ich hoffe es«, sagte der Doge, ohne mit der Wimper zu zucken. »Ich habe sie in der Zelle unterbringen lassen, in der Giuliano gestorben ist.«

»In Zeiten wie diesen«, sagte Vittoria erschüttert, »zeigen sich die Menschen von ihrer besten und ihrer schlimmsten Seite.«

»In Zeiten wie diesen«, knurrte der Doge, »schämt man sich manchmal, ein Mensch zu sein.« Er räusperte sich und deutete auf das leere Schreibpult. »Mein Schreiber ist auch weg. Ich habe ihm gestern Abend erlaubt, doch den Palast zu verlassen und nach seiner Familie zu sehen. Er hat noch in der Nacht die Stadt verlassen – mit einem Passierschein, den er selbst gefälscht hat. Ich kann ihm nicht einmal böse sein. Ich hoffe, er und die Seinen finden irgendwo einen Ort, an dem sie überleben können.«

»Wir glauben, einen Hinweis gefunden zu haben, wie man die Pest bekämpfen kann«, platzte Dionysius heraus, weil er die düstere Stimmung des Dogen nicht mehr aushielt.

Er und Vittoria schilderten dem Dogen ihre Schlussfolgerungen von heute Morgen. Er hörte ihnen stumm zu und nickte an der einen oder anderen Stelle. Als Dionysius und Vittoria zum Ende gekommen waren, blieb er weiterhin schweigsam. Man konnte seinem zerknitterten, fahlen Gesicht ansehen, dass er im Stillen das Für und Wider des Gehörten gegeneinanderstellte und zu einem Schluss zu kommen versuchte.

»Wie kann man Eure Erkenntnis dazu verwenden, gegen die Pest vorzugehen?«, fragte er schließlich.

»Genua – oder irgendeine andere Stadt – rattenfrei machen zu wollen ist völlig utopisch.«

»Das ist richtig«, sagte Vittoria. »Aber man kann versuchen, den Kontakt zwischen Ratten und Menschen so weit wie möglich zu verringern. Lasst Fallen aufstellen, um sie zu fangen; vor allem im Getreidespeicher. Und lasst die Soldaten des Gonfaloniere untersuchen, wie viele Säcke angenagt wurden. Diese Säcke lasst sicherheitshalber verbrennen. Gebt die Parole aus, Rattenlöcher dichtzumachen. Verbietet die Rattenkämpfe im Hafenviertel. Lasst auf den großen Plätzen und wo immer es sonst geht, große Feuer entzünden – Ratten meiden die Hitze und die Helligkeit. Die Herde in den Häusern sollen mit Schwefelbröckchen befüttert und feuchtes Holz dazwischengelegt werden. Es wird stinken und räuchern, aber es wird die Ratten aus den Räumen verjagen. Mehr Sauberkeit vertreibt die Tiere ebenfalls. Wer kann, soll sich morgens und abends mit Kamillenwasser waschen. Lasst Lebensmittel, die rasch faulen und mit ihrem Geruch die Schädlinge anziehen, entfernen – Milch, gärendes Obst, abgestandenes Fleisch, offenen Wein. Abwässer dürfen nicht einfach so in die Kotrinnen geschüttet werden, sondern ins Meer; die Viertelbeauftragten sollen Fässer organisieren, mit denen die Brühe abtransportiert wird. Öffentliche Ausrufer sollen die Menschen über all das informieren.«

Der Doge hatte Vittoria mit offenem Mund zugehört. Er gab keine Antwort, als sie eine Pause machte, um Luft zu holen. Dionysius stieß die Ärztin sanft mit dem Fuß an. Vittoria blinzelte und fügte hinzu: »Wenn Ihr so gnädig sein wollt, das in Erwägung zu ziehen, Hoheit.«

Giovanni di Murta lächelte plötzlich. Es war ein müdes Lächeln, aber es war das erste seit Dionysius' und Vittorias Ankunft. »Habt Ihr sonst noch Anweisungen für mich, Monna Gambacorti?«

»Bitte verzeiht meiner … Kollegin, Hoheit«, stotterte Dionysius. Der Doge musterte ihn. Er wirkte, als wüsste er genau, dass Dionysius' Zögern, bevor er Vittoria »Kollegin« genannt hatte, nichts mit einer vielleicht noch vorhandenen beruflichen Scheu des Baders vor dem Arzt zu tun hatte. Aber was hatte Dionysius beinahe gesagt? Alles auf einmal, stellte Dionysius fest; er hatte sagen wollen: Verzeiht meiner Frau; meiner Geliebten; meiner großen Liebe. Er war beileibe kein junger Mann mehr und hatte die letzten dreißig Jahre nur mit Hilfe eines gesunden Sarkasmus und einer abgebrühten Sicht auf das Leben als solches überstanden. Jetzt war ihm der Sarkasmus abhandengekommen. Liebe hatte ihn ersetzt. Er versuchte noch etwas zu sagen, fand aber keine Worte und fühlte stattdessen der glücklichen Wärme nach, die ihn durchströmte, als Vittoria ihren Fußknöchel gegen den seinen drückte.

»All diese Anweisungen«, sagte der Doge, »klingen nicht nach dem, was ein Arzt empfehlen würde.«

»Nein«, sagte Vittoria, bevor Dionysius antworten konnte. »Es sind die Maßnahmen eines Baders, der es gewöhnt ist, dass ihn die Leute nach Abhilfe gegen Läuse, Wanzen und Flöhe fragen – und jegliches andere Ungeziefer.« Sie blickte Dionysius an und schenkte ihm ein so inniges Lächeln, dass ihm erneut ganz warm wurde.

»Interessant«, sagte der Doge. »Die Welt steht wirklich kopf, wenn ein Arzt einen Bader so voller Respekt und Stolz anstrahlt.«

Dionysius und Vittoria räusperten sich gleichzeitig verlegen. Da Vittoria ausnahmsweise keine Antwort fand, fühlte Dionysius sich getrieben, etwas zu erwidern.

»Ja ... äh ... hmm ...«, sagte er.

Giovanni di Murta lächelte zum zweiten Mal an diesem Morgen. »Denkt Ihr, diese Maßnahmen reichen zur Pestbekämpfung aus?«, fragte er.

»Es sind Maßnahmen, um eine weitere Verbreitung zu verhindern«, erklärte Vittoria. »Die Versuche, Pestkranke zu behandeln, dürfen wir deswegen nicht einstellen. Messere Colle hat Salben zubereitet, mit denen man die Pestbeulen einstreichen kann, damit sie schneller reifen, um aufgestochen werden zu können. Das Gift muss man aus dem Körper abfließen lassen.«

»Bis jetzt«, seufzte der Doge, »haben diese Praktiken nicht viele Leben gerettet.«

»Sie bringen den Kranken zumindest Erleichterung«, erwiderte Vittoria etwas leiser.

Der Doge nickte. »Wenn Eure Theorien zutreffen und dies alles wirksame vorbeugende Maßnahmen sind«, sagte er langsam, »dann sollten diese Erkenntnisse schnellstmöglich im Herrschaftsbereich Genuas verbreitet werden.« Er hob die Hand, als Vittoria und Dionysius gleichzeitig Luft holten. »Ich weiß, ich weiß. Und außerhalb der Republik auch. Die Seuche macht nicht vor Grenzen halt.«

»Innerhalb der Republik«, sagte Dionysius, »könnt Ihr diese Maßnahmen einfach befehlen. Aber außerhalb? Dort haben Eure Befehle leider keine Macht. Und wie Ihr schon gesagt habt – es sind Ratschläge eines Baders. Kaum ein Arzt wird sich danach richten, schon gar nicht, wenn sie über mehrere Umwege an ihn gelangen: über einen namenlosen Genueser Boten, der sie dem Magistrat einer Stadt schildert, der sie wiederum an den beauftragten Pestarzt übermittelt, der sie dann an seine Kollegen weitergibt.«

»Ihr schlagt vor, dass ein Arzt selbst sie übermitteln soll«, folgerte der Doge.

»Ja«, sagte Dionysius, dem erst jetzt klarwurde, was seine Worte bedeuteten.

»Ich kann keinen von euch beiden hier entbehren. Ihr müsst in Genua bleiben.«

Vittoria bewies, dass sie die Konsequenz von Dionysius' Erklärung viel schneller verstanden hatte als der Bader selbst. »Aber Hoheit … selbst wenn wir Genua von der Pest befreien, wird es nichts nützen, solange die Seuche in der Welt um uns herum regiert. Sie wird immer wieder hinter die Mauern der Stadt gelangen. Um sicher zu sein, müssen wir alle heilen, nicht nur die Republik.« Vittoria breitete die Arme aus. »Was Ihr vorhin erzählt habt – über diesen Kaufmann, der in seinem Haus zu allen möglichen Ausschweifungen eingeladen hat, weil er alle Hoffnung für vergeblich hält –, das ist die teuflische Seite der menschlichen Seele. Mit der Seuche zeigt uns Gott aber auch unsere göttliche Seite, indem er uns dazu bringt, das Wohl unserer Nächsten zu achten, damit es auch uns gut geht.«

»Ihr braucht uns hier nicht mehr«, setzte Dionysius hinzu. »Was zu tun ist, haben wir beschrieben. Und unsere Helfer kommen mittlerweile ohne uns zurecht.«

»Da täuscht Ihr Euch, Messere Colle«, sagte der Doge. »Ihr seid diejenigen, an die die Menschen ihre Hoffnung heften. Ihr seid geblieben, obwohl die anderen geflohen sind. Wenn Ihr geht, werden die Bürger dieser Stadt glauben, dass alles verloren ist.«

»Aber wir müssen die anderen …«

»Ja, ich weiß.« Der Doge zerknüllte seinen *corno ducale*. »Einer von Euch muss gehen, einer bleibt.«

Dionysius und Vittoria blickten sich betroffen an.

»Reißt uns nicht auseinander, Hoheit«, sagte Dionysius heiser.

Der Doge seufzte. »Dann hättet Ihr mich nicht überzeugen dürfen, dass Ihr einen Weg gefunden habt, die Pest zu bekämpfen.«

28

Papst Clemens VI. saß in seinem privaten Arbeitszimmer im Papstpalast in Avignon, das von den Ausmaßen her mit dem Saal im Dogenpalast von Genua mithalten konnte. Er lauschte dem Bericht seiner Ärzte. Diese hatten ihm vom Ausbruch der Pest im Herrschaftsbereich Genuas berichtet und dass die Seuche mit noch nie dagewesener Stärke wütete und sich offenbar nicht eindämmen ließ. Papst Clemens empfand tiefe Befriedigung darüber, wie gut seine Pläne aufgegangen waren. Seine Mitverschwörer waren längst schon wieder nach Hause abgereist, und wenn man ehrlich sein wollte, war es dem Papst egal, ob sie dort von der Pest dahingerafft wurden oder nicht – Hauptsache, Gott vergaß nicht, dass Papst Clemens, der ehemalige unbedeutende Bruder Pierre, verschont werden musste.

Da der Papst Anhänger der Theorie war, dass Gott dem half, der sich zuerst selbst zu helfen versuchte, hatte er seine Ärzte schon vor Wochen nach Rom geschickt, um in den dortigen päpstlichen Bibliotheken nachzuforschen. Das Thema: frühere Ausbrüche der Pest, wer sie überlebt hatte und warum. Jeder halbwegs belesene Mann wusste, dass die Pest kein neues Strafgericht Gottes war, sondern eines aus seinem bewährten Arsenal. Die meisten hatten es nur vergessen, weil die tödliche Seuche seit Hunderten von Jahren nicht mehr aufgetreten war.

»Die Genueser«, schloss der oberste Leibarzt des Papstes seinen Bericht über die aktuelle Lage, »versuchen alles, was sich auch in den historischen Archiven des Heiligen Stuhls als geeignete Maßnahmen gegen die Weiterverbreitung der Krankheit finden lässt – Quarantänemaßnahmen, das Abriegeln ganzer Landstriche, kontrollierter Zugang zu und Abreise aus den Städten ...«

»Das hat ja offensichtlich keinen großen Erfolg«, unterbrach der Papst schroff. »Ich habe auf Informationen gehofft, die *erfolgversprechend* wären.«

Der oberste Leibarzt stutzte, räusperte sich und erwiderte: »Äh ...«

Der oberste Leibarzt war ein Cousin dritten Grades des Papstes. Was die Versorgung der päpstlichen Familie betraf, hatte Clemens nur seine Neffen – von denen es allerdings eine beträchtliche Anzahl gab – mit Kardinalshüten bedacht. Für die entfernteren Verwandten hatte es andere Ämter gegeben. Der jetzige oberste Leibarzt war ein eher erfolgloser Student der Medizin gewesen. Papst Clemens fing an, seine Entscheidung zu bereuen, ihn zum ersten Wächter über seine Gesundheit gemacht zu haben. Solange es nur darum gegangen war, dem Heiligen Vater Abführmittel zuzubereiten, wenn das Abendmahl des vorherigen Tages zu üppig gewesen war, hatte sein beschränkter Verstand gereicht. Jetzt jedoch, mit einer tödlichen Seuche im Anmarsch, die der Papst zwar selbst entfacht hatte, aber die ihn trotzdem Kopf und Kragen kosten konnte ... hmm.

»Gibt es nun eine Empfehlung, wie die Pest nicht den Papstpalast erreichen kann, oder nicht?«

»Nun, Eure Heiligkeit ... natürlich können wir die Kontrollen an den Stadttoren verstärken lassen, damit keine Erkrankten hereinkommen ... aber es ist schwer, weil wegen der Bautätigkeiten ein vermehrtes Kommen und Gehen herrscht ... man könnte allerdings die Bauarbeiten einstellen, solange die Krankheit nicht besiegt ist ...«

Papst Clemens sah seinen obersten Leibarzt an wie jemanden, von dem man soeben erkennen musste, dass er geisteskrank ist. Die Bauarbeiten einstellen? Er trug sich mit dem Gedanken, die gesamte Grafschaft Avignon zu kaufen und einen eigenen päpstlichen Staat hier an der Rhone zu errichten! Sollte er diesen Staat aus einer Baustelle heraus regieren? Dass die Arbeiten noch nicht fertig waren, war ihm jetzt schon lästig. »Erstens«, sagte er und hielt sich mit seinem Zorn zurück, weil der oberste Leibarzt trotz allem ein Verwandter war, »kommt eine Einstellung der Bauarbeiten nicht in Frage, und zweitens wollte ich nicht wissen, wie die Stadt geschützt werden kann, sondern wie der Papstpalast geschützt wird!«

»Dürfte ich etwas sagen, Eure Heiligkeit?«, fragte einer der anderen Ärzte. Er war kein Verwandter, soweit Papst Clemens sich erinnerte. »Ich bin Guy de Chauliac, Eure Heiligkeit. Falls Euch mein Name nicht geläufig sein sollte, Eure Heiligkeit.«

Der Papst, dem der Name des Mannes nicht nur nicht geläufig, sondern herzlich egal war, knurrte: »Nur, wenn es halbwegs intelligent ist.«

»Wir haben über die früheren Ausbrüche von Seuchen etliches Material gefunden«, sagte Guy de Chauliac nervös. »Das große Sterben zur Zeit von Kaiser Justinian zum Beispiel, das sich von Byzanz bis in unsere Gegend verbreitete. Das war vor siebenhundert Jahren, Eure Heiligkeit. Wir haben Hinweise gefunden, dass es über hundert Jahre später noch einmal einen Ausbruch in Byzanz gab. Und es traten außerdem noch ein paar andere verheerende Seuchen auf, aber die Beschreibungen, die wir haben, stimmen nicht mit den Symptomen überein, von denen wir dieses Mal hören und die bei den Pestausbrüchen in Byzanz geschildert werden …«

»Ich wollte einen Ratschlag, keinen Geschichtsunterricht«, unterbrach der Papst noch schroffer als zuvor.

»Beim ersten Pestausbruch überlebte Kaiser Justinian«, stotterte der Arzt, »obwohl die Menschen in seinem Reich massenhaft dahingerafft wurden. Kaiser Konstantin V. überlebte ebenfalls. Wir konnten in beiden Fällen feststellen, dass die damaligen Ärzte den Herrschern rieten, sich ständig in der Nähe großer Feuer aufzuhalten, weil diese die Luft reinigen. Kaiser Justinian erkrankte sogar, wurde aber wieder gesund.«

»Große Feuer, die die Luft reinigen«, wiederholte der Papst.

»Der Raum hier, in dem Eure Heiligkeit arbeiten«, sagte Guy.

»Er wäre groß genug. Man könnte zwei offene Feuerstellen einbauen … hier und hier, neben dem Schreibpult …«

»Damit Seine Heiligkeit den ganzen Tag vor Schweiß trieft?«, fragte der oberste Leibarzt höhnisch. »Was für ein idiotischer Vorschlag.«

»Ein Idiot ist nur der, der lieber stirbt, als zu schwitzen«, versetzte der Papst. Der oberste Leibarzt schluckte.

»Wir machen das so«, erklärte der Papst. »Was für zwei oströmische Kaiser gut war, ist für den Heiligen Vater billig. Durchforscht weiter die päpstlichen Archive. Jeder gute Vorschlag ist willkommen.«

Als die Ärzte gegangen waren, dachte der Papst über seinen Agenten nach – Michel Cornut. Der Krämer hatte offensichtlich ganze Arbeit geleistet. Clemens fragte sich, wie lange er wohl durchgehalten hatte. Wo war er gestorben? Im Lager der Tataren? Es gab Schilderungen, wie die Tataren ihre Gefangenen zu Tode zu schinden pflegten. Anscheinend hatte Michel den Heiden noch die Krankheit anhängen können, bevor sie ihn gepfählt und ihm die Haut abgezogen hatten und was auch immer ihnen sonst noch eingefallen war.

Er hatte versprochen, die Familie Michels aus dem Schuldgefängnis holen zu lassen, wenn dieser seinen Auftrag erledigt hatte. Soweit er erfahren hatte, war Michels Frau mittlerweile ebenfalls dort gestorben. Drei Kinder waren noch dort. Wenn man sie freiließ, würden sie ein Leben als obdachlose Waisen fristen müssen. Kein erstrebenswertes Schicksal. Am besten, man ließ sie im Schuldgefängnis, die geringe Lebenserwartung dort – und auch noch ohne ihre Mutter – würde ihnen ein gnädig schnelles Ende bereiten.

Gottes Hand war hart gegen die, die sich nicht selbst zu helfen wussten.

Ansonsten lief alles nach Plan. Der Papst war zufrieden. Alles war gut, und Gott liebte ihn.

29

Im Gauklerwagen las Azrael die Notizen, die er vom Wrack der *Vento del Dio* gerettet hatte. Sie und die Ratten waren alles, was er hatte bergen können. Die Notizen waren vom Wasser beschädigt, aber sie waren großteils noch lesbar. Eigentlich brauchte er sie nicht zu lesen. Er wusste auswendig, was darin stand. Er war sich nicht einmal sicher, warum er sie überhaupt vom Wrack geholt hatte. Er hatte sie nicht gebraucht, um seine Pläne zu verfolgen.

Es waren die Notizen von Gabriele de Mussis. Ein Mensch, ein Name, ein Schicksal, die Azrael nicht ferner sein konnten. Es gab Tage, da erinnerte er sich überhaupt nicht an ihn. An anderen Tagen standen ihm alle Gefährten der Schiffsreise klar vor Augen – ihre Stimmen, ihre Gesten, ihre Gesichter. Vor allem ihre Gesichter, die er im Leben gesehen hatte und im Tod.

»Die Antwort liegt in der Bibel, wir hätten sie nur zu lesen brauchen«, hatte Gabriele de Mussis geschrieben. Aus dem hektischen, verkleckssten Gekritzel konnte man das hysterische Lachen des Autors hören, der entdeckt, dass die Rettung immer greifbar war, aber man ständig woanders hingeschaut hatte. »Die Philister hatten die Bundeslade entführt, und Gott schlug sie mit tödlichen Beulen! Als sie ihre Weissager befragten, wie man Gottes Zorn abwenden könne, sagten diese, es wäre ein Schuldopfer nötig. Goldene Abbilder der Pestbeulen sollten angefertigt werden und goldene Abbilder von Mäusen. Von Mäusen! Mäuse und Ratten! Was haben sie mit der Pest zu tun? Ich weiß es jetzt. Warum habe ich mich das nicht eher gefragt? Warum habe ich nicht die Rettung in der Bibel gesucht?«

Den Notizen konnte man Gabrieles Überzeugung entnehmen, dass die Ratten womöglich die Urheber der Seuche waren. Wenn sie erkrankten, gaben sie die Krankheit an die anderen Ratten weiter, und diese an die Menschen. Ratten gab es überall, in jedem noch so reinlichen Haus. Für sie war es leicht, die Krankheit zu verbreiten. Es lag quasi in ihrer Natur.

Die Notizen schilderten Experimente. Eine kranke Ratte, auf dem Schiff gefangen, und zwei Behälter – in einem die kranke Ratte, zu der eine weitere Ratte gesperrt wurde, in einem anderen eine gesunde Ratte. Die einzelne Ratte im zweiten Behälter war gesund geblieben. Die Ratte, die mit ihrer erkrankten Artgenossin zusammengesperrt worden war, erkrankte hingegen ebenfalls, nachdem sie zuerst mit der kranken Ratte gekämpft hatte.

Dann der Schock, auch in den Notizen festgehalten: Gabriele de Mussis war an der Pest erkrankt. Wie hatte es geschehen können? Er hatte peinlich darauf geachtet, dass keine der von ihm gefangenen Ratten ihn auch nur gekratzt hatte. Reichte es schon, den verseuchten Tieren nur nahe zu kommen? Für den Umgang der Besatzungsmitglieder untereinander hatte Gabriele die Tuchmasken empfohlen. Er hatte sie auch getragen, als er mit den Ratten hantiert hatte. Was war schiefgegangen?

Die ebenfalls in den Notizen niedergeschriebene bange Frage: Wie viel Zeit bleibt mir noch? Wie werde ich sterben? Wird es qualvoll sein? Werde ich meine Sünden beichten können, bevor es zu Ende ist?

Mehr war den Notizen nicht zu entnehmen. Azrael schichtete die Unterlagen – hastig bekritzelte Lederstücke, die Rückseite eines Geleitbriefs, ein kleiner Stapel Wachstäfelchen – zusammen. Es wurde Zeit, sich endgültig von ihnen zu trennen. Das Wichtigste – seine Legitimation vor Gott und der Welt – gab es ohnehin nicht in Schriftform, sondern nur in seinem Gedächtnis.

Draußen brannte das niedrige Feuer, das seine Gefolgsleute entzündet hatten. Sie waren wieder einer weniger. Heute Morgen war Murzio ausgesandt worden, den Zorn Gottes nach Nizza hineinzutragen. Bislang hatte Azrael ihre Fragen nach den bereits verabschiedeten Gruppenmitgliedern mit der Lüge abwehren können, dass sie alle spätestens in Avignon wieder zusammentreffen würden, weil es zu gefährlich war, entlang der Straße auf die Rückkehrer zu warten. Er ahnte, dass zumindest Carlotta diese Ausrede nicht mehr zu glauben bereit war. Es ärgerte ihn nicht. Im Gegenteil, Carlottas stiller Argwohn sprach von Klugheit, und Azrael fühlte sich zu dieser Klugheit hingezogen.

Nizza als Stadt war unbedeutend, aber sie war die erste größere Ansiedlung, seit die Gruppe das Königreich Frankreich betreten hatte. In fünf oder sechs Tagen würden sie in der Nähe von Marsiglia sein. Dorthin würde Azrael bis auf Carlotta und Maria alle restlichen seiner Gefolgsleute senden. Die Stadt war riesig und unterhielt Land- und Schiffsverbindungen in die ganze Welt. Wenn die Pest dort Fuß fasste, würde sie überallhin verbreitet werden, bevor die Behörden ihrer gewahr wurden.

Danach blieb ohnehin nur noch ein Ziel: Avignon. Zwei, drei weitere Tage Reisezeit. Und dann war es Zeit zu gehen.

Azrael plante nicht, seine Mission zu überleben. Und deshalb war jetzt ein guter Zeitpunkt, den Abschied von der Welt vorzubereiten. Er warf die Notizen in die Flammen und sah zu, wie die Lederstücke schwarz wurden, das Pergament des Geleitbriefs sich krümmte und aufflammte und das Wachs der Täfelchen schmolz. Mit den Notizen löste sich auch die letzte Verbindung, die Azrael noch zu seinem früheren Leben gehabt hatte, auf.

Sein Leben als reisender Arzt. Sein Leben als Gabriele de Mussis.

Nur zwei Männer auf der *Vento del Dio* hatten die Pest an Bord des Schiffs überlebt – er und Michel Cornut. Doch damit war die Lebenskraft des päpstlichen Todesboten endgültig erschöpft gewesen. Das Auflaufen des Schiffs auf die Felsen hatte ihn getötet. Gabriele hatte sich noch angestrengt, den Ertrunkenen aus dem Wasser zu ziehen, doch es war zu spät gewesen.

Michels Tod hatte dafür gesorgt, dass Gabriele erkannte, worin seine Bestimmung lag; weshalb Gott dafür gesorgt hatte, dass er überlebt hatte und nicht der Franzose. Michel hätte niemals die Mission durchgeführt, die Gabriele als die seine erkannte, nämlich die Pest zu dem Mann zu tragen, der für sie verantwortlich war: Papst Clemens VI. Michel hätte seine Familie aus dem Schuldgefängnis geholt und den Papst dafür verschont. Gott hatte daher den Mann überleben lassen, der nichts mehr zu verlieren hatte.

Gabriele de Mussis.

Und er hatte ihm den gleichen Auftrag erteilt, den damals Moses und Aaron von ihm erhielten. Das war die Legitimation, die in Gabrieles, in Azraels Gedächtnis verankert war: *Und Jehova sprach zu Mose und zu Aaron: Nehmet eure Fäuste voll Ofenruß, und Mose streue ihn gen Himmel vor den Augen des Pharao; und er wird zu Staub werden über dem ganzen Lande Ägypten und wird an Menschen und Vieh zu Geschwüren werden, die in Blattern ausbrechen, im ganzen Lande Ägypten.*

Im ganzen Lande Ägypten.

Im ganzen Land …

Wer war es wert, verschont zu werden? Die Welt war voller Sünder. Wäre es anders, hätte sich Michel nicht dafür hergegeben, für den Papst den Agenten des Todes zu spielen. Wäre es anders, hätte sich ein Mann wie Kapitän Renzo nicht bestechen lassen, Passagiere aus dem abgeriegelten Caffa herauszuschmuggeln, und seine Auftraggeber in Genua hätten ihn nicht so sehr unter Druck gesetzt, dass er lieber riskierte, die Pest in seine Heimat zu tragen, als die Fracht nicht abzuliefern. Wäre es anders gewesen, dann hätten die Leute in dem Dorf, bei dem die *Vento del Dio* auf die Klippen gelaufen waren, versucht zu helfen, anstatt nur zu plündern.

Niemand war es wert, verschont zu werden. Und falls Gott doch jemanden fand, dann konnte er ihn von der Seuche genesen lassen. Wie hatte seinerzeit der Legat von Papst Innozenz III. bei der Erstürmung einer Ketzerstadt gesagt, in der sich auch Rechtgläubige aufhielten? *Tötet sie alle. Gott wird die Seinen schon erkennen.*

Es war Azraels Aufgabe, die Krankheit zu verbreiten, um Gott diese Wahl zu geben. Es war sicher kein Zufall, dass diese Aufgabe an ihn gegangen war, den ehemaligen Arzt, der aus seinen Beobachtungen die richtigen Schlüsse ziehen konnte.

Azrael sah zu, wie die Flammen die Notizen aus seinem früheren Leben auffraßen. Als sie nur noch Rauch und Asche waren, war auch die Erinnerung an das, was er gewesen war, Rauch und Asche.

Zeit für die vorletzte Etappe seiner Mission.

Zeit, den Tod endgültig in die Welt zu bringen.

5. BUCH

Wegkreuzungen

»Auf die Liebenden passen mehr Engel auf als gewöhnlich.«

Admiral Simone Vignoso

1

In der Stadt Alba trafen Joseph und Gisela in einer Herberge auf einen jungen, gehetzt wirkenden Mann, der eine Tunika mit dem Wappen des Markgrafen von Salusse trug – ein einfacher blauer Balken über einem silbernen Grund. Da Salusse die letzte Stadt vor den Bergen im Westen war und Joseph geplant hatte, dort die folgende Nacht zu verbringen, und weil der junge Mann direkt vor ihnen angekommen war, sprach Joseph ihn an. Wenig später teilten sie einen Tisch in der Herberge und einen Krug Wein, den Gisela als so wohlschmeckend bezeichnete, dass Joseph einen zweiten bestellte.

Der junge Mann – sein Name war Azzone – erklärte, dass er im Auftrag seines Herrn, Graf Tommaso del Vasto, so schnell wie möglich nach Salusse reisen müsse, und war erfreut, als Joseph ihm anbot, den Weg gemeinsam zurückzulegen. Joseph verschwieg Azzone, dass er Jude war, und gab auch keine Auskunft, in welchem Verhältnis er und Gisela zueinander standen. Azzone zeigte diesbezüglich auch keine Neugier. Sein Auftrag, über den er sich nicht äußerte, schien sein ganzes Denken einzunehmen. Immerhin verriet er, dass er kein Adliger war, sondern ein Gehilfe des markgräflichen Verwalters. Graf Tommaso, der sich in Mailand bei seinem angeheirateten Verwandten, Herzog Luchino Visconti, aufhielt, hatte ihn persönlich mit seiner Aufgabe betraut. Azzone war ganz offensichtlich wild entschlossen, seinen Herrn zu beeindrucken und seine Mission erfolgreich zu beenden.

Salusse erreichten sie am Abend des nächsten Tages. Schon von Weitem konnte man erkennen, dass die Stadt eine gewaltige Baustelle war. Vor über zehn Jahren war sie von Robert d'Anjou, dem guelfischen König von Neapel, belagert und in Brand gesteckt worden – ein weiteres Opfer der Spannungen zwischen den papsttreuen Guelfen und kaisertreuen Ghibellinen. Auch jetzt schien etwas gebrannt zu haben. Als sie näher kamen, erkannte Joseph die Überreste zweier großer Scheiterhaufen vor der Stadtmauer, die immer noch glommen und rauchten.

Azzone wurde blass, als ihm klarwurde, was sie da sahen.

»Großer Gott«, stieß er hervor. »Sie haben es bereits getan. Verflucht sollen sie sein!«

Er gab seinem Pferd die Sporen und jagte los, ohne sich von Joseph und Gisela zu verabschieden. Joseph gab Giselas fragenden Blick mit einem Schulterzucken zurück. Tief in seinem Inneren wuchs die Furcht, dass er ebenso gut wie Azzone wusste, was es mit diesen Scheiterhaufen für eine Bewandtnis hatte. Aber er behielt seine Befürchtungen für sich.

»Wo verbringen wir die heutige Nacht?«, fragte Gisela.

»Bei einem meiner Glaubensgenossen: Benjamin ben Yakuv.«

»Ich hätte nicht gedacht, dass sich hier am Ende der Welt jüdische Kaufleute niedergelassen hätten.«

Joseph lächelte trotz der Beklommenheit, die ihn befallen hatte. »Hier ist gar nicht das Ende der Welt.«

»Osoppo liegt noch ein Stück weiter in den Bergen als Salusse, und Osoppo ist auf jeden Fall das Ende der Welt.«

»Die ganze Grafschaft hat eine wichtige strategische Position zwischen dem Herzogtum von Savoyen, der Markgrafschaft von Monferrato, dem Herzogtum Mailand und natürlich Frankreich. Die Stadt ist daher auch ein Knotenpunkt des Fernhandels.«

»Und wo gehandelt wird, braucht man die Hilfe jüdischer Kredite.«

Joseph nickte. »Überall auf der Welt. Deshalb hasst man uns ja so.«

»Ich«, sagte Gisela, »liebe dich. Nur damit du das nicht vergisst.«

Joseph lächelte gequält und sah, wie sich ihr Gesicht spannte. »Ich liebe dich auch«, sagte er, doch sie hatte seine Stimmung schon bemerkt.

»Was ist los?«, fragte sie.

»Ich hoffe: nichts«, erwiderte Joseph. »Und um deine Bemerkung von vorhin zu beantworten: Es gibt meines Wissens sogar drei jüdische Familien in Salusse. Insgesamt sind das bestimmt – mit Dienstboten und Gesinde – an die dreißig Leute.«

»Wissen sie, dass wir kommen?«

»Nein, aber Benjamin wird uns aufnehmen. Ich kenne ihn nicht direkt, aber Zacharias kannte ihn und hat immer gut über ihn gesprochen.«

»Und das hast du dir gemerkt ...«

»Unser Zusammenhalt ist alles, was wir an Heimat haben«, sagte Joseph.

Sie trieben die Pferde wieder an. Joseph spürte Giselas forschenden Blick auf sich. Er kannte sie inzwischen gut genug, um zu wissen, dass sie sich mit seiner ausweichenden Antwort nicht zufriedengab und später weiterforschen würde, wenn sie den Zeitpunkt für richtig hielt.

Vor den Scheiterhaufen standen bewaffnete Stadtknechte. Sie musterten Joseph und Gisela misstrauisch, als diese an ihnen vorbeitrabten. Von der Stadt her näherte sich eine Gruppe Männer, die allesamt trockene Äste und lange Scheite trugen. Als sie das nächstgelegene Stadttor erreichten und von den Wachen aufgehalten wurden, wurde aus Josephs übler Vorahnung schon nach den ersten Sätzen schreckliche Gewissheit.

»Wo kommt Ihr her?«, fragte der Wachführer.

»Alba«, erklärte Joseph und nannte einen Fantasienamen für sich und Gisela. »Aus der Via del Pozzo, gleich um die Ecke vom Kettenbrunnen. Kennt Ihr die Gasse? Wenn Ihr dort Verwandte habt, dann kenne ich sie vielleicht ...«

»Nein«, knurrte der Wachführer, der Joseph jetzt wie gewünscht für etwas minderbemittelt halten musste. Jemand, den man nicht für allzu helle hielt, nahm man auch nicht ernst. Und machte ihm keine Schwierigkeiten.

»Was habt Ihr in der Stadt zu tun?«, fragte der Wachführer.

»Wir suchen einen jüdischen Händler – Benjamin ben Yakuv.«

»Den Juden? Weshalb?«

»Es geht um einen Kredit, den meine Frau und ich aufgenommen haben.« Joseph setzte ein zugleich vertrauliches und verschwörerisches Lächeln auf. »Ich hoffe, ich kann ihn überreden, ihn zu stunden.«

Einer der Wachen begann zu lachen. Der Wachführer grinste ebenfalls. »Heute ist dein Glückstag, *sempliciotto*«, sagte er.

»Warum?«

»Hatte der Jude einen Schuldschein von dir?«

»Ja …«

»Weißt du, was mit dem Schuldschein passiert ist? PUFFF …!« Der Wachführer machte mit beiden Händen eine Bewegung, als würde etwas im Wind zerstieben.

»Ich verstehe nicht …«, sagte Joseph, der in Wahrheit nur zu gut verstand und an sich halten musste, dass man seine aufsteigende Wut und Verzweiflung nicht bemerkte.

»Schon mal was von der Pest gehört, die unten bei den Genuesern herrscht?«, fragte der Wachführer. »Es heißt, die Juden seien dran schuld. Sie haben die Brunnen vergiftet. Genua ist bereits eine Totenstadt. Dort lebt keiner mehr. Selber schuld. Was müssen sie auch Tausenden von Christusmördern Unterschlupf geben. Hier haben die Zünfte es gar nicht so weit kommen lassen, dass die Juden die Brunnen vergiften könnten. Hast du die Scheiterhaufen vor der Stadt gesehen? Darauf sind nicht nur die Schuldscheine verbrannt. Geh mit deiner Alten in eine Schänke und trink mit ihr einen auf dein Glück, Freundchen. Oder trink alleine und lass uns deine Alte da.«

»Wo ist das Haus des … Juden?«, fragte Joseph tonlos.

»Willst du schauen, ob du dir dort noch was holen kannst? Zu spät.« Der Wachführer nannte Joseph trotzdem die Adresse. Joseph dankte ihm. Wirklich dankbar war er allerdings nur dafür, auf dem Pferd zu sitzen. Hätte er vor dem Wachführer gestanden, wäre er ihm an die Gurgel gegangen. Und hätte nicht mehr aufgehört zuzudrücken. Mit zitternden Händen und Schwindel im Kopf lenkte er sein Pferd unter dem Tordurchgang hindurch, gefolgt von Gisela. Als sie den Torbau hinter sich hatten, holte sie auf und ließ ihr Pferd neben ihm gehen. Sie legte ihm eine Hand auf die Schulter.

»Großer Gott, Joseph«, sagte sie leise. »Die haben doch nicht …«

»Doch«, knurrte Joseph. »Doch.«

Das Haus von Benjamin ben Yakuv stand offen. Die Eingangstür war eingetreten. Auf dem Boden lagen die Scherben der Mesusa, die aus dem Mauerwerk gestemmt worden war. Noch während Joseph steifbeinig vom Pferd stieg, kamen zwei Männer aus der Tür. Sie schleppten eine aufgebrochene, leere Truhe mit sich – letzte, unbedeutende Beute, die nur deshalb mitgenommen wurde, damit man nicht ganz umsonst zum Plündern vorbeigeschaut hatte. Joseph wollte Gisela bitten, im Sattel zu bleiben, doch wie üblich war sie schon abgestiegen und an seine Seite getreten. Joseph fasste reflexartig an die Stelle, an der die Mesusa hätte sein sollen, fühlte das Loch in der Mauer, betrachtete dann betroffen die Scherben unter seinen Schuhsohlen und zog die Hand zurück, als hätte er sich verbrannt.

Im Innenhof stand Azzone, der Sendbote von Graf Tommaso. Er war immer noch blass. Mit Tränen in den Augen wandte er sich zu Joseph und Gisela um. »Waren sie mit Euch verwandt?«, fragte er tonlos. »Ich kann Euch nicht sagen, wie leid …«

»Weshalb verwandt?«, fragte Joseph.

»Ihr seid Jude«, sagte Azzone. »Hab ich gleich gemerkt. Schon in der Herberge in Alba, als Ihr den Fleischeintopf verschmäht habt. Niemand außer einem Juden verschmäht Fleisch, wenn es schon mal im Preis für Kost und Logis eingeschlossen ist.« Er trat auf Joseph und Gisela zu und senkte die Stimme. Aus der Nähe konnte man sehen, dass sein Gesicht aufgedunsen und fleckig war vom Weinen. »Ich hoffe, Ihr habt die Wachen am Stadttor angelogen über Eure Herkunft.«

»Haben wir«, sagte Gisela, als Joseph keine Antwort gab.

»Was ist hier passiert?« fragte Joseph. Jedes Wort schmerzte in seiner Kehle.

»Die Zunftmeister der Stadt haben den Rat unter Druck gesetzt – die Juden Salusses gehörten verbrannt, bevor sie die Brunnen hier vergiften und die Seuche, die an der Küste herrscht, auch bei uns entfesseln. Das war vor ein paar Tagen. Der Rat hat einen Boten zu Graf Tommaso geschickt und ihn um Hilfe gebeten, weil sie nicht wussten, wie lange sie die Handwerker und ihre Anführer noch bändigen könnten. Seine Durchlaucht hat mich sofort geschickt, um Nachricht zu bringen, dass jeder, der den Juden auch nur ein Haar krümmt, sich vor ihm persönlich zu verantworten hätte. Er ist ebenfalls sofort aufgebrochen, aber er reist langsamer, weil …« Azzone deutete einen gewaltigen Bauch an. Der Beiname des Grafen – del Vasto: der Umfangreiche – war anscheinend wörtlich zu nehmen. Azzone ließ die Hände sinken und schaute zu Boden. »Die Zunftmeister haben die Mehrheit in der Stadt auf ihre Seite gebracht. Die Ratsmitglieder wurden in ihren Häusern eingesperrt, dann hat man die drei jüdischen Familien herausgeholt, vor die Stadt geschleift und bei lebendigem Leib auf den Scheiterhaufen verbrannt.«

»O mein Gott!«, stieß Gisela entsetzt hervor.

»Allesamt?«, fragte Joseph. Ihm war übel. Er wollte etwas zerstören. Er wollte so lange auf einen Schuldigen eindreschen, bis dieser das Bewusstsein verlor. Er wollte …

Er drängte alle hasserfüllten Gedanken zurück, als Azzone sagte: »Die Kinder haben sie leben lassen. Sie sind in einem der Mauertürme eingesperrt.«

»Die Kinder?«

»Zuerst hieß es, sie sollten christlich getauft werden, dann könnten sich kinderlose Familien ihrer annehmen. Aber es hat sich herausgestellt, dass niemand sie wollte. Deshalb sollen sie morgen in aller Frühe verbrannt werden. Der Rat hat zugestimmt aus Angst, dass es sonst zu einem Aufstand kommt.« Azzones Stimme war bei den letzten Worten fast unhörbar geworden. Tränen liefen wieder über seine Wangen. »Es sind noch Kinder«, flüsterte er. »Wer verbrennt Kinder bei lebendigem Leib?«

»Wer verbrennt *Menschen* bei lebendigem Leib?«, hörte sich Joseph sagen und erntete einen erschrockenen Blick Azzones. Er fühlte Giselas Hand an der seinen und erkannte, wie mörderisch sich seine Stimme angehört haben musste.

»Woher wisst Ihr das alles?«, fragte Gisela.

»Ich war schon beim Rat. Wenn Seine Durchlaucht ankommt,

werden ein paar Leute hier hängen, das kann ich Euch versichern. Der Rat hat mich allerdings gebeten, Seine Durchlaucht um Milde zu bitten … die Zunftmeister und die anderen wären nur verängstigt gewesen wegen der schlimmen Nachrichten aus Genua, und ein paar Hitzköpfe hätten die anderen mitgerissen … versteht Ihr, in einer Stadt wie dieser hat jedes Ratsmitglied Verwandte und Freunde auch unter den Handwerkern …«

»Was werdet Ihr Eurem Herrn diesbezüglich sagen?«, fragte Joseph.

Azzone schluckte, dann nahm sein tränenüberströmtes Gesicht einen harten Ausdruck an. »Ich werde ihm empfehlen, jeden Einzelnen von den Verantwortlichen aufzuhängen«, sagte er.

Joseph und Gisela wechselten einen Blick. In Giselas Augen erkannte Joseph die gleichen Gedanken, die in ihm plötzlich aufstiegen. Schon reifte ein Plan in seinem Hirn. Aber konnte er ihm nachgehen? Durfte er es? Der Plan bedeutete, dass sie mindestens einen Tag verloren. Vielleicht hatte Maria genau diesen einen Tag nicht mehr? Es war schon jetzt ein Kopf-an-Kopf-Rennen, wer zuerst Avignon erreichen würde – Azrael oder Joseph und Gisela. Joseph durfte seiner Verantwortung für Maria nicht untreu werden.

Aber was war mit seiner Verantwortung für die Kinder der hier ermordeten Juden? Konnte er sie ins Feuer gehen lassen?

Er stand ganz still, zerrissen von seinem inneren Konflikt, den er in Giselas Miene widergespiegelt fand. Er fühlte Tränen aufsteigen und hatte nicht die Kraft, sie zurückzuhalten. Ihm wurde schwindlig, weil er den Atem anhielt.

Sie hatten sie alle verbrannt. Drei jüdische Familien. Unschuldige. Männer und Frauen, Knechte und Mägde, Junge und Alte. Sie hatten sie geschlagen und getreten, bis sie nur noch schwache Gegenwehr leisteten, dann hatten sie sie zu den Scheiterhaufen geschleppt und unter dem Holz begraben und es angesteckt. Und wer versucht hatte, aus den Flammen zu kriechen, war mit langen Stangen wieder zurückgestoßen worden … bis das Tosen des Feuers lauter war als die Schreie der brennenden

Menschen … und jeder, für den es einen Schuldschein gegeben hatte, war um die Flammen getanzt und hatte die Belege hineingeworfen und sie verkohlen sehen, so wie die Körper der Unschuldigen, der Männer und Frauen, Knechte und Mägde, Jungen und Alten, verkohlten. Dreißig Leben, grausam entrissen. Und es war noch nicht zu Ende.

Er hatte immer eine Lösung gefunden, für jedes noch so vertrackte Problem, seit er mit seinen Missionen begonnen hatte. Diesmal fand er keine. Maria – oder die ihm unbekannten Kinder Benjamin ben Yakuvs und der anderen? Ein Leben gegen mehrere. Ein qualvoller Tod an der Pest gegen den qualvollen Tod in den Flammen. Was sollte er tun? Wie konnte er auch nur darüber nachdenken, Marias Leben zu riskieren?

Wie konnte er auch nur darüber nachdenken, eine Anzahl Kinder dem Tod auf dem Scheiterhaufen zu überantworten?

»Wir schaffen es rechtzeitig«, hörte er Gisela sagen, verstand aber die Bedeutung ihrer Worte nicht.

»Was?«, stieß er hervor.

»Wir werden rechtzeitig nach Avignon gelangen«, sagte sie. Sie hob die Hand und strich ihm die Tränen von den Wangen. »Glaub mir. Wir schaffen es rechtzeitig. Ich kenne mich in den Bergen aus. Du hast uns bis hierher gebracht. Das letzte Stück bringe ich uns. Wir schaffen es.«

»Glaubst du?«, flüsterte Joseph.

»Lass sie die Kinder nicht verbrennen, Joseph«, sagte Gisela.

Joseph holte Luft. Ihm war, als hätte er stundenlang nicht mehr geatmet. Sein Brustkorb dehnte sich gierig und ließ jeden verspannten Muskel schmerzen.

Er drehte sich zu Azzone um, der zurückgewichen war. »Wollt Ihr Eurem Herrn doch noch einen Teilerfolg melden?«, fragte er.

Azzone fuhr zusammen. »Wie meint Ihr das?«

»Wir holen die Kinder aus dem Turm«, sagte Gisela.

2

Vittoria und Dionysius hatten den halben Tag lang diskutiert, wer von ihnen Genua verlassen und die Erkenntnis von den Ratten weitertragen und wer bleiben sollte. Dann hatten sie eine Vernunftentscheidung getroffen. Dann hatten sie sich mit verzweifelter Leidenschaft geliebt. Dann hatte Dionysius sich reisefertig gemacht.

Ihre Diskussion war so verlaufen: Vittoria war die studierte Ärztin. Sie besaß das nötige Fachwissen und die Kenntnis all der gelehrten Ausdrücke, mit denen sich andere Ärzte beeindrucken ließen. Sie hatte die besten Voraussetzungen, dass man ihr zuhörte.

Aber sie war eine Frau. Kaum ein männlicher Arzt nahm die wenigen Frauen, die sich für diese Profession entschieden hatten, ernst.

Dionysius war nur Bader. Er konnte lügen und behaupten, er sei Arzt, aber in einer fachlich-theoretischen Diskussion würde er sofort unterliegen. Und einen Bader nahm ein studierter Arzt erst recht nicht ernst – oder jedenfalls so lange nicht, bis er ihn brauchte, weil ein chirurgischer Eingriff zu tätigen war und der Arzt nicht mit dem Blut in Berührung kommen durfte.

Aber Dionysius kannte sich wie kein Zweiter mit der Pest aus, und er war ein Mann. Wer in diesen Zeiten reisen musste, war besser männlichen Geschlechts und sah wehrhaft aus oder hatte Wachen dabei.

»Die Gefahr, sich in Genua doch noch anzustecken, ist größer als auf der Reise«, hatte Dionysius argumentiert. »Ich werde bleiben. Wenn es einen von uns erwischt, will ich es sein. Ich könnte nicht damit leben, dass du nicht mehr bist.«

»Ich gebe gern mein Leben«, hatte Vittoria widersprochen, »wenn es deines rettet.«

Und nun war Dionysius auf der Reise. Letztlich hatte eine beunruhigende Nachricht den Ausschlag dafür gegeben, dass er einlenkte. Jemand hatte berichtet, dass ein fanatischer Mob, aufgestachelt von einem Hetzprediger, bereits einen Reisenden angegriffen und erschlagen hatte, weil man dachte, er verbreite die Pest. Warum man das dachte, war der Nachricht nicht zu entnehmen gewesen. Dionysius fürchtete, dass es zurzeit schon reichte, allein von einem Ort zum anderen unterwegs zu sein, um verdächtig zu wirken. Angst wiederum ließ quasi an jeder Straßenecke einen Hetzprediger entstehen, der eine Lösung für das bestehende Problem anbot, und brachte ihm gleichzeitig ein dankbares Publikum, das jedem Vorschlag folgte, solange er nur die Aussicht bot, von der eigenen Angst befreit zu werden.

Insofern war also die Gefahr auf der Straße tatsächlich höher als in Genua. Mit einiger Umsicht konnte man sich dort vor der Pest schützen; Umsicht, die Vittoria walten lassen würde. Und daher war es gut, dass Dionysius ging.

Er hegte die Hoffnung, dass er Gisela und Joseph begegnen würde. Mittlerweile musste der Bote von Abram Mendes Salazar sie erreicht und zur Umkehr bewogen haben. Dionysius wollte sehen, ob es Gisela gut ging; aber auch Josephs Wohlergehen lag ihm am Herzen. Es wäre schön gewesen, mit den beiden zusammen zu reisen. Mit Joseph an seiner Seite hätte Dionysius nicht einmal ein ganzes feindliches Heer gefürchtet. Aber das war unmöglich. Joseph und Gisela mussten schnellstmöglich nach Westen, und Dionysius' Ziel, darüber waren sich alle einig gewesen, mussten die Fürstentümer und Republiken im Osten sein.

Dionysius dachte an seinen Besuch bei Admiral Vignoso direkt vor seiner Abreise. Der Admiral hatte schwitzend und zähneklappernd in seinem Bett gelegen. Mit seinem langen Schwert hatte er jeden in Schach gehalten, der sich nähern wollte. Er lasse nicht zu, dass jemand sich bei ihm anstecke, hatte er hervorgestoßen. Wenn die Pest es schaffte, einen alten Haudegen wie ihn zu besiegen, dann sollte ihr dieser Triumph gegönnt sein. Er würde nämlich schwer errungen sein; er, der Admiral, würde ihr jede Minute einen harten Kampf liefern. »Außerdem – was könnt ihr Ärzte mir schon helfen?«, hatte der Admiral gegrollt.

»Was helft ihr den anderen, außer sie zu bemitleiden und sie mit Essigwasser abzuwaschen? Und ihnen einen Aderlass zu verpassen?«

»Einen Aderlass halte ich bei der Pest für bedenklich«, hatte Dionysius geantwortet. »Der Körper ist ohnehin geschwächt. Wir schneiden lieber die Pestbeulen auf und lassen das Gift ablaufen statt das Blut.«

»Aufschneiden kann ich auch allein!« Der Admiral hatte einen nachdenklichen Blick auf die Klinge seines Schwerts geworfen.

»Könnt Ihr nicht. Wenn wir Aufschneiden sagen, meinen wir in Wirklichkeit: die Beule muss über ihre ganze Breite aufgeschnitten werden – dafür nehmen wir ein Brenneisen; wir entfernen das ganze vergiftete Fleisch; dann schneiden wir die Wunde mit einem feinen Skalpell ein, damit das ganze Gift ablaufen kann, auch das, das sich erst noch unter der ehemaligen Bubone sammelt. Dann bedecken wir das Ganze mit feuchtem Tuch, damit sich die Wunde nicht so schnell verschließt und das Gift nicht im Körper gehalten wird.«

Der Admiral hatte einige Zeit gebraucht, um zu antworten. »Dann lasst mir so ein Brenneisen und ein Skalpell da«, hatte er zuletzt gefordert. Er war sichtlich blasser geworden.

Dionysius hatte ihm ein Chirurgenbesteck dagelassen, weniger weil er es für nützlich hielt als vielmehr aus dem Eindruck heraus, dass es dem Admiral Hoffnung gab. Im Grunde war beim Aufschneiden einer Pestbeule nicht viel anderes zu beachten als bei der Behandlung jeder anderen schwärenden, eiternden Wunde – und von denen hatte der Admiral als Soldat sicherlich genug gesehen. Der Unterschied war nur, dass die Pestbeulen schlimmer schmerzten. Sich selbst mit einer glühenden Messerspitze einen Schnitt in eine dieser Beulen beizubringen erforderte mehr Nervenkraft, als ein Mensch sie normalerweise besaß.

Dionysius hatte Vittoria über seinen Besuch bei Admiral Vignoso informiert; dann war er aufgebrochen. Er war sicher, dass er den brummigen alten Soldaten nicht mehr lebend wiedersehen würde.

Die zwei Soldaten, die der Gonfaloniere Dionysius als Begleitschutz mitgegeben hatte, waren ein Lancepesade – ein erfahrener Veteran – und ein Gemeiner. Beide waren Fußsoldaten und konnten nicht besser reiten als der Bader. Daher kamen sie nur langsam vorwärts. Am Abend ihres ersten Reisetags hatten sie erst Busalla erreicht, eine abweisend erscheinende Burg an einer Furt, um die herum sich das übliche kleine Dorf entwickelt hatte. Dionysius war mit Gisela auf der Reise von Mestre nach Genua hier vorbeigekommen und erinnerte sich an eine etwas flussaufwärts gelegene Klause, deren einsamer Bewohner sich über jede Gesellschaft erfreut gezeigt hatte.

Der Klausner hatte jedoch bereits Gesellschaft – einen halb besinnungslosen Mann, der im Fieber stöhnte und zitterte. Dionysius dachte im ersten Moment, es handle sich um einen Pestkranken. Dann stellte er fest, dass der Mann an schweren Verbrennungen litt. Seine Haut war bedeckt von offenen, nässenden Stellen, Haare, Augenbrauen und Wimpern waren weggesengt, sein Gesicht war eine rohe Wunde. Dionysius schluckte. Er wagte sich nicht vorzustellen, welche Schmerzen der Mann auszustehen hatte. Wenn er seine Tinkturen dabeigehabt hätte, hätte er sie lindern können, aber so … er schüttelte betroffen den Kopf.

»Versteht Ihr etwas von Heilkunde?«, fragte der Klausner, der Dionysius' vorsichtige Untersuchung des Verletzten beobachtet hatte.

»Ja«, erwiderte Dionysius. »Aber mit leeren Händen kann ich ihm nicht helfen.«

»Eine Reisegruppe hat ihn mir hiergelassen, vor ein paar Tagen«, erklärte der Klausner. »Sie fanden ihn neben der Straße, in der Nähe von A Saera. Ihr seid aus Richtung Genua gekommen, oder? Da müsstet ihr durch A Saera gekommen sein. Stimmt es, dass in Genua täglich tausend Menschen an der Pest sterben?«

»So schlimm ist es nicht«, wehrte Dionysius ab. »Wisst Ihr, wie der Mann zu seinen Verbrennungen gekommen ist?«

Der Klausner zuckte mit den Schultern. »Vielleicht ist göttliches Feuer vom Himmel geregnet, und er stand drunter? In diesen Zeiten ist alles möglich, oder?«

Dionysius antwortete nicht. An die These vom göttlichen Feuer glaubte er keine Sekunde, aber warum sollte er mit ihrem Gastgeber streiten?

»Die Leute, die ihn mitgebracht haben, meinten, er müsse aus Genua stammen – oder jedenfalls aus der Richtung. Sie fanden Spuren. Er muss auf der Straße entlanggetaumelt sein, bis er umfiel. Das bedeutet, das göttliche Feuer hat ihn schon vorher erwischt, oder? Steht Genua überhaupt noch? Vielleicht ist das göttliche Feuer auf die ganze Stadt herabgeregnet, und er ist der Einzige, der fliehen konnte?«

»Genua steht noch …«, sagte Dionysius und bemühte sich, keine Ungeduld zu zeigen. Der Klausner war offenbar froh, Gesellschaft zu haben, die bei Bewusstsein war und mit der man sprechen konnte, denn er ließ Dionysius gar nicht ausreden.

»Seid Ihr da sicher?«, fragte er. »Ich meine, vielleicht sterben dort die tausend Menschen pro Tag nicht an der Pest, sondern am göttlichen Feuer? Oder?«

»Wir kommen direkt aus Genua«, erklärte Dionysius. »Als wir es verließen, stand es noch.« Sein Vorsatz, nicht mit dem Klausner zu streiten, schmolz dahin.

»Vielleicht hat es nur in einem bestimmten Viertel göttliches Feuer gegeben. Oder gleich nachdem Ihr weg wart?«

»Nein, hat es nicht.«

»Seid Ihr sicher?«

»Ja, absolut.«

Der Klausner schwieg ein paar Momente. »Habt Ihr zurückgeschaut, als Ihr die Stadt verlassen hattet?«

»Genua steht noch!«, sagte Dionysius lauter als nötig. »Und außerdem bin ich sicher, dass diesem Mann dort *kein* göttliches Feuer widerfahren ist.«

Der Klausner ließ sich nicht abschrecken. »Aber was kann es dann gewesen sein? Er wird ja nicht in seinen eigenen Herd gefallen sein, oder?«

Dionysius hatte von der Diskussion genug. Er wandte sich schulterzuckend ab.

»Das mit dem göttlichen Feuer ...«, begann der Klausner erneut. »Vielleicht hat der Herr es über ihm ausgegossen, weil er ein Jude ist.«

»Was?«

Nun zuckte der Klausner mit den Schultern. »Ich meine, natürlich nehme ich ihn bei mir auf und pflege ihn, das ist ja Gottes Gebot von der Nächstenliebe, oder? Aber es steht fest, dass er ein Jude ist.«

Dionysius starrte den Klausner verständnislos an. Dieser deutete auf seinen Schoß und machte dann eine rasche, schneidende Bewegung. »Oder?«, fragte er. »Als die Reisenden ihn fanden, war er nackt. Seine Kleider waren an seinem Körper verbrannt. Ich habe es auch gesehen. Der Mann ist ein Jude.«

Dionysius' Blick ging vom Lager des schwerverletzten Mannes zum Klausner und zurück. Langsam, ganz langsam keimte ein so absurd scheinender Verdacht in ihm hoch, dass ihm schwindlig wurde. Wann war die Meldung eingetroffen, dass ein Mob einen Reisenden angegriffen hätte? Hatte nicht am Abend zuvor der Bote von Abram Mendes Salazar die Stadt verlassen? Wie wörtlich musste man eine über mehrere Stationen erfolgte Meldung nehmen, dass ein Mann *erschlagen* worden war? Was war das übliche grausige Schicksal, das der Mob einem Glaubensgenossen Josephs bescherte? *Verbrennt die Juden!* Ein Abgrund tat sich in Dionysius auf.

»Hat er seinen Namen genannt?«, fragte er den Klausner atemlos.

»Wer?«

»Na, er – der Verletzte!« Dionysius musste einen Impuls bekämpfen, den Klausner zu schütteln.

»Er hat bis jetzt gar nicht geredet, oder?«

Dionysius kniete an der Seite des Lagers nieder, auf dem der Verletzte lag. Er durchforschte sein Hirn, ob er irgendetwas in der jüdischen Sprache sagen konnte. Ihm fiel nichts ein. Er berührte den Verletzten vorsichtig an einer Stelle, die nicht verbrannt war. Der Mann blinzelte und stöhnte.

»Hallo?«, sagte Dionysius. »Könnt Ihr mich hören?«

Der Mann reagierte nicht. Dionysius seufzte. Es brauchte irgendetwas, das durch den Nebel aus Schmerz zu dem Verletzten durchdrang. Irgendetwas, das seine Erinnerung weckte. Er starrte das zerstörte Gesicht des Mannes an, ratlos, was er tun sollte, entsetzt, weil er wusste, dass er, wenn seine Befürchtung zutraf und dies der Bote war, den Abram Mendes Salazar losgeschickt hatte, schon zu viel Zeit verloren hatte. Joseph und Gisela mussten unbedingt benachrichtigt werden. Zu seinem Entsetzen gesellte sich Verzweiflung, als ihm klarwurde, dass es eigentlich schon zu spät war für Joseph … und für die kleine Maria … und für sie alle. Wie sollte der jüdische Agent jetzt noch rechtzeitig ankommen, um Azrael aufzuhalten?

Der Verletzte stöhnte. Dionysius verfluchte sich dafür, Abram Mendes Salazar nicht um den Namen des Boten gebeten zu haben. Auf ihn hätte der Verletzte vielleicht reagiert – wenn es der seine war. Welche jüdischen Namen kannte Dionysius sonst noch?

Joseph ben Kesher.

Würde der Bote auf den Namen reagieren? Er musste ihn kennen, Joseph war schließlich der Adressat der Botschaft.

Dionysius nannte Josephs Namen, laut und deutlich.

Es änderte nichts.

Er versuchte es mit Gisela d'Osoppo, obwohl er sicher war, dass der mürrische Abram ihren Namen ganz sicher nicht an den Boten weitergegeben hatte.

Es änderte auch nichts.

Andere jüdische Namen, die Dionysius kannte? Kesher ben Salomon. Zacharias Phiselin. Maria Phiselin.

Alles nicht hilfreich.

Dann zuckte er förmlich zusammen, weil er einen weiteren Namen kannte, einen, der dem Boten auf jeden Fall etwas bedeutete. Dionysius hatte den Wald vor lauter Bäumen nicht gesehen.

»Abram Mendes Salazar«, sagte er.

Der Verletzte öffnete die Augen. Sie waren trüb und unfokussiert. Die verbrannten Hände zuckten. Die rissigen, gesprungenen Lippen öffneten sich, und der Verletzte flüsterte: *»Bay dein dinst, mayn her.«*

Wenige Minuten später stürzte Dionysius nach draußen, wo sich die beiden Soldaten ein Lager bereitet und ein Feuer entzündet hatten. Sie blickten überrascht auf. Dionysius blickte in den Himmel. Es war noch nicht vollständig dunkel.

»Wir müssen aufbrechen!«, stieß er hervor.

»Jetzt?«, fragte der Lancepesade. Er fügte hinzu: »Es wird gleich dunkel.«

»Wir haben noch für mindestens eine Stunde genügend Licht. Und wir haben drei Laternen dabei. Wir haben es eilig.«

»Warum haben wir dann hier haltgemacht?«

»Weil ich zu diesem Zeitpunkt noch nicht wusste, *wie* eilig wir es haben.«

Der Lancepesade stand auf und trat auf Dionysius zu. Er reckte sich unbeholfen. »Wisst Ihr, Herr Medicus«, sagte er zögernd, »eigentlich haben wir beschlossen, überhaupt nicht mehr weiterzureisen.«

»Wie – überhaupt nicht. Was soll das heißen?«

»Seht Ihr, kein Mensch weiß, ob die Städte im Osten nicht schon längst alle von der Pest befallen sind. Wir sind froh, dass wir aus Genua raus sind. Und wir haben keine Lust, in irgendein anderes Seuchenloch zu geraten. Giacomo hier hat Verwandte in den Bergen. Die hohen Herrschaften von der Signoria sind alle auf ihre Landsitze in den Bergen abgehauen. Ich meine, was für die recht ist, kann uns auch nicht schaden. Was ich damit sagen will, Herr Medicus: Wir kommen nicht länger mit. Aber Ihr könnt euch uns anschließen, wenn Ihr wollt.«

»Euch anschließen?«

»Wenn wir uns in die Berge verdrücken.«

»Ihr seid verrückt geworden«, sagte Dionysius fassungslos. »Ich tue so, als ob ich das nicht gehört hätte. Und jetzt packt unsere Sachen, wir müssen los.«

Der Lancepesade seufzte. »Seht Ihr – Giacomo hat gesagt, dass Ihr genau so reagieren würdet. Ich sagte zu ihm, nein, sagte ich, der Herr Medicus ist ein vernünftiger Mann, schon weil er in Wahrheit gar keiner von den aufgeblasenen Ärzten ist, sondern ein Bader. Ihr wollt doch nicht, dass ich mich in Euch getäuscht habe?«

Dionysius fühlte einen ersten Anflug von Angst, als er in die glitzernden Augen des Lancepesade blickte und den drohenden Unterton in der scheinbar bittenden Art, mit der er redete. Aber seine Empörung war stärker. »Ich höre mir diesen Unfug nicht länger an …«, begann er.

»Schade«, sagte der Lancepesade.

Er zog in einer fließenden Bewegung den Dolch aus seinem Gürtel und rammte ihn Dionysius in die Brust.

Zuerst kam der Schock, dass so etwas passieren konnte. Dann kam eine eisige Kälte, die sich um die tief eingedrungene Klinge herum ausbreitete und sich zuletzt in einen schneidenden, bohrenden Schmerz verwandelte. Dionysius versuchte etwas zu sagen, aber es kam kein Ton heraus. Er versuchte, Luft zu holen, aber es ging nicht.

Er spürte, dass er einen Abhang hinunterrutschte und in einem Dickicht liegen blieb, und schloss daraus, dass er zusammengebrochen sein musste. Daran erinnerte er sich nicht. Er erinnerte sich an das ausdruckslose Gesicht des Lancepesade und dachte, dass er einen gewaltigen Fehler gemacht hatte, nämlich den beiden Soldaten zu vertrauen. Der ihn jetzt das Leben kostete.

Er dachte an Joseph und Gisela, die nun nie erfahren würden, dass sie in die falsche Richtung unterwegs waren.

Er dachte an Vittoria.

Und dann nur noch an Vittoria.

Und dann dachte er nichts mehr, weil die Schwärze ihn verschluckte und seine Seele mitnahm.

3

Zwei Männer waren abgestellt worden, um die jüdischen Kinder zu bewachen. Es waren keine Soldaten, sondern Gesellen aus der Zunft der Maurer und Steinmetzen. Man hatte sie bewaffnet und ihnen erklärt, dass Mitleid mit den Kindern oder gar Gnade unangebracht sei. Wenn sie erwachsen würden, würden sie zu den gleichen Wucherern, Halsabschneidern und Brunnenvergiftern werden wie ihre bereits hingerichteten Eltern. Man tat der christlichen Welt einen Gefallen, wenn man es nicht so weit kommen ließ.

Das Weinen und Flehen der Kinder, die im ersten Stock des Turms eingesperrt waren, wo in Belagerungszeiten Waffen und Vorräte für die Verteidiger der Stadt vorgehalten wurden, hatte den beiden Männern zunächst ans Herz gegriffen. Aber sie hatten es erfolgreich verhärtet. Mittlerweile, nach zwei Tagen, waren sie bis aufs Äußerste gereizt. Sie hatten einen Eimer Wasser hinaufgebracht, damit die Kinder etwas zu trinken hatten. Essen hatte es keines gegeben. Der Rat hatte einen Korb mit Trockenobst, geröstetem Hafer und Brot bringen lassen, doch den hatten die beiden Wächter nicht an die Kinder weitergegeben. Das Trockenobst war ohne Schimmel, der Hafer hatte vor dem Rösten noch nicht gekeimt, und das Brot war frisch. Eine Verschwendung, es in Bäuche wandern zu lassen, die schon bald von den Flammen verzehrt würden.

Man hatte die zwei jungen Männer darauf vorbereitet, dass möglicherweise einige Kinder von mitleidigen, kinderlosen Paaren in der Stadt aufgenommen würden, die dann für ihre Konvertierung zum Christentum sorgten. Man hatte sie angewiesen, notfalls mit Nachdruck für Ordnung zu sorgen, falls sich Geschwister nicht freiwillig voneinander trennen ließen. Die Maurergesellen waren nicht erpicht darauf gewesen, diesen Befehl umzusetzen, und hatten aufgeatmet, als niemand gekommen war, um einzelne Kinder für sich zu reklamieren.

Umso verärgerter waren sie, als sich am späten Vorabend der für morgen angesetzten Verbrennung doch noch ein Paar meldete. Sie waren noch nicht einmal von hier! Doch sie waren in Begleitung eines Schreibers des Markgrafen, der sich mit einem Siegel auswies und erklärte, der Mann und die Frau seien aus Alba und persönliche Schützlinge des Markgrafen. Immer gab es welche, die gegenüber den anderen – zum Beispiel einfachen Maurergesellen – bevorzugt waren! Die beiden Wächter brachten eine fein ausgewogene Mischung aus Mürrischsein und Unterwürfigkeit zum Ausdruck, weil man ja nie wissen konnte, und ließen das Paar und den Speichellecker des Markgrafen in den Raum mit den Kindern. Ihre Spieße tauschten sie gegen Ochsenziemer, die sie bereitgelegt hatten für den Fall, dass es Probleme mit überschäumender Geschwisterliebe gab. Die Kinder schreckten zurück und drängten sich in einer Ecke zusammen.

»Sind das alle?«, fragte der Mann, in dessen Sprache ein Dialekt mitschwang, den die Gesellen nicht zuordnen konnten. Aus der Gegend war er jedenfalls nicht. Die Gesellen stammten aus dem Norden und waren auf ihren jeweiligen Wanderungen bis nach Salusse gelangt, wo sie Anstellungen bei Meistern gefunden hatten und geblieben waren. Aus ihren Heimatregionen kam der Dialekt auch nicht. Leute wie der Markgraf umgaben sich wohl bevorzugt mit nicht Hiesigen. Der Dickwanst hatte dem Vernehmen nach angeheiratete Verwandtschaft unter den Herrschern von Mailand. Wahrscheinlich hatte er den Mann und die Frau von dort mitgebracht und in Alba ansiedeln lassen. Verdammte Ausländer!

»Ja«, sagte der eine Geselle, als der andere schwieg. »Alle unter zwölf. Die älteren haben sich schon in Rauch aufgelöst.«

Der zweite Geselle grinste, als er das Wortspiel verstand. Sein Grinsen erlosch, als er die steinerne Miene des markgräflichen Schreibers sah. Der Kerl verstand anscheinend keinen Spaß – oder er hatte den Witz nicht kapiert. Verdammte Lakaien!

Der Mann atmete tief ein und aus. Er sah so finster aus, als ob er sich gleich auf jemanden stürzen würde. Wahrscheinlich hatte seine Alte ihn dazu überredet, ein Judenbalg aufzunehmen, und er wollte das gar nicht. Was die beiden Gesellen betraf, hatten sie gut verstanden, dass niemand von hier die Kinder wollte. Wer wollte sich schon freiwillig so eine Plage ins Haus holen. Gab es nicht genug christliche Waisenkinder für die, die zu dämlich waren, selbst Kinder zu zeugen?

»Wie viele waren es?«, fragte der Mann.

»Wie viele was?«

»Kinder über zwölf, die ihr verbrannt habt.«

Die Gesellen wunderten sich über die feindselig klingende Nachfrage. »Vier oder fünf. Was spielt's für eine Rolle?«

»Sei froh, dass es nicht mehr waren«, sagte der finstere Ehemann.

»Wieso?«

»Weil ihr den Tod jedes von ihnen am eigenen Leib spüren werdet.«

Dann explodierte der finstere Ehemann in eine Reihe von schnellen Bewegungen, denen die Gesellen nichts entgegenzusetzen hatten.

Er riss dem einen den Ochsenziemer aus der Hand und zog ihm den anderen mit der Rückhand durchs Gesicht. Als dieser zurückprallte und seinen Ochsenziemer fallen ließ, fing der Ehemann ihn auf und warf ihn seiner Frau zu, die ihn im Flug schnappte. Der geschlagene Geselle sank auf die Knie, die Hände im Gesicht. Ein Aufwärtstritt traf durch seine Ellbogen hindurch sein Kinn. Die Wucht des Tritts riss ihn wieder auf die Füße und ließ ihn nach hinten umfallen. Über sein Gesicht zog sich ein roter Striemen, die Haut war auf einem Wangenknochen und auf dem Nasenrücken aufgeplatzt.

Der zweite Geselle, dem der Ochsenziemer entrissen worden war, warf sich herum und versuchte zu der Stelle zu gelangen, an der die beiden Spieße lehnten. Er erreichte sie, als der erste Geselle polternd zu Boden fiel. Doch bevor er nach einem Spieß greifen konnte, packte eine Hand sein Genick und stieß seine Stirn mit voller Wucht gegen die Mauer. Seine Knie gaben nach. Die Hand in seinem Genick zwang ihn noch weiter nach unten, und als er kniete, wurde seine Stirn noch einmal gegen die Mauer gehämmert. Er spürte und hörte sein Nasenbein brechen. Der Rest versank in dumpfer Besinnungslosigkeit und einem pochenden Schmerz. Er nahm noch wahr, wie sein Gegner von ihm abließ, weil er, der Hand in seinem Genick beraubt, zur Seite fiel wie ein Sack Mehl. Etwas in seinem ertrinkenden Verstand sagte ihm, dass der vermeintliche Ehemann genau vier Mal zugeschlagen hatte, und er fragte sich, wie das Ganze ausgegangen wäre, wenn nur ein einziges Kind über zwölf verbrannt worden wäre – oder ein ganzes Dutzend. Dann erlosch sein Denken endgültig, und alles, was noch von ihm übrig war, waren der brutale Schmerz in seinem Schädel, eine bleierne Übelkeit und die Erkenntnis, dass man ihn und seinen Kameraden hereingelegt hatte.

4

Joseph hatte den Wachposten mit dem Striemen im Gesicht am Kragen seiner Tunika in die Höhe gezerrt und vor sich hergetragen, bis er ihn mit dem Rücken gegen die Wand stoßen konnte. Mit einer Hand griff er in sein Haar und machte sich bereit, seinen Hinterkopf gegen die Mauer zu schlagen.

»Waren es vier oder fünf?«, keuchte er. »Wie viele haben gebrannt, du Ungeheuer? Vier oder fünf?«

Der Wächter machte schwache Abwehrbewegungen. Sein Mund hing schief, weil der Tritt ihm den Kiefer gebrochen hatte, seine Vorderzähne waren gesplittert, und er schien sich auf die Zunge gebissen zu haben, weil Blut aus seinen Mundwinkeln lief. Der Striemen quer über sein Gesicht schwoll an.

»Lass ihn, Joseph«, sagte Gisela. Sie war schockiert von Josephs Gewaltausbruch. Als die Wächter sie in diesen Raum gebracht hatten, hatte sie eine derartige Wut und Verachtung über ihre Rohheit gespürt, dass sie ihnen die Tracht Prügel von Herzen gewünscht hatte, die Joseph für sie geplant hatte. Aber es war keine Tracht Prügel gewesen. Es waren nur vier genau bemessene, möglichst brutale, vernichtende Schläge gewesen. Einen winzigen Moment lang stieg Angst vor Joseph in ihr auf, dann fiel ihr wieder ein, was für ein sanftes Herz in Wirklichkeit in seiner Brust schlug, und sie hätte weinen mögen wegen der Umstände, die ihn zu so einer Brutalität getrieben hatten. Sie ahnte, dass Joseph wahrscheinlich gar nicht die Hilfe des Schmieds und seiner Söhne in Puncrùn gebraucht hätte, um mit den genuesischen Soldaten fertigzuwerden. Wahrscheinlich hatte es sie sogar gerettet, dass sie in die Falle getappt waren, anstatt sich auf einen Kampf mit Joseph einzulassen.

»Er hat genug, Joseph«, fügte sie hinzu.

Joseph schüttelte sich. Dann ließ er den Wachposten los. Der sackte in sich zusammen und saß dann, halb bewusstlos, an die Mauer gelehnt da und starrte sie aus verständnislosen, weit aufgerissenen Augen an. Sie ließ den Ochsenziemer fallen und wandte sich Azzone zu, der mit offenem Mund, aber funkelnden Augen dastand.

»Heiliger Himmel«, sagte er. »Ich dachte immer, ihr Juden dürft euch nicht wehren.«

»Deshalb tun es auch viel zu wenige von uns«, stieß Joseph hervor. Er trat von den beiden wehrlosen Wachposten zurück und erwiderte Giselas Blick. Seine Schultern sanken herab. Er schaute seine Hände an und dann wieder Gisela. »Es tut mir leid«, sagte er rau.

Gisela schüttelte den Kopf. »Du hast getan, was du für richtig gehalten hast.«

»Nein, habe ich nicht. Als ich zuschlug, hielt ich es für richtig, die beiden zu töten.«

Gisela schluckte.

»Aber ich habe mich beherrscht«, fuhr Joseph fort. »Deinetwegen. Ich wollte nicht, dass du mich als Monster empfindest. Ich bin froh darüber.«

Gisela verbiss sich die Frage, ob er, als sie noch nicht in seinem Leben gewesen war, jemanden getötet hatte. Für die Vergangenheit war noch genug Zeit, wenn erst einmal die Gegenwart gerettet war. Aber sie deutete auf die beiden Wachposten und dann in Richtung der Stadt. »Da«, sagte sie, »sind die Monster. Ich sehe nur einen Mann, der das Leid der anderen nicht mehr ertragen hat.«

Joseph schloss die Augen. Dann wandte er sich an die Kinder, von denen einige vor Schreck zu weinen begonnen hatten. Die älteren unter ihnen musterten ihn stumm. Er hob die Hände wie jemand, der zeigen will, dass von ihm keine Gefahr ausgeht.

»Wir sind hier, um euch zu retten«, sagte er.

Die älteren Kinder wechselten verwirrte Blicke. »Wer bist du?«, fragte eines von ihnen, ein Junge.

»Einer von euch«, sagte Joseph. »Diese Frau hier ist die Frau an meiner Seite. Und der Mann dort kommt von Markgraf Tommaso und hilft mir, euch in Sicherheit zu bringen.«

Die Kinder dachten nach. Schließlich sagte der Junge: »Warum retten unsere Eltern uns nicht?«

Gisela brach in Tränen aus.

5

Die Kinder durch eines der Stadttore nach draußen zu bringen war keine Option. Die Torwachen würden sie nicht durchlassen, und auch wenn Joseph mit einer Handvoll schläfriger, überraschter Wachposten wahrscheinlich fertig würde, würde der

Kampf doch die ganze Stadt alarmieren. Die Möglichkeit, die Joseph vorschlug, schockierte Azzone. »Ihr könnt kein Loch in den Turm schlagen!«, rief er. »Das würde die Verteidigung der Stadt vollkommen unmöglich machen.«

»Mir ist es völlig egal, ob Salusse morgen von den Tataren überrannt wird«, knurrte Joseph. »Abgesehen davon, dass keine Tataren in der Nähe sind.«

»Hier leben auch anständige Leute«, protestierte Azzone.

»Wo waren die, als dreißig unschuldige Menschen verbrannt wurden?«

Azzone senkte den Kopf. Gisela, die als lebenslange Bewohnerin einer Burg den Horror des jungen Mannes vor einem Loch in den Verteidigungsanlagen nachvollziehen konnte, sagte: »Das Verschwinden der Kinder wird spätestens morgen früh offenbar. Niemand belagert die Stadt, niemand greift sie in der nächsten Zeit an. Die Salussianer haben genügend Zeit, das Loch zu reparieren.«

»Leider«, sagte Joseph.

Es hatte eine Weile gedauert, die entsetzten Kinder zu beruhigen. Noch immer weinten ein paar, andere starrten blicklos vor sich hin. Gisela konnte sich nicht annähernd vorstellen, wie sie sich fühlen mussten. Sie trauerte noch um ihre eigene Mutter – aber wie es einem ging, der erfahren hatte, dass seine Eltern lebendig verbrannt worden waren und dass nur das schicksalhafte Eingreifen dreier völlig Fremder verhinderte, dass die Kinder das Schicksal der Eltern teilten ... nein, das konnte und wollte Gisela sich nicht vorstellen. Sie war mehr denn je entschlossen, die Kinder zu retten. Aber sie wusste, dass sie Azzones weitere Mithilfe brauchten, um die Kinder aus der Stadt zu bringen, und das Wohlwollen des Markgrafen, damit sie auch darüber hinaus sicher waren. Tommaso del Vasto würde sicher nicht glücklich sein, wenn bei der Flucht die Verteidigungskraft seiner Hauptstadt mehr als nötig geschwächt wurde. Seine Grafschaft war von gierigen Feinden umgeben, und das würde ihm nur zu klar sein.

»Wir brauchen einen Balken«, sagte Joseph. »Im oberen Turmgeschoss müssen welche sein.«

Er und Azzone wuchteten einen der Balken über die Leiter nach unten. Die Balken dienten zweierlei Zwecken – bei einem Angriff ein durch Beschuss einsturzgefährdetes Turmdach zu stützen oder den Balken auf die Köpfe von Feinden fallen zu lassen, die sich daranmachten, den Turm zu erklimmen.

»Wir schlagen das Loch hier im Mittelgeschoss hinein«, keuchte Joseph. »Hier ist die Wand nicht so stark wie im Erdgeschoss. Zwei, drei Schläge mit dem Balken müssten genügen.«

»Bei dem Lärm läuft die halbe Stadt zusammen«, sagte Gisela.

»Nein, weil wir auf der stadtabgewandten Seite des Turm arbeiten. Der Lärm wird kaum hörbar sein. Und bis die Leute, die hier in der Nähe leben, verstehen, was los ist, sind wir über alle Berge.«

»Wir haben fünf Pferde …«, sagte Azzone.

»Und es sind elf Kinder. Zwei auf jedem Pferd, das letzte trage ich.«

»Die Wachen auf der Mauer?«, fragte Gisela.

»Die machen lange Runden. Wir müssen abwarten, bis sie hier vorbeikommen und wieder weit genug weg sind, dann merken sie auch nichts – oder wenn, dann zu spät.«

»Sie gehen im Obergeschoss durch den Turm. Sie werden hier nachsehen, ob alles in Ordnung ist.« Azzone klang besorgt.

Joseph dachte nach. Dann wandte er sich an den Jungen, der schon vorher mit ihm gesprochen hatte. Seine Wangen waren tränennass, aber er wirkte gefasst. »Können du und die anderen Lärm machen, wenn die Wachen kommen?«

»Welchen Lärm?«

»Flehen. Jammern. Rufen. Weinen.«

Dem Jungen stiegen erneut Tränen in die Augen. »Das ist nicht schwer«, flüsterte er erstickt.

Gisela wollte ihn trösten, doch da kam ihr Joseph zuvor. Er kauerte sich vor dem Jungen nieder und nahm ihn in den Arm. Zuerst sträubte er sich, doch dann ließ er es geschehen. »Ich weiß, dass ich viel verlange. Aber wir wollen euch retten. Wir brauchen eure Hilfe.«

Der Junge schluckte und nickte elend. »Wir helfen euch.«

»Die werden nicht herunterkommen«, knurrte Joseph. »Sie werden durch das Loch runterschauen und die Kinder sehen, und Ihr, Azzone, werdet hinaufrufen, dass sie gern runterklettern und beim Kinderhüten helfen dürfen, wenn sie nichts Besseres zu tun haben. Die werden sich mit paar launigen Bemerkungen aus dem Staub machen, so schnell sie können.«

»Ich soll das tun?«, rief Azzone alarmiert.

»Bei mir hören sie sofort, dass ich nicht von hier bin.«

Die Kinder wurden in die gegenüberliegende Ecke des Turms umquartiert, wo auch die gefesselten und geknebelten Wachposten lagen. Beide waren nur halb bei Besinnung und zuckten manchmal, hielten sich aber ansonsten still. Azzone und Joseph banden ein paar Seile an zwei Stellen um den Balken, so dass sie ihn zwischen sich schwingen konnten. Der Balken war schwer. Gisela hoffte, dass er genügend Ziegelsteine aus der Wand stoßen konnte, um die Kinder und dann sie drei nach draußen gelangen zu lassen. Sobald das Loch in die Wand geschlagen war, würde der Balken einen neuen Verwendungszweck bekommen – quer vor das Loch gelegt, würde er den Anker für die Seile bilden, mit denen sie die drei, vier Mannslängen bis nach unten überwinden konnten. Azzone würde als Erster nach unten klettern; er musste sofort, wenn er den Boden berührt hatte, loslaufen und die in einem maroden Stadel ein paar hundert Schritte von der Stadtmauer entfernt untergebrachten Pferde holen.

Dann warteten sie auf den Rundgang der Wachen. Dieser war weniger spektakulär als erwartet. Sie hörten die schweren Schritte von drei Männern durch das Obergeschoss des Turms gehen; keiner von den dreien rief etwas herunter oder hielt auch nur inne. Gisela beschloss die Ignoranz als Zeichen zu werten, dass es tatsächlich anständige Leute in Salusse gab. Sie taten ihre Ablehnung der Vorgänge dadurch kund, dass sie den Turm mit den eingesperrten Kindern nicht in ihre Sicherheitsmaßnahmen einbezogen.

»Fertig?«, fragte Joseph, als genügend Zeit verstrichen war.

»Fertig«, sagte Azzone und spuckte sich in die Hände. Er hatte seine Zweifel offenbar überwunden und war wieder der gleiche entschlossene Helfer wie zuvor.

Die beiden Männer hoben den Balken an. Selbst im Dunkel des Turminneren konnte Gisela sehen, wie ihre Gesichter rot anliefen wegen des Gewichts. Sie schwangen ihn vor und zurück. Dann torkelten sie auf ein Zeichen Josephs los und rammten den Balken im Vorwärtsschwingen gegen die Wand.

Es dröhnte wie in einer Kirchenglocke. Ein paar kleinere Kinder schrien. Staub wirbelte herab, das Gebälk des Turms knarrte.

»Nochmal«, ächzte Joseph.

Wie er vorhergesagt hatte, gab die Wand beim dritten Rammstoß nach. Ein Teil beulte sich plötzlich nach außen, einzelne Ziegel fielen hinaus. Joseph trat mit dem Fuß nach. Dann beugte er sich durch das entstandene Loch nach draußen. Gisela hatte auf einmal die schreckliche Vorstellung, dass vor dem Turm schon Männer mit Armbrüsten warteten und auf Joseph schossen. Sie sah ihn vor ihrem inneren Auge zurückzucken und von der Öffnung wegtaumeln, einen Armbrustbolzen in der Kehle …

Joseph zog seinen Oberkörper zurück und lächelte allen im Turm zu. »Die Luft ist rein«, sagte er. »Los geht's! Wir haben nicht viel Zeit.«

»Hoffentlich ist Seine Durchlaucht wenigstens schon in Bra angekommen«, murmelte Azzone, als er durch das Loch stieg. »Wenn wir ihm noch weiter als Bra entgegenreiten müssen, werden sie uns am Ende noch einholen.«

Ja, hoffentlich, dachte Gisela. Sie machte sich allerdings weniger Sorgen, dass die Salussianer sie einholten. Sie glaubte nicht einmal, dass eine mehr als halbherzige Verfolgung aufgenommen würde. Dazu war die Stadt zu uneins, was den Hass auf die Juden anging. Worum sie sich Sorgen machte, war, dass sie und Joseph noch mehr Zeit verloren als nur den einen Tag. Sie hatte Joseph versprochen, dass sie ihn durch die Berge führen und rechtzeitig nach Avignon bringen würde. Aber sie konnte keine Wunder wirken. Und auch wenn sie sich in den Bergen von Osoppo auskannte, waren keine zwei Bergketten gleich.

Sie dachte an die schneebedeckten Gipfel, die scheinbar direkt hinter der westlichen Stadtmauer in die Höhe ragten. Vor ihr lag völlig unbekanntes Gebiet, und sie konnte nur hoffen, ihr Versprechen halten zu können.

6

Admiral Vignoso hatte drei Pestbeulen entdeckt. Eine kleinere und eine große an der rechten Leiste, eine unter der Achsel. Er hatte ihr Auftreten gefürchtet. Vittoria Gambacortis Versicherung, es sei besser, das Gift drängte nach außen und machte sich in Form der Beulen bemerkbar, als dass es nach innen floss und zum Herzen ging, hatte ihn nur wenig beruhigt. Bis jetzt hatte er noch von keinem Erkrankten in der Stadt gehört, der wieder genesen war, wenn ihn die Pest erst einmal in ihren Fängen hatte – Beulen oder nicht. Am Ende stand stets das große Massengrab vor der Stadt, das sich immer weiter füllte.

Außerdem – und auch wenn es für einen alten Soldaten peinlich war – musste er zugeben, dass er die Prozedur fürchtete, die Colle ihm beschrieben hatte. Er konnte sie natürlich unterlassen, die Schwellungen waren auch so schon schmerzhaft genug – aber wenn es auch nur eine geringe Chance gab, dass das Aufschneiden der Beulen ihm half, musste er sie nutzen. Auch das war eine alte Soldatengewissheit: Solange ein Mann die Aussicht hatte, seine Kampfkraft wiederherzustellen, musste er es tun. Soldaten hatten die Pflicht zu kämpfen; damit sie das konnten, kam zuvor aber die Pflicht zu überleben.

Die Zunge klebte ihm am Gaumen; er hatte das Gefühl, als

sei seine Mundhöhle vollkommen ausgetrocknet. Die Kopfschmerzen waren so übel, dass er sich konzentrieren musste, um Dinge scharf zu sehen. Er starrte das Becken mit den glühenden Kohlen an, das er sich an sein Lager hatte stellen lassen. Neben ihm lag die Ledertasche mit Colles Chirurgenbesteck. Die Werkzeuge sahen aus, als wären sie direkt aus der Folterkammer korsischer Piraten entnommen. Die Soldaten im Palast hatten Anweisung, niemanden zu ihm zu lassen und auch selbst seine Kammer nicht zu betreten, egal wie sehr sie ihn brüllen hörten. Alles war bereit. Er musste nur noch anfangen. Das schob er jetzt seit mindestens zwei Stunden vor sich her. Wenn er es noch länger aufschob, würde er unfähig sein, es zu tun. Nicht nur, weil er dann komplett entnervt sein würde; auch, weil er jetzt schon so steif und verkrampft war, dass seine Hand zitterte. Die Beulen schmerzten so sehr, dass nur ein völlig verkrümmtes Liegen den Schmerz halbwegs erträglich machte. Er würde die Klingen nicht ruhig halten können, wenn er noch länger wartete – und sich damit mehr verletzen, als er sich nützte.

Er quälte sich aus dem Bett und kniete davor nieder, ächzend vor Schmerz – ein wuchtiger, alternder Mann, der nur ein Hemd trug, weil er andere Kleidung nicht aushielt, und der schwitzte wegen der Hitze des Kohlenbeckens und vor Angst. Er faltete die Hände und betete zu Jesus Christus, dessen Furcht am Abend im Ölberg er sich verbunden fühlte. Er bat den Herrn, ihm die gleiche Kraft zu schicken, die er selbst gehabt hatte, und nicht zuzulassen, dass Admiral Simone Vignoso all den Kameraden Schande machte, die vor ihm keuchend vor Schmerz auf Schlachtfeldern gelegen hatten, den Tod vor Augen. Dann kletterte er wieder in sein Bett, legte sich zurecht und schob das Hemd nach oben. Er entdeckte dunkelrote Streifen und Flecken auf seinem Bauch, die bei der letzten Inspektion noch nicht da gewesen waren; sie sahen aus, als würde er bei lebendigem Leib verwesen. Verbissen bemüht, die Hoffnung trotzdem nicht aufzugeben, breitete er ein dick gefaltetes Tuch auf seine Scham für den Fall, dass das Messer doch abrutschte, klemmte die flache Schüssel für den Ausfluss unter sein Bein – und schob die Klinge des Brenneisens in die glühenden Kohlen. Die Minute, die er abwarten musste, bis auch die Messerspitze glühte, war die längste seines Lebens. Er nahm das Messer heraus, hielt den warm gewordenen Holzgriff mit spitzen Fingern, fixierte mit zusammengebissenen Zähnen die rotglühende Spitze, näherte sich mit ihr der gespannten, bläulich verfärbten Haut über der größeren Bubone, spürte die Hitze, die von der Glut ausging, bekam einen Schweißausbruch und eine Gänsehaut gleichzeitig, bezwang das Zittern in seiner Hand und senkte die Klinge.

Die Tür schwang mit Wucht auf. Der Admiral zuckte erschrocken zurück. Das Brenneisen flog aus seiner Hand und schlitterte über die Holzbohlen des Fußbodens. Er blickte auf und hatte zuerst Schwierigkeiten, den Eindringling zu erkennen.

»Monna Gambacorti«, sagte er dann mit schwerer Zunge. Er versuchte sein Hemd nach unten zu zerren, was ihm nicht gelang. Dann versuchte er das schützende Tuch auszubreiten und stieß dabei an die prall gefüllte, größere Bubone. Er schrie auf vor Schmerz. »Dreht Euch um«, keuchte er, Schweiß und Tränen in den Augen. »Ich bin nicht schicklich.«

»Und ich bin Ärztin«, versetzte Monna Gambacorti. »Es gibt nichts, was ich nicht schon gesehen hätte.«

»Ihr schockiert mich, Madonna«, sagte Vignoso. Er fühlte sich absurderweise erleichtert, dass Gambacorti ihn davor bewahrt hatte, den Schnitt zu tun – obwohl er dadurch seine Heilungschancen extrem verschlechterte. »Ich dachte, dass sogar Hebammen unter einem Tuch arbeiten, damit sie nichts Unschickliches sehen – und da sind die Frauen sogar unter sich.«

Monna Gambacorti wurde rot. »Ich meinte auch nicht, dass ich als Ärztin all das gesehen hätte«, sagte sie. »Ich war zweimal verheiratet, und jetzt …« Sie schwieg und wurde noch röter.

Admiral Vignoso seufzte. Er war noch immer so aufgewühlt, dass er sein Herz weiter öffnete als üblich. »Der Bader kann sich glücklich schätzen«, murmelte er.

»Ihr wisst, dass Dionysius und ich …?«

»Ich bin ein alter Soldat, aber ich bin nicht blind, Madonna.«

»Und ich sage Euch, was ich sehe, Admiral. Ich sehe einen unglaublich tapferen Mann, der etwas vorhat, was er lieber einer erfahrenen Hand überlassen sollte.«

»Euer geliebter Bader hat mir das Werkzeug gegeben …«

»Weil er nicht dachte, dass Ihr es selbst anwenden würdet! Er hat mir gesagt, dass er Euch das Besteck überlassen hat. Und wisst Ihr, warum? Weil ich als Ärztin so etwas nicht habe! Weil er dachte, Ihr würdet so vernünftig sein, nach mir zu schicken, wenn Ihr meine Hilfe braucht.«

»Ich möchte nicht, dass Ihr am Ende noch von mir die Pest bekommt.«

»Ich weiß mich schon zu schützen. Seid Ihr damit einverstanden, dass ich die Beulen aufschneide und ausbrenne? Ihr werdet mich laut brüllend verfluchen, wenn es so weit ist, und mir alle Schimpfnamen an den Kopf werfen, die Ihr kennt.«

Der Admiral fühlte ein verzerrtes Lächeln auf sein schweißnasses Gesicht treten. »Ich kenne einige, Madonna.«

»Dann lerne ich ja noch was. Soll ich Euch auf dem Lager fixieren lassen? Mit Gurten?«

»Nein. Ich verspreche Euch, dass ich stillhalten werde, egal was Ihr mir antut. Nur dass ich keine Schimpfwörter gebrauchen werde, das kann ich nicht versprechen.«

»Tut Euch keinen Zwang an.«

Sie trat näher an sein Bett heran. Er sah sie stutzen, als würde sie eine unsichtbare, aber fühlbare Grenze überschreiten. Er wusste, was es war. Sie war jetzt im Dunstkreis des Gestanks, den sein verrottender Körper ausströmte. Er hätte weinen mögen vor Scham und Demütigung, aber ein alter Soldat weinte nicht.

»Wie seid Ihr überhaupt hier hereingekommen?«, fragte er mit abgewandtem Kopf. Er hob eine Hand und hielt sie vor seinen Mund, auch wenn die Bubonen unter seinen Achseln diese Bewegung zur Hölle machten. Wenn ihm selbst schon fast übel wurde vom Geruch seines Atems, wie musste es dann der Ärztin gehen? »Genau zum rechten Moment? Ich hatte doch Befehl gegeben, dass niemand zu mir …«

»Vergebt Euren Soldaten, Admiral. Sie hatten es noch nie mit Vittoria Gambacorti zu tun. Dass ich rechtzeitig kam, ist göttliche Fügung. Dass ich überhaupt kam, liegt daran, dass ich ahnte, Ihr würdet nicht vernünftig genug sein, meine Hilfe zu erbitten.«

Die Ärztin ging und kam kurz darauf in einer bizarren Schutzkleidung wieder. Sie hatte einen Gugel übergestreift und sich die Kapuze über den Kopf gezogen. Vor das Gesicht hatte sie ein Tuch gebunden. Der Admiral nahm Kräutergeruch wahr, als sie sich über das Kohlenbecken beugte und das Brenneisen wieder hineinschob. An den Händen trug sie Handschuhe.

»Das war Dionysius' Idee«, sagte sie. »Es tut mir leid, dass ich Euch diesen seltsamen Anblick bieten muss.«

»Wenn's hilft«, sagte Vignoso und versuchte ein weiteres Lächeln. Wenigstens roch sie jetzt nicht mehr seinen Gestank. Er blickte auf, als ihm klarwurde, dass Monna Gambacorti ihn musterte. Ihre Augen oberhalb des Tuchs waren groß und auf einmal voller Angst.

»Glaubt Ihr, dass es Dionysius gut geht, Admiral? Ich weiß, Ihr müsst meine Frage merkwürdig finden – Ihr kämpft um Euer Leben, und ich frage nach … nach meinem Liebsten.«

»Der Gonfaloniere hat ihm zwei erfahrene Männer mitgegeben, soweit ich weiß. Macht Euch keine Sorgen, Madonna. Euer Bader ist ein pfiffiges Kerlchen.« Dann fügte er hinzu und überraschte sich selbst damit: »Auf die Liebenden passen mehr Engel auf als gewöhnlich.«

»Ich danke Euch, Admiral. Und zum Beweis meines Danks werde ich Euch jetzt die schlimmsten Schmerzen zufügen, die Ihr je erlebt hat.« In ihren Augen schimmerten Tränen.

»Es kann eigentlich nicht schlimmer sein als an dem Tag, an dem mir einer meiner Offiziere einen Pfeil der Länge nach durch meinen Oberschenkel zog, weil die Spitze Widerhaken hatte und er ihn nicht anders entfernen konnte.« Der Admiral wies auf eine sternförmige Narbe oberhalb seines Knies. »Ich konnte ihn die ganze Zeit an meinem Knochen entlangschaben fühlen.«

»Ich fürchte, das wird nichts dagegen sein.«

Admiral Vignoso schluckte. Dann ballte er seine Fäuste um die Decke und schloss die Augen. »Worauf wartet Ihr noch?«, fragte er.

Er hielt sein Versprechen. Er zuckte nicht und versuchte nicht aus dem Bett zu springen. Aber er brüllte wie ein Wahnsinniger und bedachte Vittoria Gambacorti mit allen Schimpfwörtern in allen Sprachen, die er kannte. Nachdem die dritte Bubone geöffnet und ausgebrannt war, bat er sie um Verzeihung. Dann brach er in Tränen aus. Dann wurde er bewusstlos und war noch im Wegkippen dankbar dafür.

7

Die Ziegenherden waren noch nicht wieder auf ihre Almweiden zurückgekehrt. Es war noch zu früh im Jahr. Auch wenn die Sonne schon Wärme spendete und die Schneegrenze kontinuierlich die Bergflanken hochwanderte, konnte doch jederzeit ein Witterungseinbruch kommen, alles bis in die Täler herunter mit Schnee bedecken und selbst die abgehärteten Ziegen erfrieren lassen. Ihre klapprigen Unterstände, vom Schnee halb umgeschoben und von Winterstürmen halb abgedeckt, waren noch nicht wieder instand gesetzt worden, aber die Hirten hatten die meisten von ihnen so gebaut, dass sie überhängende Felsen oder Nischen als Dächer nutzten. Je weiter man nach hinten kroch, desto trockener und geschützter hatte man es.

Joseph und Gisela übernachteten am dritten Tag nach ihrem Aufbruch aus Bra in so einem Unterstand. Der schwergewichtige Graf Tommaso war dort gewesen und hatte die jüdischen Kinder in seine Obhut genommen. Den Aufrührern in Salusse drohte nichts Gutes, wenn Joseph den Gesichtsausdruck des Grafen richtig gedeutet hatte – und Azzone stand jetzt hoch in der Gunst von Tommaso del Vasto. Joseph, dem klar war, über wie viele seiner Schatten der junge Schreiber hatte springen müssen, um bei der Befreiung der Kinder eine tatkräftige Rolle zu spielen, hatte Azzone gutmütig den Löwenanteil des Triumphs überlassen.

Das war die gute Seite an der Begegnung mit Graf Tommaso gewesen. Weniger gut waren die Neuigkeiten, die er mitgebracht hatte. In Mailand hatte es zwar keine Pestfälle gegeben, aber in Pavia. Zuerst hatte Joseph befürchtet, dass seine Annahme doch falsch gewesen und der Ausbruch der Seuche auf Azraels Wirken zurückzuführen war, der doch nicht den Weg nach Avignon eingeschlagen hatte. Doch der Schilderung des Grafen konnte er entnehmen, dass die ersten Opfer die Familie eines aus genuesischen Diensten zurückgekehrten Söldners waren. Er und Gisela hatten einen Blick gewechselt: »zurückgekehrt« war nicht ganz die Wahrheit, der Mann war wahrscheinlich einer der Deserteure aus Admiral Vignosos Heer. Graf Tommaso hatte die Überzeugung geäußert, dass sein angeheirateter Verwandter Herzog Luchino Visconti die Sache, was Mailand selbst betraf, in den Griff bekommen würde. Joseph hoffte es – andernfalls war es sinnlos, nicht nur Maria zu befreien, sondern auch Azrael noch aufhalten zu wollen.

In der ersten Nacht nach dem Aufbruch von Bra übernachteten sie in einem Ort, den die Einheimischen Cavlimor nannten. Eine Unterkunft zu finden war leicht. Der Ort gehörte zur Markgrafschaft von Salusse, und Graf Tommaso hatte ihnen einen Geleitbrief mitgegeben. Was genau ihre Pläne waren, hatten sie ihm nicht mitgeteilt. Die großherzige Natur des Grafen zeigte sich darin, dass er ihnen den Geleitbrief trotzdem ohne nachzufragen ausstellen ließ. Die zweite Nacht verbrachten sie in Barge, dank des Geleitbriefs auf einem bequemen Lager im Haus des Ortsvorstehers.

Danach hatten die Ortschaften aufgehört, die Straße war schmal und steinig geworden und hatte sich steil in die Berge hinaufgewunden. Joseph, der sich in den besiedelten Gebieten zwischen den Bergen im Westen und denen im Osten hervorragend zurechtgefunden hatte, musste die Führung nun Gisela überlassen. Sie hatte sie bis in diesen alten Ziegenstall gebracht, in dem sie sich mit Decken und Mänteln ein halbwegs anständiges Lager gebaut hatten. Der Unterstand hatte den ganzen Winter leer gestanden. Die Nacht war zwar kalt, aber windstill und trocken. Es gab schlechtere Lager.

Gisela war nach draußen gegangen und kam jetzt wieder zurück. In der Dunkelheit hörte er sie rumoren und sich in die Decken wühlen, die neben seinem Lager ausgebreitet waren.

»Ist das kalt!«, keuchte sie. »Und stockfinster.« Er hörte, wie sie in ihre Hände blies. »Ich habe mein ganzes Leben in den Bergen verbracht und hatte doch schon vergessen, wie kalt es hier oben wird.«

Joseph drehte sich herum und umfasste ihre Hände mit den seinen.

»Deine Hände sind ganz warm«, sagte Gisela. »Wie machst du das?«

»Keine Ahnung. Ich habe auch ganz warme Füße.«

»Wie ich dich beneide!«

»Zieh die Stiefel aus und steck deine bloßen Füße unter meine Decke.«

Sie zögerte. »Joseph … das ist mir unangenehm. Ich konnte mich zuletzt in Cavlimor halbwegs anständig waschen.«

»Genau wie ich. Jetzt sei so gut und gib mir deine Füße.«

Gisela machte ein resigniertes Geräusch, dann hörte er sie die Stiefel abstreifen. Im nächsten Augenblick wühlten sich ihre bloßen Füße schon unter seine Decke.

»*Oi!*«, rief Joseph schockiert. »Das sind keine Füße, das sind Eisklumpen!«

Sie wollte sie zurückziehen, aber er klemmte sie mit seinen Füßen ein. »Entschuldige«, sagte er. »Lass sie hier.«

»Ich wollte dich nicht erschrecken. Ich dachte nicht, dass du die Stiefel auch ausgezogen hast.«

»In Schuhen bekommt man keine warmen Füße.«

»In Osoppo habe ich im Winter oft wochenlang in Schuhen geschlafen, weil es so kalt in meiner Kammer war.«

»Vielleicht gelten ja für Bergmenschen andere Gesetze.«

»Bergmenschen?«, fragte Gisela nach einer kurzen Pause mit dick aufgetragener Empörung.

»Ich spüre zum Beispiel auch, dass dieser Bergmensch vor Kälte zittert.«

»Das tut er«, gab Gisela zu.

»Darf ich dich unter meine Decke einladen?«

Gisela regte sich eine Weile nicht. Joseph hielt den Atem an. Als er gerade sagen wollte, dass sie nichts von ihm zu befürchten habe, folgte sie seiner Einladung. Er presste sie an sich und breitete mit der freien Hand die Decken und Mäntel, so gut er konnte, über sie beide. Er spürte ihr Zittern und die Kälte ihrer Hände durch sein Hemd, als sie die Arme um ihn legte. Als ihre Wange sich an die seine schmiegte, fühlte er jedoch Hitze. Sie sagte nichts. Auch das Zittern ließ nicht nach. Ihm wurde klar, dass dafür nun nicht mehr die Kälte verantwortlich war.

Ist es dir unangenehm, so nahe bei mir zu liegen?, wollte er fragen, doch sie kam ihm zuvor.

»Das ist das erste Mal für mich«, flüsterte sie. Joseph blinzelte, überrascht über ihre Direktheit, doch dann wurde ihm klar, dass sie etwas anderes gemeint hatte. »In Osoppo haben meine Magd und ich uns ganz eng zusammengekuschelt, wenn es zu kalt war. Und als kleines Kind hatte ich immer noch einen der Jagdhunde meines Vaters mit im Bett, bis meine Mutter sagte, für eine junge Dame gehöre sich das nicht mehr.« Sie machte eine Hand frei und strich ihm ganz vorsichtig über die Wange. Die Finger waren immer noch kalt. »Dein Bart ist weich«, sagte sie. »Ich dachte, alle Männerwangen würden kratzen.«

»Nur, wenn sich der Mann rasiert. Man kriegt es nie so glatt hin, wie man möchte.«

Sie streichelte seine Wange weiter. »Es ist ein schönes Gefühl.«

»Für mich auch.«

Er fühlte ihren Atem auf seinen Lippen und nahm die Einladung an. Der Kuss dauerte lange und war köstlicher als alle anderen, die sie bisher getauscht hatten.

»Auch das«, wisperte sie, »ist für mich das erste Mal.«

»Wir haben uns schon öfter geküsst.«

»Ich meine, was danach kommt.«

Joseph spürte, dass sie es wollte. Was ihn betraf, wollte er nichts anderes. Selbst die Mission war auf einmal zweitrangig. Er wollte Gisela. Er hatte von Anfang an gewusst, dass sie die Frau fürs Leben war. Darüber, dass sie für immer auch die einzige Frau sein würde, nach der es ihn jemals verlangte, hatte er nicht nachgedacht, aber jetzt war ihm auch das klar. Sie drängte sich an ihn. Ein unfassbar schönes Gefühl lief durch seinen Körper.

»Gisela«, sagte er dann, »warte.« Es kostete ihn eine solche Überwindung, dass er Mühe hatte, vernünftige Worte zu finden. »Du musst wissen, dass ich niemals zuvor geliebt habe und niemals mehr lieben werde – außer dich. Für immer nur dich. Was mich betrifft, sind wir schon längst Mann und Frau. Aber wenn wir unserem Verlangen jetzt folgen, bist du deinem und meinem Glauben nach eine gefallene Frau. Das Sakrament der Ehe ist in meiner Kultur so heilig wie in deiner und genauso unerlässlich für die Ehre einer Frau. Wären wir von einem Glauben, würde ich mit dir den nächsten Priester – oder Rabbiner – aufsuchen und ihn auf Knien anflehen, uns zu verheiraten. Aber wir sind nicht …«

Sie legte ihm einen Finger auf die Lippen. »Ich weiß«, flüsterte sie. »Ich habe darüber schon nachgedacht. Ich möchte zu deinem Glauben übertreten.«

Joseph wurde schwindlig. Alles, was er herausbrachte, war: »Warum nicht umgekehrt?«

»Sonst sind es die Christen, die die Juden dazu bringen, sich taufen zu lassen. Und dabei ist immer Zwang dahinter – oder die Drohung, andernfalls ermordet zu werden. Ich möchte nicht, dass auch nur einen Augenblick lang in dir ein solcher Gedanke entsteht. Du bist stolz auf deinen Glauben und deine Kultur, Joseph. Meinen Glauben habe ich von Kindheit an eingebläut bekommen, und er bestand aus Angst vor dem Zorn des Herrn, aus Verboten und aus Hochmut. Der Herr sieht und bestraft dich für jedes Vergehen; die Kirche erlaubt nicht, dass du dies oder jenes tust; wir wissen nicht, wie die anderen Leute glauben, aber sie sind auf jeden Fall dem Herrn ein Gräuel. Ich möchte zu deiner Welt gehören, Joseph. Bitte lass mich ein Teil davon werden. Ich bin ganz dein. Ich möchte auch ganz zu deiner Kultur gehören.«

Joseph war sprachlos. Er spürte Tränen in seinen Augen. Als er nicht antwortete, fragte Gisela mit Angst in der Stimme: »Habe ich um etwas gebeten, das dich beleidigt?«

»Nein«, sagte Joseph heiser. »Nein. Du machst mir Ehre.«

»Erlaubst du es mir?«

»Es ist deine freie Entscheidung, Gisela.«

Sie strich mit den Händen über sein Gesicht. »Warum weinst du?«

»Vor Liebe zu dir«, sagte er. Er schluckte und versuchte sich zusammenzureißen. »Gisela – zum jüdischen Glauben überzutreten ist nicht einfach. Du wirst viel lernen müssen und viele Prüfungen bestehen müssen, die dir von alten Männern auferlegt werden, von denen einige auch nicht weniger scheinheilig sind als christliche Kleriker. Und wenn du es tust, begehst du in den Augen deiner Leute das schlimmste Sakrileg, das man sich denken kann. Du bist dann zu den Christusmördern übergelaufen, den Verachteten. Du wirst verfolgt werden, wie wir alle, und du wirst noch weniger Gnade erfahren als einer von uns, weil du nicht unschuldig in deinen Glauben geboren wurdest, sondern ihn dir ausgesucht hast. Vor dem Gesetz wirst du eine Jüdin sein. Aber es wird auch bei uns immer wieder welche geben, die dich schief anschauen und dir misstrauen, weil du zuvor Christin warst. Die Gerechten unseres Volks sind wirklich leuchtende Beispiele von Gerechtigkeit, an die nur wenige christliche Vertreter Gottes heranreichen. Doch wie in allen Kulturen gibt es auch bei uns Neider, Missgünstige, Engstirnige und Fanatiker.«

»Ich habe beide Sorten schon kennengelernt«, sagte Gisela.

»Wir werden trotzdem auf die eine oder andere Weise Außenseiter sein.«

»Dann ziehe ich meine Bitte zurück«, sagte Gisela mit einer ganz kleinen Stimme. »Ich will nicht, dass du dich deinem Volk entfremdest.«

Joseph zog sie noch näher an sich heran. »Du hast mich missverstanden. Es geht nicht um mich. Es geht um dich. Ich bin es gewohnt, Außenseiter zu sein auch unter meinen Leuten. Ich war schon, bevor mein Vater mich gebannt hat, keiner, dem alle Herzen zuflogen. Aber du? Du bist von Adel, du hast einen guten Stand bei deinen Leuten – und du bist die Erbin von Osoppo. Du würdest das wegwerfen.«

»Ich würde dafür dich bekommen. Und unsere Kinder werden jüdisch sein, nicht wahr?«

»Wenn du konvertierst, ja. Es gilt die mütterliche Abstammung.«

»Dann werden zumindest sie keine Außenseiter sein. Was uns betrifft – wir können es aushalten. Ich kann. Kannst du?«

»Ich kann«, sagte Joseph. Er erinnerte sich, was er über das christliche Ehegelöbnis gehört hatte. »Und – ich will«, fügte er hinzu.

Gisela sagte: »Ich liebe dich, Joseph. Und ich will dich. Mit allem, was dazugehört.«

»Ich will dich auch.«

»Ich meinte: jetzt.«

»Das meinte ich auch.«

Sie sagte nicht: Sei vorsichtig, weil es für mich das erste Mal ist. Sie sagte nicht: Bitte tu mir nicht weh. Sie sagte nicht: Ich weiß nichts, du musst mich führen.

Sie sagte auch nicht: Du hast bestimmt schon viel Erfahrung.

Sie ließ sich einfach fallen; in ihre Lust und die seine. Joseph konnte es spüren. Sie vertraute ihm. Er vertraute ihr. Beide gemeinsam vertrauten sie ihrer Liebe.

Und daher sagte Joseph nicht: Das erste Mal ist immer etwas

Besonderes. Er sagte auch nicht: Ich werde vorsichtig sein. Er sagte auch nicht: Tu einfach das, was ich tue.

Er sagte vor allem nicht: Ich habe keine Erfahrung, weil es in Wahrheit auch für mich das erste Mal ist.

Er ahnte, dass sie es wissen würde. Sie waren so sehr miteinander verbunden. Sie waren eins – zwei Seelen, die eine waren, zwei Herzen, die im gleichen Rhythmus schlugen.

Dann waren sie auch körperlich eins, und es war so, wie Joseph es sich immer erträumt hatte. Und es war viel besser, als er es sich immer erträumt hatte.

6. BUCH

TOTENTANZ

»Ich gehe die letzten Schritte für ihn.«

Azrael

1

Einige Tage vor den Ereignissen, die Gisela und Joseph von Salusse nach Bra und von dort in den alten Ziegenstall in den Bergen führten, in dem sich ihre Liebe erfüllte, erfüllte sich für jemand anderen an einem ganz anderen Ort sein Schicksal.

Der Ort war Marsiglia; der Jemand war Azraels Botschafter. Es war Murzio, der Mann, den Carlotta als Begleiter ausgesucht hatte, um die Soldaten des Zollwächters in den Tod zu locken. Nun ging Murzio selbst in den Tod. Er wusste es, er hatte sein Schicksal akzeptiert, weil Azrael ihm den Grund dafür erklärt hatte, und er plante, wenigstens aus den letzten Stunden seines Lebens ein bisschen Genuss zu ziehen. In gewisser Weise hatte Carlotta ihn auf die Idee gebracht.

Niemand hatte Murzio jemals gemocht. Nicht einmal seine Familie. Er war schon als Kind ständig mürrisch und schlecht gelaunt gewesen; er war langsam im Kopf und hässlich. Man konnte mit Fug und Recht behaupten, dass Gott, als er Murzio erschuf, nicht seinen besten Tag gehabt hatte.

Die jungen Frauen in seinem Dorf hatten Murzio, den jungen Mann, ebenso gemieden wie seine Familie Murzio, das Kind. Murzio war daher, neben allem anderen, wofür er sich selbst hasste, auch noch Jungfrau. Aber wenigstens würde er nicht als solche sterben. Denn zum ersten Mal im Leben besaß er Geld.

Er hatte, als keiner hingesehen hatte, die Leichen der getöteten Soldaten und des Zollwächters durchsucht und insgesamt vier Genueser Solidi gefunden. Ihm war nicht ganz klar, welchen Wert diese Summe hatte, aber er wusste, dass die Genueser Währung, die aus dem Solidus als kleinere und dem Genovino als größere Münze bestand, überall gern genommen wurde. Murzio ging davon aus, dass dies auch in Marsiglia der Fall war. Er war zwar Hunderte Male weiter von seinem Heimatdorf entfernt, als er jemals zuvor gewesen war, aber Genua war für ihn die Welt, und er schätzte, dass dies auch hier galt … irgendwie.

Warum hätten sich die Genueser auch sonst immer so wichtig genommen?

Eine von Azreals Ratten hatte Murzio zum Abschied gebissen. Murzio war klar, dass es kein Unfall gewesen war. Azrael hatte es gewollt. Es war ein seltsamer Dank zum Abschied eines treuen Gefolgsmannes, doch Murzio war schon größere Undankbarkeit widerfahren; insofern dachte er nicht lange darüber nach.

Azrael hatte ihm auch eine Ratte in einem Beutel mitgegeben, die er in Marsiglia freilassen sollte. Dagegen sträubte sich etwas tief im Inneren Murzios. Ratten ließ man nicht frei, wenn man sie einmal gefangen hatte. Man erschlug sie.

Murzio stapfte daher – mit der Ratte in ihrem Beutel – so lange von Azraels Lager weg, bis man ihn von dort garantiert nicht mehr hören oder sehen konnte. Dann schlug er den Beutel samt Inhalt so lange gegen einen Felsen, bis sich darin nichts mehr rührte und das Blut an mehreren Stellen rot durch das Leinen drang. Er warf den Beutel in den Straßengraben und wanderte weiter.

In Marsiglia angekommen, stellte er fest, dass er keinen Menschen verstand. Jeder, den er ansprach, antwortete in fremder Zunge. Murzio brauchte eine Weile, bis er verstand, dass er mit Zeichensprache weiterkam, und dann noch eine Weile, bis er sich ein Zeichen ausgedacht hatte, das zeigte, wonach er suchte.

Einige Irrwege später, weil er Gesten falsch verstanden hatte und weil jede verdammte Gasse hier irgendwie gleich aussah, war er am Ziel – im Seilmacherviertel, nicht weit vom Hafen entfernt. Da Gesten ihm hier nicht mehr weiterhalfen, zeigte er sein Geld vor und wurde eingelassen. Erneutes Vorzeigen des Geldes bei einem älteren, schmuckbehangenen Mann und dem mühseligen Übermitteln der Information, woher Murzio stammte, verschaffte ihm schließlich Erfolg. Ein hochgewachsener, dunkelhaariger Mann tauchte auf, der ihn kurzsichtig blinzelnd in seiner Sprache anredete und sich als Stefano vorstellte. Stefano sorgte mit Musik, Gesang und Geschichtenerzählen für die Unterhaltung in diesem Haus; das Schicksal hatte ihn hierher verschlagen. Murzio war froh um sein Erscheinen, denn mittlerweile hatte er Kopfschmerzen.

»Also pass auf, Freund«, sagte Stefano. »Einmal macht zwei Solidi. Deine vier Solidi lassen dich also zweimal hintereinander mit derselben, oder zweimal mit zwei verschiedenen, oder einmal mit zweien gleichzeitig. Alles verstanden?«

Murzio entschied sich für die Variante »zweimal hintereinander mit derselben« – wenn er konnte, blieb er lieber beim Altbekannten.

»Dann gehst du jetzt die Treppe dort rauf und suchst, bis du ein Abteil gefunden hast, das nicht zugehängt ist. Möchtest du in der Pause was trinken oder gleich weitermachen?«

Murzio wollte etwas trinken.

Wein?

Wein.

Etwas zu essen? Es gab Fischsuppe.

Murzio war mit Fischsuppe großgeworden, die hauptsächlich aus ausgekochten Fischköpfen zubereitet worden war. Er hatte gehofft, dass es hier, in der Fremde, etwas Interessanteres zu essen gäbe, aber Fischsuppe war auch in Ordnung.

»Für die Frau zahlst du gleich, für Essen und Trinken hinterher.« Stefano hielt die Hand auf, und Murzio lieferte seine vier Solidi aus. Er fühlte vage Unruhe wegen der Ankündigung, dass er für Speis und Trank noch gesondert würde zahlen müssen, aber er verdrängte sie. Er verschwand in einem Abteil, kam nach wenigen Minuten wieder mit rotem Kopf und Schweiß auf der Stirn heraus, trank mehrere Becher Wein und aß drei Schüsseln Suppe und verschwand erneut in dem Abteil, aus dem er nach unwesentlich längerem Aufenthalt mit noch röterem Kopf und noch stärker schwitzend herauskam. Als er das Haus verlassen wollte, eilte Stefano ihm hinterher.

»Du musst noch das Essen und Getränke bezahlen, Freund.«

Murzio zuckte mit den Schultern. »Ich hab nix mehr.«

Nach einem kurzen klärenden Gespräch mit dem schmuckbehangenen älteren Mann, der sich als der Padron des Hauses herausstellte, wurde Murzio in die Obhut zweier muskulöser Gestalten übergeben. Die beiden verprügelten den von Schwindel und Kopfschmerzen und der ungewohnten körperlichen Betätigung geschwächten Murzio vor den Augen der anderen Gäste – und unter deren begeisterter Anteilnahme – bis ihn seine eigene Mutter nicht mehr erkannt hätte. Dann schleiften sie ihn ein paar Häuserecken weiter und ließen ihn in der Gasse liegen. Sie wuschen sich die blutverschmierten Fäuste und die Blutspritzer aus den Gesichtern und nahmen ihre übliche Tätigkeit – die des bedrohlichen Abwartens, ob jemand sich danebenbenahm – wieder auf. Ein paar Speichellecker, die es überall auf der Welt gibt, kamen und klopften ihnen auf die Schultern und spendierten ihnen Wein; vermutlich in der Hoffnung, dass sie, sollten sie einmal ihren Kredit in diesem Haus überziehen, etwas weniger entschlossen behandelt würden.

An diesem Abend hatte die Dirne, die Murzio zweimal bedient hatte, nur noch drei weitere Kunden. Es war ein ruhiger Tag.

Der erste Kunde der Dirne war ein niederer Magistratsschreiber, der, bevor er geheiratet hatte, seine überschüssige Energie in Hurenhäusern abgebaut hatte und von dieser Gewohnheit nicht losgekommen war. Der zweite war Matrose auf einer Karacke, die am nächsten Morgen ablegen sollte, um Häfen entlang der französischen Südküste anzusteuern. Der dritte war der Leibwächter eines Kaufmanns, dessen Warentreck – einer der ersten des Jahres und daher besonders lukrativ – ebenfalls morgen in Richtung Norden aufbrechen würde.

Der Magistratsschreiber ging nach dem Besuch im Hurenhaus nach Hause, wo seine Kinder bereits schliefen. Er küsste sie auf die Stirn. Dann legte er sich zu seiner Frau ins Bett, die wusste, wo er gewesen war, aber so tat, als wisse sie es nicht, und versuchte, damit zurechtzukommen. Weil es kalt in der Schlafkammer war, drängte sie sich in der Nacht wärmesuchend an ihn.

Der Matrose kehrte ebenfalls in dieser Nacht noch zu seinem

Schiff zurück und der Leibwächter in den Lagerstadel des Kaufmanns, wo noch eifrig gepackt und verzurrt wurde. Er half gut gelaunt mit.

Die Frau des Magistratsschreibers begab sich am nächsten Tag schon im Morgengrauen auf den Fischmarkt im Hafen. Es war ein Samstag. Sie hoffte, für den Sonntag etwas anderes auf den Tisch zu bekommen als Haferbrei und altes Gemüse. Vielleicht schaffte sie es ja durch Erfüllung ihrer Pflicht als Ehefrau und Mutter, dass ihr Mann sich eines Tages doch noch von seinen schlechten Gewohnheiten ab- und ihr zuwandte. Sie sah den Warentreck des Kaufmanns aus seinem Lagergebäude am Hafen aufbrechen und schaute dem Zug aus zwanzig Packpferden und vier großen, verdeckten Wägen interessiert zu, bis er in einer der breiteren Gassen, die zur Porte Royale führten, verschwand. Sie konnte nicht ahnen, dass die Männer dort allesamt ihre Schicksalsgenossen waren. Ihr Schicksal teilten auch ein Fischer und seine Frau, bei denen sie einen Drachenkopf und einen Wolfsbarsch kaufte und sich wegen einer Zubereitungsart beraten ließ, die etwas Neues sein sollte.

Da es Samstag war, hatte das Hurenhaus am Abend geschlossen. Der eine Hurenhausknecht, der Murzio verprügelt hatte, nutzte den freien Abend, um eine Spelunke aufzusuchen, die trotzdem geöffnet hatte. Der andere, der noch nicht so lange im Gewerbe war und immer noch hoffte, seine menschliche Würde bewahren zu können, ging dagegen in die Kirche von Saint Laurent, um zu beichten.

Der erste Hurenhausknecht geriet in der Spelunke beim Würfeln mit einem Mitspieler in Streit. Beschuldigungen gingen hin und her, dann flogen die Fäuste, und am Ende blitzten Messerklingen. Der Hurenhausknecht erhielt einen tiefen Schnitt in den Unterarm, aber es war in Ordnung, denn sein Kontrahent sah noch viel schlimmer aus, und eine Schankdirne setzte sich voller Bewunderung für seine Tapferkeit auf seinen Schoß. Ein trunksüchtiger Bader flickte beide Männer noch in der Spelunke wieder zusammen. Der Bader hatte an diesem vermeintlich heiligen Samstagabend noch einiges zu tun, weil auch in anderen, illegal geöffneten Gasthäusern Raufereien entstanden und er gebrochene Nasen richten, gesplitterte Zähne ziehen, ausgerenkte Schultern wieder einrenken und in einem besonders bizarren Fall ein blutendes Ohr nähen musste, von dem in einem wütenden Kampf ein gutes Stück abgebissen und verschluckt worden war.

Die Schankdirne teilte nach der Schließung der Spelunke das Lager des Wirts, dessen Frau bettlägerig war und ihre ehelichen Pflichten nicht erfüllen konnte. Um Mitternacht wurde der Wirt von der Nachtwache aus dem Schlaf geholt, die ihren Anteil dafür verlangte, dass man seine illegale Schanköffnung geflissentlich übersehen hatte.

Der zweite Hurenhausknecht steckte seinen Beichtvater an, der danach alle verseuchte, die dem zweiten Hurenhausknecht zum Beichten folgten. Der Hurenhausknecht selbst trug die Pest danach zu seinen betagten Eltern, denen er Lebensmittel brachte – und den Tod.

Eines der Beichtkinder in Saint-Laurent war ein städtischer Steuereintreiber, der derzeit mit seinen Leibwächtern in der Stadt die Runde machte und unbezahlte Steuern eintrieb. Sein Beruf brachte es mit sich, dass er zu häufigen Beichten gezwungen war, um seine Seele zu retten. In den nächsten paar Tagen, bevor er sein Bett nicht mehr verlassen konnte, steckte der Steuereintreiber seine Leibwächter und jeden Bewohner Marsiglias an, an dessen Tür er klopfte.

In einem der Häuser logierte in einer freien Kammer ein anderer Bediensteter des Magistrats, ein städtischer Bote, der eilige Botschaften an den Königshof nach Paris zu bringen pflegte. Ihn steckte der Steuereintreiber gleich am Montagmorgen an, indem er seinen Hauswirt verseuchte. Danach suchte der Bote einen Magistratsschreiber auf, der ihm eine dringende Nachricht an den König übergab; der Magistratsschreiber war derselbe Mann, der sich an Murzios Dirne angesteckt hatte, wodurch sich der Kreis schloss.

Der Bote brach noch in derselben Stunde nach Paris auf. Der Tod ritt mit ihm auf seinem Pferd.

Murzio, der all das ausgelöst hatte, wurde nur kurze Zeit nach seinem Abladen in der Kotrinne von den Gassenkindern des Viertels gefunden. Er war immer noch halb besinnungslos von den Prügeln und schwindlig von einem rasenden Fieber, aber die suchenden Hände in seiner Kleidung, die ihn berauben wollten, weckten ihn so weit auf, dass er sich zu wehren begann. Der älteste der Gassenjungen fackelte nicht lange, sondern schnitt ihm die Kehle durch. Dann gingen die Gassenkinder stiften, ohne Beute gemacht zu haben. Erhalten hatten sie trotzdem etwas: die Pest.

Murzio verblutete in der Gasse, ohne noch einmal zu Bewusstsein gekommen zu sein. Sein Blut wurde von Ratten aufgeleckt, die mit ihm auch die Krankheit aufleckten.

Marsiglia wusste es noch nicht, aber schon am Mittwoch nach Murzios Eintreffen in der Stadt war sie rettungslos verloren – und mit ihr die ganze christliche Welt.

2

Die Zustände vor den Toren Avignons waren auf den ersten Blick nicht viel anders als vor Genua – Hunderte, nein, Tausende von Menschen, die in die Stadt hineinwollten. Einen gravierenden Unterschied gab es aber doch, und Carlotta wurde er schnell klar.

Nach Genua hatten die Menschen hineingewollt aus dem jahrhundertealten Instinkt, dass man sich bei Gefahr am besten hinter die festen Mauern einer Stadt flüchtete. Es war der Instinkt der Bewohner kleiner Ortschaften, verstreuter Dörfer und einsamer Höfe, die zu oft erlebt hatten, wie sie plündernden und mordenden Angreifern wehrlos gegenübergestanden hatten. Die Flüchtlinge hatten in Genua Schutz gesucht.

In Avignon hingegen suchten sie Rettung. Avignon war die neue heilige Stadt, die Stadt des Vertreters Gottes auf Erden. Wenn jemand den Zorn des Herrn von ihnen abwenden konnte, dann der Heilige Vater.

Und wie in Genua wurden sie abgewiesen.

In Genua hatte diese Abweisung Wut und Betroffenheit verursacht, doch irgendwie hatte sie auch zum Leben dazugehört. Viele der Flüchtlinge, die aus kleinen Dörfern stammten, wussten, dass sie es zu Hause auch nicht anders gehandhabt hätten, wenn eine Horde Flüchtlinge bei ihnen hätte unterkommen wollen. Immerhin war Genua ja auch nicht gerade bekannt für die überschäumende Nächstenliebe seiner Bewohner.

Doch hier in Avignon wurde diese Maßnahme als krasser Affront empfunden, als Sünde gegen alle christlichen Gebote. Hier residierte der Papst, hier schlug das Herz der Christenheit, hier saß ein Mann auf dem Thron, dessen oberster Lehnsherr nach der Maxime gelebt hatte: Lasst die Beladenen zu mir kommen.

Oder so ähnlich.

Papst Clemens wollte jedoch offensichtlich mit den Beladenen, den Beschwerten, den Geschlagenen, den Hoffnungslosen nichts zu tun haben. Die Stadttore blieben für so gut wie alle, die dagegenhämmerten, geschlossen. Nach welchen Auswahlkriterien die Wenigen eingelassen wurden, die es schafften, war niemandem klar.

Die Lage vor den Stadtmauern war schockierend, obwohl die Krankheit noch nicht einmal bis hierher gekommen war. Die Menschen saßen im Dreck neben der Straße beziehungsweise, seit es zu regnen begonnen hatte und nicht mehr aufhören wollte, im Schlamm. Löchrige Decken und Mäntel ersetzten Haus und Dach. Krankheiten grassierten, die nichts mit der Pest zu tun hatten, aber trotzdem jedes Mal im näheren Umkreis eines Opfers, das hustend oder röchelnd umkippte, helle Panik verursachten. Es gab kaum etwas zu essen, kaum frisches Wasser. Hoffnung gab es überhaupt nicht; die wenigen Priester, die aus der Stadt kamen oder die sich unter den Flüchtlingen befunden hatten und mit Gottesdiensten unter freiem Himmel die Seelen der Flüchtlinge zusammenhalten wollten, konnten nichts gegen die Erkenntnis der Menschen unternehmen, dass ihr Schicksal niemanden interessierte. Auch Gott nicht, sonst hätte er ja seinem Stellvertreter befohlen, ihnen zu helfen, nicht wahr? Gott hatte die Menschen vor den Mauern Avignons verlassen, so viel war sicher. Und er hatte sie auch noch dem Gespött preisgegeben, denn auf dem Wehrgang der Stadtmauer tauchten, wenn es gerade mal nicht schüttete, sensationslüsterne Stadtbewohner auf und gafften auf das Elend vor ihren Mauern herunter. Jede Menge kirchliche Würdenträger wurden unter den Gaffern gesichtet.

Eine dumpfe, brodelnde Wut hing über dem riesigen Lager, das von Weitem wie das eines Belagerungsheers aussah. Carlotta hätte diesen Vergleich nicht gezogen, wenn Azrael nicht, als sie in Sichtweite angekommen waren, gemurmelt hätte: »Wie in Caffa. Der Herr schließt den Kreis.« Dass es keine selbsternannten Prediger gab, die die unselige Masse aufhetzten, lag nur daran, dass jedem klar war, wer die eigentlichen Adressaten der Wut sein mussten: Papst Clemens und sein Hofstaat. Der Zorn war eher als Schwingung spürbar: in einem Seitenblick, einer verkrampften Körperhaltung, dem sinnlosen Geschubse zweier Streithähne, dem finsteren Schweigen derer, die jede Hoffnung aufgegeben hatten.

Das Elend und die Hoffnungslosigkeit wurden größer, je weiter man sich der Stadt näherte. Die der Stadt am nächsten waren, waren auch schon am längsten hier und hatten keinerlei Veranlassung, noch etwas aus der Stadt zu erwarten. Sie blieben nur hier, weil sie nirgendwo anders hinkonnten. Die in den Randbezirken waren erst vor kurzem angekommen und waren zwar so elend wie die anderen, hatten aber noch nicht resigniert. Sie bettelten und fragten um Almosen, um Wasser, um Nahrung, um ein gutes Wort. Mütter baten darum, dass man ihre kleinen Kinder an sich nähme und sie so vor dem Hungertod bewahre. Väter kauerten schluchzend auf dem Boden, weil sie ihre Familien nicht schützen konnten. Alte, Schwache und Kranke lagen abseits und starben alleine und elend. Priester stolperten mit tränenüberströmten Gesichtern durch das Lager und spendeten sinnlosen Segen und machtlosen Trost, verlassen vom Glauben an das Gute, vergessen von ihrem obersten Dienstherrn, dessen einziges Unbehagen die Hitze der beiden Feuer war, zwischen denen er saß und den Brokat seiner Gewänder mit Schweißflecken ruinierte.

Die Flüchtlinge hatten die Straßen freigehalten. Nicht aus Rücksicht auf Reisende, sondern weil es gesünder war. Den frischen Hufspuren im Straßenschlamm konnte Carlotta entnehmen, dass immer wieder berittene Parteien die Stadt verließen oder dort ankamen. Wahrscheinlich waren es Boten des Papstes, eskortiert von Soldaten, die alles über den Haufen ritten, was den Weg nicht rechtzeitig freigab. Carlotta, Azrael und Maria konnten mit dem Gauklerwagen unbehelligt, wenn auch langsam, in Richtung Stadt vordringen.

Sie waren nur noch zu dritt. Azraels andere Todesboten hatten ihre Bestimmung bereits erfüllt. Carlotta wusste nicht mehr, warum sie Azrael immer noch folgte. Vermutlich, weil sie es nicht übers Herz brachte, Maria im Stich zu lassen. Doch sie wusste, dass Azrael ein Mörder war und dass seine Mission nicht von Gott kommen konnte, denn Gott brauchte keine menschlichen Helfer, um der Welt seinen Zorn zu zeigen; der einzige Mensch, den Gott jemals wirklich selbst ausgesandt hatte, war sein Sohn Jesus gewesen, und der hatte die Menschheit nicht vernichtet, sondern durch sein eigenes Opfer gerettet. Wenn es die Menschen damals wert gewesen waren, den eigenen Sohn für ihre Rettung hinzugeben, dann konnten sie doch jetzt nicht so verderbt sein, dass man sie auf diese Weise ausrottete. Die Zustände vor der Stadt und Azraels ruhige Stimme, mit der er ihr erklärte, dass der Papst an ihnen schuld war, aber auch die Menschen selbst, weil sie nicht in diesem Elend stecken würden, wenn sie – fest im Glauben – in ihrer Heimat geblieben wären, ließen diesen Teil jedoch mehr und mehr verstummen. Zusammen mit ihrer Entschlossenheit, Maria nicht zurückzulassen, reichte es aus, dass sie Azrael weiterhin die Treue hielt.

Sie schlugen sich bis zu einem der Tore durch. Auf Azraels Hämmern öffnete sich eine Luke. Azrael schlug seine Kapuze zurück und nickte der Torwache auf der anderen Seite des Fensters mit einem Lächeln zu. Es war das erste Lächeln, das Carlotta an ihm sah.

Die Torwache nickte zurück und sagte halb gelangweilt, halb erwartungsvoll: *»Mon père.«* Carlotta hatte keine Ahnung, was es zu bedeuten hatte, aber das Kopfnicken hatte ein kleines bisschen ehrerbietig ausgesehen. Hatte es damit zu tun, dass Azrael noch immer auf den ersten Blick wie ein Geistlicher aussah?

Azrael sagte langsam ein paar Worte und reichte dann dem Wachposten ein zusammengerolltes Stück Leder durch die Luke. Der Wachposten nahm es zögernd in Empfang. *»Pour le saint-père?«*, fragte er argwöhnisch.

»Oui«, erwiderte Azrael.

»Et qui es-tu?«

»Mon nom est à la fin du message. Que Dieu vous bénisse, mon fils.«

»Was hast du ihm gesagt?«, fragte Carlotta, nachdem sie sich wieder vom Tor entfernt hatten. »War das eine Botschaft, die du ihm gegeben hast?«

Azrael nickte. »Für den Heiligen Vater.«

»Was steht darin?«

»Dass ich ein Geschenk für ihn habe und er es erwarten soll.«

»Ein Geschenk?« Sie wies auf die Hoffnungslosen überall um sie herum. »Glaubst du nicht, dass die alle auch schon auf diese Weise versucht haben, in die Stadt zu gelangen?«

»Dieses Geschenk wird er entgegennehmen wollen.«

»Wie kannst du dir da so sicher sein?«

»Es liegt an dem Namen, mit dem ich es unterzeichnet habe.«

»Welchem Namen? Deinem?«

»Nein«, sagte Azrael. »Einem Namen, den der Heilige Vater gut kennt.«

»Wie lautet er?«

»Michel Cornut.«

»Wer ist er?« Carlotta studierte Azraels Gesichtszüge und korrigierte sich. »Wer war er?«

»Jemand, der nach Hause wollte. Ich gehe die letzten Schritte für ihn.«

»Und bringst allen den Tod.«

Azrael nickte langsam.

Carlotta fragte: »War das ursprünglich seine Mission?«

»Auf gewisse Weise ja.«

»Und wieso kennt der Papst seinen Namen?«

Azrael antwortete zunächst nicht. Doch dann erzählte er Carlotta in wenigen Worten von Michels Todesmission – dem Auftrag, die Pest in das Lager der Tataren zu bringen, und wie erfolgreich er damit gewesen war und wie schrecklich die ganze Sache sich dann entwickelt hatte. Carlotta verstand danach einiges von den Andeutungen, die Azrael auf der Reise hierher gemacht hatte. Sie wusste nicht recht, ob sie Abscheu oder Mitleid empfinden sollte. Dann stellte sie fest, dass das Mitgefühl überwog; das Mitgefühl mit Michel Cornut, der eine solche Schuld auf sich geladen hatte und sich so gewünscht hatte zu sterben; und das Mitgefühl mit der gepeinigten, zerbrochenen Seele in der Priesterkleidung hier vor ihr, die die Schuld Michels auf sich genommen und seine Todesmission weitergeführt hatte. Sie wollte die Arme zu Azrael ausstrecken, ihn zu sich heranziehen und ihn festhalten. Aber der Abscheu vor Azraels Taten war immer noch da, und auch wenn das Mitgefühl überwog, war er noch stark genug, um sie zu lähmen. Sie stand da wie erstarrt.

Azrael kauerte sich plötzlich vor Maria nieder, die die ganze Zeit an Carlottas Hand gewesen war. Maria zuckte vor ihm zurück und drängte sich an Carlotta, und diese hätte schwören können, dass für einen Augenblick ein Ausdruck von Trauer und Resignation über Azraels Miene huschte. »Wir machen dem Papst ein Geschenk«, sagte er zu Maria. »Weißt du, wer der Papst ist?«

Maria schwieg. Ihre Hand hielt die Carlottas ganz fest. Sie hatte ohne Zweifel Angst, aber sie gab Azraels Blick eisern zurück.

»Der Papst ist der oberste Anführer der Christenheit«, sagte Azrael. »Ihr Juden habt dafür keine Entsprechung; kein Wunder, denn die Kirche ist eigentlich nur die Fortsetzung des römischen Imperiums unter anderen Bedingungen, und die Römer und die Juden hatten nie irgendetwas gemeinsam. Außer dem Mord an Jesus Christus. Da haben sie zusammengearbeitet.«

Maria sagte: »Du hast meinen Tatele getötet.«

Carlotta hörte sich plötzlich sagen: »Wenn es damals schon Christen gegeben hätte, wären sie die Ersten gewesen, die den Erlöser ans Kreuz genagelt hätten.«

Maria sagte heftig: »Du hast meinen Tatele getötet. Ich hasse dich. Ich hasse dich.«

Azrael seufzte. »Und ich liebe dich, kleine Maria. So sehr, dass ich dich das Geschenk an den Anführer der Christenheit überreichen lasse. Steig in den Wagen. Carlotta und ich bringen uns hier heraus. Wir müssen warten, bis er uns antwortet.«

Er kletterte selbst auf den Kutschbock und lenkte den Wagen wieder von der Stadt weg. Im Randbezirk des Flüchtlingslagers, wo der Schlamm noch nicht so aufgewühlt war, steuerte er ihn von der Straße weg und hielt an. In ein paar Dutzend Schritt Entfernung lagerten mehrere Familien, die sie nicht beachteten. Selbst der bunte Wagen rief keine große Reaktion hervor.

Maria blieb im Wagen. Azrael ging eine Stückchen davon weg und stellte sich so hin, dass er über die immer dichter werdende Menschenmenge zu den Türmen und Giebeln Avignons hinüberblicken konnte. Auf diese Entfernung verschwamm die Stadt im Regen und war nicht viel mehr als ein grauer Schattenriss. Azrael zog sich die Kapuze wieder über den Kopf und stand ganz still.

Der Anblick jagte Carlotta einen Schauer über den Rücken. Es sah wirklich so aus, als stünde der Engel des Todes da. Obwohl sie plötzlich eine starke Abneigung gegen Azrael empfand, zwang sie sich, ihm zu folgen und sich neben ihn zu stellen.

»Ich hatte gedacht«, begann sie vorsichtig, »dass du es dir vielleicht anders überlegt hättest.«

Die Kapuze wandte sich ihr zu. Azraels Gesicht war darin einmal mehr nur undeutlich erkennbar. Die Kapuze hätte auch leer sein können, ein schwarzes Loch, das direkt in die Hölle führte. »Warum hast du das gedacht?«

Carlotta räusperte sich. »Weil ich immer noch da bin. Du hast gesagt, ich würde deine vorletzte Botin sein. Doch nun sind wir am Ziel. Es gibt nur noch eine Mission. Und daher dachte ich, dass du mich vielleicht für diese ausersehen hast und nicht Maria.«

»Maria ist meine letzte Botschafterin«, sagte Azrael. »Dieser Plan hat sich nicht geändert.«

»Welcher Plan dann?«

»Ich möchte nicht, dass du meine Todesbotin wirst. Ich möchte, dass du lebst. Ich möchte, dass du mit mir von hier fortgehst, sobald Maria die Stadt betritt. Ich hatte die Pest und bin von ihr genesen. Ich werde sie nicht ein zweites Mal bekommen. Wir ziehen uns in eine einsame Gegend zurück, in der du sicher bist. Und solltest du doch erkranken, dann werde ich mich um dich kümmern. Ich weiß über die Pest so gut Bescheid wie keiner sonst. Ich werde dich heilen.«

Carlotta starrte fassungslos in den dunklen Schatten in der Kapuze. »Aber du hast gesagt …«

»Es ist unnötig, dass wir sterben. Wir erreichen das Ziel auch ohne unseren Tod.«

»Aber … aber … Maria …?«

»Was ist sie für dich? Vor kurzer Zeit hast du sie noch nicht einmal gekannt. Sie ist allein auf der Welt, sie hat niemanden mehr. Hätte ich sie nicht mitgenommen, wäre sie als obdachlose Waise noch an der Küste verhungert.«

»Sie wäre keine Waise gewesen, wenn du ihren Vater nicht getötet hättest!«

»Er war ein unvermeidliches Opfer.«

»Und das ist Maria für dich ebenfalls?« Carlotta spürte, wie sich ihr Gesicht verzerrte.

»Nein. Sie ist der Triumph meiner Mission.«

»Dann nimm mich!«, rief Carlotta. »Lass mich der Triumph deiner Mission sein. Ich bin auch allein auf der Welt! Abgesehen davon – was spielt es für eine Rolle, wenn die Welt ohnehin im Pestfieber vergeht?«

Azrael schüttelte den Kopf. »Du bist nicht allein. Du hast mich.« Er seufzte. Dann streifte er die Kapuze wieder ab. Auf seinen Wangen brannten rote Flecken. Carlotta hatte ihn bisher immer nur ruhig, beherrscht und totenbleich erlebt. Aber jetzt schien er geradezu erregt. »Ich wollte zusammen mit euch allen sterben – am Ende der Mission. Ich wollte derjenige sein, der mit Maria zusammen in den Papstpalast geht und dort den Tod verbreitet. Es gab für mich nur noch dieses eine Ziel. Nur noch dafür habe ich gelebt. Doch jetzt habe ich erkannt, dass mein Tod nicht sein muss. Genauso wenig wie deiner. Ich habe darüber nachgedacht, seit wir bei der Brücke nördlich von Vallecrösa waren. Ich habe dein Gesicht gesehen. Du wolltest die Soldaten nicht locken, und du warst schockiert über so viele Tode. Ich dachte, ich würde dich in der folgenden Nacht verlieren. Aber du bist geblieben. Bei mir. Außer meiner Mission hatte ich nichts, das mich am Leben hielt. Und zuvor, in meinem anderen Leben, war ich stets allein. Doch seit Vallecrösa glaube ich, dass es etwas gibt, für das es sich zu leben lohnt.«

»Du meinst … ich?«

»Bleib bei mir, Carlotta. Bis ich meine Mission erfüllt habe. Dann gehen wir von hier fort. Ich schwöre, ich werde einen Weg finden, dich vor der Pest zu beschützen.«

In Carlotta drehte sich alles. Fassungslosigkeit, Ekel, Wut wechselten sich ab mit Faszination, Trauer und der Erkenntnis, dass noch niemals jemand sie gebeten hatte, um ihrer selbst willen zu bleiben. Sie keuchte und musste die Knie durchdrücken, um nicht zu taumeln. »Du verrätst alles, wofür die anderen unserer Gruppe gestorben sind!«

»Nein, ich nehme ihr Opfer als Geschenk des Lebens für dich und mich an.«

»Denkst du wirklich, ich folge dir, nachdem du die anderen in den Tod geschickt hast und selbst leben willst?«, brachte sie schließlich hervor. »Nachdem du Maria auch noch zum Sterben verurteilst? Sende mich und verschone das Kind.«

Azrael stand so lange still, dass sie dachte, sie müsse ihre Bitte wiederholen. Doch dann wandte er sich nur schweigend ab und ging zum Wagen zurück. Carlotta lief ihm hinterher. Als er die Tür des Wagens öffnete, hielt sie ihn auf. Ihr wurde bewusst, dass sie ihn zum ersten Mal, seit sie ihn kannte, berührte. Sie hatte das Gefühl, dass er innerlich brannte; er war so heiß, dass sie es durch den Ärmel seiner Kutte spürte.

»Ich habe mich dir anvertraut – mit all meinem Schmerz und meiner Not«, sagte sie. »Ich habe gedacht, du meinst es ehrlich. Ich habe gedacht, du gibst wenigstens meinem Tod einen Sinn.«

»Ich möchte, dass du lebst. Ich möchte deinem Leben einen Sinn geben.«

»Welchen Sinn? Dass ich lebe, weil ich zugelassen habe, dass ein unschuldiges Kind geopfert wird?«

Azrael machte eine Armbewegung über das sich zwischen ihnen und der Stadt erstreckende Flüchtlingslager. Seine Geste wirkte ungeduldig. »Sieh dorthin«, zischte er. »Dort sterben jeden Tag Unschuldige zu Dutzenden. Frauen, Männer. Kinder! Hast du die Mütter gesehen, die ihre Kinder Wildfremden mitgeben wollten, weil sie nicht mehr für sie sorgen können? Hast du dir überlegt, dass all diese Menschen aufgebrochen sind aus Angst um ihr jämmerliches Leben, ohne daran zu denken, was die Reise für ihre Kinder bedeutet? Und welches Leben sie führen wollen, wenn sie am Ziel angekommen sind? Haben diese Leute auch nur ein einziges Mal ans Wohl ihrer Kinder gedacht? Sie haben nur an sich selbst gedacht. Und du denkst an ein fremdes Kind und willst das wegwerfen, was wir zusammen haben könnten!«

Carlotta spürte Tränen in ihren Augen. »Maria ist keine Fremde mehr für mich«, flüsterte sie. »Du hast sie mir anvertraut. Sie hat mir ihr Herz geöffnet. Weißt du, wie lange es her ist, dass ein anderer Mensch mich um meiner selbst willen angenommen hat und nicht nur meine Zeit und meinen Körper zum eigenen Vergnügen wollte?«

»Ich habe dich um deiner selbst willen angenommen«, erwiderte Azrael leise.

»Nein, das hast du nicht. Du hast mich angenommen, weil du mich als Waffe wolltest. Als Todesbotin. Als Mittel zum Zweck.«

»Zuerst. Aber nun denke ich anders. Hast du nicht verstanden, dass ich diese Mission hier beenden will? Nach Maria wird es keine weiteren Todesboten mehr geben, keine weitere Ausbreitung der Krankheit. Es endet hier und heute. Mit dem Tod des Mannes, der für all das in Wahrheit verantwortlich ist. Papst Clemens.«

Carlotta schüttelte den Kopf. Die Tränen liefen ihr nun über die Wangen. »Du kannst es nicht mehr beenden«, sagte sie. »Vielleicht hätten die Genueser die Seuche in den Griff bekommen. Aber seit du Murzio nach Marsiglia geschickt hast, hast du der Pest die Tür zur Welt geöffnet. Selbst ich habe mitbekommen, dass von Marsiglia aus die halbe Christenheit mit Waren beliefert wird. Die Pest kommt über Marsiglia in die Welt, und das kannst du nicht mehr ändern!«

»Dann komm erst recht mit mir. Ich finde einen Ort, an dem sie uns nicht erreicht. Und falls doch …«

»Ich weiß. Dann wirst du mich retten. Warum glaubst du das? Bist du ein Arzt, oder kannst du Wunder vollbringen?«

Azrael schwieg lange Zeit. Carlotta dämmerte die Wahrheit.

»Du *warst* Arzt«, sagte sie. »Deshalb hast du gesagt, du wusstest, wo du hinfassen musst, als du dem Zollwächter das Genick gebrochen hast. Deshalb war dir klar, dass Simone nicht mehr zu retten war. Du hast geschworen, dass du deine Kenntnisse einsetzen würdest, um Menschen zu helfen. Und was tust du stattdessen?«

»Ich habe Dinge gesehen ...«, begann Azrael.

Sie unterbrach ihn. »Es ist vorbei. Hier und jetzt. Ich habe die ganze Menschheit gehasst nach dem, was mir in Genua widerfahren ist, aber jetzt verstehe ich, dass die Bosheit und Achtlosigkeit dort von Leuten kam, die es nicht anders wussten. Das macht es nicht besser, und ich möchte immer noch, dass ein Mann wie Lupo Casapietra für immer in der Hölle schmort. Aber diese hier ... all diese Menschen, die aus Angst ihre Heimat verlassen haben ... und all die, die sich jetzt in den Städten, die hinter uns liegen, in tödlicher Agonie winden ... der Zollwächter und seine Männer ... und all deine Todesboten! ... die haben dir und mir nichts getan! Du hast gesagt, die Flüchtlinge hier würden ihre Kinder weggeben; sie hätten sich keine Gedanken gemacht, was ihre Flucht für ihre Kinder bedeutet. Ich sage dir: Sie sind nur aus einem Grund geflohen, nämlich um ihre Kinder in Sicherheit zu bringen. Und wenn eine Mutter ihr Kind einem Fremden mitgeben will, dann nur, weil sie hofft, es damit zu retten – auch wenn ihr Herz dabei bricht! Ich weiß nicht, was dir alles widerfahren ist, dass du die ganze Welt auslöschen willst. Aber du weißt so gut wie ich, dass du nur Unschuldige triffst mit deiner Mission. Lass mich vorbei. Lass mich in den Wagen.«

»Was willst du tun?«

»Ich nehme Maria und gehe von hier weg. Weg von dir. Du hast mir angeboten, dass ich leben kann. Soll ich dir etwas sagen? Ja, ich möchte leben. Plötzlich möchte ich wieder leben! Nicht um meinetwillen, sondern um Marias willen. Vielleicht werden sie und ich in ein paar Tagen an der Pest sterben. Aber ich habe dann wenigstens verhindert, dass sie für deine Feigheit und deinen Hass stirbt. Auch ich will nicht mehr dafür sterben. Lass mich durch.«

»Ich kann den einen Mann treffen, den ich treffen wollte«, sagte Azrael. Seine Stimme klang brüchig. »Hier. In Avignon.

Mit Marias Hilfe. Dann ergibt alles, was ich getan habe, einen Sinn.«

»Nichts, was du getan hast, ergibt einen Sinn«, sagte Carlotta. »Und das gilt auch für mich. Wir sind beide voller Sünde. Ich kehre um, indem ich Maria rette. Und selbst für dich ist es noch nicht zu spät. Wenn du einmal Arzt warst und weißt, wie man Pestkranken helfen kann, dann lass uns umkehren. Lass uns in die Städte gehen, in denen du den Tod gesät hast. Hilf den Menschen dort, und sag mir, was ich tun muss, damit ich dir dabei helfen kann.«

Azrael starrte sie an. Der Konflikt verzerrte sein Gesicht zu einer Grimasse, die so viel Qual ausdrückte, dass Carlotta erneut zu weinen begann. Sie konnte nicht anders. Sie streckte eine Hand aus und legte sie an seine Wange.

»Lass uns zurückkehren«, sagte sie. »Zurück auf dem Pfad, den wir gekommen sind – zurück in dein Leben. Lass uns denen helfen, denen wir das Unheil gebracht haben. Du hast gesagt, du könntest die Pest nicht mehr bekommen, weil du sie überlebt hast. Dann kannst du ein Geschenk Gottes für die Welt sein, weil du nichts mehr von der Seuche zu befürchten hast. Und wenn ich mich anstecke und sterbe, dann erfüllt sich Gottes Wille, aber ich sterbe nicht aus Hass, sondern aus Nächstenliebe. Wie hast du geheißen, bevor du gedacht hast, du müsstest Gottes Todesengel sein? Lass mich deinen Namen erfahren. Lass mich dich in das Leben zurückbringen, das du hattest, bevor das Schicksal dich zerbrochen hat.«

»Ich muss meine Mission vollenden«, brachte er hervor. »Die Mission, die Gott mir auferlegt hat.«

»Du hast sie dir nur selbst auferlegt!« Carlotta schrie plötzlich. »Gott will dieses Leid nicht. Du willst es!«

Azrael schüttelte den Kopf. »Du verstehst nicht«, sagte er.

Carlotta wandte sich brüsk ab und stieg auf das Trittbrett des Wagens. Sie öffnete die Tür.

»Maria, komm«, rief sie ins dunkle Wageninnere. »Wir gehen. Es ist vorb…«

Weiter kam sie nicht. Azrael riss sie zurück und stieß sie zu Boden. Seine Augen flackerten wie die des Wahnsinnigen. Seine Wangen glühten, und von seinen Lippen sprühte Speichel, als er zischte: »Gott hat mich leben lassen, damit ich das zu Ende bringe, was das Ungeheuer auf dem Papstthron begonnen hat. Du wirst mich nicht daran hindern!«

Carlotta kroch auf allen vieren rückwärts vom Wagen weg. Azrael folgte ihr. Sie sah Lupo Casapietra vor sich statt des Mannes in der schwarzen Kutte, Lupo, wie er auf einmal damit begann, sie zu schlagen. Ihr Geist hatte die Erinnerung daran in die Tiefe ihrer Seele verdrängt, aber jetzt kam sie an die Oberfläche. Panik überschwemmte sie. Sie fühlte die Schläge, obwohl Azrael sie gar nicht berührte. Sie hörte die erstickten Flüche Lupos, der sie für seine eigene Sündhaftigkeit verantwortlich machte. Sie spürte den Schmerz, den Schock, die Angst, die Hilflosigkeit, so wie damals im Hurenhaus. Sie erinnerte sich wieder daran.

»Lass mich …«, wimmerte sie.

Azrael bückte sich und zerrte sie in die Höhe. Sie fuchtelte mit den Händen und versuchte ihn abzuwehren. Er schlug sie nicht, er hielt sie nur fest und schüttelte sie. »Du wirst mich nicht aufhalten«, keuchte er. »Du *darfst* mich nicht aufhalten.«

Carlotta sah Maria in der Tür des Wagens stehen, verstört und voller Angst. Ihr Anblick ließ ihre eigene Panik so weit verebben, dass sie rufen konnte: »Lauf, Maria! Lauf weg! Such Schutz bei den Leuten!«

Azrael fuhr herum. Einen Augenblick lang starrten sich Kind und Mann an. Dann sprang Maria aus dem Wagen und begann zu laufen.

Azrael stieß Carlotta von sich und setzte ihr nach. Carlotta stolperte, fing sich und lief ihm hinterher. Die Furcht gab ihr Kraft. Sie sprang ihn an, um ihn zu Fall zu bringen, aber er fiel nicht. Er wand sich und schüttelte sie ab. Sie griff nach ihm, wahllos, was immer sie fassen konnte, war gut genug, um ihn aufzuhalten. Sie hielt sich an ihm fest. Sie umklammerte ihn mit Armen und Beinen. Er sank mit ihr auf die Knie, dann fiel er auf sie. Sie verschränkte die Beine und krallte sich mit den Händen in seiner Kutte fest. Sein Gesicht war in ihrer Halsbeuge vergraben, sie spürten seinen stoßweisen Atem, seinen Bart, seine Hitze. Sie erinnerte sich, wie Lupo Casapietra auf ihr gelegen hatte, bevor der Liebesakt sich in Gewalt verwandelt hatte. Die Erinnerung rief Abscheu und Übelkeit in ihr hervor, aber sie hielt Azrael fest. Lauf, Maria, dachte sie. Und vergib mir die Sünde, die ich an dir begangen habe, weil ich nicht schon eher versucht habe, dir zur Flucht zu verhelfen.

Der Schmerz war wie ein Strahl aus kaltem Feuer und drang in ihren Leib. Sie riss die Augen auf. Der Schmerz wiederholte sich, noch einmal und noch einmal. Sie ließ Azrael los und versuchte, Luft zu bekommen. Der Schmerz schnitt durch ihre Haut, in ihren Körper, in ihre Organe. Sie wollte schreien und konnte nicht.

Azrael sprang auf. Er starrte sie an und dann das Messer in seiner Hand. Es war das Messer, das er Simone bei Vallecrösa ins Gehirn gestoßen hatte. Carlotta spürte Eiseskälte in jeder Wunde, die er ihr beigebracht hatte, fühlte das Blut herausquellen und einen Schmerz, der schlimmer war als alles, was Lupo ihr zugefügt hatte. Sie bäumte sich auf. Sie fühlte Blut in ihren Mund steigen und würgte.

Azrael steckte das Messer ein, dann fuhr er herum und rannte Maria nach. Carlotta wollte sich umdrehen und ihm hinterherblicken, doch sie konnte sich nicht bewegen. Sie starrte in den Himmel, um Atem ringend, verzehrt von Schmerz, langsam in ihrem eigenen Blut ertrinkend, Regen in den Augen, die Finger in die nasse Erde gekrallt, frierend und gleichzeitig brennend … bis das Licht der Dunkelheit wich und die Dunkelheit Carlotta einsaugte. Das Letzte, was sie vor ihrem inneren Auge sah, war Lupo Casapietras Gesicht, umrahmt von Azraels Kapuze, und Lupo flüsterte: »Vergib mir, vergib mir, vergib mir …«

3

Der Weg durch die Berge war mühsam und an vielen Stellen gefährlich gewesen, aber er hatte auch dazu geführt, dass Joseph den Gedanken an die Pest und an die ganze Situation beinahe verdrängt hatte. Übrig geblieben war nur noch die drängende Not, seine Mission fortzuführen, Maria zu retten und Azrael aufzuhalten; aber was Azrael betraf, war diese Not fast abstrakt geworden, eine Handlung, die man ausführt, obwohl man vergessen hat, warum man sie für nötig hält.

Es lag zum einen an der Einsamkeit der Reise. Sie trafen keine Menschenseele. Sie hätten ganz allein auf der Welt sein können. Die herbe, abweisende Schönheit der Berge trug weiter dazu bei, dass die Dinge, die die Menschheit betrafen, vollkommen nichtig wirkten und in den Hintergrund traten.

Hauptsächlich aber lag es Gisela. Joseph hatte noch nie solches Glück empfunden.

Solange es möglich war, blieben sie auf dem Rücken der Pferde. Wenn der Weg zu steinig wurde, zogen sie die Tiere hinter sich her. Sie drängten vom ersten Licht des Tages bis zum Einbruch der Dunkelheit voran, dann suchten sie Schutz. Wenn sie einen Ziegenstall fanden, waren sie froh; Gisela wusste mit erstaunlicher Sicherheit, wo sie suchen musste. Wenn sie keinen fanden, drängten sie sich zwischen Felsen zusammen und versuchten mit den Decken und Mänteln ein Lager zu bauen. Sie froren so sehr, dass ihre Zähne klapperten. Sie hungerten, weil ihre Rationen zu knapp bemessen waren. Durst mussten sie keinen leiden, es gab Hunderte von Bächen mit schmerzhaft kaltem, klarem Wasser. Wenn sie das Lager bereitet hatten, liebten sie sich – langsam, erschöpft, mit schmerzenden Gliedern, zärtlich und innig, die wilde Leidenschaft, deren sie beide fähig waren und die sie im anderen spürten, für eine bessere Gelegenheit aufsparend.

Gisela erzählte von ihrem Vater und wie die Menschen von Osoppo ihn geradezu inbrünstig verehrten als ihren Herrn und

Beschützer, von ihrer Mutter, von ihren Geschwistern, die alle im Kindesalter gestorben waren, von Kaplan Grimoald, vom Herbstsonnenlicht auf dem ersten Schnee, vom Blau des Himmels über den Gipfeln, vom Duft des frisch geschnittenen Grases auf den Almen. Joseph erzählte vom Nebel in den Gassen Venedigs, der so dicht sein konnte, dass die Signoria an den Hausecken Laternen aufhängen ließ, um den Bürgern die Orientierung zu ermöglichen; vom Zusammenhalt der jüdischen Gemeinde im schmucklosen Mestre, von Feiern und der täglichen, heimeligen Religiosität; von den Reisen, die er selbst unternommen hatte, und von denen, über die er Geschäftspartner seines Vaters hatte berichten hören, während er, der Knabe, stumm und mit roten Wangen dabeigesessen hatte.

Er war fasziniert von der Art und Weise, wie Gisela und ihre Familie den Bergen ihren Lebensunterhalt abgetrotzt und sie trotzdem als ihre Heimat geliebt hatten. Sie war fasziniert von der Weltläufigkeit seines Volks und wie es sich eine Heimat im Herzen schuf, eine Heimat, die nur aus den Verbindungen bestand, die sie alle untereinander aufrechterhielten.

Er liebte sie. Was er gewusst hatte vom ersten Augenblick an, bestätigte sich nun: Gisela war die einzige Liebe seines Lebens. Er wusste jetzt, was Zacharias und Deborah verbunden hatte. Doch mit dieser Erkenntnis kam auch die Furcht, dass das Schicksal ihm Gisela wieder entreißen könnte. Nachts wachte er auf und umklammerte Gisela so sehr, dass sie im Schlaf murmelte und sich bewegte. Er hatte immer mit Zacharias mitgefühlt. Aber erst jetzt konnte er sein Leid ganz ermessen Er betete im Stillen zu Gott, dass er alles, was Joseph jemals an Gutem getan hatte, bitte in die Waagschale werfen – und dafür Gisela beschützen sollte.

Auf diese Weise waren sie fünf Tage unterwegs. Am Abend des sechsten Tages blickten sie über die letzten Hügel im Westen auf eine weite, flache Ebene hinunter und auf eine Stadt, die sich im Dunst von Regenschleiern verlor. Joseph, der in den Bergen auf Giselas Orientierungssinn angewiesen gewesen war, fühlte sich angesichts der Zivilisation endlich wieder halbwegs als Herr der Lage.

»Ist das Avignon?«, fragte Gisela.

»Ich glaube, nicht. Soweit ich weiß, liegt Avignon direkt an einem großen Fluss, der bei uns Rodano heißt. Ob er hier anders heißt, weiß ich nicht. Aber dort unten sehe ich keinen großen Fluss.«

»Wo, denkst du, sind wir dann?«

»Es könnte Carpentràs sein. Wenn ja, haben wir Glück. In Carpentràs gibt es eine große jüdische Gemeinde. Sie steht unter dem persönlichen Schutz von Papst Clemens. Was immer man sonst gegen ihn und seinen korrupten Hofstaat sagen kann, über mein Volk breitet er eine schützende Hand, seit er den Papstthron bestiegen hat.« Er zuckte mit den Schultern. »Vermutlich nicht aus Nächstenliebe, sondern weil er ständig neue Kredite braucht und niemand sonst seine Finanzen so gut verwalten kann.«

»Kennst du dort jemanden persönlich?«, fragte Gisela.

»Nein, aber der Name meines Vaters ist dort sicher ein Begriff; und ich kann angeben, dass einer der Seniores, die mich beauftragt haben, Cohen ben Judah ha-Nasi aus Narbona ist. Den kennen sie hier sicher.«

Gisela sah sich um. »Irgendwie wirkt es hier gespenstisch leer«, sagte sie. »Kein Mensch auf den Straßen. Ich weiß, es ist Abend, aber es ist noch nicht dunkel …«

Die Wirklichkeit holte Joseph mit einem Schlag wieder ein. »Es wirkt«, sagte er grimmig, »als wäre die Pest vor uns hier eingetroffen.«

Beklommen trieben sie die Pferde wieder an. Das nächstgelegene Stadttor von Carpentràs erreichten sie, als das Licht im Westen zu erlöschen begann; hinter den Bergen im Osten war es bereits finster. Das Tor war geschlossen. Eine Wache rief sie vom Wehrgang oberhalb des Tors an, aber der Mann war nicht so unfreundlich, wie man es von Torwachen gewohnt war, sondern eher neugierig. Joseph verstand bruchstückhaft, dass er fragte, wo sie herkamen. Ein Gespräch mit viel Armgefuchtel entstand, an dessen Ende Joseph verstanden zu haben glaubte, dass die Stadt auf Befehl des Papstes nach außen hin verschlossen worden war, dass die Angst vor der Pest in der ganzen Gegend umging – und dass viele Leute nach Avignon flohen in der Hoffnung, dass die Anwesenheit des Heiligen Vaters sie vor der Seuche beschützte.

Joseph fragte, ob sie Carpentràs betreten dürften. Der Wachposten zuckte bedauernd mit den Schultern.

Joseph bat ihn, den Vorsteher der jüdischen Gemeinde benachrichtigen zu lassen, und nannte seinen Namen.

»*Vous êtes des juifs?*«, fragte der Wachposten.

»*Oui*«, antwortete Joseph der Einfachheit halber.

Der Wachposten strahlte plötzlich und antwortete mit einem Redeschwall, der Joseph überforderte. Dann deutete er an, dass sie warten sollten, und verschwand. Wenig später wurden sie eingelassen; ein junger Mann erwartete sie bereits, mit dem Joseph sich endlich in der jüdischen Sprache unterhalten konnte. Die jüdische Gemeinde, erfuhr er, war in Carpentràs nicht nur groß, sondern auch beliebt, weil die Geldverleiher hauptsächlich mit dem päpstlichen Hofstaat Geschäfte machten und sich daher bei den städtischen Kreditnehmern großzügig zeigen konnten, wenn diese mit den Rückzahlungen in Schwierigkeiten gerieten. Einer der ihren war sogar der oberste Bankier des Papstes und residierte in Avignon. Josephs Vater war bekannt unter den Leuten; dass Gisela eine Christin war, nahm man gelassen, und so schliefen Joseph und Gisela zum ersten Mal, seit sie Barge jenseits der Berge verlassen hatten, wieder in einem Bett. Leider in zwei unterschiedlichen Kammern. Die Familie, die sie beide für die Nacht aufgenommen hatte, fragte zwar nicht nach, wie sie es mit dem Schlafarrangement in den vergangenen Tagen gehalten hatten, aber sie machte klar, dass unter ihrem Dach jeglicher Schicklichkeit Genüge getan würde.

Am Mittag des Folgetags erreichten sie Avignon. Vor den Toren drängte sich eine nicht enden wollende Menge von Flüchtlingen in Schlamm und Dauerregen. Kurz drohte sie angesichts der schieren Unmöglichkeit der Aufgabe der Mut zu verlassen, dann begannen sie zu fragen, ob jemand einen Gauklerwagen mit einem Priester und einem kleinen Kind gesehen habe.

4

Admiral Vignoso brauchte einige Zeit, um zu sich zu kommen. Vittoria, die an seinem Lager saß, beobachtete ihn dabei – vom ersten Zucken seiner Hände über das Flattern seiner Lider bis zum Aufschlagen seiner Augen, in die langsam, langsam Verständnis sickerte.

»Ich hoffe aus zwei Gründen, dass ich nicht tot bin«, murmelte er mit kaum vernehmbarer Stimme. »Erstens aus ganz selbstsüchtigen Gründen heraus, und zweitens, weil Ihr dann auch tot sein müsstet, und Ihr habt es wie niemand sonst verdient zu leben.«

»Obwohl ich Euch so gequält habe?«, fragte Vittoria mit einem halben Lächeln.

»Das ist Jahre her«, sagte der Admiral. Er bewegte sich und zuckte zusammen. »Nein, doch nicht. Mein Körper fühlt sich an wie rohes Fleisch …«

»Ihr wart zwei Tage bewusstlos«, sagte Vittoria. »Was Ihr spürt, sind die ehemaligen Pestbeulen, die ich aufgeschnitten und ausgebrannt habe. Nach allem, was ich feststellen kann, hat das Gift Euren Körper verlassen. Ihr seid geheilt, Admiral. Ihr werdet allerdings noch etliche Tage brauchen, bis Ihr das Bett verlassen könnt, und einige Wochen, bis die Wunden verheilt sind. Und Ihr werdet drei hübsche große Narben zurückbehalten.«

»Zwei Tage?«

Vittoria nickte. »Ich lasse Euch etwas zu essen bringen. Einen Brei, vielleicht. Ihr müsst langsam anfangen.«

»Ich habe keinen Hunger.«

»Ihr müsst trotzdem etwas essen. Bitte überwindet Euch.«

Der Admiral schloss die Augen und schlief ein, noch während er etwas entgegnen wollte. Vittoria lächelte, dann seufzte sie. Sie war so müde, dass sie sich am liebsten neben das Lager des Admirals auf den Boden gelegt und ebenfalls geschlafen hätte. Aber jetzt, da der Admiral über den Berg war, gab es nur noch eine einzige Aufgabe für sie. Sie stand auf und trat an die kleine Fensteröffnung. Draußen konnte sie einen kleinen Ausschnitt der Stadt sehen: Hausdächer, Fassaden, ein Stück Gasse. Es war so still draußen, dass man hätte fürchten können, Genua sei nun eine Totenstadt und Vittoria und der Admiral die einzigen Überlebenden. Nicht einmal die Totenglocke war mehr zu hören. Doch Vittoria wusste, dass die Totenglocke nur deshalb schwieg, weil der Doge schon vor zwei Tagen ihr Läuten verboten hatte, um die Einwohner der Stadt nicht noch mehr in Angst zu versetzen; und die Stille in den Gassen war die eines vorsichtigen, zittrigen Aufatmens.

Ebenfalls seit zwei Tagen hatte es keine neuen Krankheitsfälle mehr gegeben. Noch immer starben die bereits Erkrankten in ihren Häusern, in den Kirchen, in den Quarantäne-Lagern. Aber es gab keine weiteren Fälle. Die Pest in Genua war vorerst in ihrer Ausbreitung aufgehalten worden.

Die Nachrichten, die aus dem Gebiet der Republik eintrafen, waren hingegen nicht dazu bestimmt, Vittoria aufatmen zu lassen. Während in Richtung Süden die Lage halbwegs unter Kontrolle war, brach in Richtung Westen die öffentliche Ordnung völlig zusammen. Die ganze Küste war ein riesiges Seuchengebiet. Gonfaloniere Tetocios Soldaten griffen nirgends mehr ein; ihre Reihen war zu dezimiert, und der Gonfaloniere hatte ihnen befohlen, Lager zu errichten und nicht mehr nach draußen zu gehen. Dass das Sterben innerhalb dieser Lager weiterging, konnte man sich vorstellen. Etliche wohlhabende Familien, die sich auf ihre Güter in den Bergen geflüchtet hatten, waren von Räuberbanden massakriert und ihr Besitz geplündert worden; andere hatten genügend Leibwächter und Knechte mitgenommen, um im Umkreis um ihre Landsitze eigene Gesetze zu schaffen und jeden umzubringen, der sie fürchten ließ, er könne plündern wollen oder die Pest zu ihnen bringen. Als die Soldaten noch patrouilliert hatten, hatten sie Sterbende in Häusern vorgefunden, die von ihren Familienangehörigen verlassen worden waren, und in einem Fall die Überreste einer Bittprozession, deren Teilnehmer anscheinend innerhalb von Minuten von der Pest befallen und gestorben waren. Der Priester hatte unter dem Baldachin gelegen, unter dem er die Monstranz vor sich hergetragen hatte, die Finger um den Kelch gekrallt, und rings um ihn tote Ministranten, Kirchendiener, Prozessionsteilnehmer.

Rauch vernebelte ganze Küstenstriche, weil in der einen oder anderen Ortschaft das Feuer, mit dem man befallene Häuser zu verbrennen versucht hatte, außer Kontrolle geraten war und den halben Ort entzündet hatte. Dorfbewohner flohen in die Städte; Städter flohen aufs Land. Wo sie auf den Straßen zusammentrafen, entwickelten sich regelrechte Schlachten um das Recht, die Straße als Erster zu benutzen.

Vittoria dachte an diesen Wahnsinn und fragte sich, wie es wohl außerhalb der Republik aussehen mochte, in den Fürstentümern, Stadtstaaten und Grafschaften in der Umgebung, aus denen keine geregelten Nachrichten eintrafen. War es dort ebenso schlimm? Es war anzunehmen, dass Azrael erfolgreich Tod und Chaos ins Königreich Frankreich hineingetragen hatte. Aber in der anderen Richtung? Der Richtung, in die Dionysius unterwegs war? Ihr Herz verkrampfte sich beim Gedanken, dass ihr Geliebter in ein ähnliches Chaos hineingeriet und sein Leben bei jedem Schritt in Gefahr war.

Als der Admiral am Abend wieder erwachte, saß sie erneut an seinem Lager und hielt eine Schale Haferbrei in der Hand, aus der sie ihn zu füttern begann. Wegen der großen Wunden unter beiden Achseln konnte er die Arme nicht heben, um selbst zu essen. Man konnte ihm ansehen, wie sehr er es hasste, so abhängig zu sein, aber er war ein angenehmer Patient und wehrte sich nicht.

»Einer von Euren Männern wird das ab morgen früh übernehmen«, sagte Vittoria, als sie fertig war. »Vielleicht ist Euch das auch lieber, als von mir gefüttert zu werden.«

»Und was habt Ihr ab morgen früh vor?«

»Das kommt darauf an.«

»Worauf?«

»Ob Ihr mir den Geleitbrief siegelt, den ich schon aufgesetzt habe und der es mir erlaubt, die Stadt zu verlassen und Dionysius nachzureisen.«

Der Admiral gab ihren Blick lange schweigend zurück. Vittoria versuchte, ruhig zu bleiben.

»Ich kann hier nichts Gutes mehr bewirken«, sagte sie. »Die Republik hat, was die Stadt Genua betrifft, alles im Griff. Ich bin nur Euretwegen noch hier, sonst hätte ich schon gestern versucht, die Stadt zu verlassen.«

»Ihr seid nur deswegen noch hier«, sagte der Admiral, »weil Seine Hoheit Euch nicht ziehen lässt.«

»Ich habe nur deswegen noch gar nicht bei Seiner Hoheit *nachgefragt*«, erwiderte Vittoria und bohrte ihre Blicke in die des Admirals, »weil ich zuerst sicherstellen wollte, dass Ihr über den Berg seid.«

»Ich bitte um Verzeihung«, sagte der Admiral nach einer kleinen Weile.

»Meine Vergebung könnt Ihr leicht erlangen. Eine Kerze, ein Klecks Siegelwachs, und ein Abdruck Eures Rings unter dem Geleitbrief.«

»So wenig und doch so viel«, sagte der Admiral.

»Ihr seid undankbar«, erklärte Vittoria. »Ihr wisst doch, wie ich zu Dionysius stehe. Mein Herz bricht beim Gedanken, dass ihm etwas zustoßen könnte, und ich bin nicht da, um ihm zu helfen.«

Der Admiral schüttelte den Kopf und ächzte dabei vor Schmerz. »Ich missversteht mich. Eure Bitte ist deshalb so unwillkommen, weil sie Euch selbst in Gefahr bringt. Hier im Palast … hier in Genua … kann ich mir immer einbilden, dass Ihr in Sicherheit seid. Ihr habt die Pest bis jetzt nicht bekommen; Ihr werdet sie auch nicht mehr bekommen, denke ich. Aber draußen? Ich bin nicht über die aktuelle Lage im Bilde, aber ich schätze, draußen, in allen Pestgebieten, herrscht die dunkle Seite in den Seelen der Menschen. Wer weiß was könnte Euch passieren – und ich könnte es nicht verhindern. Ich bin mitnichten undankbar. Ich bin Euch so dankbar für das, was Ihr für mich getan habt, dass ich den Gedanken nicht ertrage, Euch in die Gefahr ziehen zu lassen.«

»Ihr erweist mir zu viel Ehre, Admiral«, sagte Vittoria heiser.

»Na gut«, seufzte der Admiral, »ich werde Euch nicht noch länger quälen. Bringt mir die nötigen Sachen, damit ich den Geleitbrief siegeln kann. Und schickt einen von den Faulpelzen, die meine Tür bewachen, auf die Suche nach meinem Locotenente Falier. Die eine Hälfte seiner Familie sind zwar verdammte Venezianer, aber er ist zuverlässig. Wenn er noch am Leben ist, wird er Euch begleiten.«

5

Gisela und Joseph folgten den verwirrenden und widersprüchlichen Hinweisen auf einen Gauklerwagen den ganzen Nachmittag lang durch das Flüchtlingslager. Nur jeder Zweite wollte überhaupt mit ihnen reden. Von diesen war auch nur jeder Zweite wenigstens mäßig interessiert an ihrem Problem. Resignation und Verzweiflung hingen noch schwerer über dem Lager als Kälte und Regen.

Bei Anbruch der Dämmerung erreichten sie schließlich eine Stelle im Süden des Lagers, an der Joseph im weichen, aufgewühlten Boden Radspuren und die Abdrücke von Pferdehufen entdeckte. Ein Wagen war hierhergefahren worden, hatte gewendet und war wieder aufgebrochen. War es der Gauklerwagen gewesen? Und wenn, warum war er nicht da? Wohin war er gefahren?

Gisela, die zusehends von Josephs schlecht unterdrückter Panik angesteckt worden war, starrte hektisch umher. Die letzten beiden Fragen waren womöglich leicht zu beantworten – und bedeuteten in diesem Fall, dass sie gescheitert waren. Der Gauklerwagen war möglicherweise in die Stadt gefahren, weil Azrael einen Weg gefunden hatte, hineingelassen zu werden. Vielleicht verbreitete er gerade im Papstpalast den Tod.

»Wir müssen jemanden fragen«, sagte Joseph. Gisela hörte die Angst in seiner Stimme, die jetzt, so kurz vor dem Ziel, größer war als je zuvor. Zu spät gekommen zu sein – vielleicht nur um wenige Stunden! – war mehr, als ihr Geliebter ertragen würde. Er würde sich zeit seines Lebens Vorwürfe machen, die Suche nach Azrael und Maria unterbrochen zu haben; um die jüdischen Kinder von Salusse zu retten; um eine Pause auf dem Weg einzulegen, weil die Erschöpfung zu groß war; um sich mit Gisela in Liebe zu vereinen, anstatt durch die Nacht weiterzustolpern. Joseph war ein gerechter Mann, aber Gisela fürchtete, dass die Schuld ihn irgendwann dazu bringen würde, ihr die Verantwortung für den Verlust Marias und das Scheitern der Mission zu geben. Nicht wissentlich; aber tief in seinem Herzen, so tief, dass es ihm gar nicht bewusst war. Es wäre der Anfang vom Ende ihrer Liebe.

Immer vorausgesetzt, dass sie dann beide noch am Leben waren und sich solche Gedanken machen konnten. Wenn Azraels Plan aufging, war wahrscheinlich der Großteil der Menschheit verloren. Nichts deutete darauf hin, dass sie und Joseph diese Katastrophe überleben würden.

Und – war es nicht auf jeden Fall schon zu spät? Was sich hier vor den Mauern Avignons abspielte, war bereits die Hölle auf Erden. Es war nur ein Wunder, dass die Pest hier noch nicht ausgebrochen war. Wenn sie es tat, würden diese Tausende von Flüchtlingen auseinanderlaufen in heller Panik. Niemand würde sie aufhalten – und sie würden den Tod weitertragen in jeden Ort, durch den sie kamen.

Etwas von ihren Gedanken musste sich auf ihrem Gesicht widergespiegelt haben, denn Joseph legte ihr plötzlich die Hände an die Wangen. »Wenn wir scheitern«, sagte er leise, »dann werde ich bis zu meinem letzten Atemzug trotzdem Gott danken, dass er mir die Zeit mit dir gegeben hat.«

Gisela nickte und küsste seine Handflächen. »Ich liebe dich mehr als mein Leben«, sagte sie. Sie schluckte ihre Rührung hinunter und atmete durch. »Du fragst dort drüben, ich hier. Was muss ich sagen?«

Sie prägte sich das ein, was Joseph ihr vorsagte, dann stapfte sie los. Ein paar Schritte später blieb sie schon wieder stehen und betrachtete nachdenklich den Boden. Sie kauerte sich nieder und tauchte die Fingerspitzen in eine Pfütze. Als sie sie wieder vor die Augen hob, waren sie rötlich gefärbt. Sie rief Joseph.

»Das ist Blut«, sagte dieser. »Es ist in die Pfütze geflossen.« Er blickte sich suchend um. Gisela erkannte eine neue Sorge in seiner Miene, eine Sorge, die auch sie sich bereits machte: War das Marias Blut?

»Wir machen weiter wie geplant«, sagte er gepresst.

Ein paar Dutzend Schritte weiter lagerte eine Gruppe Menschen, die aus Frauen und Männern, Kindern und Alten bestand. Es waren an die zwanzig, und sie sahen noch nicht so schmutzig und verzweifelt aus wie die meisten anderen Leute, denen sie heute begegnet waren. Gisela näherte sich ihnen und begrüßte sie. Sie erntete misstrauische Blicke und da und dort ein knappes Kopfnicken. Ein Mitglied der Gruppe schien krank zu sein, eine leichenblasse, abgehärmte junge Frau, die eine Decke bis unters Kinn gezogen hatte. Sie zuckte und zitterte in halber Besinnungslosigkeit. Einen Moment lang zögerte Gisela, plötzlich voller Angst, dass die Erkrankte die Pest haben könnte, doch dann sagte sie sich, dass die anderen sie dann mit Sicherheit wenn schon nicht verlassen, so dann doch isoliert hätten.

»Ein bunter Wagen?«, wiederholte sie Josephs auswendig gelernte Worte.

Die Flüchtlinge sahen sich an. Dann blickten sie zu der jungen Frau, dann wieder zu Gisela. Einer der Männer erwiderte etwas. Gisela verstand kein Wort. Sie wiederholte die Frage. Der Mann, der vorher gesprochen hatte, deutete auf die Erkrankte und antwortete mit einem erneuten Schwall von Worten. Gisela zuckte frustriert mit den Schultern.

Der Mann deutete auf die Erkrankte, dann auf Gisela, dann hakte er zwei Finger ineinander und machte ein fragendes Gesicht. Was sollte das bedeuten? Wollte er wissen, in welcher Verbindung Gisela zu der Erkrankten stand? Wozu? Die junge Frau gehörte doch zu seiner Gruppe. Oder nicht? Gisela starrte den Mann ratlos an.

Joseph stand plötzlich hinter ihr, als ob eine Ahnung ihn hergetrieben hätte. Er wiederholte Giselas Frage nach dem bunten Wagen, aber diesmal entspann sich ein Gespräch, bei dem Joseph immer erregter wurde. Schließlich trat er einfach zwischen die Gruppenmitglieder und kniete neben der Frau nieder.

»Gisela«, stieß er hervor. »Hilf mir bitte.«

Sie war an seiner Seite, noch bevor er fertig gesprochen hatte. Die Flüchtlinge machten ihnen Platz. Ein kleines Mädchen starrte sie mit offenem Mund an. Gisela musste an Maria denken. Eine ältere Frau öffnete einen Ledersack, kramte darin herum und holte einen zerbrochenen, harten Brotfladen heraus. Sie bot Gisela stumm an, etwas davon abzubrechen. Gisela schüttelte den Kopf. Die Frau zuckte mit den Schultern und steckte das Brot wieder weg.

Joseph strich der kranken Frau über die Wange. Sie stöhnte. »Weißt du, wer sie ist?«, fragte er aufgeregt. »Gisela, weißt du, wer sie ist?«

»Nein!«, rief Gisela.

»Sie gehörte zu Azraels Gruppe. Das Oberhaupt dieser Leute hat mir gerade gesagt, dass sie, ein kleines Mädchen und ein Mann in Priesterkleidung heute mit einem bunten Wagen hierherkamen. Sie und der Mann in der Priesterkleidung gerieten in Streit. Es gab ein Handgemenge. Das Kind lief weg. Der Priester ließ die junge Frau liegen und rannte dem Kind nach. Er fing es ein und fuhr mit ihm und dem Wagen weg. Die Frau ließ er einfach liegen. Die Leute hier fassten sich ein Herz und sahen nach, was mit ihr los war. Sie hat tiefe Stichwunden an mehreren Stellen. Sie haben sie hier herübergetragen, den Blutfluss gestillt und sie zugedeckt – mehr konnten sie nicht tun. Diese Leute haben nichts und sind auf der Flucht, Gisela, und sie haben sich einer fremden, schwerverletzten Frau angenommen. Wenn Gott auf die Erde herabsieht und überlegt, die Menschheit vor der Pest zu retten, dann blickt er hoffentlich auf dieses Lager hier.«

Gisela legte Joseph die Hand auf die Schulter. »Joseph«, sagte sie voller Angst. »Wenn die Rede von Azrael war und sie zu ihm gehörte – dann hat sie vielleicht die Pest!«

Josephs Hand zuckte unwillkürlich zurück, doch dann legte er sie wieder auf die Wange der Schwerverletzten. »Wir wissen von Dionysius, dass Pestsymptome anders aussehen.«

»Und wenn Dionysius nicht alles wusste?«

»Dann ist es jetzt ohnehin zu spät. Wir müssen sie aufwecken, Gisela. Sie kann uns vielleicht sagen, wo wir Azrael und Maria finden!«

Sie tätschelten die Wange der Frau und redeten auf sie ein. Ihre Lider zuckten. Gisela erinnerte sich plötzlich, wie ihre Mutter in den Tagen ausgesehen hatte, die ihrem Tod vorangegangen waren. Sie hatte das Gefühl gehabt, den Knochenschädel unter der Haut sehen zu können. Hier ging es ihr ebenso. Die junge Frau war dem Tode geweiht, und dieser war nicht mehr fern. Wenn sie sie nicht wecken konnten, würde sie alles, was sie wusste, mit ins Grab nehmen.

6

Maria hatte sich gewehrt wie eine Verrückte, als Azrael sie endlich eingeholt hatte. Erst als er sie hochgehoben und weggetragen hatte, hatte sie nachgegeben und zu weinen begonnen. Er hatte sie zum Wagen zurückgebracht, sie dort eingeschlossen und war dann losgefahren; das Pferd war noch eingeschirrt gewesen. Carlotta hatte er keines Blickes mehr gewürdigt.

Jetzt hatte er mit dem Wagen Position in der Nähe des Tors bezogen, dessen Wächter er die Nachricht für Papst Clemens übergeben hatte. Die Hoffnungslosen dort machten ihm seinen Anspruch nicht streitig. Er saß eine Weile auf dem Kutschbock und starrte ins Leere, was von den Menschen um ihn herum niemand sah, denn er hatte die Kapuze wieder tief ins Gesicht gezogen. Schließlich stapfte er zum Tor und schlug dagegen. Als jemand nach draußen schaute, sagte er nur: »Ich bin hier und warte.« Dann wandte er sich ab und ging zum Wagen zurück. Maria saß auf der Pritsche, den Blick abgewandt. Sie hatte erneut geweint. Ihre kleinen Hände waren zu Fäusten geballt. Azrael setzte sich neben sie. Sie rückte von ihm ab. Er streifte die Kapuze ab, aber sonst bewegte er sich nicht.

»Warum hat Carlotta auf dem Boden gelegen?«, fragte sie schließlich leise in Richtung Boden.

»Sie ist krank geworden.«

»Du hast sie krank gemacht!«

»Nein.«

»Dann hast du sie getötet. Wie meinen Tatele.«

»Nein«, sagte Azrael.

Maria fragte nach einer langen Pause: »Kommt Carlotta wieder?«

Azrael schüttelte den Kopf.

Wieder eine sehr lange Pause; dann: »Wirst du mich krank machen? So wie die anderen?«

»Nein«, sagte Azrael. »Ich lasse dich gehen.«

Diesmal hob Maria den Kopf und blickte ihn an. Azrael gab den Blick zurück.

»Und die Ratten?«, fragte sie.

»Du weißt das mit den Ratten?«

»Ja.«

»Du hast nichts von ihnen zu befürchten.«

»Sie beißen, und dann sterben die Menschen. Du hast sie beißen lassen.«

»Sie werden dich nicht beißen.«

»Ich will zu meinem Tatele.«

»Ich werde dich zu ihm bringen.«

Maria schwieg verblüfft. »Mein Tatele ist …«, begann sie.

»Nein«, sagte Azrael. »Er ist nicht tot. Er ist in Avignon. Beim Papst.«

»Aber er ist …«

»Nein.«

»Ich habe gesehen, dass der Mann ihn gestochen hat«, sagte Maria und begann zu schluchzen. »Er ist tot. Mein Tatele ist tot.« Sie weinte mit lautem Schluchzen und vergrub das Gesicht in ihren kleinen Fäusten.

»Der Mann am Strand hat ihn verletzt, das stimmt«, sagte Azrael. »Aber er ist nicht tot. Er lebt und wartet in Avignon im Papstpalast auf dich.«

»Aber warum …«

»Ich konnte es dir erst jetzt sagen, weil ich mir vorher nicht sicher war. Hast du gesehen, dass ich mit den Torwachen gesprochen habe? Zweimal. Zuerst habe ich mich erkundigt, ob dein Vater dort ist. Beim zweiten Mal haben sie mir gesagt, dass er im Papstpalast auf dich wartet.«

»Aber …«

»Der Papst hat ihn zu sich eingeladen. Du musst dem Papst ein Geschenk mitbringen, wenn du zu deinem Vater gehst. Das gehört sich so.«

In Marias Gesicht ging eine Verwandlung vor, als wäre sie plötzlich ein anderer Mensch. »Er ist wirklich …?«

»Ja«, sagte Azrael. »Du darfst ihn nicht warten lassen. Schau – hier ist das Geschenk, das du dem Papst mitbringst, dafür, dass er deinen Vater eingeladen hat.« Er hob eine kleine Truhe hoch und wog sie in der Hand, um zu zeigen, dass sie nicht schwer war. »Siehst du das Schloss an der Vorderseite? Ich verschließe es nachher, und du gibst dem Papst die Truhe und den Schlüssel, dann kann er sie aufsperren und sein Geschenk finden.«

»Was ist das Geschenk?«

»Das«, sagte Azrael, »ist eine Überraschung.«

»Darf ich wirklich morgen meinen Tatele sehen?«

»Morgen?«, erwiderte Azrael. »Vielleicht schon heute! Wir warten nur darauf, dass die Wachen uns holen kommen.«

»Gehst du mit hinein?«

»Ja«, sagte Azrael, und nur ganz kurz lief ein Zucken über sein Gesicht. »Ich gehe mit hinein. Und drinnen verabschieden wir uns dann voneinander. Ich werde nicht mehr herauskommen.«

Maria nickte ernst. Dann strahlte sie wieder. »Ich kann es gar nicht mehr erwarten. Ich bin so froh, dass mein Tatele noch lebt.«

»Am besten wäschst du dir draußen das Gesicht«, schlug Azrael vor. »Richtig gründlich. Mach dir die Hände am Wagen nass, oder am Fell des Pferdes, das trieft vom Regen. Sonst macht mir dein Vater noch Vorwürfe, dass ich nicht auf deine Sauberkeit geachtet habe. Und wenn man zum Heiligen Vater geht, muss man sich auch gewaschen haben.«

»Ja, das mache ich.« Maria sprang von der Pritsche.

»Und komm dann sofort wieder zurück, nicht dass du es noch verpasst, wenn die Wachen uns holen.«

»Ja, mache ich!!« Maria öffnete die Tür und sprang über das Trittbrett hinunter auf den Schlammboden. Azrael stand auf und öffnete den Verschlag, in dem seine Ratten waren. Er hatte nur noch zwei. Eine war heute Nachmittag krank, aber noch am Leben gewesen. Jetzt war sie tot. Die andere lag auf der Seite und atmete schwer. Azrael kannte die Symptome. Sie würde spätestens heute um Mitternacht tot sein. Aber bis dahin würde Maria sie schon lange übergeben haben. Er holte beide Ratten heraus und steckte sie in die Truhe. Die noch lebende Ratte biss ihn. Er gönnte ihr den Biss. Er schlug den Deckel der Truhe zu, wissend, dass die noch lebende Ratte sich kaum bewegen würde, auch nicht, wenn die Truhe transportiert wurde.

Als er damit fertig war, kam Maria wieder herein. Der Schmutz in ihrem Gesicht wies jetzt hellere Streifen auf. Sie roch nach nassem Pferd. Ihr Haar stand in alle Richtungen ab. »Besser so?«, fragte sie.

»Unbedingt«, sagte Azrael.

»Da draußen stehen zwei Männer mit Spießen und Eisenhüten herum. Sind das die Wachen, die uns holen?«

Azrael kletterte aus dem Wagen hinaus. Tatsächlich standen beim Tor zwei Wachen. Der untere Teil der Mannpforte war geöffnet. Man konnte sehen, dass innerhalb des Tores weitere Männer standen, wahrscheinlich mit gezückten Haumessern oder gespannten Armbrüsten. Avignon ging das Risiko, dass unerwünschte Personen die Situation ausnutzten, nicht ein. Die Flüchtlinge hingegen reagierten so gut wie gar nicht. Sie starrten die kleine Öffnung und die Wachposten an, aber keiner von ihnen stand auf.

Die Wachen erblickten Azrael und winkten ihm ungeduldig zu. Azrael nickte, dann holte er die Truhe und schob Maria vor sich her. Die Wachen musterten sie argwöhnisch.

»Was ist mit dem Kind?«, fragten sie auf Französisch.

»Sie überbringt dem Heiligen Vater das Geschenk.«

»Wir wissen nichts von einem Kind, das wir in die Stadt lassen sollen.«

Azrael zuckte mit den Schultern. »Dann bleiben sie und das Geschenk eben hier, und ihr erklärt dem Heiligen Vater, warum seine Gabe ausbleibt.«

Die Wachposten sahen sich an. Der eine von ihnen rollte mit den Augen.

Der andere sagte: »Na schön, kommt beide mit.«

Sie bückten sich durch die halbhohe Mannpforte. Selbst Maria musste den Kopf einziehen. Die Wachposten kamen als Letzte. Drinnen hatten schon andere Männer Azrael und Maria in Empfang genommen. Azrael hatte richtig vermutet: Die Männer im Inneren des Torbaus waren alle schwer bewaffnet. Mit einem dumpfen Schlag schloss sich die Mannpforte.

»Los geht's«, sagte der eine der beiden Wachposten, nachdem er und sein Kamerad Azrael und Maria in die Mitte genommen hatten. Sie setzten sich Bewegung.

Avignon hatte den Tod hinter seine Mauern gelassen.

7

Joseph zeigte einmal mehr seinen wahren Charakter, indem er nach der Aussage der jungen Frau nicht einfach losrannte. Gisela konnte in seinen Augen sehen, wie sehr es ihn danach verlangte, aber er blieb neben ihr, drückte ihre Hand und sagte: »Danke.«

Die junge Frau richtete ihren flackernden Blick auf Gisela. »Wenn du die Liebe gefunden hast«, flüsterte sie kaum hörbar, »lass sie nicht los. Hätte ich sie gefunden, wäre ich einen anderen Weg gegangen.«

Gisela nickte. In ihrer Kehle saß ein schmerzhafter Kloß. Joseph legte die Hand der jungen Frau vorsichtig zurück auf die Decke. Sie schloss die Augen und drehte den Kopf zur Seite. Das Heben und Senken ihres Brustkorbs war kaum noch sichtbar, so flach war ihr Atem.

Joseph strich ihr über die Stirn. »Gott leite deine Seele ins Licht«, sagte er. Gisela wusste nicht, ob die Frau es noch hören konnte.

Joseph richtete sich auf und dankte der Flüchtlingsfamilie. Gisela ging neben ihm her, zurück zu den Pferden. Joseph ging immer schneller; am Ende lief er. Die Pferde scheuten, doch sie beruhigten sich wieder, als sie ihnen in die Zügel griffen. Joseph half Gisela in den Sattel, dann schwang er sich selbst auf den Rücken seines Pferdes. Das Pferd tänzelte und spürte seine Ungeduld.

»Wir müssen die Stadttore absuchen – eines nach dem anderen!«, stieß er hervor. »Gebe Gott, dass sie noch nicht in die Stadt hineingekommen sind!«!

»Ich denke, er wird es beim nächstgelegenen Stadttor versuchen.«

Joseph nickte. »Bist du an meiner Seite?«

»Warum fragst du?«

»Ich weiß nicht. Entschuldige.«

Gisela beugte sich zu ihm hinüber und legte ihre Hand auf die seine. Sie war so stark um die Zügel verkrampft, dass seine Knöchel weiß hervortraten. Seine Haut war kalt. »Ich bin immer an deiner Seite«, sagte sie.

Sie preschten los, dass Schlamm und Wasser aufspritzten, durch das immer dichter und chaotischer werdende Lager, über das sich jetzt mit dem Regen auch die Dämmerung senkte und die Schatten nicht mehr vom Licht unterscheidbar waren. Die nächstgelegene Straße führte direkt zu einem Tor. Sie wurden sofort fündig. Ein bunt bemalter Wagen stand dort, die hintere Tür war offen, das Pferd stand mit hängendem Kopf im Geschirr, sein Fell struppig und nass und ungepflegt. Joseph sprang vom Pferd und stürzte zum Wagen. Er war voller Menschen, deren Gesichter in der Düsternis im Inneren des Wagens fahle Flecke waren.

Joseph stieß etwas hervor. Er erhielt eine halb trotzige, halb furchtsame Antwort von einer Frau. Worte flogen hin und her. Joseph griff sich an den Kopf und rannte nach draußen, direkt in Giselas Arme.

»Was ist los?«, rief sie. »Ist das der Wagen dieser Leute?«

»Nein, sie haben ihn nur in Besitz genommen, um ein Dach über dem Kopf zu haben. Gisela – das ist Azraels Wagen! Er ist hier! Mit Maria. Die Leute haben beide gesehen! Wir müssen …«

Im Wagen hustete plötzlich jemand – und Gisela erkannte, was sie bisher völlig verdrängt hatten. »Großer Gott, Joseph! Wenn das Azraels Wagen ist … dann haben sich alle darin mit der Pest angesteckt!«

Joseph stierte sie an. »Nein!«, sagte er heftig. »Wenn diese Gefahr bestünde, dann wäre Maria schon lange tot!«

Gisela wusste nicht, ob seine Antwort nur ihn selbst beruhigen sollte oder ob er sich sicher war. Aber was spielte es für eine Rolle? Wenn es so war, dann hatte Joseph sich vielleicht gerade ebenfalls die Pest geholt, denn er hatte sich mit beiden Händen am Türrahmen festgehalten. Und wenn er sie hatte, dann hatte sie sie jetzt auch. Sie schloss die Augen, weil ihr Herz panisch zu hämmern begann, und versuchte sich zu beruhigen.

»Komm mit zum Tor«, sagte er.

Mit dem Wachposten, der durch die Luke spähte, entspann sich ebenfalls ein hastiger Wortwechsel, von dem Gisela nichts verstand. Joseph hämmerte aufgebracht gegen den Torflügel und wurde laut. Ein Spieß schob sich plötzlich durch die Öffnung und auf Joseph zu. Er wich aus, packte ihn und zog ruckartig daran. Der Posten innerhalb des Tors war so überrascht, dass er losließ. Nun hatte Joseph den Spieß in der Hand. Die Augen des Wachpostens hinter der Fensteröffnung waren groß. Sein Mund ging auf, zweifellos, um Alarm zu geben.

Joseph schob den Spieß mit dem stumpfen Ende zuerst in die Öffnung. Der Wachposten riss ihm die Waffe aus der Hand und brachte sie hastig wieder an sich. Dann starrten sich die beiden Männer durch die kleine rechteckige Öffnung hindurch wütend an.

»Was sagt er?«, fragte Gisela, die von dem Hin und Her mit dem Spieß selbst so überrascht gewesen war, dass sie nicht hatte reagieren können.

»Sie haben Azrael und Maria eingelassen. Erst vor kurzem. Aber uns lassen sie nicht rein. Weil sie niemanden ohne Sondererlaubnis reinlassen dürfen und weil es außerdem schon nach Torschluss ist! Gerechter Gott, sie lassen uns scheitern! Das darf doch nicht wahr sein! Wie hat Azrael es geschafft!?« Er holte Luft und schrie in voller Lautstärke: »Maria!« Gisela lauschte, aber sie hörte keine Kinderstimme antworten. Joseph raufte sich Haare und Bart. »Gott der Gerechten, hilf mir!«

»Sag ihm, dass du Jude bist. Dass *wir* Juden sind!«, stieß Gisela hervor.

»Warum?«

»Weil der Papst die Juden schützt! Vielleicht lassen sie uns dann rein!«

Josephs Augen wurden groß. »Ich habe eine Idee.« Er klopfte wie entschuldigend gegen das Tor und hob eine Hand zum Abschied. Der Wachposten verzog ärgerlich den Mund und knallte den Fensterladen zu. Joseph zog Gisela zu den Pferden.

»Wo willst du hin?«, rief sie.

»Zu einem anderen Tor. Hier brauchen wir mit der Geschichte nicht mehr zu kommen, das hätten wir gleich tun sollen. Woanders können wir nochmal von vorn anfangen.«

»Und was willst du sagen?«

»Dass wir wichtige Nachrichten für den Bankier des Papstes hätten. Oder sonst irgendwas. Mir fällt schon was ein. Erinnerst du dich? Unsere Gastgeber in Carpentràs haben doch von ihm erzählt – Levi ben Gershom. Die Wachen werden nicht die Boten von Papst Clemens' wichtigstem Geldgeber abweisen.«

Sich zum nächsten Tor durchzuschlagen war schwierig, weil die Straßen, die von und zur Stadt führten, zwar von den Flüchtlingen freigehalten wurden, es aber keine Ringstraße gab, die alle Wege miteinander verband. Sie mussten absteigen und die Pferde hinter sich herziehen. Die Blicke, die ihnen zugeworfen wurden, waren feindselig. Manche Leute hielten die Hände auf, als ob sie Almosen erwarteten, aber die meisten taten nicht einmal das. Sie hörten Kinderweinen, das lauter wurde, je näher sie kamen. Schließlich sahen sie ein vielleicht dreijähriges Kind im Schlamm sitzen, nass vom Regen, unzureichend gekleidet, heiser vom Weinen. Neben ihm lag, die Augen offen, obwohl der Regen hineinlief, eine Frau, wahrscheinlich die Mutter. Ihr Gesicht war wächsern. Sie blinzelte nicht. Sie war tot. Die Menschen rundherum nahmen keine Notiz davon, weder von der Toten noch von der Not des Kindes.

Gisela hielt an, zerrte sich den Mantel von den Schultern und breitete ihn über das Kind. Es hielt mit dem Weinen inne und schaute aus entzündeten Augen zu Gisela hoch. Gisela drehte sich einmal um sich selbst. »Helft ihm doch!« Sie hatte schreien wollen, aber es wurde nur ein Flüstern daraus. »Helft ihm doch, im Namen der Barmherzigkeit!« Niemand rührte sich.

Joseph legte ihr seinen Mantel um die Schultern und zog sie weiter. Das Weinen des Kindes fing plötzlich mit einem Aufschrei wieder an. Gisela wollte sich umdrehen, doch Joseph, der neben ihr ging, zog sie an sich und hinderte sie daran. Die Maßnahme war überflüssig. Sie wusste, was geschehen war. Einer der Umsitzenden hatte sich aufgerafft, war auf das Kind zugetreten – und hatte den Mantel an sich genommen. Gisela wusste, wenn sie umkehrte und den Mantel wieder an sich nahm und dann erneut über das Kind breitete, würde das Gleiche wieder geschehen, nur etwas später, wenn sie und Joseph weit genug weg waren. Und dennoch …

»Wir können es doch nicht einfach zurücklassen«, stöhnte sie.

Joseph blieb stehen. »Du hast recht.« Sein Gesicht war hart und dunkel. »Warte hier. Dreh dich nicht um.«

Gisela starrte geradeaus. Hinter sich hörte sie Geräusche, die wie ein kurzer, heftiger Kampf klangen. Sie hörte eine Männerstimme flehen, wahrscheinlich um Gnade. Dann kehrte Joseph zurück, das weinende Kind auf dem Arm. Es war in Giselas Mantel gewickelt. Joseph nestelte mit einer Hand den Lederbeutel vom Sattel, in dem die Vorräte aus Carpentràs waren. Er trug ihn und das Kind zu einer Familie, setzte es in ihrer Mitte ab, öffnete den Beutel und ließ den Inhalt – Trockenobst, gerösteten Hafer, Brote – herausfallen. Die Leute gafften ihn mit dem offenem Mund an. Joseph sagte etwas, drehte sich abrupt um und kam wieder zu Gisela zurück. »Gehen wir.«

»Was hast du zu ihnen gesagt?«

»Dass sie sich des Kindes annehmen sollen, weil es ihnen Essen verschafft hat.«

Gisela drehte im Gehen den Kopf, um zu sehen, was in der Familie geschah. Alle hatten sich auf die Vorräte gestürzt. Eine Frau löste sich jedoch aus dem Gewühl, kroch auf das Kind zu, nahm es auf und drückte es an sich. Gisela wandte sich ab. Sie konnte das Weinen des Kindes noch als Echo in ihrer Seele hören, als es schon längst außer Hörweite war. Sie wusste, dass ähnliche Dramen sich in diesem Moment an vielen Stellen dieses riesigen Lagers abspielten, und sie hatte keine Ahnung, ob die Familie, der Joseph das Kind anvertraut hatte, es nicht schon morgen im Stich lassen würde.

»Hier ist die Hölle«, sagte sie tonlos. Sie erinnerte sich an Osoppo nach dem Erdbeben, an den Zusammenhalt der Überlebenden, an die Entschlossenheit, die Burg wieder aufzubauen. Davon war hier nichts zu spüren. Die Angst und die Hoffnungslosigkeit hatten die Seelen der Menschen hier zum Großteil zerstört. Selbst wenn sie überlebten, würden sie ihre Menschlichkeit nicht mehr vollständig zurückgewinnen. Sie würden von der Pest gezeichnet sein, obwohl sie sie gar nicht erlebt hatten.

»Das ist nur der Vorhof zur Hölle«, murmelte Joseph. »Warte nur, was passiert, wenn hier die Seuche ausbricht. Und das wird geschehen – irgendwann wird einer der neu hinzukommenden Flüchtlinge sie mitbringen. Dann wird hier das Chaos ausbrechen, und die Panik wird die Menschen endgültig zu Tieren machen. Gott straft uns alle doppelt; die Pest zerstört unsere Körper und unsere Seelen.«

»Die Seuche kommt nicht von Gott.«

»Ich weiß.«

Als sie das Tor erreichten, sagte Joseph: »Ich weiß jetzt, wie wir es machen. Bitte steig auf und hüll dich, so weit es geht, in meinen Mantel. Zieh dir die Haube ins Gesicht. Du bist jetzt eine Verwandte von Levi ben Gershom. Wenn wir am Tor sagen, wir hätten eine Nachricht für ihn, kann es sein, dass wir sie ihnen aushändigen sollen oder aufschreiben müssen und dann vor dem Tor versauern; aber sie müssen uns beide reinlassen, wenn wir sagen, dass du deinen Vetter Levi besuchst.«

»Und wenn sie jemanden schicken, der ihn zuvor fragt, ob er eine Cousine hat?«

»Jüdische Familien sind groß. Wir bestehen quasi aus Dutzenden von Cousins und Cousinen. Aber selbst wenn, macht es nichts, denn ich werde einen Namen nennen, der für ihn eine Botschaft ist und gleichzeitig beweist, dass er es mit Juden zu tun hat.«

»Welchen Namen? Deinen?«

»Ich trete hier nur als dein Leibwächter auf, mein Name interessiert keinen. Ich werde sagen, dein Name lautet Rateven bat Nishm.«

»Ist das ein echter Name?«

»Nicht für einen Juden. Für christliche Ohren hört er sich so an wie jeder andere komplizierte jüdische Name.«

»Und was bedeutet er?«

»Rette unsere Seelen.«

8

Der Offizier, den Admiral Vignoso als Begleitschutz für Vittoria ausersehen hatte, Locotenente Falier, hatte nur ein Auge, eine wulstige Narbe auf der linken Gesichtshälfte, der das Auge fehlte, und an der linken Hand nur noch zwei Finger und den Daumen. Es sah aus, als hätte er in einem Kampf einen Schwerthieb mit der bloßen Hand abzufangen versucht, aber die Klinge hatte ihm einen Teil der Hand abgehauen und dann sein Gesicht getroffen. Er sah verwegen aus, und er schien verärgert darüber, dass er für eine Frau den Leibwächter spielen sollte. Vittoria nahm sich vor, ihm zu zeigen, dass er sie unterschätzte.

Die Menge vor den Stadtmauern hatte sich schon vor Tagen zerstreut. Als klar gewesen war, dass die Pest auch die Stadt erreicht hatte, hatte Doge Giovanni di Murta die Isolation der Stadt beendet und die Tore geöffnet – allerdings nicht ohne vorher von allen Torbauten herunter bekannt zu geben, dass die Seuche in der Stadt sei. Das hatte mindestens drei Viertel der Wartenden überzeugt, dass es vielleicht sogar besser war, die Stadt zu meiden. Von den Restlichen waren die meisten nach kurzer Überprüfung eingelassen worden, und wer jetzt noch vor der Mauer lagerte, gehörte zu jener Sorte, die ein vernünftiger Torwächter nicht einmal in Zeiten hätte passieren lassen, in denen keine Seuche die Menschheit dahinraffte. Diese Unseligen hockten verstreut neben der Straße und baten lautstark um Almosen. Auch sie wurden immer weniger.

Vittoria musterte ihren Begleiter. »Ihr sitzt ein wenig unbequem im Sattel, findet Ihr nicht?«

Falier lächelte verächtlich. »Ich finde, es ist ausreichend.« Er hatte nur einen Fuß im Steigbügel. Das andere Bein hatte er über den Widerrist des Pferds gelegt, so wie jemand, der sich in einem Sessel zurücklehnt und ein Bein über das andere schlägt. Was er damit andeuten wollte, war klar: um mit Vittoria mithalten zu können, reichte ihm auch der geringste Halt im Sattel.

»Na gut. Dann schaut weg.«

»Weshalb?«

»Weil ich gleich mehr zeige, als sich für eine sittsame Frau schickt.«

Das vernarbte Gesicht zog sich ratlos in die Länge, aber der Locotenente gehorchte und wandte sich ab. Vittoria, die wie ein Mann im Sattel saß, aber den Rock ihres Kleides um sich herum ausgebreitet hatte, damit man ihre Beine nicht sehen konnte, raffte den Rock bis zu den Oberschenkeln hoch. Jetzt konnte sie Knie und Unterschenkel gegen den Leib des Pferdes drücken, ohne dass der schwere Stoff sie behinderte. Sie rutschte in den Steigbügeln herum, bis sie einen festen Halt hatte.

»Kann ich wieder?«, fragte Falier.

»Schicklicher werde ich nicht mehr.«

Falier drehte den Kopf zu ihr und betrachtete überrascht die weißen Beinlinge, die Vittoria unter dem Rock trug und über die sie ihre Reitstiefel gezogen hatte. Seine Blicke wanderten von den Stiefeln unwillkürlich hoch bis zu ihrem Knie, dann bemerkte er seine Unhöflichkeit und räusperte sich. »Was habt Ihr vor?«, fragte er.

»Na, was wohl«, erwiderte sie und schlug dem Pferd die Hacken in die Seiten. Es machte einen Satz und galoppierte los. Sie hörte Falier hinter sich überrascht ausrufen und malte sich aus, wie er mit dem leeren Steigbügel fummelte und gleichzeitig sein Pferd zu bändigen versuchte, das ebenfalls hatte losgaloppieren wollen.

Wo würde sie Dionysius finden? In Piaśëinsa? Oder schon in Parma? Oder hatte er es bis Fràra geschafft? Sie merkte, dass sie es kaum erwarten konnte, ihn endlich wiederzusehen. Die Tage ohne ihn hatten ihr die Gewissheit gebracht, dass sie nie wieder Tage ohne ihn erleben wollte.

Falier schloss zu ihrer Linken auf und hielt sein Pferd auf gleicher Höhe. Über den Hals des Pferdes gebeugt, schaute Vittoria zu ihm hinüber. Er nickte ihr zu und grinste zugleich anerkennend.

Vittoria grinste zurück. Und ließ ihr Pferd noch schneller in die sinkende Dämmerung hineingaloppieren.

9

Beinahe hätte Josephs Plan funktioniert. Er und Gisela wurden nach kurzem Meinungsaustausch unter den Torwachen eingelassen. Dass die Männer verlangten, sie sollten ihre Pferde hierlassen und zu Fuß in die Stadt gehen, war noch nachvollziehbar. Doch dann bauten sich zwei der Wachposten neben ihnen auf. Der Wachführer wies auf die zwei Männer und erklärte, dass sie Joseph und Gisela zum Haus des Bankiers im Judenviertel im Zentrum der Stadt geleiten würden. Levi ben Gershom selbst sei um diese Zeit sicher noch im Papstpalast, aber in seinem Haus würde man seine Verwandten schon willkommen heißen.

»Die sind schlauer, als ich dachte«, brummte Joseph zu Gisela, lächelte und nickte dabei den beiden Wachposten zu, als ob er ihr etwas völlig Belangloses sagte. Er ging davon aus, dass sie nur ihre eigene Sprache beherrschten. »Wenn man uns im Haus Levis überrascht und argwöhnisch empfängt, dann werden unsere Begleiter uns sofort verhaften. Das ist der einzige Grund, warum sie mitkommen. Das Judenviertel hätten wir auch alleine gefunden.«

»Und es ist eine Versicherung, dass wir nicht versehentlich zum Papstpalast abbiegen«, sagte Gisela. »Was sollen wir tun?«

»Es gibt nur eine Lösung«, erwiderte Joseph. »Ich wende sie in der nächsten Gasse an. Press dich eng an die Mauer, wenn es losgeht.«

»Wenn was losgeht?«

»Ich gebe dir ein Zeichen.«

Ihre Ordnung – Joseph und Gisela in der Mitte, die beiden Torwächter links und rechts – löste sich auf, als sie die Gasse betraten. Einer der Bewaffneten übernahm jetzt die Führung. Gisela folgte ihm auf Josephs Wink hin, dann stapfte er ihr hinterdrein, und am Ende kam der zweite Wächter. Joseph wartete ab, bis sie mitten in der fast stockfinsteren Gasse waren, und rief: »Jetzt!«

Dann wirbelte er herum und nutzte den ganzen Schwung seiner Drehung, um seine Faust direkt unter dem Brustbein des Wächters landen zu lassen. Der Torwächter wurde nach hinten gestoßen und stolperte nach Luft schnappend rückwärts. Sein Spieß polterte auf den Boden. Er war eigentlich schon außer Gefecht gesetzt, aber es kam darauf an, ihn schnellstmöglich von den Beinen zu holen. Joseph setzte ihm nach und zog ihm den breitrandigen eisernen Hut vom Kopf. Sein zweiter Schlag traf den Wächter in die Magengrube. Der Mann krümmte sich nach vorn. Joseph packte ihn im Genick und stieß ihn mit dem Kopf voran gegen die Gassenmauer. Der Wächter prallte zurück. Joseph wiederholte die Prozedur. Der Mann knickte in den Knien ein und fiel zur Seite. Joseph blickte über die Schulter nach hinten und sah, dass Gisela sich mit dem Rücken gegen die eine Gassenwand presste und dass der vordere Wächter sich eben an ihr vorbeidrängelte, auf Joseph zu, den Spieß gesenkt. Er wartete noch zwei, drei Schritte ab, dann schleuderte er dem Angreifer den Eisenhut direkt ins Gesicht.

Der Mann versuchte noch den Spieß zu heben, aber er war zu langsam. Die Kante des Geschosses traf seinen Nasenrücken. Er fiel zu Boden, als hätte ihn jemand mit einer Armbrust niedergestreckt. Sein eigener Eisenhut löste sich von seinem Kopf und rollte davon. Der Helm, den Joseph geworfen hatte, war abgeprallt und fiel scheppernd zu Boden. Gisela stellte einen Fuß nach vorn und fing den rollenden Helm ab.

Joseph beugte sich über die beiden besinnungslosen Wachen. Der erste hatte eine blutunterlaufene Beule auf der Stirn, direkt am Haaransatz. Der zweite hatte ein gebrochenes Nasenbein. Er stöhnte. Joseph schleifte die beiden zur Gassenmauer und legte sie dort so hin, dass jemand, der zufällig an einer Gassenmündung vorbeikam und hereinblickte, sie nicht sofort entdeckte. Es waren zwar fast keine Menschen mehr unterwegs, aber das schrieb Joseph der Tageszeit zu – die meisten waren in ihren Häusern und aßen zu Abend. Später würden es wieder mehr werden, wenn der letzte Gottesdienst des Tages zur Versammlung läutete. Den Mann mit dem gebrochenen Nasenbein drehte er auf die Seite, damit ihm das eigene Blut nicht in die Kehle lief und er nicht erstickte.

Als er zu Gisela aufsah, sagte diese: »Mit den beiden wirst du dein Lebtag nicht gut Freund werden.«

»Das fürchte ich auch.«

»Wie viel Zeit verschafft uns das?«

»Höchstens ein paar Minuten, bis einer von den beiden wieder zur Besinnung kommt. Und dann wird es nochmal ein paar Minuten dauern, bis er auf die Beine kommt und seine Kameraden beim Torhaus alarmieren kann. Die werden dann erstmal in Richtung Judenviertel ausschwärmen und gleichzeitig die Garnison der Stadt alarmieren. Wir haben nicht viel Zeit, aber sie muss reichen. Vor allem müssen wir über die Brücke kommen, bevor der Alarm losgeht. Sonst schließen sie die Brückentore, und wir hängen in der Stadt fest.«

»Wenn Azrael und Maria schon im Palast sind? Wie kommen wir rein?«

»Keine Ahnung.«

»Aha. Und wie wir aus der Stadt hinauskommen sollen, weißt du wahrscheinlich auch nicht?«

»Nein«, sagte Joseph. »Für den freien Rückzug war immer Zacharias zuständig.«

»Es ist eine Freude, mit dir in fremde Städte einzudringen«, sagte Giselas zu Josephs Überraschung. Sie lächelte. »Wie immer das hier ausgeht – ich würde es jederzeit wieder tun.«

Jetzt lächelte auch Joseph. Er streckte die Hand nach ihr aus. Hand in Hand liefen sie aus der Gasse hinaus und auf die lange Brücke zu, die, beide Flussarme überspannend und von vielen Laternen und Fackeln beleuchtet, wie ein Weltwunder im blauen Regendunst schwebte.

10

Die Brücke verband die beiden Stadtteile Avignons. Mehr oder weniger direkt über ihrem diesseitigen Ende erhob sich der Felsen, auf dem der Papstpalast stand wie eine Festung.

Der Palast war eine riesige Baustelle voller Gerüste, Bretterstapel und Steinhaufen, umrahmt von den Holzhütten der Maurer, Zimmerer und Steinmetze. Es war leicht, sich in der Düsternis heranzupirschen, Deckung gab es genug. Joseph lauschte. Noch hörte er keinen Alarm. Vielleicht hatte er ihre Begleiter zuverlässiger unschädlich gemacht, als er gedacht hatte. Andererseits hatte sich ein Plan in seinem Kopf geformt, bei dem die momentane Verwirrung der Palastgarde beim Ausbruch des Alarms eine wichtige Rolle gespielt hatte. Diesen Plan konnte er nun vergessen.

Azrael und Maria waren bereits im Inneren des Palastes. So viel war sicher. Wären sie noch auf dem Weg gewesen, hätten Joseph und Gisela auf sie stoßen müssen. Sie warteten auch nicht vor dem Palasteingang darauf, dass man sie einließ. Der Tod und das kleine Mädchen waren unterwegs zu Papst Clemens, und die Zeit drängte.

Er prägte sich die Lage ein. Zur Linken waren die Kathedrale und ein burgähnlicher Bau mit wuchtigen Türmen, wahrscheinlich der alte Bischofspalast. Die Baustelle schloss sich gleich daran an. Ein Torbau war bereits so weit fertiggestellt, dass man ein Tor hatte einhängen können. Es war der einzige Eingang zu dem Komplex, den Joseph auf die Schnelle sehen konnte, und da Wachen davorstanden, nahm er an, dass es der Haupteingang war. Eines stand fest – mit Gewalt würden sie dort nicht hineinkommen. Joseph bekämpfte Panik und Ratlosigkeit.

»Was tun wir?«, keuchte Gisela.

»Ich denke noch darüber nach.«

»Wenn es hier doch nur Waschfrauen gäbe.«

»Waschfrauen?«

»Mein Vater hat mir öfter eine Geschichte erzählt – wahrscheinlich gefiel sie ihm so gut, dass er sie immer wieder aufwärmte. Sie handelte von einer Burg, die als uneinnehmbar galt und trotzdem immer wieder erobert wurde, weil sich die Feinde regelmäßig als Waschfrauen tarnten und so in die Burg eindringen konnten. Niemand widmete den Waschfrauen einen zweiten Blick. Selbst wenn sie Bärte hatten.«

»Ich glaube, diese Geschichte ist erfunden«, sagte Joseph.

»Aber sie ist gut.«

»Ich weiß nicht, ob wir hier gerade jetzt Waschfrauen finden, aber … schau dort …« Joseph deutete aus ihrer Deckung, einem Holzstapel, hervor in Richtung Brücke. Eine langgezogene Gruppe von Menschen näherte sich von dort, Frauen und Männer. Die Frauen trugen Körbe, die Männer zogen Karren, auf denen Fässer standen. Es gab eine größere Gruppe, die zusammenblieb, und einige Langsamere, die auf dem langen Weg über die fast tausend Schritt lange Brücke zurückgefallen waren. Im Zentrum der Menge brandete Gelächter auf, das bis hierher zu hören war. Joseph vernahm das Klimpern der Saiten eines Musikinstruments. Er war fast sicher, dass diese Leute auf dem Weg zum Palast waren. Wenn der Ruf, den der Heilige Stuhl in Avignon genoss, auch nur zur Hälfte stimmte, fanden dort jeden zweiten Tag irgendwelche Feste statt. Die Chance war groß, dass heute einer dieser Tage war.

»Wer braucht Waschfrauen, wenn die Geistlichkeit so viel Hunger und Durst hat«, sagte Gisela sarkastisch.

Tatsächlich machte sich die wegen des steilen Anstiegs immer weiter auseinandergezogene Gruppe auf den Weg zum Palast. Vor dem Eingangstor warteten sie, um die meisten Nachzügler aufholen zu lassen. Joseph fragte sich, wie er und Gisela sich unauffällig unter sie mischen konnten. Bei der Anzahl von Palastwachen vor dem Eingangstor war das schier unmöglich. Doch dann setzte sich das Grüppchen wieder in Marsch und ging nach links, in die enge Gasse zwischen der Kathedrale und dem alten Bischofspalast hinein. Dort wurde eine Mauer gebaut, die den Zwischenraum verschließen würde, vermutlich wenn der Neubau fertig war und es dann andere Zugänge gab. Joseph und Gisela huschten ihnen nach, von einem Bretter- und Steinstapel zum nächsten. Die Schar begab sich, immer noch plaudernd und lachend, in die Gasse und blieb an ihrem jenseitigen Ende stehen. Einer von ihnen hämmerte gegen eine von Josephs und Giselas Standpunkt nicht sichtbare Tür. Die Tür öffnete sich, schwaches Licht fiel heraus und malte einen goldenen Streifen auf den unregelmäßigen Felsboden zwischen Palast und dem Chorbau der Kathedrale. Einer nach dem anderen bückte sich unter dem Türsturz hindurch ins Innere des Palastes. Einige nahmen ihre Lasten gleich mit, einige stellten sie neben der Tür ab und halfen den anderen. Die Männer mit den Fässern begannen abzuladen. Es war ein mühsamer Prozess, alles durch die schmale Tür zu bugsieren. Wahrscheinlich lag hier irgendwo die Küche.

Die Nachzügler trafen ein und zwangen Joseph und Gisela, sich noch tiefer in ihr Versteck zurückzuziehen. Schließlich waren die Fässer alle abgeladen. Einzelne Körbe standen noch vor der Tür. In der Gasse war keine Menschenseele mehr, alle waren im Gebäude und verstauten ihre Lieferung erst dort, bevor sie den Rest hereinholten. Joseph und Gisela nickten sich zu: jetzt oder nie.

Sie rannten hinter der Deckung hervor und bis zur Tür. Jeder von ihnen nahm einen der Körbe auf. Sie waren schwer. In Josephs Korb lagen, dicht an dicht, noch nass schimmernde Fischleiber. Joseph trat als Erster durch die Tür, dicht gefolgt von Gisela. Wenn sie jetzt von einem Palastbediensteten entdeckt wurden, hatten sie eine gute Chance, mit ein paar gemurmelten Bemerkungen und abgewandten Gesichtern für Mitglieder der Gruppe gehalten zu werden.

Josephs Hände schwitzten, und er atmete schnell. Sie standen in einem leeren Gewölbe, an dessen Wänden Tranlicher brannten. Links führte ein Gang weg, an dessen Ende Licht schimmerte. Der Geruch von Latrine vermischte sich mit dem einer Küche und dem Gestank des brennenden Trans. Rechts war ein schmaler Durchgang, wahrscheinlich zu einer Treppe ins Obergeschoss. Joseph wollte Gisela gerade zuflüstern, dass sie die Treppe nehmen sollten, da hörte er Schritte hinter dem Durchgang, die die Treppenstufen herabklapperten. Sie erstarrten. Ein Versteck zu finden war unmöglich. Sie mussten sich auf die Tarnung verlassen.

Ein Gardist kam herunter, gekleidet wie seine Kameraden

vor dem Palasteingang in einen grauen Wappenrock mit einem schrägen blauen Balken vor der Brust und aufgestickten roten Blumen – anscheinend das Wappen des Papstes. Er trug eine Ledergugel und auf dem Kopf eine flache Beckenhaube. Der Griff eines langen Haumessers schaute aus einer Lederscheide. Die Gardisten trugen anscheinend alle die gleiche Ausrüstung. Welche Steuereinnahme aus welchem Kirchsprengel wohl dafür aufgekommen war?

Der Gardist blickte auf und sah Joseph und Gisela. Joseph nickte ihm zu und tat so, als sei sein Korb extra schwer, und er müsse ihn kurz absetzen. Der Gardist nickte gelangweilt zurück und stapfte um sie herum zu dem Gang mit dem Licht am Ende. Joseph spannte alle seine Muskeln an, bereit, den Gardisten niederzuschlagen, falls er Verdacht schöpfte, aber er drehte sich nicht einmal mehr zu ihnen um. Sie schleppten die Körbe in den Durchgang, stellten sie auf der ersten Treppenstufe ab und hasteten nach oben.

Sie kamen in einem kleinen Saal an, der ungefähr die Ausmaße des Gewölbes im Erdgeschoss hatte. Es roch immer noch nach Latrine und Küche. Joseph versuchte sich zu erinnern, was er von außen von diesem Bau gesehen hatte. Die kleine Tür links musste in den hinteren Turm führen. Wahrscheinlich war dort die Palastgarde untergebracht. Ein offener Durchgang gleich daneben führte wahrscheinlich in die Küche und, dem Geruch nach zu urteilen, zur allgemeinen Latrine. Direkt voraus war ein breiterer Durchgang. Wo führte er hin?

Joseph wurde auf einmal bewusst, dass dies der Ort gewesen wäre, an dem er Zacharias zurückgelassen hätte, um einen Rückzugsweg offenzuhalten. Aber Gisela war nicht Zacharias, der sich aus fast allen Lagen mit List oder Gewalt hatte befreien können. Gisela war die Liebe seines Lebens; ihr standen nicht Zacharias' Bärenkräfte zur Verfügung. Er konnte sie nicht hier postieren; er musste dafür sorgen, dass sie an seiner Seite blieb. Wie hatte er nur auf die Wahnsinnsidee kommen können, sie überhaupt in diese Lage zu bringen? Sie waren Eindringlinge im

Palast des mächtigsten Mannes der Christenheit. Wenn man sie fasste, warteten der Kerker und die peinliche Befragung auf sie, und es spielte keine Rolle, dass sie eigentlich hier waren, um den Papst zu retten.

Einen winzigen Augenblick schoss der Gedanke durch Josephs Kopf, dass sie doch nur Alarm schlagen mussten; dass sie den ganzen Palast doch nur vor Azrael zu warnen brauchten. Doch was würde geschehen, wenn der Hauptmann der Palastgarde, wenn der Papst selbst in Kenntnis gesetzt wurden, dass zwei Menschen die Pest zu ihm tragen wollten? Sie würden die beiden Menschen auf der Stelle töten lassen, ungeachtet dessen, dass einer davon ein Kind war.

»Wie können wir Azrael jetzt aufhalten?«, flüsterte Gisela.

Joseph schüttelte sich innerlich. All seine Zweifel kamen zu spät. Es gab nur einen Weg: weitermachen und versuchen, das Ganze zu einem guten Ende zu bringen. Und dabei die Angst unterdrücken, dass er versagte und sowohl Gisela als auch Maria dabei umkamen.

Bitte, Herr, dachte er flehentlich. Wenn du es für vermessen hältst, dass drei Menschen wohlbehalten aus dieser Lage herauskommen, dann lass mich derjenige sein, der es nicht schafft. Bitte.

»Wir müssen herausfinden, wo sich der Papst im Moment aufhält«, sagte Joseph. »Dorthin wird auch Azrael sich wenden. Er muss irgendeinen Weg gefunden haben, den Papst zu überzeugen, dass er ihn zumindest in seine Nähe lässt. Wir müssen nur rechtzeitig vor ihm vor Ort sein.«

»Und wo vor Ort in dieser riesigen Festung?«

Joseph antwortete nicht. Er hatte nicht die leiseste Ahnung.

11

Papst Clemens befand sich in einem Gespräch mit einem Abgesandten des Königshofs, seinem Legaten, der die weltlichen Belange der Stadt organisierte, dem Stadthauptmann von Avignon – und einem vierten Mann, der sich abseits hielt und sich nicht anmerken ließ, dass er die missgünstigen Blicke der drei anderen spürte. Papst Clemens hatte noch nie einen Juden kennengelernt, der sich seinen Zorn oder seine Betroffenheit deswegen hätte anmerken lassen. Aber er fragte sich nicht zum ersten Mal, ob die Ungerührtheit dieses Mannes nicht vielleicht nur eine Maske war. Er konnte ihn nicht durchschauen, obwohl er sonst die meisten Menschen durchschauen konnte – besonders, was ihre Käuflichkeit oder ihre Erpressbarkeit betraf. Dies, und was der vierte Mann für die Hofhaltung des Papstes bedeutete, ließ Clemens vor ihm so etwas wie Respekt verspüren. Der vierte Mann war Levi ben Gershom, der Bankier des Papstes.

Die vier Besucher standen vor dem Thronsessel im privaten Arbeitszimmer des Papstes, das an den großen Saal angrenzte, in dem er seine offiziellen Audienzen abhielt. Alle Anwesenden schwitzten. Die beiden Feuer erhitzten den Raum in einem unerträglichen Maß. Auch der Luftzug, der durch die offenen Fenster drang, richtete wenig gegen die Hitze aus.

Das Thema des Gesprächs war das Problem außerhalb der Stadtmauern: die Tausende von Unseligen, die vor der Pest im Süden geflohen waren und gedacht hatten, in die Stadt gelassen zu werden.

»Bis jetzt hatten wir Glück«, sagte der Stadthauptmann, »dass unter den Flüchtlingen die Pest noch nicht ausgebrochen ist. Aber früher oder später wird das der Fall sein. Dann wird eine Panik einsetzen, die sich gewaschen hat. Sie werden alle versuchen, in die Stadt zu kommen, und wenn sie dabei über ihre sterbenden Verwandten klettern müssen.«

»Und Ihr denkt, Ihr könnt sie nicht abwehren?«, fragte der Legat. »Wozu hat diese Stadt Mauern und Verteidigungsanlagen? Man fürchtet sich ja direkt vor dem Tag, an dem wirklich ein feindliches Heer hier auftaucht.«

»Natürlich können wir sie abwehren«, fuhr der Stadthauptmann auf. »Wir können mit Pfeilen und Bolzen auf sie schießen, wir können sie mit Katapultgeschossen zermalmen, und wenn sie dann immer noch nicht genug haben, gießen wir kochendes Wasser über sie und überschütten sie mit dem Inhalt der Latrinen.«

»Wir sollten nicht vergessen, dass das dort draußen nicht der Feind ist, sondern verängstigte Menschen, die Schutz suchen«, sagte Levi ben Gershom.

»Sie suchen ihn an der falschen Stelle«, sagte der Legat. »Das sind doch alles Bauern und Dörfler. Warum bleiben sie nicht in ihrer Heimat und sterben dort anständig?«

»Wir reden hier immerhin von Untertanen der französischen Krone«, erinnerte Levi ben Gershom sanft und blickte den königlichen Gesandten an. »Den Schutzbefohlenen Seiner Hoheit.«

Der Gesandte schnaubte nur. Der Legat des Papstes sagte verächtlich: »Habt Ihr Euch die Schutzbefohlenen einmal von der Mauer herunter angeschaut? Das sind Tiere, keine Menschen mehr. Selbst ein Jude würde sich schämen, wenn er so heruntergekommen wäre.«

»Wir Juden«, sagte Levi mit gleichmütiger Stimme, »empfinden über viele Dinge Scham.«

»Genau das macht mir Sorgen«, erklärte der Stadthauptmann. »Wenn diese … Tiere! … bei einem Pestausbruch in Panik geraten, werden sie sich von Pfeilen und Bolzen nicht aufhalten lassen. Selbst wenn es nur ein Dutzend über die Mauerkrone und in die Stadt schafft, sind wir verloren – denn sie tragen aller Wahrscheinlichkeit nach die Pest mit herein.«

Die Männer verstummten und blickten ihren Gastgeber an. Aber Papst Clemens hatte nur mit halbem Ohr zugehört. Seine Gedanken waren ganz woanders.

Michel Cornut war zurückgekehrt. Wer hätte das gedacht? Seine erste Regung war gewesen, den Torwachen Anweisung zu geben, ihn in die Stadt zu lassen und dann sofort zu töten. Am besten gleich hinter dem Tor. Doch dann hatte er länger nachgedacht und das Gefühl bekommen, dass er den Mann brauchen konnte. Er hatte es ja ganz offenbar geschafft, die Pest in das Lager der Tataren zu bringen – leider mit dem Ergebnis, dass die Pest jetzt auch hier, im Herzen der Christenheit, angekommen war. Nun, sie würde sich irgendwann totlaufen, und dann wäre die Welt von vielen Sündern und Unwürdigen gereinigt. Aber bis dahin würde sie Chaos und Destabilisierung verursachen. Wenn man genauer hinsah, hatte sie dieselben Auswirkungen wie ein Krieg, nur umfassender, gründlicher und schneller. Und man musste kein Vermögen ausgeben, um ein Heer aufzustellen. Im Zweifelsfall genügte ein Mann, der wusste, was er tat – oder der selbst krank war, die Krankheit weitergab und sie überlebte.

Vielleicht konnte man die Pest als Waffe einsetzen.

Vielleicht konnte man einen Mann wie Michel Cornut erneut mit der Pest anstecken, damit er sie in ein anderes Land trug, und auf seine Rückkehr warten, weil er daran nicht starb. Und erneut. Und erneut.

Vielleicht genügte am Ende das Wissen, dass in den Diensten des Papstes ein Mann stand, der die Pest überall hintragen konnte. Die Herrscher der Christenheit würden endlich anerkennen, vor wem sie das Knie zu beugen hatten. Nämlich dem Mann, der ihnen den Todesengel auf den Hals hetzen konnte.

Deshalb hatte er den Befehl, Cornut beim Betreten der Stadt zu töten, nicht gegeben. Deshalb hatte er gesagt, der Mann solle zu ihm gebracht werden. Vor kurzem hatte der Hauptmann der Palastgarde das Gespräch hier im Arbeitszimmer unterbrochen und gemeldet, der angekündigte Besucher sei nicht allein vor dem Palast abgeliefert worden, sondern habe ein Kind dabei. Was man tun solle? Den Mann durchlassen und das Kind wegschicken? Oder in der Wachstube inhaftieren? Papst Clemens hatte sich dazu entschlossen, auch das Kind vorzulassen. Vielleicht war es das Geschenk, von dem Cornut geschrieben hatte?

Vielleicht war es ein Tatarenkind, vielleicht sogar mit Djanibek Khan verwandt, und damit eine wertvolle Geisel? Einen gewissen Wert musste es haben, sonst hätte Cornut es nicht mitgebracht. Der Papst dachte an Cornuts Familie, die nicht mehr existierte. Er würde einen Weg finden müssen, wie er dem Mann beibrachte, dass sein Opfergang völlig umsonst gewesen war. Man musste es ihm geschickt nahebringen, damit er dem Papst als Waffe weiterhin erhalten blieb.

Das Problem dabei war allerdings die Gefahr, dass Cornut irgendwann einmal plauderte. Dass offenbar wurde, dass er dem Papst nicht zufällig in die Hände geraten war, sondern dass Clemens ihn buchstäblich erschaffen hatte. Und den Ausbruch der Pest im Abendland direkt zu verantworten hatte. Das würde ihn nicht als starken Herrscher dastehen lassen, sondern als Ungeheuer.

Es gab nur eine wirklich sinnvolle Lösung. Er musste mit Cornut reden, überprüfen, was er wusste, und sein Wissen dokumentieren. Wenn Cornut dann mit irgendetwas drohte, musste er wohl in den sauren Apfel beißen und auf ihn als Waffe verzichten – und ihn töten lassen. Zwei Verzichte an einem Tag. Das Leben meinte es hart mit Männern, die große Entscheidungen zu treffen hatten.

Ihm wurde klar, dass Schweigen in seinem Arbeitszimmer eingetreten war. Er konzentrierte sich auf die Anwesenden. Die drei Männer standen mit roten, schweißüberströmten Gesichtern da und blickten ihn erwartungsvoll an.

Er versuchte sich an das zu erinnern, was er zuletzt gehört hatte.

»Ihr fragt Euch, ob es geraten wäre, auf die Flüchtlinge draußen vor der Mauer zu schießen, wenn sie die Stadt angreifen?«, erkundigte er sich. »Die Lösung liegt doch nahe: Wartet nicht darauf, sondern schießt gleich auf sie.«

Wenige Minuten später waren drei der Gäste gegangen. Papst Clemens hatte den Stadthauptmann hierbehalten.

»Ich überlasse es Eurem Ratschluss, wann ihr Euch mit dem

Volk vor der Mauer befasst«, sagte er. »Ihr seid erfahren genug, das selbst zu entscheiden.«

»Danke, Eure Heiligkeit«, sagte der Stadthauptmann. Clemens wusste, dass er keinen Gedanken daran verschwendete, was der Befehl bedeutete. Er war ein Mann, der Anweisungen umsetzte und sie nicht in Frage stellte. Der Papst schätzte ihn als den richtigen Mann am richtigen Platz.

»In der Zwischenzeit bitte ich Euch um einen verschwiegenen Mann. Ich werde heute noch Besuch von jemandem erhalten, der eine wichtige Nachricht für mich hat, von dem ich aber nicht weiß, ob ich ihm trauen kann. Womöglich ist er ein Attentäter.«

»Ich stelle Eurer Heiligkeit zehn meiner besten Männer …«

»Einer genügt mir. Ich möchte, dass diese Sache nicht bekannt wird. Nur Männer, denen ich blind vertraue, wissen von diesem Besuch.« Der Stadthauptmann nahm eine straffere Haltung an und sah geschmeichelt aus. »Der Mann, den Ihr mir schickt, soll verschwiegen sein und nicht zögern. Wenn ich ihm einen Wink gebe, erwarte ich, dass er mich beschützt – und meinen Besucher eliminiert.«

»Sehr wohl, Eure Heiligkeit. Ich finde einen guten Mann.«

»Beeilt Euch damit. Mein Besucher ist schon im Palast, und ich kann ihn nicht ewig warten lassen.«

12

Die Glocke der benachbarten Kathedrale fing plötzlich an zu schlagen. Gisela wusste sofort, dass sie nicht zu einem unzeitigen Gottesdienst rief. Ihr und Josephs Eindringen in die Stadt war endlich bemerkt worden. Der Glockenschlag war ein Alarmzeichen, und es würde die Palastgarde ebenso aufschrecken wie die Stadt.

»Gott der Gerechten«, stieß Joseph hervor. »Hätte es nicht

noch ein paar Minuten länger dauern können? Wir brauchen ein Versteck. Lauf, Gisela, lauf!«

Sie rannten den langen Korridor hinunter, der sich an den breiteren Durchgang des leeren Raums anschloss, über den sie das erste Geschoss des Palastes betreten hatten. Rechts waren in regelmäßigen Abständen schmale, hohe Doppelfenster mit bleigefasstem Glas eingelassen, durch die man verzerrte Ausschnitte eines fackelbeleuchteten Innenhofs erkennen konnte. Die Kathedrale war so nah und die Glockenschläge so laut, dass das Glas in seinen Fassungen vibrierte. In der linken Wand befand sich genau eine Tür. Joseph riss sie auf und spähte hinein. Sie führte in einen riesigen, dunklen Saal. Kein gutes Versteck. Sie liefen weiter, ihre Schritte auf dem blankgewienerten Holzboden unhörbar unter dem Glockengeläut. Giselas Atem flog, den Rock hatte sie gerafft. Langsam ging ihr die Kraft aus.

Sie schlitterten um eine Ecke. Ein neuer Korridor, genauso wie der vorherige, mit einer einzigen Tür in der linken Wand. Das Glockenläuten war hier nicht mehr so laut, aber es schluckte immer noch ihre Schritte – und die der möglichen Gardisten, die vielleicht schon in den angrenzenden Korridoren auf sie zuliefen und die sie erst bemerken würden, wenn sie um die Ecke bogen. Die Tür war verschlossen. Joseph ballte die Hände zu Fäusten. »Verdammt.«

Die nächste Ecke. Wenn sie diesen Korridor auch wieder entlangliefen, hatten sie drei Viertel des Innenhofs umrundet. Doppelfenster rechts, eine Tür links. Und …

»Joseph, dort vorn!«

Zwei Gardisten kamen um die Ecke des nächsten Korridors gerannt, der Gisela und Joseph wieder zum Ausgangspunkt zurückgebracht hätte. Sie liefen auf Joseph und Gisela zu, dann stutzten sie, dann erkannten sie die Situation. Sie packten die Griffe ihrer Haumesser, um sie aus den Scheiden zu ziehen, während sie weiterliefen und etwas brüllten, wahrscheinlich eine Aufforderung, sich zu ergeben.

Joseph stürmte nach vorn und erreichte sie, noch bevor sie

die Waffen befreit hatten. Er ließ sich fallen und schlitterte ihnen mit vorgestreckten Beinen zwischen die Füße. Beide Gardisten wurden umgerissen. Joseph war auf den Beinen, noch bevor seine Gegner sich aufrappeln konnten. Gisela sah einem Kampf zu, der schon verloren war, bevor er richtig angefangen hatte – für die Gardisten. In der Gasse, als Joseph die beiden Torwächter niedergeschlagen hatte, hatte sie schon über seine Schnelligkeit gestaunt; jetzt war sie fassungslos darüber, dass Josephs Bewegungen so ruhig und überlegt waren. Es wirkte, als wisse er im Vorhinein, was seine Gegner als Nächstes tun würden.

Zwei gezielte Tritte gegen Handgelenke; die Haumesser schlitterten über den Boden davon, noch während sich die beiden Gardisten aufrafften. Ein Griff, und Joseph hatte den Beckenhelm des einen in der Hand. Er hielt ihn genau dorthin, wo der andere Gardist ihn mit einem Faustschlag zu treffen versuchte; die Faust prallte mit voller Wucht gegen die stählerne Halbkugel. Joseph drehte sich halb um und schlug dem ersten Gardisten dessen eigenen Helm gegen den Schädel, gerade als dieser auf die Beine kam. Er fiel wieder um. Der zweite Gardist barg seine verletzte Hand in der Achsel und sprang auf. Joseph war schon um ihn herum und trat ihn in den Hintern, als der Mann noch nicht die volle Balance hatte. Vorgebückt stolperte er nach vorn und knallte ungeschützt mit dem Kopf gegen die Wand, weil er die Hand nicht rechtzeitig aus der Achsel herausziehen konnte. Er fiel zurück und setzte sich auf den Hosenboden. Joseph riss ihn um und schlug ihn mit der Faust gegen die Schläfe. Dann wandte er sich dem ersten Gardisten zu, der sich herumgerollt hatte und halb betäubt davonzukriechen versuchte. Er griff ihm ins Haar und hämmerte seine Stirn gegen den Boden. Dann richtete er sich auf. Beide Gardisten lagen ächzend still, für längere Zeit kampfunfähig. Joseph holte Atem.

Aus den anderen Korridoren kamen jetzt Stimmen. Der Palast schien auf einmal von Gardisten zu wimmeln.

Joseph probierte die eine Tür dieses Korridors. Sie öffnete sich. »Egal was dahinter ist, versteck dich hier drin. Ich versuche, sie zu verwirren und zu überzeugen, dass wir den Palast wieder verlassen haben. Ich hole dich wieder. Das Gute ist, dass in einem Alarmzustand wie diesem der Papst wahrscheinlich niemanden zu sich vorlassen wird. Azrael kommt nicht an ihn ran.« Er packte Gisela und schob sie durch die halbgeöffnete Tür, dann schlug er sie zu und rannte davon. Gisela hörte durch die geschlossene Tür, wie sich seine Schritte entfernten. Sie starrte die Tür an. Sie war allein. Angst stieg auf einmal in ihr auf. Sie wusste nicht, wohin Joseph gelaufen war. Wenn er in Bedrängnis geriet, würde sie ihm nicht helfen können.

Dann fiel ihr auf, dass der Raum, in den er sie geschoben hatte, nicht dunkel war. Ihr Schatten fiel auf das Türblatt, umrahmt vom goldenen Lichtschein einer Kerze. Sie erstarrte.

Hinter sich hörte sie das Knarren eines Schreibpults, auf das sich jemand stützte.

Eine Männerstimme sagte: *»Zeyer fasaneyting.«*

13

Azrael und Maria hatten lange Zeit in dem noch unfertigen Gang hinter dem Haupttor verbracht, nachdem ihre Begleiter sie der Palastgarde übergeben hatten. Ein Aufenthaltsraum für die wachhabenden Gardisten befand sich dort. Aus anderen Räumen war das Stampfen und Schnauben von Pferden zu hören gewesen. Niemand hatte mit ihnen gesprochen. Maria war nervös geworden, und Azrael hatte sich gezwungen gesehen, mit ihr halblaut über ihren Vater zu sprechen und wo in diesem riesigen Gebäudekomplex er sich wohl befinden mochte. Das hatte sie wieder aufgeheitert.

Die Wartezeit kam vermutlich des Kindes wegen. Die Gardisten hatten wie die Wachen beim Stadttor nur Azrael erwartet und erkundigten sich jetzt, was zu tun war. Azrael hatte keinen Versuch unternommen, sie mit der Drohung eines verärgerten

Papstes zu beeindrucken. Die Männer hier waren aus anderem Holz geschnitzt als die Torwachen.

Dann wurden sie endlich weiter ins Innere des Palastes eskortiert, durch einen Innenhof, der ein einziges Chaos aus Stapeln, Karren, Tragen und Steinhaufen war. Links befand sich der bereits bestehende Bau mit dem ehemaligen Haupteingang, der jetzt, an drei Seiten vom Neubau umfasst, nur noch ein innenliegendes Schmucktor war. Azrael und Maria folgten ihrer Eskorte durch eine Halle, dann hinaus in den alten Innenhof, eine Treppe empor in den ersten Stock, und durch einen Korridor in einen großen, dunklen Saal, der in einen kleineren Saal überging, in dem sie zwei neuen Gardisten übergeben wurden. Es gab ein paar Fensternischen, in die man sich setzen konnte. Azrael setzte sich und zwang auch die aufgeregte Maria, sich zu setzen.

Eine seltsame, innere Kälte hatte ihn ergriffen. Es war eine Art von Ruhe, die sich eingestellt hatte, nachdem Erregung und Furcht ihn verlassen hatten. Er war am Ziel. In wenigen Minuten würde er dem Papst gegenüberstehen und ihm das Geschenk des Todes überreichen.

Wie Jesus auf dem Ölberg hatte er seinen Moment des Zweifels gehabt – als etwas in ihm, etwas aus seinem alten Leben – sich plötzlich geregt und gefordert hatte, dass es nicht sterben wollte. Dass er zusammen mit Carlotta so etwas wie Glück finden konnte. Er war aufgebracht und zutiefst entsetzt gewesen, als Carlotta seine Pläne abgewiesen hatte und er gezwungen gewesen war, sie zu töten. Aber all das lag jetzt hinter ihm. Er würde sterben, zusammen mit Maria, weil der Papst, wenn ihm klar war, was Azrael ihm gebracht hatte, ihn umbringen lassen würde. Wahrscheinlich würde es – wenigstens bei ihm – eine Weile dauern, bis man ihn endlich erlöste. Auf jeden Fall so lange, wie der Papst sich noch auf den Beinen halten und der Folter zusehen konnte. Aber auch Jesus hatte seine Leiden ertragen müssen. Azrael war überzeugt, dass *er* gefasster und entschlossener seinem Ende entgegenging, als Jesus es getan hatte.

Jesus hatte sich für die Menschheit geopfert; er *musste* sich gefragt haben, ob es das Opfer wert war, nachdem er die Gemeinheit der Menschen kennengelernt hatte. Azrael hingegen opferte sich, um so viele Menschen von der Erde zu tilgen, wie es nur ging, allen voran Papst Clemens. Es gab keine Frage, dass diese Entwicklung den Opfergang legitimierte.

»Ich werde Tatele sagen, dass du doch ganz nett warst«, erklärte Maria. »Ich dachte, du seist böse, aber jetzt bringst du mich zu ihm.« Sie sah Azrael ernst an, der sich zwang, so zu tun, als würde er ihr zuhören oder als würde ihn interessieren, was sie sagte. »Deshalb verzeihe ich dir.«

Ein weiterer Gardist kam in den Saal gestapft. Azrael fühlte sich aus dem Augenwinkel gemustert. Der Gardist sprach leise mit seinen Kameraden, die nickten und ihn durch die Tür, die sie bewachten, in den angrenzenden Raum ließen. War er ein Bote? Egal. Azrael nahm an, dass hinter der Tür ein weiteres Vorzimmer lag und daran anschließend der private Arbeitsraum des Papstes. Wie lange konnte es dauern, bis er und Maria endlich vorgelassen wurden? Dann wurde ihm klar, was der eine Gardist für eine Rolle spielte. Er würde den Leibwächter für den Papst abgeben, wenn Azrael ihm gegenüberstand. Azrael lächelte. Gegen das, was er als Waffe mitbrachte, wären auch zehn Leibwächter nutzlos gewesen.

Dann hörte er Glockengeläut und wusste, dass draußen in der Stadt etwas geschehen sein musste. Der Glockenschlag war ein Alarmzeichen. Hatten die Verzweifelten vor der Mauer versucht, die Stadt zu erstürmen? Er sah den überraschten Blickwechsel der beiden Gardisten und wie sich ihre Körper anspannten. Seine innere Ruhe wich plötzlich einer jäh emporschäumenden Panik. Was würde der Papst angesichts dieser neuen Entwicklung tun? Ein vernünftiger Mann hätte den Besucher wieder fortgeschickt und erst einmal herauszufinden versucht, was los war. War der Papst ein vernünftiger Mann?

Er war so weit gekommen und stand so dicht vor dem Ziel! Es konnte doch nicht sein, dass er jetzt scheiterte! Ihm wurde übel. Seine Panik verwandelte sich in richtungslose Wut. Schon begann er zu überlegen, ob er die beiden Wachen überwältigen und mit Gewalt zu Papst Clemens vordringen konnte. Aber es war müßig, darüber nachzudenken. Er war ihnen nicht gewachsen. Er konnte sie nicht einmal mit den kranken Ratten bedrohen, weil es zu lange gedauert hätte, ihnen klarzumachen, dass sie den Tod bedeuteten.

Azrael knetete die Hände in den weiten Ärmeln seiner Kutte. Was sollte er tun?

14

»Ein Mann in Priesterkleidung und ein Kind, Eure Heiligkeit«, sagte der Gardist, den der Stadthauptmann ihm geschickt hatte. »Wie Ihr erwartet habt.«

»Wie sieht der Mann aus?« Der Papst fragte sich, ob ihm die Beschreibung etwas nützte. Er konnte sich nur noch vage erinnern, wie Michel Cornut aussah.

Bevor der Gardist mit der Beschreibung beginnen konnte, fingen die Glocken der Kathedrale an zu läuten. Der Papst hatte die normalen Gottesdienstzeiten im Gespür; dies war keine davon. »Was ist da los?«, fragte er unwillkürlich und ärgerte sich im gleichen Moment. Es war klar, was los war.

»Ein Alarmzeichen, Eure Heiligkeit. Soll ich nachfragen, worum es geht?«

»Nein, das werden wir schon rechtzeitig erfahren.« War es schon so weit, dass die Befürchtungen des Legaten und des Stadthauptmanns zutrafen? Versuchten die Flüchtlinge, mit Gewalt in die Stadt zu gelangen? Der Papst hatte keinen Zweifel, dass der Stadthauptmann, auch wenn er von Skrupeln behindert war, und seine Soldaten den Angriff abwehren würden. Wahrscheinlich war es sogar besser jetzt als später. Das riesige Lager vor der Stadt gehörte aufgelöst.

»Soll ich Euren Besucher wegschicken lassen?«

Der Papst überlegte. Egal, was in Wirklichkeit unten in der Stadt geschehen war, es würde auf jeden Fall ein gewisses Chaos herrschen. Umso besser. Dann würde es noch weniger auffallen, wenn ein Besucher des Papstes nach seinem Besuch spurlos verschwand.

»Nein. Sagt Euren Kameraden draußen vor der Tür, dass sie unter keinen Umständen hier hereinkommen sollen, bis ich persönlich sie rufe.«

»Jawohl, Eure Heiligkeit. Darf ich etwas fragen, Eure Heiligkeit?«

»Nur zu.«

»Ist es mit der Pest wirklich so schlimm, wie man hört? Dass die Leute an der Küste wie die Fliegen sterben? Dass deshalb die ganzen Flüchtlinge vor der Stadt lagern?«

»Warum fragst du?«

»Mit Verlaub, Eure Heiligkeit – weil ich Familie an der Küste habe. Meine Schwester und deren Mann ... und ihre Kinder. Ich sorge mich um sie.«

»Dann machen wir das doch ganz einfach so: Du leistest mir heute einen guten Dienst, und ich werde deinem Hauptmann danach befehlen, dir Urlaub zu geben und dich in den Süden zu schicken, damit du nach deiner Schwester sehen kannst.«

»Das würdet Ihr für mich tun, Eure Heiligkeit?«

»Gott liebt die Menschen, die an ihn glauben, und Seine Liebe kommt durch mich auf die, die mir ergeben sind.«

»Danke, Eure Heiligkeit. Ihr könnt Euch auf mich verlassen. Bis in den Tod.«

Papst Clemens nickte und grinste in sich hinein. Es wurde immer besser. Wenn dieser Narr hier an die Küste ging, würde er den Weg nehmen, den seine Schwester und deren Familie wahrscheinlich schon genommen hatten – nämlich den in ein Massengrab. Noch einer weniger, der irgendwann zu irgendwem hätte sagen können, dass der Papst kaltblütig einen Mann hatte umbringen lassen ... einen Mann, der im Gespräch erwähnt hatte, dass der Ausbruch der Pest auf einen Plan des Papstes zurückging.

Erneut sah Papst Clemens den Beweis vor Augen, dass Gott ihn wirklich liebte.

15

Das Glockengeläut wurde unregelmäßiger und begann zu verebben. Wer jetzt noch nicht mitbekommen hatte, dass Alarm gegeben worden war, der würde es auch bei noch längerem Glockengeläut nicht erkennen. Azrael blickte auf, als der Gardist, der wahrscheinlich den Leibwächter des Papstes gab, herauskam und leise mit seinen Kameraden sprach. Diese nickten. Dann verschwand er wieder. Die Gardisten vor der Tür musterten Azrael und Maria aufs Neue, dann blickten sie wieder geradeaus.

»Ich möchte nicht mehr warten«, sagte Maria. »Wie lange dauert das denn?«

»Wahrscheinlich haben dein Vater und der Papst noch etwas miteinander zu besprechen. Du weißt doch, dass der Papst dein Volk beschützt.«

»Na gut.« Maria betrachtete die Truhe in ihrer Hand. »Ich dachte, vorhin hätte sich etwas darin bewegt.«

»Das kann nicht sein.«

»Was ist da drin?«

»Eine Überraschung.«

Maria sah auf und forschte in Azraels Gesicht. »Es sind keine Ratten drin, oder?«

Azrael hatte Mühe, seine Gesichtszüge unter Kontrolle zu halten. »Wie kommst du denn darauf?«

»Nur so.«

Azrael wandte den Blick ab. Sollte er doch allein zu Papst Clemens gehen? Auf einmal hatte er das Gefühl, dass er sich auf Maria nicht verlassen konnte. Aber wie wollte er erklären, dass er das Kind, das er bis hierher mitgebracht hatte, draußen sitzen ließ?

Endlich öffnete sich die Tür zu den Räumen des Papstes, der Gardist schaute heraus und winkte Azrael. Azrael zupfte Maria am Ärmel und sagte mit aufgesetzter Fröhlichkeit: »Siehst du, jetzt sind wir schon dran.«

Vom Saal her, durch den sie gekommen waren, hörte Azrael auf einmal Stimmen, die sich rasch näherten. Die drei Gardisten blickten auf. Der Leibwächter des Papstes hob die Hand, als wolle er Azrael andeuten, dass er noch warten solle. Die Tür flog auf. Vier Männer drängten herein. Drei von ihnen waren Gardisten. Die Wächter an der Tür nahmen die Hände wieder von den Griffen ihrer Waffen. Der vierte Mann war ein Gefangener, der im Gesicht blutete, dessen Kleidung zerrissen war und der von zweien der Neuankömmlinge an den Oberarmen festgehalten wurde.

Maria sprang auf, die Augen weit aufgerissen. Der Gefangene gab den Blick aus ebenso weit aufgerissenen Augen zurück.

»Jossele!«, rief Maria. Sie ließ die Truhe fallen und rannte los. »Jossele!«

16

Joseph hatte nie vorgehabt, die Gardisten so zu verwirren, dass sie glaubten, er und Gisela hätten den Palast verlassen. Die Gardisten waren nicht dumm. Sie hatten vermutlich jeden Aus- und Eingang besetzt und wussten, dass die Verfolgten noch im Gebäude waren. Deshalb war sein Plan ein ganz anderer gewesen: Er hatte vorgehabt, sich schnappen zu lassen. Die Gardisten würden ihn zu Papst Clemens bringen – dorthin, wo er von Anfang an hingewollt hatte. Er musste nur verhindern, dass sie ihn dabei zu sehr verletzten. Und sie überzeugen, dass sie die Suche nach Gisela einstellten. Die zweite Hälfte seiner Überlegungen hatte aus dem Bemühen bestanden, Gisela in Sicherheit zu bringen.

Er ließ sich im Turm der Gardisten fangen, so als ob er aus Versehen dort hineingeraten wäre. Er hoffte, dass dort ein Sergeant wäre, der bedachter vorging als die einfachen Gardisten. Er kam mit abgespreizten Armen in den Wachraum und sagte ruhig: »Ich ergebe mich.«

Sie stürzten sich auf ihn und schlugen und traten auf ihn ein, obwohl er sich nicht wehrte. Er ließ sich fallen, zog die Beine an den Leib und schützte den Kopf. Schließlich ließen die Gardisten von ihm ab und stellten ihn auf die Beine. Er fühlte Blut aus einer aufgeplatzten Lippe und einer aufgerissenen Braue tröpfeln. Seine Rippen schmerzten, und auf dem Rücken hatte er aufgeschürfte Stellen von den Tritten. Sonst war er in Ordnung.

»Bringt mich zum Heiligen Vater«, sagte er. »Ich habe eine dringende Botschaft für ihn. Es geht um die Pest.«

Die Gardisten ließen einen Mann durch, der sich durch seine ganze Haltung als ein Vorgesetzter auswies. »Wo ist deine Begleiterin? Das Weib?«

Joseph, der nur bruchstückhaft verstand, was der Mann sagte, und auch nur bruchstückhaft antworten konnte, erklärte, dass Gisela nur irgendjemand gewesen wäre, deren Anwesenheit eine Tarnung für ihn gewesen war. Er hatte sie in der Stadt zurückgelassen. Sie war ohnehin nicht freiwillig mitgekommen.

Dem nächsten Hin und Her zwischen dem Vorgesetzten und den Gardisten entnahm er, dass er es nicht mit einem Sergeanten zu tun hatte, sondern mit dem Hauptmann der Garde.

»Wir haben zwei meiner Männer im Korridor gefunden. Willst du mir sagen, du hast sie ganz allein kampfunfähig gemacht?«

Joseph zuckte mit den Schultern. »Sie waren inkompetent.«

Es brachte ihm einen Schlag in die Magengrube ein. Als er wieder gerade stehen konnte, sagte der Hauptmann: »Bringen wir ihn zu Seiner Heiligkeit. Falls er wirklich was wegen der Pest zu sagen hat, bekommen wir Schwierigkeiten, wenn wir ihn einfach wegsperren. Wenn er Mist verzapft, wird er sich wünschen, nie vor den Heiligen Vater getreten zu sein. Der Heilige Vater versteht keinen Spaß.«

Die Männer eskortierten ihn durch den dunklen Saal, den er und Gisela auf der Flucht entdeckt hatten. Ihm wurde klar, dass sie wahrscheinlich am Arbeitszimmer des Papstes vorbeigelaufen waren, als sie durch die Korridore gerannt waren. Der Hauptmann drückte eine Tür auf, die Gardisten schoben ihn in den Raum dahinter.

Er sah drei weitere Gardisten, davon zwei breitbeinig vor einer Tür in der gegenüberliegenden Wand stehend. Der dritte hatte eine Hand erhoben, als wolle er jemanden aufhalten. In einer Fensternische saß ein Mann mit einem nichtssagenden Gesicht und einer dunklen Priesterkutte.

All das sah Joseph, ohne es wirklich zu sehen. Er sah nur das Kind, das neben dem Mann in der Priesterkleidung saß. Das Kind, das jetzt aufsprang und ein Kästchen, das es in der Hand gehalten hatte, fallen ließ.

Das Kind, das voller Freude rief: »Jossele!«

Maria.

Das Kästchen prallte vom Rand der Fensternische und überschlug sich in der Luft.

Der Mann in der Priesterkleidung …

Azrael! Der Mann musste Azrael sein!

… bückte sich blitzschnell und fing es. Selbst Joseph war zu langsam für das, was dann kam. Die kleine Truhe in der einen Hand, riss Azrael mit der anderen Hand Maria an sich und rannte los. Er stürzte zwischen den beiden Wachposten hindurch, rammte den dritten Gardisten mit der Schulter aus dem Weg und schleppte die kreischende und um sich schlagende Maria in den nächsten Raum.

Obwohl Joseph zu langsam für Azrael gewesen war, war er viel schneller als die Männer, die ihn festhielten. Mit zwei Bewegungen hatte er sie abgeschüttelt und sich unter dem Griff hindurchgeduckt, mit dem der Hauptmann ihn festhalten wollte.

Dann war er bei der Tür, durch die Maria verschleppt worden war. Er trat dem einen Wachposten die Beine unter dem Leib weg und schob den anderen mit voller Wucht auf den Gardisten, den Azrael beiseite gestoßen hatte und der sich gerade aufrappelte. Beide prallten gegen die Wand und fielen zu Boden. Das Messer, das der Wachposten im Gürtel gehabt hatte, war nun in Josephs Hand. Er sprang über die Männer und rannte durch einen kleinen Vorraum. Hinter sich hörte er Schritte – der Hauptmann und die Gardisten. Er wusste, wenn sie eine Armbrust gehabt hätten, hätten sie ihn erschossen. So konnten sie ihm nur nachrennen und fluchen.

Der Raum hatte nur eine andere Tür. Sie war eben zugeschlagen worden. Joseph riss sie wieder auf, wurde von einem Stoß überwältigend heißer Luft umfangen und kauerte sich im selben Moment nieder.

Der Gardehauptmann, der dicht hinter ihm gewesen war, prallte auf ihn und verlor das Gleichgewicht. Joseph sprang auf und katapultierte den Hauptmann dadurch über sich hinweg in das Zimmer hinein. Der Hauptmann schlug in der Luft einen halben Salto und fiel dröhnend auf den Boden. Joseph war schon über ihm, bevor er nach Luft schnappen konnte, zerrte ihn hoch, presste sich an seinen Rücken, fädelte den linken Arm unter der Achsel des Hauptmanns hindurch und drückte ihm dann mit der linken Hand den Kopf nach unten. Das lange Haumesser in seiner Rechten drückte er ihm zugleich an die Kehle. Der Hauptmann röchelte, weil er kaum Luft bekam und weil er die Klinge spürte.

Seine Männer kamen nach ihm in den Raum und erstarrten. Zum einen, weil ihr Hauptmann nun eine Geisel war und sie nicht wagten, den Mann anzugreifen, der ihn gefangen hatte. Zum anderen wegen der bizarren Szenerie, die sie vorfanden.

Der Raum war geräumig und so heiß, dass einem sofort der Schweiß ausbrach. Zwei Feuer loderten links und rechts eines Thronsessels. Die Luft waberte. Im Sessel saß ein Mann in teuren, brokatbestickten Gewändern mit einem roten, schweißnassen Gesicht: Papst Clemens. Er fixierte den Mann vor sich: Azrael, der Maria an sich presste. Maria hatte aufgehört, sich zu wehren, und starrte Joseph mit riesigen, tränenschwimmenden Augen an. Azrael schien unschlüssig, was er tun sollte. Der Papst stierte ihn an. Sein Mund arbeitete, aber nichts kam heraus.

»Ich weiß, dass du mich verstehen kannst«, sagte Joseph zu Azrael, als keiner sonst das Wort ergriff. »Du hast verloren. Du kannst Seine Heiligkeit nicht angreifen, solange du Maria festhältst. Gib auf.«

Der Papst zuckte zusammen und wandte sich an die Gardisten. Er deutete auf Azrael und Maria. »Tötet sie.«

»Wenn ihr der Kleinen auch nur ein Haar krümmt, schneide ich eurem Hauptmann die Kehle durch«, sagte Joseph.

Die Gardisten zögerten. Das Gesicht des Papstes färbte sich noch dunkler. »Tötet sie beide!«

Der Hauptmann versuchte etwas zu sagen, wahrscheinlich ein Befehl an seine Männer, auf ihn keine Rücksicht zu nehmen. Joseph nahm den Druck der Klinge weg und presste ihm gleichzeitig den Kopf noch mehr nach unten. Sein Kehlkopf wurde zusammengequetscht. Er brachte kein Wort heraus. Er begann zu zucken, weil er keine Luft bekam. Joseph ließ wieder etwas Druck nach. »Wie ich das sehe, bist du der Einzige, der etwas unternehmen kann«, sagte er zu Azrael. »Und du hast auch nur eine einzige Option. Lass Maria los und gib auf.«

Azrael blickte ihn an. »Maria hat von dir erzählt. Du bist Joseph. Der andere Jude. Du bist der, der Marias Vater in den Tod geschickt hat.«

»Nein!«, rief Maria. Joseph wurde kalt. Ihm wurde auf einmal klar, dass Azrael noch eine zweite Option hatte. An sie hatte Joseph nicht gedacht.

»Doch«, sagte Azrael. »Du hast selbst erzählt, dass dein Vater von seinem Freund Joseph immer auf gefährliche Missionen geschickt wurde. Sie waren so gefährlich, dass dein Vater dich eigentlich gar nicht mitnehmen durfte. Auch nicht, als er deinen Vater an die Küste geschickt hat, wo ich euch getroffen habe. Er hat ihn dorthin geschickt, weil er selbst in Sicherheit bleiben wollte.«

»Halt den Mund«, sagte Joseph heiser. »Maria, schau mich an. Du weißt, dass das nicht stimmt.«

»Ja, schau ihn an, Maria. Schau den Mann an, der deinen Vater geopfert hat. Und dann schau mich an. Habe ich dir nicht gesagt, dass er noch lebt? Er ist hier, nur nicht in diesem Zimmer. Schau mich an, Maria. Ich bringe dir deinen Vater zurück. Dieser Mann dort – Joseph, der beste Freund deines Vaters – hat ihn auf eine Mission geschickt, die ihn das Leben kosten sollte, aber ich habe ihn geschont und dir wieder zurückgebracht. Er lebt, Maria. Dein Vater lebt.« Azrael blickte Joseph an. »Oder bist du anderer Meinung, Joseph?«

Josephs Kiefer mahlten. Azrael hatte ihn da, wo er ihn haben wollte. Was sollte er sagen? Sollte er die Hoffnung, die er in Marias Gesicht sah, zerstören, indem er sagte: Dein Vater ist tot, ich habe in sein Grab geschaut? Er suchte verzweifelt nach der richtigen Antwort und fand sie nicht.

»Ich bringe dich zu deinem Vater, Maria, wenn du nur das tust, was wir besprochen haben. Bring dem Heiligen Vater das Geschenk, das wir für ihn haben.«

»Tu es nicht, Maria«, sagte Joseph.

Azrael hielt Maria die kleine Truhe hin. »Halt sie gut fest. Ich sperre das Schloss auf. Siehst du … und jetzt …«

Maria riss ihm plötzlich die Truhe aus der Hand. Ihr kleines Gesicht verzerrte sich zu einer wütenden Grimasse. Sie schleuderte die Truhe ungeöffnet in das nächstliegende Feuerbecken.

Azrael reagierte einen Moment lang überhaupt nicht. Dann stieß er Maria zu Boden. »Nein!«, schrie er.

Er rannte zu dem hell lodernden Feuer.

»Nein!«

Er griff mit beiden Händen in die Flammen, in die rotglühenden Kohlen, in die lodernden Scheite, um die Truhe daraus zu bergen.

»Nein!«

Funken stoben auf und wirbelten an die Zimmerdecke.

»Nein!«

Brennende Scheite fielen aus dem Becken. Maria kroch panisch davon. Joseph stieß den Hauptmann von sich und zerrte das Kind zu sich heran.

»NEIN!« Der letzte Schrei wurde zu einem Kreischen. Azrael fuhr zurück. Seine Haare, seine Kutte, sein ganzer Oberkörper – alles brannte. Sein Gesicht war eine Maske aus Feuer. Er kreischte in einem so hohen Ton, dass es fast nicht mehr menschlich wirkte. Er torkelte durch den Raum, mit den Armen um sich schlagend wie mit Flammenflügeln. So hatte Joseph sich immer den Todesengel vorgestellt. Entsetzt barg er Marias Gesicht an seiner Brust.

Der Papst brüllte vor Schreck und sprang aus dem Thronsessel auf, um aus der Reichweite des brennenden Mannes zu gelangen. Der Hauptmann versuchte auf die Beine zu kommen. Einer seiner Männer zog ihn hoch. Azrael rannte blind umher, stieß gegen den Thron, gegen die Wand. Ein Wandteppich fiel herab und begann zu brennen.

»Tut doch was!«, schrie der Papst.

Joseph richtete sich auf die Knie auf und warf das Haumesser, das er immer noch in der Hand hielt. Es wirbelte auf Azrael zu, als dieser vor einem der Fenster vorbeikam, und grub sich mit der Klinge voran in seinen brennenden Leib. Azrael zuckte und fiel nach hinten, gegen die vielen Dutzend bleigefassten Glasscheiben, die das Fensterglas darstellten. Sie gaben nach. Der ganze Bleirahmen gab nach. In einem Schauer von blinkendem Glas, eine Spur aus Flammen und Rauch hinter sich herziehend wie ein fallender Stern, fiel Azrael in den Innenhof, prallte schwer auf den steinigen Untergrund und blieb liegen. Das hohe Kreischen verstummte. Bis in den Raum des Papstes herauf konnte man hören, wie das Glas unten auf den Boden regnete. Dann war es still, bis auf das Prasseln der Flammen, das Schluchzen Marias und die gequetschte Stimme des Hauptmanns, der sagte: »Verdammt guter Wurf.«

17

Azrael lag auf dem Rücken und starrte an den Flammen vorbei in den Nachthimmel. Der Schmerz, der seinen ganzen Körper erfasst hatte, war so groß, dass er nicht mehr als Schmerz spürbar war, sondern als eine kalte, schreckliche Taubheit. Er kannte das. Es war eine Reaktion des Körpers, mit dem dieser versuchte, dem Geist das Schlimmste zu ersparen.

Er kannte das, weil er Arzt war.

Er war nicht der Todesengel.

Er war nicht Azrael.

Was immer ihn dazu gebracht hatte, zu glauben, er sei es, war verschwunden, war aus ihm gewichen in den kurzen Augenblicken, in denen er durch den Raum gefallen war als stürzender Stern.

Er war Gabriele de Mussis. Er war durch die ganze Welt gereist, um Wege zu finden, wie man Menschen heilen konnte. Er hatte nur einen Weg gefunden, wie man allen den Tod brachte.

Ihm stand alles, was er getan hatte, klar vor Augen. Seine Reue war unbeschreiblich. Er hatte nur einen Wunsch: alles ungeschehen zu machen. Er hätte den Schmerz, der seinen Körper taub machte, ein Leben lang ertragen, wenn er nur die Zeit hätte zurückdrehen können.

Er starb mit dem Bewusstsein, dass ihm dies nicht vergönnt war und dass er die Schuld mit in den Tod nahm.

Dann war da nur noch sein Körper, der Flammen und fetten, stinkenden Rauch in die Luft sandte, bis Gardisten kamen und Sand und Wasser über ihn schütteten und ihn löschten.

18

Im Arbeitszimmer des Papstes drängten sich sechs Gardisten, der Gardehauptmann und Papst Clemens am Fenster und gafften nach unten. Joseph hockte mit Maria auf dem Schoß auf dem Boden und hielt sie fest. Ihr Körper wurde von ihrem Schluchzen regelrecht geschüttelt. Als die Männer zum Fenster gestürzt waren, Joseph und sie vollkommen ignorierend, hatte sie gesagt: »Ich weiß, dass Tatele tot ist. Ich hätte nur so gern gehabt, dass er noch lebt.« Dann hatte sie begonnen zu weinen. Joseph weinte ebenfalls. Er drückte Maria an sich, so fest er konnte, und ließ der Angst der letzten Tage, der Erschöpfung und der Trauer um Zacharias freien Lauf.

Schließlich kauerte sich Papst Clemens vor ihm nieder. »Dieser Mann war nicht Michel Cornut«, sagte er. Er hatte Latein gesprochen. Joseph verstand ihn mühelos.

»Nein«, erwiderte Joseph. »Er hieß Gabriele de Mussis.«

»Du weißt von Michel Cornut?«

Joseph dachte an Carlotta und die mit immer flacher werdenden Atemzügen hervorgestoßene Erklärung. Er hoffte, dass ihre Seele Frieden gefunden hatte; sie hatte versucht, den Wahnsinn in letzter Minute aufzuhalten und ihr Leben dafür gegeben, und das wog die Sünde, dass sie sich hatte verführen lassen, in Josephs Augen auf. Was sollte er dem Papst antworten? Dass er *alles* wusste? Es wäre ohnehin egal gewesen. Er ahnte, dass Papst Clemens nicht das Risiko eingehen würde, jemanden frei herumlaufen zu lassen, der auch nur *irgendetwas* wusste. Seine Gedanken überschlugen sich im Versuch, eine Lösung zu finden, bei der wenigstens Maria und Gisela gerettet wurden. Er beschloss zu schweigen.

Der Papst nickte langsam. Er stand auf und wischte imaginären Schmutz von seiner Robe. »Wenn das so ist, tut es mir leid, mein Sohn.« Er wandte sich an die Gardisten und sagte auf Französisch: »Hauptmann, nehmt Eure Männer mit – bis auf ihn hier, er bleibt bei mir. Kommt erst wieder, wenn ich Euch rufe.«

»Eure Heiligkeit?«

»Tut, was ich gesagt habe.«

»Jawohl, Eure Heiligkeit.«

Der Hauptmann, die drei Männer, mit denen er Joseph hergebracht hatte, und die zwei, die die Tür bewacht hatten, verließen den Raum. Ein Gardist blieb zurück. Sein Gesicht war steinern, aber seine ganze Haltung drückte aus, dass er mit sich haderte. Joseph sah zu Papst Clemens auf. Der Papst wich seinem Blick nicht aus.

»Es ist ein Jammer«, sagte der Papst, wieder auf Latein. »Einen Mann wie dich hätte ich brauchen können. Weshalb bist du überhaupt gekommen? Nur, um mich zu retten?«

»Ich wollte sie retten, nicht Euch«, sagte Joseph und sah Maria an. »Vielleicht wollte ich auch bloß mich selbst retten, weil meine Seele niemals Ruhe gefunden hätte, wenn ich sie im Stich gelassen hätte.«

Der Papst machte eine Kopfbewegung zu dem Gardisten hin. Dieser sagte mit einem bittenden Unterton: »Eure Heiligkeit … ich glaube, dieser Mann ist ein guter Mann … und das Kind hat niemandem etwas …«

Eine Frauenstimme sagte von der Tür her: »Ich glaube, ich habe gerade etwas von einem guten Mann gehört.«

Der Papst und der Gardist fuhren herum. Joseph ließ sich mehr Zeit damit, sich umzudrehen. Er rappelte sich langsam auf, ohne Maria loszulassen. Alles tat ihm weh. »Ich habe dich anscheinend nicht gut genug versteckt«, sagte er.

»Oh, das Versteck war perfekt«, sagte Gisela.

Sie war nicht allein. Ein älterer Mann war bei ihr. Joseph erkannte sofort, dass er von seinem Volk war. Sie nickten einander zu. Dann wandte sich der ältere Mann an den Papst: »Darf ich Eure Heiligkeit unter vier Augen sprechen?«

Joseph, Gisela und Maria verließen unter Bewachung des Gardisten das Arbeitszimmer des Papstes. Die Tür wurde geschlossen. Der Gardist stand unschlüssig und verlegen da. Joseph drückte Gisela an sich, als wollte er sie nie wieder loslassen, dann hob er Maria hoch und schloss sie in die Umarmung mit ein. Gisela weinte, was dazu führte, dass Maria auch wieder anfing. Joseph schaute auf und fing den Blick des Gardisten ein.

»Meine Aufgabe war, euch zu …«, begann der Gardist.

»Ich weiß«, sagte Joseph.

»Und jetzt soll ich euch alle drei in den Keller bringen und …«

»Ich weiß«, sagte Joseph wieder und machte sich bereit, den Gardisten anzugreifen. So zerschlagen, wie er sich fühlte, würde er ihm nicht standhalten können, aber er würde wenigstens Gisela und Maria Zeit für die Flucht erkaufen.

»Es tut mir leid«, sagte der Gardist zu Josephs Überraschung.

»Ihr habt versucht, es ihm auszureden«, erwiderte Joseph nach ein paar Momenten. »Das zählt für mich.«

Der Gardist gestikulierte zur Tür. »Und jetzt werde ich euch hier herausbringen. Ich habe Familie an der Küste, die werde ich suchen gehen. Vielleicht hat jemand die Seuche dort überlebt. Der Hauptmann wird nicht besonders intensiv nach mir suchen lassen.«

»Wenn du da so sicher bist …«

Der Gardist nickte und machte eine einladende Geste. Hinter der geschlossenen Tür zum Arbeitszimmer des Papstes hörte man eine Stimme murmeln. Es war die Stimme des älteren Mannes, den Gisela mitgebracht hatte. Er schien dem Papst einiges zu sagen zu haben.

Der Mann war in dem Zimmer gewesen, das Joseph als Giselas Versteck gewählt hatte. Er war Levi ben Gershom – der Bankier des Papstes. Gisela hatte, als es ihr klargeworden war, sich ein Herz gefasst und den Bankier in alles eingeweiht. Er war nicht leicht zu überzeugen gewesen; umgestimmt hatte ihn erst die Erkenntnis, dass Gisela bereit war, sich für Joseph der Willkür des Papstes auszuliefern. Gisela erklärte Joseph die Ereignisse in knappen Worten, während sie hinter dem Gardisten her durch den Palast eilten.

»Er hat gesagt«, erklärte Gisela, »›Ihr seid eine tapfere Frau.

Der Mann muss etwas Besonderes sein, für den Ihr Euch opfern würdet.‹«

»Du darfst dich nie für mich opfern«, sagte Joseph. »Ich könnte keine Sekunde mehr ohne dich leben.«

Gisela hatte den Bankier gebeten, ihr zu helfen. Als sie sich gemeinsam auf den Weg zu Papst Clemens gemacht hatten, hatten sie gesehen, wie Joseph dorthin gebracht wurde.

»Wenn Euer Joseph so wie Ihr diese ganze Geschichte kennt«, hatte Levi gesagt, »und wenn der Papst erfährt, dass er sie kennt, dann ist sein Leben verwirkt. Seine Heiligkeit wird nie zulassen, dass es Mitwisser gibt. Die Seuche wird noch viele Todesopfer fordern. Er kann nicht wollen, dass jedes davon in seinem letzten Atemzug schreit: Der Heilige Vater hat mich getötet.«

»Und was ist mit Azrael?«, hatte Gisela gefragt.

Levi hatte gelächelt. »Da ich nun halbwegs Ahnung habe, welcher Mann Euer Joseph ist, überlasse ich dieses Problem getrost ihm.«

Sie hatten sich wieder in Levi ben Gershoms Kammer zurückgezogen und eine Strategie entworfen. Das Ergebnis dieser Strategie brachte der Bankier gerade dem Papst bei.

Es war simpel.

Wenn der Papst jeden, der über die Sache mit Michel Cornut Bescheid wusste, verschwinden lassen wollte, würde er nun auch seinen Bankier Levi ben Gershom verschwinden lassen müssen. Das würde aber dazu führen, dass das Vertrauen, das die Juden Frankreichs in den Papst setzten, dahin war. Dahin wären dann auch die günstigen Zinsen, die bereitwilligen Kredite, die großzügigen Finanzierungen. Dahin wäre die Macht des Geldes, mit dem der Papst den französischen König bei der Stange hielt und die anderen Herrscher blendete. Das Papsttum wäre innerhalb kürzester Zeit das, was es immer behauptete zu sein: ein armer Hungerleider im Exil, auf die Gnade derer angewiesen, die ihm ein Dach über dem Kopf gaben.

»Glaubst du, der Papst wird darauf eingehen?«, fragte Joseph.

»Ich denke, wir sollten nicht hierbleiben und es abwarten«, erwiderte Gisela. Sie blickte Joseph ins Gesicht. »Warum schaust du so?«

»Solange ich konnte«, sagte Joseph, »habe ich immer versucht, meine Glaubensgenossen dazu zu bringen, für sich und für die anderen einzutreten, wenn uns Unrecht geschah; Kenntnis abzulegen, dass auch wir Menschen sind; der Welt zu zeigen, dass wir es wert sind, beschützt zu werden, weil wir es uns selbst wert sind. Es ist mir nie gelungen. Du jedoch, du hast es geschafft. Levi ben Gershom legt dort drinnen Kenntnis ab.«

Dann gingen sie in Begleitung des Gardisten einfach aus dem Palast, als wären sie dort nur zu Besuch gewesen. Niemand versuchte sie aufzuhalten. Die Gardisten vor dem Portal nickten ihrem Kameraden lediglich zu und schauten wieder gelangweilt ins Leere.

Draußen war es mittlerweile dunkel. Sie gingen bis in die Stadt hinunter, dann legte der Gardist seinen Helm und seine Tunika ab und bot Joseph seine Waffe an. Joseph schüttelte den Kopf. Der Gardist rollte seine Sachen zu einem Bündel zusammen, nahm es auf, nickte ihnen zu und ging schnellen Schrittes über die Brücke davon. Er verschwand in der Dunkelheit zwischen zwei Tranleuchten. Sie hörten etwas im Wasser platschen. Als der Gardist wieder im nächsten Lichtkreis auftauchte, waren seine Hände leer.

»Viel Glück«, murmelte Joseph.

»Können wir gehen?«, fragte Maria.

»Ja«, sagte Joseph. Er nahm Giselas Hand. »Wir gehen jetzt. Alle zusammen. Weil wir zusammengehören.«

19

Vittoria Gambacorti stieg den schmalen Pfad zu der Klause empor, zu der man sie im Dorf drunten gewiesen hatte. Dionysius' Spuren endeten hier. Ihr Herz schlug so heftig vor Angst, dass sie kaum Luft bekam.

Es konnte nur einen Grund dafür geben, dass Dionysius seine Mission nicht fortgesetzt hatte: weil er sie nicht hatte fortsetzen können. Etwas war ihm zugestoßen. Etwas so Schlimmes, dass er nicht einmal Nachricht zurück nach Genua hatte senden können; oder seine beiden Begleiter bitten zurückzureiten. Sie musste stehen bleiben, weil sie sonst zusammengebrochen wäre.

Sie hätte gehen sollen an Dionysius' Stelle, warf sie sich vor. Wenn schon einem von ihnen beiden etwas zustieß, dann lieber ihr. Mit dem Gedanken, dass sie Dionysius verloren hatte, würde sie ohnehin nicht leben können.

Sie riss sich zusammen. Sie hatte Locotenente Falier unten bei den Pferden zu bleiben befohlen, aber sie wusste, dass er von dort unten jeden ihrer Schritte beobachtete. Er würde ihr hinterherlaufen, wenn er sie fallen sah. Doch wenn der Klausner schlechte Nachrichten für sie hatte, wollte sie sie allein empfangen.

Der Klausner schien sie gehört zu haben. Er kam ihr entgegen und lächelte sie an. Vittoria brachte kein Lächeln zustande.

»Ich suche«, begann sie unbeholfen, »einen Mann. Aus Genua. Im Dorf unten hat es geheißen, er wäre vielleicht bei euch vorbeigekommen. Er hat die nächste Ortschaft nie erreicht. Ich wollte … ist er … war er … er ist mein …«, es gab einfach kein besseres Wort für das, was sie und Dionysius verband, »… er ist mein Mann.«

»Aus Genua?«, fragte der Klausner. »Lebt überhaupt noch jemand in Genua?«

»Warum fragt Ihr das?«, rief Vittoria, mit den Nerven völlig am Ende.

»Genua ist ein einziger Friedhof, wie man hört, oder?«

»Das stimmt nicht.«

Der Klausner wiegte den Kopf. »Also, jedenfalls, ich pflege da einen Mann aus Genua. Er ist ziemlich übel dran. Wenn Ihr ihn sehen wollt …«

»Was fehlt ihm? Wie heißt er?«, rief Vittoria entsetzt.

»Woher soll ich das wissen?«

Vittoria schob ihn beiseite. Vorhin war sie noch beinahe zusammengebrochen vor Angst. Jetzt verlieh sie ihr Flügel. Sie rannte den Pfad hoch. Der Klausner rannte hinter ihr her.

»Ich habe mir gedacht, ich versuche ihn vielleicht besser zu retten«, keuchte der Klausner. »Am Ende ist er der allerletzte Genueser. Wo die Stadt doch ein einziger Friedhof ist. Und wo …«, der Klausner kam nicht mehr hinterher und brach ab, um wieder aufzuholen. Vittoria und er platzten dicht hintereinander in seine Behausung. Jemand befand sich auf einem Lager und fuhr halb in die Höhe bei ihrem Eintreten. Vittoria fiel auf die Knie und begann zu weinen.

Der Klausner stützte die Hände auf die Knie und schüttelte den Kopf, während er nach Atem rang. Dann stieß er hervor: »… wo mir der vorherige Genueser, den ich hatte, doch weggestorben ist.«

Vittoria hörte ihm nicht zu. Die Tränen liefen ihr über die Wangen und wuschen helle Linien in den Straßenstaub, der darauf lag.

»Ich dachte, ich hätte dich verloren«, schluchzte sie.

»Keine Sorge«, sagte Dionysius matt. »Unser Freund hier hat alles getan, damit der allerletzte Genueser auf der Welt am Leben bleibt. Und das alles, obwohl ich eigentlich aus dem Friaul komme.«

Der Klausner richtete sich auf. »Waas?«

Dionysius winkte ab. »War nur ein Scherz«, sagte er. »Und jetzt tu mir den Gefallen und schau draußen den Himmel an. Ich will die schönste Frau der Welt küssen und brauche dabei keinen Zuschauer.«

»Sie kommt aus Genua«, sagte der Klausner düster. »Ich bin sicher, sie ist die Letzte, die dort lebend rausgekommen ist.«

Er stapfte hinaus. Vittoria und Dionysius schauten sich an. Vittoria fing erneut zu weinen an. »Das machst du nie wieder«, sagte sie unter Tränen.

»Was?«

»Mir eine solche Angst einzujagen.«

»Das Beste wird sein, wenn ich ab sofort nie mehr von deiner Seite weiche.« Dionysius grinste.

»Willst du das wirklich?«, fragte Vittoria.

»Ja«, sagte Dionysius. »Ich will.«

EPILOG

Die Pest ließ sich nicht aufhalten, allen Vorsichtsmaßnahmen der Genueser, der Florentiner, der Venezianer, der Marsiglier, der Avignonenser zum Trotz. Sie eroberte Frankreich, sie eroberte Spanien, sie eroberte England, Irland und Schottland. Sie eroberte das Heilige Römische Reich und die Fürstentümer des Balkan, das riesige Königreich Dänemark im Norden und die alten Handelsstädte entlang der Südküste des Mittelmeers. Sie drang bis zu den russischen Fürstentümern nördlich, östlich und südlich von Moskau vor. Sie verschonte das Herzogtum Mailand, das Königreich Polen, die Grafschaft Flandern, das Königreich Navarra und Teile des Herzogtums Baiern, und niemand wusste, warum.

Sie entvölkerte ganze Landstriche und machte blühende Städte zu Geisterorten. Sie brachte das Schlimmste und das Beste in den Menschen hervor, wie jede Katastrophe. Sie tötete unterschiedslos, ob arm oder reich, ob vorsichtig oder unvorsichtig, ob gut oder böse.

Papst Clemens VI. überlebte die Pest, behütet von allem Unbill zwischen den zwei Feuern in seiner Kammer. Er versuchte auch die Juden zu beschützen, als die Pogrome begannen, doch damit hatte er nur wenig Erfolg.

Giovanni di Murta, der Doge von Genua, überlebte die Pest nicht, ebenso wenig wie Günther von Schwarzburg, der glücklose Kandidat um den Kaiserthron. Die Königin von Frankreich und die Tochter des Königs von England starben ebenso wie viele andere, namenlose Frauen und Töchter, Schwestern und Mütter, Väter, Ehemänner, Brüder und Söhne.

Admiral Vignoso blieb am Leben, nachdem Vittoria ihn gerettet hatte. In seinen letzten Lebensjahren heiratete er eine Witwe, die ihn an Vittoria Gambacorti erinnerte und der er sein Vertrauen zu Recht schenkte, denn sie machte seinen Lebensabend zur glücklichsten Zeit seines Lebens.

Gentile da Foligno und Giovanni Doldi flohen vergeblich vor

der Pest in Genua. Sie holte sie ein. Abram Mendes Salazar überlebte samt seiner Familie. Die Juden von Nürnberg, die Joseph vor der Hinterlist des kaiserlichen Statthalters gerettet hatte, verließen ihre Heimatstadt in einem langen Treck, nachdem sie gewarnt worden waren, dass die Bevölkerung sich gegen sie zusammenrotte. Der Treck wurde, kaum dass er die Stadtmauern hinter sich gelassen hatte, überfallen und bis auf wenige Überlebende massakriert. Ihr Schicksal teilten die Juden in Toulon, in Barcelona, in Straßburg, in Speyer, Mainz, Worms, Köln und Erfurt. Die jüdische Gemeinde in Mainz griff zu den Waffen und verteidigte sich, etwas, das Joseph ben Kesher sicher gern gehört hätte, aber am Ende unterlagen sie und wurden alle getötet.

Im Frühjahr des Jahres 1349 stach ein Schiff von Brügge aus in See. Es überquerte den Kanal, legte aber nicht in England an, sondern segelte entlang der englischen Südküste und um die südwestlichste Landspitze Englands herum, wo es direkt Kurs in die Irische See nahm. Sein Zielhafen war Corcaigh. Das Wetter war ungewöhnlich gut für die Jahreszeit, der Himmel blau, die See ruhig – ein Grund, warum der Kapitän, ein Genueser, der für diese Fahrt angeheuert worden war, darauf verzichtete, erst mühselig nach Norden zu kreuzen und die kürzere Überfahrt von der walisischen Küste aus zu unternehmen.

Das Schiff transportierte Ladung und Passagiere. Die Ladung bestand nicht aus Handelsware; es handelte sich um die Besitztümer der Passagiere. Der Kapitän, der in Genua von Admiral Vignoso persönlich ausgesucht worden war, wusste um die Familienverhältnisse der Passagiere, schwieg aber darüber. Die Besatzung hielt sie ganz einfach für ein älteres Ehepaar, deren schwangere Tochter samt Schwiegersohn und dem siebenjährigen Enkelkind. Nur der Kapitän wusste, dass das Ehepaar nicht die Eltern der jungen Frau waren und das siebenjährige Mädchen nicht das leibliche Enkelkind. Er wusste, dass die junge Frau vor kurzem zum jüdischen Glauben übergetreten war, was er als *gläubiger* Christ nicht verstehen konnte, als *guter* Christ jedoch akzeptierte, weil jeder Mensch seinen eigenen Weg zum

Seelenheil finden musste und weil Jesus Christus schließlich auch Jude gewesen war.

Was der Kapitän weiterhin wusste, war, dass er froh war, das ältere Ehepaar mit an Bord zu haben. Ein Matrose, der sich verletzt hatte, wurde von beiden so gut gepflegt, dass er schon nach einer Woche wieder seine Arbeit aufnehmen konnte.

Er wusste auch, dass seine Passagiere nicht in Corcaigh bleiben würden. Sie wollten weiterziehen, an die irische Westküste, nach Gaillimh. Er war nie dort gewesen und konnte sich nicht vorstellen, dass man dort leben wollte, aber es gab sowieso nichts Besseres als Genua, also konnte er sich überhaupt nicht vorstellen, irgendwo anders zu leben.

Er stand auf dem Achterdeck des Schiffs, neben dem flämischen Steuermann, mit dem er sich nur mühsam unterhalten konnte, den er aber trotzdem zu schätzen gelernt hatte. Am Bug standen seine Passagiere und blickten nach vorn, wo sich wie ein blauer Hauch über dem Wasser die irische Küste abzeichnete. Das ältere Ehepaar stand genauso eng umschlungen da wie das jüngere; das kleine Mädchen saß auf der Schulter des Mannes, hatte die Arme ausgestreckt und schlug mit ihnen wie mit Flügeln.

Er fing einen Seitenblick des Steuermanns auf, der eine Kopfbewegung zu den Passagieren hin machte und dann lächelte. Der Kapitän lächelte zurück.

»God zegene hen«, sagte der Steuermann auf Flämisch.

»Ja«, erwiderte der Kapitän auf Genuesisch, »da kannst du Gift drauf nehmen, dass er das tut.«

»Kapitein?«

Der Kapitän schlug dem Steuermann auf die Schulter. »Schon gut«, sagte er fröhlich. »Halt nur einfach den Kurs, damit wir sie gut ans Ziel bringen.« Er deutete einen festen Griff um das Steuerruder an und wies auf die irische Küste, dann drehte er den Daumen nach oben.

Der Steuermann nickte, löste die Hand vom Steuer und drehte den Daumen ebenfalls nach oben.

Das Schiff glitt durch das doppelte Blau des Himmels und der See. Das Wasser zischte und schäumte um seinen Bug. Die Takelung und das Holz knarrten, die Segel blähten sich in einem steten achterlichen Wind. Überall auf dem Festland herrschte die Pest, starben die Menschen zu Tausenden. Und trotzdem – in diesem zauberhaften, perfekten Moment – war der Kapitän froh, und auf einmal war er überzeugt, dass am Ende alles, alles gut würde.

QUELLEN

Das Erdbeben vom 25. Jänner 1348; Christa Hammerl, Diss. Univ. Wien 1992
Die Juden im mittelalterlichen Reich; Michael Toch, Oldenbourg Verlag 1998
Sterben und Tod im Mittelalter; Norbert Ohler, Patmos Verlag 2003
Der schwarze Tod in Europa; Klaus Bergdolt, Verlag C.H. Beck 2003
Das Dekameron; Giovanni Boccaccio, Aufbau Verlag 1988
Die Pest; Manfred Vasold, Theiss Verlag GmbH, 2003
Der Mythos vom Zivilisationsprozess, Hans Peter Dürr, Suhrkamp Verlag 1994
Bettler und Gaukler, Dirnen und Henker, Franz Irsigler/Arnold Lassotta, dtv 1996
Die Kulturgeschichte der Menschheit, Will und Ariel Durant, Naumann & Göbel 1985
Die Pest, GEO Epoche Nr. 75, 2015
http://www.gesundheitsamt.de/alle/seuche/infekt/bakt/pest/sg.htm

NACHWORT

Im Jahr 1348 brach die schlimmste humanitäre Katastrophe des gesamten Mittelalters über Europa herein: der Schwarze Tod.

Jegliche Ordnung versank im Chaos; Gott musste der Welt den Rücken gekehrt haben. Die Wissenschaft geht heute davon aus, dass die Pest durch Rattenflöhe übertragen wurde und dass die schlechten hygienischen Bedingungen dieser Epoche an der rasenden Ausbreitung des Schwarzen Tods schuld waren. Aber warum die Pest, die die Menschheit immer wieder heimgesucht hat, nur in dieser Zeit solche extrem katastrophalen Ausmaße annahm, ist bis heute Streitgegenstand der Forschung.

Daher habe ich es für legitim gehalten, mich zu fragen: Was wäre, wenn …

Die Idee, dass jemand die Pest von 1348–1354 bewusst verbreitet haben könnte, hat mehrere Ursprünge.

Da ist zum einen die auch heute noch herrschende Unklarheit, warum ausgerechnet dieser Pestausbruch nicht unter Kontrolle zu bekommen war – der Sozialhistoriker David Herlihy schreibt dazu ratlos: »Wie konnte sich die Krankheit so schnell und so mächtig nicht nur zu Wasser, sondern auch zu Lande ausbreiten?« (David Herlihy: Der Schwarze Tod und die Verwandlung Europas. Berlin 1998).

Des Weiteren sind es die Selbstmordanschläge religiöser Fanatiker, die mich in den letzten Jahren immer wieder erschüttert und betroffen gemacht haben. Und nicht zuletzt die Stelle in der Bibel, in der Moses und Aaron – bei zynischer Betrachtung – als Gottes erste Bio-Attentäter gelten können (s. Zitat am Anfang des Romans).

Schon lange hat mich beschäftigt, dass die jüdische Bevölkerung der mittelalterlichen Städte kaum jemals Gegenwehr leistete, wenn ihre Nachbarn zu einem Pogrom aufriefen. Aus der Zeit des Schwarzen Todes ist nur aus Mainz überliefert, dass die Bewohner des Ghettos sich bewaffneten und verteidigten. Die Passivität der Juden hat sicher viele Ursachen: angefangen beim ungläubigen Entsetzen, dass die Menschen, mit denen man eben noch einvernehmlich zusammenlebte und Geschäfte machte, jetzt plötzlich zu blutrünstigen Antisemiten mutiert waren. Man darf auch nicht übersehen, dass die Juden – zumindest in Deutschland – als unter dem Schutz des Kaisers stehende Reichssubjekte keine Waffen tragen durften. Dieser Umstand hat sicher zu einer friedliebenderen Haltung beigetragen als bei den christlichen Bürgern der Städte. Wie auch immer, ich fand Gefallen an dem Gedanken, dass da und dort junge jüdische Männer und Frauen gegen die Passivität aufbegehrten und auf ihre eigene Art die Initiative ergriffen. Dies hat zur Geburt von Joseph ben Kesher geführt.

Das Unwissen der Ärzte der damaligen Zeit und ihre abwegigen Theorien über die Entstehung der Pest sind heute beinahe sprichwörtlich. Tatsächlich schauen wir da aber nur auf die Oberfläche. Natürlich gab es alle möglichen Thesen, die im Rahmen des damaligen Medizinverständnisses aufgestellt wurden und heute absurd wirken; es gab jedoch auch genügend hellsichtige Mediziner, denen, wenn schon nicht der Grund für die Erkrankung, so doch die Verbreitung der Seuche klar war und die die im Buch geschilderten, vernünftigen Maßnahmen empfahlen. Dass auch der Arzt bei Auftreten der Pest die Flucht ergreifen solle, war tatsächlich gültige Lehrmeinung. Der Eid des Hippokrates hatte im Mittelalter noch nicht die Bedeutung, die er in unserer Zeit für Mediziner hat. Dennoch blieben viele Ärzte selbstlos bei ihren Patienten und starben zusammen mit ihnen. Ihnen allen – und den Nonnen, Mönchen, Priestern und Laien, die den Sterbenden beistanden ohne Rücksicht auf ihr eigenes Leben – möchte dieser Roman ein Denkmal setzen.

Historische Persönlichkeiten interagieren mit erfundenen Charakteren, wie immer bei historischen Romanen. Die echten Personen habe ich größtmöglich so geschildert, wie sie mir bei meinen Recherchen begegneten, dramatische Überspitzungen ausgenommen. Besonderen Respekt hat mir dabei Giovanni di Murta abgenötigt, der damalige Doge von Genua. Er gilt als der einzige fähige Administrator der Seerepublik überhaupt, der Korruption bekämpfte, das Wohl Genuas im Auge hatte und die Republik bei Ausbruch der Pest zusammenhielt. Dass er selbst der Pest erlag, anstatt sich in Sicherheit zu bringen, passt zu seinem Charakter, ist aber dennoch eine sehr traurige Fußnote der Geschichte.

Vielleicht haben Sie sich beim Lesen gewundert, dass die Verantwortlichen in Genua so effiziente Maßnahmen gegen die Pest ergriffen haben? Dieser Aspekt des Romans beruht auf der Tatsache, dass die oberitalienischen Städte durch einen großen Seuchenausbruch 1339/40 in Florenz – es war nicht die Pest, sondern wahrscheinlich Milzbrand – bereits vorgewarnt waren und Zeit hatten, sich auf solche Situationen einzustellen. Man kann auch daran ermessen, wie massiv und allumfassend der Schwarze Tod zehn Jahre später zugeschlagen hat, wenn auch die wohleingeübten Gegenmaßnahmen nichts ausrichteten. »Schwarzer Tod« – diesen Namen erhielt die Pest übrigens erst im 19. Jahrhundert. Im 14. Jahrhundert sprach man vom »großen Sterben« oder der »großen Pestilenz«. Da der Begriff »Schwarzer Tod« aber Eingang in das Allgemeinwissen um die Pest gefunden hat, habe ich ihn im Roman durch Maria erwähnen lassen, wenn sie von Azrael als dem »schwarzen Tod« spricht.

Bei Gentile da Foligno muss ich Abbitte leisten. Er war zu seiner Zeit einer der berühmtesten Ärzte Italiens und nicht der Windbeutel, als der er im Roman auftaucht. Gentile starb in seiner Geburtsstadt Perugia an der Pest. Wenn er, Galens und Avicennas Rat folgend, zunächst vor der Pest dorthin geflohen ist, hat er sich spätestens bei seiner Ankunft wieder auf das besonnen, was er im Roman beim Gespräch mit dem Dogen anklingen lässt – seine aufrechte Grundeinstellung als Arzt. Die Pest bekam er, weil er sich in aufopfernder Weise um die Kranken in Perugia bemühte.

Der Name Gabriele de Mussis taucht in den historischen Chroniken über die Zeit ebenfalls auf. Der echte Gabriele war Notar aus Piacenza, der sich zur Zeit der tatarischen Belagerung wahrscheinlich in Caffa aufhielt und eine sehr genaue Beschreibung von den Auswirkungen der Pest hinterlassen hat. Er starb – anders als sein Alter Ego im Roman – im Jahr 1356 friedlich in seiner Heimatstadt.

Neben vielen Verbeugungen vor den Leistungen und der Tapferkeit der mittelalterlichen Menschen in dieser katastrophalen Zeit enthält der Roman auch eine Hommage an eines meiner literarischen Vorbilder. Die Figur des Stefano in Marseille, dem Murzio begegnet, ist eine Hommage an Stephen King, der in seinem Roman *The Stand* eine ähnliche Ansteckungskette einer tödlichen Krankheit schildert und mich dadurch inspiriert hat. Marseille spielt im Übrigen im Roman eine so große Rolle, weil sich die heutige Forschung einig ist, dass die Verseuchung Nordeuropas so ziemlich ausschließlich von Marseille ausging.

Ansonsten sind die Verbreitungswege der Pest simpler dargestellt, als sie in Wirklichkeit waren, und auch die Zuspitzung auf Genua als ersten Anlaufpunkt eines aus Caffa kommenden Seuchenschiffs ist eine Vereinfachung. In Wahrheit liefen aus Caffa kommende (oder geflohene) Schiffe mit einer erkrankten Besatzung auch Messina, Konstantinopel und Kairo an. Venedig spielt als Verbreitungsquelle der Pest im Buch keine Rolle, weil erst die zweite Seuchenwelle über die Lagunenstadt nach Europa kam und von dort aus hauptsächlich Österreich erfasste.

Das Erdbeben vom 25. Januar 1348 ist keine Erfindung, sondern stand rein zufällig am Anfang des Seuchenzugs. Natürlich wurde es von den Menschen damals als Zeichen Gottes gesehen und der Pestausbruch als direkte Folge davon.

Die Erkenntnis, dass die Ratten – und andere Nagetiere – bei der Verbreitung der Pest eine große Rolle spielten, stammt nicht aus dem Mittelalter. Insofern könnte man die Hellsicht der Charaktere Gabriele de Mussis, Vittoria Gambacorti und Dionysius Colle als anachronistisch betrachten. Andererseits findet sich in der Bibel eine interessante Stelle, die ebenfalls als Zitat dem Roman vorangestellt ist. Sie behandelt den Raub der Bundeslade durch die Philister, die durch diesen Frevel von Gott mit der

Beulenpest geschlagen wurden. Erst als sie zustimmen, goldene Bußopfer zu bringen und die Bundeslade wieder auszuliefern, wird ihnen Erlösung von der Seuche versprochen. Die Bußopfer bestehen aus goldenen Abbildern der Elemente, die mit der Krankheit in Verbindung gebracht werden – die klassischen Votivgaben: Nachbildungen der Bubonen – und von Mäusen (in der deutschen Bibelübersetzung; die englische Bibelübersetzung spricht dagegen ganz klar von Ratten). Irgendwie scheint man also zumindest in der Zeit, in der die Bibel geschrieben wurde, den Zusammenhang zwischen Pest und Ratten gekannt zu haben.

DANKSAGUNG

Wieder einmal haben sich so viele Menschen um die Entstehung eines meiner Bücher verdient gemacht. Allen voran ist da meine Frau Christine, die mit Ermutigungen, konstruktiver Kritik, jeder Menge frisch gebrühtem Kaffee und vor allem ihrem unerschütterlichen Glauben an mich meine Inspiration, meine Kraftquelle und meine beste Gefährtin war. Ihr ist der Roman gewidmet. Es könnte niemanden Besseren geben.

Mein Agent Bastian Schlück hat das Konzept für den Roman mit Feuereifer vertreten und war stets für mich da, wenn ich ihn brauchte; meine Lektorinnen Stefanie Zeller und Katharina Rottenbacher haben die unebenen Stellen im Manuskript geglättet und mir geholfen, meine eigene Geschichte klarer zu sehen.

Klaus Kluge hat mir mit seinem großzügigen Angebot, mir aus seiner umfangreichen Bibliothek zu leihen, was immer ich an Hintergrundmaterial brauche, die Recherche unendlich vereinfacht. Seine Begeisterung für das Projekt war mir ebenfalls Motivation und Freude.

Und wann immer ich ratlos vor dem Schreibtisch saß und für den Moment nicht weiterwusste, kam eine liebevolle, freundliche Hundedame namens Molly und gab mir zu verstehen, dass es jetzt an der Zeit sei, sie auf den Schoß zu nehmen und mich von ihr trösten zu lassen.

Der letzte Dank geht wie immer an Sie, meine Leserinnen und Leser. Danke, dass Sie mich auch auf dieser Reise wieder begleitet haben. Wenn Sie das Buch weglegen, denken Sie bitte an das, was der genuesische Kapitän im Epilog der Geschichte plötzlich erkennt: Am Ende wird alles, alles gut.